刘孝标《世说新语注》引书研究

——经部和子部

张　明　著

东北师范大学出版社

长　春

图书在版编目（CIP）数据

刘孝标《世说新语注》引书研究：经部和子部/张明
著. —2 版. —长春：东北师范大学出版社，2015.4（2024.1重印）
ISBN 978 - 7 - 5602 - 9057 - 7

Ⅰ.①刘⋯　Ⅱ.①张⋯　Ⅲ.①《世说新语》－小
说研究　Ⅳ.①I207.419

中国版本图书馆 CIP 数据核字（2015）第 030024 号

□责任编辑：隋晓莹　□封面设计：张　然
□责任校对：曲　颖　□责任印制：刘兆辉

东北师范大学出版社出版发行
长春净月经济开发区金宝街 118 号（邮政编码：130117）
网址：http：//www.nenup.com
东北师范大学出版社激光照排中心制版
河北省廊坊市永清县晔盛亚胶印有限公司
河北省廊坊市永清县燃气工业园榕花路 3 号（065600）
2015 年 4 月第 2 版　2024 年 1 月第 2 次印刷
幅面尺寸：148 mm×210 mm　32 开本　印张：14.5　字数：400 千

定价：78.00 元

2010 年度教育部人文社会科学研究
青年基金项目：《世说新语》刘注研究

序

中国历史上的南北朝时期，南朝宋临川王刘义庆，汇集时人清谈之说，编撰《世说新语》一书，后有梁刘孝标为之作注。《隋书·经籍志》："《世说》八卷，宋临川王刘义庆撰。《世说》十卷，刘孝标注。"这是说，在《隋书·经籍志》成书的时期，刘义庆的《世说新语》八卷本和刘孝标的《世说新语注》十卷本在同时通行着，刘孝标的《世说新语注》十卷本应该是在前八卷本的基础上加注而成。后来《旧唐书·经籍志》、《新唐书·艺文志》都著录有刘孝标《续世说》十卷，宋代的《崇文总目》著录有"《世说》十卷"，都是指刘孝标的注本而言。

刘义庆《世说新语》原书早已失传，现有由日本保存下来的唐写本《世说新语》残卷，经辨别，应该是刘孝标《世说新语注》十卷本的残留。刘义庆的《世说新语》，因刘孝标为之注释而得以流传，现存最早的刘孝标《世说新语注》，是宋绍兴八年董弅刻本（此本海内久佚，后由日本影印传回）。南宋淳熙年间，陆游重刻了绍兴本，到明代，嘉靖十四年袁褧嘉趣堂翻刻了宋淳熙本，清代编《四库全书总目》，所收刘孝标的《世说新语注》，用的就是袁褧翻刻的宋淳熙本。

近几十年来，《世说新语》成为学术研究的热点，就文本整理而言，先后有余嘉锡《世说新语笺疏》、徐震堮《世说新语校笺》、杨勇《世说新语校笺》、朱铸禹《世说新语汇校集注》等代表性的著作问世，在语言学、古代文学研究的领域，更是有诸多突破性的成果。但长期以来，在文献研究方面，学界关注更多的是《世说新语》的文本内容，关于刘孝标《世说新语注》的专题研究，显得相对冷寂。

刘孝标《世说新语注》的研究，具有十分重要的学术价值。当年孝标所注《世说》，参考了大量的文献典籍，随文加注，据现代的统计，所引用的经、子、史方面的著作约四百余种，诗赋杂文约七十多种，这些被引用的大量的文献，分散在《世说新语》随文加注中，表面看起来，并不引人注目，倘若集中起来，则蔚为大观，尤其可贵的是，当年刘孝标所引用的这些书籍，后来在流传中大都亡佚了，有些在孝标的《注》文中，往往只存有只言片语，但这些都是弥足珍贵的，清代的辑佚家对此视为巨宝。有些文献，在流传中发生了各种散失，而在《世说新语注》中，却意外地保存了一些相关的佚文，就是这些佚文，在某些文献的研究中，往往起到十分重要的作用，如：刘孝标《世说新语·文学第四注》："《孔丛子》曰：'赵人公孙龙云："白马非马。马者所以命形，白者所以命色。夫命色者，非命形。故曰白马非马也。"'"据文意，该文当为宋本《孔丛子·公孙龙篇》"或谓子高曰"下的佚文，这段文字又见于《公孙龙子·白马论》，《孔丛子·公孙龙篇》所载有关公孙龙事迹的一段文字，与今本《公孙龙子·迹府篇》第二段基本相同。一般认为《迹府篇》是后人杂采他书而辑成。谭戒甫《公孙龙子形名发微》说："文衹二段：前段为后汉桓谭所作，后段核由《孔丛子》抄袭而成，或唐人所增。"又说："《太平御览》四百六十四人事部引桓谭《新论》曰：'公孙龙，六国时辩士也，为守白之论：假物取譬，谓白马为非马。非马者，言白所以名色，马所以名形也。色非形，形非色。'……若《御览》所引《新论》，于原文果有删节，则今《迹府》前段全属谭作无疑。"《太平御览》所引《新论》，与刘孝标所引《孔丛子》之文，当为同一来源，内容基本相同的一段文字，刘孝标属之《孔丛子》，《太平御览》属之《新论》，可以间接证明《孔丛子·公孙龙篇》的一段文字，当出于桓谭《新论》，亦可证《公孙龙篇》成文，当在东汉后，而刘孝标的《注》文，从时间上大大早于《太平御览》，其文献价值，可想而知。

刘孝标注《世说新语》，引用了大量的文献典籍，这些引书，在刘《注》中，并不是杂乱无章的。当年孝标的引书，应该有他自己的采用标准和内部体例，这一问题，以往缺乏较全面的研究，张明博士的《刘孝标〈世说新语注〉引书研究》一书，对于这一课题进行了深入、系统的探讨，该书的特点有以下几方面：

一、实际调查了刘《注》引书。得刘《注》经部引书 39 种，史部引书 305 种，子部引书 42 种，集部引书 47 种，释家类引书 10 种，不可考者 10 种，凡引书 453 种。

二、评述了诸家研究引书书目之得失。发现各家的引书书目均存在着一定的问题。问题产生的一个主要原因是各家未明确提出引书的概念以及对确定引书书名的原则和标准交待不详细、或者干脆没有交待。

三、提出了引书概念和确定刘《注》引书书名的标准、原则。在调查和分析各家研究的基础上，提出了刘《注》引书的概念，明确了确定刘《注》引书书名的标准和原则。

四、发现了刘《注》对引书所作出的区别性原则。区别性原则是在整体观的指导下进行的，刘《注》的操作就是在整体观的指导性进行的。整体观的发现，对重新审视刘《注》中的一些问题提供了帮助，如刘《注》中存在着一些文献问题，学者们解决这些问题的时候总是要寻求外证，其实很多问题在刘《注》内部就可以得到很好的说明和解决，而这恰恰被研究者所忽视了。

五、对刘《注》所引书的引文进行了考察、研究。刘《注》中的引文可分为存、佚两类。对刘《注》中的今存引文，作者考察了它们的出处，并把其与今本文献进行了具体的文献比勘，同时也考察了其他古籍所引或所载的相同内容。对刘《注》中的亡佚文献，尽可能考察了它们的辑佚情况，同时考察了这些文献在其他古籍中的引用情况，并进行了一定的比较。

这部书稿，最初是张明攻读中国古代文学专业博士的毕业论文，由于该课题所包含的容量太大，当时只是作完了经、子、集三部，该文于2011 年被评为吉林省优秀博士论文。作为继续研究的课题，经申报，被教育部立项为2010 年青年基金资助项目。现在拿出来的，是其中的经过修改的经部、子部的内容，经、子之书在思想史上内容相近，可以集结出版。在这里，我们期待张明博士研究的史部、集部内容早日杀青付梓，以与此成为合璧。

傅亚庶

2012 年 2 月于东北师范大学文学院

目　　录

引　言

　　刘孝标，名峻，字孝标，梁代著名学者和文学家，一生历宋、齐、梁三朝，《梁书》、《南史》均有传。

一、关于刘孝标本人，通常有下列几个问题为学界所关注

（一）刘孝标的生卒年

　　这个问题引发学者讨论的原因是《梁书·刘峻传》所载"普通二年卒，时年六十"和《南史·刘怀珍传附峻传》所载"普通三年卒，年六十"之间的矛盾。学者们的文章或著作很多都涉及到这个问题，曹道衡、何日取各有文章对此问题进行了专门的研究，可以参看。①目前此问题已经不再是个问题了，刘孝标生于宋孝武帝大明六年（公元462年）、卒于梁武帝普通二年（公元521年）这一说法几乎已经成为人们的共识。

（二）《世说注》的写作时间

　　这是一个至今尚无定论的问题。余嘉锡认为刘《注》完成于天监六、七年间。②吴光兴赞同此说。③王玫认为刘《注》作于天监元年（晚则二年）到天监七年孝标入安成王府之前这段时间。④萧艾认为刘《注》作于梁天监七、八年。⑤魏世民认为刘《注》的写作当不会超出梁天监元年至普通二年间（502－521）。⑥刘兆云认为是在梁天监年间，为梁武帝广招

---

　　①　曹道衡的文章见曹道衡，沈玉成. 中古文学史料丛考 ［M］. 北京：中华书局，2003：526-527. 何日取的文章见何日取. 刘孝标生卒年岁考 ［J］. 文献，2003（4）：81-84.

　　②　余嘉锡. 世说新语笺疏 ［M］. 北京：中华书局，1983：232-233.

　　③　吴光兴. 萧纲萧绎年谱 ［M］. 北京：社会科学文献出版社，2006：34-35.

　　④　王玫. 刘孝标生平事迹三考 ［J］. 文献，2000（4）：48-55.

　　⑤　萧艾. 刘孝标及其《世说注》［J］. 湘潭大学学报（语言文学）增刊，1985：17-30.

　　⑥　魏世民.《世说新语》及《注》成书年代考 ［J］. 常州师专学报，2002，20（3）：19-20.

文学之士而不招刘峻之后。^① 徐传武认为是在奉安成王之命抄录事类，编撰《类苑》，未成，因病去职，后被梁武帝以文学之士召用之时开始作《注》，作《注》的主要时间是在栖居东阳紫岩山的晚年。^② 赵建成的硕士论文认为刘孝标作《注》时间是在天监十五年（516）至普通二年（521）间。^③ 王能宪认为是当在天监初年入西省典校秘阁之时所作。^④ 范子烨通过考证《类苑》编撰的大致时间，推断刘《注》当成于天监九年（510）至普通二年（521）间。^⑤

这个问题可谓是众说纷纭，其实依据的材料基本相同，只是每个人的分析和理解存在不同，更由于留下来的资料实在有限，产生不同观点在所难免。

（三）《类苑》的编撰时间

《梁书》、《南史》孝标本传都提到《类苑》编于孝标任安成王户曹参军之时。王玫认为《类苑》编撰开始于天监七年或稍晚任安成王秀户曹参军之时，成书时间当晚于天监八年，甚或到天监十五年。吴光兴认为《类苑》成于天监十四年。^⑥ 罗国威认为是天监七年（508）到天监八年（509）完成的。^⑦ 范子烨也认为《类苑》是在天监七年（508）到天监八年（509）之间编撰的。^⑧ 这个问题，各人的考证虽有一定依据，但均不无揣测的成分，也有对材料理解的不同。对《类苑》编撰的起始时间概无太大不同，主要是结束时间，究竟是一年编完还是多年编完，迄今尚无定论。

（四）栖学东阳时间

史传对孝标哪年到东阳，并无明确的记载。王玫认为栖学东阳开始时间最晚不晚于天监十一年（513），一直到普通二年（521）卒。罗国威认为孝标于知命之年辞官归隐，到金华山中聚徒讲学，直到离开人世。曹道

① 刘兆云.《世说》探原 [J]. 新疆大学学报，1979（1）：6-13.
② 徐传武.《世说新语》刘注浅探 [J]. 文献，1986（1）：1-12.
③ 赵建成. 刘孝标《世说注》考略 [D]. [硕士学位论文]. 哈尔滨：黑龙江大学中文系，2003：7.
④ 王能宪. 世说新语研究 [M]. 南京：江苏古籍出版社，1992：86.
⑤ 范子烨.《世说新语》研究 [M]. 哈尔滨：黑龙江教育出版社，1998：115-116.
⑥ 罗国威. 刘孝标集校注 [M]. 上海：上海古籍出版社，1998：28.
⑦ 吴光兴. 萧纲萧绎年谱 [M]. 北京：社会科学文献出版社，2006：60.
⑧ 范子烨.《世说新语》研究 [M]. 哈尔滨：黑龙江教育出版社，1998.

衡、沈玉成著《中古文学史料丛考》认为是在作《辨命论》（概在天监十一年）之后，决意归隐。这个问题学者讨论的较少，概为资料不足或相比较而言此问题不太重要或认为此问题根本无需讨论之故。所以对我们而言，这个问题进一步讨论的可能性和必要性似乎就很小了。

（五）刘孝标的仕宦

据《梁书》刘峻本传，其仕宦经历主要是：为萧遥欣豫州府刑狱；天监初入西省典校秘书；为安成王秀荆州户曹参军。曹道衡、沈玉成著《中古文学史料丛考》有《刘峻仕历》一文，王玫也考察了刘孝标任豫州府刑狱及西省学士的问题。目前看来，这个问题解决的也不是很清楚，其中多含推测之处，主要是由于流传下来的资料记载不确。刘峻为萧遥欣豫州府刑狱一事，由于史传记载的矛盾，人们对这个问题只能猜测。后面的两件事也涉及到不少的问题，至今人们也没有弄清楚（见王玫的文章）。对刘峻仕宦的问题我们有两个疑问：一是《文选》刘峻《重答刘秣陵沼书》李善《注》："梁天监中，诏峻东掌石渠阁，以病乞骸骨。"与《梁书》所记"天监初，入西省，与学士贺纵等典校秘书"是否为同一件事？二是李善《注》所言"以病乞骸骨"与《梁书》所记萧秀使峻撰《类苑》"未及成，复以疾去"，是不是表明了刘峻曾两次因病去职？我们考察各种资料，对刘峻在梁的仕宦经历进行了揣拟：梁天监初入西省典校秘书，逢"锦被"事件，帝恶之，遂不复引见（这是个导火索），时兄为青州刺史，峻省之，坐私载禁物，为有司所奏，免官（帝已恶之，此为免峻之良机），天监中，峻应诏东掌石渠阁，以病乞骸骨，后为安成王秀户曹参军，应命撰《类苑》，未及成，复以疾去，因游东阳紫岩山。刘孝标的仕宦是个很关键的问题，它涉及到关于刘孝标本人很多问题的考察。

（六）刘孝标的著作除《世说注》、《类苑》外的其他作品的考察

罗国威《刘孝标集校注》中收辑且校注了孝标的一些作品，其中包括书、志、启、论、序、诗以及刘孝标的《演连珠注》。据《隋志》，刘孝标尚撰有《梁文德殿四部目录》四卷，只是今已不存。

（七）刘孝标所处时代的特点

萧艾的《刘孝标及其〈世说注〉》一文考察了刘孝标个人的情况，分析了刘孝标所处时代的特点（主要谈"隶事"之风）。其他一些问题，如刘孝标的交游、刘孝标的思想、刘孝标所处的时代背景均未有专文进行

讨论。

二、关于刘《注》本身的讨论

（一）刘《注》的体例或注释特点

这是学者们讨论较多的问题，张舜徽（《世说新语注》释例）、杨勇（《世说新语》刘孝标注释例）、赵罔（《世说新语》刘注义例考）、王文烈（《世说新语》之刘注）、李颖科（试论《世说新语注》）、徐传武（《世说新语》刘注浅探）、张叔宁（刘孝标《〈世说新语〉注》体例探析）、刘兆云（《世说》探原）、房瑞丽（刘孝标《世说新语注》简论）、王能宪（《世说新语研究》）、周纪彬（《世说新语概论》）等都在自己的文章或者著作中讨论了刘《注》的体例，可以说刘《注》体例的讨论似乎并无可以挖掘的余地，尽管角度（例如阿其图的文章从文献学的角度论述了刘《注》的注释特点①）可能有不同，但结论其实是大同小异，很少有新见。

（二）刘《注》的价值

人们多引用唐刘知几的《史通》、宋高似孙的《纬略》、明胡应麟《史书占毕》、清纪昀《四库全书总目提要》、李慈铭《越缦堂读书记》的评论来说明刘《注》的价值，研究者也在这些评论的基础上选取自己的角度进行评论。李颖科从史学的角度来讨论刘《注》的价值。② 徐传武指出刘《注》对于辑佚、对于训诂、对于古书的校勘、对于《世说》的研究、对于有晋一代历史的考析都是极为重要的。刘叶秋高度评价了刘《注》的价值，说它保存了古籍佚文，增广了故实，阐发了文意。③ 关于刘《注》价值的已有的讨论大致差不多，然而有些方面的讨论又不足，如关于刘《注》的文学价值。

（三）关于刘《注》的不足

徐传武指出了刘《注》的一些不足之处。如：对于词语的诠释，虽然也有一些，但很不够，特别是当时的一些口语；还有一些用典和诗文失

---

① 阿其图. 谈《世说新语》注的文献价值特点 [J]. 阴山学刊（社科版），1995（2）：56-61，66.

② 李颖科. 试论《世说新语》注 [J]. 史学史研究，1985（4）：51-56.

③ 刘叶秋. 读《世说新语》注 [C]. 古典小说笔记论丛. 天津：南开大学出版社. 1985：66.

注；刘《注》中也流露出了一些消极的思想倾向。王健秋更有专文讨论刘《注》的不足。① 王能宪《世说新语研究》一书也指出了刘《注》的一些不足之处：词语的训释太少，特别是许多当时的口语方言；有个别词语，训释有误；对《世说新语》的某些纠驳还有商量的余地；对一些典故和诗文也有失注之处。范子烨的《〈世说新语〉研究》一书说刘孝标《世说注》的不足有四端：偶以己意裁断《世说》叙事之真伪，未免失于臆测；张冠李戴，误指人物；误记误引，下笔疏漏；疏于稽考，引证不利。

（四）刘《注》与敬胤《注》的关系

徐传武的文章简要的介绍了敬胤《注》的一些情况，考察了刘《注》与敬胤《注》的关系。刘兆云在其文章中重点谈了"关于敬胤纠谬与刘孝标注"问题，分析敬胤作注的时间以及其注的特点。范子烨的《〈世说新语〉研究》一书，讨论了刘《注》与敬胤《注》的关系。还有的学者的文章单独介绍了敬胤《注》，例如举人的文章。由于敬胤《注》是在刘《注》之前，虽然流传下来的不多，但是一般对研究《世说》来说是一个不应该回避的问题，只是由于流传下来的关于其人和其《注》的资料实在太少，所以研究很难深入。

（五）对刘《注》的注释、校勘和其中一些史实的考证

余嘉锡《世说新语笺疏》、朱铸禹《世说新语汇校集注》、徐震堮《世说新语校笺》、杨勇《世说新语校笺》、张万起《世说新语词典》、吴金华《世说新语考释》、许绍早《世说新语译注》等都做了这个方面的工作。既有词语的校正和解释，也有对刘《注》注释失误的纠正，总起来说问题基本上已经做的差不多了，可供研究的余地很小。

（六）刘《注》与裴松之《三国志注》

一般认为刘《注》借鉴了裴松之的《三国志注》，人们也对这个问题进行了研究。萧艾、房瑞丽都论述了刘《注》对裴松之《三国志注》的继承和超越，② 但谈的不是很全面，也不是很深入。我们认为这个问题应该可以讨论得更加深入。

---

① 王健秋.《世说》刘注指瑕［J］. 华夏文化，1995（2）：36-38.
② 房瑞丽的文章见房瑞丽. 刘孝标《世说新语注》简论［J］. 湖南工程学院学报，2006，16（4）：41-44.

（七）刘《注》在后代被改动的情况

《世说新语》现存最早的刻本是南宋绍兴八年的董弅刻本（唐写本今只存残篇），根据董氏刊书之跋语有"后得晏元献公手自校本，尽去重复，其注亦小加剪裁，最为善本。晋人雅尚清谈，唐初史臣修书，率意窜定，多非旧语，尚赖此书以传后世。然字有讹舛，语有难解，以它书证之，间有可是正处，而注亦比晏本时增损。"刘《注》经后代改动一事，学者们也有讨论。徐传武分析了刘《注》经宋代晏殊删削后的情况，指出变动不是很大，基本上保持了原貌，徐也指出了一些并非是刘《注》原貌的地方。范子烨《〈世说新语〉研究》讨论了宋人对刘孝标《世说注》之增附、宋人对刘孝标《世说注》的删改等问题。① 范子烨对这个问题讨论的比较透彻。

（八）刘《注》的成因

这个问题讨论的较少，目前只看到房瑞丽分析了刘《注》的成因，徐传武阐释了刘《注》的动机与宗旨。此问题有必要继续讨论。

（九）刘《注》引书书目研究

这是一个重要问题，也是一个大问题，与这个问题的重要性相比，研究者的研究显得相对薄弱。较早的有宋汪藻《世说叙录》最后一卷《书名》（今已不存）、宋高似孙《纬略》卷九、清叶德辉《世说新语注引用书目》、清沈家本《世说注所引书目》。余嘉锡《世说新语笺疏》后附有张忱石所编《〈世说新语〉引书索引》。马念祖编有《〈水经注〉等八种古籍引用书目汇编》。赵建成的硕士论文列有刘《注》引书书目并总结了前人在这一问题上的研究成果，然其论文只考察了 29 种史部书，而且并未对具体的引文进行爬梳。杨瑰瑰的硕士论文从目录学的角度考察了刘《注》子部引书的存佚情况。②

（十）关于刘《注》在日本的研究情况

马兴国、王能宪都有文章介绍《世说新语》在日本的流传、影响和研究情况，从这些介绍中我们可以研究得出刘《注》在日本的研究状况。如通过王的文章我们可以知道在日本有：日本学者松冈荣志的《天监年间的

---

① 范子烨.《世说新语》研究 [M]. 哈尔滨：黑龙江教育出版社，1998：175-187.
② 杨瑰瑰.《世说》刘注引用子部书考略 [D]. [硕士学位论文]. 武汉：华中师范大学，2007：5.

刘峻——世说注的成立与注者的立场》（《中国文学会报》第 3 期，1978年）、《世说新语注的构造与形式》（《东京学艺大学纪要》第 31 辑，1980年），这两篇文章专门讨论刘《注》。只是我们没有见到日本学者的这两篇研究文章。

（十一）借助刘《注》进行的文学研究

李湛渠认为刘《注》中的诗话资料十分丰富，刘《注》在中国诗话史上具有重要的研究价值。① 这是刘《注》研究中比较薄弱的一个部分。

（十二）关于古人对刘《注》评论的总结和研究

朱铸禹《世说新语汇校集注序》指出宋元明清（宋代刘辰翁、刘应登的评点批注，大量的笔记小说，如吴曾《能改斋漫录》卷 2，黄朝英的《靖康缃素杂记》卷 2、卷 4）以来不断有人对《世说》以及刘《注》进行评论的事实。刘强的《〈世说新语会评〉自序》言其整理了关于《世说新语》的历代评点。对刘《注》的历代评点情况进行总结和研究，应该是有必要的。

（十三）由于版本不同而产生的关于刘《注》的研究

其实在余嘉锡、杨勇、徐震堮、朱铸禹等人的著作中都涉及了由于《世说》版本不同而产生的相关问题，这个问题需要进行总结研究，针对《世说》的不同版本，刘《注》也就有了不同的版本，这关乎到刘《注》的文献研究，但当前这个问题并没有专门的研究成果出现。许庄叔《记陈贞慧四代递藏四色套印本〈世说新语〉并校》其中有一些刘《注》不同版本方面的讨论。

从上面的分析可以看出，关于《世说新语》刘孝标《注》其实可以有很多问题可以继续进行研究。本书计划选取刘《注》中的引书做进一步的研究。

《世说新语》刘孝标《注》的引书一直是学界关注的对象。研究刘《注》的引书实际上涉及两部分内容：一部分是刘《注》引书书目研究，如前文所言，汪藻、沈家本、叶德辉、高似孙、张忱石等人均列有刘《注》引书书目。另一部分是关于刘《注》引文的研究。余嘉锡、徐震堮、

---

① 李湛渠.《世说新语》刘孝标注诗话拾沈［J］. 淮阴师范学院学报：哲社版，2002，24（6）：746-749.

朱铸禹、杨勇、王叔岷、王利器、刘盼遂、沈剑知、程炎震、李详、李慈铭都或多或少地对刘《注》引文进行了研究。其中有考孝标所引文献之是非者，有笺释所引文献中某些词语者，也有列刘《注》本身版本之异者。

当前，将上述两部分内容结合起来进行研究的成果并不多见，而且单独就一部分来说，学者们所作的研究也是有缺陷的。如关于刘《注》引书书目，目前所见刘《注》引书书目并没有完全相同者，相互之间均存在差异。这是因为研究者相互之间并没有一个统一的引书概念，而且也没有一个统一的列引书书名的标准和原则。有的研究者甚至根本没有提出引书的概念和列引书书名的标准和原则，其所列书目也是混乱的。关于刘《注》的引文，研究者没有将其分为今存文献和已佚文献去研究，对刘《注》中的今存文献与今本文献之间的比勘做的很少、很不彻底，对刘《注》中的已佚文献也没有去系统论述辑佚情况。研究者的研究更多地集中在对刘《注》所载事实的考证和词语的训释上。

因此，对刘《注》引书进行书目和引文两个方面的研究应该是有意义的。

例如何谓"引书"？确定引书书名的标准和原则应当有哪些？刘《注》中的引书有哪些，具体的书目如何？应当如何分类引书？这些是本书首先要解决的问题，因此本书从调查前人的刘《注》引书书目入手，在总结前人书目和我们自己考察的基础上提出"引书"的概念，列出确定引书书名的标准和原则，进而列出刘《注》引书书目。

刘《注》的引文无疑可分为今存文献和已佚文献。在今存文献的考察中，我们注意到了刘《注》本身的版本和今本文献的版本，对刘《注》文献与今本文献的差异我们具体进行了比勘，并且参照了他书所载相同文献，尽可能分析了这些差异存在的理据。对刘《注》中的亡佚文献，重点考察了后人的辑佚情况以及刘《注》与他书所载相同文献之间的异同，指出刘《注》存在的价值。

刘《注》引书数量巨大（据我们考察刘《注》中的引书达 453 种），依上所言之路径去考察刘《注》引书绝对是一项浩大的工程。因此我们计划把刘《注》引书中经、子二部放在一起，把史、集二部放在一起，分别予以结集成书。收入本书的是经、子二部。本书考察有得有失，权且当作是刘《注》引书此种研究的抛砖之举吧。

第一章　前人的刘《注》引书书目研究

第一节　清人叶德辉的刘《注》引书书目研究①

叶德辉在《〈世说新语注〉引用书目》前言中说："暇日取《世说注》中所引书凡得经史别传三百余种，诸子百家四十余种，别集廿余种，诗赋杂文七十余种，释道三十余种，因依阮孝绪《七录》部次，按部分编其诗赋杂文则从《文选》目次，以二书撰自梁人，皆当时事也。"叶氏将其分类列目的依据交待甚清。今检叶氏书目，得刘《注》引书计490种。

叶氏将刘《注》的引书分为内篇、外篇和无考者。其中内篇有五，即经典录、记传录、子兵录、文集录、术伎录；外篇有二，即佛法录和仙道录。经典录内篇一分为易部、尚书部、诗部、春秋部、论语部、孝经部、小学部。记传录内篇二分为国史部、注历部、旧事部、职官部、仪典部、法制部、伪史部、杂传部、鬼神部、土地部、谱状部、簿录部。子兵录内篇三分为儒部、道部、名部、墨部、杂部、农部、小说部、兵部。文集录内篇四分为楚辞部、别集部、总集部、杂文部。术伎录内篇五分为纬谶部、历算部、刑法部、医经部、经方部、杂艺部。佛法录外篇一分为戒律部、论记部。仙道录外篇二分为经戒部、房中部。无考者共计六家，分别是徐广《历纪》、许叔重曰、蔡邕曰、韩氏曰、旧说、旧语。

一、叶氏所列刘《注》引书书目批评

（一）叶氏所列刘《注》引书书目多有遗漏。其所遗漏者具体是

《周易》、《诗》、郑玄《周礼注》、何休《春秋公羊传解诂》、《汉书文

---

① 本节对叶德辉刘注引书的研究均据叶氏《〈世说新语注〉引用书目》，所涉及叶氏观点、言论均见于此《书目》，他处不复注。其《书目》见南朝宋刘义庆. 世说新语 [M]. 上海：上海古籍出版社，1982：487-539.

颖注》、《汉书臣瓒注》、《汉书苏林注》、《汉书张晏注》、谢承《后汉书》、《吴志》、裴松之《三国志注》、《晋中兴书》、《晋书》（不言撰者）、朱凤《晋纪》、环济《吴纪》、《王丞相德音记》、《司马相如传》、《王恭别传》、《谢车骑传》、《贾充别传》、《塔寺记》、《王氏谱》（太原王氏和琅琊王氏两种）、《续文章志》、《文章传》、《杨子》（即扬雄《法言》）、李康（当作"秉"）《家诫》、《老子》、《广志》、《潘岳集》、孙绰《与庾亮笺》、王隐《孙盛不与故君相闻议》、《相书》、《相牛经注》、《高坐别传》。另外，《文学》条 86《注》文有"赤城霞起而建标，瀑布飞流而界道。"《注》不交待所引文献名，但是从正文可以知道这是孙绰的《天台赋》，叶氏不列。《文学》条 72《注》有"其诗曰"，由正文可知此诗是孙楚示王武子的，《世说新语笺疏》言《文馆词林》有孙楚《赠妇胡毋妇人别》，[1] 此概即该诗也，叶氏亦不列。赵建成的硕士论文也认为叶德辉的刘《注》引书统计存在遗漏，并列出了遗漏者，赵所列除去刘、周、许诸谱外，补叶氏之遗漏 24 家，与我们的统计相较来说，赵少补《吴志》、裴松之《三国志注》、《晋中兴书》、《晋书》（不言撰者）、环济《吴纪》、《司马相如传》、《谢车骑传》、《贾充别传》、《塔寺记》、《续文章志》、孙绰《与庾亮笺》、《相书》、《相牛经注》、孙绰《天台赋》、孙楚《赠妇胡毋妇人别》等共计 15家，多补石崇《王明君词序》1 家。[2]

（二）叶氏书目列出了刘《注》引书中的引书，这样列出的引书有：

《文学》条 74《注》所引《中兴书》中引有殷融《象不尽意论》和《大贤须易论》。叶氏列有殷融《象不尽意论》和《大贤须易论》。

《栖逸》条 1《注》引有《魏氏春秋》，其中提到阮籍以歌寄怀事，并引了具体的诗歌的内容，此当是阮籍的《寄怀诗》。叶氏书目据此而列有阮籍《寄怀诗》，赵建成言此诗刘《注》及《世说》中根本未涉及，其实不然。

《赏誉》条 139《注》引《岳集》曰："堪为成都王军司马，岳送至北邙别，作《诗》曰"（所引《潘岳集》中引有潘岳该诗）。叶氏列为潘岳

---

① 余嘉锡. 世说新语笺疏［M］. 北京：中华书局，1983：254.

② 赵建成. 刘孝标《世说注》考略［D］：［硕士学位论文］. 哈尔滨：黑龙江大学中文系，2003；本节所引赵之观点均见其硕士论文第 22-25 页，不复注.

《送成都王军司马堪至北邙别诗》。

《黜免》条 5《注》引《续晋阳秋》，其中引有曹诗。叶氏列为《殷浩咏曹颜远诗》。需要强调的是《续晋阳秋》中所引为曹颜远的诗，而不是殷浩的诗。叶氏所列之名，易让人误解是殷浩的诗。故若列，则当列为《曹颜远诗》。

《赏誉》条 34《注》所引《赵吴郡行状》中引了太傅越《与穆及王承阮瞻邓攸书》。叶氏列为太傅越《与穆及王承阮瞻邓攸书》。

《赏誉》条 19《注》所引《褚氏家传》引有司空张华《与褚陶书》。叶氏列为张华《与褚陶书》。

《赏誉》条 43《注》引《晋阳秋》，其中引有刘琨《与亲旧书》。叶氏列为刘琨《与亲旧》。

《任诞》条 15《注》引《阮孚别传》，其中引有咸《与姑书》和《姑答书》。叶氏分别列为阮咸《与姑书》和《姑答书》。

《文学》条 69《注》引《名士传》，在所引《名士传》中有"其辞曰"（据正文知是刘伶《酒德颂》之辞）。叶氏在其书目中列为刘伶《酒德颂》。

《雅量》条 2《注》引《文士传》，在《文士传》中有"钟会《庭论康》曰"（有"论"的具体内容）。叶氏在书目中列为钟会《庭论嵇康》。

《文学》条 23《注》引《魏略·西戎传》，在该传中引有《浮屠经》。叶氏书目列有《浮屠经》。

《术解》条 1 刘《注》引《晋诸公赞》谈到阮咸善解律事。叶氏概是据此而列有阮咸《律议》。

《言语》条 93 刘《注》引《名德沙门题目》，其中引有孙绰《道壹赞》。叶氏据此而列有孙绰《道壹赞》。

赵建成也指出了叶氏录有只在刘《注》引用的典籍内容中涉及的引书，指出有殷融《象不尽意论》和《大贤须易论》，蔡邕《劝学篇》，《阮咸律议》，孙绰《道壹赞》，何晏《五言诗》，孙绰《难谢万八贤论》、《曹颜远诗》，《王右军夫人谢表》，蔡洪《与刺史周浚书》，刘琨《与亲旧》，阮咸《与姑书》，《阮咸姑答书》，刘伶《酒德颂》，《道贤论》，《钟会廷论嵇康》等十六种。

据我们调查，赵建成所提到的这点，其实就是本节（二）、（六）两部分所谈的内容。然比较可知，赵所列叶氏此种情况并不全面，遗漏甚多，而且有些并不正确。如：蔡邕《劝学篇》（原作《劝学章》，《纰漏》条 3 《注》）是在刘孝标自己话语中提及且未引内容；孙绰《难谢万八贤论》（《文学》条 91《注》）也是在孝标自己概括性的话语中提到；《道贤论》（《文学》条 36《注》）是刘孝标以己语概括了其内容。可知蔡邕《劝学篇》、孙绰《难谢万八贤论》、《道贤论》均不是出自刘《注》所引的某典籍。何晏《五言诗》我们未找到，且存之。

（三）书名可能误者，应指出是某某之误，然叶氏不指出，不指出尚可，但还不列出。叶氏这样的处理不能反映刘《注》引书的真实情况。如：《魏志春秋》（《尤悔》条 1《注》引，据张忱石的观点概是《魏氏春秋》之误①）。

（四）叶氏对于刘《注》既引书，又引书中的篇、章或部分这种情况的处理并未有一个统一的原则。具体体现在：

列《魏略》，同时也列《魏略·西戎传》，叶氏且言后者为前者中之一篇。

列《蜀志》，同时也列《蜀志·陈寿评》，叶言《陈寿评》即是《蜀志》后的"评曰"，故《陈寿评》应该是《蜀志》中本有之一内容。赵建成言叶氏列《蜀志·陈寿评》是对引书的判断有误，其实叶氏已交待《蜀志·陈寿评》为《蜀志》的一部分。

列《吴录》，同时也列《吴录·士林》，叶氏认为后者为前者中的一篇。

列《中兴书》，同时也列《晋中兴士人书》，叶氏疑后者为前者中的一篇。

列《名德沙门题目》，同时也列孙绰《名德沙门赞》，又列孙绰《道壹赞》（《言语》条 93《注》）、孙绰《支愍度赞》（《假谲》条 11《注》）。叶氏案此二赞（《道壹赞》、《支愍度赞》）均是《沙门赞》之一。既列此二赞，则孙绰《竺法汰赞》（《赏誉》条 114《注》）似亦应列入，然叶氏不列。

可是，叶氏对下面这些与上所言相同的情况却采用了不同的处理标准：在刘《注》中分别引有《史记》、《史记·封禅书》、《史记·滑稽传》、

---

① 张忱石.《世说新语》引书索引 [M]. 120. 见余嘉锡《世说新语笺疏》（后附）

《史记·绛侯世家》，然叶氏书目只列《史记》；在刘《注》中也分别引有《汉书》、《汉书·游侠传》、《汉书·匈奴传》、《汉书·外戚传》，叶氏书目亦只列《汉书》。若说对《史记》、《汉书》如此处理尚且情有可原，毕竟二者被人熟知的程度高于他书。但是，叶氏列《魏志》，而不列《魏志·方伎传》（叶氏言其所列《魏志》为《三国志》之一，《尤悔》条1《注》引《魏志·方伎传》记魏文帝夜梦"磨钱文"而占梦于周宣事，今传本《三国志》卷二十九《魏志·方技传》亦载有此事，只是言词稍别。由此可知刘《注》所引《魏志·方伎传》确实为《魏志》中之一篇）；列《续汉书》，而不列《续汉书·律历志》（《言语》条15《注》）；列《陈留志》而不列《陈留志名》（沈家本疑"名"上有脱文，我们怀疑《陈留志名》为《陈留志》中的一部分）。很显然，叶氏此种处理与上不同。

（五）叶氏对刘《注》中只提及文献名，而未引文献内容者有时候也列入书目中。这样被列出的有：蔡邕《劝学篇》（刘《注》原作蔡邕《劝学章》）、魏武帝《乐府诗》（诗的内容在正文中，刘《注》只是交待正文诗的来源，《豪爽》条4《注》）、阮籍《咏怀诗》（《豪爽》条13《注》，正文有诗的内容，《注》文无）、郭璞《幽思篇》、庾阐《从征诗》、顾恺之《书赞》、《庾亮僚属名》（只是在孝标按语中提到此书名，并未引内容）。赵建成也对此进行了总结，但是漏掉了魏武帝《乐府诗》、庾阐《从征诗》和《庾亮僚属名》。

（六）对于刘《注》引书与引书出处均给出的情况，叶氏并未采用同一标准来处理。

1. 引书与引书出处均列出。

据"刘谦之《晋纪》载安《议》"（《文学》条87《注》），叶氏列有谢公《简文谥议》。同时也列有刘谦之《晋纪》。

据"《张敏集》载《头责子羽文》"（《排调》条7《注》），叶氏列有《头责子羽文》，同时也列有张敏《张敏集》。

据"其《集》载《与劢书》曰"（《尤悔》条10《注》，据正文知是庾亮《与周劢书》），叶氏列有庾亮《与周劢书》，同时也列有《庾亮集》。

据"《修集》载其《论》曰"（《文学》条83《注》，据正文知是王修《贤人论》），叶氏列有王修《贤人论》，同时也列有《王修集》。

据"《万集》载其叙四隐四显，为八贤之论"（《文学》条91《注》，据正文知是谢万《八贤论》），叶氏列有谢万《八贤论》，同时也列有《谢万集》。

据"《绰集》载《诔》文曰"（《方正》条48《注》，据正文知是孙绰《庾公诔》），叶氏列有孙绰《庾公诔》，同时也列有《孙绰集》。

据"温集载其平洛表曰"（《赏誉》条103《注》，据正文知是桓温《平洛表》），叶氏列有桓温《平洛表》，同时也列有《桓温集》。

据"《滔集》载其《论》略曰"（《言语》条72《注》，据正文知是伏滔《青楚人物论》），叶氏列有伏滔《论青楚人物》，同时也列有《伏滔集》。

据"《凿齿集》载其《论》，略曰"（《文学》条80《注》），叶氏列有习凿齿《晋承汉统论》，同时也列有《习凿齿集》。

据"《宏集》载其《赋》云"（《文学》条92《注》，据正文知是袁宏《北征赋》），叶氏列有袁宏《北征赋》，同时也列有《袁宏集》。

据"《玄集》载其《诔叙》曰"（《文学》条102《注》，桓玄《王孝伯诔叙》），叶氏列有桓元《王孝伯诔》，同时也列有《桓元集》。（案：叶氏作"桓元"而不作"桓玄"，概是避讳）

据"《妇人集》载《谢表》曰"（《贤媛》条31《注》，据正文知是《王右军夫人郗璿谢表》），叶氏列有《王右军夫人谢表》。同时其书目也列有《妇人集》。

2. 列引书但未列引书出处。

据"《集》载洪《与刺史周浚书》曰"（《赏誉》条20《注》），叶氏列有蔡洪《与刺史周浚书》。但其书目未列有《蔡洪集》。

据"《湛集》载其《叙》曰"（《文学》条71《注》，据正文知是夏侯湛《周诗叙》），叶氏列有夏侯湛《周诗叙》。但其书目并未列有《夏侯湛集》，而是列有《夏侯湛集叙》。

3. 列引书出处但未列引书。

《言语》条47《注》"按王隐《晋书》载侃《临终表》曰"。叶氏书目列有王隐《晋书》，但未列有陶侃《临终表》。

《排调》条26《注》"《妇人集》载桓玄问王凝之妻谢氏曰"。叶氏书目列有《妇人集》，但未列有《桓玄问王凝之妻谢氏》。

可见，对刘《注》引书和引书出处均给出的情况，叶氏采用了上面三种不同的处理方法。我们不解叶氏何以对同样的情况采用不同的处理方法。就这个问题来说，叶氏书目并没有一个统一的标准或原则。

（七）叶氏有误列或可能误列的情况，如：

本是《庾翼别传》，叶氏误列为《阳翼别传》。《豪爽》条7《注》引《汉晋春秋》："…遂次于襄阳。"紧接着又言"《翼别传》曰"，《注》中"阳"、"翼"二字上下相承，此概为叶氏所以致误之由也！据《豪爽》条7正文，知"翼"是庾翼。

本是《王舒传》，叶氏列为《王舒别传》。《识鉴》条15《注》有"传曰"，余嘉锡言"《注》'传曰舒字处明'，'传'上景宋本及袁本有'王舒'二字。"[①] 据正文和《注》并参考《笺疏》可知《注》所引当是《王舒传》。朱铸禹言："'王舒传曰'，周本脱'王舒'二字。"[②] 此周本即是周心如纷欣阁刻本，故《笺疏》所据本当是周本。徐震堮《世说新语校笺》和杨勇《世说新语校笺》此处径作《王舒传》。叶氏作《王舒别传》，各家书目只有张忱石《索引》与之同，其他均作《王舒传》。不知叶、张何据。

本是《钱塘县记》，叶氏列为《钱县记》。刘纬毅《汉唐方志辑轶》辑有南朝宋刘道真的《钱塘记》，并言一作《钱塘县记》，据刘著可知《水经注·浙江水注》、《艺文类聚》卷九、《初学记》卷七、《广记》卷二九一等均引有《钱塘记》[③]。我们未找到钱塘县可以被称为钱县的证据，也未找到《钱塘县记》可以简称为《钱县记》的证据，唯一知道的就是《钱塘县记》可以称为《钱塘记》。

"《湛集》载其《叙》曰"（《文学》条71《注》），据正文知是《夏侯湛集》所载《周诗叙》，叶氏误列为《夏侯湛集叙》。

"《洪集录》"（《言语》条22《注》），叶氏列作《蔡洪集叙》。《隋志》著录有晋安丰太守《孙惠集》八卷，注云"又有松滋令《蔡洪集》二卷，录一卷，亡。"《隋志》注所云"录一卷"与刘《注》引作《洪集录》合。叶氏所列《蔡洪集叙》中的"叙"当为"录"字之误。

"孙统为《柔集叙》曰"（《轻诋》条13《注》，据正文知为孙统《高

①　余嘉锡. 世说新语笺疏［M］. 北京：中华书局，1983：398.
②　朱铸禹. 世说新语汇校集注［M］. 上海：上海古籍出版社，2002：345.
③　刘纬毅. 汉唐方志辑轶［M］. 北京：北京图书馆出版社，1997：199，200.

柔集叙》），叶氏误列为孙绰《高柔集序》。

"伏滔《长笛赋叙》"（《轻诋》条 20《注》），叶氏列作伏滔《长笛赋》；"傅咸《羽扇赋序》"（《言语》条 53《注》），叶氏列作傅咸《羽扇赋》。而对于"傅玄《弹棋赋叙》"（《巧艺》条 1《注》），叶氏列作傅元《弹棋赋序》（"元"概是为避讳而改）；"其《赋叙》曰"（《言语》条 107《注》，据正文知是潘岳《秋兴赋叙》），叶氏列作潘岳《秋兴赋叙》；"《遂初赋叙》"（《言语》条 84《注》引，据正文和《注》知作者为孙绰），叶氏列作孙绰《遂初赋序》。不知叶氏出于何种考虑，对同样的现象使用不同的处理方法——明明刘《注》所引都是"赋叙"，而叶氏却偏偏有的列作"赋"，有的列作"赋叙"。这说明叶氏书目的系统内部存在着混乱，起码就标准来说就不是一致的。我们相信叶氏有他自己的列目原则和标准，但在很多情况下，我们发现其原则和标准并不是一贯的，或者说其并不是终始如一地坚持着。

（八）叶氏书目有的没有恰当地给出引书名。如"顾恺之为父《传》"（《言语》条 57），在其书目中不作《顾悦传》，也不作《顾悦别传》，而作《顾恺之为父传》。并不是说叶氏列为《顾恺之为父传》是错误的，因为刘《注》确实是这么称呼的。从反映刘《注》的本来面貌出发，似更有可取之处。但问题是，叶氏书目所列引书名并不是每一条都完全遵照刘《注》本身的称名，也就是说叶氏在列书目时不是不改变刘孝标在其《注》中对各引书的称谓，而是按照其理解和参考《隋志》的著录以及他书的引用（如《三国志》裴《注》）进行一定的改变。

（九）有些谱系类的文献，叶氏没有具体的加以区分。如：《刘氏谱》在刘《注》中有高平刘氏（《雅量》条 24《注》，《赏誉》条 22、条 64《注》）、南阳刘氏（《方正》条 50《注》）、彭城业亭刘氏（《品藻》条 8《注》、条 53《注》）和沛国刘氏（《任诞》条 4《注》）四种，而叶氏只列为《刘氏谱》；《周氏谱》在刘《注》中有汝南安城周氏（《贤媛》条 18《注》）和陈郡周氏（《德行》条 24《注》），而叶氏统列作《周氏谱》；《许氏谱》在刘《注》中有高阳许氏谱（《政事》条 11《注》、《赏誉》条 95《注》）和义兴阳羡许氏谱（《雅量》条 16《注》引）两种，叶氏亦统列作《许氏谱》。赵建成的硕士论文亦指出了叶氏这个问题。

（十）有些书一书二称，叶氏重复列出。如叶氏书目既列《语林》，又列《裴子》（叶氏言此当即《语林》）。

（十一）叶氏有他家未列而其列出的引书，这一点是值得肯定的。有：

《文学》条 72《注》引"其《诗》曰"，叶氏列作孙楚《除妇服诗》，据《文学》条 72 正文可知叶氏所列甚是。

《文学》条 71《注》引"其《诗》曰"，叶氏列作夏侯湛《补笙诗》。据《文学》条 71 正文知此为夏侯湛所作《周诗》，叶氏称之为《补笙诗》也是有道理的。《礼记·乡饮酒礼》"笙入三终"，孔颖达《正义》曰："笙入三终者，谓吹笙之人，入於堂下，奏《南陔》、《白华》、《华黍》，每一篇一终也。"又《礼记·乡饮酒礼》"间歌三终"，孔颖达《正义》曰："间歌三终者，间，代也，堂上歌《鱼丽》，则堂下笙《由庚》为一终；堂上歌《南有嘉鱼》，则堂下笙《崇丘》为二终；堂上歌《南山有台》，则堂下笙《由仪》为三终。"[1] 可见，夏侯湛所补的《南陔》、《白华》、《华黍》、《由庚》、《崇丘》、《由仪》六篇均用乐器笙吹奏。朱熹《诗集传》称此六首诗为"笙诗"。叶氏称为《补笙诗》亦是有本可据。

又叶氏列有王沈《与人书》，我们在刘《注》中并未找到。

（十二）叶氏列出了刘孝标以己语概括引文内容的引书。如：潘岳《家风诗》（《文学》条 71《注》）、谢万《八贤论》（《文学》条 91《注》）、孙绰《难八贤论》（《文学》条 91《注》）、刘寔《论王肃》（《品藻》条 24《注》）、道贤论（《文学》条 36《注》）。

（十三）叶氏书目列入了一些刘《注》中没有而在《世说》正文中却存在的文献。如：

叶氏列王述《下主簿教》，《注》中不见，但在《赏誉》条 74 正文中似乎有叶氏所言的王述《下主簿教》。

叶氏列羊孚《诣桓元笺》，《注》中不见，但在《文学》条 104 正文中有羊孚《诣桓玄笺》。

叶氏列桓元《与羊欣书》，《注》中不见，但在《伤逝》条 18 正文有"桓玄《与羊欣书》曰…"。

叶氏列戴逵《与所亲书》，《注》中不见，但在《栖逸》条 15 正文有"戴始往旧居，《与所亲书》曰'近至剡，如官舍。'"

---

[1]　孙希旦. 礼记集解［M］. 北京：中华书局，1989：1431.

叶氏列王坦之《沙门不得为高贤论》,《注》中不见,但在《轻诋》条25 正文中有。

赵建成言谢公《简文谥议》也属于《世说》正文中涉及到的。实际上谢公《简文谥议》见于《文学》条 87《注》,具体的情况是"刘谦之《晋纪》载安《议》曰"("议"的内容在《注》文中而不是在正文中),赵说当误!

(十四)叶氏在其书目中列出不可考者有 6 家。叶氏所列 6 家之外,在刘《注》所引文献中尚有一些需要考证者。其中有的是由于《注》未明确交待书名而导致,如《贤媛》条 2《注》"石季伦曰"、《言语》条 27《注》"光武尝谓井丹曰"、《文学》条 54《注》"经"、《贤媛》条 5《注》"景献羊皇后曰"、《假谲》条 11《注》"旧义者曰"、《方正》条 51《注》"孔子称"、《言语》条 38《注》"序传"、《文学》条 64《注》"道标法师曰"、《赏誉》条 54《注》"虞预书曰";有的可能存在着字误而导致,如《轻诋》条 28《注》"说林"、《贤媛》条 15《注》"魏氏志"(张忱石疑"氏"字衍,或"志"为"谱之误"[①])。

(十五)赵建成的硕士论文对叶氏所列的一些引书提出了疑议,具体是:

对于刘《注》所引《汉书叙传》(《言语》条 35《注》),赵建成通过与原文对照发现此实际为《汉书》的一部分,从而否定了叶氏认为《汉书叙传》为项贷撰的说法。其实叶氏此说是据《隋志》,我们无法否定刘《注》所引《汉书叙传》之内容与项贷《汉书叙传》所记就一定不同,故对赵说和叶说我们均持保留态度。

赵说刘《注》所引《列女传》有两家(一为刘向撰,另一家撰者不详),叶氏仅列为《列女传》是不准确的,我们认为赵说不误,可以参看。

刘《注》引有《劭荟别传》(《雅量》条 26《注》),叶氏亦列为《劭荟别传》。赵说谓应该分列为《王劭别传》和《王荟别传》。赵的理由是:一般人物别传未有共传者;据叶氏本人考证,《北堂书钞·酒食部三》引《王荟别传》,则此书当为单行之本;刘《注》引书书名常有省文之例,如《嵇康别传》在刘《注》中作《康别传》。由此赵判定"劭荟别传"实应为

---

① 张忱石编.《世说新语》引书索引 [M]. 119. 余嘉锡《世说新语笺疏》(后附)

"劭、荟别传"，是两本书。赵列举了三条证据，但赵的三条似乎都不太可靠。首先，赵认为人物别传一般未有共传者，不知赵此说法根据何在，章宗源《隋书经籍志考证》言《三国志注》引有《陆机云别传》，《初学记》引有《袁宏山涛别传》①，此均是人物别传共传的情况；其次，赵认为《北堂书钞》引有单行本的《王荟别传》，然《北堂书钞》和《世说》刘《注》的时代相去甚远，我们知道古籍的聚散分合是很常见的事，如刘《注》中引有的《夏小正》，据马端临《文献通考·经籍考》卷十三所言："此书本在《大戴礼》。郑玄注《礼运》'夏时'曰：'夏四时之书也，其存者有《小正》。'后人以《大戴礼》抄出别行。"② 也就是说《王荟别传》是否一开始就是个单行本还是后来分出单行，这个我们实在是无法判断；最后，赵认为刘《注》书名常有省文例，我们承认是省文，但应是"《王劭王荟别传》"的省文（沈家本在其书目中就列为《王劭王荟别传》③），而不是"《王劭别传》"和"《王荟别传》"的省文，若赵观点正确，刘孝标此处则是两别传合称，但在刘《注》中我们未找到他处有两别传合称的情况，无法为此提供证据支持。所以，对刘《注》中的《劭荟别传》还是存疑为好，且能保留刘《注》引书的本来面貌。

刘《注》引有左思《蜀都赋》（《言语》条 22《注》）和《魏都赋》（《文学》条 51《注》），而叶氏只列《蜀都赋》，赵认为叶氏亦当列《魏都赋》。其实赵、叶并误。《言语》条 22《注》引左思《蜀都赋》作"隋侯鄙其夜光也"，该段文字不见于《文选》左思《蜀都赋》，而见于《文选》左思《吴都赋》，作"隋侯于是鄙其夜光"。《文学》条 51《注》引左思《魏都赋》曰："崤、函帝王之宅。"不见于《文选》左思《魏都赋》，而见于《文选》左思《蜀都赋》。所以，若列则当列为左思《吴都赋》和《蜀都赋》。

叶氏书目分列《名士传》与袁宏《名士传》，赵建成的硕士论文认为这是重复收录。从刘《注》对所引文献作者处理的区别性原则出发（下文

---

① 章宗源. 隋书经籍志考证 [M]. 二十五史补编. 上海：开明书店，民国二十六年. 5029，5030.

② 马端临. 文献通考经籍考 [M]. 华东师范大学出版社，1985：797.

③ 沈家本. 古书目三种 [M]. 北京：中华书局，1963.

有专门的论述，此略），叶氏确实是重复收录，而且不只他一个人，马念祖、张忱石二人亦如此。但有个事实是：刘《注》引《名士传》凡22处，均未明确交待所引《名士传》作者，只是《方正》条6《注》刘孝标的按语透漏了该条所引《名士传》的作者为袁宏。所以张忱石只明确认为此条所引《名士传》为袁宏作，其余21处未认定为袁宏作。其实，叶、马、张三人的处理是有一定道理的。《隋志》著录有刘义庆撰《江左名士传》一卷、袁敬仲撰《正始名士传》三卷和不言撰者之《海内名士传》一卷。姚振宗云："袁敬仲当为袁宏"，又引章宗源《考证》云："《世说·赏誉篇》注：杜乂清清标令上，谢鲲通简有识。《品藻篇》注：王承言理比南阳乐广，又刘真长曰：杜宏治肤清，卫叔宝神清。《容止篇》注：杜宏治可方卫玠。共引《江左名士传》五事。"[①]《海内名士传》刘孝标作《注》之时是否得见，我们不得而知。但刘义庆《江左名士传》刘孝标当得见。袁宏《名士传》今不存，我们无法断定刘《注》所引《名士传》（《方正》条6《注》所引除外）是否即是袁宏作。刘《注》所引书名多有简称（这个问题下文有交待，此略），故刘《注》所引《名士传》亦有可能是刘义庆《江左名士传》，章宗源甚至考证出刘《注》所引《名士传》中五事出于刘义庆《江左名士传》。基于此，则叶氏等人分列似乎亦无不妥。

二、小 结

叶德辉《〈世说新语注〉引用书目》肯定有其列目原则和标准，只是叶氏没有明确的交待。我们通过分析其书目大略得知了其构建刘《注》引书书目的标准。我们发现尽管叶氏在统计刘《注》引书时有一定的标准，但是在具体的操作过程中，叶氏经常存在打破标准的情况，这就造成了标准没有被自始至终地执行。刘《注》中的引书历来为人所称道，对其中的引书进行列目和研究是很有意义的。每个研究者对刘《注》的引书可能理解都不尽相同，也就是说何谓"引书"？归纳"引书"的标准和原则应该如何？基于刘《注》本身引书书名情况比较复杂（有同名、有异称、有简称）的事实，应该如何列刘《注》引书书名？这些都是研究刘《注》引书

---

① 姚振宗. 隋书经籍志考证［M］. 315，316. 二十五史补编. 上海：开明书店，民国二十六年. 5353，5354.

的人所要面对的问题。我们认为叶氏的失误有二：首先是没有明确交待上述三个问题；其次是其在操作过程中尽管内心里有一定的标准，但并没有把标准贯彻始终，这样导致标准有等于无。叶氏的失误很让人遗憾。不过，叶氏《〈世说新语注〉引用书目》在刘《注》的引书研究上所具有的价值是不容抹杀的，所谓瑕不掩瑜，我们不能因为叶氏存在的疏漏而否定之。

第二节　清人沈家本的刘《注》引书书目研究①

沈家本是清末著名的法学家，字子惇，别名寄簃。浙江归安（今浙江湖州）人。光绪九年（1883）进士，留刑部补官，光绪二十八年（1902）受命主持修订法律。沈氏长期莅职刑部，浏览了历代法典与刑狱档案，对中国法律沿革与得失相当谙熟。西学东渐之时，他热心研读资本主义国家的法律，接受了资产阶级法律的基本思想，成为当时中国积极引进资本主义法律的代表人物。在他主持修订法律期间，删改了原有的《大清律例》，又制订了具有某些资本主义性质的法典法规。沈家本首先是一个法学家，这是为世人所熟知的，因此人们对沈家本的研究多集中在三个方面：研究沈家本本人关于中国传统法律的研究，对其法治改革进行评价，对其思想进行研究。② 但沈家本还是个著名的文献学家，关于这一点，学界的研究相对而言就显得薄弱了些。这里要借助沈氏所著《古书目三种》，对其《〈世说注〉所引书目》进行研究。

沈家本《〈世说注〉所引书目序》言："至今所辑之目，经部三十五家，史部二百八十八家，子部三十九家，集部四十二家，又释氏十家，凡四百一十四家。"从沈家本的书目可知，其书目分为经、史、子、集、释家五大类，其中史部分为正史二十八家、古史十四家、杂史十二家、载记

---

① 本节对沈氏的刘注引书研究进行述评、包括书中引用的所有沈之观点均来自沈家本. 古书目三种 [M]. 北京：中华书局，1963. 另外，本书作者对刘注中的引书也进行了调查，依据的是余嘉锡. 世说新语笺疏 [M]. 北京：中华书局，1983.

② 详见冯骊. 1993～2003 年沈家本研究综述 [J]. 湖州师范学院学报，2005，27（4）：50-51.

四家、起居注二家、旧事二家、职官八家、杂传一百四十三家、地理二十家、谱系四十五家、簿录十家。子部列儒家九家、道家六家、名家一家、墨家一家、杂家十家、农家一家、小说家二家、兵家二家、天文一家、五行家四家、医方二家。集部列楚词一家、别集三十九家、总集两部。释家十家。另有"许叔重曰"、"旧说"、"韩氏曰"三条附于书目后。赵建成言沈氏实列刘《注》引书四百一十八家。① 而据我们调查，沈氏实列四百一十七家。

一、沈氏所列刘《注》引书书目批评

（一）与叶德辉②、马念祖③等其他各家相比，沈氏有不列之书。沈氏不列之书大致可分为下面几种情况：

1. 刘《注》引书中的引书，沈氏一般不列。有：殷融《象不尽意论》、殷融《大贤须易论》、阮籍《寄怀诗》、孙楚《除妇服诗》、《送王堪诗》、《曹颜远诗》、刘琨《与亲旧》、阮咸《与姑书》、《姑答书》、刘伶《酒德颂》、钟会《庭论嵇康》、《浮屠经》。

但沈氏也有破例之处：《赏誉》条 34《注》所引《赵吴郡行状》中引了太傅越《与穆及王承阮瞻邓攸书》，沈氏据此在其书目中列有太傅越《与赵穆王承阮瞻邓攸书》。《赏誉》条 19 刘《注》所引《褚氏家传》中引有司空张华《与褚陶书》，沈氏据此在其书目中列有张华《与褚陶书》。

2.《注》所引章或篇可以归入到《注》所引书中者不列。有：《魏略·西戎传》、《蜀志·陈寿评》、《吴录·士林》、顾恺之《王夷甫画赞》、《支道林集·妙观章》、《灵鬼志·谣征》。与之相对应则列有《魏略》、《蜀志》、《吴录》、顾恺之《画赞》、《支道林集》、《灵鬼志》。并且刘《注》中的《大戴礼·劝学篇》，沈氏列为《大戴礼》；不列《曲礼》而列《礼记》，且云："案此卷但称《曲礼》，《纰漏》引但称《礼》云"，沈氏概认为《曲

---

① 见赵建成. 刘孝标《世说注》考略［D］：［硕士学位论文］. 哈尔滨：黑龙江大学中文系，2003：25.

② 见叶德辉.《世说新语注》引用书目［M］. 刘义庆. 世说新语［M］. 上海：上海古籍出版社，1982.

③ 马之刘注引书研究见马念祖.《水经注》等八种古籍引用书目汇编［M］. 北京：中华书局，1959.

礼》为《礼记》中之一部分。可知，沈氏在整理刘《注》的引书时列书名，而并不列篇或章名。

3. 刘《注》只提到文献名，而未征引内容者不列。有：蔡邕《劝学篇》（刘《注》实作《劝学章》）、魏武帝《乐府诗》、阮籍《咏怀诗》、郭璞《幽思篇》、顾恺之《书赞》。

但是这种情况也有破例，如：

《言语》条59《注》引有"庾阐《从征诗》也"（正文有诗的内容，《注》文无），沈氏据此列为庾阐《促征诗》且改"从"为"促"。《文学》条22《注》在刘孝标按语中提到《庾亮僚属名》，但并未引内容，沈书目亦列有《庾亮僚属名》。

4. 不知沈氏缘何不列，概是偶疏或者其不列原因非浅识者所能揣度。有：《周易》、《郑玄序易》、《谥法》、《夏小正》、卫恒《四体书势》、朱凤《晋纪》、徐广《晋纪》文颖注、《大司马官属名》、《晋博士张亮议》、《条列吴事》、《孔氏家传》、《东方朔别传》、《郑玄别传》、《管辂别传》、《向秀本传》、《高坐传》、《温氏谱》、《曹氏谱》、《李氏谱》、向子期郭子玄《逍遥义》、夏侯湛《羊秉叙》、《西京赋》、左思《蜀都赋》、左思《招隐诗》、孙绰《遂初赋序》、孙绰《名德沙门赞》（孙绰《道壹赞》、孙绰《支愍度赞》、孙绰《竺法汰赞》）、孙绰《列仙传赞》、戴逵《论王戎》、戴逵《论裴楷吊阮籍丧》、《波罗密经》、庾法畅《人物论》（"庾"为"康"之误，见后文）、王隐《孙盛不与故君相闻议》、《王氏家谱》、《旧语》、《汉书文颖注》、《汉书叙传》（概是认为此为《汉书》之一部分，但沈未明言）、《晋中兴书》、《晋书》（不言撰者）、《高士传》（不言撰者）、《名士传》（不言撰者）、《梁冀传》、《司马相如传》、《谢玄别传》、《谢车骑传》、何晏《五言诗》（未见）、夏侯湛《补笙诗》、王沈《与人书》（未见）、《相书》、《相牛经注》、《高逸沙门传》、《杨子》（即《法言》，见后文）。

赵建成言沈氏书目遗漏甚多，并列沈之遗漏有：《周易》、《易郑玄序》、《谥法》、《夏小正》、卫恒《四体书势》、裴松之《三国志注》、朱凤《晋纪》、徐广《晋纪文颖注》、刘璨《晋纪》、《大司马官属名》、《晋博士张亮议》、《条列吴事》、《孔氏家传》、《东方朔别传》、《郑玄别传》、《管辂别传》、《向秀本传》、《桓彝别传》、《支遁别传》、《高坐传》、《温氏谱》、《李氏谱》、《曹氏谱》、向子期郭子玄《逍遥义》、夏侯湛《羊秉叙》、张衡

《西京赋》、左思《魏都赋》、左思《蜀都赋》、左思《招隐诗》、石崇《王明君词序》、孙绰《遂初赋序》、孙绰《名德沙门赞》、孙绰《支愍度赞》、孙绰《列仙商丘子赞》、王隐《论扬雄太玄经》、戴逵《论王戎》、戴逵《论裴楷吊阮籍丧》、刘寔《论王肃》、《波罗密经》、《浮屠经》、庾法畅《人物论》、王隐《孙盛不与故君相闻议》、《王氏家谱》、《旧语》。①

　　比较我们所列与赵所列可知，赵比我们多列裴松之《三国志注》、刘璨《晋纪》、《桓彝别传》、《支遁别传》、左思《魏都赋》、石崇《王明君词序》、王隐《论扬雄太玄经》、刘寔《论王肃》、《浮屠经》等9家。下面我们就来分析赵所列这9家。

　　裴松之《三国志注》，其实沈氏已经列出，赵失察，而误以为沈氏不列。

　　刘璨《晋纪》，据叶德辉和张忱石的观点，"刘璨"当为"邓璨"之误，②沈氏概亦如此认为，只是未明确指出，所以不列。

　　《桓彝别传》，沈氏亦已列出，赵误以为沈不列。

　　《支遁别传》，在沈氏书目中，沈氏于《支法师传》下交待：《赏誉》称，与《支遁别传》当是一书。故沈氏非遗漏也，而是故意不列之。

　　左思《魏都赋》，《文选》左思《蜀都赋》中不见与刘《注》所引相同或相似的话。《文学》条51《注》引左思《魏都赋》"崤、函帝王之宅"一段内容不见于《文选》左思《魏都赋》，而见于《文选》左思《蜀都赋》，则沈氏不列左思《魏都赋》当是正确的，而且叶德辉、马念祖二人之书目亦均不列。

　　石崇《王明君词序》，刘《注》未明确提及，各家亦均不列，只有赵硕士论文列。《贤媛》条2《注》引有"石季伦曰"，赵当是据此而断定其为石崇的《王明君词序》。据我们调查，赵说是。

　　王隐《论扬雄太玄经》，《文学》条97《注》引有此，但沈氏并非遗漏，而是误列为扬雄《太玄经》。

① 见赵建成. 刘孝标《世说注》考略 [D]：[硕士学位论文]. 哈尔滨：黑龙江大学中文系，2003：26-27.

② 叶之观点见刘义庆. 世说新语 [M]. 上海：上海古籍出版社，1982：497. 张之观点见张忱石编.《世说新语》引书索引 [M]. 113.

　　刘寔《论王肃》,《品藻》条 24《注》有"按太尉刘寔论王肃",刘孝标以己语概括《论》之大概内容。正如我们归纳出的,沈氏对刘《注》中刘孝标以己语概括引文的引书一般不列出,详见下文。

　　《浮屠经》,《文学》条 23《注》引《魏略·西戎传》,在该《传》中引有《浮屠经》,属于引书中的引书,见上文我们归纳的沈氏第一种不列的情况,沈氏这种情况不列的有很多。赵蓋以自己的标准来衡量沈氏也。

　　赵比我们少列《旧语》后的 17 家,我们多列的 17 家,也不是没有问题,只是我们无法揣测沈氏缘何不列,故这 17 家还需要进一步的考证和分析,姑且存之。

　　5. 沈氏对于刘《注》引书和引书出处并存的情况,一般列引书出处名而不列具体的引书名。如:

　　据《排调》条 7《注》引"《张敏集》载《头责子羽文》",沈氏列《张敏集》,而不列张敏《头责子羽文》。据《尤悔》条 10《注》引"其《集》载《与劭书》曰",沈氏列《庾亮集》,而不列庾亮《与周劭书》。据《文学》条 91《注》引"《万集》载其叙四隐四显,为八贤之论",沈氏列《谢万集》,而不列谢万《八贤论》。据《赏誉》条 103《注》载其《平洛表》曰",沈氏列《桓温集》,而不列桓温《平洛表》。据《文学》条 80《注》引"《凿齿集》载其《论》,略曰"(据叶德辉书目,此《论》当为习凿齿《晋承汉统论》),沈氏列《习凿齿集》,而不列习凿齿《晋承汉统论》。据《文学》条 92《注》引"《宏集》载其赋云",沈氏列《袁宏集》,而不列袁宏《北征赋》。据《文学》条 102《注》引"《玄集》载其《谏叙》曰",沈氏列《桓玄集》,而不列桓玄《王孝伯谏》。据《文学》条 71《注》引"《湛集》载其《叙》曰",沈氏列《夏侯湛集》,而不列夏侯湛《周诗叙》。据《赏誉》条 20《注》引"《集》载洪《与刺史周浚书》曰",沈氏列《蔡洪集》,而不列蔡洪《与刺史周浚书》。《文学》条 21《注》所引嵇康《声无哀乐论》、《养生论》,在沈氏的书目中被附入《嵇康集》下,沈氏概认为此二《论》出自《嵇康集》。此外,谢公《简文谥议》(出自刘《注》所引刘谦之《晋纪》)、阮咸《律议》(出自刘《注》所引《晋诸公赞》)、王右军夫人《谢表》(出自刘《注》所引《妇人集》)、《桓玄问王凝之妻谢氏》(出自刘《注》所引《妇人集》)、陶侃《临终表》(出自刘《注》所引王隐《晋书》)等沈氏亦不列,情况与上相同。

但沈氏对此种情况并未坚持终始如一的处理原则,如:

《文学》条83《注》引"《修集》载其《论》曰",沈氏列为王修《贤人记》,据沈氏书目的一贯处理原则,则此列为《王修集》似乎更妥当,且刘《注》本作"论",不知沈氏缘何改作"记"。《方正》条48《注》引"《绰集》载《谏》文曰",沈氏列为孙绰《庾公谏》,而不列为《孙绰集》。又沈氏书目虽然列有《伏滔集》,但是考察其书目可知,其是据《轻诋》条20《注》引有的伏滔《长笛赋叙》而列《伏滔集》,而并不是据《言语》条72《注》引"《滔集》载其《论》略曰"而列。

6. 可能是某某之误者,沈氏不列。有:

《魏志春秋》(《尤悔》条1《注》),据张忱石的观点可能是《魏氏春秋》之误,[①] 沈氏书目未列有《魏志春秋》。刘璨《晋纪》(《仇隙》条2《注》),张忱石、叶德辉均疑刘璨是"邓璨"之误(见上),沈氏书目未列有刘璨《晋纪》。

7. 可以断定为同一书者,沈氏概只列其常用之称名。

如:裴启《语林》,在刘《注》中引用时又称《裴子》,沈氏只列《语林》,而不列《裴子》;皇甫谧《高士传》在刘《注》中引用,有一处作"皇甫谧曰",沈氏书目只列皇甫谧《高士传》,而不再列"皇甫谧曰"。沈氏在其书目中只列《支法师传》,而不列《支遁别传》,沈氏认为二者为一书。沈氏这样的列法本无可厚非,但是需要有所交待,当然沈氏有的做了交待,但是有的却没有,若不有所交待就会掩盖刘《注》引书的实际情况。

8. 刘《注》中不见,而见于《世说》正文中的引书,沈氏一般不列。有:王述《下主簿教》、羊孚《诣桓玄笺》、桓玄《与羊欣书》、戴逵《与所亲书》、王坦之《沙门不得为高贤论》。

9. 刘孝标以己语概括引书内容者,沈氏一般不列。有:孙绰《难八贤论》、刘寔《论王肃》、《道贤论》、潘岳《家风诗》。

10. 刘《注》有一些未明确交待出自某集或某书的引书,而这些引书属于刘孝标在《注》中直接使用者,沈氏于之未单列为引书,而是附入到一些引书的下面。此种情况被附的引书有:孙统《高柔集叙》(孙楚《虞

---

① 张之观点见张忱石编.《世说新语》引书索引 [M]. 120.

存诔叙》下附)、潘岳《秋兴赋叙》(《潘岳集》下附)、潘岳《家风诗》
(《潘岳集》下附)、《林法师墓下诗序》(王珣《游严陵濑诗叙》下附)、嵇
康《声无哀乐论》(《嵇康集》下附)、《孟处士录》(《袁宏集》下附,此
"录"当为"铭"之误,二者形近,沈氏误)、《支公书》(《支遁集》下
附)、嵇康《养生论》(《嵇康集》下附)。

11.《文学》条86《注》有"赤城霞起而建标,瀑布飞流而界道。"
《注》不交待所引文献名,但是从正文可以知道此是孙绰《天台赋》,沈氏
不列。《文学》条72《注》有"其诗曰",由正文可知此诗是孙楚示王武
子的。《笺疏》言《文馆词林》有孙楚《赠妇胡毋毋妇人别》,[①] 此概即该诗
也,沈氏亦不列。

以上这十一种情况均是沈氏不列者,有的不列可能是由于沈氏的遗
漏,而有的是因为沈氏有自己的整理刘《注》引书的原则和标准。

(二)沈氏有误列之书。

《赏誉》条120《注》引"林应为临王氏谱",沈案"临"下夺"之"
字,"林应"为作者,故其书目中列有《林应为临王氏谱》。余嘉锡、徐震
堮、杨勇、朱铸禹各家均认为"林应为临"乃《注》中的校勘之语。

《德行》条15《注》引李康《家诫》,据《笺疏》所引观点,"康"乃
"秉"之误。[②] 沈氏列有李康《家诫》。

《文学》条79《注》引"王隐《论扬雄太玄经》",各家均列为《论扬
雄太玄经》(叶氏"玄"作"元",当是避讳),而沈氏却列为扬雄《太玄
经》,从《注》来看,沈氏误。

沈氏书目分列有《安法师传》(沈氏注为"竺法汰")和《安和上传》
(沈氏注为"释道安"),沈氏认为此二《传》非一。《文学》条54《注》
引《安法师传》曰:"竺法汰者,体器弘简,道情冥到,法师友而善焉。"
可知"法师友而善"者正是竺法汰,此中之"法师"绝非竺法汰,而且
"法师"与竺法汰的关系是"友"。《文学》条54《注》中有"一说法汰即
安公弟子也。"此"一说"交待安公与法汰的关系是师徒。足证《安法师
传》中的"法师"为安公而非竺法汰。《安法师传》与《雅量》条32

---

① 余嘉锡. 世说新语笺疏 [M]. 北京:中华书局,1983:254.

② 余嘉锡. 世说新语笺疏 [M]. 北京:中华书局,1983:18.

《注》引有的《安和上传》当是一《传》之二称，叶德辉和张忱石明确提出此观点，高似孙《纬略》只列《安法师传》，不列《安和上传》，当亦是默认二者为一书。

（三）沈氏书目中同一文献所列书名有的与他家不同，不同的原因可能是个人依据的标准或个人的习惯称法不同。这里我们各举一例。

《德行》条 47《注》引有郑缉《孝子传》，叶氏、沈氏和赵建成列为郑缉之《孝子传》，而马念祖、高似孙、张忱石等人列为郑缉《孝子传》。一是郑缉，一是郑缉之，叶、沈、赵三人列为郑缉之是据《隋志》之著录，马、高、张三人列为郑缉是据《世说注》本身。徐震堮言："案晋人单名常加'之'字，如袁悦一作袁悦之，张玄一作张玄之，此例非一。"①虽然郑缉之据《隋志》乃宋人，但宋承晋而来，晋之余风余韵，宋必有所承，则郑缉可以一作郑缉之。此为所据标准不同。

《春秋左氏传》在刘《注》中，有的引作《春秋左氏传》（如《赏誉》条 50《注》、《任诞》条 45《注》），有的引作《春秋传》（如《言语》条 7《注》）。《言语》条 7《注》所引《春秋传》之内容出自今本《左传·襄公三年》，只是文字稍有不同；《言语》条 29《注》所引《春秋传》出自今本《左传·桓公二年》，文字全同；《文学》条 14《注》所引《春秋传》出自今本《左传·成公十年》，文字稍异。在刘《注》中还有多处引有《春秋传》，当都是来自《左传》，也就是《春秋左氏传》，所以刘《注》中的《春秋传》就是《春秋左氏传》。叶、赵列有《春秋左传》，沈列有《春秋传》，马念祖列有《春秋左氏传》和《春秋传》，张忱石列有《春秋左氏传》。马氏分列似乎不当，因为二者本为一书。其他各家尽管所列书名不太一致，但都是简称、全称与习惯称法的区别，所指都是《春秋左氏传》。

又，沈氏有一引书名与各家异。《德行》条 1《注》和《政事》条 3《注》都引有袁宏《汉纪》。叶、马、张列为袁宏《汉纪》，沈列为袁宏《汉记》（《古书目三种》编二），沈氏在此下言"详一编"，我们查"一编"发现作袁宏《汉纪》，且伴有沈氏的考证。沈氏言《隋志》作《后汉纪》，作《汉纪》是省文。盖作《汉记》与作《汉纪》并无本质之不同。

（四）沈氏书目对同姓之谱按照地望加以区别，这种区别在刘《注》

---

① 徐震堮. 世说新语校笺［M］. 北京：中华书局，1984：389.

引书研究中是最早的。如：《许氏谱》（高阳）、《许氏谱》（义兴）；《周氏谱》（陈郡）、《周氏谱》（汝南安城）；《刘氏谱》（南阳）、《刘氏谱》（高平）、《刘氏谱》（彭城）、《刘氏谱》（沛国）；《王氏谱》（琅琊）、《王氏谱》（太原）。

（五）另外《贤媛》条 2《注》"石季伦曰"、《言语》条 27《注》"光武尝谓井丹曰"、《文学》条 54《注》"经"、《贤媛》条 5《注》"景献羊皇后曰"、《假谲》条 11《注》"旧义者曰"、《方正》条 51《注》"孔子称"、《轻诋》条 28《注》"说林"、《言语》条 38《注》"序传"、《贤媛》条 15《注》"魏氏志"、《文学》条 64《注》"道标法师曰"、《赏誉》条 54《注》"虞预书曰"。沈氏于以上各条需进一步考证者或无法考证者不列亦不作交待（未附入其所列引书中）。

二、小　结

沈氏列《〈世说注〉引书书目》是有其自己的原则或者说标准的，沈氏只是没有明确的交待罢了。沈氏的有些标准或者说原则在其书目中执行的并不是很严格或者说很彻底，常有破例之处，也就是说同样的情况，沈氏可能采取了不同的处理方法。然而，沈氏书目有很多值得后人借鉴的东西，在很多地方均有其自己的创获。

第三节　马念祖的刘《注》引书书目研究

马念祖《〈水经注〉等八种古籍引用书目汇编·凡例》中指出其《汇编》调查《世说》刘《注》引书采用的版本是四部丛刊影印明袁氏嘉趣堂本，这一点说明是非常必要的。在刘《注》的引书研究中是马氏首次明确提出调查刘《注》引书应交待所依据的《世说》版本，尽管各家在统计刘《注》引书时一定都有自己使用的版本，但是明确交待使用版本的，马念祖是第一个。正如马氏所说："所用版本，注明于后。恐与其它版本略有分歧，请用者注意。"马氏在《凡例》中还提到"各书书名，如有讹误或脱字，或有他种问题，略加按语说明，但不作繁复之考证。原书所引各书，有将著者置于书名之前者。今取划一，先举书名，次及著者。原书未标著者，今虽知之，亦不增载，以免混淆。所辑书名，宁失之复，不失之缺。"① 从中可以看出作者在进行引书调查时所遵循的一些标准和原则。但马氏并未强调什么样的才算是"引书"，我们只能根据其具体的书目去体察。马氏在《凡例》中也提到，其《汇编》辑《世说新语注》引书 395 种，该数目与叶德辉和沈家本的统计均不同。

一、马氏所列刘《注》引书书目批评

（一）与他家相比，马氏有未列之书。

1. 不知缘何不列者：《郑玄序易》、《易王弼注》、《尚书孔安国注》、《诗》、《诗郑玄注》、《礼记》、《谥法》、《夏小正》、《公羊传何休注》、《国语》、《孝经》、卫恒《四体书势》、《汉书文颖注》、《汉书臣瓒注》、《汉书苏林注》、《汉书张晏注》、《汉书叙传》（叶德辉言为项岱撰，故叶氏单列之）、裴松之《三国志注》、朱凤《晋书》、《晋书》（不言撰者）、徐广《晋纪文颖注》、《英雄记》、《汉武故事》、庾亮《启参佐名》、《晋博士张亮议》、《王丞相德音记》、《文字志》、《条列吴事》、《梁冀传》、《司马相如传》、《东方朔别传》、《樊英别传》、《孔融别传》、《郑玄别传》、《向秀本传》、《范汪别传》、《王恭别传》、《王廙别传》、《王雅别传》、《谢玄别传》、《谢车骑传》、《陆机别传》、《司马无忌别传》、《郗鉴别传》、《蔡充别传》、《会稽记》、《太康地记》、《法师游山记》、《阮氏谱》、《桓氏谱》、《冯氏谱》、《虞氏谱》、《卫氏谱》、《魏氏谱》、《李氏谱》、《郗氏谱》、《荀氏谱》、《王氏世家》、《说苑》、《说林》、《杨子》、《谯子法训》、《老子》、《列子》、《庄子》、《庄子郭象注》、姚信《士纬》、《风俗通》、《郭子》、《庾亮集》、《谢万集》、《习凿齿集》、左思《蜀都赋》、夏侯湛《补笙诗》、左思《招隐诗》、孙绰《与庾亮笺》、戴逵《论王戎》、戴逵《论裴楷吊阮籍丧》、孙绰《刘惔诔叙》、孙绰《庾亮碑文》、《陆碑》、葛洪《富民塘颂》、王隐《孙盛不与故君相闻议》、《相牛经注》、《波罗密经》、《僧肇注维摩诘经》、支氏《逍遥论》、嵇康《养生论》、孙楚《赠妇胡毋妇人别》、孙绰《天台赋》。

2. 引书中的引书不列：殷融《象不尽意论》、殷融《大贤须易论》、

---

① 所引马氏之观点详见马念祖《〈水经注〉等八种古籍引用书目汇编》之《凡例》，中华书局，1959. 另外，本节对马氏的述评依据其《〈水经注〉等八种古籍引用书目汇编》。

阮咸《律议》、潘岳《赠王胄诗》、阮籍《寄怀诗》、孙楚《除妇服诗》、潘岳《送成都王军司马堪至北邙别诗》、《曹颜远诗》、太傅越《与赵穆王承阮瞻邓攸书》、张华《与褚陶书》、刘琨《与亲旧书》、阮咸《与姑书》、《姑答书》、刘伶《酒德颂》、钟会《庭论嵇康》、《浮屠经》。

3. 可以归入到书中的篇或章名不列：《魏略·西戎传》、《蜀志·陈寿评》、《吴录·士林》、《温氏谱序》、顾恺之《夷甫画赞》、《陈留志名》、《曲礼》、《大戴礼·劝学篇》。与前相对应则列有《魏略》、《蜀志》、《吴录》、《温氏谱》、顾恺之《画赞》、《陈留志》、《礼记》、《大戴礼》。

但这个标准马氏没有一贯执行，如：

马氏未列孙绰《名德沙门赞》，但列有《道壹赞》（孙绰），既然列《道壹赞》（孙绰），则亦应列有孙绰《竺法汰赞》、孙绰《支愍度赞》，可马氏于此二《赞》均不列。叶德辉认为《道壹赞》、《支愍度赞》均是《沙门赞》之一（叶氏所言《沙门赞》即是《名德沙门赞》）。据马氏一贯之原则，则列为孙绰《名德沙门赞》似乎更妥当。

各家书目都分别列有《魏志》和《蜀志》，有的也指出二者均是《三国志》之一，马氏自己就明确指出《魏志》、《蜀志》与《三国志》的关系，但各家均分列为《魏志》、《蜀志》，而不统列为《三国志》。

4. 只提到文献名，未征引文献内容者，或者刘孝标以己语概括引文内容者一般不列。如：蔡邕《劝学篇》（只提及文献名，刘《注》作《劝学章》）、刘寔《论王肃》（刘孝标以己语概括）、《道贤论》（刘孝标以己语概括）。

但也有破例者：在刘孝标按语中提到此文献名但并未引内容者，马氏列有《庾亮僚属名》；刘孝标以己语概括引书内容者，马氏列有潘岳《家风诗》。

5. 《注》只提到文献名，文献内容在正文中不在《注》文中者不列。如魏武帝《乐府诗》、郭璞《幽思篇》。

但也有破例者，如马列《咏怀诗》（阮嗣宗）和《从征诗》（庾阐），此二诗的内容均在正文中而不是在《注》文中。

6. 《注》连文献名都未提及，文献名和具体文献内容均在正文中者不列。如：王述《下主簿教》、羊孚《诣桓玄笺》、桓玄《与羊欣书》、戴逵《与所亲书》、王坦之《沙门不得为高贤论》。

（二）对于刘《注》引书和引书出处均给出的情况，马氏一般列引书出处而不列引书。

《言语》条 47《注》"按王隐《晋书》载侃《临终表》曰"，马氏列王隐《晋书》，不列陶侃《临终表》。《文学》条 87《注》"刘谦之《晋纪》载《安议》曰"（《世说》正文提到"桓公见谢安石作简文谥议"），马氏列刘谦之《晋纪》，不列谢公《简文谥议》。《排调》条 7《注》"《张敏集》载《头责子羽文》"，马氏列《张敏集》，而不列张敏《头责子羽文》；《文学》条 83《注》"《修集》载其《论》曰"（据正文知是王修和其《贤人论》），马氏列《王修集》，而不列王修《贤人论》；《方正》条 48《注》"《绰集》载《谏》文曰"（据正文知是孙绰的《庾公谏》），马氏列《孙绰集》，而不列孙绰《庾公谏》；《赏誉》条 103《注》"《温集》载其《平洛表》曰"（据正文知是桓温的《平洛表》），马氏列《桓温集》，而不列桓温《平洛表》；《言语》条 72《注》"《滔集》载其《论》略曰"（据正文知是伏滔《青楚人物论》），马氏列《伏滔集》，而不列伏滔《青楚人物论》；《文学》条 71《注》"《湛集》载其《叙》曰"（据正文知是夏侯湛的《周诗叙》），马氏列《夏侯湛集》，而不列夏侯湛《周诗叙》；《赏誉》条 20《注》"《集》载洪《与刺史周浚书》曰"（蔡洪《与刺史周浚书》），马氏列《蔡洪集》，而不列蔡洪《与刺史周浚书》；《贤媛》条 31《注》"《妇人集》载谢《表》曰"（据正文知是《王右军夫人郗璇谢表》）、"《妇人集》载桓玄问王凝之妻谢氏曰"，马氏只列《妇人集》，不列《王右军夫人郗璇谢表》与《桓玄问王凝之妻谢氏》。

但也有破例者，如：

《文学》条 92《注》"《宏集》载其《赋》云"（据正文知是袁宏《北征赋》），马氏不列《袁宏集》，而列袁宏《北征赋》。

《文学》条 80《注》"《凿齿集》载其《论》，略曰"（据叶德辉的观点此为习凿齿《晋承汉统论》），马氏既不列《习凿齿集》，也不列《晋承汉统论》；《文学》条 91《注》"《万集》载其叙四隐四显，为八贤之论"（据正文知此为谢万《八贤论》），马氏既不列《谢万集》，也不列谢万《八贤论》。《文学》条 102《注》"《玄集》载其《谏叙》曰"（桓玄《王孝伯谏叙》），马氏不列《桓玄集》，也不列桓玄《王孝伯谏叙》；《尤悔》条 10《注》"其《集》载《与勋书》曰"（据正文知是庾亮《与周勋书》），马氏既不列《庾亮集》，也不列《庾亮与周劭书》。

（三）可能是某某之误者，马氏不指出，也不在书目中列出。

如：《魏志春秋》（张忱石言是《魏氏春秋》之误）。

（四）马氏本着"宁失之复，不失之缺"的原则，在其书目中列刘《注》引书时多有重复。如：列《罗府君别传》，又列《罗含别传》；列《王蒙别传》，又列《王长史别传》；列《刘惔别传》，列《刘尹别传》；列《阮光禄别传》，又列《阮裕别传》；列《语林》，又列裴启《语林》，但不列《裴子》；列《支法师传》，又列《支遁传》（在刘《注》中我们未发现有此传，其他各家也未列《支遁传》）；列《安法师传》，又列《安和上传》。

马氏这个原则也不是一贯的：刘《注》中引《郭林宗别传》，又引《郭泰别传》，而马氏只列《郭林宗别传》；刘《注》中引《名德沙门题目》，又引《沙门题目》，马氏只列《名德沙门题目》；刘《注》中引《列仙传》，又引刘子政《列仙传》，然马氏只列《列仙传》。

（五）马氏于刘《注》中的同姓却不同谱者，不加区分。如《刘氏谱》、《周氏谱》、《许氏谱》、《袁氏谱》、《王氏谱》。

（六）对一些无可考者或需要进一步考证者马氏未列，详见上文叶、沈二氏所列以及我们的补充。

二、小　结

马念祖之失：与叶德辉、沈家本等人一样未明确交待何谓"引书"；与叶德辉、沈家本一样所列引书书目有遗漏；与叶德辉、沈家本一样有些原则未能自始至终地执行。

马念祖之得：强调整理刘《注》引书应该交待《世说》的版本；在列书目之前有意识地去制定一些操作原则并且把这些原则交待出来，这绝不同于沈家本、叶德辉，沈家本、叶德辉二人的标准可以说是在心中，而马念祖的标准体现在了纸上；一些具体原则值得借鉴，尽管这些原则可能没有被贯彻始终。

第四节　高似孙的刘《注》引书书目研究[①]

高似孙《纬略》卷九言："宋临川王义庆采撷汉晋以来佳事佳话为《世说新语》，极为精绝，而犹未为奇也。梁刘孝标注此书，引援详确，有不言之妙，如引汉魏吴诸史，及子传地理之书，皆不必言，只如晋氏一朝史，及晋诸公列传语录文章，皆出于正史之外，纪载特详，闻见未接，实为注书之法。"高氏此评，常被读者和研究者引用，以评刘《注》之价值。正如高氏自己所言，其所列者只是晋氏一朝史及晋诸公列传语录文章。但是我们也可以借此窥见高似孙刘《注》引书研究之一斑。据《纬略》卷九，高氏所列书有 167 种。

一、高氏刘《注》引书书目管窥

（一）据高氏"晋氏一朝史及晋诸公列传语录文章"来看高所列之书目，则高有不列者，具体不列的情况如下：

1. 可能因高氏疏漏而未列者，如：《晋书》（不言撰者）、徐广《晋纪》文颖注、《泰元起居注》、《大司马官属名》、庾亮《启参佐名》、《晋博士张亮议》、《名士传》（不言撰者）、《王丞相德音记》、《王彪之别传》、《王雅别传》等。此处我们不尽列高氏所漏列者，因为高氏不列者颇为不少，概高氏未必想尽列之，高氏只是想列出一些以示刘《注》之价值。通过与叶德辉、沈家本所列书目相比较，我们可以清楚的看出高氏的漏列情况。

2. 可能是某某之误者不列。如刘璨《晋纪》。

3.《注》未引内容而只是提到文献名者不列。如《庾亮僚属名》。

4. 引书中的引书不列。如谢公《简文谥议》、阮咸《律议》。

（二）高氏在其书目中既列有《续晋阳秋》，又列有檀道鸾《续晋阳秋》；既列《刘尹别传》，又列《刘惔别传》；既列《罗含别传》，又列《罗府君别传》。这些均属于重复收录。如果说高氏认为《续晋阳秋》与檀道

---

① 本书研究高似孙的刘注引书书目据高似孙. 纬略［M］. 133-138. 丛书集成新编（第 12 册）. 台湾：新文丰出版公司，1986：225-227. 书中所引高之言论均出自其《纬略》卷九。

鸾《续晋阳秋》是不同书、《刘尹别传》与《刘惔别传》是不同书、《罗含别传》与《罗府君别传》也是不同书，那么刘《注》中既有《阮裕别传》，又有《阮光禄别传》，则高氏似乎就不应该只列《阮光禄别传》。

（三）高氏所列书名有不同于他家者，此详见后文我们的论述。

（四）高氏所列之书，有误者。如：

列《刘蒙别传》。其中"刘"字当为"王"之误！刘《注》引作《蒙别传》凡三次，均是言王蒙与刘惔之事，此蓋为高氏致混之由。

列《郭阙别传》（不知为何者之误）。

列《顾秋别传》（"秋"当作"和"）。

列《王颙别传》。高氏不列《周顗别传》而列《王颙别传》，此《注》所引不言颙之姓氏，且正文和《注》文均提到王敦与王平，高氏概因此而误。

列二《谢氏谱》。据刘《注》，其中之一当作《谢女谱》。

列《刘剡别传》。此当是《刘惔别传》，惔、剡形近而误。赵建成在其论文中也谈到了一些，可以参看。[①]

（五）高氏所列之书目中有两个《王氏谱》，但没有具体的说明，然《许氏谱》和《周氏谱》只列一个，《刘氏谱》根本未列，从这里也可以看出高氏在列刘《注》引书方面根本就不严密，即使有标准，但其标准也是很松散的，执行的较为随便。其实，从这里更可见高氏的本意就在举例，而不是想确立一个标准对刘《注》的引书进行一定的研究。

（六）若据沈家本的分类方法，高氏所列之书有正史 5 部、古史 11 部、杂史 2 部、起居注 1 部、旧事 1 部、职官 6 部、杂传 99 部、别集 3 部、总集 2 部、谱系 28 部、簿录 8 部、儒家 1 部。由此看来，高氏书目所列刘《注》引书的范围还是比较广泛的。

（七）高氏所列之书，没有刘《注》引书中的引书，没有只是《注》文提到书名而未引内容的引书，更没有实际上是《世说》正文中引用的引书。

（八）赵建成认为高氏在《纬略》中已经谈到其所列之书皆出于正史

---

① 见赵建成. 刘孝标《世说注》考略 [D]：[硕士学位论文]. 哈尔滨：黑龙江大学中文系，2003：21.

之外，因此认为高列出朱凤、沈约、王隐、虞预四家《晋书》是不应该的，因为这四家乃是正史。其实，高氏《纬略》中"只如晋氏一朝史，及晋诸公列传语录文章，皆出于正史之外，纪载特详，闻见未接，实为注书之法。"可以有不同于赵的另外一种理解，那就是"皆出于正史之外"限定的是"晋诸公列传语录文章"，而未限定"晋氏一朝史"。如果这样理解，则高氏将四家正史中的晋书列入就合情合理了。赵又讲到高漏列《晋诸公赞》，但据我们查看《纬略》，高氏并未漏列。

二、小　结

通过高似孙自己在《纬略》卷九中的交待可知，其目的不是想列出刘《注》引书书目的全部（即便是"晋氏一朝史，及晋诸公列传语录文章"），而只是想列出部分书目来强调刘《注》作为"注书之法"的价值。因此，我们上面所作的分析可能都不是高似孙的本意，可能都是我们的臆测。但是，通过高氏这个书目，我们还是能够发现高氏的一些得失（如前所述）。

第五节　张忱石的刘《注》引书书目研究[①]

张忱石《〈世说新语〉引书索引·凡例》有三条在刘《注》引书研究中是应该被重视的，它们是："一、本《索引》收录刘《注》中征引的书名及文章篇名。凡仅提及书名（文章篇名）而无引文者，不予收录。""三、书名相同而又非同一书者，则在书名后注明之。""五、由于刘《注》记载书名时有省略或舛误，今尽可能查对《隋书·经籍志》、《旧唐书·经籍志》、《新唐书·艺文志》诸书，予以订正，对其舛错之处，则作注说明之。"张氏《凡例》条一明确了其录入刘《注》引书的标准，就是必须要有"引文"的存在；《凡例》条三指出如何处理刘《注》中同名异书的情况；《凡例》条五指出了刘《注》引书存在着一个比较让人头痛的现实，那就是多有省略和舛误之处，因此在列引书之时当然不能原原本本的录入，而应该结合史书的著录谨慎的进行核实。虽然张氏没有明确提出何谓"引书"，但张氏"凡仅提及书名（文章篇名）而无引文者，不予收录"一

段话实际上已经交待了何为"引书"。正如我们上文提到的，以前学者在列刘《注》引书虽然都有自己的标准，但都没有明确指出什么是"引书"，可以说张氏在这个问题上前进了一大步。明确"引书"概念是进行引书调查的前提。

一、张忱石刘《注》引书书目批评

（一）张氏有未列之书，据我们考察大概有如下几种情况：

1. 可能是其疏漏或其未列原因我们不得而知：《周易》、《易郑玄序》、《周礼郑注》、《谥法》、《公羊传何休注》、《古史考》、《汉书臣瓒注》、《汉书张晏注》、裴松之《三国志注》、《晋书》（不言撰者）、《晋博士张亮议》、《高士传》（不言撰者）、《向秀本传》、《谢玄别传》、夏侯湛《补笙诗》、孙绰《与庾亮笺》、何劭《论荀粲》、戴逵《论王戎》、戴逵《论裴楷吊阮籍丧》、《相牛经》（不言撰者，张概以为刘《注》所引均为宁戚经，非）、《相牛经注》、《波罗密经》、孙绰《名德沙门赞》、孙绰《天台山赋》、孙楚《赠妇胡母妇人别》）。

2. 引书中的引书不列：殷融《象不尽意论》、殷融《大贤须易论》、阮咸《律议》、阮籍《寄怀诗》、孙楚《除妇服诗》、潘岳《送成都王军司马堪至北邙别诗》、《曹颜远诗》、太傅越《与赵穆王承阮瞻邓攸书》、张华《与褚陶书》、阮咸《与姑书》、《姑答书》、《钟会庭论嵇康》、《浮屠经》。

但张氏有破例者，即列了引书中的引书：《文学》条 69《注》引《名士传》，在所引《名士传》中有"其辞曰"（据正文知是刘伶《酒德颂》之辞），张氏列为《酒德颂》（刘伶）。

3. 只提及书名，而未征引内容者不列：如蔡邕《劝学篇》（刘《注》原作《劝学章》）、魏武帝《乐府诗》（《注》文只有引书名，而没有引文，引文在正文中）、阮籍《咏怀诗》（诗的内容在正文中）、潘岳《家风诗》（《注》中孝标以己语概括了诗的内容）、郭璞《幽思篇》（内容在正文中）、庾阐《从征诗》（内容在正文中）、孙绰《难八贤论》（孝标以己语概括引文内容）、刘寔《论王肃》（孝标以己语概括引文内容）、顾恺之《书赞》。

但有破例者，如《文学》条 36《注》刘孝标以己语概括《道贤论》的内容，张氏据此而列有《道贤论》，其实这也只能算是提及文献名，而未征引内容。又《文学》条 22《注》在刘孝标按语中提到《庾亮僚属名》，并未引内容，张亦列。

4. 某书中之篇、章或一部分不列而列书。如不列《汉书·叙传》（叶德辉据《隋志》认为是项岱撰。赵建成考证注所引《汉书叙传》内容见于今《汉书》）、《魏略·西戎传》、《蜀志·陈寿评》、《吴录·士林》、《支道林集·妙观章》。对应则列有《汉书》、《魏略》、《蜀志》、《吴录》、《支道林集》。

又不列孙绰《列仙商丘子赞》，而列刘向《列仙传》，张盖认为前者是后者的一部分。

此种情况也存在破例，如不列《大戴礼》，而列《大戴礼·劝学篇》。

5. 对于刘《注》引书和引书出处均给出者，张氏不列引书而列引书出处。如不列谢公《简文谥议》、袁宏《北征赋》、桓温《平洛表》、王右军夫人《谢表》、《桓玄问王凝之妻谢氏》、庾亮《与周劭书》、蔡洪《与刺史周浚》、刘琨《与亲旧》、习凿齿《晋承汉统论》、谢万《八贤论》（且属刘孝标以己语概括论之内容）、伏滔《论青楚人物》、桓玄《王孝伯诔》、孙绰《庾公诔》、张敏《头责子羽文》、王隐《孙盛不与故君相闻议》、陶侃《临终表》。（此处各引书的出处我们在讨论叶德辉、沈家本等的引书书目时已详细交待，此略）

6. 由于所据版本之故，从而未能列出者。如：《陈寔传》，张据余嘉锡《世说新语笺疏》列刘《注》引书，《笺疏》所据本《世说》刘《注》缺"《陈寔传》曰"（《德行》条6《注》）四字，故张不录《陈寔传》。由此也可看出列刘《注》引书书目时一定要交待所依据的《世说》版本，同时应该参考其他版本。

7. 正文中的引书不列：王述《下主簿教》、羊孚《诣桓玄笺》、桓玄《与羊欣书》、戴逵《与所亲书》、王坦之《沙门不得为高贤论》。

（二）《曲礼》，张氏《索引》列之，但张氏言见《周礼》，而叶德辉认为《礼记》亦称《曲礼》。又今本《礼记》中有《曲礼》。

（三）张氏指出了刘《注》引书中可能为某某之误者，有的改为其认为正确者，有的仍存刘《注》原貌而不改。

《文学》条84《注》引《文章传》，张言："《隋》《唐志》皆无著录，疑此为《文士传》或《文章志》、《文章录》之讹，因无确凿证据，姑仍单独立目。"

《文学》条 99《注》引丘渊之《文章叙》，张言："据《隋书·经籍志》丘渊之所撰为《文章录》，此叙字，当为录字之譌。今改正。"

《仇隙》条 2《注》引《晋纪》（刘璨），张指出"刘璨"当是"邓粲"之误。

《言语》条 17《注》引朱凤《晋纪》，张指出"纪"当是"书"字之譌。

《品藻》条 1《注》引谢沈《汉书》，张指出此"《汉书》"应作"《后汉书》"。

《品藻》条 1《注》引薛莹《汉书》，张指出此"《汉书》"亦应作"《后汉书》"。

《言语》条 13《注》引《魏本传》，张氏言："各本作《魏末传》，然两书隋、唐志皆无著录，'本''末'形近，未知孰是。"

《贤媛》条 15《注》引《魏氏志》，张言《隋志》无此书，疑"志"为"谱"之误，或"氏"字衍，但无确证，故仍单列。

《尤悔》条 1《注》引《魏志春秋》，张指出"志"当是"氏"字之误。

《赏誉》条 116《注》引《刘谏诔叙》（孙绰），张指出"原文'诔'作'谏'，误。宋本作诔，《晋书·刘恢传》载有孙绰诔。今据改。"

《言语》条 52《注》、《文学》条 30《注》均引有庾法畅《人物论》，张据《笺疏》的观点改为康法畅《人物论》。

《轻诋》条 7《注》引谢歆《金昌亭诗叙》，张指出原文作"歆"，并疑"歆"为"韶"之譌。

（四）张氏所引既列《陈留志》，又列《陈留志名》，当认为二者为不同书。叶德辉、沈家本只列《陈留志》。列顾恺之《画赞》，又列顾恺之《夷甫画赞》，概认为二者也是不同书，与叶德辉同。其实《陈留志名》可能为《陈留志》中的一篇，《夷甫画赞》也可能为《画赞》中的一篇。（见下文）

（五）张氏《索引》列有二《名士传》，其中张列《方正》条 6《注》所引为袁宏作，其余不列撰者。章宗源考证刘《注》所引《名士传》中有五事出自刘义庆《江左名士传》。张所列反映了刘《注》的事实，而且可以被章宗源的考证所支撑。

（六）张氏对于《列女传》，只列一个，其实在刘《注》中的《列女传》有一处可以肯定不是刘向撰（《贤媛》条5《注》），但是另一处的撰者需要考证（《轻诋》条2《注》，赵建成认为是刘向撰），此处可能为刘向撰，也可能不是刘向撰。因此列时还是应该考虑到这个问题，存疑似乎更妥当。

（七）张氏所列有误者。如《樊英别传》，张列为《樊英列传》。"湛集载其叙曰"（《文学》条71《注》，据正文知是夏侯湛《周诗叙》），张氏列为《夏侯湛集叙》。

（八）张氏分列《郭林宗别传》与《郭泰别传》、《罗府君别传》与《罗含别传》、《王长史别传》与《王濛别传》、《刘尹别传》与《刘惔别传》、《阮裕别传》与《阮光禄别传》、《名德沙门题目》与《沙门题目》、《支法师传》与《支遁传》。张可能认为，虽然是同一个人（《沙门题目》除外）的《别传》或《传》，但不同称名就当是不同书。此观点与高似孙相同，其好处是保存了刘《注》的原貌。但这样的列法我们不敢苟同，刘《注》引同一书而使用不同称名的情况是存在的，我们没有理由不相信《郭林宗别传》与《郭泰别传》不是同一书。

（九）张氏列出了其他各家均不列者，如：《司马相如传》。

（十）张氏列《支愍度赞》（孙绰），但不列孙绰《道壹赞》和《竺法汰赞》，不知张氏是故意不列，还是由于疏漏而未列，总之处理原则不一致。

（十一）张氏不列蔡邕曰、许叔重曰、韩氏曰、旧说、旧语、石季伦曰、光武尝谓井丹曰、经（《文学》条54《注》，据正文和《注》知道是佛经，但具体何经不知）、景献羊皇后曰（《贤媛》条5《注》）、旧义者曰（《假谲》条11《注》）、孔子称（《方正》条51《注》）、序传（《言语》条38《注》，因为有《汉书叙传》，因此我们怀疑此即是《汉书叙传》的简称）、虞预书曰（《赏誉》条54《注》引，此概是虞预《晋书》）。这些都没有在张氏书目中体现出来，当然有些通过考察可以归入到某些引书中，但有些却是无法考订其出处的，因此就需要列出。

二、小　结

张忱石的书目首先交待了列为引书必须要有引文存在这个前提，这是其基本的操作原则。张氏也交待了对同名异书情况的处理方法，而且对刘《注》引书书名存在的一些省略和舛误依照史书之著录进行了订正，这些都是值得肯定的。但是，张氏的书目也存在着一定的问题：张氏所列这些原则其实不足以应付刘《注》复杂的引书情况，其书目对具体如何列引书交待的并不具体，如对引书中的引书、篇章与书的关系等问题的处理原则并没有明确的交待，其实这些问题在列目之前就应该有个明确的交待，然张氏同沈家本、叶德辉一样并没有明确交待；张氏书目存在遗漏；张氏存在打破其原则而列引书的情况；张氏对一些具体引书的处理有待商榷。这些都是我们在接下来的刘《注》引书研究中需要注意的。

第六节　赵建成的刘《注》引书书目研究[①]

赵建成在其硕士论文《刘孝标〈世说注〉考略》中，重点评述了高似孙、叶德辉、沈家本的刘《注》引书研究，也简略的谈到马念祖、张忱石的刘《注》引书研究，分别指出了这些学者的一些失误之处，当然其指摘未必全都正确，但这是我们至今所见较早的关于各家刘《注》引书书目较为全面的评论，我们对其评论进行了引用和分析，具体情况可见上文我们对各家刘《注》引书书目研究的分析和叙述。赵在评述了各家的引书书目研究后，并没有进而归纳出整理《世说注》引书时所应遵循的标准和原则，这是让人感到遗憾和惋惜的。赵虽然没有归纳出引书的标准和原则，但整理出了具体的刘《注》引书书目，其书目不乏可取之处，但也颇存在一些问题，下面我们就来具体分析之。

一、赵建成的刘《注》引书书目批评

（一）赵指出了叶、沈有未列之书，然赵亦有漏列之书，例如：《中兴书》、《晋书》（不言撰者）、《梁冀传》、《谢玄别传》、《司马相如传》、《相书》（不言撰者）、《相牛经注》、《波罗密经》、《高逸沙门传》、孙绰《天台赋》、孙楚《赠妇胡毋妇人别》、《说林》、《经》（《文学》条 54《注》引，

---

①　本节所引赵之观点见赵建成. 刘孝标《世说注》考略 [D]：[硕士学位论文]. 哈尔滨：黑龙江大学中文系，2003.

据正文和《注》知道是佛经，但具体何种佛经则不知）。

（二）赵不列之书分析。

1. 一般来说，赵于引书中的引书不列。

具体有：殷融《象不尽意论》、殷融《大贤须易论》、阮咸《律议》、阮籍《寄怀诗》（赵认为刘《注》及《世说》根本未提及，赵误）、孙楚《除妇服诗》、潘岳《送成都王军司马堪至北邙别诗》、《曹颜远诗》、刘琨《与亲旧书》、阮咸《与姑书》、《姑答书》、刘伶《酒德颂》、钟会《庭论嵇康》。

但赵此条也有破例之处，如列太傅越《与赵穆王承阮瞻邓攸书》（《赏誉》条34《注》引《赵吴郡行状》，在《赵吴郡行状》中引有太傅越《与赵穆王承阮瞻邓攸书》）、张华《与褚陶书》（《赏誉》条19《注》引《褚氏家传》，在《褚氏家传》中引有司空张华《与褚陶书》）、《浮屠经》（《文学》条23《注》引《魏略·西戎传》，在该传中引有《浮屠经》）。可见，这三引书均属于引书中的引书，赵亦列之，显然与上殷融《象不尽意论》等处理原则不同。

2. 一般来说，赵对《注》只提及篇名而未征引内容者不列（即无引文）。如：蔡邕《劝学篇》（"篇"原作"章"）、魏武帝《乐府诗》（诗的内容在正文中）、阮籍《咏怀诗》（诗的内容在正文中）、郭璞《幽思篇》（内容在正文中）、顾恺之《书赞》。

但也有破例者，如列庾阐《促征诗》（《注》原作庾阐《从征诗》，赵据沈家本书目而改作《促征诗》；《注》无诗的内容，内容在《世说》正文中）、《庾亮僚属名》（《文学》条22《注》，《注》未引内容，只在孝标按语中提到书名）。

3.《注》连篇名也未提及，只是在《世说》正文中涉及者不列。如王述《下主簿教》、羊孚《诣桓玄笺》、桓玄《与羊欣书》、戴逵《与所亲书》、王坦之《沙门不得为高贤论》。

4. 可以确知为某书之一部分者不列。如：《汉书·叙传》、《魏略·西戎传》、《蜀志·陈寿评》、《吴录·士林》、顾恺之《夷甫画赞》。赵在其论文中判断《汉书·叙传》为《汉书》之一部分。

（三）赵对刘《注》引书和引书出处并载的情况的处理。

"《张敏集》载《头责子羽文》"（《排调》条7《注》）。赵列为《张敏集》，不列张敏《头责子羽文》。

"其《集》载《与劭书》曰"（《尤悔》条 10《注》）。赵列为《庾亮集》，不列庾亮《与周劭书》。

"《万集》载其叙四隐四显，为八贤之论"（《文学》条 91《注》）。赵列《谢万集》，不列谢万《八贤论》。

"《温集》载其《平洛表》曰"（《赏誉》条 103《注》）。赵列《桓温集》，不列桓温《平洛表》。

"《滔集》载其《论》略曰"（《言语》条 72《注》）。赵列《伏滔集》，不列伏滔《青楚人物论》。

"《凿齿集》载其《论》，略曰"（《文学》条 80《注》）。赵列《习凿齿集》，不列习凿齿《晋承汉统论》。

"《宏集》载其《赋》云"（《文学》条 92《注》）。赵列《袁宏集》，不列袁宏《北征赋》。

"《玄集》载其《诔叙》曰"（《文学》条 102《注》）。赵列《桓玄集》，不列桓玄《王孝伯诔叙》。

"《湛集》载其《叙》曰"（《文学》条 71《注》）。赵列《夏侯湛集》，不列夏侯湛《周诗叙》，也不列夏侯湛《补笙诗》。

"《集》载洪《与刺史周浚书》曰"（《赏誉》条 20《注》）。赵列《蔡洪集》，不列蔡洪《与刺史周浚书》。

"按王隐《晋书》载侃《临终表》曰"（《言语》条 47《注》）。赵列王隐《晋书》，不列陶侃《临终表》。

"刘谦之《晋纪》载安《议》曰"。赵列刘谦之《晋纪》，不列谢公《简文谥议》。（赵自己认为谢公《简文谥议》是在《世说》正文中涉及，故不列）

"《修集》载其《论》曰"（《文学》条 83《注》）。赵列王修《贤人记》，不列《王修集》。

"《绰集》载《诔》文曰"（《方正》条 48《注》）。赵列孙绰《庾公诔》，不列《孙绰集》。

可以发现只有"《修集》载其《论》曰"和"《绰集》载《诔》文曰"与其他不同，其他均是列引书出处而不列具体的引书，而唯独此二者是列具体的引书而不列引书出处。不知赵是从什么样的角度考虑这个问题的，不过我们却发现赵的这种处理完全同于沈家本。可见，赵在同样的问题上采用了不同的标准。

（四）刘《注》书名、篇名合引者，赵列引书时，列书名而不列篇名。如刘《注》的《大戴礼·劝学篇》，赵列为《大戴礼》。刘《注》中之《灵鬼志·谣征》，赵列为《灵鬼志》。刘《注》的《支道林集·妙观章》，赵列为《支道林集》。

（五）赵对一些具体引书的处理。

1. 刘《注》引有《曲礼》，但赵不列《曲礼》，只列有《礼记》。赵或者认为《曲礼》又称《礼记》，或者认为《曲礼》为《礼记》中之一篇，所以不列。但我们认为即便不列也应该有所交待，若不交待则遮掩了刘《注》引书的丰富性。又刘《注》引有《陈留志名》，赵不列也不交待，而只列有《陈留志》。

2. 刘《注》中可能的误者，赵不指出，也不列出。如《魏志春秋》（《尤悔》条1《注》），张忱石言其中"志"当是"氏"之误，即此当作《魏氏春秋》。还有《魏氏志》，张言《隋志》无此书，疑"志"为"谱"之误，或"氏"字衍，但无确证，故张仍单列。但是赵不列，也不指出。这样的处理也是遮盖了刘《注》引书的真实情况。

3. 刘《注》中引有不言撰者之《高士传》和皇甫谧《高士传》。赵通过与今传本皇甫谧《高士传》比较，发现二者为一，故在其书目中只列有皇甫谧《高士传》。

4. 刘《注》引有《名士传》，关于其作者的问题，前文已经进行了讨论。赵书目只列有袁宏《名士传》，若据章宗源的观点，赵非。

5. 关于刘《注》引用《列女传》的问题，赵认为一为刘向《列女传》，一为非刘向所撰的《列女传》。而叶德辉认为均是刘向撰，沈家本、马念祖、张忱石均列为《列女传》，不言撰者。我们认为赵说是。

6. 赵列有《孔氏家传》，叶德辉亦列。沈家本、马念祖、高似孙、张忱石均未列，我们在刘《注》中未见《孔氏家传》，姑且存之。

7. 赵言叶德辉书目所列之《阳翼别传》不见于《世说》正文和《注》，赵误。前文已经讨论了这个问题，参前文。

8. 赵书目分别列有《王劭别传》、《王荟别传》。此种做法并不是其首创，张忱石的《索引》便已经这么做了。关于是否应该单列的问题，前文已经进行了分析，此从略。

9. 刘《注》中引有《谢车骑传》，叶德辉、马念祖，沈家本、高似孙均不列，赵亦不列，只有张忱石指出《谢车骑传》和《谢车骑家传》为一书。此各家处理（除张外）均有欠妥当，即便二者为一书，在列书目的时候也应该加以指出，才不失为科学谨慎的态度。况且各家又无确证说明二者确实是同一书。

10. 对于刘《注》中引用的丘渊之《文章录》和《文章叙》，赵认为《文章叙》为《文章录》之"叙"，所以其书目没有单列丘渊之《文章叙》，而只是列了丘渊之《文章录》。张忱石的看法与此不同，张氏认为丘渊之《文章叙》中的"叙"概是"录"字之讹，故张在其《索引》中也只列有丘渊之《文章录》，但是张在页下注中指出了刘《注》这种情况的存在，不管张的看法是否正确，但是张的做法是值得肯定的，因为他的做法反映了刘《注》的事实。抛开争论，为了在刘《注》的引书调查中尽量反映其本来面貌，则列刘《注》引书书目时给予这种情况以反映，似乎应该更必要。

11. 对于刘《注》中引用的《文章志》，各家均列有挚虞《文章志》和宋明帝《文章志》，但是《赏誉》条 80《注》所引一处《文章志》，不言撰者，各家均未指出，赵亦未指出。

12. 赵据刘《注》中引有"杨子"而列有《扬子法言》，其他各家均不列。赵又列有石崇《王明君词序》（其他各家亦不列），此当是据《贤媛》条 2《注》所引"石季伦曰"而列。赵所列此二者，是。

13. 赵所列书有的未尽可能吸收前人的研究成果，如列李康《家诫》，据《笺疏》所引观点，"康"乃"秉"之误！张忱石书目即采用了此观点。前辈学者已经考证很清楚的问题却视而不见，实在是不应该。即使不赞成此观点，也应该指出。又如列庾法畅《人物论》，张忱石据《笺疏》的观点认为当是康法畅，《笺疏》有很精辟的分析，可以参看，但赵似乎漠视之。

14. 赵据刘《注》中引有"《康集叙》"或"《康集序》"而列《嵇康集》，据"《刘瑾集叙》"而列《刘瑾集》，此处理方法与沈家本同，概是认为"叙"或"序"为"集"的一部分。

15. 赵列有刘《注》中刘孝标以己语概括引文内容的文献，如：潘岳

《家风诗》、刘寔《论王肃》。

然有的刘孝标以己语概括引文内容的文献，赵却不列，如孙绰《难八贤论》、《道贤论》。

16. 赵所列有显然错误者，如：列孙统《庾存诔叙》，刘《注》原作"孙统《存诔叙》"（据《政事》条 17 正文知是虞存之《诔》），其他各家均作虞存，赵误。

17. 赵列孙绰《名德沙门赞》，刘《注》中无直接言引用孙绰《名德沙门赞》者，但是在引用《名德沙门题目》、《沙门题目》之后均有孙绰的《赞》，例如《赏誉》条 114《注》孙绰为《汰赞》、《假谲》条 11《注》孙绰《愍度赞》、《言语》条 93《注》孙绰为之《赞》曰（道壹）等。从这些《赞》可以看出所引当是孙绰的《名德沙门赞》。叶德辉据此也列有孙绰《名德沙门赞》。赵列孙绰《名德沙门赞》，又列孙绰《支愍度赞》，其实孙绰《支愍度赞》就是孙绰《名德沙门赞》之一（叶德辉的观点），或者说是一部分，因此这不符合赵的一贯原则（部分归入整体中）。而且赵既列孙绰《支愍度赞》，就应该列《道壹赞》和《竺法汰赞》，而赵不列。

18. 刘《注》引有《名德沙门题目》、《沙门题目》，赵在其书目中只列有《名德沙门题目》，与叶德辉、沈家本、马念祖、高似孙同，但与张忱石不同，张同时列有二者，概张认为二者为不同书或者只是为谨慎起见而列。我们相信《名德沙门题目》与《沙门题目》是同一书，但是在书目中应该有所交待。又刘《注》引有《支法师传》和《支遁传》，赵列《支法师传》，不列《支遁传》。

19. 对刘《注》中的《安和上传》、《安法师传》，赵分列为《安法师传》（竺法汰）、《安和上传》。赵此中处理实为沿袭沈家本的处理，沈家本就分列有《安法师传》（竺法汰）、《安和上传》（释道安）。叶德辉、马念祖、高似孙、张忱石均只列一种，并且叶、马、张三人明确提出二者为一书。这个问题前文有交待，此从略。

20、据我们调查，在刘《注》中有些需要考证者，有：虞预书曰（《赏誉》条 54）、孔子称（《方正》条 51）、旧义者曰（《假谲》条 11）、景献羊皇后曰（《贤媛》条 5）、光武尝谓井丹曰（《言语》条 27）、序传（《言语》条 38）、道标法师曰（《文学》条 64）。以上这些，赵可能考证后归入到刘《注》的某些具体引书中，但在具体的引书中应该有所交待，以期体现出刘《注》引书称名的丰富性，何况有些可能无法考证其出处。

二、小　结

赵建成的论文具体分析了叶德辉、沈家本等人的刘《注》引书书目，其中有得有失，其得失我们已经在前文进行了具体的交待。令我们感到可惜的是，赵在分析了前人的刘《注》引书研究之后，并没有明确的提出何谓"引书"，也没有明确的提出整理刘《注》引书的标准和原则。我们相信其在操作过程中是有一些标准和原则的，可惜其并没有付诸到书面上。我们通过分析其书目发现了其中存在的一些具体的操作标准和原则，但是赵也如沈家本、叶德辉等人一样不能自始至终地贯彻这些标准和原则。总体上能够坚持标准和原则，但偶尔就不负责任地打破它们，导致了标准和原则的形同虚设。

我们发现赵建成的书目有很多地方与沈家本的书目很接近，当然赵在某些地方改进了沈氏书目的不足，但赵也承袭了沈氏的一些错误。

赵在具体列引书时，有些能够结合具体的文献内容去考察，这是难能可贵的，通过文献比较，赵的书目确实有一些创见，值得我们借鉴。

总体来说，赵指出了前人的一些失误，但同时自己也不可避免地犯着一些错误。从宏观上标准的把握到微观上具体条目的列定，都存在一些问题。

第二章　引书的概念、书名和分类

第一节　引书的概念、确定引书书名
##　　　的原则和引书分类

一、引书的概念

在《世说》刘《注》的引书研究中，至今未有人明确提出何谓"引书"，也就是说至今未有人去明确定义"引书"这一概念。张忱石在其《索引》中指出："本《索引》收录刘《注》中征引的书名及文章篇名。凡仅提及书名（文章篇名）而无引文者，不予收录。"虽然张氏没有明确提出何谓"引书"，但实际上已经涉及了引书的概念问题。与人们对刘《注》引书的研究状况相比，《三国志》裴《注》的引书研究可以说是蔚为大观。伍野春撰文对19家裴松之《注》的研究成果进行了总结，并且最后提出了六条裴《注》引书的具体标准，具体是：

1. 引用了原文的才是引书。

裴注引书是指裴松之在《三国志注》中引用了原文者，而不是指裴松之在《三国志注》中提及书名之书。尽管裴注中提及之书，在今人看来仍有其价值，但它不在裴注引书的范畴。

2. 以全称作为引书名。

裴松之在《三国志注》中，首次引用某书的内容时，大都注明了作者和书名的全称，以后则时有简称，考证裴注引书或根据裴注引书编辑索引理应以全称作为书名。

3. 诗、赋、颂、表、书并入作者的文集，论、诔、铭作为独立的一种书。

在裴注中，有部分内容是直接注明引自某某诗、赋、颂、表、书、论、诔、铭的，这是裴注引书中最难界定的部分。由于无法知道在南朝刘宋时，这些诗、赋、颂、表、书、论、诔、铭是属于那一本文集，所以我们考虑将难以作为一种书处理的诗、赋、颂、表、书，以《隋书·经籍志》、《旧唐书·经籍志》及《新唐书·艺文志》为准，凡有文集者并入作者的文集，而没有文集者则列入引书不详类，同时，将诔、铭及论作为一种书来处理，也算是权宜之策吧。

4. 仅注篇名者，以该书名作为引书名。

5. 被注释书与注释书分为两书。

颜师古《汉书叙例》曰："《汉书》旧无注解，唯服虔、应劭等各为音义，自别施行。至典午中朝，爰有晋灼，集为一部，凡十四卷，又欲以意增益，时辨前人当否，号曰《汉书集注》……有臣瓒者，莫知氏族，考其时代，亦在晋初，又总集诸家音义，稍以己之所见，续厕其末，举驳前说，喜引《竹书》，自谓甄明，非无差爽，凡二十四卷，分为两帙，今之《集解音义》则是其书。"周国林据此认为，"古代注释之书大多是不与被注释书合在一起而是单行于世的。"可以信从。

6. 没有引用书名或引用书名难以确定者，以引书不详处理。[1]

伍氏的第一个标准"引用了原文的才是引书"与张忱石《索引》所交待的观点近似。二者有个细微的差别：张氏认为引书当有"引文"的存在，伍氏认为引书当满足"引用了原文"这个条件。其实考察刘《注》的引书可以知道，刘《注》中的"引文"未必就是原文，这一点当是毫无疑义的。因此，我们认为用有"引文"的存在来定义引书较"引用了原文"更符合刘《注》引书的实际。但是，前文对各家刘《注》引书书目的分析让我们知道必须对这个"引文"的存在进行一定的补充说明：首先，引文未必就是引原文；其次，引文中的引文不能列为引书；再次，注文以己语概括引文内容的不列为引书。

二、确定引书书名的原则

立足于引书的概念，确定刘《注》引书书名，首先应该交待所据《世说》刘《注》的版本，这虽然不是确定刘《注》引书书名的标准，但它是

---

① 伍野春. 裴松之《三国志》注引书辨析 [J]. 东方论坛，2005（2）：99-100.

确定刘《注》引书书名的前提。有了这个前提，我们再来讨论确定刘《注》引书书名的原则问题。

参照伍野春的裴《注》引书标准，结合上文所评述的各家引书书目研究情况以及我们自己关于刘《注》引书的调查，我们认为确定刘《注》的引书书名应该遵循如下的原则：

（一）尊重刘《注》本身的原则。刘《注》引书书名的确定应该尽可能反映刘《注》引书的本来面貌，要尽量反映刘《注》引书的丰富性和原本状况。一些研究者的刘《注》引书书目遮盖了刘《注》引书的真实情况，这是很不应该的。在列刘《注》引书书名时，我们可能也会结合实际情况进行适当的改变，但我们均会交待刘《注》原作什么以及改变的理据。

（二）列整体的原则。一般来说，篇、章、部分可以归入到书或集之中者，应该列书名或集名，篇、章、部分名不再单列，但是应该想办法予以体现，以反映刘《注》引书的真实情况，如在具体的条目下有所交待。这条要依据刘《注》本身，刘《注》明确交待了或者从刘《注》可以明确看出所引某者为某书（集）中之一部分者，则列书（集），若《注》未明确交待或不能明确看出出自某书（集）者，则单列具体的文献名。如《大戴礼·劝学篇》、《灵鬼志·谣征》、《魏略·西戎传》等可以明确的看出分别是《大戴礼》、《灵鬼志》、《魏略》中的一部分，我们则列为书名，也就是后者。还有如"《张敏集》载《头责子羽文》"、"《温集》载其《平洛表》"等，刘孝标已经明确交待了《头责子羽文》和《平洛表》的出处，我们就相应的列为《张敏集》和《桓温集》，而不再单列《头责子羽文》和《平洛表》。再如嵇康的《声无哀乐论》和《养生论》，虽然刘孝标在刘《注》中没有明确的交待二者出自《嵇康集》，但是刘《注》在他处引有《嵇康集》，因此我们不单列《声无哀乐论》和《养生论》，而是把此二者附入到《嵇康集》下。但对于刘《注》所引集部文献中的一些单篇引书，如赋序（赋叙）、集序（集叙）或诗序（诗叙）等，我们的处理原则是：凡是刘《注》引有此人之《集》（或提到此人之《集》）者，此人之作品均附到此人之《集》下；凡是刘《注》未引有此人之《集》（亦未提到）者，此人之作品一律单列。这一方面是为了反映刘《注》引书的实际；另一方面也是作者不对应的问题的需要，如刘《注》引有石崇《金谷诗叙》，但

《金谷诗》并非尽是石崇所作，如果列为石崇《金谷诗》则误矣。因此其他一些集部文献，如左思的诗和赋，由于刘《注》未引《左思集》，我们均单列。总之，对于集部文献某人之作品：伍氏认为"诗、赋、颂、表、书并入作者的文集，论、诔、铭作为独立的一种书。"我们不同意做如此的处理，我们认为最好的处理办法是依据刘《注》本身，而不是依据文体。

（三）刘《注》中有些引书名相同，要具体的考察同名引书的区别，有可靠证据证明为一书者则合之，没有可靠证据者则单列，以存疑。

（四）刘《注》有些引书名可能为误者，有确凿证据证明为某书之误者则改之，无确凿证据则存之。

（五）刘《注》引书名的确定应该结合《世说》正文和刘《注》本身，且要参照史书著录以及前人的研究成果。因为刘《注》的引书书名情况很复杂，或者说很随意。有简称、有同名异书、有不同名却是同书，这都需要在列引书书名时认真地加以考虑。

（六）列全称的原则。基于刘《注》引书书名常有简称的事实，我们以全称作为引书名。但在具体的条目下要交待刘《注》原引作什么，这也是同时尊重刘《注》的权宜之计。

（七）被注释书和注释书分列。其实在刘《注》的引书研究中，各家也是一直这么做的，这也是客观情况使然，因为很多书的注释书不只一家。如刘《注》所引《汉书》的注释书就有六家之多，若不分列，何以呈现之？这不仅符合具体操作层面上区别性的要求，而且也符合古代注释书大多单行于世的事实（伍氏上文已经交待）。

（八）刘《注》中有一些引书刘孝标未明确言及引书名，但是可以根据《世说》正文和《注》文得知，亦应列入。

（九）一些无法确定的引书书名要以存疑为主，伍氏亦言"没有引用书名或引用书名难以确定者，以引书不详处理。"这是一种存疑的态度，更是一种科学的精神。刘《注》中也有一些引书没有交待引书名，有的通过考证可以得知具体的引书名，而有的无法考证出引书名。还有一些虽然有引书名，但是我们于刘《注》外不能得知关于该书的任何情况。这些都需要做存疑处理。

（十）当条（二）与条（一）发生矛盾时，我们遵从条（二）优先的原则；当条（六）与条（一）发生矛盾时，我们遵从条（六）优先的原则。因为条（二）、（六）本身就是对尊重刘《注》的一种背离，若始终采取尊重刘《注》的原则，则条（二）、条（六）的存在就没有了任何的价值，如果条（二）、条（六）不存在了，那么我们整理刘《注》引书就根本整理不出来一个系统。这是我们在确定刘《注》引书书名时实际遇到的令我们非常尴尬的一种境地，因此提出了这条原则。

需要强调的一点是：确定刘《注》引书不能离开刘《注》本身。强调这一点本来没有任何意义，但是有的刘《注》引书研究者把一些《世说》正文中的引书也列为了刘《注》中的引书，如清人叶德辉。这无论如何是不应该的。

三、刘《注》引书分类

关于刘《注》引书的分类问题，各家存在着不同。马念祖、张忱石、高似孙等人未对刘《注》中的引书进行分类。对刘《注》中的引书进行分类的主要是两家，一是叶德辉，一是沈家本。叶德辉在其《〈世说新语注〉引用书目》前言中说："暇日取《世说注》中所引书凡得经史别传三百余种，诸子百家四十余种，别集廿余种，诗赋杂文七十余种，释道三十余种，因依阮孝绪《七录》部次，按部分编其诗赋杂文则从《文选》目次，以二书撰自梁人，皆当时事也。"叶氏交待了自己的分类依据。叶氏的分类标准可谓是以梁时人的眼光来分类刘《注》中的引书。通过研读沈氏的《古书目三种》可知，沈氏是依据四部分类法来分类刘《注》中的引书的，而且沈氏对刘《注》一些引书的分类问题做了适当的考证和说明。叶氏的分类法可以说是以刘孝标所处的时代的人的观点来分类刘《注》中的引书，尽管我们今天看来其采用的分类法与四部分类法相比是落后的，但叶氏之处理其实不乏可取之处：叶氏采用阮孝绪的分类法是最有可能接近刘孝标的观点。然而，今天人们对古籍普遍采用的是经史子集四部分类法，因此我们对刘《注》中的引书进行分类时也将采用经史子集四部分类法。具体操作时，我们将参考前人研究成果和史书之著录来进行。刘《注》引书书目及具体的分类情况详见下文。

第二节 刘《注》某些引书书名分析 及引书作者问题

一、各家所列刘《注》引书书名存在差异者及可能不当者之分析

（一）《文学》条 29《注》引有"郑玄《序易》"。叶德辉列为《郑元序易》，赵建成列为《易郑玄序》，沈家本、马念祖、张忱石均不列。我们同意刘《注》此处所引内容是郑玄《周易注》的《序》，我们认为《序》是《注》的一部分，本着列整体的原则，我们列为郑玄《周易注》。

（二）《言语》条 6《注》引有"王廙注《系辞》"。叶氏列为《王廙系辞注》，沈家本和赵建成列为《王廙注系传》，马念祖列为《周易系辞注》（王廙），张忱石列为《系辞注》（王廙）。我们知道，《周易》有《经》、《传》两部分，《传》就是所说的"十翼"，其中包括《象》上下、《象》上下、《文言》、《系辞》上下、《说卦》、《序卦》、《杂卦》等十部分。《言语》条 6《注》所引"王廙注《系辞》"一段内容乃是解释《世说》正文所引"二人同心，其利断金；同心之言，其臭如兰。"这句话出自《周易·系辞上》。各家所列实际上分为两种：叶、马、张所列都是《系辞注》，此为一；沈、赵所列为《注系传》，此为二。叶氏等人的命名是据刘《注》而稍作改变。赵是据沈氏所列而列，这是毋庸置疑的，因为在我们的考察中发现了不少赵的处理与沈氏全同。《系辞》是《易经》的《传》之一，又可称为《系辞传》、《系传》。金景芳、吕绍刚《周易全解》认为："孔子作《系辞传》上下两篇发掘《周易》的思想实质和哲学价值，可谓透彻淋漓，深入全面。"[①] 至于《系辞传》是否为孔子所作，这里姑且不谈，我们只要知道《系辞》、《系传》或者叫《系辞传》是阐发《周易》的就可以了，而刘《注》所引王廙的《注》是阐发《系辞》的。各家的命名其实没有本质上的区别，"注系辞"、"系辞注"、"注系传"其实只是个人习惯的使用不同。沈家本言王不仅注《系辞》，沈氏意谓王廙注的是整个的《易经》

---

① 金景芳，吕绍刚. 周易全解［M］. 长春：吉林大学出版社，1989：455.

和《易传》。《隋志》著录有《周易》三卷，晋骠骑将军王廙《注》。刘《注》所引《王廙注系辞》只是王廙《周易注》的一部分，本着列全称的原则，我们列为王廙《周易注》。

（三）《文学》条56《注》有"其《论》略曰"（据正文知道是孙盛之《论》，正文有"殷与孙共论易象妙于见形…孙语道合，义气干云，一座咸不安孙理，而辞不能屈。"），叶氏列为《殷浩孙盛共论易象》（此据《世说》正文），沈家本列为孙盛《易象论》（赵建成与沈氏同），马念祖列为《论易象》（孙安国），张忱石列为《易象妙于见形》（亦据《世说》正文）。沈氏言《晋书》本传云盛作《易象妙于见形论》。结合《世说》正文和《注》以及沈氏所言《晋书》的记载，则作孙盛《易象妙于见形论》似乎更妥当。马国翰《玉函山房辑佚书》辑有孙盛《易象妙于见形论》。严可均《全晋文》卷一百二十九据《世说·文学篇注》辑有殷浩《易象论》，严氏认为《世说·文学篇注》所引《易象论》为殷浩作，严氏误。

（四）刘《注》引有"《毛诗》"（《贤媛》条29《注》）、"《秦诗》"（《言语》条13《注》）、"《卫诗》"（《言语》条80《注》）、"《唐诗》"（《排调》条36《注》）、"《诗·鲁颂》"（《言语》条94《注》）。马念祖据而列有《毛诗》，是。叶德辉不列，沈家本、张忱石、赵建成均列为《诗》。通过下文的考证（见第三章），我们知道刘《注》所引《诗经》实际上就是《毛诗》，并且刘《注》引有《毛诗序》。我们认为刘孝标所见《诗经》应该是含有《毛诗序》的，因为刘孝标即使是引《毛诗序》的内容，也并不称之为"《序》"，而是称为"《秦诗》"、"《卫诗》"或"《唐诗》"，看来当时《毛诗序》已经成为了《诗经》的一部分。今天我们所见的《诗经》就是《毛诗》，但是我们并不称其为《毛诗》，同时刘《注》引书的称名情况比较复杂，虽然有称为"《毛诗》"者，但也有称作"《诗》"的。考虑到刘《注》本身，又考虑到今天我们的习惯称法，我们列为《诗经》。

（五）刘《注》引有"郑玄《注》曰"，一承所引《毛苌注》（《文学》条52《注》），且本条《世说》正文提到《毛诗》；一承所引《毛诗》（《文学》条3《注》）。各家据而列有《诗郑玄注》（叶德辉作郑元）。这即是今天我们所谓的《毛诗郑笺》，但本着尊重刘《注》的原则，我们列为郑玄《诗经注》。

（六）《纰漏》条3《注》引有《大戴礼·劝学篇》，叶、张列为《大戴礼·劝学篇》，其它家列为《大戴礼》。据我们上面提到的命名刘《注》引书的原则，我们在下面给出刘《注》引书书目时，将把此列为《大戴礼记》。《注》中篇名、书名并列者，我们列书名。

（七）《规箴》条23《注》引有《春秋公羊传》、《伤逝》条18《注》引有《公羊传》，叶、沈、马、张各家列为《春秋公羊传》，赵建成列为《公羊传》。其实这只是全称和简称的区别，《春秋公羊传》或者叫《公羊传》为春秋三传之一。本着列全称的原则，我们列为《春秋公羊传》。

（八）刘《注》所引，有的作"《春秋左氏传》"（《赏誉》条50《注》、《任诞》条45《注》）、有的作"《春秋传》"（《言语》条7《注》）。叶、赵列有《春秋左传》，沈列有《春秋传》，马念祖列有《春秋左氏传》和《春秋传》，张忱石列有《春秋左氏传》。《春秋传》、《春秋左氏传》二者为同一书，前文已做分析。本着列全称的原则，我们列为《春秋左氏传》。

（九）刘《注》中有"杜预《注》曰"（《言语》条68《注》，上承所引《春秋传》而引）、"杜预曰"（《方正》条59《注》、《言语》条79《注》，上承所引《春秋传》而引）、"注"（《文学》条14《注》，上承所引《春秋传》而引）、"杜预《左传注》曰"（《方正》条24《注》）、"杜预曰"（《任诞》条45《注》，上承所引《春秋左氏传》而引）。各家列为《春秋传杜预注》，只有马念祖列为《左传注》（杜预）。据《晋书》本传可知，杜预此《注》即是《春秋左氏经传集解》。马端临《文献通考·经籍考》卷九对该《集解》有专门的考证，可以参看。①《言语》条68《注》所引"杜预《注》曰"下的内容见于《春秋经传集解》卷七僖二十九年《经》下杜预《注》；《言语》条79《注》所引"杜预曰"下的内容见于《春秋经传集解》卷八文三年《传》下杜预《注》；《文学》条14《注》"注"后所引内容见于《春秋经传集解》卷十二成十年《传》下杜预《注》；《方正》条24《注》"杜预《左传注》曰"后所引内容见于《春秋经传集解》卷十七襄二十四年《传》下杜预《注》（只是刘《注》中的"培塿"，《集解》作"部娄"）和《春秋经传集解》卷五僖四年《传》下杜预《注》；《方正》条59《注》"杜预曰"后所引内容见于《春秋经传集解》卷十六襄十八年《传》下杜预《注》；《任诞》条45《注》"杜预曰"后所引内容

---

① 马端临. 文献通考·经籍考［M］. 上海：华东师范大学出版社，1985：227.

见于《春秋经传集解》卷二十九哀十一年《传》下杜预《注》。① 从上面的分析可知，杜预的《注》有的是注《经》，有的是注《传》，今天我们习惯据《晋书》而称杜预《注》为《春秋经传集解》。本着列全称且尊重刘《注》本身的原则，我们列为杜预《春秋左氏传注》。

（十）刘《注》"包氏《论语》曰"，叶、张列为《论语包氏注》，其他各家列为《包氏论语》。汉初，《论语》有齐论、鲁论之分，《文献通考·经籍考》卷十一《隋书经籍志》言："张禹本授鲁论，晚讲齐论，后遂合而考之，删其烦惑，除去齐论问王、知道二篇，从鲁论二十篇为定，号张侯论，当世重之。周氏、包氏为之章句，马融又为之训。又有古论语，与古文尚书同出，章句烦省与鲁论不异，唯分子张为二篇，故有二十一篇。孔安国为之传。汉末，郑玄以张侯论为本，参考齐论、古论，而为之注。魏司空陈群、太常王肃、博士周生烈，皆为义说，吏部尚书何晏又为集解。是后诸儒多为之注，齐论遂亡。"② 从这段记载可知，刘《注》所引的包氏《论语》，其实就是包咸为《张侯论》所作的章句。当然称包氏《论语》和《论语包氏注》所指均是此章句，只是每个人的习惯称法不同，但从尊重刘《注》的角度考虑，我们列为包氏《论语》。

（十一）《品藻》条1《注》引有谢沈《汉书》（第二次引用的时候则作"谢沈书"），叶氏、张氏和赵建成均列为谢沈《后汉书》，沈家本和马念祖列为谢沈《汉书》。张氏交待原作"谢沈《汉书》"，并言："据《隋书·经籍志》、《旧唐书·经籍志》、《新唐书·艺文志》云，谢沈所撰为《后汉书》，此'汉书'应作'后汉书'"。叶氏在其书目中亦言《隋志》著录有晋祠部郎谢沈撰《后汉书》。看来作叶、张等作谢沈《后汉书》是依据史书的著录。沈家本在《古书目三种》中交待了"后"字的真实用意，沈氏言："《注》中但称《汉书》或但称《谢沈书》，省文。当时注家引《后汉书》、《后汉纪》多省'后'字，盖后者，后人分别之词，以有天下之号而论正不得有'后'字也。《东观汉记》但称汉，此其比矣。裴氏《三国志注》亦多，但称《汉书》《汉纪》。"沈氏之论可以很清楚的说明各家所列书名存在差异之原因，无需我们在此赘言。本着尊重刘《注》的原则，

① 据杜预. 春秋经传集解 [M]. 北京：文学古籍刊行社，1955.

② 马端临. 文献通考·经籍考 [M]. 上海：华东师范大学出版社，1985：275.

我们列为谢沈《汉书》。

（十二）《德行》条 4《注》引有薛莹《后汉书》，《品藻》条 1《注》引有薛莹《汉书》。赵建成列为薛莹《后汉记》，其它各家均列为薛莹《后汉书》。沈家本和叶德辉在各自书目中均交待了《隋志》作《后汉记》。张忱石认为《品藻》条 1《注》所引应作《后汉书》，并言《德行》条 4《注》和《隋志》均作《后汉书》。我们查《隋志》发现实作《后汉记》，张误。《品藻》条 1《注》所引薛莹《汉书》据上（十一）中所引沈家本的观点，当是薛莹《后汉书》的省称。省称的情况在刘《注》中很普遍，这已成为研究刘《注》引书研究者公认的事实。各家此出所列书名的不同，主要是依据不同，赵建成概据《隋志》，而其他各家则据刘《注》本身。据史书之著录还是据刘《注》本身来确定刘《注》的引书书名，这是各家在研究刘《注》的引书时都要面对问题。我们的看法是：为了反映刘《注》引书的真实情况，应该尽量依据刘《注》本身来确定刘《注》引书书名，当然在一定程度上可以参考史书之著录，以刘《注》为主，以史书之著录为辅。较好的处理是列为：薛莹《后汉书》，然后在其后面交待清楚刘《注》原作什么、《隋志》等史书著录作什么。其实沈家本和叶德辉在其书目中的一些处理就很好，列刘《注》的引书书目且在具体条目下有相应的交待和考证。这样的处理更清晰、更客观，也能更鲜明的反映刘《注》引书的面貌。我们一直在强调，所列书目一定不要遮掩了刘《注》引书的真实面貌，只有不遮掩刘《注》面貌的引书书目才能反映刘《注》的价值。

（十三）《文学》条 2《注》和《言语》条 7《注》均引有《汉南纪》，叶、沈、马、张各家列为《汉南纪》，赵建成列为《后汉南纪》，赵此种列法依据的是沈家本的观点，沈氏在书目中言："《隋志》《后汉南记》四十五卷，本五十五卷，今残缺，晋江州从事张莹撰。二《唐志》作《汉南纪》五十八卷，无后字，记作纪，与此《注》同，疑《隋志》记字误。"沈氏考证可谓精道，但沈氏仍列作《汉南纪》而不作《后汉南纪》，概是出于反映刘《注》本来面貌的追求。叶氏在其书目中亦言《隋志》作《后汉南记》。故此处从沈氏的处理更好，即列为《汉南纪》并在目下伴有相应的交待和考证。

（十四）《德行》条 1《注》和《政事》条 3《注》都引有袁宏《汉

纪)。叶、马、张列为袁宏《汉纪》，沈列为袁宏《汉记》(《古书目三种》编二)，沈氏在此下言"详一编"，我们查"一编"发现彼处作袁宏《汉纪》，且伴有沈氏的考证，沈氏言《隋志》作《后汉纪》，作《汉纪》是省文，则沈氏在"编二"中列为袁宏《汉记》，其中"记"字当是"纪"之误。赵建成概是据沈氏所列袁宏《汉记》，并结合沈氏省文之说而列为袁宏《后汉记》。本着尊重刘《注》的原则，我们列为袁宏《汉纪》。

（十五）《德行》条6、《言语》条7、《赏誉》条3、《品藻》条1《注》均引有张璠《汉纪》。叶、马、张列为张璠《汉纪》，沈列为张璠《汉记》，赵建成列为张璠《后汉记》。叶氏在其书目中交待《隋志》题《后汉纪》，沈氏在其书目中列为张璠《汉记》，并言"详一编"，我们查《古书目三种》"一编"有袁宏《汉纪》，下有沈氏之考证。沈氏言《隋志》有《后汉书》三十卷，张璠撰。我们查《隋志》发现作张璠《后汉纪》，沈氏误。此种情况赵建成的处理与上（十四）对袁宏《汉纪》的处理相同，其列为张璠《后汉记》是参考了沈氏所列袁宏《汉记》，且补省文为全称，补一"后"字从而列为《后汉记》。本着尊重刘《注》的原则，我们列为张璠《汉纪》。

（十六）《政事》条4《注》等引有环济《吴纪》，沈、马、张列为环济《吴纪》，赵列为环济《吴记》。《隋志》亦作《吴纪》，赵作《吴记》不知何据。

（十七）刘《注》中多处引有《世语》，赵建成列为《魏晋世语》，其他各家列为《世语》。《隋志》史部杂传类著录有晋襄阳令郭颁撰《魏晋世语》十卷。赵所列概是据《隋志》。刘《注》所引《世语》均不交待作者，但是在《方正》条6《注》中有刘孝标按语："郭颁西晋人，时世相近，为《晋魏世语》，事多详核。"《世语》、《魏晋世语》、《晋魏世语》都是一书，此亦可见刘孝标引书称名之一斑。据其省文例，则《世语》当是省文。本着列全称的原则，我们列为《魏晋世语》。

（十八）《言语》条13《注》引有《魏本传》。叶、沈、马均列为《魏末传》，张列为《魏本传》，张言："各本作魏末传，然两书隋、唐志皆无著录，"本"、"末"形近，未知孰是。"叶言《魏末传》《隋志》著录为两卷，无撰人。今查《隋志》确实著录有《魏末传》。《魏志·明帝纪》裴《注》引有《魏末传》，与刘《注》所引内容大致相同。沈氏言《隋志》著录《魏末传》一卷，误。赵建成列为《魏末记》，不知其何据。综合各家之观点，则列为《魏末传》似乎更妥当，刘《注》作"本"，当为"末"字之误。

（十九）《任诞》条43《注》引有《晋东宫官名》，《排调》条62《注》引有《晋东宫百官名》。叶德辉和高似孙列《晋东宫官名》，其他各家列为《晋东宫百官名》。本着列全称的原则，我们列为《晋东宫百官名》。

（二十）《雅量》条18《注》引有庾亮《启参佐名》。张列为《启参佐名》。其他各家列为庾亮《参佐名》，无"启"字。此条沈氏亦无考证，只言《隋志》不著录。余嘉锡、徐震堮、杨勇、朱铸禹均不言"启"字衍。不知各家缘何作《参佐名》而不作《启参佐名》。《左传·襄公二十三年》："启，牢成御襄罢师，狼蘧疏为右。"杜预《注》曰："左翼曰启。"孔颖达《正义》曰："如服言，古人有名军为启者。"① 《周礼·地官·乡师》"巡其前后之屯"，贾公彦《疏》云："军在前曰启，在后曰殿。"② 《后汉书·岑彭传》"彭殿为后拒"，李贤《注》："凡军在前曰启，在后曰殿。"③ 看来"启"字可以指军队，据《世说》正文，褚衰为太尉记室参军，太尉掌军事，此太尉为庾亮，则有"启"似不误，"启参佐"概正指庾亮之军之参佐也。本着尊重刘《注》的原则，我们列为《启参佐名》。

（二十一）《政事》条8《注》引有《山公启事》，《赏誉》条12《注》、《品藻》条7《注》引有《山涛启事》。各家只有马念祖列为《山涛公启事》，马氏且有按语交待刘《注》原作《山公启事》，其他各家均列为《山公启事》。张忱石交待《山涛启事》见《山公启事》，认为二者为一书。据沈家本《古书目三种》：《三国志·苏则传》裴《注》引作《山涛启事》；《旧唐志》作《山涛启事》，《新志》也作《山涛启事》，只是卷数不同；《晋书》本传作《山公启事》。看来无论是称《山公启事》还是称《山涛启事》，都可以找到依据。但是马氏所列《山涛公启事》未见他处有如此称者。本着刘《注》有两次引作《山涛启事》，我们同意列为《山涛启事》。

（二十二）《方正》条36《注》、《品藻》条13《注》引有《会稽后贤

---

① 阮元校刻. 春秋左传正义［M］. 十三经注疏. 北京：中华书局，1980：1976.

② 阮元校刻. 周礼注疏［M］. 十三经注疏. 北京：中华书局，1980：714.

③ 王先谦. 后汉书集解［M］. 北京：中华书局，1984：243.

记》。马念祖、张忱石列为《会稽后贤记》，其他各家列为《会稽后贤传》。叶、沈均言《隋志》作《会稽后贤传记》，沈氏又言二《唐志》和《元和郡县志》均作《会稽后贤传》，无"记"字。马、张依刘《注》本身而列，沈等其他各家据二《唐志》和《元和郡县志》而列。从遵循刘《注》、反映刘《注》本来面貌的原则出发，我们列为《会稽后贤记》。我们的原则是只要没有足够的证据证明《注》有误，则不妄改《注》。

（二十三）《德行》条47《注》引有郑缉《孝子传》。叶氏、沈氏和赵建成列为郑缉之《孝子传》，而马念祖、高似孙、张忱石等人列为郑缉《孝子传》。上文已讨论此问题。本着尊重刘《注》的原则，我们列为郑缉《孝子传》。

（二十四）《赏誉》条65《注》引有《徐江州本事》。赵建成列为《徐江州别传》，其余各家均列为《徐江州本事》。叶氏言《隋志》不著录。不知赵何据而作《别传》。

（二十五）《文学》条61《注》引有《樊英别传》。张忱石列为《樊英列传》，其他各家均与《注》同。张作"列传"，概是因"列"、"别"形近而误。

（二十六）《德行》条3《注》、《政事》条17《注》引有《泰别传》，《黜免》条6《注》引有《郭林宗别传》。叶德辉和高似孙列为《郭泰别传》；马念祖列为《郭林宗别传》，且言即是《郭泰别传》；张忱石既列《郭林宗别传》，又列《郭泰别传》；沈家本和赵建成列为《郭泰传》。叶、高、马、张是据刘《注》而列，沈家本《古书目三种》一编《三国志·卫臻传》裴《注》引有《郭林宗传》，则沈列为"传"，而不列为"别传"当是受裴松之《三国志》注之影响，赵从沈。本着尊重刘《注》的原则，我们列为《郭泰别传》。

（二十七）《政事》条21《注》引有《江惇传》。叶氏列为《江惇别传》，其他各家列为《江惇传》。史书未著录有《江惇传》或《江惇别传》。我们从刘《注》，列为《江惇传》。

（二十八）《品藻》条13《注》引有《虞光禄传》。马、张据刘《注》列为《虞光禄传》，其他各家列为《虞光禄别传》。章宗源《隋书经籍志考证》亦列为《虞光禄传》。① 不知列为"别传"者，其根据何在。本着尊重刘《注》的原则，我们列为《虞光禄传》。

（二十九）《言语》条 102《注》引有《王司徒传》。叶氏列为《王司徒别传》，其他各家列为《王司徒传》。叶氏不言其作"别传"的依据。本着尊重刘《注》的原则，我们列为《王司徒传》。

（三十）《言语》条 72《注》引有《王中郎传》。叶氏列为《王中郎别传》，其他各家据《注》列为《王中郎传》。这样改"传"为"别传"者，在叶氏书目中颇有一些，概其自有道理。我们本着尊重刘《注》的原则列为《王中郎传》。

（三十一）《雅量》条 26《注》引有《劭荟别传》。叶氏、沈氏列为《王劭王荟别传》，马念祖、高似孙与《注》同，张忱石、赵建成分别列为《王劭别传》、《王荟别传》。本着列全称的原则，我们列为《王劭王荟别传》。上文我们分析了这个问题，此处不赘。

（三十二）《识鉴》条 15《注》引有"《传》曰"（据正文知是《王舒传》）。叶氏列为《王舒别传》，其他各家列为《王舒传》。本着尊重刘《注》的原则，我们列为《王舒传》。

（三十三）《言语》条 33《注》引有《顾和别传》。高似孙列为《顾秋别传》，其中"秋"当是"和"字之误，二者形近。其他各家均列为《顾和别传》。

（三十四）《言语》条 57《注》引有"顾恺之为父传"。叶氏与《注》同，径列为《顾恺之为父传》；沈家本列为《顾悦别传》，赵建成与之同；马念祖、张忱石列为《顾悦传》。各家均不言各自的依据，本着遵循刘《注》的原则，我们列为《顾悦传》。

（三十五）《方正》条 37《注》、《容止》条 23《注》、《伤逝》条 9《注》、《忿狷》条 7《注》均引有《灵鬼志谣征》。叶、张与《注》同，列为《灵鬼志谣征》。其他各家列为《灵鬼志》。叶氏在其书目中疑"《谣征》"为篇目。沈氏亦言"《谣征》"为此书之篇目，并言《隋志》及二《唐志》著录有《灵鬼志》。看来沈氏所列一是据史书之著录，另一个就是

---

① 章宗源. 隋书经籍志考证［M］. 二十五史补编. 上海：开明书店，民国二十六年. 5029.

我们在前面已经讨论的，此种书名和篇名共存的情况，只列书名。本着列书名不列篇名的原则，我们赞同沈氏的处理，列为《灵鬼志》。

（三十六）《栖逸》条 9《注》、《尤悔》条 10《注》引有《寻阳记》。叶氏作《浔阳记》，其他各家作《寻阳记》。叶氏言《水经注》和《初学记》均引，叶概是据彼而改。沈氏言《隋志》无，新《唐志》地理类有张僧鉴《浔阳记》二卷，当即是书；沈氏又言寻、浔古今字。据沈氏观点，则《浔阳记》和《寻阳记》实同。本着从《注》原则，我们列为《寻阳记》。

（三十七）《雅量》条 18《注》引有《钱塘县记》。叶氏列为《钱县记》，其他各家列为《钱塘县记》。本着尊重刘《注》的原则，我们列为《钱塘县记》，上文已经讨论了这个问题，此处不复论。

（三十八）《赏誉》条 15《注》引有杜笃《新书》。叶氏列为杜笃《新论》，叶氏言："《隋志》不著录，《后汉书》本传云笃箸《明世论》十五篇，疑即是书也。"则叶氏当是据《后汉书》而列为《新论》。其他家列为杜笃《新书》，与《注》同。我们同意从《注》列为杜笃《新书》。

（三十九）《栖逸》条 6《注》引有"杨子曰"，接着又引有"李轨《注》曰"。叶、沈、马、张列为《扬子李轨注》。赵建成分列为扬子《法言》、扬子《法言》李轨注。叶氏言"《汉志》入儒家扬雄序下。《隋志》入儒家，题扬子《法言》十五卷，解一卷，云扬雄撰，李轨注。"从叶氏的交待也可以看出，叶氏知道刘《注》是既引《法言》，又引《法言》李轨《注》。概叶氏是以《扬子李轨注》来合指二者。沈氏在其书目中的考证更是详细，可以参看。对此所谓经、注均引者，本着被注释书与注释书分列的原则，我们既列扬子《法言》，又列李轨《法言注》。此处叶、沈等人的处理就违背了他们自身的处理原则，因为这样的情况他们一直是分列的，如分列《汉书》和《汉书》的各种《注》。

（四十）《德行》条 15《注》引有李康《家诫》。张忱石列为李秉《家诫》，其他各家均列为李康《家诫》。张是据余嘉锡《世说新语笺疏》的观点，上文已言之，此不赘。本着有确凿证据证明书名有误者则改之的原则，我们同意列为李秉《家诫》。

（四十一）《言语》条 19《注》引有王弼《老子注》。叶、沈、马与《注》同。张忱石列为《老子王弼注》，赵建成与之同。不同的列法本无根本性的区别，但本着从《注》的原则，我们同意列为王弼《老子注》。

（四十二）《文学》条 46《注》引有"郭子玄《注》曰"。叶、张据而列有《庄子郭注》；沈氏据而列为《庄子郭象注》，赵建成从之。此两种列法亦无本质区别，本着列全称的原则，我们同意列为郭象《庄子注》。

（四十三）《文学》条 32《注》引有向子期、郭子玄《逍遥义》。叶氏列为向子期、郭子元《逍遥义》（叶氏书目中常有"玄"写作"元"者，此概是因避讳而改）。马念祖列为《庄子向秀郭象注》。赵建成所列与《注》同。张忱石列《逍遥义》（郭象）、《逍遥义》（向秀）。叶氏言："此《庄子》中之一篇，《隋志》本有向秀、郭象二家注，疑此篇二家同也。"则叶氏认为《逍遥义》即是《逍遥篇》《注》也。沈氏在所列《庄子郭象注》下对郭象《注》和向秀《注》有详细的考证，可以参看。《文学》条 32《注》引向子期、郭子玄《逍遥义》一段内容正如余嘉锡先生在《世说新语笺疏》所言："今郭象《逍遥游》注，惟无首二句，其余与此全同。但原系两段，分属篇题及'彼且恶乎待哉'之下耳。《四库提要》一百四十六以为孝标所引，今本无之者，非也。"又言："上引《逍遥义》，亦正是向、郭之注耳。"[1] 据郭庆藩《庄子集释》，我们发现刘《注》所引一段内容确实分属篇题及"彼且恶乎待哉"之下，但不是"其余与此全同"，而是存在着一定的文字上的差别，但大体上来说是一致的。《文学》条 17正文和《注》文均言向秀注《庄子》事，又言向秀所注《庄子》为郭象所剽窃，关于郭象是否剽窃向《注》一事争论不少，我们不准备涉足这个问题，但是在刘孝标注《世说》的时候，刘孝标所引《逍遥义》一段内容，可能刘孝标自己也未必知道究竟是向秀作还是郭象作，故刘孝标引作"向子期、郭子玄《逍遥义》"，但此《逍遥义》是《庄子注》却是个不争的事实。刘《注》的引用方式反映了当时存在的一桩学术公案。本着尊重刘《注》的原则，我们同意列为向子期、郭子玄《逍遥义》。

（四十四）《品藻》条 2《注》引有蒋济《万机论》。沈氏列为蒋子《万机论》，其他各家与《注》同。此二种列法其实没有什么区别，只是沈氏的列法反映了一种现象，即有些书的作者可以称为某子，甚至可以进而以此称法来代指书，如扬雄可以被称为扬子，扬子可以代指其书《法言》；

---

① 余嘉锡. 世说新语笺疏［M］. 北京：中华书局，1983：221-222.

裴启可以被称为裴子，裴子可以代指其书《语林》；此外一些子书被如此称呼就更是常见了，如刘《注》中的《傅子》、《郭子》、《孙子兵法》、《淮南子》等。马念祖在其《汇编》中交待有"《御览》蒋济作蒋子"，看来称"蒋子"非沈氏首创。本着尊重刘《注》的原则，我们同意列为蒋济《万机论》。

（四十五）《文学》条83《注》引有"《修集》载其《论》曰"。叶氏列有王修《贤人论》，沈氏列有王修《贤人记》，赵建成与之同。据上文我们提到的确定刘《注》引书书名的原则，我们认为此处不应该列为王修《贤人记》或《贤人论》，而是应该列为《王修集》，马念祖、张忱石即列为《王修集》。虽然我们不赞成列王修《贤人记》或《贤人论》，但是我们来分析为什么沈氏与叶氏所列不同：一作"记"，一作"论"。沈氏在其《古书目三种》"王修贤人论"条下有详细的考证，在其考证中沈氏至始至终讲的都是王修的"论"，未曾言王修有"记"，故沈氏书目中的"王修《贤人记》"条，其中的"记"乃是"论"之误，二者形近，概书写时之偶疏。赵建成不察此，承沈氏之疏而误列。

（四十六）《德行》条16《注》引有"《康集叙》"，《栖逸》条2《注》引有"《康集序》"。叶、张列为《嵇康集叙》；沈氏列为《嵇康集》，赵建成从之；马念祖既列《嵇康集》，又列《嵇康集叙》。沈氏书目认为《注》引有"叙"（《德行》）。"叙"或者"序"是"集"中的一部分，按照我们前文所言列刘《注》书名的原则，此种情况我们列"集"。故此处我们同意列为《嵇康集》，而不是列为《嵇康集叙》。与此同样的情况还有：《文学》条71《注》引"《湛集》载其《叙》曰"，叶、张列为《夏侯湛集叙》，沈氏等人列为《夏侯湛集》；《品藻》条87《注》引"《刘瑾集叙》"，叶、张列为《刘瑾集叙》，沈氏等列为《刘瑾集》；《赏誉》条20《注》引"《集》载洪《与刺史周浚书》"、《言语》条22《注》引"《洪集录》"，叶氏列有《蔡洪集叙》和蔡洪《与刺史周浚书》，张、马均列有《蔡洪集》和《蔡洪集录》，沈氏列有《蔡洪集》，赵建成从之。上面这些情况，我们均同意列为"集"而不是列为"集叙"、"集录"或者"集"中所载其他具体之文献名。因为这些均是"集"中之一部分。

（四十七）《轻诋》条13《注》引"孙统为《柔集叙》"。叶氏列为孙绰《高柔集序》；沈氏于此不单独列，只在其书目中孙楚《虞存诔叙》下附有孙统《高柔集叙》；其他家列为孙统《高柔集叙》。首先，此处应该单独列目，因为刘《注》没有把它归入到某集或某书中，沈氏于此条未单独列目，似乎不当。其次，叶氏列其作者为孙绰，不知何据，概是偶误。所以我们同意从《注》列为孙统《高柔集叙》。

（四十八）《轻诋》条20《注》引有伏滔《长笛赋叙》，叶氏据而列为伏滔《长笛赋》，沈氏据而列为《伏滔集》（上文已讨论了这个问题），其他各家列为伏滔《长笛赋叙》。《言语》条72《注》引有"《滔集》载其《论》略曰"，本着刘《注》中若提到某人集则列集的原则，我们同意列为《伏滔集》，但在所列《伏滔集》下交待"《轻诋》条20《注》引作伏滔《长笛赋叙》"。同样的情况是：《言语》条107《注》引"其《赋叙》曰"。叶、张据而列为潘岳《秋兴赋叙》（赵建成同），马念祖列为潘岳《秋兴赋》，沈氏于此不单列目，而是附于《潘岳集》下，我们同意沈氏的处理，列为《潘岳集》并把潘岳《秋兴赋叙》附到其下。又《言语》条84《注》引"《遂初赋叙》"，各家列为孙绰《遂初赋叙》（叶氏作"序"），我们认为此亦当附到《孙绰集》下，因为《方正》条48《注》提到了《孙绰集》。下面的情况我们就不列为集，如：《言语》条53《注》引傅咸《羽扇赋序》，叶、马列为傅咸《羽扇赋》，沈氏等人列为傅咸《羽扇赋序》，我们同意列为傅咸《羽扇赋序》。《巧艺》条1《注》引傅玄《弹棋赋叙》，叶氏列为傅元《弹棋赋序》，其他各家均列为傅玄《弹棋赋叙》，我们同意列为傅玄《弹棋赋叙》。刘《注》未提到《傅咸集》、《傅玄集》，因此我们不列为"集"；又虽然"赋叙"或"赋序"是"赋"的一部分，但考虑到前文所言可能有不对应的情况的存在，因此我们也不列为"赋"。

（四十九）《言语》条59正文引有庾阐《从征诗》，此不当列为刘《注》中的引书，然叶、马据而列为庾阐《从征诗》，沈据而列为庾阐《促征诗》，赵建成与沈同。沈作"促"概是"从"字之误，二者形近。此为《世说》正文中的引书，而不是刘《注》中的引书，各家均误。

（五十）《品藻》条57、《容止》条15《注》均引有石崇《金谷诗叙》，叶氏列为石崇《金谷诗序》，沈、张列为石崇《金谷诗叙》（赵与沈、张同），马念祖列为石崇《金谷诗》，我们同意列为《金谷诗叙》。《伤逝》条13《注》引有王珣《法师墓下诗序》，叶、赵列为王珣《林法师墓下诗序》，张列为王珣《法师墓下诗序》，沈氏于此不单列，而是附于王珣《游严陵濑诗叙》下，马念祖列为《法师墓下诗》（王珣），我们认为此处应单列，且应列为王珣《法师墓下诗序》。《言语》条 93《注》引有王珣《游严陵濑诗叙》，各家均列为"诗序"或"诗叙"，马氏亦是，我们同意各家观点列为王珣《游严陵濑诗叙》。《轻诋》条 7《注》引有谢歆《金昌亭诗叙》，各家所列均与《注》同，且叶、沈、张并疑"歆"为"韶"之伪。我们同意"歆"为"韶"伪之说，把其列为谢歆《金昌亭诗叙》（叶、沈、张疑"歆"为"韶"之伪）。"诗叙"或"诗序"虽然是"诗"的一部分内容，但我们在列书目时并不列"诗"，因为这也有可能存在不对应的情况，这在前文已经进行了交待，这虽然违背了列整体的原则，但也确实是无奈之举，权当是尊重了刘《注》本身吧。

（五十一）《轻诋》条 16《注》引有"孙绰《表》谏曰"，叶、张据此而列为孙绰《谏桓公迁都》，沈氏不单独列而是在孙绰《庾公谏》条下附孙绰《谏迁都表》，马念祖列为孙绰《表谏》，赵建成列为孙绰《谏桓公迁都表》。《方正》条 48《注》引"《绰集》载其《谏》文曰"一段内容，可见刘《注》中提到了《孙绰集》，本着列整体的原则，我们对孙绰《谏桓公迁都表》不单独列目，而是附入到《孙绰集》下。

（五十二）《言语》条 47《注》引《陶氏叙》，叶、沈、马、张均列为《陶氏叙》，高似孙列为《陶氏谱序》，赵建成列为《陶氏谱》。杨勇《世说新语校笺》言："宋本无'谱'字。"[1] 杨勇以己意增一"谱"字，实无确凿证据。然宋高似孙列为《陶氏谱序》，莫非高氏所见本《世说》之刘《注》有"谱"字？若原本《世说》刘《注》果真如高氏所见，则此处当列为《陶氏谱》，赵是。但因无足够的证据，此处我们只能存疑，姑且列为《陶氏叙》。

（五十三）《赏誉》条 36《注》引有谢鲲《元化论序》。叶氏据此列为谢鲲《元化论》（在此条下叶氏注一"序"字），沈氏列为谢鲲《元化论叙》（赵建成与沈同），马念祖列为谢鲲《元化论》，张忱石列为谢鲲《元化论序》。我们认为"论序"亦当是"论"之一部分，本着列整体的原则，似乎应该列为谢鲲《元化论》，但为了与赋序、诗序等情况的处理一致，我们同意列为谢鲲《元化论序》。

---

① 杨勇. 世说新语校笺 [M]. 北京：中华书局，2006：95.

（五十四）《文学》条 79《注》引王隐《论扬雄太玄经》。叶氏据此而列为王隐《论扬雄太元经》（"元"概是因避讳而改），马念祖、张忱石列为王隐《论扬雄太玄经》（赵与此二人同），沈氏列为扬雄《太玄经》。沈氏之误，上文已言之。

（五十五）《惑溺》条 2《注》引有"何劭《论粲》曰"。叶氏、沈氏列为何劭《论荀粲》（赵从之），马念祖列为何劭《论粲》。据列全称的原则，此处当列为何劭《论荀粲》。

（五十六）《栖逸》条 10《注》引有袁宏《孟处士铭》。叶、马、张、赵与《注》同，沈不列而是附于《袁宏集》下，高似孙则列为袁宏《孟处士传》。我们同意附入到《袁宏集》下而不单列，因为《文学》条 92《注》提到了《袁宏集》。

（五十七）《赏誉》条 116《注》引有"孙绰为《惔诔叙》曰"（《笺疏》言影宋本作"诔"）。各家据此而列有孙绰《刘惔诔叙》。由于《方正》条 48《注》引有《孙绰集》的内容，本着上文提到的原则，对于孙绰《刘惔诔叙》，我们不单独列目而是附入到《孙绰集》下。相反，《政事》条 17《注》引"孙统《存诔叙》"（叶、张据此而列为孙统《吏部虞存诔叙》，沈、马列为孙统《虞存诔叙》，赵建成列为孙统《庾存诔叙》），我们同意列为孙统《虞存诔叙》，因为刘《注》未提到《孙统集》。

（五十八）《言语》条 15《注》引有《周髀》，各家所列均与《注》同。马氏言此为《周髀算经》之省称。鉴于列全称的原则，我们列为《周髀算经》。

（五十九）《汰侈》条 6《注》引《宁戚经》。叶、张据此而列为宁戚《相牛经》，沈、马列为《宁戚经》（赵与此二人同）。据《汰侈》条 6《注》引《相牛经》而后引此，可知此为宁戚《相牛经》。本着列全称的原则，我们同意列为宁戚《相牛经》。

（六十）《言语》条 14《注》引秦丞相《寒食散论》。赵建成列为秦丞祖《寒食散》，其他各家所列与《注》同。叶、沈均言《隋志》著录有《寒食散论》，但不著撰人。我们同意"秦丞相"为"秦承祖"之误的观点，故列为秦承祖《寒食散论》，详见下文。

（六十一）《文学》条 50《注》引僧肇注《维摩经》。叶、张列为僧肇《维摩诘经注》，沈列为僧肇注《维摩诘经》（赵与之同）。这两种列法均列了全称，但沈所列更近于《注》，因此我们同意列为僧肇注《维摩诘经》。

（六十二）《言语》条51《注》引《大智度论》。沈氏列为《大智度经》，其他各家与《注》同。叶氏言"释藏大乘论类箸录"。沈氏作"经"不言其证据，我们亦未找到作"经"的证据。本着尊重刘《注》的原则，我们同意列为《大智度论》。

（六十三）《文学》条32《注》引支氏《逍遥论》。叶氏据而列为支氏《逍遥论》，张列为支遁《逍遥论》，沈氏据此而列为《支遁集》，赵建成列为支道林《逍遥论》。《文学》条35《注》引有《支道林集》，因此我们对于支道林《逍遥论》不单独列目，而是附入到《支道林集》下。

（六十四）《言语》条76《注》引《支公书》。沈氏不单列，而是附于《支遁集》下，叶、马、张等各家均列有《支公书》。我们同意沈氏观点，不单列为《支公书》，而是附入到《支道林集》下。

（六十五）《文学》条53《注》引《支道林集·妙观章》。叶氏所列与《注》同，沈氏不单列，而是附《妙观章》于《支遁集》下，他家均列为《支道林集》。本着列整体的原则，我们同意列为《支道林集》。

（六十六）《言语》条52《注》、《文学》条30《注》均引有庾法畅《人物论》。张忱石据《笺疏》观点列为康法畅《人物论》，其他各家所列均与《注》同（沈不列此）。叶氏言："《高僧传四》引作康法畅，两书必有一误。"我们同意列为康法畅《人物论》，这个问题下文有详细的讨论，此处略。

（六十七）刘《注》中无直接言引用孙绰《名德沙门赞》者，但是在引用《名德沙门题目》、《沙门题目》之后引有孙绰的赞，例如《赏誉》条114《注》引"孙绰为《汰赞》"、《假谲》条11《注》引孙绰"《愍度赞》"、《言语》条93《注》引"孙绰为之《赞》曰"（道壹）等。从这些《赞》可以看出所引当是孙绰的《名德沙门赞》。叶氏言："《高僧传》五引用。"叶氏列孙绰《名德沙门赞》、孙绰《道壹赞》、孙绰《支愍度赞》，但不列孙绰《竺法汰赞》；沈氏于此全不列，概是认为此各种《赞》均是《名德沙门题目》的一部分；马只列《道壹赞》（孙绰）；张只列《支愍度赞》（孙绰）；赵建成列孙绰《名德沙门赞》和孙绰《支愍度赞》。看来各家对此的处理均不同，而且只有沈氏的处理有终始如一的标准，其他各家似乎各自内部的处理标准都不一致。我们认为《名德沙门赞》是《名德沙门题目》中的一部分，本着列整体的原则，对于孙绰《名德沙门赞》不单独列目，而是附入到孙绰《名德沙门题目》下，并在此条目下交待刘《注》具体的引用情况，即刘《注》具体引的三个《赞》。

（六十八）《言语》条93《注》引《沙门题目》，《文学》条45《注》、《赏誉》条114《注》、《假谲》条11《注》均引有《名德沙门题目》。张忱石既列《名德沙门题目》，又列《沙门题目》，其他各家只列有《名德沙门题目》。据沈氏《古书目三种》可知沈氏是据《言语》条93《注》注引《沙门题目》而列为《名德沙门题目》，则沈氏实认为刘《注》所引的《沙门题目》与《名德沙门题目》为一书。从各家所列来看，除了张氏外，概也是均认为二者为一书。《沙门题目》是《名德沙门题目》的简称，本着列全称的原则，我们同意列为《名德沙门题目》，并在此条下交待刘《注》也省称作《沙门题目》。

（六十九）《文学》条36《注》引有《支法师传》，《品藻》条67《注》、《伤逝》条11《注》、《伤逝》条13《注》、《轻诋》条24《注》引有《支遁传》。叶、沈、高据而列为《支法师传》（赵同此），张、马同时列有《支法师传》和《支遁传》。沈言："与《支遁别传》当是一书。"故沈氏不列《支遁别传》。叶氏言："《太平御览》引作《支遁传》。"叶、沈、高概是认为《支法师传》与《支遁传》为一书。我们同意二者为一书，但列为《支遁传》似乎更合理，因为刘《注》中有4处作《支遁传》，只有1处作《支法师传》，这也符合尊重刘《注》本身的原则。至于沈氏所言《支法师传》与《支遁别传》为一书事，沈氏未言其证据，故我们认为《支遁别传》亦当单列。

（七十）《文学》条54《注》引有《安法师传》、《雅量》条32《注》引有《安和上传》。叶氏列为《安法师传》，并言亦称《安和上传》。马念祖列《安法师传》、《安和上传》（马并下按语言即释道安）。张列《安和上传》，并言《安法师传》见《安和上传》。高氏列为《安法师传》。沈氏列为《安法师传》（竺法汰）、《安和上传》（释道安），赵建成与沈氏同。此问题上文已谈到，此不赘述。我们认为此处当列为《安和上传》，并在该条下交待亦作《安法师传》。

（七十一）《言语》条48《注》等引有《高逸沙门传》。马念祖列为《沙门传》（高逸），据马氏《汇编》之《凡例》可知，马氏认为"高逸"

为《沙门传》的作者。叶氏等人列为《高逸沙门传》,叶氏且言:"唐释道安《法苑珠林·传记篇》题一卷,云晋武帝时剡东仰山沙门释法济撰。"据叶氏观点,则马氏的处理是不正确的。

(七十二)刘《注》引《列仙传》凡 5 次,其中只有《文学》条 23《注》所引交待作者为刘子政(刘向)。叶、沈、张、赵列为刘子政(刘向)《列仙传》。马、高列为《列仙传》,不言撰者。《言语》条 17《注》所引《列仙传》载陆通、《规箴》条 1《注》所引《列仙传》载东方朔、《巧艺》条 8《注》所引《列仙传》载务光、《轻诋》条 15《注》所引《列仙传》载商丘子晋(今本《列仙传》作胥)均见于今本刘向《列仙传》,惟某些文句存在差异。可见,刘《注》所引当是刘向《列仙传》。虽然刘孝标 5 次引用只有 1 次交待了撰人为刘向,但刘《注》的整体性原则可以让我们相信其他 4 次《列仙传》的撰人亦是刘向。

(七十三)《轻诋》条 15《注》引《列仙传》,在《列仙传》中有"孙绰为《赞》曰"。叶氏列为孙绰《列仙传赞》,马念祖列为《列仙商丘子赞》,赵建成列为孙绰《列仙商丘子赞》,沈不列。我们认为《列仙传赞》是《列仙传》的一部分,本着列整体的原则,对于《列仙传赞》我们不单独列目,而是把其附入到《列仙传》下并交待刘《注》具体引作什么。

二、一些刘《注》未明确交待书名的引文的考察

(一)《德行》条 1《注》引"许叔重曰"。沈家本言此所引或是《淮南子》《注》。余嘉锡《笺疏》引李慈铭云:"所引许叔重云云,当出许君《淮南子注》。今《淮南子·缪称训》'老子学商容',高诱《注》云:'商容,神人也。'与许君异。"《德行》条 1《注》"许叔重曰:'商容,殷之贤人,老子师也。'"[1]《吕氏春秋·慎大篇》"表商容之闾",高诱《注》云:"商容,殷之贤人,老子师也。故表异其闾里。"许维遹《集释》引梁玉绳云:"此与《离谓篇》及《淮南·主术》《注》同,高氏之谬也。"[2]《淮南子·主术训》"表商容之闾",刘文典《集解》曰:"商容,殷之贤人,老子师,故表显其闾。《穆称篇》又云'老子业于商容,见舌而知守

---

① 余嘉锡. 世说新语笺疏 [M]. 北京:中华书局,1983:3.
② 许维遹. 吕氏春秋集释 [M]. 北京:中国书店,1985.

柔矣'是也。陶方琦云:《世说新语》一引许注:'商容,殷之贤人,老子师。'按:此许注羼入高注中,故同。苏氏《淮南子叙》云:'高氏注每篇下皆曰训,今本皆用高氏,故皆称训。'兹所曰《穆称篇》,穆、缪古通。称篇,乃许氏之本也。《缪称篇》许注亦云:'商容,贤人也。'"① 各家据对《淮南子》《注》的分析认为刘《注》中所引"许叔重"曰一段内容出自许慎《淮南子》《注》。我们同意这种观点,并据此列为《淮南子许慎注》。《吕氏春秋·慎大篇》"表商容之闾"高诱《注》与刘《注》所引"许叔重曰"云云尽同。

(二)《排调》条 16《注》引"蔡邕曰:'瓜葛,疏亲也。'"清惠栋《九曜斋笔记》卷三"瓜葛"条引《世说》此条正文和《注》,惠栋在引文后注有"蔡邕《独断》"。② 看来惠栋认为刘《注》所引"蔡邕曰"一段内容出自蔡邕《独断》。

(三)《言语》条 22《注》引有"韩氏曰:'和氏之璧,盖出于井里之中。'"赵建成言:"考诸《韩非子·和氏》,未有此语。韩氏者,不知何人。而《荀子》卷十九《大略篇》有:'和氏之璧,井里之厥也。'《晏子春秋》内篇杂上第五有:'和氏之璧,井里之困也。'与刘注基本一致。"

《韩非子·解老》:"和氏之璧,不饰以五采,隋侯之珠,不饰以银黄。"③《魏志·文帝纪》:"是月,冯翊山贼郑甘、王照率众降,皆封列侯。"裴《注》引《魏略》曰:"以侍中郑称为武德侯傅,令曰:'龙渊、太阿出昆吾之金,和氏之璧由井里之田;砻之以砥砺,错之以他山,故能致连城之价,为命世之宝。学亦人之砥砺也。称笃学大儒,勉以经学辅侯,宜旦夕入侍,曜明其志。'"④ 沈家本、叶德辉于此均存疑,此处我们亦存之,俟考!

(四)《言语》条 27《注》引"光武尝谓井丹曰:'尝闻壮士不病疟,大将军反病疟耶?'"《后汉书·景丹传》"建武二年……丹时病",李贤《注》引《东观记》曰:"丹从上至怀,病疟,见上在前,疟发寒慄。上笑

---

① 刘文典. 淮南鸿烈集解 [M]. 北京:中华书局,1989:312.
② 清惠栋. 九曜斋笔记 [M]. 惠氏三种. 扬州:江苏广陵古籍刊印社出版,1986:34.
③ 陈奇猷. 韩非子集释 [M]. 上海:上海人民出版社,1974:334-335.
④ 陈寿. 三国志 [M]. 北京:中华书局,1959:59.

曰：'闻壮士不病疟，今汉大将军反病疟邪？'使小黄门扶起，赐医药。还归洛阳，病遂加。"① 《东观记》即是《东观汉记》，则刘《注》此条所引出自《东观汉记》。

（五）《假谲》条11《注》引"旧义者曰"、"无义者曰"。陈寅恪《金明馆丛稿初编·支愍度学说考》论述了支愍度的学说，也就是"心无义"，可以参看。②

（六）《方正》条51《注》引"孔子称：'唯女子与小人为难养，近之则不逊，远之则怨。'"今本《论语·阳货篇》："子曰：'唯女子与小人为难养也，近之则不逊，远之则怨。'"③ 则《方正》条51《注》所引一段内容出自《论语》。各家概均知此出自《论语》，故不言。但似应有所交待，以反映刘《注》之真实面貌。

（七）《言语》条38《注》引"《序传》曰：'博之翰音，鼓妖先作。'"《注》所引《序传》一段内容紧承上文所引《汉书》而来。刘《注》所引内容见于今本《汉书·序传》。④ 则刘《注》中所引之《序传》，实即《汉书·序传》。此《汉书·序传》为《汉书》的一部分，在列刘《注》引书书目时不必单列，但应该在所列《汉书》条目下有所交待。又《言语》条64《注》引有《汉书叙传》，查今传本之《汉书·叙传》，发现二者所记基本相同，只是刘《注》稍有省略之处。《言语》条35《注》亦引有《汉书叙传》，比较来看，似刘《注》概括了今本中的内容，所用言词亦多有不同，但表达意思无异。清人叶德辉认为刘《注》所引《汉书叙传》为项贷撰，我们无法确定今传本《汉书叙传》就一定是班固所作，曹道衡、刘跃进《先秦两汉文学史料学》言，班固死时"《汉书》还有八表及《天文志》尚有部分未能完成。汉和帝命班固的妹妹班昭参考东观藏书继续补写，又命同郡人马续帮助班昭完成《天文志》，始成完璧"，⑤ 可知，《汉书》并不是班固一人所作，则《汉书》中的《叙传》未必就是班固所作，但亦无法确定就是项贷撰，因为项书今天已亡佚。但不管怎么说，《叙传》在今

① 王先谦. 后汉书集解 [M]. 北京：中华书局，1984：284.
② 详见陈寅恪. 陈寅恪集·金明馆丛稿初编 [M]. 北京：三联书店，2001：159-187.
③ 刘宝楠. 论语正义 [M]. 北京：中华书局，1990：709.
④ 班固. 汉书 [M]. 北京：中华书局，1962：4264.
⑤ 曹道衡，刘跃进. 先秦两汉文学史料学 [M]. 北京：中华书局，2005：359.

传本《汉书》中已经成为了《汉书》不可分割的一部分。本着列整体的原则，对刘《注》中的《汉书序传》我们不单独列目，而是附入到《汉书》下，并给予交待，以体现刘《注》引书的真实情况。

三、刘孝标对引书作者的处理

《世说新语》刘《注》的引书问题一直以来都是研究者关注的一个问题，一些学者也作了《世说》引书的调查，给出了引书书目以及或多或少的考证，如叶德辉、沈家本、马念祖以及《世说新语笺疏》后所附中华书局张㧑石先生的引书《索引》。但是似乎研究者都忽略了这样的一个问题，那就是关于刘《注》对所引文献作者的处理问题。下面通过考察来略陈这个问题。

（一）刘《注》对所引经部文献作者的处理

一般注释性的文献处处给出作者，如《诗经》有毛苌《注》、郑玄《注》，《论语》有孔安国《注》、包氏《注》、马融《注》、郑玄《注》，《周礼》郑玄《注》，《礼记》郑玄《注》，《春秋传》杜预《注》，《公羊传》何休《注》，《易》王弼《注》，《尚书》孔安国《注》，《系辞》王廙《注》等。但有一些注释性的文献也不给出作者，如《世说新语·言语》条60及《世说新语·简傲》条11刘《注》引《论语注》、《世说新语·文学》条14刘《注》引《春秋传注》、《世说新语·言语》条44刘《注》引《礼记注》等，据查在刘《注》所引经部文献中只有上四处注释性文献不出作者。此外，许慎《说文》、卫恒《四体书势》等小学类文献给出作者，其它经部文献均不出作者。

（二）刘《注》对所引史部文献作者的处理

同名文献引用的原则是处处给出作者，偶尔有不出者，概非孝标之本意。如引正史中的《后汉书》要给出作者是谢承、谢沈还是薛莹，《晋书》要给出作者是王隐、虞预、朱凤还是沈约；引古史中的《汉纪》要给出作者是张璠还是袁宏，《晋纪》要给出作者是干宝、邓粲、徐广、曹嘉之、刘谦之还是刘璨；引载记中的《秦书》要给出作者是车频还是裴景仁；引杂传中的《高士传》要给出作者是嵇康还是皇甫谧，《孝子传》要给出作者是萧广济还是郑缉；引簿录中的《文章志》要给出作者是宋明帝还是挚虞等等。一般注释性的文献也是处处给出作者，如引《汉书》的应劭

《注》、文颖《注》、韦昭《注》、苏林《注》、臣瓒《注》，徐广《晋纪》文颖《注》。其它史部类文献给出作者的是周祗《隆安记》（计引七次，均出作者）、张资《凉州记》（引两次，均出作者）、丘渊之《文章录》（引五次，均出作者，其中一次作"文章叙"，《世说新语笺疏》后所附张忱石先生的引书索引认为"叙"字当为"录"字之伪，[①] 这里同意此观点）、丘渊之《新集录》（引一次）、环济的《吴纪》（引5次，均出作者）、孙盛《杂语》（计引两次，均出作者）、檀道鸾《续晋阳秋》（首见出作者，其余72处只出了一次）、伏滔《大司马寮署名》（首见出作者，计引三次，后两次不出）、刘子政《列仙传》（共引五次，首见不出，在第二次方出之）、皇甫谧《帝王世纪》（首见不出，计引4次，在第二次引时出作者）、盛弘之《荆州记》（共引两次，其中首见出作者，第二次则不出）、荀绰《九州岛记》[②]（刘《注》引《冀州记》四次，只有第二次不出作者；引《兖州记》三次，第一次出作者，后两次是在同一条《世说》中所引，先引出，后引不出）、徐广《历纪》（引一次）、嵇绍《赵至叙》（引一次）、远法师《庐山记》（引一次）、顾恺之《晋文章记》（引一次）、梁祚《魏国统》（引一次）、刘向《别录》（引一次）、严尤《三将叙》（引一次）、杜笃《新书》（引一次，见对刘《注》所引子部类文献贾谊《新书》的分析）。下面分别析之：

　　《世说》刘《注》引用周祗《隆安记》共七次，次次给出作者，这是有原因的，其原因概是为了区别同名之书。《世说》刘《注》引书，出与不出作者，刘孝标要考虑的一个基本原则就是区别，这种区别包括刘《注》内部的区别，也包括外部的区别。马端临《文献通考·经籍考》卷二十二于《太清记十卷》条下考曰："《崇文总目》：梁王韶撰。起太清元年，尽六年。初，侯景破建邺，韶西奔江陵，士人多问城内事，韶不能人人为说，乃疏为一篇，问者即示之。元帝闻而取读，曰：'昔王韶之为

<hr />

① 张忱石.《世说新语》引书索引 [M]. 108.
② 据沈家本的观点，荀绰《九州岛记》包括《冀州记》和《兖州记》。见沈家本《古书目三种》卷四《世说注所引书目二》，中华书局，1963. 另张国淦《中国古方志考》引文廷式《补晋书艺文志》二"《荀绰九州岛记》案《魏志王浑传注》，涣子準，《荀绰九州岛记》称準有俊才。校以群书，所引实《兖州记》之文。疑晋宋时止传《冀兖二州记》，余七州绝无可征引者矣。"见张国淦. 中国古方志考 [M]. 中华书局，1962；60.

《隆安记》，言晋末之乱离，今亦可以为《太清记》矣.'诏因为之。然其议论皆谢之矣。又诏希帝旨撰述，多非实录。"① 我们猜测，孝标注释《世说》，在引用周祗的《隆安记》之时，一定也注意到了还有王韶《隆安记》的存在，为了区别之，才在引用周作时，处处给出作者。

张资《凉州记》也是同样的情况，《隋书·经籍志》著录："《凉记》八卷，记张轨事，伪燕右仆射张谘撰。《凉记》十卷记吕光事，伪凉著作佐郎段龟龙撰。"② 《新唐书·艺文志》著录："段龟龙《凉记》十卷、张谘《凉记》十卷。"③ 《旧唐书·经籍志》著录："《凉记》十卷，张谘撰。"④ 《书目答问补正》卷二曰："张辑《挚虞决疑要注》，《三辅旧事》，《三辅故事》，刘昞《十三州志》，段龟龙《凉州记》，《凉州异物志》，《西河旧事》，《喻归西河记》，《段国沙洲记》，皆刻《二酉堂丛书》内，篇叶无多，不别列。"⑤ 对段龟龙《凉记》，宋李昉《太平御览》引用时称之为《凉州记》。⑥ 清章宗源言段龟龙撰《凉记》，《艺文类聚》诸书所引亦或作《凉州记》。⑦ 《世说》刘《注》中所引之张资《凉州记》应该就是张谘《凉记》，所以孝标注书之时应该知道至少有段、张二《凉记》或《凉州记》的存在，故在引用张著之时处处给出作者，以便区分。刘纬毅《汉唐方志辑佚》中分别辑了《凉州记》（后燕张资撰）和《凉州记》（西凉段龟龙撰）。⑧ 另外，《补晋书艺文志》霸史类著录张谘《凉记》八卷、段龟龙《凉记》十卷、刘庆《凉记》十二卷，⑨ 也可为孝标作注必须加以区分之

① 马端临. 文献通考·经籍考 [M]. 华东师范大学出版社，1985：549.

② 《隋书》卷三十三《经籍二》，本部分所考察刘注史部文献出自《隋书·经籍志》者均同此，不复注。

③ 《新唐书》卷五十八《艺文二》，本部分所考察刘注史部文献出自《新唐书·艺文志》者均同此，不复注。

④ 《旧唐书》卷四十六《经籍上》，本部分所考察刘注史部文献出自《旧唐书·经籍志》者均同此，不复注。

⑤ 张之洞撰、范希曾补正. 书目答问补正 [M]. 上海古籍出版社，2001：116.

⑥ 李昉等撰《太平御览》卷五十"契吴山"、"可蓝山"条引均作《凉州记》，中华书局，1985：243.

⑦ 章宗源. 隋书经籍志考证 [M]. 30. 二十五史补编. 开明书店辑印，1936：4972.

⑧ 刘纬毅. 汉唐方志辑佚 [M]. 北京：北京图书馆出版社，1997：163.

⑨ 补晋书艺文志 [M]. 见杨家骆. 历代经籍志（下册）[M]. 上海：大光书局，1912：115.

刘孝标《世说新语注》引书研究

一证。

对丘渊之的《文章录》，谢灼华、王子舟据《隋志》载有丘渊之《晋义熙以来新集目录》三卷，疑即与丘渊之《文章录》为一书。[①] 但是，没有提供相应的证据。《文选》应璩《百一诗》李善《注》引《文章录》，但是不言撰者。[②] 若此是丘渊之所作，则可证《文章录》的存在，但是不能说明此《文章录》即是《晋义熙以来新集目录》。《隋志》著录《晋义熙以来新集目录》，不言撰者。傅刚认为："据两《唐志》，此书为丘渊之所撰。"[③] 逯钦立先生说："《世说新语注》引其《新集录》。《唐志》《新集目录》撰者作丘深之。"又说"《文馆词林》百五十八作丘泉之。逯案：泉之、深之皆避唐讳。"[④]《世说新语·言语》条108刘《注》引丘渊之《新集录》，沈家本《古书目三种》据《唐志》认为此《新集录》应该是《晋义熙以来新集目录》之简称，在作者方面是为避讳而改字。傅刚认为丘渊之《新集录》当即两《唐志》所记丘深之《晋义熙以来新集目录》，两《唐志》避"渊"作"深"。[⑤] 如果谢灼华、王子舟二人的观点是正确的，那么刘《注》引用的丘渊之的《文章录》和《新集录》就应该是同一著作，然而孝标在《注》中引同一著作却使用两个不同的名字，似乎可能性不是很大。沈家本《古书目三种》对刘《注》所引的丘渊之《文章录》和《新集录》并未认为是同一著作，我们认为对此存疑似乎更为妥当。刘《注》引书有时候简称书名，例如把宋明帝的《晋江左文章志》简称为《文章志》，[⑥] 把荀勖《新撰文章家集叙》简称为《文章叙录》。[⑦] 我们知道，裴松之注释《三国志》对刘孝标注释《世说新语》是有影响的（萧艾、房瑞丽已讨论，见本文《引言》），所以荀勖的《新撰文章家集叙》在刘《注》中被简称为《文章叙录》并非孝标之首创，而是来自裴松之。但

① 谢灼华，王子舟. 古代文学目录《文章志》探微 [J]. 图书情报知识，1995（4）：9.

② 昭明太子撰，李善注. 文选 [M]. 北京：国学整理社出版，中华民国二十四年. 291.

③ 傅刚.《昭明文选》研究 [M]. 中国社会科学出版社，2000：67.

④ 逯钦立. 先秦汉魏晋南北朝诗 [M]. 中华书局，1983：1216，1217.

⑤ 傅刚. 俄藏敦煌写本 Φ242号《文选注》发覆 [J]. 文学遗产. 2000（4）：46.

⑥ 《隋书》卷三十三《经籍二》著录宋明帝撰《晋江左文章志》，此当是刘注所引宋明帝《文章志》。

⑦ 此为张政烺先生之观点，见余嘉锡. 世说新语笺疏 [M]. 中华书局，1983：19.

是受到这样的影响，刘孝标在注释《世说新语》引用丘渊之《晋义熙以来新集目录》时，把其简称为《文章录》或《新集录》也是极有可能的，正如把宋明帝的《晋江左文章志》简称为《文章志》一样。由于《文章录》与《文章叙录》只差了一个字，为了区别，孝标在引用《文章录》之时才处处注出作者。

《三国志》卷五十三裴松之《注》引有《吴纪》，称之为环氏《吴纪》。① 北魏郦道元（466 或 472—527 年）《水经·沔水注》下引有《吴记》，不言撰者。② 南朝梁沈约（441－513 年）于 487 年，奉诏修《宋书》，一年完。《宋书·州郡志》引有《吴记》，亦不言撰者。《齐民要术》卷十"豆蔻"条引环氏《吴记》曰："黄初二年，魏来求豆蔻。"缪启愉《校释》认为："《吴记》（也题作《吴纪》），晋环济撰，书已佚。《太平御览》卷九七一引作环氏《吴地记》，文同《要术》。"③ 据此可知，《世说》刘《注》中环济的《吴纪》，也被记为《吴记》或《吴地记》。而北魏郦道元《水经注》、南朝梁沈约《宋书》并引有《吴记》，且均不言撰者。《隋书·经籍志》著录《吴纪》九卷（晋太学博士环济撰，晋有张勃《吴录》三十卷，亡），《旧唐书·经籍志》著录《吴纪》十卷（环济撰），《新唐书·艺文志》不见著录。刘孝标生于 462 年，卒于 521 年，沈约的《宋书》孝标应该得见。与孝标同时代的郦道元《水经注》中引用的《吴记》，到底为何人所作，这里不得而知，沈约《宋书》中所提及之《吴记》，亦不得而知。刘《注》所引环济《吴纪》，记载的都是人事。沈约《宋书》曰："海盐令，汉旧县。《吴记》云：'本名武原乡，秦以为海盐县。'盐官令，汉旧县。《吴记》云：'盐官本属嘉兴，吴立为海昌都尉治，此后改为县。'非也。"④ 《水经·沔水注》下引《吴记》曰："一江东南行七十里，入小湖，为次溪，自湖东南出，谓之谷水。谷水出吴小湖，径由卷县故城下。"又曰"谷中有城，故由卷县治也，即吴之柴辟亭。"⑤ 可见，沈约、郦道元著作中所引之《吴记》均言地理，二书所引之《吴记》概非刘《注》所

---

① 《三国志》卷五十三《吴书·张严程阚薛传第八》。

② 郦道元. 水经注 [M]. 商务印书馆，中华民国二十五年. 550.

③ 缪启愉. 齐民要术校释 [M]. 农业出版社，1982：617.

④ 《宋书》卷三十五《州郡一》。

⑤ 郦道元. 水经注 [M]. 商务印书馆，中华民国二十五年. 550.

引环济之《吴纪》。因环济之《吴纪》也被称为《吴记》，孝标也许为了与沈约书、郦道元《注》中所引《吴记》相区分，在引用环济《吴纪》时才处处给出作者。

《三国志》卷一裴松之《注》引有孙盛《异同杂语》，卷一、卷四十四裴松之《注》引有孙盛《杂记》，卷九裴松之《注》引有孙盛《杂语》，卷三十五裴松之《注》引有孙盛《异同记》。武野春总结道："王钟翰、陈垣列孙盛《杂记》（5 页）、《杂语》（302 页）、《异同记》（933 页），沈家本认为，《杂记》、《杂语》、《异同记》是孙盛《异同杂语》的简称。"① 《世说》刘《注》引有孙盛《杂语》，据沈氏观点当是《异同杂语》的简称。《隋书·经籍志》子部杂家类著录无名氏撰《杂语》三卷，小说家类著录五卷本《杂语》。② 据《隋志》就当有两《杂语》之存在。姚振宗《隋书经籍志考证》以为三卷《杂语》为刘善明《圣贤杂语》。③ 《南齐书·刘善明传》："又撰《贤圣杂语》奏之，托以讽谏。上答曰：'省所献《杂语》，并列圣之明规，众智之深轨。'"④ 孙盛《异同杂语》不见于《隋志》，沈家本言："《唐志》孙寿《魏阳秋异同》八卷疑即此书"。⑤ 章宗源认为，"《唐志》孙寿当是孙盛之讹"。⑥ 周楞伽认为，《续谈助》言梁代《殷芸小说》条22出自《杂语》，这是不正确的，而实出自裴启之《语林》。余嘉锡以为《续谈助》所言之《杂语》为《隋志·子部·杂家》的三卷本《杂语》。罗宁认为此条出自《隋志》小说家类著录的五卷本《杂语》。⑦ 殷芸生于 471 年，卒于 529 年，据《隋志》，该小说是奉梁武帝之命编撰的。虽然《殷芸小说》条22的出处存在分歧，但是余嘉锡和罗宁均不言出自孙盛《杂语》，这似乎也可以说明在孝标所处的梁代，除了孙盛的《杂语》外，还有其他人《杂语》的存在，何况据《南齐书·刘善明传》肯定有刘

---

① 伍野春. 裴松之《三国志》注引书辨析 [J]. 东方论坛，2005（2）：99-100.

② 《隋书》卷三十四《经籍三》。

③ 姚振宗. 隋书经籍志考证 [M]. 484. 二十五史补编. 开明书店辑印，1936：5522.

④ 《南齐书》卷二十八《刘善明传》。

⑤ 沈家本. 古书目三种 [M]. 卷一《三国志注所引书目一》，中华书局，1963：25.

⑥ 章宗源. 隋书经籍志考证 [M]. 22. 二十五史补编. 开明书店辑印，1936：4964.

⑦ 上引周、余、罗三人观点并见罗宁. 论《殷芸小说》及其反映的六朝小说观念 [J]. 明清小说研究，2003（1）：25.

善明《贤圣杂语》的存在，而且该传又载"上"给刘的答书中称其《贤圣杂语》为《杂语》，更可为有其他人《杂语》存在的证据。孝标为了区别之，在《注》中处处给出作者。孙盛《异同杂语》，刘《注》简称为《杂语》，孝标之前《三国志》裴松之《注》已经这样做了，这种简称并非孝标之首创，但是孝标于所引文献著者交代之谨严，还是值得称道的。

檀道鸾《续晋阳秋》、伏滔《大司马寮署名》、是首见出作者，其余均不出（《续晋阳秋》只有一次例外）。这二部著作，应该是在刘《注》内和刘《注》外都不至于引起误解，孝标首见出作者，其余不出，但是读者在非首见处也能知道这二部著作的作者为何许人也，这体现了刘《注》的整体观，刘《注》是从整体上来处理所引文献的作者问题的。刘子政《列仙传》、皇甫谧《帝王世纪》是次见出作者，概是作者无意而出之，可能这二部著作在当时众人皆知，又不至于和其它著作相混淆。

《荆州记》在刘《注》中共引用两次，指明是盛弘之《荆州记》的一次，还有一次引用未交代作者。刘纬毅《汉唐方志辑佚》分别辑南朝宋盛弘之撰《荆州记》、南朝宋刘澄之撰《荆州记》、晋范汪撰《荆州记》、晋庾仲雍撰《荆州记》。① 刘澄之撰《荆州记》见《太平御览》引，范汪撰《荆州记》见《艺文类聚》、《太平御览》引，庾仲雍撰《荆州记》见《文选》、《艺文类聚》、《太平御览》引。② 在孝标作《世说注》之前竟然有如此多的《荆州记》的存在，刘《注》于第二次征引《荆州记》，不出作者，其失也疏。

《史记·封禅书》"然则怪迂阿谀苟合之徒自此兴，不可胜数也"，司马贞《索引》有："顾氏案：'裴秀《冀州记》……。'"③ 张国淦《中国古方志考》分别考证了晋人裴秀的《冀州记》、晋人荀绰的《冀州记》和晋人乔潭的《冀州记》。④ 晋代至少有裴、荀、乔三《冀州记》的存在是个不争的事实。刘《注》引《冀州记》凡四次，只有《言语》条 23《注》所引不出作者，概该条与《冀州记》首见的《言语》条 20《注》相距不

---

① 刘纬毅. 汉唐方志辑佚 [M]. 北京图书馆出版社，1997：208，223，111.
② 此各《荆州记》被征引情况据马念祖编. 《水经注》等八种古籍引用书目汇编 [M]. 中华书局 1959：71.
③ 司马迁. 史记 [M]. 北京：中华书局，1959：1369.
④ 张国淦编. 中国古方志考 [M]. 中华书局，1962：127，128.

甚远，似乎不烦出作者。其实，《言语》条 23《注》所引《冀州记》言及裴頠为赵王伦所害事，据《晋书·裴秀传》，裴秀生于 224 年，卒于 271 年，其子裴頠生于 267 年，卒于 300 年。裴秀《冀州传》肯定言及不到裴頠遇害事。另外，《品藻》条 7 刘《注》引荀绰《冀州记》言冀州刺史杨淮二子为裴頠、乐广所重事。同时考虑到刘《注》的区别性原则，在刘《注》中若是引有两部同名之作，孝标必一一给出作者，此条不给出作者似乎可以认定与他处所引《冀州记》为同一作者。通过上面的分析可知，该条不出自裴秀《冀州记》是一定的，最有可能出自荀绰《冀州记》，但由于乔潭生卒不详，因此也无法断定该条不出自乔潭《冀州记》。丁国钧《补晋书艺文志》卷二言："又《世说·言语门》注引《冀州记》曰：裴頠弘济有清识，稽古善言，履行高整，自少知名，历侍中尚书左仆射，为赵王伦所害，此条不称撰人。"① 可为实事求是。章宗源《隋书经籍志考证》卷六言："《冀州记》卷亡，荀绰撰，不著录。《世说·言语篇》注，满奋字武秋，高平人，性清平有识，又裴頠稽古善言名理。《赏誉篇》注……并引荀绰《冀州记》。"② 章氏言"并引荀绰《冀州记》"，单就认定不言撰者之《冀州记》亦是引自荀绰《冀州记》而言，似稍嫌武断。乔潭的生卒问题如果得以明确，此问题的解决将会明朗得多，姑且待之。

刘《注》共引荀绰《兖州记》三次，首见出作者，后两次在同一条中（《品藻》条 9），同一条中的后一次没有出作者，其实也没有出的必要，同条中两次征引同一来源的文献，交代了前者的作者，后者的作者问题似乎就不成为问题了。在刘《注》内外，我们都没有找到与荀绰《兖州记》同名的文献，但是孝标在引用时处处给出作者是有其道理的，也许其注书时见到了同名文献也未可知。《新唐书·艺文志》著录阮叙之《南兖州记》一卷，张国淦《中国古方志考》考证了阮叙之撰《南兖州记》一卷并引章宗源《隋书经籍志考证》卷六言："……似此书撰在隋唐间。"③ 倘若如此，则孝标不得见此书。

刘《注》引徐广《历纪》一次。《艺文类聚》卷十一引三国徐整《三

---

① 张国淦编. 中国古方志考［M］. 中华书局，1962：127.
② 张国淦编. 中国古方志考［M］. 中华书局，1962：127.
③ 张国淦. 中国古方志考［M］. 中华书局，1962：204.

五历纪》。《旧唐书·经籍志》著录徐整撰《三五历纪》二卷；《历纪》十卷，不言撰者。《补晋书艺文志》杂传类著录有嵇绍《赵至叙》和《赵至自叙》。① 释惠远《庐山记》刘《注》引一次，《补晋书艺文志》地志类著录有王彪之《庐山记》，② 章宗源《隋书经籍志考证》言《艺文类聚》分别引有周景式《庐山记》和张野《庐山记》。③ 上三种引用文献孝标均注出作者，如果不注出作者可能都存在被读者误解的可能。有一些史部文献这里没有考察出其若不被注出作者，则就有可能被误解的证据，如顾恺之《晋文章记》、梁祚《魏国统》、刘向《别录》、严尤《三将叙》等四部著作。但是孝标既然给出作者，想必自有其道理。

　　还有一些史部文献，虽然孝标没有直接给出作者，但是通过考察孝标的按语和《世说》正文的相关记载可以得知这些文献的作者。如《汉晋春秋》，刘《注》共引了 9 次，但均不给出作者，其实只要联系《世说新语·文学》条 80 的正文和刘《注》就不难得知《汉晋春秋》的作者为习凿齿：《文学》条 80 正文有"习凿齿史才不常……于病中犹作《汉晋春秋》，品评卓逸"，刘《注》引《续晋阳秋》言："凿齿少而博学……在郡著《汉晋春秋》，斥温觊觎之心也。"④ 刘《注》引《晋阳秋》计 110 多次而从不明确给出作者，其实在孝标的按语中已经透漏了该著作的作者问题。《方正》条 9 孝标按语曰："荀顗清雅，性不阿谀。校之二说，则孙盛为得也。"按语紧承上引干宝《晋纪》和不言撰者之《晋阳秋》，分析《晋纪》和《晋阳秋》之内容，《晋纪》显然言荀顗之阿谀不直，而《晋阳秋》言阿谀者为荀勖，非荀顗。⑤ 还有《识鉴》条 6 刘《注》在分别引《晋阳秋》和《汉晋春秋》后下按语曰："习、孙二说，便小迁异。"⑥ 合而观之，可知《晋阳秋》之作者为孙盛。类似的情况还有，如《名士传》的作者可以通过考察《文学》条 94、《赏誉》条 34《世说》正文和《方正》条

---

① 补晋书艺文志 [M]. 见杨家骆编. 历代经籍志（下册）. 大光书局，上海：1912：119.
② 补晋书艺文志 [M]. 见杨家骆编. 历代经籍志（下册）. 大光书局，上海：1912：120.
③ 章宗源. 隋书经籍志考证 [M]. 41. 二十五史补编. 上海：开明书店辑印，1936：4983.
④ 余嘉锡. 世说新语笺疏 [M]. 中华书局，1983：258.
⑤ 余嘉锡. 世说新语笺疏 [M]. 中华书局，1983：289.
⑥ 余嘉锡. 世说新语笺疏 [M]. 中华书局，1983：391.

6 孝标按语得知为袁宏,《世语》的作者可以通过考察《方正》条 6 孝标的按语而得知为郭颁,《中兴书》的作者可以通过考察《方正》条 23 刘《注》并结合《隋书·经籍志》、《颜氏家训·书证》王利器《集解》得知为何法盛,①《晋诸公赞》的作者可以通过考察《贤媛》条 10 刘《注》得知作者为傅畅,《魏氏春秋》的作者可以通过考察《品藻》条 71 孝标的按语而大略得知为孙盛,《搜神记》的作者在《排调》条 19 的正文和《注》文中均提到为干宝。这样的情况在刘《注》中一定还有,有些文献的作者问题或在孝标按语中、或在孝标所引文献中、或在《世说》正文中体现,对于这样的文献,孝标是不烦明确交代作者的,这就要求读者对刘《注》要从整体上去把握。

(三)刘《注》对所引子部文献作者的处理

一般注释性的文献处处给出作者,如李轨《法言注》、王弼《老子注》、郭象《庄子注》、司马彪《庄子注》以及向子期、郭子玄《逍遥义》等。只有《汰奢》条 6 的一次引用《相牛经注》不言撰者。

同名文献,为避免误解而给出作者,如贾谊《新书》(引一次)为避免与史部杜笃的《新书》相误解而给出作者,这是刘《注》内部;在刘《注》的外部可能也有同名的作品,如《隋书·经籍志》就著录有《姚氏新书》二卷,②《新唐书·艺文志》著录有晁错《晁氏新书》七卷。③ 范汪《棋品》若不给出作者,就有可能被人误解为宋员外殿中将军褚思庄撰建元永明《棋品》或与孝标同时代的梁尚书仆射柳恽撰天监《棋品》④、或者其他同名之作。刘《注》中所引的伯乐《相马经》可能与不言撰者之《相马经》相混,⑤ 故需给出作者。秦丞相(据《笺疏》引文廷式《纯常子枝语》的观点,当为秦承祖之误)《寒食散论》,⑥ 据《隋书·经籍志》,魏晋南北朝时期有关寒食散方面的著作颇有一些,这些著作的产生概与当时的社会风气有关,其中难免有与秦承祖的《寒食散论》名字相同或相近

---

①　王利器. 颜氏家训集解 [M]. 中华书局,1993:520.

②　《隋书》卷三十四《经籍三》

③　《新唐书》卷五十九《艺文三》

④　《隋书》卷三十四《经籍三》

⑤　《新唐书》卷五十九《艺文三》

⑥　余嘉锡. 世说新语笺疏 [M]. 中华书局,1983:74.

的作品，如《皇甫谧、曹翕论寒食散方》、《寒食散方》等。[①] 刘《注》引用《相牛经》不言撰者，但是所引《相牛经》中提到《牛经》出自宁戚，传百里奚，汉世河西薛公得其书。至魏世，高堂生又传以于晋宣王，其后王恺得其书焉。[②] 刘《注》所引当是王恺之后的《相牛经》，王恺乃晋人也，《晋书》卷九十三有传。此《相牛经》世代传承，历经不同人之手，增减之处在所难免，但是孝标征引之时似乎仍可辨知具体观点之所属，因为刘《注》下文同时引有宁戚《经》，此概是从不言撰者的《相牛经》中析出的。由此看来孝标所引不言撰者之《相牛经》是一众人合成的著作，其作者有宁戚、百里奚、薛公、高堂生、晋宣帝，甚至是王恺，各人均把自己相牛的经验得失添加到这部《相牛经》中，这倒是符合了大多数子书的成书情况。孝标引《相牛经》时不言撰者，其实正是本着求实的态度，读者可以通过分析《注》文，自己得知有关《相牛经》这部著作撰者方面的大致情况。孝标所引相当于《相牛经》序的部分，交代书之来龙去脉。所以，尽管刘《注》引《相牛经》未明确给出作者，但也不必担心与《隋书·经籍志》所记《齐侯大夫宁戚相牛经》、《王良相牛经》、《高堂隆相牛经》（高堂隆《三国志》有传）等相混。[③] 刘《注》引用了李康（据《笺疏》第18页所记，知为"李康"，非"李秉"。）《家诫》，《隋书·经籍志》不见著录，但是著录有后魏清河张烈的《家诫》，此可能与刘《注》所引李康《家诫》相混，故孝标给出作者。《语林》在刘《注》中被引用达四十次之多，其中只有《任诞》43的一次引用给出作者是裴启，但是这次给出作者或者非孝标的本意、或者为后人的误增，因为《世说新语·轻诋》条24刘《注》引《续晋阳秋》言："晋隆和中，河东裴启撰汉、魏以来迄于今时，言语应对之可称者，谓之《语林》。"又《世说新语·文学》条90刘《注》引《裴氏家传》言裴荣撰《语林》数卷，号曰《裴子》。且此条注中孝标言："檀道鸾谓裴松之，以为启作《语林》，荣傥别名启乎？"[④] 看来由于文献记载之不同，孝标亦未明确到底是何人撰《语林》，

---

① 《隋书》卷三十四《经籍三》

② 余嘉锡. 世说新语笺疏 [M]. 中华书局，1983：881.

③ 《隋书》卷三十四《经籍三》

④ 余嘉锡. 世说新语笺疏 [M]. 中华书局，1983：844，269.

故推测概裴荣别名裴启。所以《任诞》条 43 引用《语林》交待作者是裴启就是值得我们怀疑的。此外，有三次引用不言《语林》，而言"裴子"，其实这三次也是出自《语林》，这样称呼一方面是《文学》条 90 刘《注》已经有了交待，另一方面是孝标在《注》中有不称作品名而直称作者的例子，如引扬雄《法言》直接称为"扬子曰"（《栖逸》条 6 刘《注》引），引皇甫谧的《高士传》而直接称为"皇甫谧曰"（《言语》条 1 刘《注》引），引孔安国《论语注》径称为"孔安国曰"（《德行》条 35 刘《注》引），引《汉书》文颖《注》径称为"文颖曰"（《贤媛》条 19 刘《注》引）等。《语林》剩下的三十六次被引用就均不给出作者，概无论是在刘《注》内部还是刘《注》外部，这样都不至于引起读者的误解，而且孝标在引用《语林》时，虽然首见未给出作者，但是在它处给出，也许这是无意的，但是刘《注》的整体观在这里应该被考虑到。子部还有蒋济的《万机论》（1 次）、谯子《法训》（1 次）、姚信《士纬》（1 次，此书据《隋志》概是《士纬新书》的简称，《隋志》也提到《姚氏新书》，且言此二者不是同一著作。孝标简称之为《士纬》却不是简称为《新书》，可能就是考虑到还有《姚氏新书》的存在，在简称时已经考虑到要避免读者的误解的问题）、青鸟子《相冢书》（1 次）等，这些作品孝标给出了作者，这里未找到证据来体察孝标给出作者的动机，也许这是孝标的习惯称法，根本没有什么意图在里边。子部其他文献一般就不给出作者，当然不给出作者的引用文献有的也存在问题，如《列女传》，刘《注》引用了两次，均不给出作者，而在孝标作注时至少就有刘向和皇甫谧两人《列女传》的存在，有时我们很难弄清刘《注》所引到底出自何书。所以这里通过调查总结出来的整体性原则和区别性原则也只是一个大体上的原则。

（四）刘《注》对所引集部文献的处理

刘《注》引《山公启事》凡三次，一次称《山公启事》（《世说》正文中已言及山涛），另外两次称山涛《启事》，可以说是次次都给出了作者。《隋书·经籍志》著录有《范宁启事》三卷。[①] 范宁为东晋人，其书孝标应该知晓，故刘《注》引用山涛《启事》时处处给出作者，避免了读者的误解。不出作者的集部文献是《楚辞》和《妇人集》，概孝标以为不能被

误解。其它集部文献，如《嵇康集》、《潘岳集》、《孙楚集》等一类，读者可以通过《世说》原文和《注》直接得知作者，这体现了刘《注》的整体性，不仅《注》内部是一个整体，就是刘《注》与《世说》正文也是一个整体。集部类文献有一些单篇文章，这些单篇的文章一般都直接给出作者，这样的单篇文章有：孙统《高柔集叙》、孙绰《庾亮碑文》、欧阳建《言尽意论》、孙绰《谏桓公迁都表》、王隐《论扬雄太玄经》、谢鲲《元化论序》、王隐、孙盛《不与故君相闻议》、傅玄《弹棋赋叙》、袁宏《孟处士铭》、傅咸《羽扇赋序》、潘岳《秋兴赋序》、伏滔《青、楚人物论》、葛洪《富民塘颂》、王珣《法师墓下诗序》、张野《远法师铭》、孙绰《遂初赋叙》、王珣《遊严陵濑诗叙》、支遁《逍遥论》、孙绰《支愍度赞》、阮籍《劝进文》、嵇康《声无哀乐论》、孙统《吏部虞存末叙》、伏滔《长笛赋叙》、孙绰《刘恢诔叙》、王羲之《临河叙》、谢韶《金昌亭诗叙》、石崇《金谷诗叙》、夏侯湛《羊秉叙》、嵇康《养生论》、左思《招隐诗》、左思《蜀都赋》、左思《魏都赋》、夏侯湛《周诗叙》等。有的刘《注》不直接给出作者，但是通过《世说》正文可以得知作者，如《易象妙于见形论》，虽然刘《注》没有指出作者是孙盛和殷浩，但是在《世说》正文中已经点明了是这两个人；引用《羊秉叙》也是没有给出作者，但是通过该条《世说》正文可以得知作者是夏侯湛；引用《青、楚人物论》，可以通过《世说》正文得知作者是伏滔和习凿齿两人。所以刘《注》对于这样的引文均不需出作者。当然，除了《注》给出作者和可以通过正文得知作者的单篇文章外，有的单篇文章也不出作者，如《轻诋》11条《注》引的《刘镇南铭》，但是这样的情况很少。

刘《注》还引用了一些释家类文献，其中只有《阿毗昙叙》给出作者是远法师，《维摩经注》给出作者是僧肇，其余均不出，概于刘《注》内外均不至于引起误解。

通过上面的考察可以知道，刘孝标注释《世说新语》，对于所引文献的作者问题是有自己的处理原则的。其基本的原则就是区别性原则。首先要考虑的是同名文献的区别，同名文献区别包括两个方面：一个方面是在刘《注》内部是否有同名的文献要区别，这是显性的，也是刘《注》的最基本的要求，保证刘《注》内部绝不能相混，如宋明帝《文章志》和挚虞《文章志》、嵇康《高士传》和皇甫谧《高士传》等就要加以区别。另一个方面是刘《注》的引用文献与刘《注》外部是否有易于相混的文献，这也是孝标注释时必须要考虑的问题，与外部的区分是潜在的，但也是必须要考虑的，如盛弘之《荆州记》需要与南朝宋盛弘之《荆州记》、南朝宋刘澄之撰《荆州记》、晋范汪撰《荆州记》、晋庾仲雍撰《荆州记》等相区别。其次要考虑的是注释性文献的区别，孔子主张"述而不作"，解释阐发前人的著作在汉魏晋时期也很盛行，一部文献可能就不只有一个人去阐发、去注释，刘《注》也引用了这些阐发的、注释性的文献，为了区别，刘《注》在引用时就给出作者，以避免读者之误解，例子可见上文，此不赘引。

刘《注》对引文作者处理的区别性原则体现了他注书的整体观。这个整体观首先体现在以下三方面在整个刘《注》中的贯彻：对于需要区别作者的引用文献，刘《注》一般是处处均给出作者；对于不需要区别的文献，刘《注》一般是不给出作者；对于单篇文章性质的文献，刘《注》一般均给出作者。这三方面当然都有破例之处，但是破例的情况很少，而且破例的原因很难说清，未必是孝标本人的事也未可知。其次，整体观体现在有些引用文献即使不在《注》文中给出作者，但是通过考察《世说新语》正文或孝标的按语，读者可以自己得知所引文献的作者，刘孝标作注不仅把刘《注》本身当作一个整体，而且也没有把《注》文和《世说》的正文相割裂，《注》文和正文可以相互生发、相得益彰，是一个和谐有机的整体。最后，整体观体现在孝标不仅把刘《注》本身的文献作为一个整体来考虑，而且也没有把刘《注》中的文献与刘《注》外的整个文献系统相割裂，孝标把其《注》中的引用文献，放在作《注》时所处时代的整个文献系统中，所以才会有刘《注》内部文献与刘《注》外部文献的区别问题。区别性原则和整体观是刘《注》之科学与严谨的必然要求，刘孝标以史家观点来注《世说》，其本色通过对所引文献作者处理的考察，可以略窥一二。

第三章　刘《注》经部引书考

第一节　经部易类引书考

一、《周易》

《言语》条 38《注》引作"《易·中孚》"。《中孚》为《易》中之一篇。本着列全称且要列书名不列篇名的原则，故列书名为《周易》。

考证：今存，但有佚文。马端临《文献通考·经籍考》卷二对《周易》的源流、著录等一般情况进行了考证。① 《先秦两汉文学史料学》专辟一节对《周易》的产生时间、内容以及后人对《周易》的研究进行了分析和介绍。② 据《古佚书辑本目录》，清人沈淑、朱彝尊、王朝渠、黄奭等均辑有《周易》佚文。③

《言语》条 38《注》引《易·中孚》曰："上九，翰音登于天，贞凶。"余嘉锡、徐震堮、朱铸禹、杨勇等人均不言此处刘《注》版本有异。

今本《易·中孚》作"上九，翰音登于天，贞凶。"④ 与刘《注》所引内容完全相同。阮元《校勘记》不言此处《周易》版本有异。

二、王弼《周易注》

《言语》条 38《注》在引用了《易·中孚》后，《注》紧接着又引了"王弼《注》曰"。这种现象在刘《注》中很普遍：刘孝标在引用了某书之后，紧接着引用某书的注释书，刘孝标在称名时多是很简略，如某人曰、

---

① 马端临. 文献通考·经籍考 [M]. 上海：华东师范大学出版社，1985：39-41.
② 曹道衡，刘跃进. 先秦两汉文学史料学 [M]. 北京：中华书局，2005：73-88.
③ 详见孙启治，陈建华. 古佚书辑本目录 [M]. 北京：中华书局，1997：1.
④ 阮元校刻. 周易正义 [M]. 十三经注疏. 北京：中华书局，1980：71.

某人注曰等。本着注释书与被注释书分列的原则，我们列为王弼《周易注》。

考证：今存。《魏志·钟会传》"弼好论儒道，辞才逸辩，注《易》及《老子》，为尚书郎，年二十馀卒"，裴松之《注》引有何邵《王弼传》。[①]《世说·文学》条6《注》引有《王弼别传》。[②] 二者于王弼之身世交待甚详。据杨家骆《历代经籍志》，《三国·艺文志》易类费氏易著录王弼《周易注》六卷，《隋书·经籍志》易类著录有《周易》十卷（魏尚书郎王弼注。六十四卦六卷，韩康伯注系辞以下三卷），《旧唐书·经籍志》易类著录《周易》十卷（王弼韩康伯注），《唐书·艺文志》易类著录王弼《周易注》七卷。陆德明《经典释文序录》谓王弼注《易》上下经六卷，作《易略例》一卷。[③] 晁公武《郡斋读书志》著录《王弼周易》十卷，并言："右上下经，魏尚书郎王弼辅嗣注。《系辞》、《说卦》、《杂卦》、《序卦》，弼之门人韩康伯注。"[④] 陈振孙《直斋书目解题》著录有《周易注》六卷、《略例》一卷、《系辞注》三卷，并言："魏尚书郎山阳王弼辅嗣注上、下《经》，撰《略例》。晋太常颍川韩康伯注《系辞》、《说》、《序》、《杂卦》。"[⑤]《崇文总目》易类著录有《周易》十卷（原释王弼注）。马端临《文献通考·经籍考》著录王弼《易註》《略例》《系辞註》十卷，并引晁公武、陈振孙的观点进行了考证。[⑥]《四库全书总目》卷一《经部·易类一》著录有《周易注》十卷，言："上下《经》注及《略例》，魏王弼撰。《系辞传》、《说卦传》、《序卦传》、《杂卦传》注，晋韩康伯撰。"[⑦]

《言语》条38《注》引王弼《注》曰："翰，高飞也。飞者，音飞而实不从也。"此上承刘《注》所引《易·中孚》而引，《中孚》见于《周易·下经·丰传第六》，属于《周易》"经"的部分。刘《注》所引"王弼《注》曰"一段内容当是注"经"的，此与前文各家所言王弼注"上下经"

① 卢弼. 三国志集解 [M]. 北京：中华书局，1982：654-655.
② 余嘉锡. 世说新语笺疏 [M]. 北京：中华书局，1983：196.
③ 陆德明. 经典释文 [M]. 上海：上海古籍出版社，1984：22.
④ 孙猛. 郡斋读书志校证 [M]. 上海：上海古籍出版社，1990：4.
⑤ 陈振孙. 直斋书录解题 [M]. 上海：上海古籍出版社，1987：1.
⑥ 马端临. 文献通考·经籍考 [M]. 上海：华东师范大学出版社，1985：46.
⑦ 永瑢. 四库全书总目 [M]. 北京：中华书局，1965：2.

说合。

余嘉锡《笺疏》言："《注》'飞者音飞'上'飞'字，景宋本作'音'。"①《笺疏》所据《世说新语》采用的是王先谦重雕纷欣阁本。徐震堮言："飞者——影宋本作'音者'。案当作'飞音者'。《易·中孚》：'上九，翰音登於天，贞凶。'王弼注：'翰，高飞也。飞音者，音飞而实不从之谓也。'"②杨勇言："音者上，《易·中孚》九五王弼《注》有'飞'字，今据增。"③朱铸禹言："音者，沈校本同，袁本作'飞者'。王利器案：当作'飞音者'，《易·中孚》九五王弼《注》作'飞音者，音飞而实不从之谓也。'"④据各家所言可知，影宋本、沈校本刘《注》作"音者"而袁本、王先谦重雕周心如纷欣阁本刘《注》作"飞者"。

今本《易·中孚》："上九，翰音登于天，贞凶。"王弼《注》曰："翰，高飞也。飞音者，音飞而实不从之谓也。"⑤阮元《校勘记》不言此处王弼《注》版本有异。

刘《注》与今本《易》王弼《注》的差异是：

影宋本、沈校本刘《注》作"音者"，袁本、王先谦重雕周心如纷欣阁本刘《注》作"飞者"，今本《易》王弼《注》作"飞音者"。

今本《易》王弼《注》于"从"字后有"之谓"二字，刘《注》无。

三、郑玄《周易注》

《文学》条29《注》引作"郑玄《序易》曰"。叶德辉在其书目中列为《郑元序易》，并在条目下有考证之词："《隋志》经部有《周易》九卷云后汉大司农郑元注，此其序也。唐人孔颖达《易正义序》引作《易论》。"《古佚书辑本目录》对郑玄注《周易》事以及后人对郑玄《周易注》辑佚进行了详细的考证和交待，并言："《世说新语·文学》刘孝标《注》引郑玄序《易》'《易》之为名也，一名而函三义云云'一节，即《正义》所引《易赞》、《易论》之文，则所谓《易赞》、《易论》盖即玄《易注》之

①　余嘉锡. 世说新语笺疏［M］. 北京：中华书局，1983：99.
②　徐震堮. 世说新语校笺［M］. 北京：中华书局，1984：55.
③　杨勇. 世说新语校笺［M］. 北京：中华书局，2006：88.
④　朱铸禹. 世说新语汇校集注［M］. 上海：上海古籍出版社，2002：91.
⑤　阮元校刻. 周易正义［M］. 十三经注疏. 北京：中华书局，1980：71.

序耳。"① 我们同意刘《注》此处所引内容是郑玄《周易注》的《序》。然此《序》亦是郑玄《周易注》的一部分，本着列整体的原则，我们列为郑玄《周易注》。

考证：今佚。郑玄，《后汉书》有传。《世说·文学》条1《注》引《高士传》、《郑玄别传》，从中亦可见郑玄其人其事。陈振孙《直斋书录解题》著录有《周易集解》十卷，并言："唐著作郎李鼎祚集……郑玄……等诸家，凡隋、唐以前《易》家诸书逸不传者，赖此犹见其一二，而所取於荀、虞者犹多。"② 马端临《文献通考·经籍考》亦著录有《周易集解》十卷，并引有陈振孙语。《四库全书总目提要》卷一《经部·易类一》著录《周易郑康成注》一卷，并言："宋王应麟编。……案《隋志》载郑元《周易注》九卷，又称郑元、王弼二《注》梁陈列于国学，齐代惟传郑义，至隋王《注》盛行，郑学浸微。然《新唐书》著录十卷，是唐时其书犹在，故李鼎祚《集解》多引之。宋《崇文总目》惟载一卷，所存者仅《文言》、《序卦》、《说卦》、《杂卦》四篇，余皆散佚。至《中兴书目》，始不著录。则亡于南北宋之间，故晁说之、朱震尚能见其遗文，而淳熙以后诸儒即罕所称引也。"③《周易郑玄注》的亡佚情况于此可见。《古佚书辑本目录》言："《释文序录》载郑玄《易注》十卷，《录》一卷，注引《七录》载十二卷。《隋志》、《旧唐志》并九卷，《新唐志》十卷。《宋志》仅存《文言》一篇。"④ 晁公武《郡斋读书志》、陈振孙《直斋书录解题》均未著录有郑玄《周易注》，马端临《文献通考·经籍考》著录有郑康成《易註》并引《崇文总目》曰："今唯《文言》、《说卦》、《序卦》、《杂卦》合四篇，余皆逸。指趣渊礴，本去圣之未远。"⑤ 马端临所见郑玄《易註》当是辑佚本。据《古佚书辑本目录》，宋王应麟、清朱彝尊、清黄奭、清袁钧、清孔广林、曹元弼等均辑有郑玄《周易注》。⑥

《文学》条29《注》引郑玄《序易》曰："易之为名也，一言而函三

---

① 孙启治，陈建华. 古佚书辑本目录 [M]. 北京：中华书局，1997：7.

② 陈振孙. 直斋书录解题 [M]. 上海：上海古籍出版社，1987：5-6.

③ 永瑢. 四库全书总目 [M]. 北京：中华书局，1965：2.

④ 孙启治，陈建华. 古佚书辑本目录 [M]. 北京：中华书局，1997：7.

⑤ 马端临. 文献通考·经籍考 [M]. 上海：华东师范大学出版社，1985：45.

⑥ 详见孙启治，陈建华. 古佚书辑本目录 [M]. 北京：中华书局，1997：6-7.

义：简易一也，变易二也，不易三也。《系辞》曰：'《乾》、《坤》，《易》之蕴也，《易》之门户也。'又曰：'《乾》确然示人易矣，《坤》隤然示人简矣。易则易知，简则易从。'此言其简易法则也。又曰：'其为道也屡迁，变动不居，周流六虚，上下无常，刚柔相易，不可以为典要，唯变所适。'此则言其从时出入移动也。又曰：'天尊地卑，《乾》《坤》定矣；卑高以陈，贵贱位矣；动静有常，刚柔断矣。'此则言其张设布列不易也。"

朱铸禹言："有常，沈校本同，袁本作'为'。王先谦曰：'按《易正义序·八论》亦作"常"，是。'"① 然徐震堮《校笺》本刘《注》作"有常"，徐震堮《校笺》本刘《注》本是以袁本为底本，此处不作"有为"，概徐震堮校改之。又从徐震堮《校笺》、杨勇《校笺》的点读可知，二人均不认为"《系辞》曰"后的一段内容是郑玄《序易》的一部分。我们同意余嘉锡《笺疏》和朱铸禹《集注》的观点，认为"《系辞》曰"后的一段内容是郑玄《序易》的一部分。

王应麟辑有《易赞易论》《正义》云《易赞》及《易论》，《世说注》作《序易》。其中有："易一名而函三义《世说注》作易之为名也，一言而含三义。易简，《世说注》作简易一也；变易，二也；不易，三也。故《世说注》无故字系辞云：《世说注》作曰乾坤其《世说注》无其字易之缊邪《世说注》作也又云：《世说注》无此二字易之户邪《世说注》作也又云：夫《世说注》云作曰，无夫字，下句同乾确然示人易矣，夫坤，隤然示人简矣。易则易知，简则易从。此言其易简之《世说注》作简易无之字法则也。又云：《世说注》云作曰，又有其字。为道也屡迁，变动不居，周流六虚，上下无常，刚柔相易，不可《世说注》有以字为典要，唯变所适。此言顺时变易，出入移动者也。《世说注》作此则言从时出入移动也。又云：《世说注》作曰天尊地卑，乾坤定矣；卑高以陈，贵贱位矣；动静有常，《世说注》误作为刚柔断矣。此《世说注》有则字言其张设布列不易者《世说注》无者字也《正义》止此。据此惠作兹三义，而说易之道广矣，大矣。《周易正义》八论，《世说新语·文学论》。"②

王应麟辑有《周易郑注》，其中亦辑有郑玄《易赞易论》，虽其未据刘

---

① 朱铸禹. 世说新语汇校集注 [M]. 上海：上海古籍出版社，2002：193.

② 王应麟辑. 周易郑注 [M]. 丛书集成初编. 上海：商务印书馆，中华民国二十五年十二月初版. 139.

《注》辑佚，但无疑其已经注意到了刘《注》所引的内容，并且指出了刘《注》与其所辑的差异。王言刘《注》误作"动静有为"，此与朱铸禹所言袁本刘《注》同，我们所见各本刘《注》皆作"动静有常"与王辑同。

四、王廙《周易注》

《言语》条6《注》引作"王廙《系辞注》"。沈家本言王廙不只是注"系辞"，我们上文已经分析了这个问题。王廙《系辞注》只是其《周易注》中的一部分，本着列整体的原则，我们列为王廙《周易注》。

考证：今佚。王廙，《晋书》有传。《世说·仇隙》条3《注》引有《王廙别传》。《古佚书辑本目录》言清人孙堂、张惠言、黄奭、马国翰均有辑本，该书考证道："王廙，字世将，琅琊临沂人，官至荆州刺史，赠侍中、骠骑将军，谥曰康（《晋书》本传）。《释文序录》载王廙《易注》十二卷，注引《七录》、《七志》并十卷。《隋志》三卷，注云残缺。《新唐志》复载十卷。诸家辑本皆据《释文》采摭，大体相当。"① 晁公武《郡斋读书志》、陈振孙《直斋书录解题》、马端临《文献通考·经籍考》均不著录王廙《周易注》。晁公武《郡斋读书志》著录有唐李鼎祚《李氏集解》十卷，并交待其中辑有王廙注。② 陈振孙《直斋书录解题》著录《周易集解》十卷，并交待是唐著作郎李鼎祚集，其中包含王廙注。③ 马端临《文献通考·经籍考》著录有李鼎祚《周易集解》十卷，并引晁公武语进行了考证。④ 故王廙《周易注》在李鼎祚《周易集解》中应该保存一些。

《世说·言语》条6正文引有："《易》称'二人同心，其利断金；同心之言，其臭如兰。'"此出自《周易·系辞下》。⑤《言语》条6《注》引王廙注《系辞》曰："金至坚矣，同心者，其利无不入。兰芳物也，无不乐者。言其同心者，物无不乐也。"此段当是《周易·系辞下》"二人同心"一段内容的王廙《注》，但王廙此《注》不见于李鼎祚《周易集解》。余嘉锡、徐震堮、朱铸禹、杨勇等人均不言此处刘《注》版本有异。

① 孙启治，陈建华. 古佚书辑本目录［M］. 北京：中华书局，1997：13.
② 孙猛. 郡斋读书志校证［M］. 上海：上海古籍出版社，1990：18.
③ 陈振孙. 直斋书录解题［M］. 上海：上海古籍出版社，1987：5.
④ 马端临. 文献通考·经籍考［M］. 上海：华东师范大学出版社，1985：49.
⑤ 李道平. 周易集解纂疏［M］. 北京：中华书局，1994：572.

据《古佚书辑本目录》，张惠言未辑此，但孙堂、黄奭、马国翰当已辑此。[①] 马国翰《玉函山房辑佚书》经编易类据刘孝标《世说新语注》辑有刘《注》所引内容。[②] 但较我们所见刘《注》于"无不乐也"前少一"物"字，其余全同。

五、孙盛《易象妙于见形论》

《文学》条56《注》引作"其《论》略曰"。

考证：今佚。孙盛，《晋书》卷八十二有传。《世说·言语》条49《注》引《中兴书》曰："盛字安国，太原中都人。博学强识，历著作郎，浏阳令。庾亮为荆州，以为征西主簿，累迁秘书监。"《古佚书辑本目录》言："孙盛，字安国，太原中都人，官至秘书监，加给事中，著《魏氏春秋》、《晋阳秋》、《易象妙于见形论》（《晋书》本传）。《隋》、《唐志》均不载其《易》论，马国翰从《世说新语》刘孝标注、《周易正义·卷首》各采得一节。"[③]

《文学》条56《注》引"其《论》略"曰："圣人知观器不足以达变，故表圆应于蓍龟。圆应不可为典要，故寄妙迹于六爻。六爻周流，唯化所适，故虽一画，而吉凶并彰，微一则失之矣。拟器托象，而庆咎交著，系器则失之矣。故设八卦者，盖缘化之影迹也。天下者，寄见之一形也。圆影备未备之象，一形兼未形之形。故尽二仪之道，不与《乾》、《坤》齐妙。风雨之变，不与《巽》、《坎》同体矣。"

杨勇言："周上，各本重'六爻'二字，是。今据增。"[④] 朱铸禹言："周流，沈校本同，袁本、诸本'周流'上有'六爻'二字。"[⑤]

马国翰《玉函山房辑佚书》经编易类据刘孝标《世说新语注》辑有孙

---

① 《古佚书辑本目录》言张惠言缺《丰》六二、《系辞》"在地成形"及"二人同心"三节，刘注所引正是"二人同心"的王廙注。详见孙启治，陈建华. 古佚书辑本目录 [M]. 北京：中华书局，1997：13.

② 马国翰. 玉函山房辑佚书 [M]. 清光绪年刻本.

③ 孙启治，陈建华编. 古佚书辑本目录 [M]. 北京：中华书局，1997：17.

④ 杨勇. 世说新语校笺 [M]. 北京：中华书局，2006：220.

⑤ 朱铸禹. 世说新语汇校集注 [M]. 上海：上海古籍出版社，2002：214.

盛《易象妙于见形论》，其中唯作"奇见"与我们所见刘《注》作"寄见"异。[①]

第二节　经部书类引书考

六、《尚书》

《言语》条 22《注》、条 70《注》引作"《尚书》"，《政事》条 20《注》引作"《尚书·皋陶谟》"。《皋陶谟》为《尚书》中的一篇。本着列整体的原则，我们列为《尚书》。

考证：今存。关于《尚书》的源流可以参看《隋书·经籍志》，[②]刘起釪《尚书源流及传本考》、《尚书学史》以及马端临《文献通考·经籍考》等书亦有详细介绍。从《言语》条 22《注》引《尚书》后又引有孔安国《注》、《政事》条 20《注》引《尚书·皋陶谟》后又引有"孔安国曰"可知，刘孝标作《注》使用的当是孔安国注本的《尚书》。《隋书·经籍志》著录有《古文尚书》十三卷并注曰："汉临淮太守孔安国传"，又著录有《今字尚书》十四卷并注云："孔安国传"。《尚书今古文注疏·点校说明》言："《尚书》自汉代开始，即有今古文之别，今文说与古文说先后盛行於时。汉初伏生所传《尚书》共二十九篇，因用当时通行的隶字书写，称今文《尚书》，两汉都列於学官，为世所重。而汉武帝时发现于孔子故宅壁中、由孔安国献上的《尚书》，因其用先秦古文书写，称古文《尚书》，新莽时也曾列于学官，东汉贾逵、马融、郑玄为之训解作注，影响也很大。今古文《尚书》就其共有的篇章而言，只是在经文的文字上有些出入，内容并无很大差异，所谓'其字则异，其辞不异也'。今文古文两家的区别，主要体现在分章断句和解释不同方面。西晋永嘉之乱以后，今文《尚书》散亡不存。相传东晋时梅赜献出《孔传古文尚书》五十八篇，其中三十三篇经文与汉代流行的《尚书》经文大致相同，只是少数篇章的分合、定名不同。另外二十五篇经文及全部《孔传》都是伪作。但它

---

① 马国翰. 玉函山房辑佚书［M］. 清光绪年刻本.

② 长孙无忌等撰. 隋书经籍志［M］. 上海，商务印书馆，1955：11-12.

到南朝梁时竟取得学术界的信任而流行起来，在唐代更得到官方的尊崇……而真正由孔安国传下来的古文《尚书》也就从此失传了。"① 据这段文字可知，刘《注》所引《尚书》当是梅赜所献的五十八篇《孔传古文尚书》。即《隋志》所载的十三卷本《古文尚书》。《古佚书辑本目录》言："按自东晋以降，伪《古文尚书孔氏传》行世（即"隶古定"本），汉所传真古文渐亡，《隋志》以下所载《古文尚书》皆伪孔本。"② 今天所见《尚书》已经被判定为伪《古文尚书》，其有孔安国的《序》，共计 58 篇，包括《今文尚书》33 篇，其余 25 篇是"伪古文"。③

（一）《言语》条 22《注》引《尚书》曰："成周既成，迁殷顽民，作《多士》。"各家不言此处刘《注》版本有异。

今本《尚书·多士》有："成周既成，迁殷顽民，周公以王命诰，作《多士》。"④ "周公以王命诰"阮元《校勘记》云："《石经考文提要》云坊本诰作告。"⑤

刘《注》与今本《尚书》的差异是：

刘《注》所引较今本《尚书》少"周公以王命诰"六字。

据《尚书正义·校点前言》，《多士》是伪《孔传古文尚书》中 33 篇《今文尚书》之一。

（二）《言语》条 70《注》引《尚书》曰："文王自朝至于日昃，不遑暇食。"

杨勇言："昃，宋本作'昊'，各本作'晏'，今依刘本。昃，日过午也。王《补》：'案《说文》："晡，晚也。"《汉书·董仲舒传》："周文王至于日昃不暇食。"师古曰："昃，亦昊字。"'"⑥ 余嘉锡、徐震堮、朱铸禹不言此处刘《注》版本有异。

今本《尚书·无逸》有："文王卑服，即康功田功。徽柔懿恭，怀保

① 孙星衍. 尚书今古文注疏·点校说明［M］. 北京：中华书局，1986：1-2.
② 孙启治，陈建华. 古佚书辑本目录［M］. 北京：中华书局，1997：22.
③ 据孔颖达. 尚书正义［M］.（《校点前言》）上海：上海古籍出版社，2007：2.
④ 阮元校刻. 尚书正义［M］. 十三经注疏. 北京：中华书局，1980：219.
⑤ 阮元校刻. 尚书正义［M］. 十三经注疏. 北京：中华书局，1980：225.
⑥ 杨勇. 世说新语校笺［M］. 北京：中华书局，2006：113.

小民，惠鲜鳏寡。自朝至于日中昃，不遑暇食，用咸和万民。"① "自朝至于日中昃"，阮元《校勘记》云："陆氏曰昃本亦作仄。"②

刘《注》与今本《尚书》的差异是：

今本《尚书》"文王"至"自朝"之间有"卑服，即康功、田功。徽柔懿恭，怀保小民，惠鲜鳏寡。"而刘《注》无。

今本《尚书》作"日中昃"（昃，陆德明言本亦作仄）而刘《注》作"日昃"（杨勇言宋本刘《注》作"日昃"，各本刘《注》作"日昃"，刘本刘《注》作"日昃"。杨勇所言的刘本是指宋刘应登批本的《世说》）。孔颖达言："则人之常食，在日中之前，谓辰时也。……言文王勤于政事，从朝不食，或至于日中，或至于日昃，犹不暇食，故经'中'、'昃'并言之。"③ 孔颖达指出了今本《尚书》作"日中昃"的妙处。《国语·楚语上》引《周书》曰："文王至于日中昃，不皇暇食。"④ 其中有"中"字与今本《尚书》同。刘《注》引作"日昃"并不能体现今本《尚书》所记之妙，然刘《注》作"日昃"并非其首创，在《汉书·董仲舒传》中有"周文王至于日昃不暇食"，其中作"日昃"与刘《注》同。又今本《尚书》作"昃"（陆德明言本亦作仄），刘《注》作"昃"（若如杨勇所言，则还有作昃、作昃者）。昃、昃的关系是：《易·丰》"日中则昃"阮元《校勘记》云："石经本同，闽、监、毛本昃作昃，《释文》昃孟作稷。"⑤ 昃、仄的关系是：《易·离》"日昃之离"阮元《校勘记》云："闽、监、毛本同，石经昃作昃，《释文》曰昃王嗣宗本作仄。"⑥ （案"释文曰昃"似当作"释文曰昃"）可见，昃、昃、仄三者可通用。至于宋本刘《注》以及颜师古所言"昃，亦昃字"中的"昃"，我们认为是"昃"之误，二者形近。杨勇言宋本、刘本外的刘《注》均作"昃"，余嘉锡、徐震堮、朱铸禹等均不言之，不知杨氏据何而言之，姑且存之。

据《尚书正义·校点前言》，《无逸》是伪《孔传古文尚书》中 33 篇

---

① 阮元校刻. 尚书正义 [M]. 十三经注疏. 北京：中华书局，1980：222.
② 阮元校刻. 尚书正义 [M]. 十三经注疏. 北京：中华书局，1980：226.
③ 阮元校刻. 尚书正义 [M]. 十三经注疏. 北京：中华书局，1980：222.
④ 邬国义、胡果文、李晓路等. 国语译注 [M]. 上海：上海古籍出版社，1994：520.
⑤ 阮元校刻. 周易正义 [M]. 十三经注疏. 北京：中华书局，1980：73.
⑥ 阮元校刻. 周易正义 [M]. 十三经注疏. 北京：中华书局，1980：46.

《今文尚书》之一。

（三）《政事》条 20《注》引《尚书·皋陶谟》："一日万機"。而《政事》条 20《注》引："孔安国曰：'幾，微也。言当戒惧万事之微。'"其中不作"機"而作"幾"，蓋孔氏所见之《尚书》作"幾"也。各家未言此处刘《注》不同版本之间存在差异。

今本《尚书·皋陶谟》"一日二日万幾"，孔颖达《正义》云："马、王皆云：'一日二日，犹日日也。'"① 阮元《校勘记》不言此处《尚书》版本有异。

刘《注》所引与今本《尚书》的差异是：刘《注》作"万機"而今本《尚书》作"万幾"；又刘《注》"一日"后无"二日"二字而今本《尚书》有。

《艺文类聚》卷二十三引《书》曰："兢兢业业，一日二日万機。"② 《文选》班固《典引》"兢兢业业，贬成抑定，不敢论制作"，李善《注》引《尚书》曰："兢兢业业，一日二日万機。"③ 二者引《尚书》于"一日"后均有"二日"与今本《尚书》同，又作"万機"与刘《注》同而与今本《尚书》作"万幾"异。据《类聚》及《文选》，《尚书》原本确实有"二日"二字，刘《注》引时当省去了此二字，《魏志·华歆传》魏明帝曰："朕新莅庶事，一日万幾，惧听断之不明。"④ 《三国志》中已出现"一日万幾"的用法，看来省去"二日"二字非刘《注》之首创。又《类聚》、《文选》均引作"万機"，则引作"万機"于刘《注》前亦有先例。幾、機二字在古文献中可通用。《易·屯》"君子幾不如舍"，陆德明《释文》："幾，郑作機。"⑤《书·皋陶谟》"一日二日万幾"，孙星衍《今古文注疏》："幾，《汉书·王嘉传》作機。"⑥《楚辞·九叹·怨思》"念社稷之幾危兮"，王逸《注》："幾，一作機。"⑦ 孔安国《尚书序》"撮其機要"

① 阮元校刻. 周易正义 [M]. 十三经注疏. 北京：中华书局，1980：139.

② 欧阳询. 艺文类聚 [M]. 上海：上海古籍出版社，1965：413.

③ 萧统编，李善注. 文选 [M]. 上海：上海古籍出版社，1986：2163.

④ 卢弼. 三国志集解 [M]. 北京：中华书局，1982：377.

⑤ 阮元校刻. 周易正义 [M]. 十三经注疏. 北京：中华书局，1980：23.

⑥ 孙星衍. 尚书今古文注疏 [M]. 北京：中华书局，1986：84.

⑦ 洪兴祖. 楚辞补注 [M]. 北京：中华书局，1983：290.

陆德明释文："機，本又作幾。"① 《潜夫论·救边》"君子见機"汪继培笺："《易系辞下传》，機，王弼本作幾。"② 刘《注》引《尚书》作"機"正是反映了幾、機二字在古文献中可通用这个事实。

据《尚书正义·校点前言》，《皋陶谟》是伪《孔传古文尚书》中33篇《今文尚书》之一。

刘《注》所引《尚书》是东晋时梅赜的《孔传古文尚书》，其所引3处内容均出自伪《孔传古文尚书》中的33篇《今文尚书》。与今本相比，刘《注》所引3处内容均多少有所变动，这种变动究竟是不是刘孝标所为，今天我们已经无法弄清。我们可以知道的事实是：刘《注》的一些变动并非其首创，我们可以在刘《注》之前的文献中找到先例，而且一些变动可以找到理据，如引作"機"的理据就是古文献中幾、機二字可通用这个事实的存在。

七、孔安国《尚书注》

《言语》条22《注》引作"孔安国《注》曰"，此处刘《注》上承所引《尚书》而引。《政事》条20《注》引作"孔安国曰"，此处刘《注》上承所引《尚书·皋陶谟》而引。依刘《注》一贯之例，则此所引当为孔安国《尚书注》。叶德辉列为《尚书孔安国注》并言："《隋志》题《古文尚书》十三卷，云汉临淮太守孔安国传。"沈家本列为《尚书孔安国传》，概是据《隋志》。

考证：今存。关于孔安国其人，可以参看《史记·孔子世家》和《汉书·儒林传》。孔安国所注之《尚书》当是《古文尚书》。但是，"这些古文尚书被发现之时，正值汉武帝宫中出现了有人用巫术诅咒武帝的事，……已发现的古文《尚书》被送进国家藏书的地方，再也没有人能见到……但由于古文《尚书》藏于'金匮石室'，世人罕见真本，就出现了作伪之事。"然而出现了郑玄一些调和今古文的人，"大抵到东汉后期以后，'今古文'界限已日趋淡化。……西晋灭亡后，晋元帝在建康（今南京市）建立东晋，有一位豫章内史梅赜（陆德明云：'字仲真，汝南人。'

---

① 阮元校刻. 尚书正义 [M]. 十三经注疏. 北京：中华书局，1980：114.
② 汪继培笺，王符撰. 潜夫论 [M]. 上海：上海古籍出版社，1978：308.

按：《世说新语·方正》有一位豫章太守梅颐，字仲真，与陶侃同时，当即此人），奏上一部'古文《尚书》'。实即现今所见的有伪'孔安国《传》'的'古文《尚书》'"。① 梅颐是东晋人，孝标生活的时代主要是在梁，则孝标所见孔安国《尚书注》当即是伪孔安国《传》。此伪《传》如吴承仕先生说："作伪《传》者大抵为魏晋间人"。② 今天多称之为伪孔《传》。据杨家骆《历代经籍志》，《汉书·艺文志》著录有《尚书古文经》四十六卷（为五十七篇。师古曰：孔安国书序云凡五十九篇为四十六卷，承诏作传，引序各冠其篇首，定五十八篇；郑玄叙赞云后又亡一篇，故五十七），《补晋书艺文志》著录有《梅颐奏上古文尚书孔安国传》十四卷，《隋书·经籍志》著录有《古文尚书》十三卷（汉临淮太守孔安国传）、《今字尚书》十四卷（孔安国传），二《唐志》并著录有《古文尚书》十三卷（孔安国传），《宋史·艺文志》著录有《尚书》十二卷（汉孔安国传）。晁公武《郡斋读书志》著录有《尚书》十三卷，并言："右本古文孔安国《传》五十九篇。安国取序一篇，分诸篇之首，更定五十八篇。晋之乱，欧阳、夏侯《尚书》并亡。晋梅颐始得此《传》，阙《舜典》一篇，乃以王肃注足成上之。"③ 陈振孙《直斋书录解题》著录《尚书》十二卷、《尚书注》十三卷（汉谏议大夫鲁国孔安国传）。《崇文总目》著录有《尚书》十三卷（孔安国传）。马端临《文献通考·经籍考》著录有孔安国《尚书注》十三卷。《四库全书总目》著录有《尚书正义》二十卷，并言："旧本题汉孔安国传，其书至今豫章内史梅颐始奏於朝，唐贞观十六年孔颖达等为之疏，永徽四年长孙无忌等又加刊定，孔传之依托，自朱子依赖，递有辩论，至国朝阎若璩作《尚书古文疏证》，其事愈明。"④

（一）《言语》条 22《注》引孔安国《注》曰："殷大夫心不则德义之经，故徙於王都，迩教诲也。"各家不言此处刘《注》版本有异。

《尚书·多士》"迁殷顽民"，孔安国《传》曰："殷大夫士心不则德义之经，故徙近王都教诲之。"陆德明《释文》言："不则如字，或作测，

---

①　曹道衡，刘跃进. 先秦两汉文学史料学［M］. 北京：中华书局，2005：90-92.

②　转引自曹道衡，刘跃进. 先秦两汉文学史料学［M］. 北京：中华书局，2005：93.

③　晁公武. 郡斋读书志［M］. 上海：上海古籍出版社，1990：47-48.

④　永瑢. 四库全书总目［M］. 北京：中华书局，1965：89.

非。"① 阮元《校勘记》不言此处孔《传》版本有异。

刘《注》所引与今本《尚书》孔《传》的差异是：

刘《注》较今本《尚书》孔《传》于"殷大夫"后少一"士"字。孔颖达《正义》云："经云'商王士'、'殷遗多士'，皆非民。序谓之'顽民'，知是殷之大夫、士也。经止云'士'，而知有大夫者，以经云'迪简在王庭、有服在百僚'，其意言将任为王官以为大臣，不惟告士而已，故知有大夫也。'士'者，在官之总号，故言士也。"② 孔颖达分析了孔《传》中缘何会称"殷大夫、士"。刘《注》引孔《传》只言"殷大夫"而无"士"，于孔《传》文义表达有失。

刘《注》作"徙於王都，迩教诲也"，今本《尚书》孔《传》作"故徙近王都教诲之"。其中刘《注》作"徙於王都"而今本孔《传》作"徙近王都"，二者在表意上有区别：前者是迁到王都，后者是迁到王都的附近。这种区别实际上关涉到一个很大的问题，那就是当时"殷顽民"究竟是被迁到王都内还是王都附近？这个问题不是本文应该关注的问题，我们想强调的是：刘《注》此处所引孔《传》向我们提出了这个问题。

（二）《政事》条20《注》引："孔安国曰：'幾，微也。言当戒惧万事之微。'"各家不言此处刘《注》版本有异。

《尚书·皋陶谟》"一日二日万幾"，孔氏《传》曰："幾，微也。言当戒惧万事之微。"③ 阮元《校勘记》不言此处孔《传》版本有异。

《政事》条20《注》所引内容与今本《尚书》孔《传》完全相同。

刘《注》计引《尚书孔安国注》2次，一次与今本《尚书》孔《传》完全相同，另一次与今本《尚书》孔《传》存在着一定的差异。差异主要体现在刘《注》省略和改变了一些词语，刘《注》的这些省略和改变已经影响到了孔《传》原本文义的表达。

八、《尚书大传》

《品藻》条50《注》、《排调》条62《注》均引作"《尚书大传》"。

---

① 阮元校刻. 尚书正义［M］. 十三经注疏. 北京：中华书局，1980：219.
② 阮元校刻. 尚书正义［M］. 十三经注疏. 北京：中华书局，1980：219.
③ 阮元校刻. 尚书正义［M］. 十三经注疏. 北京：中华书局，1980：139.

考证：今佚，但有辑本。《文献通考·经籍考》著录有《尚书大传》三卷，并引《崇文总目》："汉济南伏胜撰，后汉大司农郑玄注。伏生本秦博士，以章句授诸儒，故博引异言，授援经而申证云。"① 关于《尚书大传》的作者、著录等一般情况见《尚书大传》卷一《序录》。② 关于《尚书大传》的辑佚情况可以参看《古佚书辑本目录》的考证。③《古佚书辑本目录》言："《汉志》《书》类载《传》四十一篇，不著撰人。《释文序录》载《尚书大传》三卷，称伏生作。《隋志》亦云'伏生作《尚书大传》四十一篇，以授同郡张生'，并载《尚书大传》三卷，郑玄注。据《中兴馆阁书目》引郑玄《尚书大传序》（见《玉海》三十七），此书乃伏生卒后，弟子张生、欧阳生等撰集师说大义而成。《旧唐志》载伏生注《尚书畅训》三卷，《新唐志》载伏生注《尚书大传》三卷、《畅训》一卷。按两《唐志》有误，'注'当作'撰'，'畅训'依陈寿祺说乃'略说'之讹，为《大传》之篇名。《宋志》犹载此书三卷，盖元明以后佚，今其佚文及郑玄注仅见於经疏、史注及唐宋类书所引。"④ 晁公武《郡斋读书志》载《尚书大传》三卷，陈振孙《直斋书录解题》载《尚书大传》四卷，《崇文总目》著录有《尚书大传》三卷，马端临《文献通考·经籍考》载《尚书大传》三卷。《四库全书总目》著录有《尚书大传》四卷，补遗一卷。

（一）《品藻》条50《注》引《尚书大传》曰："孔子曰：'文王有四友，自吾得回也，门人加亲，是非胥附邪？自吾得赐也，远方之士至，是非奔走邪？自吾得师也，前有辉，后有光，是非先后邪？自吾得由也，恶言不入于耳，是非御侮邪？'"

徐震堮言："是非奔走邪——'邪'原作'也'，据影宋本及沈校本改。"⑤ 朱铸禹言："耶，沈校本同，袁本作'也'，非。"⑥ 杨勇言："侮，宋本作'悔'，非。今依各本。"⑦ 余嘉锡、徐震堮、朱铸禹不言宋本刘

① 马端临. 文献通考·经籍考 [M]. 上海：华东师范大学出版社，1985：106.

② 四部丛刊初编经部. 尚书大传 [M]. 上海商务印书馆缩印左海文集本. 2-13.

③ 孙启治，陈建华. 古佚书辑本目录 [M]. 北京：中华书局，1997：20-21.

④ 孙启治，陈建华. 古佚书辑本目录 [M]. 北京：中华书局，1997：20.

⑤ 徐震堮. 世说新语校笺 [M]. 北京：中华书局，1984：290.

⑥ 朱铸禹. 世说新语汇校集注 [M]. 上海：上海古籍出版社，2002：454.

⑦ 杨勇. 世说新语校笺 [M]. 北京：中华书局，2006：472.

《注》作"悔"。同一处刘《注》有邪、耶、也三者的不同，其实"邪"与"耶"、"也"二字的关系是：《读书杂志·史记第六·大宛列传》："《大戴礼记·五帝德篇》：请问黄帝者人邪，抑非人邪？《乐记正义》引此邪作也。《淮南·精神篇》：其以我为此拘拘邪。《庄子·大宗师篇》邪作也。《史记·张仪传》：此公孙衍所谓邪。《秦策》邪作也。"① 《礼记·乐记》"中正无邪"，陆德明《释文》："邪，字又作耶。"②

《四部丛刊初编》本《尚书大传》卷二作："孔子曰：'文王得四臣，丘亦得四友焉，自吾得回也，门人加亲，是非胥附與？自吾得赐也，远方之士日至，是非奔辏與？自吾得师也，前有辉，后有光，是非先后與？自吾得由也，恶言不入于门，是非御侮與？'"③

刘《注》所引与初编本《尚书大传》的差异是：刘《注》作"文王有四友"，初编本作"文王得四臣，丘亦得四友焉"；刘《注》作"是非胥附邪"，初编本作"是非胥附與"；刘《注》作"远方之士至"，初编本作"远方之士日至"；影宋本及沈校本刘《注》作"是非奔走邪"（朱铸禹言宋本、沈校本刘《注》作"是非奔走耶"，《玉篇·耳部》："耶，俗邪字。"④）、袁本刘《注》作"是非奔走也"，初编本作"是非奔辏與"；刘《注》作"是非先后邪"，初编本作"是非先后與"；刘《注》作"恶言不入于耳"，初编本作"恶言不入于门"；刘《注》作"是非御侮邪"（杨勇言宋本刘《注》作"是非御侮邪"），初编本作"是非御侮與"。主要就是刘《注》中的四个"邪"（袁本一处作"也"），初编本皆作"與"。刘《注》作"至"而初编本作"日至"。刘《注》作"奔走"而初编本作"奔辏"。刘《注》作"耳"而初编本作"门"。

《四部丛刊初编》本《尚书大传》陈寿祺曰："《后汉书·祭肜传》注引孔子曰，至'是非御侮邪'止，'疏附''疏'作'胥'，'奔走''走'作'辏'，今依改，四'與'字皆作'邪'。又《世说新语》卷五《品藻》注引与《后汉书》注同。《孔子集语》卷下引全'與'亦作'邪'，'门'

① 王念孙. 读书杂志［M］. 北京：北京市中国书店，1985.
② 孙希旦. 礼记集解［M］. 北京：中华书局，1989：991.
③ 四部丛刊初编经部. 尚书大传［M］. 上海商务印书馆缩印左海文集本. 34.
④ 宋本玉篇［M］. 北京：北京市中国书店，1983：94-95.

作'耳'。又《玉海·官制·人物》、《绎史》九十五引，至'是非御侮与'止。又《御览》三百六十六人事七节引，'门'亦作'耳'。又《小学·绀珠节》引，又《文选·安陆昭王碑文》注引《周书》与此略同。"① 《文选》沈约《齐故安陆昭王碑文》"前晖后光，非止恒受"，李善《注》引《周书》："孔子曰：'文王得四臣，丘亦得四友。自吾得师也，前有光，后有晖，是非先后邪？"②

《孔丛子·论书篇》有："孔子曰：吾有四友焉。自吾得回也，门人加亲，是非胥附乎？自吾得赐也，远方之士日至，是非奔辏乎？自吾得师也，前有光后有辉，是非先后乎？自吾得由也，恶言不至於门，是非御侮乎？"③

刘《注》所引内容与初编本存在的一些差异是可以进行分析的，也就是说这些差异有产生的前提条件。下面我们就来分析这个问题：

刘《注》缘何可以引作"耳"呢？《管子·心术上》"门者，谓耳目也。"④ "门"可以用来指代人之耳目，而且初编本《尚书大传》"不入于门"者为"恶言"，言为声音，是耳所听到的，刘《注》引《尚书大传》作"耳"正是指出了"门"所含有的"耳"义。门、耳的这种关系也成为了刘《注》引作"耳"的一个前提条件。

刘《注》缘何可以引作"邪"呢？"邪"（耶、也）、"與"二字的关系是：《庄子·天地》"其乱而后治之與"，陆德明《释文》："與，本又作邪。"⑤《群经平议·礼记四》"古之献繭者其率用此與"，俞樾按曰："與字，通作邪。"⑥ "邪"、"與"二字的关系成为刘《注》可以引作"邪"的一个前提条件。

刘《注》缘何可以引作"走"呢？《书·君奭》"有若散宜生"，孔安国《传》"胥附奔走"，阮元《校勘记》云："陆氏曰：奔又作本，走又作

① 四部丛刊初编经部．尚书大传［M］．上海商务印书馆缩印左海文集本．34．
② 萧统编，李善注．文选［M］．上海：上海古籍出版社，1986：2549．
③ 四部丛刊初编子部．孔丛子七卷［M］．上海商务印书馆缩印杭州叶氏藏明翻宋本．8．
④ 房玄龄注，刘绩增注．管子［M］．上海：上海古籍出版社，1989：128．
⑤ 郭庆藩．庄子集释［M］．北京：中华书局，2004：444．
⑥ 俞樾．群经平议［M］．清经解续编．上海：上海书店，1998：1150．

奏，音同。"① 《周礼·夏官·合方氏》"掌达天下之道路"，郑玄《注》"津梁相奏"，陆德明《释文》："奏，本或作凑。"② 《汉书·叔孙通传》"四方辐辏"，颜师古《注》："辏，字或作凑。"③ 《潜夫论·本政》"礼赞辅辏"，汪继培笺："凑、辏古今字。"④ 走→奏→凑→辏，这就是刘《注》可以引作"走"的一个理据。又《尚书·君奭》孔安国《传》有"胥附奔走"（《释文》走又作奏）也可以为刘《注》引《尚书大传》作"奔走"提供一个支撑。

（二）《排调》条 62《注》引《尚书大传》曰："伯禽与康叔见周公，三见而三笞。康叔有骇色，谓伯禽曰：'有商子者，贤人也，与子见之。'乃见商子而问焉。商子曰：'南山之阳有木焉，名乔。'二三子往观之，见乔实高高然而上。反，以告商子。商子曰：'乔者，父道也。南山之阴有木焉，名曰梓。'二三子复往观焉，见梓实晋晋然而俯。反以告商子。商子曰：'梓者，子道也。'二三子明日见周公，入门而趋，登堂而跪。周公拂其首，劳而食之，曰：'尔安见君子乎？'"

杨勇言："木，宋本作'大'，非。今依各本改。"⑤ 朱铸禹亦指出宋本刘《注》作"大"。

刘《注》所引上段内容见于《四部丛刊初编》本《尚书大传》。⑥ 该本《尚书大传》："伯禽与康叔见……尔安见君子乎？"陈寿祺曰："《世说新语注》卷七《排调》。"看来该本此处是据《世说新语》而采入。然其采入的内容与刘《注》存在一些差异，具体是：

刘《注》作"笞"，初编本《尚书大传》作"笞之"；刘《注》作"名曰梓"，初编本《尚书大传》作"名梓"；刘《注》作"周公拂其首"，初编本《尚书大传》作"周公迎拂其首"。又初编本《尚书大传》作"木"与宋本刘《注》作"大"异。

《艺文类聚》卷八十九引《大传》曰："伯禽康叔见周公，三见而三

① 阮元校刻. 尚书正义 [M]. 十三经注疏. 北京：中华书局，1980：226.

② 阮元校刻. 周礼注疏 [M]. 十三经注疏. 北京：中华书局，1980：864.

③ 班固. 汉书 [M]. 北京：中华书局，1962：2125.

④ 汪继培笺，王符撰. 潜夫论 [M]. 上海：上海古籍出版社，1978：109.

⑤ 杨勇. 世说新语校笺 [M]. 北京：中华书局，2006：737.

⑥ 四部丛刊初编经部. 尚书大传 [M]. 上海商务印书馆缩印左海文集本. 50.

答。商子曰：二三子观乎南山之阴，见梓者，晋然实而俯。二子见。商子曰：梓者，子道也。二子入门而趋，登堂而跪，周公拂其首，劳而食之。"① 《艺文类聚》所引虽然较简略，但是相对应处分别作"答"、作"周公拂其首"，与刘《注》同。

徐震堮言："二三子往观之——'二三子'，丛刊本《尚书大传》同，'三'字疑衍，下同。《文选》任昉《王文宪集序》注所引皆作'二子'。"② 杨勇言："二三子，丛刊本《尚书大传》作'二子'，下同。《文选》任昉《王文宪集序注》引亦作'二子'。"③ 同是丛刊本《尚书大传》，徐震堮、杨勇所见异，我们所见丛刊本《尚书大传》与徐氏同。

今天所见《尚书大传》均是辑佚本，刘《注》所引《尚书大传》内容已经被辑佚。《尚书大传》有很多的辑佚本，刘《注》所引《尚书大传》的内容已经成为这些辑佚本辑佚的一个资源。刘孝标在作《注》之时对所引文献可能有一定的改动，而且刘《注》完成后在流传过程中确实也遭到了一定的删改，但我们相信刘《注》在一定程度上仍然保持了所引文献的原貌。因此，刘《注》可以对那些今天已经亡佚文献的辑佚提供帮助。

第三节　经部诗类引书考

九、《诗经》

《世说》刘《注》计引《诗经》6次，但称名不一。《言语》条94《注》引作"《诗·鲁颂》"、《贤媛》条29《注》作"《毛诗》"、《言语》条13《注》引作"《秦诗》"、《言语》条80《注》引作"《卫诗》"、《排调》条36《注》引作"《唐诗》"、《排调》条58《注》引作"《秦诗叙》"。

考证：今存。洪湛侯的《诗经学史》是系统的《诗经》研究史专著，通过此书可以对《诗经》的研究状况有一个全面的把握。因此这里我们不对《诗经》的一般问题进行赘述，而只是立足刘《注》所引《诗经》的文

① 欧阳询. 艺文类聚 [M]. 上海：上海古籍出版社，1965：1536.
② 徐震堮. 世说新语校笺 [M]. 北京：中华书局，1984：441.
③ 杨勇. 世说新语校笺 [M]. 北京：中华书局，2006：737.

献问题。刘《注》所引《诗经》是毛诗，通过下文的分析可以得知。

（一）《言语》条94《注》引作"《诗·鲁颂》"，此处刘《注》所引之内容见《四部丛刊初编》本《毛诗》卷二十《鲁颂·泮水》。只是刘《注》中的"椹"，《四部丛刊初编》本《毛诗》作"黮"，且毛《传》云："黮，桑实也。"陆德明《释文》云："黮，《说文》、《字林》皆作葚，时审反。"①李白《白田马上闻莺》"黄鹂啄紫椹"，王琦《辑注》："椹，本作葚，桑实也。"②《说文·艸部》："葚，桑实也。从艸，甚声。"③《尔雅·释木》"桑辨有葚，栀"，郝懿行《义疏》："葚，桑实也，通作黮。"④《诗·卫风·氓》"无食桑葚"，陆德明《释文》："葚，本又作椹，音甚，桑实也。"⑤在《四部丛刊初编》本《诗经》中，《鲁颂·泮水》有"食我桑黮"，《卫风·氓》有"无食桑葚"。《毛诗正义》卷三《卫风·氓》"無食桑葚"阮元《校勘记》："唐石经、小字本、相臺本同。案此《释文》本也。《释文》云'葚本又作椹，音甚'，考《正义》本是'椹'字，见下。《五经文字》云'椹，《诗》或体以为桑葚字'亦其证。《泮水》经作'黮'，即用字不画之一例。"同篇孔颖达《正义》"言呼嗟鸠兮无食桑椹"，阮元《校勘记》："明监本、毛本'椹'误'葚'。案《正义》'椹'字凡八见，十行本皆从木，闽本亦然，是《正义》本作'椹'也。此借'椹'为'葚'，而《正义》不易为'葚'，而说之者即以'椹'为正字，不以'椹'、'葚'为古今字也。《考文》及《补遗》皆不载，亦如郭忠恕《佩觿》谓桑葚字不当用铁椹字耳。"⑥《艺文类聚》卷八十七"椹"条下引《诗》曰："食我桑椹，怀我好音。于嗟鸠兮，无食桑椹。"⑦其中作"椹"，与刘《注》同。《文选》左思《蜀都赋》："其园则有蒟蒻茱萸，瓜畴芋区。甘蔗辛姜，阳蓝阴敷。"李善《注》："蒟，蒟酱也。缘树而生，

① 四部丛刊初编经部. 毛诗二十卷 [M]. 上海商务印书馆缩印常熟瞿氏所藏宋刊巾箱本. 159.
② 王琦注. 李太白全集 [M]. 北京：中华书局，1977：1165.
③ 许铉校定，许慎撰. 说文解字 [M]. 北京：中华书局，1963：21.
④ 郝懿行. 尔雅义疏 [M]. 上海：上海古籍出版社，1983：1103.
⑤ 阮元校刻. 毛诗正义 [M]. 十三经注疏. 北京：中华书局，1980：324.
⑥ 阮元校刻. 毛诗正义 [M]. 十三经注疏. 北京：中华书局，1980：328.
⑦ 欧阳询. 艺文类聚 [M]. 上海：上海古籍出版社，1965：1498.

其子如桑椹，熟时正青，长二三寸，以蜜藏而食之，辛香，温调五脏。"①
李善《注》作"椹"，亦与刘《注》同。李富孙《诗经异文释》"无食桑
葚"条云："《释文》云：'葚，本又作椹。'《艺文类聚》八十八引同。案
《魏略》：'杨沛为新郑长，积干椹以御饥。'《集韵》云：'椹，说文作葚。'
《诗·鲁颂》作'黮'，通作'葚'，桑实也。"② 李富孙《诗经异文释》
"食我桑黮"条云："《释文》云：'《说文》、《字林》皆作葚，桑实也。'
《白帖》四十八、十二，《艺文类聚》八十七，《御览》三十七、九百二十
七、九百七十三并引作'椹'。案《说文》云：黮，桑葚之黑也。葚，桑
实也。皆不引诗。黮、葚字同声类。黮，深黑也，则以其黑色故作黮。
《广韵》云：'椹俗用为桑椹字。'非段氏曰葚黑曰黮，故《泮水》即以其
色名之。《毛传》：'黮，桑实也。'谓黮即葚之假借字也，许与毛小别
矣。"③《说文·黑部》："黮，桑葚之黑也。从黑，甚声。"朱骏声《通训
定声》："黮，假借为葚。"④ 《说文》无"椹"字，但在《尔雅》中有，
《尔雅·释宫》"椹谓之榩"，刑昺《疏》："椹者，斫木所用以藉者之木名
也，一名榩。"⑤ 据《故训汇纂》，较早言及"椹"为"桑实"义的是晋崔
豹的《古今注·草木》："桑实曰椹。"⑥ 我们认为"椹"的本义不是"桑
实"，作"桑实"解乃是假借。但是正如上文所引，唐人孔颖达、欧阳询、
陆德明、李白、白居易等均用"椹"字，概其时"椹"这个假借字大有取
代本字"葚"之势。正因为在孝标作《世说注》之前，椹、葚、黮三者均
有"桑实"之义，所以，孝标在引用时改"黮"为"椹"能为人所接受，
而且与孝标同处南朝梁的顾野王《玉篇·木部》有："椹，桑子也。"⑦
"黮"、"葚"二字据《说文》则是有区别的，"黮"是"葚"中颜色之黑
者。然若据《毛传》，正如上李富孙所言，"黮"亦是"葚"的假借字。看
来，关于这三个字的关系，各家的看法不一。

① 萧统编，李善注. 文选［M］. 上海：上海古籍出版社，1986：182.
② 李富孙. 诗经异文释［M］. 清经解续编（第二册）. 上海：上海书店，1998：1346.
③ 李富孙. 诗经异文释［M］. 清经解续编（第二册）. 上海：上海书店，1998：1405.
④ 朱骏声. 说文通训定声［M］. 武汉：武汉市古籍书店，1983：86.
⑤ 阮元校刻. 尔雅注疏［M］. 十三经注疏. 北京：中华书局，1980：2597.
⑥ 崔豹. 古今注［M］. 上海：商务印书馆，1956：24.
⑦ 宋本玉篇［M］. 北京：北京市中国书店，1983：240.

（二）《贤媛》条 29《注》引"《毛诗》曰：'穀则异室，死则同穴。'"一段内容见于《四部丛刊初编》本《毛诗》卷四《王风·大车》，文字全同。①

（三）《言语》条 13《注》引"《秦诗》曰"一段内容见于《四部丛刊初编》本《毛诗》卷六《秦风·渭阳》之"序"。② 只是刘《注》中的"骊"，《毛诗》作"丽"，陆德明《释文》："丽，本作骊，同。"刘《注》中的"太"，《毛诗》作"大"，陆德明《释文》："大，音泰。"《册府元龟》卷七百五十一有"秦康公之母，晋献公之女。文公遭骊姬之难，未反而秦姬卒。穆公纳文公，康公时为太子，赠送文公于渭之阳，念母之不见也。我见舅氏，如母存焉，及其即位，思而作渭阳之诗焉。"③ 对应处分别作"骊"、作"太"。李富孙《春秋左传异文释》："庄二十八年《传》女以骊姬，《诗·渭阳·序》作丽姬。《释文》：丽本又作骊。《穀梁》僖十年《传》、《吕览·上德》、《韩子·备内》、《淮南·说山》注、《文选·幽通赋注》并作丽姬……《淮南·说林》、《楚辞·惜往日注》作孋，《竹书纪年》又作㰚……《汉·匈奴传》师古《注》：丽读曰骊，孋㰚与丽又同音通。"④《礼记·大学》"亡人无以为宝"，郑玄《注》"时辟骊姬之谗"，陆德明《释文》："骊，本又作丽，亦作孋，同。"⑤ 从骊姬、骊戎、骊山三者的关系看，骊姬来自骊戎，而骊戎又以居于骊山而得名，故作"骊姬"较作"丽姬"似乎更与骊戎、骊山合。关于骊戎的问题可以参看沈长云的考证。⑥

（四）《言语》条 80《注》引"《卫诗》"一段内容见与《四部丛刊初编》本《毛诗》卷二《邶风·北门》之"序"，文字全同。⑦

---

① 四部丛刊初编经部. 毛诗二十卷 [M]. 上海商务印书馆缩印常熟瞿氏所藏宋刊巾箱本. 32.

② 四部丛刊初编经部. 毛诗二十卷 [M]. 上海商务印书馆缩印常熟瞿氏所藏宋刊巾箱本. 53.

③ 王钦若等. 册府元龟 [M]. 北京：中华书局，1960：8938.

④ 李富孙. 左传异文释 [M]. 清经解续编（第二册）. 上海：上海书店，1998：1418.

⑤ 阮元校刻. 礼记正义 [M]. 十三经注疏. 北京：中华书局，1980：1675.

⑥ 沈长云. 骊戎考 [J]. 中国史研究，2000（3）.

⑦ 四部丛刊初编经部. 毛诗二十卷 [M]. 上海商务印书馆缩印常熟瞿氏所藏宋刊巾箱本. 18.

（五）《排调》条 36《注》引"《唐诗》曰"一段内容见于《四部丛刊初编》本《毛诗》卷六《唐风·葛生》之"序"和《唐风·葛生》本身。[①] 所引"诗"文部分全同，"序"文则存在差异。《毛诗》此处序作"葛生，刺晋献公也。好攻战则国人多丧矣"，刘《注》作"晋献公好攻战，国人多丧，其诗曰"。刘《注》据《毛诗序》而进行了一定的改变。

（六）《排调》条 58《注》引"《秦诗叙》曰"一段内容见于《四部丛刊初编》本《毛诗》卷六《秦风·小戎》之"序"和《秦风·小戎》本身。[②]《毛诗》此处序作"小戎，美襄公也。备其兵甲，以讨西戎，西戎方强而征伐不休，国人则矜其车甲，妇人能闵其君子焉。"刘《注》作"襄公备其兵甲，以讨西戎，妇人闵其君子，故作诗曰"。刘《注》概括简化了《毛诗》序的内容。刘《注》引《小戎》"在其版屋，乱我心曲。"《毛诗》作"在其板屋，乱我心曲。"刘《注》作"版"，《毛诗》作"板"。李富孙《诗经异文释》卷五："在其板屋。《文选·三都赋序》作版屋，注引《诗》同。案：《说文》，版，判也。板，俗字。钱氏曰《说文》只有版字无板字，今《毛诗》家缩版从片，板板从木，分为两义，失其旧矣。"[③]《说文·片部》王筠《句读》："版，俗作板。"[④] 版、板二者的关系可见一斑。若今本《毛诗》作"板"果真是失其旧，则刘《注》作"版"正是保存了《毛诗》的原本面貌，刘《注》为钱氏之观点提供了证据。

洪湛侯《诗经学史》讲到南北朝："就《五经》而言，'《诗》则并主毛公'，分歧最少。南朝专宗《毛传》，北朝兼用《毛传》、《郑笺》，此其微异而已。"[⑤] 从上可以看出，刘《注》所引之《诗经》当是毛诗。从孝标所引情况来看，当时《毛诗序》似已融入《毛诗》中，成为了《毛诗》中的一部分。《四库全书总目》卷十五著录有《诗序》二卷，并对《诗序》

---

①　四部丛刊初编经部. 毛诗二十卷 [M]. 上海商务印书馆缩印常熟瞿氏所藏宋刊巾箱本. 49.

②　四部丛刊初编经部. 毛诗二十卷 [M]. 上海商务印书馆缩印常熟瞿氏所藏宋刊巾箱本. 50-51.

③　李富孙. 诗经异文释 [M]. 清经解续编（第二册）. 上海：上海书店，1998：1356.

④　王筠. 说文句读 [M]. 北京：北京市中国书店，1983.

⑤　洪湛侯. 诗经学史 [M]. 北京：中华书局，2002：221.

的的相关问题进行了分析和叙述，尤其是作者问题。① 《四库提要》所著录之《诗序》当为单行本。

十、毛苌《诗经注》

刘《注》引《毛传》计 6 次，称名也不一。其中：《文学》条 52《注》引作"毛苌《注》"，《文学》条 3《注》引作"毛公"，《任诞》条 3《注》、《纰漏》条 6《注》、《排调》条 58《注》并引作"毛公《注》"，《排调》条 41《注》引作"《毛诗注》"，《轻诋》条 9《注》引作"《大雅诗毛公注》"。

考证：今存。据杨家骆《历代经籍志》，《汉书·艺文志》著录有《毛诗》二十九卷，《隋书·经籍志》著录有《毛诗》二十卷（汉河间太守毛苌传，郑氏笺。梁有毛诗十卷，马融注），《旧唐书·经籍志》著录有《毛诗》十卷（毛苌撰），《唐书·艺文志》著录有《毛苌传》十卷，《宋史·艺文志》著录《毛诗》二十卷（汉毛苌为诂训传，郑玄笺）。陈振孙《直斋书录解题》著录《毛诗》二十卷（汉河间王博士赵人毛公撰）。晁公武《郡斋读书志》著录《毛诗故训传》二十卷。《崇文总目》著录有《毛诗古训传》二十卷（毛亨撰）。马端临《文献通考·经籍考》著录《毛诗故训传》二十卷。《四库全书总目》著录有《毛诗正义》四十卷（汉毛亨传，郑元笺，唐孔颖达正义）。

（一）《文学》条 52《注》引"毛苌《注》"一段内容见于《四部丛刊初编》本《毛诗》卷十八《大雅·抑》"訏谟定命，远犹辰告"之毛《传》。② 刘《注》引作："訏，大也。谟，谋也。辰，时也。"毛《传》作："訏，大。谟，谋。犹，道。辰，时也。"毛《传》"大"、"谋"后无"也"字，又刘《注》无"犹，道。"毛苌《诗经注》，我们今天称之为《毛诗故训传》，简称《毛传》。由刘《注》看来，孝标概认为此"《注》"是毛苌所作。但是，正如洪湛侯所说："关于《毛传》的作者和传授源流，自汉迄唐，诸说不一，因此引起后来学者的怀疑。现代一般根据郑玄《诗

---

① 纪昀. 四库全书总目 [M]. 北京：中华书局，1965：119.
② 四部丛刊初编经部. 毛诗二十卷 [M]. 上海商务印书馆缩印常熟瞿氏所藏宋刊巾箱本. 133.

谱》、陆玑《毛诗草木鸟兽虫鱼疏》所记，定为毛亨（大毛公）所作。相传其诗学传自荀卿，西汉初期开门授徒，所著《诗故训传》传之赵人毛苌（小毛公）。"① 据洪之观点，毛苌之学来自于毛亨，前修未密，后出转精，毛苌增补毛亨之学也是很有可能的。毛苌为赵人，孝标注《世说》时，也许其所见的《毛传》正是毛苌增补过的本子，所以孝标在引用时才称为"毛苌《注》曰"。概《毛传》自产生之日起就是一个不断被修订增补的本子，并不是一成不变的。

（二）《文学》条 3《注》引"毛公曰"一段内容见于《四部丛刊初编》本《毛诗》卷二《邶风·式微》"胡为乎泥中"之毛《传》。② 只是刘《注》作"泥中，卫邑名也。"较毛《传》多一"名"字。

（三）《任诞》条 3《注》引"毛公《注》曰"一段内容见于《四部丛刊初编》本《毛诗》卷十二《小雅·节南山》"忧心如酲，谁秉国成"之毛《注》。③ 只是刘《注》作"酒病曰酲。"毛《传》作"病酒曰酲。"

（四）《排调》条 58《注》引"《毛公注》曰"一段内容见于《四部丛刊初编》本《毛诗》卷六《秦风·小戎》"在其板屋，乱我心曲"之毛《传》。④ 刘《注》作"西戎之版屋也。"毛《传》作"西戎板屋"。毛《传》缺"之"、"也"二字，且作"板"不作"版"，二者之别上文已言及。

（五）《排调》条 41《注》引"《毛诗注》曰：'蠢，动也。荆蛮，荆之蛮也。'"一段内容见于《四部丛刊初编》本《毛诗》卷十《小雅·采芑》"蠢尔蛮荆，大邦为雠"之毛《传》，作："蠢，动也。蛮荆，荆州之蛮也。"⑤ 刘《注》中的"猃狁，北夷也。"不见于《毛诗》卷十"薄伐猃狁"下毛《传》，然《毛诗》卷九《小雅·采薇》"猃狁之故"下毛《传》

---

① 洪湛侯. 诗经学史 [M]. 北京：中华书局，2002：178.

② 四部丛刊初编经部. 毛诗二十卷 [M]. 上海商务印书馆缩印常熟瞿氏所藏宋刊巾箱本. 17.

③ 四部丛刊初编经部. 毛诗二十卷 [M]. 上海商务印书馆缩印常熟瞿氏所藏宋刊巾箱本. 82.

④ 四部丛刊初编经部. 毛诗二十卷 [M]. 上海商务印书馆缩印常熟瞿氏所藏宋刊巾箱本. 51.

⑤ 四部丛刊初编经部. 毛诗二十卷 [M]. 上海商务印书馆缩印常熟瞿氏所藏宋刊巾箱本. 75.

有："玁狁，北狄也。"① 概孝标是结合了两处的毛《传》，且进行了一定的改变。刘《注》"荆蛮"，毛《传》作"蛮荆"；刘《注》"荆之蛮也"，毛《传》作"荆州之蛮也"；刘《注》"北夷"，毛《传》作"北狄"。《毛诗正义》卷十"蠢尔蛮荆"阮元《校勘记》云："唐石经、小字本、相台本同。案段玉裁云：《汉书·韦贤传》引'荆蛮来威'，案毛云'荆州之蛮也'，然则《毛诗》固作'荆蛮'，传写倒之也。《晋语》、《后汉书·李膺传》、《文选·王仲宣诔》皆可证，见《诗经小学》。今考《正义》云'宣王承厉王之乱，荆蛮内侵'，是《正义》本作"荆蛮"，下文皆作'蛮荆'，后人依经注本倒之而有来尽也。"② 阮元认为《毛诗》本作"荆蛮"，不作"蛮荆"，作"蛮荆"是后人依毛《传》而倒，而刘《注》所引《毛诗注》正作"荆蛮"，此可为阮说提供一个佐证。

（六）《纰漏》条6《注》引"《毛公注》曰"一段内容见于《四部丛刊初编》本《毛诗》卷十八《大雅·桑柔》"人亦有言进退维谷"下毛《传》。③ 文字全同。

（七）《轻诋》条9《注》引"《大雅诗毛公注》曰：'殄，尽。瘁，病也。'"一段内容见于《四部丛刊初编》本《毛诗》卷十八《大雅·瞻卬》"人之云亡，邦国殄瘁"下毛《传》。④ 文字全同。

刘《注》所引以上内容均来自我们今天所称的"毛《传》"，当然有些地方还有细微的差别。刘孝标在引用的时候，有的称为"毛苌《注》曰"，有的称为"毛公《注》曰"，有的称为"毛公曰"，有的称为"《毛诗注》曰"，虽然称名不同，但所指均是相同的。尽管现在我们一般认为《毛传》是毛亨所作，但是正如上文言，也许孝标所见概是毛苌增补修订过的"《毛亨注》"，故其引用时才称之为"《毛苌注》"。《文选》李善《注》引用时有多处称作"毛苌《诗传》"，可证刘《注》所称并非向壁虚造。

---

① 四部丛刊初编经部. 毛诗二十卷 [M]. 上海商务印书馆缩印常熟瞿氏所藏宋刊巾箱本. 68.

② 阮元校刻. 毛诗正义 [M]. 十三经注疏. 北京：中华书局，1980：159.

③ 四部丛刊初编经部. 毛诗二十卷 [M]. 上海商务印书馆缩印常熟瞿氏所藏宋刊巾箱本. 137.

④ 四部丛刊初编经部. 毛诗二十卷 [M]. 上海商务印书馆缩印常熟瞿氏所藏宋刊巾箱本. 145.

十一、郑玄《诗经注》

《文学》条 52《注》、《贤媛》条 29《注》均引作"郑玄《注》曰"。

考证：今存。据杨家骆《历代经籍志》，《汉书·艺文志》著录有《毛诗故训传》三十卷，《后汉书·艺文志》著录有郑玄《毛诗笺》二十卷，《隋书·经籍志》著录有《毛诗》二十卷（汉河间太守毛苌传，郑氏笺。梁有毛诗十卷，马融注），《旧唐书·经籍志》著录有《毛诗诂训》二十卷（郑玄笺），《唐书·艺文志》著录有《郑玄笺毛诗诂训》二十卷，《宋史·艺文志》著录《毛诗》二十卷（汉毛苌为诂训传，郑玄笺）。陈振孙《直斋书录解题》著录《毛诗故训传》二十卷（后汉大司农郑康成笺）。晁公武《郡斋读书志》著录《毛诗故训传》二十卷。马端临《文献通考·经籍考》著录《毛诗故训传》二十卷。《四库全书总目》著录有《毛诗正义》四十卷（汉毛亨传，郑元笺，唐孔颖达正义）。

（一）《文学》条 52《注》引"郑玄《注》曰"一段内容见于《四部丛刊初编》本《毛诗》卷十八《大雅·抑》"訏谟定命，远犹辰告"下郑《笺》。[①] 刘《注》引作："郑玄《注》曰：'猷，图也。大谋定命，谓正月始和，布政于邦国都鄙。'"初编本《毛诗》作"《笺》云：猷，图也。大谋定命，谓正月始和，布政于邦国都鄙也。为天下远图庶事，而以岁时告施之。"刘《注》作"猷"，郑《笺》"猷"；刘《注》"都鄙"后无"也"字，而郑《笺》有。《韩诗外传》卷六引《诗》曰："訏谟定命，远犹辰告。"[②] 亦作"犹"与郑《笺》同。《文选》张华《女史箴》"王猷有伦"，李善《注》："猷与犹古字通。"[③]《诗·大雅·桑柔》"秉心宣犹"，马瑞辰《传笺通释》："犹、猷、繇古通用。"[④]《说文·犬部》王筠《句读》："猷、犹一字。凡谋猷字，《尚书》作猷，《毛诗》作犹。"[⑤]《诗·召南·小星》"寔命不犹"，李富孙《异文释》："《释言》注犹引作猷。案《说文》有猷

---

① 四部丛刊初编经部. 毛诗二十卷［M］. 上海商务印书馆缩印常熟瞿氏所藏宋刊巾箱本. 133，134.

② 四部丛刊初编经部. 诗外传十卷［M］. 上海商务印书馆缩印明沈氏野竹斋校刊本. 50.

③ 李善注，萧统编. 文选［M］. 上海：上海古籍出版社，1986；2404.

④ 马瑞辰. 毛诗传笺通释［M］. 北京：中华书局，1989；969.

⑤ 王筠. 说文句读［M］. 北京：北京市中国书店，1983.

无猷。《毛诗》训若、训可、训道、训谋、训图，字多作猶。《尔雅》皆作猷。《玉篇》猷亦与猶同。《文选》注云猷与猶古字通，《七命》注猶与猷同。盖猶、猷古今字，后人但移犬旁于右尔，今经传多分为二义。"① 据李富孙的观点，则郑《笺》使用的是古字，刘《注》使用的是今字。

（二）《贤媛》条29《注》引"郑玄《注》曰"一段内容见于《四部丛刊初编》本《毛诗》卷四《王风·大车》下郑《笺》。② 刘《注》引作："郑玄《注》曰：'穴谓圹中墟也。'"《毛诗》此处郑《笺》作："穴谓塚圹中也。"一作"圹中墟"，一作"塚圹中"。《毛诗》卷六《秦风·黄鸟》"临其穴"，郑玄《笺》："穴谓塚圹中也。"③《汉书·哀帝纪》"《诗》云：死则同穴"，颜师古《注》："穴，冢圹也。"④《玉篇·穴部》："穴，冢圹也。"⑤《文选》王粲《咏史》"临穴呼苍天"，李善《注》引《毛诗》郑玄曰："穴，谓塚圹中也。"⑥ 他书对"穴"的注释和他书所引郑《笺》均同于今本《毛诗》郑《笺》所记，不同于刘《注》。

今天我们称此"郑玄《注》"为"郑《笺》"。《文献通考·经籍考》卷六于《毛诗故训传》条下引陈氏曰："……郑尊毛学，表明毛言，记识其事，故称为《笺》。又按《后汉传注》引张华《博物志》：'郑注《毛诗》曰《笺》，不解此意。或云毛公曾为北海相，郑是郡人，故以为敬'。虽未必由此，然汉、魏间达上之辞，皆谓之'笺'，则其为敬明矣。"⑦ 我们暂且抛开作"笺"者为何意，但是刘《注》引时作"注"是一定的。"郑《笺》"确实是对《毛诗》以及《毛传》进行注释，这一点从今本《毛诗》中可以得知。《毛诗正义》引郑玄《六义论》曰："注《诗》宗毛为主，毛义若隐略则更表明，如有不同，即下己意，使可识别。"⑧

《诗经》、《毛传》、《毛诗故训传》是刘《注》引用的《诗经》类文献，

① 李富孙. 诗经异文释 [M]. 清经解续编（第二册）. 上海：上海书店，1998：1336.
② 四部丛刊初编经部. 毛诗二十卷 [M]. 上海商务印书馆缩印常熟瞿氏所藏宋刊巾箱本. 32.
③ 阮元校刻. 毛诗正义 [M]. 十三经注疏. 北京：中华书局，1980：373.
④ 班固. 汉书 [M]. 北京：中华书局，1962：339.
⑤ 宋本玉篇 [M]. 北京：北京市中国书店，1983：225.
⑥ 李善注，萧统编. 文选 [M]. 上海：上海古籍出版社，1986：986.
⑦ 马端临. 文献通考·经籍考 [M]. 上海：华东师范大学出版社，1985：153.
⑧ 转引自洪湛侯. 诗经学史 [M]. 北京：中华书局，2002：194.

通过上面的考察我们可以得知如下的结论：

刘《注》引用同一种《诗经》类文献，在具体的引用时称名大多不一。如《诗经》在刘《注》中被称作"《诗鲁颂》"、"《秦诗》"、"《唐诗》"、"《卫诗》"、"《毛诗》"等；《毛传》在刘《注》中被称作"毛苌《注》"、"毛公《注》"、"《毛诗注》"、"毛公曰"等。只有《毛诗故训传》在刘《注》中均被称作"郑玄《注》"。刘《注》中的称名与我们今天习惯的称名不同，尤其是未能体现出"注"、"笺"之别，说明了当时的学术不够规范，但这是学术发展过程中的一个必经阶段。

刘《注》引用的《诗经》类文献是毛诗系统的，不是齐、鲁、韩等三家诗，这从孝标所处时代三家诗的发展情况可以得知，也可以从刘《注》具体的引用去证实。

刘《注》引用《诗经》类文献不仅称名变化不一（除郑笺外），而且通过上面我们的比勘可以发现在文献的具体内容上也与今传本（我们所据是《四部丛刊初编》本）存在不同，我们不怀疑孝标在引用时不对所引文献进行适当的改变，但是这些不同要具体的分析和对待。刘《注》中计15次引用《诗经》类文献，其中只有4次引用与今传本全同，其余均有一定的差别。

刘《注》引用《诗经》类文献虽然经常存在一些变动，但刘《注》在某些地方也保存了所引文献的本来面貌，可能比所引文献的今传本更真实。如上文提到的"版"与"板"的问题，"荆蛮"与"蛮荆"的问题，刘《注》均可以为这些问题的解决提供某方面的证据支持。

通过对刘《注》所引《诗经》类文献的具体考察，有助于对学术史上一些问题的认识。如关于《毛传》的作者问题，一直以来人们对是毛亨作还是毛苌作莫衷一是，我们从刘《注》引《毛传》称名上的变化不一以及其中有称作"毛苌《注》"上似乎可以推测：《毛传》和一些子书的成书经历极其相似，它也是一个不断被增补的本子，正如前文所言，最初的作者可能是毛亨，经过历代传承，到了毛苌之时，毛苌也进行了一定的增补和修改，概后人未明白此点，所以于《毛传》作者不能有定论，其实只要明白了此点，关于《毛传》的作者问题也就涣然冰释了。另外，从刘《注》引《毛诗》来看，有的是引《诗》，同时也引了《诗序》，孝标只称所引者为《诗》；有的明明是只引《诗序》，孝标不称引用的是《诗序》，却称引用的是与《诗序》相对应的《诗》。我们可以推断：大概当时《诗序》已经成为了《毛诗》的一部分，而不是一个单行的本子。

刘《注》引《诗经》类文献未见因刘《注》本身的版本问题而与今传本《诗经》类文献产生差异的情况，也未见因今传本《诗经》类文献的不同版本而与刘《注》所引《诗经》类文献产生差异的情况。（刘《注》版本之异据余嘉锡、徐震堮、朱铸禹、杨勇等人之书，《诗经》类文献版本之异据阮元《毛诗注疏校勘记》）

十二、《韩诗外传》

《规箴》条 27《注》、《伤逝》条 11《注》均引作"《韩诗外传》"。

考证：今存。但亡佚了一些内容，各家对这些亡佚的内容进行了辑佚，具体的辑佚情况可以参看《古佚书辑本目录》。① 关于《韩诗外传》的作者、著录、流传等情况见《四库全书总目提要》卷一十六的著录。② 马端临《文献通考·经籍考》卷六也进行了一定的考证。③

（一）《规箴》条 27《注》引《韩诗外传》曰："昔周道之隆也，召伯在朝，有司请召民。召伯曰：'以一身劳百姓，非吾先君文王之志也。'乃暴处于棠下，而听讼焉。诗人见召伯休息之棠，美而歌之曰：'蔽芾甘棠，勿翦勿伐，召伯所芨。'"

余嘉锡言："注'暴处于棠下'，唐本作'曝处于棠树之下'。注'休息之棠'，唐本'休'上有'所'字，'棠'作'树'。"④ 徐震堮言："请召民——《韩诗外传》原作'请营召以居'。此注於《外传》原文，颇多割裂。"⑤ 朱铸禹言："处於棠下，唐写本作'处於棠树之下。'而听讼焉，唐写本下有'百姓大悦'四字。召伯休息之棠，唐写本作'召伯所休息之树。'"⑥ 杨勇言："营召，宋本作'召民'。王《补》：'案《注》"有司请召民"句，文意不明，"召民"，疑当作"营召"，《外传》一作"有司请营

① 孙启治，陈建华. 古佚书辑本目录 [M]. 北京：中华书局，1997：35.

② 纪昀. 四库全书总目提要 [M]. 北京：中华书局，1965：136.

③ 马端临. 文献通考·经籍考 [M]. 上海：华东师范大学出版社，1985：151-152.

④ 余嘉锡. 世说新语笺疏 [M]. 北京：中华书局，1983：578.

⑤ 徐震堮. 世说新语校笺 [M]. 北京：中华书局，1984：317.

⑥ 朱铸禹. 世说新语汇校集注 [M]. 上海：上海古籍出版社，2002：495.

召以居之"。'唐鸿学批注同。今从之。""宋本及各本作'乃暴处於棠下'。唐卷作'乃曝处於棠树之下'。按暴、曝正俗字，今从宋本。""而听讼焉下，唐卷有'百姓大悦'句，今据补。""宋本及各本作'诗人见召伯休息之棠'，唐卷作'诗人见召伯所休息之树'，今从唐卷。""唐卷作'蔽芾甘棠'，宋本及各本作'蔽茀甘棠'，今本《诗召南采蘋》与宋本同。今从宋本。朱子《注》曰：'蔽茀，盛貌。'""伐，宋本作'戈'，非。今依唐卷及各本。"①

今本《韩诗外传》卷一第二十八章作："昔者周道之盛，赵善诒云：《世说新语·规箴篇》刘孝标注引'盛'作'隆'。邵伯在朝，有司请营邵以居。邵伯曰：'嗟！以吾一身而劳百姓，此非吾先君文王之志也。'诸本皆同，元本'非'作'诚'。於是出而就蒸庶於阡陌陇亩之间而听断焉。诸本皆同，元本'出'作'接'。维遹案：本或作'接'。卷二第二十二章'於是伊尹接履而趋'，此'於是出而'或作'於是接履而出'，则'接'字有著矣。惟今本亦通。邵伯暴处远野，庐於树下，赵善诒云：《世说新语·规箴篇》注引作'乃暴处於棠下，而听讼也'。维遹案：《御览》九百七十三引'庐於树下'作'庐於棠树之下'。百姓大说，耕桑者倍力以劝，维遹案：元本'倍'作'陪'，古字通用。於是岁大稔，民给家足。其后元本'其'作'尔'。在位者骄奢，不恤元元，税赋繁数，百姓困乏，耕桑失时。於是诗人见召伯之所休息树下，美而歌之。赵善诒云：《世说新语·规箴篇》注引'树下'作'之棠'。诗曰：'蔽茀甘棠，勿剗勿伐，召伯所芳。''剗'旧作'翦'。陈乔枞云：据《毛诗》释文及《集韵》，是《韩诗》'翦'作'剗'，与毛文异。今本《韩诗外传》引《诗》作'翦'，盖后人顺毛改之耳。维遹案：陈校是也，今据正。此之谓也。"②

刘《注》所引与今本《韩诗外传》的差异，上所引许维遹《集释》中赵善诒已交待了一部分，但不全面，而且赵氏亦未考虑到刘《注》本身的版本问题，因此这里我们还要比较之，具体是：

刘《注》作"隆"，《外传》作"盛"；刘《注》作"召伯在朝"，《外传》作"邵伯在朝"；刘《注》作"有司请召民"，《外传》作"有司请营劭以居"；刘《注》"以一身劳百姓"前无"嗟"字而《外传》有；刘

---

① 杨勇. 世说新语校笺 [M]. 北京：中华书局，2006：521.
② 许维遹. 韩诗外传集释 [M]. 北京：中华书局，1980：30.

《注》"一身"前无"吾"字、"劳百姓"前无"而"字而《外传》并有；刘《注》"非吾先君"前无"此"字而《外传》有；刘《注》作"乃暴处于棠下（唐写本作"乃曝处于棠树之下"），而听讼焉（唐写本下有"百姓大悦"四字）。"而《外传》作"于是，出而就蒸庶于阡陌陇亩之间，而听断焉。邵伯暴处远野，庐于树下，百姓大悦，耕桑者倍力以劝，于是岁大稔，民给家足。其后在位者骄奢，不恤元元，税赋繁数，百姓困乏，耕桑失时。"刘《注》作"诗人见召伯休息之棠（唐写本作"诗人见召伯所休息之树"），美而歌之曰"，《外传》作"于是诗人见召伯之所休息树下，美而歌之。诗曰"。刘《注》引《诗》作"苃"（唐写本作"茇"）、作"翦"，《外传》对应作"茮"、"剗"。另外，《外传》有"此之谓也"四字而刘《注》无。

比较来看，刘《注》所引《韩诗外传》内容较为简省和概括，且与我们所见之《四部丛刊初编》本《韩诗外传》存在差异。下面我们就来具体分析其中的一些差异：

刘《注》作"隆"，《外传》作"盛"，其实二者义同。《淮南子·汜论训》"夫尧、舜、汤、武，世主之隆也"，高诱《注》："隆，盛也。"[1]《诗·大雅·云汉》"蕴隆蟲蟲"，朱熹《集传》："隆，盛也。"[2]《慧琳音义》卷一"熾盛"注、卷四"茂盛"注并引《考声》云"盛，隆也。"[3]

刘《注》引《外传》中的《诗》作"苃"（唐写本作"茇"）而今本《外传》载《诗》作"茮"。《诗·召南·甘棠》"蔽芾甘棠"，王先谦《诗三家义集疏》："韩芾作茮。"[4]《四部丛刊初编》本《毛诗》卷一《召南·甘棠》"蔽芾甘棠"，其中亦作"芾"。《外传》载《诗》之所以作"茮"，因其源自韩诗。刘《注》引《外传》之时，顺带把其中所载《诗》的"茮"字改为了"芾"（唐写本作"茇"）字，正是证明了前文所指出的刘《注》引《诗》为毛诗这一结论。

刘《注》引《外传》中的《诗》作"翦"而今本《外传》载《诗》作

① 刘文典. 淮南鸿烈集解［M］. 北京：中华书局，1989：449.
② 朱熹. 诗集传［M］. 北京：文学古籍刊行社，1955：863.
③ 慧琳撰，希麟续. 一切经音义［M］. 台北：大通书局，中华民国七十四年五月再版. 17，62.
④ 王先谦. 诗三家义集疏［M］. 民国四年刻本.

"剗"。《四部丛刊初编》本《毛诗》卷一"勿翦勿伐",陆德明《释文》:"翦,子践反。韩诗作剗,初简反。"① 《诗·召南·甘棠》"勿翦勿伐",王先谦《诗三家义集疏》:"韩翦作剗,鲁亦作剗。"② 冯登府《三家诗异文疏证补疑·鲁诗·甘棠》:"勿剗,毛作翦。"③ 朱骏声《说文通训定声》:"翦,字亦作剗。"④ 《玉篇·刀部》"剪,俗翦字。"⑤ 可见,无论《韩诗外传》引《诗》作"剗"还是作"剪",毛诗作"翦"是一定的,而刘《注》引《韩诗外传》改其中引《诗》之"剗"为"翦"亦是事实,但存在两种可能:一种可能是刘孝标改为"翦",另一可能是刘孝标所见《韩诗外传》即作"翦",刘孝标并未进行改动。若是刘孝标改动,则可进一步证实刘《注》引《诗》为毛诗;若不是刘孝标改动,据前文《韩诗外传集释》所引陈乔枞的观点,今本《韩诗外传》旧作"翦",作"翦"的原因是后人顺毛诗改,刘《注》引《韩诗外传》即作"翦",则可说明这种改动在刘孝标作《注》之时已经发生,则此改久矣。

刘《注》作"听讼",《外传》作"听断"。《论语·颜渊》:"子曰:'听讼,吾犹人也。'"刘宝楠《正义》曰:"'听讼'者,言听其所讼之辞,以判曲直也。"⑥《春秋繁露·精华》:"听讼折狱,可无审邪!"⑦《汉书·严助传》淮南王刘安谏伐闽越:"陛下以四海为境,九州为家,……南面而听断,号令天下,四海之内,莫不响应。"又《叙传》:"中宗明朝,赛用刑名。时举傅纳,听断惟精。"⑧ "听讼"、"听断"有时同义。区别是:听、断是同义词连用,而听、讼则不是。《墨子·非乐上》"听狱治政",孙诒让《间诂》:"《文选》任彦昇《天监三年策秀才文》李注引听作

---

① 四部丛刊初编经部. 毛诗二十卷 [M]. 上海商务印书馆缩印常熟瞿氏所藏宋刊巾箱本. 8.

② 王先谦. 诗三家义集疏 [M]. 民国四年刻本.

③ 冯登府. 三家诗异文疏证 [M]. 清经解(第七册). 上海:上海书店,1998:996.

④ 朱骏声. 说文通训定声 [M]. 武汉:武汉市古籍书店,1983:765.

⑤ 宋本玉篇 [M]. 北京:北京市中国书店,1983:321.

⑥ 刘宝楠. 论语正义 [M]. 北京:中华书局,1990:503.

⑦ 苏舆. 春秋繁露义证 [M]. 北京:中华书局,1992:93.

⑧ 班固. 汉书 [M]. 北京:中华书局,1962:2784-2785,4238.

断。"① 《经籍籑诂·径韵·聽》有"听，议狱也。"并引《书大传》"诸侯不同听"② 《慧琳音义》卷九十三"斷覈"注"斷，决狱也。"③ 可证"听"、"斷"同义。"听讼"、"听断"有时同义成为刘《注》可以引作"听讼"的一个前提。

刘《注》五次皆作"召伯"，《外传》三次作"邵伯"、两次作"召伯"。《史记·燕召公世家》、王符《潜夫论·爱日》均作"邵伯"。召伯的封地在召，召伯亦因其封地而得名。《仪礼·燕礼》："遂歌乡乐周南：关雎、葛覃、卷耳；召南：鹊巢、采蘩、采蘋。"郑玄《注》："召，召公所食也。"④《诗·召南·甘棠序》："甘棠，美召伯也。"毛《传》："召伯，姬姓，名奭，食采於召。"⑤ 在古文献中，召、劭同的情况很多，《左传·定公四年》"刘文公合诸侯于召陵"，洪亮吉《诂》："《史记·世家》作邵陵。"⑥《广韵·笑韵》："邵、召同。"⑦《说文·邑部》："邵，晋邑也。"段玉裁《注》："凡周召字作邵者，俗也。"⑧《公羊传·隐公五年》"召公主之"，李富孙《异文释》："《释文》云：召，又作邵。《文选·永明十一年策秀才文》注引作邵，王融《曲水诗序》注引同。案《说文》云：邵，晋邑，则作邵亦借字。"⑨ 据《广韵》则邵、召同，据段玉裁的观点则"邵"为"召"的俗字，据李富孙的观点则"邵"为"召"的借字。无论哪种观点，均可成为刘《注》引作"召伯"的一个前提。

《艺文类聚》卷八十七引《韩诗外传》曰："邵伯在朝，有司请召民，邵伯曰：'不劳一身而劳百姓，大非吾先君文王之志也。'於是庐於棠树之

① 张纯一. 墨子集解（修正本）[M]. 上海：世界书局，中华民国二十五年九月初版. 224.

② 阮元等. 经籍籑诂 [M]. 北京：中华书局，1982：1797.

③ 慧琳撰，希麟续. 一切经音义 [M]. 台北：大通书局，中华民国七十四年五月再版. 1968.

④ 阮元校刻. 仪礼注疏 [M]. 十三经注疏. 北京：中华书局，1980：1021.

⑤ 阮元校刻. 毛诗正义 [M]. 十三经注疏. 北京：中华书局，1980：287.

⑥ 洪亮吉. 春秋左传诂 [M]. 北京：中华书局，1987：809.

⑦ 宋本广韵 [M]. 北京：北京市中国书店，1982：394.

⑧ 段玉裁. 说文解字注 [M]. 上海：上海古籍出版社，1998：288-289.

⑨ 李富孙. 公羊异文释 [M]. 清经解续编（第二册）. 上海：上海书店，1998：1463.

下。百姓大悦，诗人见而歌焉。"① 其中作"邵伯"与今本《外传》同而与刘《注》引作"召伯"异；作"有司请召民"与刘《注》所引《外传》同而与今本《外传》异；作"不劳一身而劳百姓"与刘《注》和今本《外传》皆异；作"大非"与刘《注》和今本《外传》作"此非"异；作"庐於棠树之下"与刘《注》、今本《外传》皆异；作"百姓大悦"与今本《外传》同，刘《注》引无此四字（唐写本刘《注》有此四字）；作"诗人见而歌焉"与刘《注》、今本《外传》皆异。

（二）《伤逝》条11《注》引《韩诗外传》曰："伯牙鼓琴，钟子期听之，方鼓琴，志在太山，子期曰：'善哉乎，鼓琴！巍巍乎，若太山！'莫景之间，志在流水，子期曰：'善哉乎，鼓琴！洋洋乎，若流水！'钟子期死，伯牙擗琴绝絃，终身不复鼓之，以为在者无足为之鼓琴也。"

"善哉乎，鼓琴！"——朱铸禹言："鼓琴，袁本缺'鼓'字，空而未刻。"② 余嘉锡、徐震堮、杨勇均不言此处袁本刘《注》缺"鼓"字。

今本《韩诗外传》卷九第五章："伯牙鼓琴，钟子期听之。方鼓琴，志在太山。钟子期曰：'善哉鼓琴，巍巍乎如太山！'莫景之间。志在流水，钟子期曰：'善哉鼓琴，洋洋乎若江河！'钟子期死，伯牙擗琴绝絃，终身不复鼓琴，以为世无足与鼓琴也。"③

刘《注》所引《韩诗外传》载伯牙鼓琴事，其他古籍中亦有记载。

《吕氏春秋·本味》："伯牙鼓琴，钟子期听之，方鼓琴而志在太山，钟子期曰：'善哉乎鼓琴！巍巍乎，若太山！'少选之间，而志在流水。钟子期又曰：'善哉乎鼓琴！荡荡乎，若流水！'钟子期死，伯牙破琴绝弦，终身不复鼓琴，以为世无足复为鼓琴者。"许维遹《集释》："孙先生曰：下复字涉上复字而衍，高《注》云云，是正文为上无复字明矣。《类聚》四十四，《御览》五百七十七，又五百七十九引，并无此字。"④

《列子·汤问》："伯牙善鼓琴，钟子期善听。伯牙鼓琴，志在登高山。钟子期曰：'善哉！峩峩兮若泰山。'志在流水，钟子期曰：'善哉！洋洋

①　欧阳询. 艺文类聚［M］. 上海：上海古籍出版社，1965：1493.

②　朱铸禹. 世说新语汇校集注［M］. 上海：上海古籍出版社，2002：548.

③　许维遹. 韩诗外传集释［M］. 北京：中华书局，1980：310.

④　许维遹. 吕氏春秋集释（下册）［M］. 北京：北京市中国书店，1985：59-60.

兮若江河'伯牙所念，钟子期必得之。"①

　　《文选》王褒《洞箫赋》"锺期牙旷怅然而愕兮"，李善《注》引《吕氏春秋》曰："伯牙鼓琴，志在太山。锺子期曰：'善哉，巍巍乎若太山。'须臾志在流水。子期曰：'善哉，洋洋若流水。'子期死，伯牙破琴绝絃，终身不复鼓琴，以为世无人为鼓琴者。"②又傅毅《舞赋》："在山峨峨，在水汤汤，与志迁化，容不虚生。"李善《注》引《列子》曰："伯牙鼓琴，志在登高山，锺子期曰：'善哉，峨峨乎若太山。'志在流水，锺子期曰：'善哉，汤汤然若江河。'"李善《注》又曰："伯牙所念，锺子期必得之。言舞人与志迁化，亦如此者，容不虚生，必有所象也。汤，音洋。"③《文选》马融《长笛赋》："尔乃听声类形，状似流水，又象飞鸿。"李善《注》引《列子》曰："伯牙鼓琴，志在流水。锺子期口：'洋洋乎若江河。'"④又嵇康《琴赋》："伯牙挥手，锺期听声。"李善《注》引《吕氏春秋》曰："伯牙鼓琴，锺子期听之，志在泰山。锺子期曰：'善哉！巍巍乎若太山。'须臾，志在流水，子期曰：'汤汤乎若流水。'子期死，伯牙破琴绝弦，终身不复鼓琴，以为世无赏音。""浩兮汤汤，郁兮峩峩。"李善《注》引《列子》曰："列子：伯牙鼓琴，志在登高山。锺子期曰：'善哉！峩峩兮若泰山。'"⑤《文选》司马迁《报任少卿书》："盖锺子期死，伯牙终身不复鼓琴。"李善《注》引《吕氏春秋》曰："伯牙鼓琴，意在太山。锺子期曰：'善哉，巍巍若太山。'俄而志在流水。子期曰：'善哉，汤汤乎若流水。'子期死，伯牙破琴绝弦，终身不复鼓琴，以为世无赏音者。"⑥

　　《艺文类聚》卷四十四引《吕氏春秋》曰："伯牙鼓琴，钟子期善听之，方鼓琴，志在太山，钟子期曰：'善哉乎鼓琴！巍巍乎如太山！'志在流水。钟子期曰：'善哉乎鼓琴！荡荡乎若流水！'钟子期死，伯牙擗琴绝

①　张湛注. 列子 [M]. 上海：上海书店，1986：61.

②　萧统编，李善注. 文选 [M]. 上海：上海古籍出版社，1986：787.

③　萧统编，李善注. 文选 [M]. 上海：上海古籍出版社，1986：799.

④　萧统编，李善注. 文选 [M]. 上海：上海古籍出版社，1986：814.

⑤　萧统编，李善注. 文选 [M]. 上海：上海古籍出版社，1986：840，841.

⑥　萧统编，李善注. 文选 [M]. 上海：上海古籍出版社，1986：1855.

絃，终身不复鼓琴，以为世无足鼓琴以也。"①

《说苑·尊贤》："伯牙子鼓琴，钟子期听之。方鼓而志在太山，钟子期曰：'善哉乎鼓琴，巍巍乎若太山。'少选之间而志在流水，钟子期复曰：'善哉乎鼓琴，汤汤乎若流水。'钟子期死，伯牙破琴绝絃，终身不复鼓琴，以为世无足为鼓琴者。"②

《风俗通义·声音篇》："伯牙方鼓琴，钟子期听之，而意在高山，子期曰：'善哉乎！巍巍若太山。'顷之间而意在流水，钟子又曰：'善哉乎！汤汤若江、河。'子期死，伯牙破琴绝絃，终身不复鼓，以为世无足为音者也。"③

刘《注》所引与今本《韩诗外传》的差异是：

刘《注》作"志在太山"，《外传》作"志在太山"（研究者不言此处今本《韩诗外传》版本有异，然《四部丛刊初编》本《韩诗外传》作"志在山"）。《吕氏春秋》作"志在太山"，《列子》作"志在登高山"，《文选》李善《注》引《吕氏春秋》一处作"志在太山"、一处作"志在泰山"、一处作"意在太山"，《文选》李善《注》引《列子》两处均作"志在登高山"，《艺文类聚》引《吕氏春秋》作"志在太山"，《说苑·尊贤》作"志在太山"，《风俗通义·声音第六·琴》作"意在高山"。《列子·汤问篇》"志在登高山"，杨伯俊《集释》引王叔岷曰："'登'字疑衍。'志在高山'与下'志在流水'相对。《记纂渊海》五二、七八，《合璧事类·前集》五七、《韵府群玉》八引皆无'登'字。《吕氏春秋·本味篇》、《韩诗外传》九、《说苑·尊贤篇》并同。"④若王叔岷的观点正确，那么在李善注《文选》之时，"登"字已衍。若"登"字果真衍，则《列子》原本当作"志在高山"，与刘《注》和《吕氏春秋》作"志在太山"亦不同。"太山"应作何解？《韩诗外传》"志在太山"，许维通《集释》："'在'下旧脱'太'字。赵怀玉云：'《说苑·尊贤篇》作"志在太山"。'赵善诒云："在"下"太"字当据补。刘义庆注《世说新语·伤逝篇》引有"太"字。《说苑·

---

① 欧阳询. 艺文类聚 [M]. 上海：上海古籍出版社，1965：779-780.

② 四部丛刊初编子部. 说苑二十卷 [M]. 上海商务印书馆缩印平湖葛氏傅朴堂藏明钞本. 35.

③ 吴树平. 风俗通义校释 [M]. 天津：天津人民出版社，1980：236.

④ 杨伯峻. 列子集释 [M]. 上海：龙门联合书局，1958：111.

尊贤篇》、《吕氏春秋·本味篇》同。'维遹案：赵校是也，今据补。陶鸿庆云：'太山本作大山，大山与流水对文，乃泛言山之大者，非指东岳泰山也。《列子·汤问篇》作志在登高山，高山即大山也。'"①（案：许维遹《集释》中的"刘义庆"当为"刘孝标"之误）刘《注》引《韩诗外传》作"志在太山"成为学者校补今本《韩诗外传》的依据。我们同意"太山"是"大山"之义，而不是指具体的东岳"泰山"。《广韵·泰韵》："太，经典本作大。"②《管子·乘马》"凡立国都非於大山之下"，《集校》："宋本作'大山'。古本、刘本、朱本、赵本、凌本、花斋本'大'作'太'。"③ 那么"大山"又作何解呢？《管子·形势解》："所谓大山者，山之高者也。"④ 正如陶鸿庆所言，"大山"与"高山"义同。《文选》李善《注》一处引用作"志在泰山"也不能说明此"泰山"就是指东岳泰山，因为古籍中"太"可以作"泰"，《文选》嵇康《赠秀才入军》"游心太玄"，下《注》："善本作泰字。"⑤《文选》李善《注》一处引《吕氏春秋》作"意在太山"，《风俗通义》作"意在高山"，二处均作"意"不作"志"，"志"、"意"的关系是：《说文·心部》："志，意也。从心，之声。"⑥《书·尧典》"诗言志"，孙星衍《今古文注疏》："史迁志作意。"⑦《墨子·鲁问》"子观越王之志何若"，孙诒让《间诂》："志，吴钞本作意。"⑧《韩非子·十过》"其行矜而意高"，王先慎《集解》："本书志多作意。"⑨《经籍籑诂·寘韵·志》："《书·舜典》诗言志，《史记·五帝纪》作诗言意。"⑩《说文·心部》："意，志也。从心察言而知意也。从心，从

① 许维遹. 韩诗外传集释 [M]. 北京：中华书局，1980：310-311.

② 宋本广韵 [M]. 北京：北京市中国书店，1982：359.

③ 郭沫若，闻一多，许维遹. 管子集校 [M]. 北京：科学出版社，1956：65.

④ 颜昌峣. 管子校释 [M]. 长沙：岳麓书社，1996：495.

⑤ 四部丛刊初编集部. 六臣註文选 [M]. 上海商务印书馆缩印宋刊本. 446.

⑥ 许铉校定，许慎撰. 说文解字 [M]. 北京：中华书局，1963：217.

⑦ 孙星衍. 尚书今古文注疏 [M]. 北京：中华书局，2004：70.

⑧ 张纯一. 墨子集解（修正本）[M]. 上海：世界书局，中华民国二十五年九月初版. 454.

⑨ 王先慎. 韩非子集解 [M]. 北京：中华书局，1998：69.

⑩ 阮元等. 经籍籑诂 [M]. 北京：中华书局，1982：137.

音。"① 柳宗元《与杨京兆凭书》"又安能尽意於笔砚"下注："意，一作志。"②《风俗通义·正失》"佞谀得意"，王利器《校注》："《文选》注意作志。"③ "志"、"意"不仅义同，而且在古文献中可以互作。

刘《注》作"子期曰"，《外传》作"钟子期曰"，《列子》与《外传》同，《吕氏春秋》一处与《外传》同、一处作"钟子期又曰"，《文选》李善《注》引《吕氏春秋》均是一处作"钟子期曰"、一处作"子期曰"，《文选》李善《注》引《列子》均作"钟子期曰"，《艺文类聚》引《吕氏春秋》均作"钟子期曰"，《说苑》一处作"钟子期曰"、一处作"钟子期复曰"，《风俗通义》一处作"子期曰"、一处作"钟子又曰"。

刘《注》作"善哉乎"，《外传》作"善哉"，《吕氏春秋》与刘《注》同，《列子》与《外传》同，《文选》李善《注》引《吕氏春秋》、引《列子》均作"善哉"与《外传》同，《艺文类聚》引《吕氏春秋》作"善哉乎"与刘《注》同，《说苑》、《风俗通义》均作"善哉乎"与刘《注》同。

刘《注》作"若太山"，《外传》作"如太山"。《吕氏春秋》与刘《注》同，作"若太山"。《列子》作"若泰山"，作"若"不作"如"，上文已谈到"泰山"即是"太山"，均当是"大山"之意。《文选》李善《注》引《吕氏春秋》均作"若太山"，引《列子》一处作"若太山"、一处作"若泰山"。《说苑》、《风俗通义》并与刘《注》同。只有《外传》作"如"，"如"、"若"二者是何关系呢？首先二者有义同之处，《韩非子·内储说上七术》"若如臣者"，王先慎《集解》："若、如同义。"④《礼记·少仪》"臣如致金玉货贝於君"，孔颖达《正义》："如，若也。"⑤《易·乾》"夕惕若厉"，孔颖达《正义》："若，如也。"⑥ "如"、"若"二者有义同之处，在古文献中亦多互作的情况存在，《文选》王粲《从军》"往返速如飞"下注："善本作若字。"⑦《韩非子·解老》"故曰治人事天莫如啬"，

① 许铉校定，许慎撰. 说文解字 [M]. 北京：中华书局，1963：217.
② 柳宗元集 [M]. 北京：中华书局，1979：790.
③ 王利器. 风俗通义校注 [M]. 北京：中华书局，1981：105.
④ 王先慎. 韩非子集解 [M]. 北京：中华书局，1998：229.
⑤ 阮元校刻. 礼记正义 [M]. 十三经注疏. 北京：中华书局，1980：1511.
⑥ 阮元校刻. 周易正义 [M]. 十三经注疏. 北京：中华书局，1980：13.
⑦ 四部丛刊初编集部. 六臣註文选 [M]. 上海商务印书馆缩印宋刊本. 509.

王先慎《集解》："顾广圻曰：传本及今德经如皆作若。"[1]《楚辞·九歌·湘夫人》"灵之来兮如云"，王逸《注》："如，一作若。"[2]《管子·权修》"一年之计莫如树穀，十年之计莫如树木，终身之计莫如树人"，《集校》引林圃案："《意林》引如并作若。"[3]《周礼·秋官·蜡氏》"令州里除不蠲"，郑玄《注》"蠲读如'吉圭惟饎'之圭"，孙诒让《正义》："蜀石经如作若，宋大字本如亦作若。"[4]《墨子·尚同中》"六辟若丝"苏云："若，诗作如。"又《兼爱中》"不若仁人"苏云："《书·泰誓篇》若作如。"[5]《文选》刘孝标《辩命论》"沸声若雷震"下注："五臣本若作如字"。[6]《经籍纂诂·药韵》："《书》微子若之何其，《史记·宋微子世家》作如之何其。《左传·庄十一年》若之何不弔，《周礼·大宗伯》注作如何不弔。"[7] 若、如义同且可互作，二者这样的关系成为刘《注》可以引作"若"的一个前提条件。

刘《注》"志在流水"前有"莫景之间"，《四部丛刊初编》本《韩诗外传》无。朱铸禹言："莫景之间，案今本《韩诗外传》无此四字。"[8]《韩诗外传》"莫景之间"，许维遹《集释》："旧脱'莫景之间'四字。赵怀玉云：'《说苑·尊贤篇》"山"下有"少选之间而"五字。'赵善诒云：'刘义庆注《世说新语·伤逝篇》引有"莫景之间"四字，义与少选之间同，皆谓有顷之间也。'维遹案：'赵校是也，今据补。'"[9]（《集释》所言"刘义庆"当是"刘孝标"之误）则《韩诗外传集释》是据《世说新语》刘《注》而增"莫景之间"四字。刘《注》再次成为学者校补今本《韩诗外传》的一个依据。《吕氏春秋》作"少选之间"，《列子》与《外传》同，《文选》李善《注》引《吕氏春秋》两处作"须臾"、一处作"俄而"，《文

① 王先慎. 韩非子集解 [M]. 北京：中华书局，1998：139.
② 洪兴祖. 楚辞补注 [M]. 北京：中华书局，1983：68.
③ 郭沫若，闻一多，许维遹. 管子集校 [M]. 北京：科学出版社，1956：44.
④ 孙诒让. 周礼正义 [M]. 北京：中华书局，1987：2900.
⑤ 张纯一. 墨子集解（修正本）[M]. 上海：世界书局，中华民国二十五年九月初版. 85，106.
⑥ 四部丛刊初编集部. 六臣註文选 [M]. 上海商务印书馆缩印宋刊本. 1009.
⑦ 阮元等撰. 经籍纂诂 [M]. 北京：中华书局，1982：2086.
⑧ 朱铸禹. 世说新语汇校集注 [M]. 上海：上海古籍出版社，2002：549.
⑨ 许维遹. 韩诗外传集释 [M]. 北京：中华书局，1980：311.

选》李善《注》引《列子》、《艺文类聚》引《吕氏春秋》并与《外传》同。《说苑》作"少选之间而"，较《吕氏春秋》多一"而"字。《风俗通义》作"顷之间而"。莫景之间、少选之间、须臾、俄而、顷之间五者义同。《吕氏春秋·音初》"少选发而视之"，高诱《注》："少选，须臾。"又《吕氏春秋·本味》"少选之閒"，高诱《注》："少选，须臾之閒也。"①《慧琳音义》卷三"俄而"注："俄而者，少选倏忽之类，促於须臾也。"又《慧琳音义》卷五"俄而"注："少选间也。"②《文选》任昉《王文宪集序》"顷之解职"，张铣曰"顷之，言不久也。"③《容斋三笔》卷十四："瞬息、须臾、顷刻，皆不久之辞，与释氏'一弹指间'、'一刹那顷'之义同。"④"间"亦与"须臾"等义同，《战国策·秦策五》"间曰"，高诱《注》："间，须臾也。"⑤《文选》嵇康《与山巨源绝交书》"间闻足下迁"，吕向曰："间，顷也。"⑥

刘《注》作"若流水"，《外传》作"若江河"，《吕氏春秋》、《文选》李善《注》引《吕氏春秋》、《艺文类聚》引《吕氏春秋》、《说苑》并与刘《注》同，《列子》、《文选》李善《注》引《列子》、《风俗通义》并与《外传》同。

刘《注》作"终身不复鼓之"，《外传》作"终身不复鼓琴"，《吕氏春秋》、《文选》李善《注》引《吕氏春秋》、《艺文类聚》引《吕氏春秋》、《说苑》并与《外传》同，《风俗通义》作"终身不复鼓"。

刘《注》作"以为在者无足为之鼓琴也"，《外传》作"以为世无足与鼓琴也"，《吕氏春秋》作"以为世无足复为鼓琴者"（《集释》引他人之观点认为"复"字衍），《文选》李善《注》引《吕氏春秋》一作"以为世无人为鼓琴者"、一作"以为世无赏音"、一作"以为世无赏音者"，《艺文类聚》引《吕氏春秋》作"以为世无足鼓琴以也"，《说苑》作"以为世无足

①　高诱注. 吕氏春秋 [M]. 上海：上海书店，1986：59，140.
②　慧琳撰，希麟续. 一切经音义 [M]. 台北：大通书局，中华民国七十四年五月再版. 58，97.
③　四部丛刊初编集部. 六臣註文选 [M]. 上海商务印书馆缩印宋刊本. 880.
④　洪迈. 容斋随笔 [M]. 上海：上海古籍出版社，1978：577.
⑤　诸祖庚. 战国策集注汇考 [M]. 南京：江苏古籍出版社，1985：442.
⑥　四部丛刊初编集部. 六臣註文选 [M]. 上海商务印书馆缩印宋刊本. 801.

为鼓琴者"，《风俗通义》作"以为世无足为音者也"。《韩诗外传》"以为世无足与鼓琴也"，许维遹《集释》："诸本皆同，元本'与'作'以'。维遹案：'本或作"以"，"以""与"古通。'"① 可见，今存各本《韩诗外传》均与刘《注》异。

刘《注》所引《韩诗外传》与今本《韩诗外传》存在着不少的差异，刘《注》对所引《韩诗外传》改动很多都可以找到改动的依据，例如有的是之前有先例，有的是利用词的同义。尽管刘《注》所引《韩诗外传》进行了不少的改动，但是刘《注》可能也保存了《韩诗外传》的一些原本面貌，刘《注》的一些记载成为了学者校补今本《韩诗外传》的证据。

第四节　经部礼类引书考

十三、《周礼》

《文学》条 14《注》、《贤媛》条 6《注》并引作"《周礼》"。

考证：今存，但有佚文。据刘《注》又引有《周礼》郑玄《注》来看，刘《注》引《周礼》使用的当是郑玄注本的《周礼》。因此关于《周礼》的著录情况本文只考察郑玄注本的《周礼》在历代目录书中的著录，具体可见下文。王雪萍《〈周礼〉书名流变考》一文认为《周礼》原名《周官》始见于《史记》；王莽居摄年间出于政治变革需要，改《周官》为《周礼》，《周礼》书名始见于《汉书》，在郑玄作《周礼注》后流行于世，成为全经之正名；《周礼》在王莽居摄年间立为礼经后出现异名《周官经》，始见于《汉书》；唐代初年，《周礼》又有异名《周官礼》。《周官》、《周礼》、《周官经》、《周官礼》书名出现之后，在历代书籍中互见错出，但以《周礼》为正名，《周官》是原名，《周官经》、《周官礼》为异名。② 孙景坛撰文谈了《周礼》一书的作者和写作年代问题，可以参看。③ 据

---

① 许维遹. 韩诗外传集释［M］. 北京：中华书局，1980：311.

② 王雪萍.《周礼》书名流变考［J］. 南京社会科学，2007（2）：77-82.

③ 孙景坛.《周礼》的作者、写作年代及历史意义新探［J］. 南京社会科学，1997（10）：62-69，74.

《古佚书辑本目录》，清人王朝渠辑有《周礼遗官》和《周礼遗文》。①

（一）《文学》条 14《注》引《周礼》曰："《周礼》有六梦：一曰正梦，谓无所感动，平安而梦也。二曰噩梦，谓惊愕而梦也。三曰思梦，谓觉时所思念也。四曰寤梦，谓觉时道之而梦也。五曰喜梦，谓喜说而梦也。六曰惧梦，谓恐惧而梦也。"各家不言此处刘《注》版本有异。

余嘉锡言："注文《周礼》六梦云云，乃以《周礼·春官·占梦》经注合引，凡谓字以下，皆注也。"②沈家本言："案此卫玠问乐令梦，乐云是想，故注引《周礼》六梦以释之，惟六梦并引郑氏注而不出郑氏之名，此又当时引书之一式。"③

今本《周礼·春官·占梦》"一曰正梦"注曰："无所感动，平安自梦。""二曰噩梦"注曰："杜子春云，噩当为惊愕之愕。谓惊愕而梦。""三曰思梦"注曰："觉时所思念之而梦。""四曰寤梦"注曰："觉时道之而梦。""五曰喜梦"注曰："喜悦而梦。""六曰惧梦"注曰："恐惧而梦。"④"二曰噩梦"阮元《校勘记》云："《困学纪闻》云：《列子》梦有六候与占梦同，噩作蘁，按《说文》引《周礼》作寤寐，盖许读噩为寤。案寤即今咢字，杜云惊愕是也，许所据《周礼》实作寤，杜本盖同。""噩当为惊愕之愕"阮元《校勘记》云："叶钞《释文》愕作咢。按《释文》是也。""四曰寤梦"阮元《校勘记》云："释曰寤本又作寱，《释文》作悟寐。""觉时道之而梦"阮元《校勘记》云："《广韵》引此时下有所，按上思梦注云觉时所思念之而梦，则此亦当有所字，今本脱也。""喜悦而梦"阮元《校勘记》云："闽、监、毛本同，余本、嘉靖本悦作说，此本疏中亦作说。"⑤

《太平御览》卷三九七引《周礼·春官·占梦》曰："掌其岁时，观天地之会，辩阴阳之气。以日月星辰占六梦之吉凶，一曰正梦（无所感动，平安自梦），二曰噩梦（谓惊愕而梦也），三曰思梦（觉时所思念之而梦），

---

① 孙启治，陈建华. 古佚书辑本目录 [M]. 北京：中华书局，1997：36.

② 余嘉锡. 世说新语笺疏 [M]. 北京：中华书局，1983：204.

③ 沈家本. 古书目三种 [M]. 卷三《第二编世说注所引书目一·经部》，北京：中华书局，1963：5.

④ 阮元校刻. 周礼注疏 [M]. 十三经注疏. 北京：中华书局，1980：808.

⑤ 阮元校刻. 周礼注疏 [M]. 十三经注疏. 北京：中华书局，1980：813.

四曰寤梦（觉时道之而梦），五曰喜梦（喜悦而梦），六曰惧梦（恐惧而梦）。"同卷《御览》又引《列子》曰："觉有八徵，梦有六候。奚谓六候？一曰正梦，二曰噩梦，三曰思梦，四曰寤梦，五曰喜梦，六曰惧梦。"[①]与《周礼》所言六梦同。

比较可知，余嘉锡、沈家本所言甚是。刘《注》确实是经、注（此"注"为郑玄的《周礼注》）合引，只是在"注"的部分刘《注》与今本《周礼》存在一定的差异，具体如下：

"正梦"之注：刘《注》所引"无"前有"谓"字而今本《周礼》无；刘《注》作"而"而今本《周礼》作"自"；刘《注》"梦"后有"也"字而今本《周礼》无。《御览》所引与今本《周礼》同。

"噩梦"之注：刘《注》无"杜子春云，噩当为惊愕之愕"一段而今本《周礼》有；刘《注》"梦"后有"也"字而今本《周礼》无。《御览》所引与刘《注》同。

"思梦"之注：刘《注》作"谓觉时所思念也"而今本《周礼》作"觉时所思念之而梦"。《御览》所引与今本《周礼》同。

"寤梦"之注：刘《注》"觉"前有"谓"字、"梦"后有"也"字，今本《周礼》并无。《御览》所引与今本《周礼》同。阮元《校勘记》云"《广韵》引此时下有所，按上思梦注云觉时所思念之而梦，则此亦当有所字，今本脱也。"刘《注》引亦无所字，若阮元观点正确，则"所"字之脱久矣。

"喜梦"之注：刘《注》"喜"前有"谓"字、"梦"后有"也"字，今本《周礼》并无。又刘《注》作"说"而今本《周礼》有作"悦"者，亦有作"说"者。《御览》作"喜悦而梦"。据阮元《校勘记》，刘《注》作"说"与余本、嘉靖本《周礼注疏》同。说、悦古今字。

"惧梦"之注：刘《注》"恐"前有"谓"字、"梦"后有"也"字，今本《周礼》并无。《御览》所引与今本《周礼》同。

（二）《贤媛》条6注引《周礼》："九嫔掌妇学之法，以教九御。妇德、妇言、妇容、妇功。"各家不言此处刘《注》版本有异。

---

① 李昉等. 太平御览［M］. 北京：中华书局，1960：1833.

刘《注》上所引内容见于《周礼·天官·九嫔》，①内容全同。阮元《校勘记》不言此处《周礼》版本有异。

《文学》条14《注》所引《周礼》"经"的部分与今本《周礼》所记完全相同，而"注"的部分与今本《周礼》所载郑《注》存在一些差异。《贤媛》条6《注》所引《周礼》与今本《周礼》完全相同。总体来说，刘《注》两引《周礼》（不含郑注）与今本《周礼》完全相同。

十四、郑玄《周礼注》

《文学》条14《注》只言"《周礼》"而未言"郑《注》"，但此段内容实为经注合引，上文已言之。《贤媛》条6《注》引"郑《注》曰"，此上承《周礼》而引。这是刘《注》的一种引书习惯：引被注释书后接着引注释书，注释书常简称。

考证：今存。关于郑玄其人可以参看前文。据杨家骆《历代经籍志》，《后汉·艺文志》著录郑玄《周官礼注》十二卷，《隋书·经籍志》著录《周官礼》十二卷（郑玄注），《旧唐书·经籍志》著录《周官礼》十三卷（郑玄注），《唐书·艺文志》著录郑玄注《周官》十三卷，《宋史·艺文志》著录郑玄《周礼注》十二卷。晁公武《郡斋读书志》著录有《周礼》十二卷（郑玄注）。陈振孙《直斋书录解题》著录有《周礼》十二卷、《周礼注》十二卷（汉郑康成撰）。《崇文总目》著录有《周礼》十二卷（郑康成注）。马端临《文献通考·经籍考》著录有《周礼》十二卷（郑玄注）。《四库全书总目》著录有《周礼注疏》四十二卷（汉郑元注，唐贾公彦疏）。

《文学》条14《注》所引郑玄《注》上文已分析，此不赘。《贤媛》条6《注》引："郑注曰：'德谓贞顺，言谓辞令，容谓婉娩，功谓丝枲。'"各家不言此处刘《注》版本有异。

《周礼·天官·九嫔》："九嫔掌妇学之法，以教九御。妇德、妇言、妇容、妇功。"郑《注》："妇德谓贞顺，妇言谓辞令，妇容谓婉娩，妇功谓丝枲。"②阮元《校勘记》不言此处《周礼》郑《注》版本有异。

① 阮元校刻. 周礼注疏 [M]. 十三经注疏. 北京：中华书局，1980：687.
② 阮元校刻. 周礼注疏 [M]. 十三经注疏. 北京：中华书局，1980：687.

与刘《注》相比，今本《周礼》所载郑玄《注》在"德"、"言"、"容"、"功"前均多一"妇"字。刘《注》概是承上所引《周礼》之"经"文，而省去了相应的"妇"字，刘《注》之省似无损意思的表达。

刘《注》凡两引郑玄《周礼注》，其所引内容与今本《周礼》所载郑《注》基本相同，只有一些细微的差别。

十五、《礼记》

《德行》条12《注》等11处刘《注》引作"《礼记》"；《方正》条36《注》引作"《礼记·月令》"。《德行》条20《注》、《任诞》条7《注》引作"《曲礼》"。《月令》是《礼记》中的一篇。叶德辉认为《礼记》亦称《曲礼》，然今传本《礼记》中有《曲礼》篇。《德行》条20《注》引《曲礼》一段内容见于今本《礼记·曲礼》卷三之记载。[①]《任诞》条7《注》引《曲礼》一段内容见于今本《礼记·曲礼》卷二之记载。[②]则刘《注》所引《曲礼》之内容均来自今本《礼记·曲礼》。所以我们此处统一列为《礼记》。

考证：今存，但有佚文。关于《礼记》的研究可谓宏富。《礼记集解》的《点校说明》对《礼记》的作者、称名、后人的研究等情况进行了介绍。[③]马端临《文献通考·经籍考》著录有《礼记》二十卷（郑玄注），并引诸家说对《礼记》的撰者、篇目、内容、注本等问题进行了考证。[④]曹道衡、刘跃进《先秦两汉文学史料学》对《礼记》的作者、篇目、真伪、文学史料价值等情况以及历代对《礼记》的研究进行了介绍。[⑤]《四库全书总目提要》卷二十一《经部·礼类三》著录有《礼记正义》六十三卷，对《礼记》的撰者、篇目、学术来源进行了分析。[⑥]王锷的博士论文《〈礼记〉成书考》对《礼记》中的篇目的写成年代进行了考证、对篇目的

---

① 孙希旦. 礼记集解［M］. 北京：中华书局，1989：75-76.

② 孙希旦. 礼记集解［M］. 北京：中华书局，1989：44.

③ 孙希旦. 礼记集解［M］. 北京：中华书局，1989.

④ 马端临. 文献通考·经籍考［M］. 上海：华东师范大学出版社，1985：200-202.

⑤ 曹道衡，刘跃进. 先秦两汉文学史料学［M］. 北京：中华书局，2005：113-119.

⑥ 纪昀. 四库全书总目提要［M］. 北京：中华书局，1965：168-169.

内容进行了归类和分析，同时也考证了《礼记》的成书和在东汉的流传情况。[①] 通过参看上面这些著作，对《礼记》的一般情况就会有一定的了解。但是并不能得知历代经籍志和公私书目对《礼记》的著录情况。据杨家骆《历代经籍志》：《汉书·艺文志》著录有《记》百三十一篇（七十子后学所记也），这被认为是《礼记》的最早著录；《汉书·艺文志拾补》著录有《礼小戴记》四十九篇，此《礼小戴记》概即《礼记》也；《后汉书·艺文志》著录有马融《礼记传》四十九篇、卢植《礼记解诂》二十卷，郑玄《礼记注》二十卷等，已经正式出现了《礼记》这一称名；《三国·艺文志》卷一著录《礼记》之属凡六家六部，其中涉及《礼记》这一称名的有王肃《礼记注》三十卷、射慈《礼记音》一卷；《隋书·经籍志》著录有《礼记》二十卷（汉九江太守戴圣撰，郑玄注）；《旧唐书·经籍志》著录有《小戴礼记》二十卷（戴胜撰，郑玄注）；《唐书·艺文志》著录有郑玄注小戴圣《礼记》二十卷、卢植注《小戴礼记》二十卷、王肃注《小戴礼记》三十卷、射慈《小戴礼记音》二卷；（从《唐书·艺文志》的著录可以得知《后汉书·艺文志》著录的卢植的《礼记解诂》"解诂"的是《小戴礼记》、《三国·艺文志》著录的王肃《礼记注》"注"的是《小戴礼记》、射慈的《礼记音》亦是针对《小戴礼记》）《宋史·艺文志》著录有《礼记》二十卷（戴圣纂）。晁公武《郡斋读书志》著录有《礼记》二十卷（汉戴圣撰，郑康成注）。陈振孙《直斋书录解题》著录有《礼记》二十卷（即所谓《小戴礼》也。凡四十九篇），又著录有《礼记注》二十卷（汉郑康成撰）。《崇文总目》著录有《礼记注》二十卷（郑康成注）。据《古佚书辑本目录》，可知清人朱彝尊、顾观光、王朝渠、丁晏、王仁俊均辑有《礼记》佚文。《古佚书辑本目录》言："《汉志》礼家载《记》百三十一篇，今之大、小戴《礼记》在其中。《大戴礼记》八十五篇，今存四十篇。《礼记》三十九篇，然载记引《檀弓》、《王制》、《杂记》等篇之文亦有溢出今本者。是《汉志》之百三十一篇《记》多有散佚。《白虎通》、《风俗通义》每引佚《记》及今《礼记》各篇之佚文，经疏、史注等亦引之，诸家皆据以采摭。"[②]

---

① 王锷.《礼记》成书考［D］.［博士学位论文］. 兰州：西北师范大学，2004.
② 孙启治，陈建华. 古佚书辑本目录［M］. 北京：中华书局，1997：45.

（一）《德行》条 12《注》引《礼记》曰："天子大蜡八，伊耆氏始为蜡。蜡，索也。岁十二月，合聚万物而索飨之。"余嘉锡、徐震堮、朱铸禹、杨勇等人不言此处刘《注》版本有异。

今本《礼记·郊特牲》作："天子大蜡八，伊耆氏始为蜡。蜡也者，索也。岁十二月，合聚万物而索飨之也。"[①] 阮元《校勘记》不言此处《礼记》版本有异。

刘《注》所引与今本《礼记》大致相同，但存在一些微别之处：刘《注》作"蜡，索也。"今本《礼记》作"蜡也者，索也。"刘《注》作"索飨之"，今本《礼记》作"索飨之也"，多一"也"字。

（二）《德行》条 20《注》引《曲礼》曰："居丧之礼，毁瘠不形，视听不衰，不胜丧，乃比於不慈不孝。"

徐震堮言："毁瘠不形——'瘠'原误作'潜'，据影宋本及沈校本改。"[②] 朱铸禹言："瘠，袁本作'潜'，误。"[③]

今本《礼记·曲礼上》作："居丧之礼，毁瘠不形，视听不衰，升降不由阼阶，出入不当门隧。居丧之礼，头有创则沐，身有疡则浴，有疾则饮酒食肉，疾止复初，不胜丧，乃比於不慈不孝。"[④] 其中"疡"，陆德明《释文》言："本或作痒。"据阮元《校勘记》，与刘《注》所引相关的内容，各本《礼记》均同。

可见，刘《注》所引《礼记》省去了"视听不衰"和"不胜丧"之间的一段内容。又今本《礼记》作"瘠"与袁本刘《注》异而与其他本刘《注》同。

（三）《言语》条 44《注》引《礼记》曰："晏平仲祀其先人，豚肩不掩豆，君子以为俭也。"又曰："晏子一狐裘三十年，晏子焉知礼？"

杨勇言："祀，宋本作'记'，非。今依各本及《礼记·礼器》改。"[⑤] 朱铸禹在其《集注》中亦指出了宋本作"记"。

《礼记·礼器》："晏平仲祀其先人，豚肩不揜豆，澣衣濯冠以朝，君

① 阮元校刻. 礼记正义［M］. 十三经注疏. 北京：中华书局，1980：1453.
② 徐震堮. 世说新语校笺［M］. 北京：中华书局，1984：13.
③ 朱铸禹. 世说新语汇校集注［M］. 上海：上海古籍出版社，2002：20.
④ 阮元校刻. 礼记正义［M］. 十三经注疏. 北京：中华书局，1980：1248-1249.
⑤ 杨勇. 世说新语校笺［M］. 北京：中华书局，2006：92-93.

子以为隘矣。”陆德明《释文》：“隘，本又作阨。”《礼记·杂记下》：“晏平仲祀其先人，豚肩不揜豆，贤大夫也，而难为下也。”《礼记·檀弓下》：“有若曰：‘晏子一狐裘三十年，遣车一乘，及墓而反。国君七个，遣车七乘；大夫五个，遣车五乘。晏子焉知礼？’”① 其中“豚肩不揜豆”阮元《校勘记》云：“各本同，石经同，《释文》出不弇云：本亦作揜。”② “晏子一狐裘三十年”阮元《校勘记》言：“闽、监、毛本同，岳本同，嘉靖本同，卫氏集说同，石经三十合作卅。”③ 据阮元《校勘记》，其他与刘《注》所引相关的内容各本《礼记》无异。

刘《注》所引《礼记》之内容出自今本《礼记·礼器》和《礼记·檀弓下》。徐震堮言：“‘晏平仲祀其先人’三句——上二句见《礼记·礼器》及《杂记》，第三句《礼器》作‘君子以为隘也’，《杂记》作‘贤大夫也，而难为下也’。所引当是《礼器》文。注文则用《杂记》。‘又曰’三句——见《礼记·檀弓》，中有省文。”④

刘《注》与今本《礼记》的差异是：

刘《注》引用时省去了“澣衣濯冠以朝”和“遣车一乘，及墓而反。国君七个，遣车七乘；大夫五个，遣车五乘。”除了省略的部分，对应之处今本《礼记》作“君子以为隘也”，刘《注》作“君子以为俭也”。又宋本刘《注》作“晏平仲记其先人”而其他本刘《注》及今本《礼记》均作“晏平仲祀其先人”。记、祀形近，宋本刘《注》概因此而误。

刘《注》作“俭”而今本《礼记》作“隘”（陆德明《释文》“本又作阨”，但阮元《校勘记》不言其所见《礼记》版本有作“阨”者）。《礼记》郑玄注曰：“隘，犹狭陋也。祀不以少牢，与无田者同，不盈礼也。……俭不务新。”孔颖达《正义》曰：“此一节论俭而不中礼，非称之事。”⑤ 从郑玄《注》和孔颖达《正义》，可以看出刘《注》引作“俭”是有其道理的。

①　分见阮元校刻. 礼记正义［M］. 十三经注疏. 北京：中华书局，1980：1434，1567，1303.

②　阮元校刻. 礼记正义［M］. 十三经注疏. 北京：中华书局，1980：1570.

③　阮元校刻. 礼记正义［M］. 十三经注疏. 北京：中华书局，1980：1308.

④　徐震堮. 世说新语校笺［M］. 北京：中华书局，1984：58.

⑤　阮元校刻. 礼记正义［M］. 十三经注疏. 北京：中华书局，1980：1434.

刘《注》作"掩"而今本《礼记》作"撵"（陆德明所见本蓋作弇）。掩、撵的关系见下文。

又刘《注》作"三十"与阮元所言作"卅"之石经不同。

（四）《言语》条 70《注》引《礼记》曰："四郊多壘，卿大夫之辱也。"余嘉锡、徐震堮、朱铸禹、杨勇等人均不言此处刘《注》版本有异。

今本《礼记·曲礼上》有"四郊多壘，此卿大夫之辱也。"① 阮元《校勘记》不言此处《礼记》版本有异。

今本《礼记》"卿"前有一"此"字而刘《注》无。

（五）《方正》条 16《注》引《礼记》曰："穆公问于子思曰：'为旧君反服，古邪？'子思曰：'古之君子，进人以礼，退人以礼，故有旧君反服之礼；今之君子，进人若将加诸刻，退人若将墜诸渊。無为戎首，不亦善乎，又何反服之有？'"

余嘉锡言："'加诸刻'，'刻'，景宋本作'膝'。"② 徐震堮、朱铸禹、杨勇三人之书径作"膝"，不言此处刘《注》版本有异。

今本《礼记·檀弓下》："穆公问于子思曰：'为旧君反服，古與？'子思曰：'古之君子，进人以礼，退人以礼，故有旧君反服之礼也；今之君子，进人若将加诸膝，退人若将隊诸渊。毋为戎首，不亦善乎，又何反服之礼之有？'"陆德明《释文》："膝，音悉。隊，本又作墜。"③ "退人若将隊诸渊"阮元《校勘记》言："闽、监、毛本同，岳本同，嘉靖本同，卫氏《集说》同。石经隊作墜，《考文》引古本同，《释文》出将隊云本又作墜。"④ 可见，今本《礼记》只有作"隊"和作"墜"之异。

刘《注》所引与今本《礼记》的差异是：

刘《注》作"古邪"，今本《礼记》作"古與"。邪、與二者的关系，本文他处已经进行了讨论，此处不赘。

景宋本刘《注》作"膝"、其他本刘《注》作"刻"，今本《礼记》作"膝"。刻、膝二者的关系是：《方言》卷九"矛骹细如鴈胫者谓之鹤刻"，

---

① 阮元校刻. 礼记正义［M］. 十三经注疏. 北京：中华书局，1980：1250.
② 余嘉锡. 世说新语笺疏［M］. 北京：中华书局，1983：297.
③ 阮元校刻. 礼记正义［M］. 十三经注疏. 北京：中华书局，1980：1303.
④ 阮元校刻. 礼记正义［M］. 十三经注疏. 北京：中华书局，1980：1308.

钱绎《笺疏》："刟、膝古今字。"① 徐锴《说文解字系传》："刟，今俗作膝。膝，人之节也。"② 《玉篇·卩部》："刟，或作膝。"③ 《资治通鉴·魏纪四》"飞矢中郤右刟而卒"，胡三省注："刟，与膝同。"④

刘《注》作"墜"，今本《礼记》有作"隊"者，也有作"墜"者，如石经本《礼记注疏》即作"墜"。陆德明《释文》："本又作墜"，则刘《注》所引当是陆德明所言作"墜"本的《礼记》。墜、隊二者的关系是：《尔雅·释诂》"墜，落也"，郝懿行《义疏》："墜者，隊之或体也。"⑤《庄子·德充符》"虽天地覆墜"，陆德明《释文》："墜，本又作隊。"⑥《列子·汤问》"而墜於地"，《释文》云："墜，一本作隊。"⑦《荀子·礼论》"人焉而隊"杨倞注："隊，古墜字，墮也。"⑧《说文·自部》段玉裁注："隊、墜正俗字。古书多作隊，今则墜行而隊废矣。"⑨《诗·小雅·小旻》"如临深渊"毛《传》"恐隊也"阮元《校勘记》引陆德明《释文》云："本又作墜。"⑩ 《春秋左传异文释》卷二"隊于车"李富孙云："《汉·五行志》隊作墜，唐石经同。《僖廿八年传》俾隊其师，《后汉·臧洪传》注引作墜。"⑪

刘《注》作"無"，今本《礼记》作"毋"。無、毋二者的关系是：《论语·学而》"無友不如己者"，朱熹《集注》："無、毋通，禁止辞也。"⑫《书·舜典》"刚而無虐"，蔡沈《集传》："無，与毋同。"⑬《诗·郑风·大叔于田》"将叔無狃"，陆德明《释文》："毋音無，本亦作無。"⑭

① 钱绎. 方言笺疏［M］. 上海：上海古籍出版社，1984：532.
② 徐锴. 说文解字系传［M］. 北京：中华书局，1987：182.
③ 宋本玉篇［M］. 北京：北京市中国书店，1983：508.
④ 司马光编著. 资治通鉴（第五册）［M］. 北京：中华书局，1956：2268.
⑤ 郝懿行. 尔雅义疏［M］. 上海：上海古籍出版社，1983：68-69.
⑥ 郭庆藩. 庄子集释［M］. 北京：中华书局，2004：190.
⑦ 杨伯俊. 列子集释［M］. 上海：龙门联合书局，1958：114.
⑧ 王先谦. 荀子集解［M］. 北京：中华书局，1998：356.
⑨ 段玉裁. 说文解字注［M］. 上海：上海古籍出版社，1998：732.
⑩ 阮元校刻. 毛诗正义［M］. 十三经注疏. 北京：中华书局，1980：451.
⑪ 李富孙. 左传异文释［M］. 清经解续编（第二册）. 上海：上海书店，1998：1415.
⑫ 程树德. 论语集释［M］. 北京：中华书局，1990：35.
⑬ 蔡沈注. 书经集传［M］. 北京：中国书店，1994：15.
⑭ 阮元校刻. 毛诗正义［M］. 十三经注疏. 北京：中华书局，1980：337.

《书·汤誓》"尔无不信"下注："史迁作女毋不信。"① 《论语·先进》"毋吾以也"，刘宝楠《正义》："毋与無同，皇本作無。"② 《仪礼·士相见礼》"毋改"郑玄注："古文毋作無。"又《仪礼·公食大夫礼》"毋过四列"郑玄注："古文毋为無。"③ 《说文·毋部》段玉裁注："毋也，古通用無，《诗》《书》皆用無。《士昏礼》夙夜毋违命，注曰古文毋为無，是古文《礼》作無，今文《礼》作毋也。汉人多用毋，故《小戴记》、《今文尚书》皆用毋，《史记》则竟用毋为無字。"④ 《三家诗异文疏证·齐诗·敬之》"毋曰高高在上"，冯登府曰："案毋、無古今文。"⑤ 正因为無、毋二者有这样的关系，刘《注》才能引作"無"。

（六）《雅量》条1《注》引《礼记》曰："延陵季子适齐，及其反也，其长子死，葬于嬴、博之間。孔子曰：'延陵季子，吴之习于礼者也。'往而观其葬焉。其坎深不至于泉，其敛以时服。既葬而封，广轮掩坎，其高可隐也。既封，左袒，右还其封，且号者三，曰：'骨肉归复于土，命也。若魂气，则无不之也。'而遂行。孔子曰：'延陵季子之于礼也，其合矣乎！'子夏哭其子而丧其明，曾子吊之，曰：'朋友丧明则哭之。'曾子哭，子夏亦哭，曰：'天乎！予之无罪也。'曾子怒曰：'商，汝何无罪也？吾与汝事夫子于洙、泗之间，退而老于西河之上，使西河之民，疑汝于夫子，尔罪一也。丧尔亲，使民未有闻焉，尔罪二也。丧尔子，丧尔明，尔罪三也。'子夏投其杖而拜曰：'吾过矣！吾过矣！'"

徐震堮言："及其反也——'及'，《礼记·檀弓》作'於'。"又"左袒——'袒'原误作'祖'，今据王校本、《礼记·檀弓》改。"⑥ 杨勇言："袒，宋本作'祖'，非。今依各本及《礼记·檀弓》下改。"又"商，宋本作'同'，非。今依各本。"⑦

---

① 孙星衍. 尚书今古文注疏 [M]. 北京：中华书局，2004：219.

② 刘宝楠. 论语正义 [M]. 北京：中华书局，1990：466.

③ 阮元校刻. 仪礼注疏 [M]. 十三经注疏. 北京：中华书局，1980：977，1085.

④ 段玉裁. 说文解字注 [M]. 上海：上海古籍出版社，1998：626.

⑤ 冯登府. 三家诗异文疏证 [M]. 清经解（第七册）. 上海：上海书店，1998：993.

⑥ 徐震堮. 世说新语校笺 [M]. 北京：中华书局，1984：194.

⑦ 杨勇. 世说新语校笺 [M]. 北京：中华书局，2006：314.

其中"延陵季子适齐"到"其合矣乎"一段见于今本《礼记·檀弓下》，① 作："延陵季子适齐，於其反也，其长子死，葬於嬴、博之间。孔子曰：'延陵季子，吴之习於礼者也。'往而观其葬焉。其坎深不至於泉，其敛以时服。既葬而封，广轮揜坎，其高可隐也。既封，左袒，右还其封，且号者三，曰：'骨肉归复于土，命也。若魂气，则无不之也，无不之也。'而遂行。孔子曰：'延陵季子之於礼也，其合矣乎！'"陆德明《释文》："揜，本又作掩。"阮元《校勘记》不言此处《礼记》版本有异。

刘《注》所引与今本《礼记·檀弓下》的差异是：

刘《注》作"及其反也"，今本《礼记》作"於其反也"。《文选》潘岳《西征赋》："夭赤子於新安，坎路侧而瘗之。亭有千秋之号，子无七旬之期。虽勉励於延吴，实潜恸乎余慈。"李善《注》引《礼记》曰："延陵季子適齐，於其反也，其长子死，葬於嬴、博之间，其坎深不至於泉。"② 《孔子家语》卷十亦作"於其返也"。③ 看来，《礼记》原本作"於"当是事实。刘《注》缘何可以引作"及"呢？《经词衍释》卷一："於，犹及也。《孟子》：子思不悦，於卒也，摽使者出诸大门之外。言及卒也。"④《经词衍释》卷五："及，犹於也。孟子：及是时明其政刑。言於是时也。《史记·张耳传》：少时及魏公子无忌为客。言少时於无忌家作客也。"⑤ "及"与"於"有义同之时，所以刘《注》引《礼记》才可改"於"为"及"、且无损原文之义。

王先谦重雕纷欣阁本刘《注》作"嬴、博之閒"，宋本、袁本刘《注》作"嬴、博之间"，今本《礼记》作"嬴博之间"。"閒"、"间"为古今字。"上古没有'间'字，后代写作'间'的，上古都写作'閒'。"⑥ 又刘《注》作"嬴"而今本《礼记》作"嬴"。嬴、嬴的关系是：《荀子·强国》

---

① 阮元校刻. 礼记正义 [M]. 十三经注疏. 北京：中华书局，1980：1313-1314.

② 萧统编，李善注. 文选 [M]. 上海：上海古籍出版社，1986：446.

③ 四部丛刊初编子部. 孔子家语十卷 [M]. 上海商务印书馆缩印江南图书馆藏明覆宋刊本. 114.

④ 吴昌莹. 经词衍释 [M]. 北京：中华书局，1956：19，20.

⑤ 吴昌莹. 经词衍释 [M]. 北京：中华书局，1956：82.

⑥ 张双棣，陈涛主编. 古代汉语字典 [M]. 北京：北京大学出版社，1998：360.

"嬴则敖上"，王先谦《集解》引郝懿行曰："嬴与嬴同。"① 《尔雅·释天》"夏为长嬴"阮元《校勘记》引陆德明《释文》云："嬴，本或作嬴。"② 《周礼·天官·疾医》"以五味五谷五药养其病"郑玄注"攻其嬴"，孙诒让《正义》："嬴，释文作嬴。"③ 嬴、嬴的关系决定了刘《注》可以引《礼记》作"嬴"。

刘《注》作"无不之也"，初编本重言作"无不之也，无不之也"，刘《注》引时省去了一个"无不之也"。

刘《注》作"掩"而今本《礼记》作"揜"，陆德明《释文》言："揜，本又作掩。"则刘《注》与陆德明所言作"掩"本《礼记》同。揜、掩二者的关系是：《文选》潘岳《西征赋》"掩细柳而抚劒"，李善《注》言："掩与揜同。"④ 《广雅·释诂》"掩，取也"，王念孙《疏证》："掩，《说文》作揜，同。"⑤ 《易经异文释》卷四"刚揜也"，李富孙《异文释》："《释文》云揜本又作掩。《系辞》恶积而不可揜，唐石经作揜，《释言疏》引作掩，云弇揜音义同。《尔雅》《释文》云弇古弇字，又云弇古掩字，又作揜。是弇弇揜三字音义皆同，古通用，掩通假字。"⑥ 《墨子·非儒下》"揜函弗射"，《集解》引孙云："揜，吴钞本作掩。"⑦ 《礼记·王制》"诸侯不掩群"，陆德明《释文》："揜音掩，本又作掩。"⑧

宋本刘《注》作"左祖"、他本刘《注》作"左祖"，今本《礼记》作"左祖"与宋本刘《注》异而与他本刘《注》同。祖、祖形近，宋本刘《注》当是因此而致误。

"子夏哭其子而丧其明"到"吾过矣"一段见于今本《礼记·檀弓上》，⑨ 作："子夏丧其子而丧其明，曾子吊之，曰：'吾闻之也，朋友丧

① 王先谦. 荀子集解 [M]. 北京：中华书局，1998：292.

② 阮元校刻. 尔雅注疏 [M]. 十三经注疏. 北京：中华书局，1980：2611.

③ 孙诒让. 周礼正义 [M]. 北京：中华书局，1987：326.

④ 萧统编，李善注. 文选 [M]. 上海：上海古籍出版社，1986：464.

⑤ 王念孙. 广雅疏证 [M]. 北京：中华书局，2004：19.

⑥ 李富孙. 易经异文释 [M]. 清经解续编（第二册）. 上海：上海书店，1998：1322.

⑦ 张纯一. 墨子集解（修正本）[M]. 上海：世界书局，中华民国二十五年九月初版. 253.

⑧ 阮元校刻. 礼记正义 [M]. 十三经注疏. 北京：中华书局，1980：1333.

⑨ 阮元校刻. 礼记正义 [M]. 十三经注疏. 北京：中华书局，1980：1282.

明则哭之。'曾子哭，子夏亦哭，曰：'天乎！予之无罪也。'曾子怒曰：'商，女何无罪也？吾与女事夫子于洙、泗之间，退而老於西河之上，使西河之民，疑女於夫子，尔罪一也。丧尔亲，使民未有闻焉，尔罪二也。丧尔子，丧尔明，尔罪三也。而曰女何无罪与？'子夏投其杖而拜曰：'吾过矣！吾过矣！'"
"而曰女何无罪与"阮元《校勘记》云："闽、监、毛本同，石经同，岳本、嘉靖本同，卫氏《集说》同，《释文》於上出女何云音汝下同，坊本女作尔，《石经考文提要》云案上文女何无罪也此作尔歧出，宋大字本宋本九经，南宋巾箱本、余仁仲本、刘叔刚本《礼记纂言》皆作女。"①

刘《注》与今本《礼记·檀弓上》的差异是：

刘《注》作"子夏哭其子而丧其明"，今本《礼记》作"子夏丧其子而丧其明"。本文研究刘《注》正如前文所交代，依据的是余嘉锡《世说新语笺疏》，而《笺疏》依据的是王先谦重雕纷欣阁本，徐震堮《世说新语校笺》用涵芬楼影印明袁氏嘉趣堂本为底本，杨勇《世说新语校笺》以日本前田氏藏宋本《世说新语》及唐写本《世说新书》为底本，朱铸禹《世说新语汇校集注》以宋董氏本为底本，徐、杨、朱三书此处刘《注》均作"丧其子"与今本《礼记》同，唯余书此处刘《注》作"哭其子"而不作"丧其子"，且各家均不言此处刘《注》版本有异。我们猜测，此或王先谦所雕本如此，或余氏故意改之，或点校者之误。

宋本刘《注》作"同"、他本刘《注》作"商"，今本《礼记》作"商"。

刘《注》"朋友丧明则哭之"前无"吾闻之也"今本《礼记》有。

刘《注》作"汝"，今本《礼记》作"女"。"女"、"汝"古今字。《周礼·天官·小宰》"各脩乃职"郑玄注"乃犹女也"，孙诒让《正义》："女、汝古今字。"②

今本《礼记》"子夏投其杖"前有"而曰女何无罪与"七字，刘《注》无。

（七）《赏誉》条8注引《礼记》曰："周丰谓鲁哀公曰：'宗庙社稷之

中，未施敬而民自敬。'"

　　杨勇言："未，宋本作'末'，非。今依各本。"① 朱铸禹言："末施敬而民自敬，王利器校：各本'未'作'末'是。"②

　　今本《礼记·檀弓下》作："鲁人有周丰也者，哀公执挚请见之，而曰'不可'。公曰：'我其已夫！'使人问焉，曰：'有虞氏未施信於民，而民信之；夏后氏未施敬於民，而民敬之。何施而得斯於民也？'对曰：'墟墓之间，未施哀於民而民哀；社稷宗庙之中，未施敬於民而民敬。殷人作誓而民始畔，周人作会而民始疑。苟无礼义、忠信、诚悫之心以涖之，虽固结之，民其不解乎！'③ 陆德明《释文》："虚，本亦作墟，同。"据阮元《校勘记》，与刘《注》对应的内容，《礼记》版本无异。

　　徐震堮言："'未施敬而民自敬'，《礼记·檀弓》作'未施敬於民而民自敬'，此约举其词。"④ 徐言《礼记·檀弓》作"未施敬於民而民自敬"，但据我们所查今本《礼记》无"自"字。

　　刘《注》与今本《礼记》的差异是：

　　刘《注》作"宗庙社稷"，今本《礼记》作"社稷宗庙"。

　　刘《注》作"未施敬而民自敬"，今本《礼记》作"未施敬於民而民敬"。其中刘《注》有"自"字而今本《礼记无》，又今本《礼记》有"於民"二字而刘《注》无。

　　刘《注》有"周丰谓鲁哀公曰"七字而今本《礼记》无，此当是刘《注》的概括之词。比较今本《礼记》所载与刘《注》所引，可知刘《注》只是提取了《礼记》此条中的一部分，进行了一定的概括和加工，在《世说新语·赏誉》条8正文中有"不修敬而人自敬"一语，孝标乃是针对此而为注，从《礼记·檀弓》中所提取的一段正是交代了《世说新语》相关正文的出处，而且刘《注》中的"自"字很可能是受到了《世说》正文的影响而增。《太平御览》卷五一○引嵇康《高士传》曰："周丰，鲁人也。潜居自贵。哀公执赟请见之，丰辞。使人问曰：'有虞氏未施信於民而民

① 杨勇. 世说新语校笺［M］. 北京：中华书局，2006：374.
② 朱铸禹. 世说新语汇校集注［M］. 上海：上海古籍出版社，2002：361.
③ 阮元校刻. 礼记正义［M］. 十三经注疏. 北京：中华书局，1980：1313.
④ 徐震堮. 世说新语校笺［M］. 北京：中华书局，1984：230.

信；夏后氏未施敬於民而民敬。何施而得斯於民也？'对曰：'墟墓之间，未施哀於民而民哀；宗庙社稷之中，未施敬於民而民敬。殷人作誓，而民始叛；周人作会，而民始疑。苟无礼义忠信诚悫之心以莅之，虽固乘结之，民其两不解乎？'"① 其中作"宗庙社稷"与刘《注》同，作"未施敬於民而民敬"与今本《礼记》同。

（八）《赏誉》条24《注》引《礼记》曰："赵文子与叔誉观于九原，文子曰：'死者如可作也，吾谁与归？'"余嘉锡、徐震堮、朱铸禹、杨勇等人均不言处刘《注》版本有异。

今本《礼记·檀弓下》作："赵文子与叔誉观乎九原，文子曰：'死者如可作也，吾谁与归？'"② 阮元《校勘记》不言此处《礼记》版本有异。

刘《注》与今本《礼记》差异是：

刘《注》作"于"，今本《礼记》作"乎"。《文选》王俭《褚渊碑文并序》："随武既没，赵文怀其馀风。於文简公见之矣。"李善《注》引《礼记》曰："赵文子与叔誉观乎九原，文子曰：'死者如可作也，吾谁与归？'"③ 其中作"乎"与今本《礼记》同。"乎"、"于"在古文献中可通用。《文选》卢谌《赠刘琨》"或迫于兹"下注："善作乎字。"④《论语·为政》"吾十有五而志于学"，刘宝楠《正义》："汉石经及高丽本于作乎。"⑤《楚辞·九思·遭厄》"迄于今兮不易"，王逸《注》："于，一作乎。"⑥《文选》任昉《宣德皇后令》"而地狭乎四履"，下《注》："五臣作于字。"⑦《易经异文释》卷一："位乎天位，唐石经乎作于……《论语》孝乎惟孝，汉熹平石经作于，古并通用。"⑧ 正因为乎、于二者有这样的关系，刘《注》才可以引作"于"。

（九）《赏誉》条74《注》引《礼记》曰："妇人之讳不出门。"据余

① 李昉等. 太平御览 [M]. 北京：中华书局，1960：2321.
② 阮元校刻. 礼记正义 [M]. 十三经注疏. 北京：中华书局，1980：1316.
③ 萧统编，李善注. 文选 [M]. 上海：上海古籍出版社，1986：2509.
④ 四部丛刊初编集部. 六臣註文选 [M]. 上海商务印书馆缩印宋刊本. 471.
⑤ 刘宝楠. 论语正义 [M]. 北京：中华书局，1990：43.
⑥ 洪兴祖. 楚辞补注 [M]. 北京：中华书局，1983：321.
⑦ 四部丛刊初编集部. 六臣註文选 [M]. 上海商务印书馆缩印宋刊本. 673.
⑧ 李富孙. 易经异文释 [M]. 清经解续编（第二册）. 上海：上海书店，1998：1311.

嘉锡、徐震堮、朱铸禹、杨勇等人之书，此处刘《注》版本无异。

今本《礼记·曲礼上》作"妇讳不出门。"① 阮元《校勘记》不言此处《礼记》版本有异。

刘《注》与今本《礼记》的差异是：刘《注》作"妇人之讳"，今本《礼记》作"妇讳"。

《太平御览》卷五六二引《礼》作"妇讳不出门"，② 与今本《礼记》同。

（十）《任诞》条7《注》引《曲礼》曰："嫂叔不通问。"据余嘉锡、徐震堮、朱铸禹、杨勇等人之书，此处刘《注》版本无异。

今本《礼记·曲礼上》作"嫂叔不通问。"③ 阮元《校勘记》不言此处《礼记》版本有异。

此处刘《注》与今本《礼记》完全相同。

（十一）《排调》条62《注》引《礼记》曰："成王有罪，周公则挞伯禽。"据余嘉锡、徐震堮、朱铸禹、杨勇等人之书，此处刘《注》版本无异。

今本《礼记·文王世子》作："成王幼，不能涖阼。周公相，践阼而治。抗《世子法》於伯禽，欲令成王之知父子、君臣、长幼之道也。成王有过，则挞伯禽，所以示成王世子之道也。"④ 阮元《校勘记》不言与刘《注》对应的内容《礼记》版本有异。

刘《注》提取此段《礼记》中的一部分，且做了改变：

刘《注》作"有罪"，今本《礼记》作"有过"。"罪"、"过"有义同之处：《礼记·礼运》"著有过"，孔颖达《正义》："过，罪也。"⑤《资治通鉴·汉纪二十三》"独触忌讳，不足深过。"胡三省注："过，犹罪

---

① 阮元校刻. 礼记正义 [M]. 十三经注疏. 北京：中华书局，1980：1251.

② 李昉等. 太平御览 [M]. 北京：中华书局，1960：2541.

③ 阮元校刻. 礼记正义 [M]. 十三经注疏. 北京：中华书局，1980：1240.

④ 阮元校刻. 礼记正义 [M]. 十三经注疏. 北京：中华书局，1980：1404.

⑤ 阮元校刻. 礼记正义 [M]. 十三经注疏. 北京：中华书局，1980：1414.

也。"① 《慧琳音义》卷二十六"罪戾"注引孔注《尚书》云："罪，过也。"②

又刘《注》"则"字前有"周公"二字，今本《礼记》无。

《太平御览》卷一四六引《礼记》亦作"成王有过，则挞伯禽"。③ 与今本《礼记》同。

（十二）《轻诋》条 22《注》引《礼记》曰："君子之交淡若水，小人之交甘若醴。"据余嘉锡、徐震堮、朱铸禹、杨勇等人之书，此处刘《注》版本无异。

今本《礼记·表记》："故君子之接如水，小人之接如醴。君子淡以成，小人甘以坏。"郑玄注曰："接或为交。"④ 阮元《校勘记》不言此处《礼记》版本有异。

《庄子·山木篇》："且君子之交淡若水，小人之交甘若醴；君子淡以亲，小人甘以绝。"⑤ 刘《注》所引内容更像是出自《庄子》而非《礼记》。

比较来看，刘《注》中的"君子之交淡若水"似是整合了今本《礼记》中的"君子之接如水"和"君子淡以成"，刘《注》中的"小人之交甘若醴"似是整合了今本《礼记》中的"小人之接如醴"和"小人甘以坏"。

如郑玄所言，《礼记》有一版本作"交"不作"接"，这与刘《注》所引作"交"合。刘《注》作"若"，今本《礼记》作"如"。若、如二者在古文献中可互作，上文已言及。《艺文类聚》卷二十一引《礼记》曰："君子之交淡如水，小人之交甘如醴。君子淡以成，小人甘以坏。"⑥ 此与刘《注》所引不同之处只是"如"、"若"之别；与今本《礼记》相比，其中作"交"不作"接"，又二"如"字前分别有"淡"、"甘"。《文选》刘孝

① 司马光编著. 资治通鉴（第三册）[M]. 北京：中华书局，1956：1000.
② 慧琳撰，希麟续. 一切经音义 [M]. 台北：大通书局，中华民国七十四年五月再版. 544.
③ 李昉等. 太平御览 [M]. 北京：中华书局，1960：713.
④ 阮元校刻. 礼记正义 [M]. 十三经注疏. 北京：中华书局，1980：1643.
⑤ 郭庆藩. 庄子集释 [M]. 北京：中华书局，2004：685.
⑥ 欧阳询. 艺文类聚 [M]. 上海：上海古籍出版社，1965：392.

标《广绝交论》"林回喻之於甘醴"李善《注》引《庄子》："林回曰：'君子之交淡若水，小人之交甘如醴。'"① 一作"若"，一作"如"，参照上文，足见二者可互作。

（十三）《纰漏》条 2《注》引《礼记》曰："创巨者其日久，痛深者其愈迟。"据余嘉锡、徐震堮、朱铸禹、杨勇等人之书，此处刘《注》版本无异。

今本《礼记·三年问》作："创钜者其日久，痛甚者其愈迟。"② 阮元《校勘记》不言此处《礼记》版本有异。

刘《注》与今本《礼记》的差异是：

刘《注》作"巨"，今本《礼记》作"钜"；刘《注》作"深"，今本《礼记》作"甚"。《荀子·礼论篇》："创巨者其日久，痛甚者其愈迟。"③《荀子》作"巨"与刘《注》同而与今本《礼记》作"钜"异，又作"甚"与刘《注》异而与今本《礼记》同。《册府元龟》卷五九一引《制丧礼》曰："创巨者其日久，痛甚者其愈迟。"④ 与《荀子》同。《文选》任昉《齐竟陵文宣王行状》"沈痛疮距"，李善《注》引《礼记》曰："创钜者其日久，痛甚者其愈迟。"⑤ 与今本《礼记》同。"巨"、"钜"二者的关系是：《广雅·释器》："钜阙，剑也。"王念孙《疏证》："《新序·杂事篇》云：辟闾巨阙天下之利器也。巨与钜通。"⑥《韩非子·初见秦》"长城巨防"，王先慎《集解》："《策》作'钜坊'。案钜、巨字通。"⑦《庄子·天下篇》"以巨子为圣人"，陆德明《释文》："向、崔本作钜。"⑧《读书杂志·逸周书》"巨桥之粟"王念孙按："《太平御览·资产部》钱类引此作：散钜桥之粟。"⑨《玉篇·金部》："钜，今作巨。"⑩ 桂馥《说文解字义证》：

① 萧统编，李善注. 文选 [M]. 上海：上海古籍出版社，1986：2375.
② 阮元校刻. 礼记正义 [M]. 十三经注疏. 北京：中华书局，1980：1663.
③ 王先谦. 荀子集解 [M]. 北京：中华书局，1998：372.
④ 王钦若等编. 册府元龟 [M]. 北京：中华书局，1960：7062.
⑤ 萧统编，李善注. 文选 [M]. 上海：上海古籍出版社，1986：2575.
⑥ 王念孙. 广雅疏证 [M]. 北京：中华书局，2004：265.
⑦ 王先慎. 韩非子集解 [M]. 北京：中华书局，1998：4.
⑧ 郭庆藩. 庄子集释 [M]. 北京：中华书局，2004：1080.
⑨ 王念孙. 读书杂志 [M]. 北京：北京市中国书店，1985.
⑩ 宋本玉篇 [M]. 北京：北京市中国书店，1983：326.

"钜，通作巨。"① 《文选》沈约《齐故安陆昭王碑文》"东渚钜海"，下《注》："五臣本作巨字。"② 看来，"钜"、"巨"可互作、互通。"深"、"甚"二者的关系是：《吕氏春秋·知士》"王之不说婴也甚"，高诱《注》："甚，犹深。"③《孟子·滕文公上》"面深墨"，赵岐《注》："深，甚也。"焦循《正义》："深、甚，音近相通。"④ 正因为"巨"、"钜"二者存在一定关系，"深"、"甚"二者也存在一定的关系，刘《注》才可以分别引作"巨"和"深"。

（十四）《方正》条36《注》引《礼记·月令》曰："仲春之月，鹰化为鸠。"据余嘉锡、徐震堮、朱铸禹、杨勇等人之书，此处刘《注》版本无异。

今本《礼记·月令》有"仲春之月，日在奎，昏弧中，旦建星中。……始雨水，桃始华，仓庚鸣，鹰化为鸠。"⑤ 其中与刘《注》所引对应的内容，阮元《校勘记》不言《礼记》版本有异。

与今本《礼记》相比，刘《注》省去了"仲春之月"和"鹰化为鸠"中间的一大段内容。《艺文类聚》卷九十二引《礼记》曰："仲春之月，鹰化为鸠。"⑥ 与刘《注》所引同。《太平御览》卷九二六引《礼记·月令》曰："惊蛰之日，鹰化为鸠。"⑦ 作"惊蛰之日"，不作"仲春之月"。

刘《注》凡引《礼记》14次，其中11次称作"礼记"，1次称作"礼记月令"，2次称作"曲礼"。

刘《注》所引14次《礼记》，其中只有1次与今本《礼记》完全相同，其余13次均多少存在差异。这些差异有的是因为刘《注》的版本产生的，有的是因为今本《礼记》的不同版本产生的，有的与双方的版本都无关，上文已对这些差异的具体情况进行了比较和分析。

刘《注》与本《礼记》相较而言的改动，其中一些可以找到改动的

① 桂馥. 说文解字义证 [M]. 济南：齐鲁书社，1987：1243.
② 四部丛刊初编集部. 六臣註文选 [M]. 上海商务印书馆缩印宋刊本. 1101.
③ 高诱注. 吕氏春秋 [M]. 上海：上海书店，1986：89.
④ 焦循. 孟子正义 [M]. 上海：上海书店，1986：194.
⑤ 阮元校刻. 礼记正义 [M]. 十三经注疏. 北京：中华书局，1980：1361.
⑥ 欧阳询. 艺文类聚 [M]. 上海：上海古籍出版社，1965：1599.
⑦ 李昉等. 太平御览 [M]. 北京：中华书局，1960：4113.

依据或理由。

十六、郑玄《礼记注》

《方正》条 16、《方正》条 36 注、《赏誉》条 24 注均引作"郑玄曰"，均是上承《礼记》而引。《栖逸》条 13 注引作"郑玄《礼记注》"。《言语》条 44 注引作"《注》"。

考证：今存。关于郑玄《礼记注》的著录情况可以参看前文"《礼记》"条。

（一）《方正》条 16《注》引郑玄曰："为兵主求攻伐，故曰戎首也。"

余嘉锡言："注'求攻伐'，'求'，景宋本及沈本俱作'来'。"[①] 徐震堮言："为兵主来攻伐——'来攻伐'原作'求攻伐'，据影宋本及沈校本改。"[②] 朱铸禹言："为兵主来攻伐，沈校本同，袁本作'为兵主求攻代'，误'来'为'求'，误'伐'为'代'。"[③] 徐震堮不言袁本刘《注》作"代"。

今本《礼记·檀弓下》："毋为戎首，不亦善乎，又何反服之礼之有？"下《注》曰："为兵主来攻伐曰戎首。"[④] 阮元《校勘记》不言此处郑《注》各本《礼记》有异。

刘《注》与今本《礼记》所载郑玄《注》的差异是：

王先谦重雕纷欣阁本刘《注》、袁本刘《注》均作"求"，影宋本、沈校本刘《注》均作"来"，今本《礼记》所载郑《注》作"来"与影宋本、沈校本刘《注》同。求、来形近，概因此而混。

袁本刘《注》作"代"（朱铸禹言）、他本刘《注》作"伐"，今本《礼记》所载郑《注》作"伐"。代、伐形近。

刘《注》于"曰"前有一"故"字、于"戎首"后有一"也"字，今本《礼记》均无。唐杜佑《通典》卷九十九引《周制·檀弓》"鲁穆公问於子思曰"一段内容，其中有"無為戎首"并引有郑玄《注》："兵主來攻

---

① 余嘉锡. 世说新语笺疏［M］. 北京：中华书局，1983：297.
② 徐震堮. 世说新语校笺［M］. 北京：中华书局，1984：167.
③ 朱铸禹. 世说新语汇校集注［M］. 上海：上海古籍出版社，2002：267.
④ 阮元校刻. 礼记正义［M］. 十三经注疏. 北京：中华书局，1980：1303.

伐曰戎首也。"① 则杜佑所见之《礼记》作"来",与初编本《礼记》同,也与影宋本和沈本刘《注》同。又《通典》所记无"故"字与今本《礼记》所载郑《注》同而与刘《注》异,但有"也"字与刘《注》同而与今本《礼记》所载郑《注》异。

(二)《方正》条 36《注》引郑玄曰:"鸠,播穀也。"据余嘉锡、徐震堮、朱铸禹、杨勇等人之书,此处刘《注》版本无异。

今本《礼记·月令》"鹰化为鸠"郑玄《注》曰:"鸠,搏穀也。"② 阮元《校勘记》不言此处郑《注》各本《礼记》有异。

刘《注》与今本《礼记》所载郑《注》的差异是:

刘《注》作"播"而今本《礼记》所载郑《注》作"搏"。

《大戴礼记·夏小正》"鹰则为鸠",王聘珍《解诂》引《尔雅》郭璞《注》云:"今之布穀也。"③《淮南子·时则》"鹰化为鸠",高诱《注》:"鸠,谓布穀也。"④《吕氏春秋·仲春》"鹰化为鸠",高诱《注》:"鸠,盖布穀鸟。"⑤《说文·手部》:"播,穜也。一曰布也,从手,番声。"⑥《书·舜典》"播时百穀",孔安国《传》:"播,布也。"孔颖达《正义》:"播是分散之义,故为布也。"⑦ 则"播穀"、"布穀"二者义同。然今本《礼记》缘何作"搏穀"呢?孔颖达《正义》曰:"云'鸠,搏穀'者,《释鸟》云:'鸤鸠,鴶鵴。'郭景纯云:'今之布穀也。'谢氏云:'布穀者近之。'彼云'布',此云'搏'者,布、搏声相近,谓之搏穀,以声呼之,或以为此鸟鸣'布种其穀'。"⑧《艺文类聚》卷九十一引梁刘孝威《正旦春鸡赞》曰:"窃脂善盗,搏穀难驯。"⑨ 此"搏穀"当即是"播穀"。刘《注》引作"播穀"正是指出了今本《礼记》所载郑《注》作"搏穀"的真正含义。播穀、搏穀、布穀三者,其义一也。

① 杜佑. 通典 [M]. 北京:中华书局,1984:530.
② 阮元校刻. 礼记正义 [M]. 十三经注疏. 北京:中华书局,1980:1361.
③ 王聘珍. 大戴礼记解诂 [M]. 北京:中华书局,1983:28.
④ 刘文典. 淮南鸿烈集解 [M]. 北京:中华书局,1989:162.
⑤ 高诱注. 吕氏春秋 [M]. 上海:上海书店,1986:12.
⑥ 徐铉校定,许慎撰. 说文解字 [M]. 北京:中华书局,1963:256.
⑦ 阮元校刻. 尚书正义 [M]. 十三经注疏. 北京:中华书局,1980:130.
⑧ 阮元校刻. 礼记正义 [M]. 十三经注疏. 北京:中华书局,1980:1361.
⑨ 欧阳询. 艺文类聚 [M]. 上海:上海古籍出版社,1965:1586.

（三）《赏誉》条24《注》引郑玄曰："作，起也。"据余嘉锡、徐震堮、朱铸禹、杨勇等人之书，此处刘《注》版本无异。

今本《礼记·檀弓下》："死者如可作也，吾谁与归？"郑《注》："作，起也。"① 阮元《校勘记》不言此处郑《注》各本《礼记》有异。

此处刘《注》与今本《礼记》所载郑《注》完全相同。

（四）《栖逸》条13《注》引郑玄《礼记注》曰："苞苴，裹肉也。或以苇，或以茅。"据余嘉锡、徐震堮、朱铸禹、杨勇等人之书，此处刘《注》版本无异。

今本《礼记·曲礼上》： "凡以弓剑、苞苴、箪笥问人者。"郑玄《注》："苞苴，裹鱼肉，或以苇，或以茅。"② 阮元《校勘记》不言此处郑《注》各本《礼记》有异。

刘《注》与今本《礼记》所载郑《注》的差异是：

刘《注》作"裹肉也"而今本《礼记》作"裹鱼肉"。《文选》刘孝标《广绝交论》"苞苴所入"李善《注》引《礼记》曰："苞苴，箪笥问人者。"并引郑玄曰："苞苴，裹鱼肉者也。或以苇，或以茅。"③ 李善《注》作"裹鱼肉者也"，较今本《礼记》多"者也"二字。刘《注》、今本《礼记》、李善《注》主要的区别在所"裹"之"肉"上。刘《注》是"裹肉"，今本《礼记》和李善《注》是"裹鱼肉"。两种说法何者是呢？《礼记·少仪》"苞苴"，郑玄《注》："苞苴，谓编束萑苇以裹鱼肉也。"④《周礼·天官·序官》"庖人"，郑玄《注》："裹肉曰苞苴。"⑤ 看来二者在古文献中均有使用，"裹肉"概是泛言之，而"裹鱼肉"则讲的相对具体。

（五）《言语》条44《注》引《礼记》后又引有《注》："豚，俎实也。豆，径尺。言併豚之两肩不能掩豆，喻少也。"此当是《礼记注》，刘孝标并未交待该《注》的作者。据余嘉锡、徐震堮、朱铸禹、杨勇等人之书，此处刘《注》版本无异。

今本《礼记·杂记下》"豚肩不揜豆"，郑玄《注》曰："豚，俎实。

---

① 阮元校刻. 礼记正义 [M]. 十三经注疏. 北京：中华书局，1980：1316.

② 阮元校刻. 礼记正义 [M]. 十三经注疏. 北京：中华书局，1980：1244.

③ 萧统编，李善注. 文选》，上海：上海古籍出版社，1986：2375.

④ 阮元校刻. 礼记正义 [M]. 十三经注疏. 北京：中华书局，1980：1514.

⑤ 孙诒让. 周礼正义 [M]. 北京：中华书局，1987：26.

豆，径尺。言并豚两肩不能覆豆，喻小也。"① 阮元《校勘记》不言此处郑《注》各本《礼记》有异。

比较可知，《言语》条44《注》所引不言撰者之《礼记注》的作者当是郑玄，只是刘《注》所引与今本《礼记》所载郑《注》存在微别：

刘《注》"俎实"后有一"也"字而今本《礼记》无。

刘《注》作"併"而今本《礼记》作"并"。《说文·人部》桂馥《义证》："併，通作并。"②《文选》钟会《檄蜀文》"蓄力待时，併兵一向"，下《注》："五臣本併作并。"③《玉篇·从部》："并，併也。"④《助字辨略》卷二："并，与併同。"⑤《礼记·王制》"轻任并，重任分"，陆德明《释文》："并，本又作併。"⑥《群经平议·尚书三》"乃并是吉"，俞樾按："并，当作併，竝也。"⑦"併"、"并"二字可互作。"併"、"并"二字的关系成为刘《注》可以引作"併"的依据。

刘《注》"两肩"前有一"之"字而今本《礼记》无。

刘《注》作"掩"而今本《礼记》作"覆"。《孟子·尽心下》"夷考其行而不掩焉者也"，朱熹《集注》："掩，覆也。"⑧《周髀算经》卷上之二"空正掩日"，赵君卿《注》："掩，犹覆也。"⑨《淮南子·兵略》"掩节而断割"，高诱《注》："掩，覆也。"⑩《文选》张衡《西京赋》"掩长杨而联五柞"，李善《注》引郑玄《毛诗笺》曰："掩，覆也。"⑪《汉书·京房传》："此上大夫覆阳而上意疑也。"颜师古《注》："覆，掩蔽也。"⑫"掩"、"覆"有义同之处，刘《注》引时使用的是《礼记》经文用字，而

---

① 阮元校刻. 礼记正义 [M]. 十三经注疏. 北京：中华书局，1980：1567.

② 桂馥. 说文解字义证 [M]. 济南：齐鲁书社，1987：690.

③ 四部丛刊初编集部. 六臣註文选 [M]. 上海商务印书馆缩印宋刊本. 835.

④ 宋本玉篇 [M]. 北京：北京市中国书店，1983：512.

⑤ 刘淇. 助字辨略 [M]. 北京：中华书局，1954：103.

⑥ 陆德明. 经典释文 [M]. 上海：上海古籍出版社，1985：687.

⑦ 俞樾. 群经平议 [M]. 清经解续编（第五册）. 上海：上海书店，1998：1049.

⑧ 朱熹注. 孟子 [M]. 上海：上海古籍出版社，1987：116.

⑨ 赵君卿注. 周髀算经 [M]. 上海：商务印书馆，1937：19.

⑩ 刘文典. 淮南鸿烈集解 [M]. 北京：中华书局，1989：511.

⑪ 萧统编，李善注. 文选 [M]. 上海：上海古籍出版社，1986：64.

⑫ 班固. 汉书 [M]. 北京：中华书局，1962：3164.

未使用郑玄《注》文用字。

刘《注》作"少"而今本《礼记》作"小"。"少"、"小"有义同之处。《说文·小部》："少，不多也。从小，丿声。"段玉裁《注》："不多则小，故古少、小互训通用。"① 《楚辞·九章·抽思》"少歌曰"，王逸《注》："少，一作小。"②《国语·晋语》"少溲於豕牢"，韦昭《注》："少，小也。"③ 俞樾《群经平议·春秋左传》"敝邑之少卿也"，俞樾按："古字少与小通。"④《大戴礼记·虞戴德》"居小不约"，王聘珍《解诂》："小，少也。"⑤《管子·地员》"小素之首"，《集校》引王绍兰云："小之言少也。"⑥《易·系辞下》"力小而任重"，李富孙《异文释》："《集解》本、唐石经、宋本并作力少。"⑦《韩非子·饬令》"小者不毁"，王先慎《集解》："商子小作少。"⑧ "少"、"小"有义同之处且在古文献中有互作之时。这成为刘《注》可以引作"少"的前提。

十七、《大戴礼记》

《纰漏》条 3《注》引作"《大戴礼·劝学篇》"。

考证：今存，但有少许佚文。据《大戴礼记解诂·前言》，戴德是西汉元帝（公元前四八——公元前三三年）时期的人，生卒年不详。《隋书·经籍志》著录有汉信都王太傅戴德撰《大戴礼记》十三卷，《旧唐书·经籍志》著录戴德撰《大戴礼记》十三卷，《唐书·艺文志》著录《大戴礼记》十三卷，《宋史·艺文志》著录戴德纂《大戴礼记》十三卷。晁公武《郡斋读书志》著录《大戴礼记》十三卷（汉戴德纂）。陈振孙《直斋书录解题》著录《大戴礼》十三卷。《崇文总目》著录《大戴礼》十三卷（原释三十五篇）。马端临《文献通考·经籍考》卷八著录有《大戴礼》十

① 段玉裁. 说文解字注［M］. 上海：上海古籍出版社，1998：48.
② 洪兴祖. 楚辞补注［M］. 北京：中华书局，1983：139.
③ 国语［M］. 上海：上海古籍出版社，1978：388.
④ 俞樾. 群经平议［M］. 清经解续编（第五册）. 上海：上海书店，1998：1185.
⑤ 王聘珍. 大戴礼记解诂［M］. 北京：中华书局，1983：177.
⑥ 郭沫若，闻一多，许维遹. 管子集校［M］. 北京：科学出版社，1956：909.
⑦ 李富孙. 易经异文释［M］. 清经解续编（第二册）. 上海：上海书店，1998：1329.
⑧ 王先慎. 韩非子集解［M］. 北京：中华书局，1998：473.

三卷，并对《大戴礼记》的一般情况进行了相应的考证。[①]《四库全书总目》著录有《大戴礼记》十三卷，并引《隋志》、《崇文总目》、《中兴书目》、《郡斋读书志》、《直斋书录解题》所记或所言对《大戴礼记》的篇目进行了分析。[②] 关于《大戴礼记》的传本可以参看黄怀信《〈大戴礼记〉传本源流考》一文。[③]《古佚书辑本目录》对《大戴礼记》的辑佚情况进行了考证。[④]

《纴漏》条 3《注》引《大戴礼·劝学篇》曰："蟹二螯八足，非蛇蟺之穴无所寄讬者，用心躁也。"余嘉锡、徐震堮、朱铸禹、杨勇等人均不言此处刘《注》版本有异。徐震堮《校笺》、朱铸禹《汇校》与余嘉锡《笺疏》同，然杨勇《校笺》作"虵"不作"蛇"、作"无以"不作"无所"与余、徐、朱等三人之书异。

《四部丛刊初编》本《大戴礼记·劝学》作："蟹二螯八足，非虵魱之穴而无所寄讬者，用心躁也。"[⑤]《大戴礼记解诂》作："蟹二螯八足，非虵魱之穴而无所寄讬者，用心躁也。"[⑥] 方向东《大戴礼记汇校集解》文与《大戴礼记解诂》同，方向东《汇校》引："戴震曰：魱即鳝字，他本讹作'蛆'，今从方本。汪照曰：魱，各本讹作'蛆'。孔广森曰：魱，宋本譌'魱'，从卢本改。《荀子》作'蟺'。王树柟曰：《荀子》作'无可寄讬者'。"[⑦]

刘《注》与今本《大戴礼记》的差异是：

刘《注》作"蛇"（杨勇《校笺》作"虵"），而今本《大戴礼记》作"虵"。"蛇"、"虵"二者是正俗字的关系。《周礼·考工记·畫缋》"鸟兽蛇"，孙诒让《正义》："唐石经蛇作虵。案：虵俗字。"[⑧]《易经异文释》卷六："龙蛇之蛰，《释文》云蛇本又作虵，同。《集解》本作虵。案《说

① 马端临. 文献通考·经籍考 [M]. 上海：华东师范大学出版社，1985：210-212.
② 永瑢等. 四库全书总目 [M]. 北京：中华书局，1965：175.
③ 黄怀信. 《大戴礼记》传本源流考 [J]. 中国典籍与文化，2005（1）：4-9.
④ 孙启治，陈建华. 古佚书辑本目录 [M]. 北京：中华书局，1997：49.
⑤ 四部丛刊初编经部. 大戴礼记十三卷 [M]. 上海商务印书馆缩印无锡孙氏禄天藏明嘉趣堂本. 38.
⑥ 王聘珍. 大戴礼记解诂 [M]. 北京：中华书局，1983：133.
⑦ 方向东. 大戴礼记汇校集解 [M]. 北京：中华书局，2008. 787.
⑧ 孙诒让. 周礼正义 [M]. 北京：中华书局，1987：3310.

文》蛇为它之或字。《诗》蛇蛇硕言，《吕览·重己》注引作虵。凡从它变作也，并隶体，如佗为他、沱为池皆是。"① 《玉篇·虫部》："虵，正作蛇。"②

刘《注》作"蟺"，初编本《大戴礼记》作"魱"，《大戴礼记解诂》、《大戴礼记汇校集解》作"鮌"。《集韵》、《玉篇》、《类篇》均有"鮌"字，在古文献中也有该字的使用，但不见"魱"的使用，初编本中的"魱"当是"鮌"之误，二者形近。然"蟺"、"鮌"二者是怎么联系起来的呢？《山海经·北山经》"（湖灌之水）其中多鮌"郭璞《注》："鮌，亦鱓字。"《大戴礼记·劝学》王聘珍《解诂》"鮌""与鱓同"。③《荀子·劝学》"非蛇蟺之穴无可寄托者"，王先谦《集解》："蟺，同鱓。"④ 蟺、鮌二者均可同鱓。徐震堮言："'《大戴礼·劝学篇》曰'五句——案《大戴礼记》'蟺'作'鮌'，二字古通。"⑤ 正因为如此，刘《注》才可以引作"蟺"。《荀子·劝学篇》："蟹六跪而二螯，非虵蟺之穴无可寄托者，用心躁也。"王先谦《集解》引卢文弨曰："案《说文》：'蟹有二螯八足'《大戴礼》亦同。此正文及注'六'字疑皆'八'字之讹。"⑥ 则刘《注》所引亦可为"六"为"八"讹之一证。又《荀子》作"蟺"与刘《注》同。

刘《注》"无所"（杨勇《校笺》作"无以"）之前无"而"字，而今本《大戴礼记》有。

十八、《谥法》

《言语》条 29《注》引作"《谥法》"。

考证：刘《注》所引内容今存。关于《谥法》的存佚情况要辩证地来看：作为《逸周书》中的一篇，它是存在的；若是作为单独的一部书，它就是亡佚的。关于《谥法》的一般情况可以参看汪受宽《谥法研究》一书

---

① 李富孙. 易经异文释［M］. 清经解续编（第二册）. 上海：上海书店，1998：1329.
② 宋本玉篇［M］. 北京：北京市中国书店，1983：469.
③ 王聘珍. 大戴礼记解诂［M］. 北京：中华书局，1983：133.
④ 王先谦. 荀子集解［M］. 北京：中华书局，1998：9.
⑤ 徐震堮. 世说新语校笺［M］. 北京：中华书局，1984：486.
⑥ 王先谦. 荀子集解［M］. 北京：中华书局，1998：9.

的第九章和第十章。① 据汪著，最早而且最有影响的关于谥法的著作是《逸周书·谥法解》，《谥法解》是《逸周书》中的一篇，其原名当为《谥法》，只是因晋五经博士孔晁为《逸周书》作注，给每篇名后加一"解"字，才变成了《谥法解》。关于《谥法解》的作者和写作时代，汪著有详细的论述（认为《谥法解》由一位楚国的儒生纂成于公元前 370 年至前321 年之间）。汪著又谈到，在先秦古籍中全文称引《谥法解》的古籍有《大戴礼》、《世本》和《师春》。刘《注》所引的《谥法》是篇名还是书名呢？我们应该可以断定是书名，如果是篇名，那就造成了混淆，因为读者不能分辨出刘《注》引的《谥法》是出自《逸周书》还是出自《大戴礼》、《世本》、《师春》等古籍，所以刘《注》所引的《谥法》应该是一个单行的本子。汪著认为《谥法解》有《逸周书》本和单篇本两大类，刘《注》所引之《谥法》正是汪著所言的单篇本，刘《注》引用直接称之为《谥法》可以为汪说提供证据。据杨家骆《历代经籍志》，《隋书·经籍志》论语类著录有《谥法》三卷（刘熙撰）、《谥法》十卷（特进中军将军沈约撰）、《谥法》五卷（梁太府贺瑒撰）。《古佚书辑本目录》言："贺琛，字国宝，会稽山阴人，幼从伯文瑒习经，通义理，犹精三《礼》，《梁书》、《南史》有传。《梁书》本传云：'诏琛撰《新谥法》，至今施用。'《隋志》载《谥法》五卷，题贺瑒撰。案'瑒'当为'琛'之误。《唐》、《宋志》并载贺琛《谥法》三卷。《崇文总目》载四卷，云：'初，沈约本周公之谥法，琛又分君臣美恶妇人之谥，各以其类标其目。'《郡斋读书志》亦载四卷，云：'右，梁沈约撰，凡七百九十四条，贺琛又加妇人谥二百三十八条。'《玉海·艺文》引《中兴书目》曰：'採《旧谥法》及《广谥》，又益以己所撰《新谥》，分君、臣、妇人三卷，卷各分美、平、恶三等，其条比沈约，谥例颇多，亦有约载而琛不取者。'按《旧谥法》即所谓周公之谥法，《广谥》为沈约所著，见《崇文总目》贺琛《谥法》条。"② 据汪受宽《谥法研究》一书，《逸周书·谥法解》被古人称为《周公谥法》，其伪托周公所作已被证实。刘熙是《谥法解》的最早注家，刘熙的注被晋太尉荀顗敷衍为三卷。沈约作《谥法》（《隋志》称《谥法》，《梁书》、《唐志》

---

① 汪受宽. 谥法研究 [M]. 上海：上海古籍出版社，1995：220-260.

② 孙启治，陈建华. 古佚书辑本目录 [M]. 北京：中华书局，1997：180.

称《谥例》）参照了刘熙的《谥法注》，我们猜测沈约所参照的刘熙《谥法注》概是荀顗的敷衍本。沈约与刘孝标是同时代的人，沈约所见之刘熙《谥法注》，刘孝标概亦当得见。沈约卒于公元513年，刘孝标卒于公元521年，所以沈约《谥法》刘孝标亦当得见。据《谥法研究》，贺琛于梁普通年间（520年—527年）受诏撰《新谥法》，刘孝标当不得见贺琛《新谥法》。所以，刘孝标作《注》时可能见到的《谥法》有二：一是刘熙注本的《谥法》，一是沈约《谥法》。如果沈约《谥法》、刘《注》的写定时间能够确定，那么刘《注》中的《谥法》到底是哪一个将得到明确。不过从刘孝标作《注》不言撰者来看，似当时此《谥法》不存在被人误解的可能，我们怀疑，刘《注》写作之时，沈约《谥法》尚未问世，所以刘《注》使用的当是刘熙注本的《谥法》。

《言语》条29《注》引《谥法》曰："始建国都曰元。"据余嘉锡、徐震堮、朱铸禹、杨勇等人之书，此处刘《注》版本无异。

《言语》条29《注》所引《谥法》一段内容见于今本《逸周书·谥法》，[①] 文字全同。

十九、《夏小正》

《方正》条36《注》引作"《夏小正》"。

考证：今存。《隋志》著录有《夏小正》一卷，云戴德撰。《四库全书总目》著录有《夏小正戴氏传》四卷，并云："夏小正者……本《大戴礼》之一篇，《隋书·经籍志》始于《大戴礼》外别出《夏小正》一卷，注云戴德撰，宋傅崧卿序，谓隋重赏以求逸书，进书者多离拆篇目以邀赏，故别出。于理或然，考吴陆机《草木鸟兽虫鱼疏》引《大戴礼·夏小正传》，言《大戴礼》旧本但有《夏小正》之文，而无其传，戴德为之作传，遂自为一卷。"[②]《夏小正》至隋才从《大戴礼》中别出单行的观点当是不正确的，因为孝标在作《世说注》时已经称引之为《夏小正》，而不是称之为《大戴礼·夏小正》，看来在孝标作《注》时，《夏小正》概已是单行本。黄怀信著文谈到，《魏书》明载卢辩曾讲《夏小正》篇，当时卢辩应该为

---

① 朱右曾. 逸周书集训校释 [M]. 上海：商务印书馆，中华民国二十九年七月初版. 96.
② 永瑢等. 四库全书总目 [M]. 北京：中华书局，1962：175.

此篇作了注，今本此篇无注，有可能是当时有注的《夏小正》单行，因此书内不复抄录。① 卢辩是北周人，孝标作《世说注》时，卢辩尚未为《大戴礼记》作注，卢辩作注之前，《夏小正》已单行，黄怀信并非言卢辩作注后《夏小正》才单行，刘《注》所引可以为这个问题的廓清提供一些信号。那么《夏小正》是从何时起开始单行的呢？这可以从《提要》所引陆机的观点得到答案，陆机的观点是《夏小正》自从有了戴德的《传》后才"自为一卷"的，《大戴礼记解诂·前言》认为《大戴礼》并非戴德撰，只是挂着西汉礼学大师戴德牌子的儒学资料汇编。② 戴德之学传自汉鲁高堂生，并非戴德首创。据陆机观点，概是到了戴德之时，戴为《夏小正》作了《传》，《夏小正》便脱离出了《大戴礼》，成为了一个单行的本子，所以孝标作《世说注》时看到的可能就是《夏小正》这个单行本，因此在引用时才径称之为《夏小正》。二《唐志》、晁公武《郡斋读书志》、陈振孙《直斋书录解题》、《崇文总目》、马端临《文献通考·经籍考》均未著录《夏小正》。

《方正》条36《注》引《夏小正》曰："鹰则为鸠。鹰也者，其杀之时也；鸠也者，非杀之时也。善变而之仁，故具之。"据余嘉锡、徐震堮、朱铸禹、杨勇等人之书，此处刘《注》版本无异。

《方正》条36《注》所引《夏小正》一段内容见于蜀童山李调元的《夏小正笺》，③ 又见于今本《大戴礼记·夏小正》。④ 《夏小正笺》与今本《大戴礼记·夏小正》同，作"鹰则为鸠。鹰也者，其杀之时也。鸠也者，非其杀之时也。善变而之仁也，故其言之也曰'则'，尽其辞也。"刘《注》与二者（《夏小正笺》和《大戴礼记·夏小正》）的差异是：

刘《注》"非"、"杀"之间无"其"字，而二者有。

刘《注》"之仁"后无"也"字，而二者有。

刘《注》作"故具之"，而二者作"故其言之也曰'则'，尽其辞也。"《太平御览》卷九二六引《大戴礼》曰："正月，鹰则为鸠。鹰也者，非其

---

① 黄怀信.《大戴礼记》传本源流考［J］. 中国典籍与文化，2005（1）：5.

② 王聘珍. 大戴礼记解诂（前言）［M］. 北京：中华书局，1983：6.

③ 戴德传，李调元注. 夏小正笺［M］. 丛书集成初编本，中华民国二十六年十二月初版. 3.

④ 王聘珍. 大戴礼记解诂［M］. 北京：中华书局，1983：28.

杀之时也；鸠也者，非其杀之时也。善变而知仁，故具言之也。鸠为鹰而不仁，故不尽其辞。"① 宋傅崧卿《夏小正戴氏传》作："鹰则为鸠。鹰也者，其杀之时也；鸠也者，非其杀之时也。善变而之仁也，故具言之也。则，尽其辞也。"② 毕沅《夏小正考注》"鹰化为鸠"条下毕氏言："徐坚《初学记》引'故其言之也'，'其'作'具'，无'曰则尽其辞也'句。"③ 孙星衍《夏小正传》于"故其"下孙氏校曰："传本及《太平御览》作'具'，沈本作'其'。"于"则"下校曰："传本无'曰'字。"④ 今本《大戴礼记·夏小正》、李调元《夏小正笺》、孙星衍《夏小正传》并作"故其言之也曰'则'，尽其辞也"；《太平御览》、《初学记》并作"故具言之也"；宋傅崧卿的《夏小正戴氏传》作"故具言之也。则，尽其辞也"；刘《注》作"故具之"。宋傅崧卿卒于公元 1138 年，《初学记》是唐代徐坚所编，《太平御览》编成于公元 983 年，刘《注》乃是成于南朝梁代，《世说》刘《注》、《初学记》、《太平御览》这三部书傅崧卿都当得见。我们怀疑傅是见此三部书均作"具"字，又因为"具"、"其"形近，所以才在其《夏小正戴氏传》中改"其"为"具"，以为"其"当是"具"之误，其实傅是误会了此三部书的意思。刘《注》作"故具之"、《太平御览》和《初学记》作"故具言之也"，其实均是概括"故其言之也曰则，尽其辞也。""具言之"、"具之"不正是"尽其辞"的意思吗？《书·伊训》"具训于蒙士"，蔡沈《集传》："具，详悉也。"⑤《集韵·准韵》："尽，一曰悉也。"⑥古文献在引用时被引用者作各种适当的变动是很常见的现象。毕沅言《初学记》"其"作"具"，孙星衍言《太平御览》"其"作"具"，毕、孙二说均非是，因为《初学记》和《太平御览》所言之"具"并不是和"其"对应的，而是和"尽"对应的，刘《注》引作"故具之"是较"故具言之"更概括的说法。陶渊明《桃花源记》："问所从来，具答之。"中的"具"与"故具言之"中的"具"用法相同。从这里，可以看出刘《注》对所引

---

① 李昉等. 太平御览 [M]. 北京：中华书局，1960：4113.

② 傅崧卿注. 夏小正戴氏传 [M]. 丛书集成初编本. 中华民国二十六年十二月初版. 2.

③ 毕沅. 夏小正考注 [M]. 丛书集成初编本. 中华民国二十六年十二月初版. 8.

④ 孙星衍. 夏小正传 [M]. 丛书集成初编本. 中华民国二十六年十二月初版. 3.

⑤ 蔡沈注. 书经集传 [M]. 北京：中国书店，1994：73.

⑥ 丁度等. 集韵 [M]. 上海：上海古籍出版社，1985：353.

文献概括之精炼。

第五节　经部乐类引书考

二十、《琴操》

《言语》条 6《注》、《贤媛》条 2《注》均引作"《琴操》",不言撰者。

考证：今佚。关于《琴操》的辑佚情况可以参看《古佚书辑本目录》的介绍。[①] 关于今天所能见到的《琴操》的版本、作者、内容等情况可以参见吉联抗辑的《琴操》（两种）之《琴操考异》。[②] 《琴操》的作者问题是一个老问题，正如《古佚书辑本目录》所言："《隋》、《唐志》经部乐类并载《琴操》三卷，晋广陵相孔衍撰（孔衍，参《凶礼》）。两《唐志》又载桓谭《琴操》二卷（桓谭，参《新论》）。然《水经注》《文选注》及唐、宋类书等引《琴操》均属之蔡邕（蔡邕，参《蔡氏月令章句》），而未有称引桓谭、孔衍者。"[③] 人们由于依据不同，所持的观点也不同。据杨家骆《历代经籍志》，《后汉艺文志》著录有桓谭《琴操》二卷，又著录有蔡邕《琴操》二卷。《补晋书艺文志》著录有孔衍《琴操》三卷。那么《琴操》归属何人比较合理呢？我们认为，《琴操》是一个递相被增补、被整理而成的本子，至少在孔衍之前如此。桓谭、蔡邕都是汉代人，桓谭大概卒于公元 50 年，而蔡邕生于公元 132 年，孔衍是晋代人，生于公元 268 年，从时间上来看，桓谭到蔡邕再到孔衍存在着递相传承《琴操》的可能性。再从《琴操》的卷数来看，从桓谭到孔衍，《琴操》的卷数由二卷增加到三卷，似乎也可以说明《琴操》可能被后人逐渐增补的情况。另外，从刘孝标作《世说新语注》来看，刘《注》写作时间在孔衍卒后，这是没有任何问题的，以刘孝标之博闻恰识，应该知道前人桓谭、蔡邕以及孔衍与《琴操》的关系，但是刘孝标在引用《琴操》之时没有交待该作的撰者，在前文中我们已经谈到刘孝标对所引文献作者的处理问题，知道孝标为了

---

①　孙启治，陈建华. 古佚书辑本目录 [M]. 北京：中华书局，1997：243.

②　吉联抗辑. 琴操（两种）[M].（《代序》）北京：人民音乐出版社，1990.

③　孙启治，陈建华. 古佚书辑本目录 [M]. 北京：中华书局，1997：243.

避免混淆会考虑到同名文献的区别而给出作者，然这里孝标未交待《琴操》的作者，说明孝标无须考虑区别问题，这似乎可以说明当时孝标所见的《琴操》只能是一种，当是孔衍传承、整理、增补甚至是删改过的《琴操》，而这个《琴操》概就是桓谭、蔡邕等经手的。虽然《文选》李善注引《琴操》（计42次）有时称之为蔡邕《琴操》（7次），《隋志》著录有孔衍撰《琴操》，新旧《唐志》均分别著录有桓谭《琴操》和孔衍《琴操》，于撰人交待的都很明确，但却掩盖了《琴操》作者的真实面目。通过考察刘《注》引用《琴操》时不交待作者这个现象，并联系孝标对刘《注》中所引文献作者需要区别的原则，我们推测《琴操》的作者可能非止一人。

（一）《言语》条6《注》引《琴操》曰："尹吉甫，周卿也，有子伯奇，母死更娶。后妻生子曰伯邦。乃潜伯奇于吉甫，于是放伯奇于野。宣王出游，吉甫从，伯奇乃作歌，以言感之。宣王闻之曰：'此孝子之辞也。'吉甫乃求伯奇于野，而射杀后妻。"据余嘉锡、徐震堮、朱铸禹、杨勇等人之书，此处刘《注》版本无异。

吉联抗辑《汉魏遗书钞》本《琴操》录有："尹吉甫，周上卿人也。（案文衍一'人'字。）有子伯奇。伯奇母死，更娶后妻，生伯邦，乃潜伯奇於吉甫曰：'见妾有美色，然有欲心。'吉甫曰：'伯奇为人慈仁，岂有此也？'妻曰：'试置空房中，君登楼而察之。'後妻知伯奇仁孝，乃取毒蜂缘（一作'缀'）衣领，伯奇前持之。於是吉甫大怒，放伯奇於野。宣王出游，吉甫从。伯奇乃作歌以感之。宣王闻之曰：'此放子之辞也。'吉甫感悟，乃收伯奇，而射杀後妻。"（《文选》注。案此歌辞当即'履霜操'，已见前引《乐府》，但彼言'投河而死'，又与此异。二书并引《琴操》，今本书已亡，未详孰是，故仍录之。）[①]

吉联抗辑《平津馆丛书》本《琴操》录有："《履霜操》者，尹吉甫之子伯奇所作也。（案：《太平御览·天部》引作'《履霜操》者，伯奇之所作也，伯奇者，吉甫之子也'。）吉甫，周上卿也。（案：今本'卿'下误衍'人'字。）有子伯奇。伯奇母死，吉甫更娶后妻，生子曰伯邦。（案：'子曰'二字，从《世说·言语篇》注引补。）乃潜伯奇于吉甫曰：'伯奇见妾有美色，然有欲

---

① 吉联抗辑. 琴操（两种）[M]. 北京：人民音乐出版社，1990：12.

心。'（案：今本作'见妾美，欲有邪心'，从《文选·长笛赋》注、《太平御览·宗亲部》引改。）吉甫曰：'伯奇为人慈仁，岂有此也？'妻曰：'试置妾空房中，君登楼而察之。'后妻知伯奇仁孝，乃取毒蜂缀（'缀'一作'缘'）衣领。伯奇前持之。（一云'令伯奇掇之'。案：今本有细字注，不知何人所校，并仍之。《文选长笛赋》注引作'缘衣领，伯奇前持之'，《太平御览·宗亲部》引作'缀衣，令伯奇掇之'，皆与今本同。）于是吉甫大怒，放伯奇于野。伯奇编水荷（一云'集芰荷'）而衣之，采楟花（'楟'音亭，山棃木也。案：'楟'本作'停'，注云一作'楟'。《初学记·天部》引作'蘋花'，从《太平御览·天部》引改。《御览》引注亦无'一作楟'三字，今删。）而食之，清朝履霜，（案：《太平御览·天部》作'晨'，《初学记》作'朝'。）自伤无罪见逐，（案：《太平御览·天部》引作'见放'。）乃援琴而鼓之曰：'履朝霜兮採晨寒，考不明其心兮听谗言，孤恩别离兮摧肺肝，何辜皇天兮遭斯愆，痛殁不同兮恩有偏，谁说顾兮知我冤？'宣王出游，吉甫从之，伯奇乃作歌，以言感之于宣王。宣王闻之曰：'此孝子之辞也。'（案：'伯奇'以下十二字，今本脱，'闻之'作'闻歌'，从《世说·言语篇》注、《文选·长笛赋》注引改。《文选》注引'孝子'作'放子'。）吉甫乃求伯奇于野而感悟，（案：《文选·长笛赋》注引'求'作'收'字，'于野'二字从《世说·言语篇》注引补。）遂射杀后妻。"①

《文选》马融《长笛赋》："於是放臣逐子，弃妻离友。彭胥伯奇，哀姜孝己。"李善《注》引《琴操》曰："尹吉甫，周上卿人也，有子伯奇。伯奇母死，更娶後妻，生伯邦。乃谮伯奇於吉甫曰：'见妾有美色，然有邪心。'吉甫曰：'伯奇为人慈仁，岂有此也？'妻曰：'试置空房中，君登楼而察之。'後妻知伯奇仁孝，乃取毒蜂缀衣领，伯奇前持之。於是吉甫大怒，放伯奇於野。宣王出游，吉甫从。伯奇乃作歌感之於宣王。宣王曰：'此放子辞。'吉甫乃求伯奇，射杀後妻。"②

　　这两种辑本《琴操》所录的故事明显比《世说》刘《注》所录的故事要详尽得多，刘《注》无吉甫与其妻之间的对话，也无伯奇自伤、援琴而鼓之的唱词，这个故事通常被称为"履霜操"。存在简繁差异的可能原因有两个：一是履霜操这个故事原本和刘《注》比较接近，甚至刘《注》就是

　　①　吉联抗辑. 琴操（两种）[M]. 北京：人民音乐出版社，1990：29-30.
　　②　萧统编，李善注. 文选 [M]. 上海：上海古籍出版社，1986：811.

这个故事的原貌，而辑本《琴操》所录存在后人敷衍的情况，把原本简单的故事弄得复杂详尽了。二是履霜操这个故事和辑本《琴操》所录的故事很接近，刘《注》在引用时把这个故事概括了。除了简繁的差异，在一些具体的文字上也存在差异，主要的差异是：刘《注》作"伯邦"而两种辑本《琴操》和《文选》李善《注》均作"伯邦"。徐震堮言："后妻生子曰伯邦——'伯邦'，《说苑》作'伯封'，《琴操》作'伯邦'，'封'、'邦'盖一声之转，此引《琴操》作'邦'，疑形近之讹。"① 杨勇言："《御览》四六九引《韩诗》曰：'《黍离》，伯封作也。'刘《注》引《琴操》作'伯邦'，殆形近而误也。范子烨云：'刘《注》此引，并非原典。《庄子·外物》、《国策》一、《荀子·性恶》已见之。'"②

（二）《贤媛》条2《注》引《琴操》曰："王昭君者，齐国王穰女也。年十七，仪形绝丽，以节闻国中。长者求之者，王皆不许，乃献汉元帝。帝造次不能别房帏，昭君恚怒之。会单于遣使，帝令宫人装出，使者请一女。帝乃谓宫中曰：'欲至单于者起。'昭君喟然越席而起。帝视之，大惊悔。是时使者并见，不得止，乃赐单于。单于大说，献诸珍物。昭君有子曰世违。单于死，世违继立。凡为胡者，父死妻母。昭君问世违曰：'汝为汉也？为胡也？'世违曰：'欲为胡耳。'昭君乃吞药自杀。"

余嘉锡言："注'昭君恚怒之'，'之'，景宋本及沈本作'久'。"③ 朱铸禹言："恚怒久，沈校本同，袁本作'恚怒之'。"④

吉辑《汉魏遗书钞》本《琴操》录有："王昭君者，齐国王穰（一作襄）女也。颜色皎絜，闻于国中。献于孝元帝，讫不幸纳。（《乐府》引《琴操》云：昭君端正闲丽，未尝窥门户，穰以其有异于人，求之者皆不与，年十七，献之元帝。元帝以地远，不之幸，以备后宫。）积五、六年，昭君心有怨旷，伪不饰其形容。元帝每历后宫，疏略不过其处。后单于遣使者朝贺，元帝陈设倡乐，乃令后宫妆出。昭君怨恚日久（《世说新语》注引《琴操》云：'昭君年十七，形仪绝丽，以节闻国中。长者求之者，王皆不许，乃献汉元帝。帝造次不能别房帏，昭君恚怒之。'）乃便修饰，善妆盛服，光晖而出，俱列坐。元帝谓使

① 徐震堮. 世说新语校笺 [M]. 北京：中华书局，1984：34.
② 杨勇. 世说新语校笺 [M]. 北京：中华书局，2006：52.
③ 余嘉锡. 世说新语笺疏 [M]. 北京：中华书局，1983：666.
④ 朱铸禹. 世说新语汇校集注 [M]. 上海：上海古籍出版社，2002：566.

者曰：'单于何所願乐？'对曰：'珍奇怪物，皆悉自备，唯夫人丑陋，不如中国。'乃令后宫欲至单于者起。昭君喟然越席而前曰：'妾幸得备在后宫，粗丑卑陋，不合陛下之心，诚願得行。'帝大惊，悔之，良久太息曰：'朕已误矣。'遂以与之。（《乐府》引《琴操》云：'昭君至，匈奴单于大悦，以为汉与我厚，纵酒作乐，遣使报汉白璧一雙，騄马十匹，胡地珍宝之物。昭君恨帝始不见遇，乃作"怨思之歌"'。）昭君至单于，心思不乐，乃作怨旷思惟歌曰：'秋木萋萋，其叶萋黄，有鸟处山，集于苞桑，养育毛羽，形容生光，既得升云，遊倚曲房，离宫绝旷，身体摧藏，志念抑冗，不得頡颃，虽得餧食，心有徊徨，我独伊何，改往变常，翩翩之燕，远集西羌，高山峩峩，河水泱泱，父兮母兮，道里悠长，呜呼哀哉，忧心侧伤！'（《类聚》引《琴操》止此。一本下有'后人名为《昭君怨》'句。）昭君有子曰世达。单于死，世达继立。凡为胡者，父死妻母。昭君问世达曰：'汝为汉也为胡也？'世达曰：'欲为胡耳。'昭君乃吞药自杀。"[1]

　　吉辑《平津馆丛书》本《琴操》录有《怨旷思惟歌》："王昭君者，齐国王襄女也。（案：《世说·贤媛篇》注引作'穰'。）昭君年十七时，颜色皎潔，闻于国中。襄见昭君端正闲丽，未尝窥看门户，以其有异于人，求之皆不与。（案：《世说·贤媛篇》注引作'仪形绝丽，以节闻国中，长者求之者，王皆不许'。）献于孝元帝。（案：'献'本作'进'，从《世说·贤媛篇》注、《文选·恨赋》注、《太平御览·人事部》、《乐部》引改。）以地远，既不幸纳，叩备后宫，积五六年。（案：'叩'字从《太平御览·人事部》引补。）昭君心有怨旷，伪不饰其形容，元帝每历后宫，疏略不过其处。后单于遣使者朝贺，元帝陈设倡乐，乃令后宫粧出。（案：《世说·贤媛篇》注引作'装出'。）昭君怨恚日久，不得侍列，（案：《世说·贤媛篇》注引作'帝造次不能别房帷，昭君恚怒之'。）乃更修饰，（案：《太平御览·人事部》引'更'作'便'。）善粧盛服，形容光晖而出。（案：'形容'二字，从《太平御览·人事部》引补。）俱列坐，元帝谓使者曰：'单于何所願乐？'对曰：'珍奇怪物，皆悉自备，惟夫人丑陋，不如中国。'帝乃问后宫，欲以一女赐单于，谁能行者起。（案：《文选·恨赋》注、《太平御览·人事部》引作'帝令后宫，欲至单于者起'。《世说·贤媛篇》注引作'帝乃谓宫中曰："欲至单于者起"'。）于是昭君喟然越席而前曰：

---

[1]　吉联抗辑. 琴操（两种）[M]. 北京：人民音乐出版社，1990：19-20.

'妾幸得备在后宫，麁丑卑陋，不合陛下之心，诚愿得行。'（案：今本作'诚愿往'，从《太平御览·人事部》引改。）时单于使者在旁。帝大惊，悔之不得复止，（案：《世说·贤媛篇》注引作'帝视之，大惊悔，是时使者并见，不得止。'）良久，太息曰：'朕已误矣。'遂以与之。昭君至匈奴，单于大悦，以为汉与我厚，纵酒作乐，遣使者报汉，送白璧一双，骏马十匹，胡地珠宝之类。昭君恨帝始不见遇，（案：《太平御览·人事部》引作'昭君虽去汉至单于。'）心思不乐，心念乡土，乃作'怨旷思惟歌'曰：'秋木萋萋，其叶萎黄，有鸟爰止，（案：'爰止'本作'处山'，从《太平御览·乐部》引改。）集于苞桑，养育毛羽，形容生光，既得升云，获侍帷房，（案：'侍'本作'偉'，从《太平御览·乐部》引改。）离宫绝旷，身体摧藏，志念幽沉，（案：'幽沉'本作'抑宄'注云'一作沉'，从《太平御览·乐部》引改。）不得颉颃，虽得馁食，心有徊徨，我独伊何，改往变常，翩翩之燕，远集西羌，高山峩峩，河水泱泱，父兮母兮，（案：《太平御览·人事部》引作'父母妻子'。）道里悠长，呜呼哀哉，忧心恻伤。'昭君有子曰世违。（案：'昭君'以下七字，从《世说·贤媛篇》注引补。）单于死，子世违继立，凡为胡者，父死妻母。昭君问世违曰：'汝为汉也？为胡也？'世违曰：'欲为胡耳。'昭君乃吞药自杀。（案：'单于'以下，今本多误，从《世说·贤媛篇》注引改。）单于举葬之，胡中多白草，而此冢独青。"①

《贤媛》条2《注》所引《琴操》与辑本《琴操》相比，刘《注》所引内容缺少元帝与匈奴使者的对话、昭君喟然而说的话、匈奴对汉的回报、怨旷思惟歌的具体内容等，就是说刘《注》所引之内容要概括、简单得多。我们无法判定哪种情况是《琴操》的本来面貌。辑本《琴操》注意到了刘《注》所引，并且据刘《注》所引对辑佚内容或改或补，这是一个事实。据辑本《琴操》，我们知道《太平御览》、《文选》李善《注》、《艺文类聚》、《乐府》等均引有《琴操》的一些内容。我们也知道某古文献被他文献引用时不保持原貌的情况很是常见。原书散佚的情况下，我们不能以这个书中的引用去否定那个书中的引用，反之亦然，存异、存疑应该是我们最好的选择，因此上面我们不厌其烦地列出了辑佚本《琴操》中与刘《注》所引相关的内容。刘《注》所引与辑本《琴操》的差异在辑本《琴

---

① 吉联抗辑. 琴操（两种）［M］. 北京：人民音乐出版社，1990：52-54.

操》已经交待的差不多了，因此我们不去赘述这个问题。我们想要强调的是：在比较或者辑佚中要注意刘《注》本身的版本。就《贤媛》条 2《注》所引《琴操》来说，沈校本、影宋本刘《注》作"恚怒久"，袁本、王先谦重雕纷欣阁本刘《注》作"恚怒之"，而两种辑本的《琴操》均作"怨恚日久"，两种辑本出示的刘《注》所引《琴操》，并没有注意到刘《注》本身的不同版本所产生的差异。

第六节　经部春秋类引书考

二十一、《春秋左氏传》

《德行》条 41 等 16 处刘《注》引作"《春秋传》"。《赏誉》条 50《注》、《任诞》条 45《注》引作"《春秋左氏传》"。刘《注》所引"《春秋传》"即是"《春秋左氏传》"，见上文的考证。从刘《注》又引有杜预《注》来看，刘孝标使用的《左传》当是杜预注本的《左传》。

考证：今存，但有佚文。《先秦两汉文学史料学》对《左传》的称名、真伪、作者、文学特点、思想、流传以及后人的研究情况进行了介绍，可以参看。① 马端临《文献通考·经籍考》卷九著录有《春秋左氏传》三十卷，并引刘子骏、杜元凯、陈振孙、朱熹等人的观点对作者、释经义例等问题进行了考证。② 关于《左传》佚文的辑佚情况，可以参看《古佚书辑本目录》的考证。③ 据杨家骆《历代经籍志》，《汉书·艺文志》著录《左氏传》三十卷（左丘明鲁太史），《隋书·经籍志》著录有《春秋左氏经传集解》三十卷（杜预撰），《旧唐书·经籍志》著录有《春秋左氏传》三十卷（杜预撰），《唐书·艺文志》著录有杜预《左氏经传集解》三十卷，《宋史·艺文志》著录有杜预《春秋左氏传经传集解》三十卷。马端临《文献通考·经籍考》著录《春秋左氏经传集解》三十卷，《四库全书总目》著录有《春秋左传正义》十六卷，并交待为周左丘明撰、晋杜预注、

---

① 曹道衡，刘跃进. 先秦两汉文学史料学 [M]. 北京：中华书局，2005：122-131.
② 马端临. 文献通考·经籍考 [M]. 上海：华东师范大学出版社，1985：223-225.
③ 孙启治，陈建华. 古佚书辑本目录 [M]. 北京：中华书局，1997：54-55.

唐孔颖达疏。

（一）《德行》条 41《注》引《春秋传》曰："楚令尹子文，鬬氏也。"《左传》中子文凡十一见，在涉及子文的《左传》文献中，不见与《世说》刘《注》所引"楚令尹子文，鬬氏也"相同或相近的记载。《左传·宣公四年》有："初，若敖娶于邧，生鬬伯比。若敖卒，从其母畜于邧，淫于邧子之女，生子文焉邧。夫人使弃诸梦中，虎乳之。邧子田，见之，惧而归以告，遂使收之。楚人谓乳谷，谓虎於菟，故命之曰鬬谷於菟。以其女妻伯比，实为令尹子文。其孙箴尹克黄，使于齐，还及宋，闻乱。其人曰：'不可以入矣。'箴尹曰：'弃君之命，独谁受之？尹，天也，天可逃乎？'遂归复命，而自拘于司败。王思子文之治楚国也，曰：'子文无后，何以劝善？'使复其所，改命曰生。"其中"实为令尹子文"下杜预《注》曰："鬬氏始自子文为令尹。"① 这里就讲到了子文为楚令尹且姓鬬的事，刘《注》"楚令尹子文，鬬氏也"一段话概是刘孝标从《左传·宣公四年》的记载以及杜预《注》中总结出来的。

（二）《言语》条 7《注》引《春秋传》曰："祁奚为中军尉，请老，晋侯问嗣焉。称解狐，其雠也。将立之而卒。又问焉。对曰：'午也可。'其子也。君子谓祁奚可谓能举善矣。称其雠不为谄，立其子不为比。"

余嘉锡言："注'祁奚为中军尉'，景宋本及沈本俱无'尉'字。按应有，两本盖偶脱。"② 杨勇言："军下，袁本有'尉'字，《左传》成公十八年正月同，是。王《补》：'祁奚举子、举雠事，见《左》襄三年《传》及《史记·晋世家》。又《左》襄二十一年《传》："叔向曰：'祁大夫外举不弃雠，内举不失亲。'"'"③

《左传·襄公三年》："祁奚请老，晋侯问嗣焉。称解狐，其雠也，将立之而卒。又问焉，对曰：'午也可。'于是羊舌职死矣，晋侯曰：'孰可以代之？'对曰：'赤也可。'于是使祁午为中军尉，羊舌赤佐之。君子谓祁奚于是能举善矣，称其雠不为谄；立其子不为比，举其偏不为党。"④

---

① 阮元校刻. 春秋左传正义［M］. 十三经注疏. 北京：中华书局，1980：1870.
② 余嘉锡. 世说新语笺疏［M］. 北京：中华书局，1983：63.
③ 杨勇. 世说新语校笺［M］. 北京：中华书局，2006：54.
④ 阮元校刻. 春秋左传正义［M］. 十三经注疏. 北京：中华书局，1980：1930.

"于是羊舌职死矣"阮元《校勘记》云："淳熙本羊舌二字误作善。"① 与刘《注》相对应的内容，阮元《校勘记》未言《春秋左传注疏》版本有异，李富孙《左传异文释》亦未言。

刘《注》所引《春秋传》内容正是来自《左传·襄公三年》的记载。二者的差异是：

刘《注》于"祁奚"和"请老"中间有"为中军尉"四字（沈校本、影宋本刘《注》作"为中军"），而今本《左传》无。但是今本《左传·襄公三年》有"于是使祁午为中军尉，羊舌赤佐之"一句话，足可说明祁奚请老之时所任的职务是"中军尉"，另《左传·成公十八年》有"祁奚为中军尉，羊舌职佐之"，② 此更可证明祁奚当时之职务。刘《注》所多"为中军尉"四字，概是刘孝标融会贯通《左传》相关记载的结果。

刘《注》"午也可"后有"其子也"三字而今本《左传》无，"其子也"三字正与前文"其讎也"相对成文，似当有。

今本《左传》有"于是羊舌职死矣，晋侯曰：'孰可以代之？'对曰：'赤也可。'于是使祁午为中军尉，羊舌赤佐之。"一段内容而刘《注》无，此段内容涉及羊舌职死后，祁奚推荐羊舌职之子羊舌赤的事，讲其"举其偏不为党"，刘《注》无此段内容大概是其为《世说新语》正文作《注》的需要，因为《世说》正文只谈到祁奚内举子、外举讎的事，而未讲举其偏的事，所以刘孝标作《注》在引用文献时就做了相应的处理，故刘《注》也没有"举其偏不为党"一句话而今本《左传》有。

刘《注》作"君子谓祁奚可谓能举善矣"，今本《左传》作"君子谓祁奚于是能举善矣"。其中刘《注》作"可谓"而今本《左传》作"于是"。

在其他古文献中也有关于祁奚该事的记载，如：

《新序·杂事》："晋大夫祁奚老，晋君问曰：'孰可使嗣？'祁奚对曰：'解狐可。'君曰：'非子之讎耶？'对曰：'君问可，非问讎也。'晋遂举解狐。后又问孰可以为国尉，祁奚对曰：'午可也。'君曰：'非子之子邪？'对曰：'君问可，非问子也。'君子谓祁奚能举善矣，称其讎不为谄，立其

① 阮元校刻. 春秋左传正义 [M]. 十三经注疏. 北京：中华书局，1980：1934.
② 阮元校刻. 春秋左传正义 [M]. 十三经注疏. 北京：中华书局，1980：1923.

子不为比。《书》曰：'不偏不党，王道荡荡。'祁奚之谓也。外举不避仇雠，内举不回亲戚，可谓至公矣。唯善故能举其类。《诗》曰：'唯其有之，是以似之。'祁奚有焉。"①

据《新序疏证》，《国语·晋语》、《吕氏春秋·去私》、《韩非子·外储说左下》、《史记·晋世家》均有该类事的记载。②

《国语·晋语》："祁奚辞于军尉，公问焉，曰：'孰可？'对曰：'臣之子午可。人有言曰："择臣莫若君，择子莫若父。"午之少也，婉以从令，游有乡，处有所，好学而不戏。其壮也，强志而用命，守业而不淫。其冠也，和安而好敬，柔惠小物，而镇定大事，有直质而无流心，非义不变，非上不举。若临大事，其可以贤于臣，臣请荐所能择而君比义焉。'公使祁午为军尉，殁平公，军无秕政。"③

《吕氏春秋·去私》："晋平公问於祁黄羊曰：'南阳无令，其谁可而为之？'祁黄羊对曰：'解狐可。'平公曰：'解狐非子之雠邪？'对曰：'君问可，非问臣之雠也。'平公曰：'善。'遂用之。国人称善焉。居有间，平公又问祁黄羊曰：'国无尉，其谁可而为之？'对曰：'午可。'平公曰：'午非子之子邪？'对曰：'君问可，非问臣之子也。'平公曰：'善。'又遂用之，国人称善焉。孔子闻之曰：'善哉，祁黄羊之论也，外举不避雠，内举不避子，祁黄羊可谓公矣。'"④

《韩非子·外储说左下》："中牟无令，晋平公问赵武曰：'中牟，三国之股肱，邯郸之肩髀，寡人欲得其良令也，谁使而可？'武曰：'邢伯子可。'公曰：'非子之雠也？'曰：'私雠不入公门。'公又问曰：'中府之令谁使而可？'曰：'臣子可。'故曰：'外举不避雠，内举不避子。'赵武所荐四十六人，及武死，各就宾位，其无私德若此也。"⑤

《史记·晋世家》："悼公问群臣可用者，祁傒举解狐。解狐，傒之仇。复问，举其子祁午。君子曰：'祁傒可谓不党矣！外举不隐仇，内举不

---

① 赵善诒. 新序疏证 [M]. 上海：华东师范大学出版社，1989：8.
② 见赵善诒. 新序疏证 [M]. 上海：华东师范大学出版社，1989：8-9.
③ 邬国义，胡果文，李晓路等撰. 国语译注 [M]. 上海：上海古籍出版社，1994：408.
④ 陈奇猷. 吕氏春秋校释 [M]. 上海：学林出版社，1984：55.
⑤ 陈奇猷. 韩非子集释 [M]. 上海：上海人民出版社，1974：705.

隐子．'"①

《国语》只记祁奚举荐祁午接替自己为军尉的事，并未言举荐解狐的事；《吕氏春秋》记祁奚举荐解狐为南阳令、举荐祁午为尉的事；《韩非子》记赵武举荐邢伯子为中牟令、举荐自己的儿子为中府令的事；《史记》记祁奚举荐解狐与自己儿子祁午的事，但并未言祁奚为中军尉请辞事。可见，关于这个举雠举亲的故事，各书所记差异颇大。到底这个故事的最初版本是什么样的呢？那就要看记载这个故事的古文献产生的时间了。

曹道衡、刘跃进《先秦两汉文学史料学》言："《韩非子》五十五篇，除第一篇《初见秦》及《存韩》篇后所附李斯驳韩非语及说韩王安语外，尚无证据说明不是韩非所作。"而"《六国表》韩非被遣使秦及被杀皆在秦始皇十四年（前233）。今《韩非子》有《存韩》之篇，附有韩非论存韩的必要和李斯驳斥他的文字，另有李斯说韩王安之文。……那么韩非之死或在秦始皇十五年左右。"② 则《韩非子·外储说左下》所记赵武举雠举子的故事最晚也当在前233年或前232年之前写定。

《先秦两汉文学史料学》言："《吕氏春秋》在先秦诸子中成书较晚，可能略早于《韩非子》。……所以历来学者如吕祖谦等人，均以为此书成于秦始皇八年（前239）。……清人毕沅据刘昭《续汉书注》作'赵韩魏皆失其故国矣'，疑此书之成略晚于秦始皇八年，而稍早于十二年。"③ 则《吕氏春秋·去私》所记祁奚举荐解狐、祁午事当在前235年之前写定。

《先秦两汉文学史料学》引《后汉书·班彪传》："定、哀之间，鲁君子左丘明论集其文，作《左氏传》三十篇，又撰异同，号曰《国语》，二十一篇，由是《乘》、《梼杌》之事遂阇，而《左氏》、《国语》独章（彰）。"并言："班彪的话，应该是可信的。"④"定、哀之间"即是鲁定公和鲁哀公之间，鲁定公元年是前509年，鲁哀公元年是前494年，鲁哀公末年是前468年，此"定、哀之间"可能指前509——前494之间，也可能指前509——前468之间，则《左传·襄公三年》所记祁奚举荐之事当

①　司马迁. 史记［M］. 北京：中华书局，1959：1682．

②　曹道衡，刘跃进. 先秦两汉文学史料学［M］. 北京：中华书局，2005：257，256．

③　曹道衡，刘跃进. 先秦两汉文学史料学［M］. 北京：中华书局，2005：277-279．

④　曹道衡，刘跃进. 先秦两汉文学史料学［M］. 北京：中华书局，2005：122．

在前 468 年之前写定（这里暂时不考虑《左传》掺入后人笔墨的问题），而据班彪之言，《国语》最晚亦在前 468 年之前写定，而其可能是在写定《左传》后继写的，这就是说《国语·晋语》所记祁奚荐子的事稍晚于《左传》之记载，但亦应在前 468 年之前。

司马迁《史记》、刘向《新序》均是汉代人之著作，《先秦两汉文学史料学》言："经过几年认真的准备之后，于太初元年（前 104）正式开始撰写《史记》。……太始四年（前 93），司马迁的一个朋友名叫任安的写信给司马迁……于是他写下著名的《报任安书》……在这封书信里，司马迁告诉任安一个重要的消息……司马迁的《史记》到这时已经大体完成了。"① 则《史记·晋世家》所记祁奚举荐之事写成当在前 104 年之后、前 93 年之前。据《先秦两汉文学史料学》的记载，《新序》一书的编订时间有两种说法：一是汉成帝永始元年（前 16），一是汉阳朔元年（前 24）。刘向约生于前 79 年（汉成帝刘骜永始元年，刘向六十四岁）。② 所以《新序》的写作肯定是在公元前 79 年之后。

综上，关于举雠举亲一事最早的记载就是《左传》，然后依次是《国语》、《吕氏春秋》、《韩非子》、《史记》、《新序》。这只是一个大概的考察，因为古书的成书可能并非一人一时之作，常有后人补作的成分，这种情况已经成为人们的共识。刘孝标作《注》于祁奚荐举雠亲一事，不引他书，唯引《左传》，可能是刘孝标认识到有关此事最早的记载即是《左传》。

（三）《言语》条 29《注》引《春秋传》曰："武王克商，迁九鼎於洛邑。"

杨勇言："商，宋本作'商'非，今依各本。事见《左传》桓公二年。"③ 余嘉锡、徐震堮、朱铸禹不言此处刘《注》版本有异。

《左传·桓公二年》有："武王克商，迁九鼎於雒邑。"陆德明《释文》："雒音洛，本亦作洛。"④

刘《注》与今本《左传》的差异是：刘《注》作"洛"而今本《左

---

① 曹道衡，刘跃进. 先秦两汉文学史料学［M］. 北京：中华书局，2005：345-346.

② 曹道衡，刘跃进. 先秦两汉文学史料学［M］. 北京：中华书局，2005：460.

③ 杨勇. 世说新语校笺［M］. 北京：中华书局，2006：80.

④ 阮元校刻. 春秋左传正义［M］. 十三经注疏. 北京：中华书局，1980：1743.

传》作"雒",刘《注》作"洛"与陆德明所言作"洛"本《左传》合。

"迁九鼎于雒邑"阮元《校勘记》曰:"《释文》云:雒本亦作洛。《书·召诰》传引作洛。《周礼·冢宰正义》、《文选》任彦昇《奏弹刘整》注引并同。陈树华云:《汉书·地理志》河南郡有洛阳县。师古曰:鱼豢云汉火德忌水,故洛去水而加隹。段玉裁云:此本不经之谈而颜氏信之,且傅会之云如鱼氏说则光武以后改为雒字也。《魏志》黄初元年幸洛阳裴《注》引《魏略》曰:诏以汉火行也,火忌水,故洛去水而加隹,魏以行次为土,土,水之牡也,水得土而乃流,土得水而乃柔,故除隹加水,变雒为洛,裴氏引《魏略》于此者正谓黄初元年幸洛阳乃有此诏,前此皆用雒,后此皆用洛。鱼氏录魏诏云尔,则魏文帝之失也,汉以前皆用雒,非汉去水加隹也。"① 则刘《注》作"洛"亦与阮元《校勘记》所载论合(汉以前用"雒",汉以后用"洛")。李富孙云:"迁九鼎於雒邑,《释文》云:雒本亦作洛。《书·诏告》传疏、《周礼疏》、《后汉·班固传》注、《文选》任昉《奏弹刘整》注引并同。"② 刘《注》之前已有引《左传》作"洛"者,并非刘《注》开此先河。

(四)《言语》条 31《注》引《春秋传》曰:"楚伐郑,诸侯救之。郑执郧公锺仪献晋,景公观军府,见而问之曰:'南冠而絷者为谁?'有司对曰:'楚囚也。'使税之。问其族,对曰:'伶人也。''能为乐乎?'曰:'先父之职,敢有二事。'与之琴,操南音。范文子曰:'楚囚,君子也。乐操土风,不忘旧也。君盍归之?以合晋、楚之成。'"

余嘉锡言:"注'使税之','税',景宋本及沈本俱作'脱'。"③ 杨勇言:"脱,袁本作'税',古通用。"④ 徐震堮《校笺》所录刘《注》,其中作"蓋"不作"盍",不同于余、杨二书,徐氏言:"君蓋归之——'蓋',影宋本及沈校本并作'盍',是,《左传》正作'盍'。"⑤ 朱铸禹言:"脱,沈校本同,袁本作'税'。"又"盍,沈校本同,袁本作'蓋'。"⑥

① 阮元校刻. 春秋左传正义 [M]. 十三经注疏. 北京:中华书局,1980:1745.
② 李富孙. 左传异文释 [M]. 清经解续编(第二册). 上海:上海书店,1988:1412.
③ 余嘉锡. 世说新语笺疏 [M]. 北京:中华书局,1983:93.
④ 杨勇. 世说新语校笺 [M]. 北京:中华书局,2006:82.
⑤ 徐震堮. 世说新语校笺 [M]. 北京:中华书局,1984:51.
⑥ 朱铸禹. 世说新语汇校集注 [M]. 上海:上海古籍出版社,2002:83.

《左传·成公七年》有："秋，楚子重伐郑，师于氾，诸侯救郑。郑共仲、侯羽军楚师，囚郧公锺仪，献诸晋。八月，同盟于马陵，寻蛊牢之盟，且莒服故也。晋人以锺仪归，囚诸军府。"① 陆德明《释文》："郧，本亦作员。""寻蛊牢之盟"，阮元《校勘记》云："石经亦作蛊，顾炎武云误作蛊，所据乃王尧惠刻也。"② 李富孙《左传异文释》："《七年传》囚郧公锺仪，《释文》云郧本又作员（襄九年传使皇郧命，校正《释文》郧本亦作员。《定四年传》郧公辛，《古今人表》作员，师古注员读曰郧），案《说文》云郧，汉南之国，作员从省通。"③《左传·成公九年》有："晋侯观于军府，见锺仪，问之曰：'南冠而絷者，谁也？'有司对曰：'郑人所献楚囚也。'使税之，召而弔之。再拜稽首。问其族，对曰：'泠人也。'公曰：'能乐乎？'对曰：'先父之职官也，敢有二事？'使与之琴，操南音。公曰：'君王何如？'对曰：'非小人之所得知也。'固问之，对曰：'其为大子也，师保奉之，以朝于婴齐而夕于侧也。不知其他。'公语范文子，文子曰：'楚囚，君子也。言称先职，不背本也。乐操土风，不忘旧也。称大子，抑无私也。名其二卿，尊君也。不背本，仁也。不忘旧，信也。无私，忠也。尊君，敏也。仁以接事，信以守之，忠以成之，敏以行之。事虽大，必济。君盍归之，使合晋、楚之成。'公从之，重为之礼，使归求成。"④ "泠人也"，阮元《校勘记》云："《释文》云：泠依字作伶。案作伶非也。《五经文字》云：泠，乐官，或作伶，讹。""乐操土风"，阮元《校勘记》云："操字，闽本误作操。"⑤

很明显，刘《注》所引之内容是综合了今本《左传》成公七年和成公九年的记载，只是刘《注》与今本《左传》在对应处存在着多处差异：

影宋本、沈校本刘《注》作"脱"，袁本、王先谦重雕纷欣阁本刘《注》作"税"，今本《左传》作"税"。杨勇认为"税"、"脱"二字古通用。《文选》陆机《招隐诗》"税驾从所欲"李善《注》："脱与税古字

① 阮元校刻. 春秋左传正义 [M]. 十三经注疏. 北京：中华书局，1980：1903.
② 阮元校刻. 春秋左传正义 [M]. 十三经注疏. 北京：中华书局，1980：1908.
③ 李富孙. 左传异文释 [M]. 清经解续编（第二册）. 上海：上海书店，1998：1434.
④ 阮元校刻. 春秋左传正义 [M]. 十三经注疏. 北京：中华书局，1980：1905-1906.
⑤ 阮元校刻. 春秋左传正义 [M]. 十三经注疏. 北京：中华书局，1980：1908.

通。"①《左传·庄公九年》"乃堂阜而税之",李富孙《异文释》:"《齐世家》税作脱,《文选·解嘲》注引同。"②《礼记·檀弓下》"不释服而往",郑玄《注》"脱君祭服",陆德明《释文》:"脱,又作税。"③《世说》刘《注》不同版本作"税"、作"脱"的不同,正反映了"脱"、"税"二字古通用这一事实。

刘《注》作"景公",今本《左传》作"晋侯",据今本《左传·成公九年》的记载,晋侯观军府是在鲁成公九年(前582),该年也是晋景公十八年,刘《注》作"景公"提示了今本《左传》的"晋侯"就是晋景公,今本《左传》称晋景公为晋侯,刘《注》称晋景公为景公。

刘《注》作"伶",今本《左传》作"泠"。《左传》"泠人也"阮元《校勘记》曰:"《释文》云:泠依字作伶。案作伶非也。《五经文字》云:泠,乐官,或作伶,讹。"④ 我们认为阮元的观点是不正确的。在古文献中,伶、泠二字可互作,《左传·成公九年》"泠人也",李富孙云:"案《吕览·古乐》云:昔黄帝令伶伦作为律,《古今人表》作泠沦,《律历志》作泠纶。"⑤《吕氏春秋·古乐》"昔黄帝令伶伦作为律",毕沅《新校正》:"《说苑·修文篇》作泠伦,《古今人表》作泠沦。"⑥《集韵·青韵》:"伶,通作泠。"⑦《左传·昭公二十一年》"泠州鸠",阮元《校勘记》引陆德明《释文》云:"泠字或作伶,乐官也。"⑧ 在古文献中,泠人和伶人(或伶官)均可指乐官。《急就篇》卷一"泠幼功"颜师古《注》:"泠人,掌乐之官也。"⑨《左传·成公九年》"对曰:'泠人也'",杜预《注》:"泠人,

① 萧统编,李善注. 文选 [M]. 上海:上海古籍出版社,1986:1030.
② 李富孙. 左传异文释 [M]. 清经解续编(第二册). 上海:上海书店,1998:1416.
③ 阮元校刻. 礼记正义 [M]. 十三经注疏. 北京:中华书局,1980:1310.
④ 阮元校刻. 春秋左传正义 [M]. 十三经注疏. 北京:中华书局,1980:1908.
⑤ 李富孙. 左传异文释 [M]. 清经解续编(第二册). 上海:上海书店,1998:1434.
⑥ 高诱注. 吕氏春秋 [M]. 上海:上海书店,1986:51.
⑦ 丁度等编. 集韵 [M]. 上海:上海古籍出版社,1985:245.
⑧ 阮元校刻. 春秋左传正义 [M]. 十三经注疏. 北京:中华书局,1980:2103.
⑨ 史游. 急就篇 [M]. 丛书集成初编. 上海:商务印书馆,中华民国二十五年十二月初版. 90.

乐官。"① 《国语·周语》"伶人告和"，韦昭《注》："伶人，乐人也。"②《诗·邶风·简兮·序》"卫之贤者仕于伶官"，郑玄《笺》："伶官，乐官也。伶氏世掌乐官而善焉，故后世多号乐官为伶官。"③ 《说文解字注》："古伶人字本作泠。泠人，乐官也。"④ 可以看出，泠、伶二字在古文献中确实存在同义之时、也存在互作之处，如果确实想区分二者的话，那么段玉裁"古伶人字本作泠"似乎可以给我们提供一些端倪，即最初指乐官可能使用的是"泠"，但这需要在词源学、史学上寻找到证据。我们这里只想指出阮元《校勘记》的说法是不正确的，刘《注》引用《左传》作"伶"其实已经可以说明"伶"、"泠"二字均可指乐官。李富孙言："《周语》景王铸锺成，泠人告和；《鲁语》泠箫詠歌及《鹿鸣》之三。是泠为乐官之称，伶俗通字。"⑤ 反之，"伶"、"泠"二字的关系也使刘《注》引作"伶"成为可能。

影宋本、沈校本、王先谦重雕纷欣阁本刘《注》作"盍"，袁本刘《注》作"蓋"，今本《左传》作"盍"。此问题，徐震堮已言之。

另外，刘《注》作"楚伐郑"，今本《左传》作"楚子重伐郑"；刘《注》作"诸侯救之"，今本《左传》作"诸侯救郑"；刘《注》作"郑执郧公锺仪献晋"，今本《左传》作"郑共仲、侯羽军楚师，囚郧公锺仪，献诸晋"（陆德明《释文》云"郧"一本作"員"）；刘《注》作"见而问之曰"，今本《左传》作"见锺仪，问之曰"；刘《注》作"南冠而縶者为谁"，今本《左传》作"南冠而縶者，谁也"；刘《注》作"楚囚也"，今本《左传》作"郑人所献楚囚也"；刘《注》作"能为乐乎"，今本《左传》作"能乐乎"；刘《注》作"先父之职"，今本《左传》作"先父之职官也"；刘《注》作"与之琴"，今本《左传》作"使与之琴"；刘《注》作"以合晋、楚之成"，今本《左传》作"使合晋、楚之成"；还有一些内容今本《左传》有而刘《注》无。从这里我们不难发现，刘《注》所引内容与今本所记之内容虽然大体相同，但是在细微之处存在着很多的差异，

① 阮元校刻. 春秋左传正义 [M]. 十三经注疏. 北京：中华书局，1980：1905.

② 国语 [M]. 上海：上海古籍出版社，1978：131.

③ 阮元校刻. 毛诗正义 [M]. 十三经注疏. 北京：中华书局，1980：308.

④ 段玉裁. 说文解字注 [M]. 上海：上海古籍出版社，1998：376.

⑤ 李富孙. 左传异文释 [M]. 清经解续编（第二册）. 上海：上海书店，1998：1434.

而且刘《注》所引要较今本《左传》简略很多，如果今本《左传》是《左传》原貌的话，那么从刘《注》引用的这段《左传》文字，我们可以发现刘孝标作《注》之时对某些引用文献的加工改造是多么大。《晋书·舆服志》有："胡广曰：'《春秋左氏传》晋侯观于军府，见钟仪，曰："南冠而絷者谁也？"南冠即楚冠。秦灭楚，以其冠服赐执法臣也。'"①《晋书》所引"胡广曰"，此中作"晋侯"、作"南冠而絷者谁也"与今本《左传》同，而与刘《注》所引异。《文选》王粲《登楼赋》"锺仪幽而楚奏兮"，李善《注》引《左氏传》曰："晋侯观于军府，见锺仪问曰：'南冠而絷者谁也？'有司对曰：'郑人所献楚囚也。'使税之，问其族，对曰：'伶人也。'使与之琴，操南音。公曰：'乐操土风，不忘旧也。'"②《文选》李善《注》作"晋侯"、作"南冠而絷者谁也"、作"郑人所献楚囚也"、作"使与之琴"均与今本《左传》同，唯作"伶人"与刘《注》同而与今本《左传》异。另外李善《注》引《左氏传》作"公曰：乐操土风，不忘旧也"，而刘《注》和今本《左传》均言"乐操土风，不忘旧也"是范文子的话，而不是"公"（晋侯）的话。然总体来看，《文选》李善《注》所引之《左传》更与今本《左传》接近。从《晋书》和《文选》李善《注》所引《左传》文更与今本《左传》接近来看，今本《左传》是《左传》的原貌、刘《注》对所引《左传》内容存在加工当是事实。《太平御览》卷六四二引《传》曰："晋侯观于军府，见锺仪，问之曰：'南冠而絷者，谁也？'有司对曰：'郑人所献楚囚也。'使税之，召而吊之，再拜稽首。问其族，对曰：'伶人也。'公曰：'能乐乎？'对曰：'先父之职官也。敢有二事？'使与之琴，操南音。公曰：'君王何如？'对曰：'非小人之所得知也。'固问之，对曰：'其为太子也，师保奉之，以朝于婴齐，而夕于侧也。不知其他。'公语范文子，文子曰：'楚囚，君子也。君盍归之，使合晋楚之成？'公从之。"③《太平御览》所引《左传》文与今本大体相同，差异是：《御览》作"伶"，而今本《左传》作"泠"；《御览》作"太子"，今本《左传》作"大子"；另外《御览》无"君子也"和"君盍归之"之

---

① 房玄龄等撰. 晋书 [M]. 北京：中华书局，1974：768-769.

② 萧统编，李善注. 文选 [M]. 上海：上海古籍出版社，1986：491.

③ 李昉等撰. 太平御览 [M]. 北京：中华书局，1960：2873.

间的"言称先职，不背本也。乐操土风，不忘旧也。称大子，抑无私也。名其二卿，尊君也。不背本，仁也。不忘旧，信也。无私，忠也。尊君。敏也。仁以接事，信以守之，忠以成之，敏以行之。事虽大，必济。"一段内容。其余全同。此亦可证实今本《左传》文之可信。

（五）《言语》条68《注》引《春秋传》曰："介葛盧来朝鲁，闻牛鸣曰：'是生三犠，皆用之矣。其音云。'问之而信。"据余嘉锡、徐震堮、朱铸禹、杨勇等人之书，此处刘《注》版本无异。

《左传·僖公二十九年》有："冬，介葛盧来，以未见公，故复来朝。礼之，加燕好。介葛盧闻牛鸣，曰：'是生三犠，皆用之矣。其音云。'问之而信。"① "冬，介葛盧来，以未见公"阮元《校勘记》云："闽本、监本以下误增其字。"② 李富孙《左传异文释》不言此处《左传》文有异。

刘《注》所引"闻牛鸣"（包括"闻牛鸣"）后的内容与今本《左传》完全相同，存在差异的是"闻牛鸣"前的内容。

刘《注》"介葛盧来朝鲁"一段内容，概是刘孝标从今本《左传》"冬，介葛盧来，以未见公，故复来朝。礼之，加燕好"这一段内容以及"公"是指鲁公这一事实概括而来。《水经·膠水注》引《春秋·僖公九年》（当是二十九年）："介葛盧来朝，闻牛鸣，曰：'是生三犠皆用之。问之果然。'"③ 《后汉书·蔡邕列传》"葛盧辩音於鸣牛"，李贤《注》云："介葛盧聘於鲁，闻牛鸣，曰：是生三犠，皆用之矣。问之，如其言。"④ 《论衡·实知篇》："鲁僖公二十九年。介葛盧来朝。舍于昌衍之上。闻牛鸣。曰。是牛生三犠。皆已用矣。或问何以知之。曰。其音云。人问牛主竟如其言。"⑤ 据今本《左传·僖公二十九年》，介葛盧于鲁僖公二十九年两次来朝：第一次是在二十九年春，言："二十九年春，介葛鲁来朝，舍于昌衍之上。"第二次是在二十九年冬，此次不言其"舍于昌衍之上"。《论衡》概是合这两次来朝而言之。刘《注》引作"介葛盧来朝鲁"，《水经注》引作"介葛盧来朝"，《后汉书》李贤《注》作"介葛盧聘於鲁"，

---

① 阮元校刻. 春秋左传正义 [M]. 十三经注疏. 北京：中华书局，1980：1830.

② 阮元校刻. 春秋左传正义 [M]. 十三经注疏. 北京：中华书局，1980：1835.

③ 陈桥驿. 水经注校证 [M]. 北京：中华书局，2007：633.

④ 王先谦. 后汉书集解 [M]. 北京：中华书局，1984：691.

⑤ 刘盼遂. 论衡集解 [M]. 北京：古籍出版社，1957：524.

《论衡·实知篇》作"鲁僖公二十九年，介葛卢来朝"，上各家均当是对今本《左传》文的概括和提炼。《艺文类聚》卷九十四引《左传》曰："介葛卢来朝。礼之，加宴好。葛卢闻牛鸣，曰：'是生三犠，皆用之矣。其音云。'问之而信。"① 虽然《艺文类聚》也进行了概括，但其于"闻牛鸣"前有"礼之，加宴好"五字，此正与今本《左传》中的"礼之，加燕好"相同（《周礼·春官·大宗伯》"以饗燕之礼"，孙诒让《正义》："燕饮正字当作宴，经通借燕为之。"② 可见宴好与燕好同），可证今本《左传》文之可信，亦可证刘《注》对所引《左传》文确实进行了概括。

（六）《言语》条 69《注》引《春秋传》曰："吉凶无门，唯人所召。"据余嘉锡、徐震堮、朱铸禹、杨勇等人之书，此处刘《注》版本无异。

《左传·襄公二十三年》有"祸福无门，唯人所召。"③ 阮元《校勘记》不言此处《左传》版本有异，李富孙《左传异文释》亦未言。

刘《注》与本今《左传》的差异是：刘《注》作"吉凶"而今本《左传》作"祸福"。徐震堮言："'春秋传曰'三句——案《左传·襄公二十三年》：'祸福无门，唯人所召。'注作'吉凶'蓋误记。"④

此段《左传》文在其他古籍中也有引用：

《后汉书·杨震列传》杨秉上疏中有："臣闻瑞由德至，灾应事生。《传》曰：'祸福无门，唯人自召。'"⑤

《艺文类聚》卷二十三引《左传》曰："祸福无门，唯人所召。"⑥

从《后汉书》李贤《注》、《艺文类聚》所引《左传》来看，《左传》原本确实作"祸福无门"，而不是"吉凶无门"。刘《注》作"吉凶"，概是受到了此条《世说》正文"卿若吉凶由人"中"吉凶"二字的影响。

然《左传·僖公十六年》有："吉凶由人，吾不敢逆君故也。"杜预《注》："积善馀庆，积恶馀殃。故曰：'吉凶由人。'君问吉凶，不敢逆之，

① 欧阳询. 艺文类聚［M］. 上海：上海古籍出版社，1965：1625.
② 孙诒让. 周礼正义［M］. 北京：中华书局，1987：1363.
③ 阮元校刻. 春秋左传正义［M］. 十三经注疏. 北京：中华书局，1980：1977.
④ 徐震堮. 世说新语校笺［M］. 北京：中华书局，1984：71.
⑤ 王先谦. 后汉书集解［M］. 北京：中华书局，1984：618.
⑥ 欧阳询. 艺文类聚［M］. 上海：上海古籍出版社，1965：413.

故假他占以对。"《疏》："言将来吉凶由人行所致，行善则有吉，行恶则有凶。"① 《易·未济·象传》："未济征凶，位不当也。"李鼎祚《集解》引干宝《注》："吉凶者，言乎其失得也。"② 《左传·僖公十六年》："是何祥也，吉凶焉在？"杜预《注》："祥，吉凶之先见者。襄公以为石陨鹢退能为祸福之始，故问其所在。"③ 从上可以看出，《左传》所言之"祸福无门，唯人所召"和"吉凶由人"当是同义。《世说》正文中有"吉凶由人"，刘孝标作《注》不引《左传·僖公十六年》"吉凶由人，吾不敢逆君故也"而引《左传·襄公二十三年》"祸福无门，唯人所召"，刘孝标概是想解释《世说》正文中"吉凶由人"的意义，而不是想交待其出处。至于今本刘《注》把"祸福"引成了"吉凶"，可能是刘孝标所为，也可能是后人误改。

（七）《言语》条 79《注》引《春秋传》曰："秦伯伐晋，济河焚舟。"据余嘉锡、徐震堮、朱铸禹、杨勇等人之书，此处刘《注》版本无异。

《左传·文公三年》有："秦伯伐晋，济河焚舟。"④ 阮元《校勘记》不言此处《左传》版本有异，李富孙《左传异文释》亦不言。

此处刘《注》所引内容与今本《左传》所记全同。

（八）《文学》条 14《注》引《春秋传》曰："晋景公有疾，求医于秦，秦伯使医缓为之。未至，公梦疾为二竖子。曰：'彼，良医也。惧伤我焉！'其一曰：'居肓之上，膏之下，若我何？'医至，曰：'疾不可为也！在肓之上，膏之下，攻之不可达，刺之不可及，药不至焉。'公曰：'良医也。'"据余嘉锡、徐震堮、朱铸禹、杨勇等人之书，此处刘《注》版本无异。

《左传·成公十年》有："公疾病，求医于秦，秦伯使医缓为之。未至，公梦疾为二竖子。曰：'彼良医也。惧伤我焉！逃之。'其一曰：'居肓之上，膏之下，若我何？'医至，曰：'疾不可为也！在肓之上，膏之下，攻之不可，达之不及，药不至焉，不可为也。'公曰：'良医也。'"⑤

①　阮元校刻. 春秋左传正义 [M]. 十三经注疏. 北京：中华书局，1980：1809.
②　李道平. 周易集解纂疏 [M]. 北京：中华书局，1994：538.
③　阮元校刻. 春秋左传正义 [M]. 十三经注疏. 北京：中华书局，1980：1808.
④　阮元校刻. 春秋左传正义 [M]. 十三经注疏. 北京：中华书局，1980：1840.
⑤　阮元校刻. 春秋左传正义 [M]. 十三经注疏. 北京：中华书局，1980：1906.

阮元《校勘记》不言此处《左传》版本有异，李富孙《左传异文释》亦不言。

刘《注》与今本《左传》的差异是：

刘《注》作"晋景公有疾"，今本《左传》作"公疾病"。

刘《注》"惧伤我焉"后无"逃之"二字，而今本《左传》有。"惧伤我焉逃之"阮元《校勘记》曰："岳本我字绝句。《释文》云焉於虔反，一读如字，属上句，逃之绝句。"① 刘《注》作"惧伤我焉"可证《释文》所论，而与阮元所言岳本《春秋左传正义》异。

刘《注》作"攻之不可达，刺之不可及"，今本《左传》作"攻之不可，达之不及"。

刘《注》"药不至焉"后无"不可为也"，而今本《左传》有。

刘《注》所引《左传》在其他古籍中也有引用：

《艺文类聚》卷七十五引《左传》曰："晋侯求医于秦。秦伯使医缓为之。未至。公梦二竖子曰。彼良医也。惧伤我。焉逃之。其一曰。居肓之上。膏之下。若我何。医至曰。疾不可为也。在肓之上。膏之下。攻之不可达。针之不及。药不至焉。公曰。良医也。厚礼而归之。"②

宋洪迈《荣斋三笔》卷第三有："晋景公疾病，求医於秦，秦伯使医缓为之，未至，公梦疾为二孺子，曰：'彼良医也，惧伤我，焉逃之？'其一曰：'居肓之上，膏之下，若我何？'医至，曰：'疾不可为也。'"③

《永乐大典》卷二〇三一一引《左传》："晋侯病，求医於秦。秦伯使医缓为之。未至，公梦病为二竖子。曰：'彼良医也，惧伤我焉，逃之。'其一曰：'居肓之上，膏之下，若我何？'医至，曰：'疾不可为也。在肓之上，膏之下。攻之不可，达之不及，药不至焉。'公曰：'良医也。'厚礼而归之。"④

《文选》孙楚《为石仲容与孙皓书》"夫治膏肓者必进苦口之药"，李善《注》引《左氏传》曰："晋景公梦疾为二竖子，一曰居肓之上，一曰

① 阮元校刻. 春秋左传正义 [M]. 十三经注疏. 北京：中华书局，1980：1909.
② 欧阳询. 艺文类聚 [M]. 上海：上海古籍出版社，1965：1291-1292.
③ 洪迈. 容斋随笔 [M]. 上海：上海古籍出版社，1978：451.
④ 永乐大典 [M]. 北京：中华书局，1986：7608.

居膏之下，若我何？"①

《太平御览》卷七三八引《左传·成十五年》曰："晋侯疾病，求医于秦。秦伯使医缓为之。未至，公梦疾为二竖子。曰：'彼良医也，惧伤我，焉逃之？'其一曰：'居肓之上，膏之下，若我何？'医至，曰：'疾不可为也。在肓之上，膏之下。攻之不可，达之不及，药不至焉。不可为也。'公曰：'良医也。厚为之礼而归之。'"②

《册府元龟》卷八五八有："医缓，秦人也。晋景公疾病求医於秦，秦伯使医缓为之。未至，公梦病为二竖子。曰：'彼良医也。惧伤我，焉逃之？'其一曰：'居肓之上，膏之下，若我何？'医至，曰：'疾不可为也。在肓之上，膏之下。攻之不可，达之不及，药不至焉。不可为也。'公曰：'良医也。厚为之礼而归之。'"③

上各文献所引《左传》文可证今本《左传》文之可信。

（九）《方正》条 21《注》引《春秋传》曰："共工氏有子曰句龙，为后土，后土为社。"

《左传·昭公二十九年》有："共工氏有子曰句龙。为后土。此其二祀也。后土为社。"④ 阮元《校勘记》不言此处《左传》版本有异。李富孙云："曰句龙，为后土。《说文·示部》引作为社神，案下文后土为社当涉此而误。"⑤

刘《注》与今本《左传》的差异是：今本《左传》有"此其二祀也"五字而刘《注》无。

刘《注》所引内容在其他古籍中亦有记载：

《论衡·祭意篇》引周弃曰："……共工氏有子曰句龙。为后土。此其二祀也。后土为社。"刘盼遂《集解》："周弃疑当为周书之误，此事见左氏《昭公二十九年传》及《晋语二》，为晋太史蔡墨对魏献子语，皆周时书也。"⑥ 与今本《左传》所记同。

① 萧统编，李善注：《文选 [M]．上海：上海古籍出版社，1986：1937．
② 李昉等．太平御览 [M]．北京：中华书局，1960：3271．
③ 王钦若等．册府元龟 [M]．北京：中华书局，1960：10183．
④ 阮元校刻．春秋左传正义 [M]．十三经注疏．北京：中华书局，1980：2124．
⑤ 李富孙：《左传异文释 [M]．清经解续编（第二册）．上海：上海书店，1998：1455．
⑥ 刘盼遂．论衡集解 [M]．北京：古籍出版社，1957：513-514．

　　唐贾公彦等《周礼正义序》案曰："昭公二十九年……共工氏有子曰句龙。为后土。此其二祀也。后土为社。"① 与今本《左传》所记同。

　　《太平御览》卷五三二引《左传》文与今本《左传》所记同。

　　他书所引《左传》文均与今本《左传》所记同而与刘《注》异，刘《注》引《左传》当是省略了"此其二祀也"五字。

　　（十）《方正》条35《注》引《春秋传》曰："楚庄王围郑，晋使荀林父率师救郑，与楚战于邲，晋师败绩。桓子归，请死，晋平公将许之，士贞子谏而止。后林父败赤狄于曲梁，赏桓子、狄臣千室，亦赏士伯以瓜衍之田，曰：'吾获狄田，子之功也。微子，吾丧伯氏矣。'"

　　徐震堮言："赏桓子狄臣子室——'子室'，影宋本作'千室'，是，左氏宣十五年传同。"又言："亦赏士伯以瓜衍之田——'田'，沈校本'縣'，是，左氏宣十五年传同。"又言："吾获狄田——'田'，沈校本作'土'，是，左氏宣十五年传同。"② 杨勇言"桓子归"中的"桓""宋本作'栢'，非。今依蒋校改。"又言"败赤狄于曲梁"中的"于"，"宋本作'干'，非。今依各本。"又言"瓜衍之縣"中的"縣"，"宋本作'佰'，非。今依沈校及《左传》改。"又言"吾获狄土"中的"土"，"宋本作'田'，非。今依沈校及《左传》改。"又言"吾丧伯氏矣"中的"伯氏"，"宋本作'伯戍'，非。今依各本及《左传》改。"③ 朱铸禹言："栢子，袁本作'桓'是，从改，下同。佰，沈校本作'縣'。王利器曰：'蒋校本、沈校本"佰"作"縣"，余本作"田"；案作"縣"是，《左传》正作"縣"。'田，沈校本作'土'。王利器曰：'《左传》正是"土"字。'伯戍，王利器曰：'各本"戍"作"氏"，是；《左传》正作"氏"。'"④

　　刘《注》作"楚庄王围郑"，今本《左传·宣公十二年》作"楚子围郑"。

　　刘《注》作"晋使荀林父率师救郑，与楚战于邲"，今本《春秋经·宣公十二年》有"晋荀林父帅师及楚子战于邲"，今本《左传·宣公十二

① 阮元校刻. 周礼注疏 [M]. 十三经注疏. 北京：中华书局，1980：633.
② 徐震堮. 世说新语校笺 [M]. 北京：中华书局，1984：179-180.
③ 杨勇. 世说新语校笺 [M]. 北京：中华书局，2006：292.
④ 朱铸禹. 世说新语汇校集注 [M]. 上海：上海古籍出版社，2002：284.

年》有"晋师救郑"一语且对晋楚此次邲之战有详细的介绍。比较而言，刘《注》所引更与《春秋经·宣公十二年》所载内容接近。

刘《注》中的"晋师败绩"见于今本《春秋经·宣公十二年》而不见于《左传·宣公十二年》。

王先谦重雕纷欣阁本、袁本刘《注》作"桓子归，请死，晋平公将许之，士贞子谏而止"，宋本刘《注》作"栢子归，请死，晋平公将许之，士贞子谏而止"，今本《左传·宣公十二年》有"秋，晋师归，桓子请死，晋侯欲许之。士贞子谏曰：'不可。……'晋侯使复其位。"①

宋本刘《注》作"后林父败赤狄干曲梁"，其他各本刘《注》作"后林父败赤狄于曲梁"，今本《左传·宣公十五年》有"六月癸卯，晋荀林父败赤狄于曲梁"。

刘《注》作"赏桓子、狄臣千室（影宋本刘《注》作"子室"），亦赏士伯以瓜衍之田（宋本刘《注》作"佰"，沈校本、蒋校本刘《注》作"縣"，袁本、王先谦重雕纷欣阁本等其他本刘《注》作"田"），曰：'吾获狄田（宋本、袁本、王先谦重雕纷欣阁本刘《注》作"田"，沈校本刘《注》作"土"），子之功也。微子，吾丧伯氏（宋本刘《注》作"伯戌"，其他各本刘《注》作"伯氏"）矣。'"今本《左传·宣公十五年》有："晋侯赏桓子狄臣千室，亦赏士伯以瓜衍之縣。曰：'吾获狄土，子之功也。微子，吾丧伯氏矣。'"②"吾获狄土"阮元《校勘记》云："顾炎武云石经土误士。案顾炎武所据乃王尧惠刻也。"③（除此之外，其他与刘《注》有关之内容阮元《校勘记》不言《左传》版本有异）李富孙云："吾获狄土，唐石经土作士。案《书》有邦有土，《周本纪》作有士。《吕览·任地》注：士当作土，古土、士字多通写。武氏億曰：汉碑刻文，多以土为士，是石经所依者与古同。"④ 刘《注》与今本《左传》的差异是：刘《注》"赏桓子"前无"晋侯"二字而今本《左传》有；影宋本刘《注》作"子

---

① 条（十）所涉及《左传·宣公十二年》之《经》和《传》见阮元校刻. 春秋左传正义 [M]. 十三经注疏. 北京：中华书局，1980：1878-1883.

② 条（十）所涉及《左传·宣公十五年》之《传》见阮元校刻. 春秋左传正义 [M]. 十三经注疏. 北京：中华书局，1980：1888.

③ 阮元校刻. 春秋左传正义 [M]. 十三经注疏. 北京：中华书局，1980：1891.

④ 李富孙. 左传异文释 [M]. 清经解续编（第二册）. 上海：上海书店，1998：1432.

室"，其他本刘《注》作"千室"，今本《左传》作"千室"；宋本刘《注》作"瓜衍之佰"，沈校本、蒋校本刘《注》作"瓜衍之縣"，袁本、王先谦重雕纷欣阁本等其他本刘《注》作"瓜衍之田"，今本《左传》作"瓜衍之縣"；宋本、袁本、王先谦重雕纷欣阁本刘《注》作"狄田"，沈校本刘《注》作"狄土"，今本《左传》作"狄土"；宋本刘《注》作"伯成"，其他各本刘《注》作"伯氏"，今本《左传》作"伯氏"。可见，此处刘《注》与今本《左传》的差异绝大多数都是由于刘《注》本身的版本产生的，这是徐震堮、朱铸禹、杨勇等人普遍注意到的一个问题。从这些差异中我们发现影宋本（宋本）刘《注》与今本《左传》的差异最大，沈校本刘《注》与今本《左传》的差异最小，概沈校本根据今本《左传》对刘《注》所引《左传》文进行了校勘。今本《左传》文当是可信的，因为《文选》陆机《演连珠》"非贪瓜衍之赏"，李善《注》引《左氏传》曰："晋侯赏桓子狄臣千室，亦赏士伯以瓜衍之縣，曰：'吾获狄土，子之功；微子，吾丧伯氏矣。'"① 其中作"千室"、"瓜衍之縣"、"狄土"、"伯氏"均与今本《左传》同。《太平御览》卷六三三引《传》曰："晋荀林父灭潞，晋侯赏林父狄臣千室，亦赏士伯以瓜衍之縣，曰：'吾获狄土，子之功也。微子，吾丧伯氏矣。'羊舌职悦是赏也。"② 对应处亦均与今本《左传》同。

此处刘《注》所引内容应该是对今本《左传》所记内容的概括和简略，从上面的分析我们发现刘《注》所引内容分别来自《左传》宣公十二年和宣公十五年，然而其中一些内容更与《春秋经·宣公十二年》所载内容近，我们推测刘《注》很有可能是根据《春秋经·宣公十二年》和《左传·宣公十二年》之文、再加上《左传·宣公十五年》的一些记载整理概括出了其需要的内容。

（十一）《方正》条59《注》引《春秋传》曰："楚伐郑，师旷曰：'不害，吾骤歌南风。'《南风》不竞，多死声，楚必无功。"据余嘉锡、徐震堮、朱铸禹、杨勇等人之书，此处刘《注》版本无异。

《左传·襄公十八年》有："楚师伐郑，次于鱼陵。……晋人闻有楚

---

① 萧统编，李善注. 文选 [M]. 上海：上海古籍出版社，1986：2388.
② 李昉等. 太平御览 [M]. 北京：中华书局，1960：2835.

师，师旷曰：'不害。吾骤歌北风，又歌南风。南风不競，多死声。楚必无功。'"① 据阮元《校勘记》，与刘《注》所引对应的内容，《左传》版本无异。李富孙《左传异文释》不言此处有异文。

刘《注》与今本《左传》的差异是：

刘《注》作"楚伐郑"，今本《左传》作"楚师伐郑"。

刘《注》无"楚师伐郑"和"师旷曰"之间的内容而今本《左传》有相应之记载。

刘《注》所引之重点在"师旷曰"后面的内容，然此段内容刘《注》所引与今本《左传》所记也存在不同：刘《注》作"吾骤歌南风"而今本《左传》作"吾骤歌北风，又歌南风"。

《文选》刘孝标《辩命论》"自金行不競"，李善《注》引《左氏传》："师旷曰：'吾骤歌北风，又歌南风，南风不競。'"② 其中作"吾骤歌北风，又歌南风"与今本《左传》同而与刘《注》异。

《水经·溳水注》有："《春秋·襄公十八年》，楚伐郑，次于鱼陵，涉于鱼齿之下，甚雨，楚师多冻，役徒几尽。晋人闻有楚师，师旷曰：'不害，吾骤歌《北风》，又歌《南风》，《南风》不競，多死声，楚必无功矣。'"③ 对应处亦与今本《左传》同而与刘《注》异。

《太平御览》卷九引《左传》曰："楚侵郑，甚雨，楚师多冻，役徒几尽。晋人闻有楚师，师旷曰：'不害。吾骤歌北风，又歌南风，南风不竞。'"④ 对应处亦与今本《左传》同而与刘《注》异。

从《文选》李善《注》、《水经注》、《太平御览》等引用的《左传》以及今本《左传》来看，此处《世说》刘《注》确实对所引《左传》文进行了改动。然刘《注》作"吾骤歌南风"似亦非其自创，严可均据《古文孝经》日本国本辑有孔安国《古文孝经训传序》，其中录有师旷云："吾骤歌南风，多死声，楚必无功。"⑤ 若此《序》果真为孔安国所作，则刘《注》

① 阮元校刻. 春秋左传正义 [M]. 十三经注疏. 北京：中华书局，1980：1966.

② 萧统编，李善注. 文选 [M]. 上海：上海古籍出版社，1986：2356.

③ 陈桥驿. 水经注校证 [M]. 北京：中华书局，2007：724.

④ 李昉等. 太平御览 [M]. 北京：中华书局，1960：43.

⑤ 严可均校辑. 全上古三代秦汉三国六朝文（第一册）[M]. 北京：中华书局，1958：196.

作"吾骤歌南风"亦为有据。

（十二）《识鉴》条6《注》引《春秋传》曰："楚令尹子上谓世子商臣，蜂目而豺声，忍人也。"

朱铸禹言："楚令尹子（曰）[上]，王利器曰：'各本"子曰"作"子上"是。'案：《春秋传》文公元年：'初，楚子将以商臣为太子，访诸令尹子上。子上曰："君之齿未也，而又多爱，黜乃乱也。楚国之举，恒在少者，且是人也，蠭目而豺声，忍人也，不可立也。"弗听。'蠭'，本又作'蜂'。"① 杨勇言："子上，宋本作'子曰'，非。今依各本。"②

《左传·文公元年》有："初，楚子将以商臣为大子，访诸令尹子上。子上曰：'君之齿未也，而又多爱，黜乃乱也。楚国之举，恒在少者，且是人也，蠭目而豺声，忍人也，不可立也。'"陆德明《释文》："蠭本又作蜂。"③ 据阮元《校勘记》，与刘《注》所引对应的内容，《左传》版本无异。李富孙《左传异文释》不言此处《左传》有异文。

刘《注》所引与今本《左传》的差异是：

刘《注》中的"楚令尹子上（宋本作"子曰"）谓世子商臣"不见于今本《左传》，此概是刘孝标由今本《左传》中的"初，楚子将以商臣为大子，访诸令尹子上。子上曰"一段内容概括而来。宋本刘《注》作"子曰"与今本《左传》异。

刘《注》无"君之齿未也，而又多爱，黜乃乱也。楚国之举，恒在少者，且是人也"一段内容而今本《左传》有。

刘《注》作"蜂"而今本《左传》作"蠭"，但陆德明《释文》言："蠭本又作蜂。"则刘《注》与陆德明所言作"蜂"本《左传》同。蜂、蠭二者的关系是：《方言》卷十一"蠭，燕赵之閒谓之蠮螉"，钱绎《笺疏》："蜂与蠭同。"④《礼记·中庸》"夫政也者，蒲卢也"，郑玄《注》："蒲卢，蜾蠃，谓土蜂也。"陆德明《释文》："蜂，字亦作蠭，同。"⑤《管子·轻

① 朱铸禹. 世说新语汇校集注 [M]. 上海：上海古籍出版社，2002：339.
② 杨勇. 世说新语校笺 [M]. 北京：中华书局，2006：352.
③ 阮元校刻. 春秋左传正义 [M]. 十三经注疏. 北京：中华书局，1980：1837.
④ 钱绎. 方言笺疏 [M]. 上海：上海古籍出版社，1984：632.
⑤ 阮元校刻. 礼记正义 [M]. 十三经注疏. 北京：中华书局，1980：1629.

重戊》"蠭螫也"，《集校》引尹知章云："蠭，古蜂字。"① 《汉书·项籍传》"楚蠭起之将皆争附君者"，颜师古《注》："蠭，古蜂字也。蠭起，如蠭之起，言其众也。"② 蜂、蠭之别，非根本性的区别。

《史记·楚世家》有："四十六年，初，成王将以商臣为太子，语令尹子上。子上曰：'君之齿未也，而又多内宠，绌乃乱也。楚国之举常在少者。且商臣蠭目而豺声，忍人也，不可立也。'"③ 其中作"四十六年，初，成王将以商臣为太子，语令尹子上"正与今本《左传》"初，楚子将以商臣为大子，访诸令尹子上"相对应，虽有微别，但足证原本《左传》此段内容确有，反之亦可证刘《注》确实是概括了此段内容。又"君之齿未也，而又多内宠，绌乃乱也。楚国之举常在少者"与今本《左传》中的"君之齿未也，而又多爱，黜乃乱也。楚国之举，恒在少者"相对应，虽亦有微别，但亦可证原本《左传》确有此文，反之亦可证刘《注》确实省略了此段内容。作"蜂"与刘《注》同而与今本《左传》异。

《文选》潘岳《西征赋》"怅淫嬖之匈忍"，李善《注》引《左氏》，楚令尹子上曰："蜂目而豺声，忍人也。"④ 其中作"子上"与今本《左传》同而与宋本刘《注》作"子曰"异，又作"蜂"与刘《注》同而与今本《左传》异。

刘《注》作"世子"，今本《左传》作"大子"（案即太子），今本《史记》作"太子"。王云霞据《初学记》卷十和《册府元龟》卷二五六的记载得出了两个结论：周朝太子、世子可以互用；从秦王朝开始，世子、太子的意思发生了分化，世子指诸侯的继承者，太子指天子的继承者。⑤ 刘《注》引《左传》作"世子"，其实既可以反应太子、世子二者的互用（从《左传》记事的时代），又可以反应二者的分化（从刘《注》写作的时代）。

（十三）《排调》条 19《注》引《春秋传》曰："赵穿攻晋灵公于桃园，赵宣子未出境而复。太史书：'赵盾弑其君。'宣子曰：'不然。'对

① 郭沫若，闻一多，许维遹. 管子集校 [M]. 北京：科学出版社，1956：1294.
② 班固. 汉书 [M]. 北京：中华书局，1962：1800.
③ 司马迁. 史记 [M]. 北京：中华书局，1959：1698.
④ 萧统编，李善注. 文选 [M]. 上海：上海古籍出版社，1986：470.
⑤ 王云霞. "世子"与"太子" [J]. 语文学刊，2006（8）：157.

曰:'子为正卿,亡不越境,反不讨贼,非子而谁?'孔子曰:'董狐,古之良史也,书法不隐。赵盾,古之贤大夫也,为法受恶。'"据余嘉锡、徐震堮、朱铸禹、杨勇等人之书,此处刘《注》版本无异。

《左传·宣公二年》有:"乙丑,赵穿攻灵公于桃园。宣子未出山而复。大史书曰:'赵盾弑其君。'以示于朝。宣子曰:'不然。'对曰:'子为正卿,亡不越竟,反不讨贼,非子而谁?'宣子曰:'乌呼,"我之怀矣,自诒伊慼",其我之谓矣!'孔子曰:'董狐,古之良史也,书法不隐。赵宣子,古之良大夫也,为法受恶。惜也,越竟乃免。'"① 陆德明《释文》云:"攻,如字,本或作弑。"李富孙云:"赵穿攻灵公于桃园,《晋世家》攻作袭杀。《释文》云:攻本作弑。案义当作弑,袭杀是据事言之。"② "以示于朝"阮元《校勘记》云:"纂图本、闽本、监本、毛本示作视,合於古文。""乌呼我之怀矣"阮元《校勘记》云:"纂图本、闽本、监本、毛本、足利本乌作呜,非也。""自诒伊慼"阮元《校勘记》云:"惠栋云:王肃曰此《邶风》雄雉雉诗。案今《诗》慼作阻,惟小明诗作慼,而上句又异,王子雍或见三家诗据以为《卫诗》。伊,段玉裁校本作繄。""书法不隐"阮元《校勘记》云:"宋本法作瀍,下为法受恶同。"③ 李富孙云:"以视于朝,唐诗经、浯化本、岳本视作示。案《士昏礼》注云:视乃正字,今文作示,视、示古今字。"④

刘《注》所引《左传》在其他古籍中也有引用:

《太平御览》卷六〇三引《宣二年传》曰:"晋赵穿弑灵公,宣子未出境而复,太史书曰:'赵盾弑其君。'以示于朝。宣子曰:'不然。'对曰:'子为正卿,亡不越境,反不讨贼,非子而谁?'宣子曰:'呜呼,"我之怀矣,自诒伊慼",其我之谓矣。'孔子曰:'董狐,古之良史也,书法不隐;赵宣子,古之良大夫也,为法受屈。惜也,越境乃免。'"⑤

《左传·宣公二年》所载赵盾弑君事在其他古籍中也有记载:

《史记·赵世家》有赵盾"未出境,而赵穿弑灵公而立襄公弟黑臀,

① 阮元校刻. 春秋左传正义 [M]. 十三经注疏. 北京:中华书局,1980:1867.
② 李富孙. 左传异文释 [M]. 清经解续编(第二册). 上海:上海书店,1998:1430.
③ 阮元校刻. 春秋左传正义 [M]. 十三经注疏. 北京:中华书局,1980:1871.
④ 李富孙. 左传异文释 [M]. 清经解续编(第二册). 上海:上海书店,1998:1430.
⑤ 李昉等. 太平御览 [M]. 北京:中华书局,1960:2713.

是为成公。赵盾复反，任国政。君子讥盾'为正卿，亡不出境，反不讨贼'，故太史书曰'赵盾弑其君。'"①

《孔子家语·正论解》："孔子览晋志，晋赵穿杀灵公，赵盾亡，未及山而还。史书赵盾弑君，盾曰：'不然。'史曰：'子为正卿，亡不出境，返不讨贼。非子而谁？'盾曰：'呜呼！"我之怀矣，自诒伊戚"，其我之谓乎！'孔子叹曰：'董狐，古之良史也，书法不隐。赵宣子，古之良大夫也，为法受恶。受恶惜也，越境乃免。'"②

《汉书·佞幸传》："赵盾不讨贼，谓之弑君。"师古曰："季友，鲁桓公少子，庄公母弟也。叔牙亦桓公子。庄公有疾，叔牙欲立其同母兄庆父，故季友使鍼季鸩之。《公羊传》曰：'季子杀兄何善尔？诛不得避兄弟，君臣之义也。'赵盾，晋大夫赵宣子也，灵公欲杀之。宣子将出奔，而赵穿攻灵公于桃园，宣子未出山而复，太史书曰：'赵盾弑其君。'宣子曰：'不然。'曰：'子为正卿，亡不越境，反不讨贼，非子而谁'孔子曰：'董狐，古之良史也，书法不隐。赵宣子，古之良大夫也，为法受恶。'"③

刘《注》与今本《左传》的差异是：

刘《注》作"晋灵公"，今本《左传》作"灵公"。《汉书》颜师古《注》引《公羊传》与今本《左传》同。

刘《注》作"赵宣子"，今本《左传》作"宣子"。《御览》引《左传》、《汉书》颜师古《注》引《公羊传》并与今本《左传》同。

刘《注》作"未出境"，今本《左传》作"未出山"。《御览》引《左传》与刘《注》同。《汉书》颜师古《注》引《公羊传》与今本《左传》同。《孔子家语》作"未及山"。《史记》作"未出境"与刘《注》同。

刘《注》作"太史书"后无"曰"字而今本《左传》作"大史书"且后有"曰"字。《史记》、《御览》引《左传》、《汉书》颜师古《注》引《公羊传》并作"太史书曰"，《孔子家语》作"史曰"。

今本《左传》于"赵盾弑其君"后有"以示于朝"四字，而刘《注》无。《御览》引《左传》与今本《左传》同。

---

① 司马迁. 史记 [M]. 北京，中华书局，1959：1782.

② 廖名春，邹新明校点，王肃撰. 孔子家语 [M]. 沈阳：辽宁教育出版社，1977：109.

③ 班固. 汉书 [M]. 北京：中华书局，1962：3737.

今本《左传》于"孔子曰"前和"非子而谁"后有"宣子曰：'乌呼，"我之怀矣，自诒伊慼"，其我之谓矣！'"一段内容，而刘《注》无。《孔子家语》、《御览》引《左传》与今本《左传》同。《汉书》颜师古《注》引《公羊传》与刘《注》同。

今本《左传》"孔子曰"的内容中还有"惜也，越竟乃免"六字，而刘《注》无。《孔子家语》、《御览》引《左传》与今本《左传》同。《汉书》颜师古《注》引《公羊传》与刘《注》同。

《左传·宣公二年》"宣子未出山而复"，杜预《注》曰："晋竟之山也，盾出奔，闻公弑而还。"[1] 杜预《注》不言此山之确切位置，然有两种可能：若此山在晋之边境处，则很可能出山即出境，则刘《注》作"出境"与今本《左传》作"出山"合矣；若此山不在晋之边境处，则出山并非出境，则刘《注》作"出境"与今本《左传》作"出山"不合矣，刘《注》概是因孔子"亡不越境"一语而改之。

（十四）《排调》条 39《注》引《春秋传》曰："齐桓公伐楚，责苞茅之不贡。"据余嘉锡、徐震堮、朱铸禹、杨勇等人之书，此处刘《注》版本无异。

《左传·僖公四年》有："四年春，齐侯以诸侯之师侵蔡。蔡溃。遂伐楚。楚子使与师言曰：'君处北海，寡人处南海，唯是风马牛不相及也。不虞君之涉吾地也，何故？'管仲对曰：'昔召康公命我先君大公曰："五侯九伯，女实征之，以夹辅周室。"赐我先君履，东至于海，西至于河，南至于穆陵，北至于无棣。尔贡包茅不入，王祭不共，无以缩酒，寡人是征。昭王南征而不复，寡人是问。'对曰：'贡之不入，寡君之罪也，敢不共给。昭王之不复，君其问诸水滨。'师进，次于陉。"[2]

刘《注》所引内容当是从上《左传·僖公四年》所载内容中概括而来。差异主要集中在：刘《注》作"苞茅"，今本《左传》作"包茅"。"尔贡包茅不入"阮元《校勘记》曰："《诗·伐木》《正义》，《后汉书·公孙瓒传》《注》，李善《注》《藉田赋》、《册魏公九锡文》并作苞茅不入；《文选·六代论》作苞茅不贡，高诱《注》《淮南子》同，茅作茆。案：作

---

① 阮元校刻. 春秋左传正义 [M]. 十三经注疏. 北京：中华书局，1980：1867.

② 阮元校刻. 春秋左传正义 [M]. 十三经注疏. 北京：中华书局，1980：1792-1793.

苞是也。《史记·乐书》苞之以虎皮，字从艸，自石经始，去艸头，后人往往仍之。"① 据阮元之观点，刘《注》引作"苞茅"是正确的；反过来，刘《注》引作"苞茅"可以为阮元之观点提供一个证据。《左传·僖公四年》"尔贡包茅不入"，李富孙《异文释》："《甸师职注》引作苞，《疏》同，《诗·伐木疏》、《文选注》《藉田赋》、《册魏公九锡文》、《六代论》《后汉·公孙瓒传注》引并同。"② 另外，《论语·宪问》"齐桓公正而不谲"，《集解》引马融曰："伐楚以公义，则苞茅之贡不入，问昭王南征不还，是正而不谲也。"③ 其中亦作"苞茅"。在古文献中，"苞"、"包"有很多互作的情况存在，二字关系非常密切。④ 以此来看，阮元认为"包茅"中作"包"不正确的观点，似亦稍欠妥当。《史记·齐太公世家》有"楚贡包茅不入，王祭不具"。⑤《史记·管晏列传》有"管仲因而伐楚，责包茅不入贡於周室"。⑥ 其中均作"包茅"与今本《左传》同。

刘《注》中的"齐桓公伐楚"不见于今本《左传》。《史记·秦本纪》有："缪公任好元年，自将伐茅津，胜之。四年，迎妇於晋，晋太子申生姊也。其岁，齐桓公伐楚，至邵陵。"⑦ 据《史记》，秦缪公四年，齐桓公伐楚，而秦缪公四年正是鲁僖公四年（前656），则《史记·秦本纪》所言齐桓公伐楚事正是《左传·僖公四年》所言之事。今本《左传》虽然没有刘《注》"齐桓公伐楚"一语，但是在《史记》中我们却可以找到，概刘孝标作《注》时，"齐桓公伐楚"已经成为了尽人皆知的历史大事件，如此称呼这次历史大事件并非刘孝标之首创。此外，《太平御览》卷八一四引《管子》曰："齐桓公伐楚，济汉水，踰方城，使贡丝於周室。"⑧ 其中亦有"齐桓公伐楚"一语，亦可为证。

（十五）《排调》条43《注》引《春秋传》曰："唇亡齿寒。"据余嘉

① 阮元校刻. 春秋左传正义［M］. 十三经注疏. 北京：中华书局，1980：1797.
② 李富孙. 左传异文释［M］. 清经解续编（第二册）. 上海：上海书店，1998：1420.
③ 阮元校刻. 论语注疏［M］. 十三经注疏. 北京：中华书局，1980：2511.
④ 关于二字的互作的情况见宗福邦、陈世铙、萧海波主编. 故训汇纂［M］. 北京：商务印书馆，2003：259-260，1922.
⑤ 司马迁. 史记［M］. 北京，中华书局，1959：1489.
⑥ 司马迁. 史记［M］. 北京，中华书局，1959：2133.
⑦ 司马迁. 史记［M］. 北京，中华书局，1959：185-186.
⑧ 李昉等. 太平御览［M］. 北京：中华书局，1960：3616.

锡、徐震堮、朱铸禹、杨勇等人之书，此处刘《注》版本无异。

《左传·僖公五年》有："谚所谓辅车相依，唇亡齿寒者，其虞虢之谓也。"①《左传·哀公八年》有："夫鲁，齐、晋之唇，唇亡齿寒，君所知也，不救何为？"②据阮元《校勘记》，与刘《注》对应的内容，《左传》版本无异。李富孙云："谚所谓辅车相依唇亡齿寒者，《玉篇·面部》辅引作酺，云亦作辅。《吕览·权勋》、《淮南·说林》并引作唇竭，《庄子·胠箧》、《汉五行志》同。案《说文》云：辅，人颊车也。酺，颊也。《易·咸》其辅颊舌《释文》：虞作酺是酺正字，辅通。《战国策·赵策》唇揭而齿寒注：揭犹反也。《吕览》注：竭，亡也。义亦同，揭、竭又音相近。"③

刘《注》所引内容与今本《左传》全同。

（十六）《轻诋》条 19《注》引《春秋传》曰："禹、汤罪己，其兴也勃焉。"据余嘉锡、徐震堮、朱铸禹、杨勇等人之书，此处刘《注》版本无异。

《左传·庄公十一年》有臧文仲曰："宋其兴乎。禹、汤罪己，其兴也悖焉；桀、纣罪人，其亡也忽焉。且列国有凶，称孤礼也。言惧而名礼，其庶乎。"《释文》："悖，蒲忽反，一作勃，同。"④李富孙云："臧文仲《古今人表》作文中。"⑤

刘《注》所引与今本《左传》对应处的差异是：

刘《注》作"勃"，今本《左传》作"悖"。"其兴也悖焉"阮元《校勘记》曰："《释文》：悖一作勃。《五经文字》云：悖俗作勃。案：《吕览·当染篇》、《汉书·陈蕃传》注引并作勃，非。《尔雅·释诂正义》引又作浡然。"⑥则刘《注》作"勃"与陆德明《释文》所言作"勃"本《左传》同。刘《注》引《左传》作"勃"并非其首创。傅玄《傅子·正心》

---

① 阮元校刻. 春秋左传正义［M］. 十三经注疏. 北京：中华书局，1980：1795.
② 阮元校刻. 春秋左传正义［M］. 十三经注疏. 北京：中华书局，1980：2164.
③ 李富孙. 左传异文释［M］. 清经解续编（第二册）. 上海：上海书店，1998：1420.
④ 阮元校刻. 春秋左传正义［M］. 十三经注疏. 北京：中华书局，1980：1770.
⑤ 李富孙. 左传异文释［M］. 清经解续编（第二册）. 上海：上海书店，1998：1416.
⑥ 阮元校刻. 春秋左传正义［M］. 十三经注疏. 北京：中华书局，1980：1776.

有："禹汤罪己，其兴也勃焉。"①《吕氏春秋·重己》"则其至不可禁矣"，高诱《注》："禹、汤罪己，其兴也勃焉。"② 李富孙《春秋左传异文释》卷二："《庄十一年传》其兴也悖焉，《韩诗外传》三、《说苑·君道》并引作勃焉。《释文》云悖一作勃，同。"③ 可见，在刘《注》之前，《傅子》、《吕氏春秋》高诱《注》、《韩诗外传》、《说苑》等已经作"勃"了。至于阮元云作"勃"非，阮氏亦未给出证据。勃、悖在《左传》不同版本中出现的这种现象，在其他文献中也有出现：《韩非子·内储说下六微》"王勃然怒曰"，王先慎《集解》引顾广圻云："今本悖作勃。"④《庄子·庚桑楚》"彻志之勃"，陆德明《释文》："勃，本又作悖，同。"⑤ 故，刘《注》引作"勃"一则其前有先例，二则亦是勃、悖互作关系的体现。

（十七）《赏誉》条 50《注》引《春秋左氏传》曰："叔向，羊舌肸也。晋大夫。"

徐震堮《世说新语校笺》作："叔向，羊舌肸也，晋大夫。"并言："'肸'原作'肹'，据影宋本及沈校本改。"⑥ 杨勇《世说新语校笺》作："叔向，乃羊舌肸也。晋大夫。"并言："宋本作'叔向，羊肸也。'袁本作'叔向，羊舌肹也。'沈校本作'叔向，乃羊舌肸也。'皆非是。今按：羊舌肸，晋赤弟，一名叔肸，字叔向。学博议多，能以礼乐为国。"⑦ 朱铸禹言："叔向羊肸也，沈校本作'叔向乃羊舌肸也'。是，从增改。"⑧

我们暂且抛开因《世说》本身的版本问题而产生的差异，也抛开刘孝标此处引《左传》作《注》的不当问题（余嘉锡《世说新语笺疏》于此问题有考证⑨），在今本《左传》中我们没有找到与刘《注》所引相同或相近的文献记载。我们怀疑，刘《注》所引《春秋左氏传》的内容是刘孝标

① 严可均校辑. 全上古三代秦汉三国六朝文（第二册）［M］. 北京：中华书局，1958：1733.

② 许维遹. 吕氏春秋集释［M］. 北京：中国书店，1985：25.

③ 李富孙. 左传异文释［M］. 清经解续编（第二册），上海：上海书店，1998：1416.

④ 王先慎. 韩非子集解［M］. 北京：中华书局，1998：250.

⑤ 郭庆藩. 庄子集释［M］. 北京：中华书局，2004：810.

⑥ 徐震堮. 世说新语校笺［M］. 北京：中华书局，1984：247.

⑦ 杨勇. 世说新语校笺［M］. 北京：中华书局，2006：399.

⑧ 朱铸禹. 世说新语汇校集注［M］. 上海：上海古籍出版社，2002：388.

⑨ 余嘉锡. 世说新语笺疏［M］. 北京：中华书局，1983：449-450.

根据《左传》中的有关记载自己概括出来的，当然还包括杜预《注》的提示。《左传·襄公十六年》有"十六年春，葬晋悼公，平公即为，羊舌肸为傅"，杜预《注》曰："肸，叔向也，代士渥濁。"孔颖达《正义》："《成十八年传》士渥濁为大傅，此代士渥濁亦当为大傅也。宣十六年士会将中军且为大傅，注云大傅，孤卿。彼以中军之将兼之，故知是孤卿也。士渥濁以大夫居之，今此复代渥濁，亦是大夫也。《昭五年传》楚子称叔向为上大夫，明此以上大夫为傅也。"① 可知，把《左传·襄公十六年》文和杜预《注》、《左传·宣公十六年》、《左传·昭公五年》等的记载融会贯通，当可以概括出刘《注》所引的内容。

关于羊舌肸这个人，《左传》中有称其为羊舌肸者、有称其为叔向者、有称其为叔肸者、也有称其为杨肸者。② 杨勇于此处刘《注》各本的差异已经交待的很清楚了：宋本作"羊肸"，袁本作"羊舌盼"，沈校本作"乃羊舌肸"。又，余嘉锡《笺疏》作"羊舌盼"，徐震堮《校笺》作"羊舌肸"。看来刘《注》不同版本之间的主要差异集中在肸、肸、盼的使用上。《文选》左思《蜀都赋》"景福肹蠁而兴作"，吕向《注》："肹蠁，湿生虫，蚊类是也。"又《文选·上林赋》"肹蠁布寫"，吕延济《注》："肹蠁，天中遊气也。"③ 李白《明堂赋》"钦若肹蠁"，王琦《注》引《上林赋》吕延济《注》："肹蠁，天中遊气也。"又李白《化城寺大鐘铭》"景福肹蠁"，王琦辑《注》引左思《蜀都赋》吕向《注》："肹蠁，湿生虫，蚊类是也。"④ 肹、肸二字有义同之时，然"肹"见于《说文》，《说文·十部》："肹，響布也。""肸"不见于《说文》而见于《玉篇》。《说文·目部》："盼，恨视也。从目，兮声。"⑤《孟子·滕文公上》"使民盼盼然"，焦循《正义》："音义云丁作肹肹然。"⑥《说文·音部》："響，声也。从音，郷声。"⑦《楚辞·九章·悲回风》"入景響之无应兮"，洪兴祖《补注》："葛

①　阮元校刻. 春秋左传正义 [M]. 十三经注疏. 北京：中华书局，1980：1961.
②　杨伯峻，徐提. 春秋左传词典 [M]. 北京：中华书局，1985：273.
③　四部丛刊初编集部. 六臣註文选 [M]. 上海商务印书馆缩印宋刊本. 98，158.
④　王琦注. 李太白全集 [M]. 北京：中华书局，1977：47，1343.
⑤　徐铉校定，许慎撰. 说文解字 [M]. 北京：中华书局，1963：73.
⑥　焦循. 孟子正义 [M]. 上海：上海书店，1986：200.
⑦　徐铉校定，许慎撰. 说文解字 [M]. 北京：中华书局，1963：58.

洪始作影響，或作嚮，古字借用。"① 《左传·襄公十八年》"叔向谓晋侯"，李富孙《异文释》："《鲁语》、《晋语》、《吕览》、《晋世家》、《汉五行志》并作叔嚮。案向，嚮古今字。"② 《襄公二十一年》"囚伯华、叔向、籍偃"，洪亮吉《诂》："《外传》作叔嚮，《吕览》同。"③ 经过上面的分析，我们可以知道："叔向"可作"叔嚮"，向、嚮二字存在关系，而嚮、響二字也存在关系，向、嚮、響三字含义有相同之时。据《说文》，"肹"与向、嚮、響三字含义接近，而"肦"与此三字含义相去甚远，若羊舌肹（肹、肦）果真字叔向的话，那么依据古人的"字"存在为"名"补充或解释的事实，则作"肹"更合适，"向"正是来补充解释"肹"的。至于说"肦"，在《说文》中并未见到，概产生要比"肹"晚，所以我们认为最初《左传》很可能是作"肹"，故刘《注》所引亦当以作"肹"为是。

（十八）《任诞》条 45《注》引《春秋左氏传》曰："鲁哀公会吴伐齐，其将公孙夏命歌《虞殡》。"据余嘉锡、徐震堮、朱铸禹、杨勇等人之书，此处刘《注》版本无异。

《左传·哀公十一年》有："为郊战故，公会吴子伐齐。……将战，公孙夏命其徒歌《虞殡》。……甲戌，战于艾陵……大败齐师。获国书、公孙夏、闾丘明、陈书、东郭书，革车八百乘，甲首三千，以献于公。"④ 据阮元《校勘记》和李富孙《左传异文释》，与刘《注》对应的内容，《左传》版本无异。

刘《注》与今本《左传》的差异是：

刘《注》作"鲁哀公"，今本《左传》作"公"；刘《注》作"会吴"，今本《左传》作"会吴子"；刘《注》"公孙夏"前有"其将"二字而今本《左传》无；刘《注》"歌"前无"其徒"二字而今本《左传》有。《左传》中称鲁国之国君一般都是"公"，刘《注》所引称为"鲁哀公"，显然刘孝标是在用自己的话进行叙述。刘《注》所引应该是刘孝标根据《左传·哀公十一年》的记载概括出来的，刘孝标使用"鲁哀公"作为这句话的主

① 洪兴祖. 楚辞补注［M］. 北京：中华书局，1983：158.
② 李富孙. 左传异文释［M］. 清经解续编（第二册）. 上海：上海书店，1998：1440.
③ 洪亮吉. 春秋左传诂［M］. 北京：中华书局，1987：554.
④ 阮元校刻. 春秋左传正义［M］. 十三经注疏. 北京：中华书局，1980：2166-2167.

语，那么"其将"似乎应该说的就是鲁哀公的将领，然我们看《左传》可知公孙夏是齐国的将领而不是鲁国的将领，所以刘《注》对"其将"的使用是存在问题的，我们猜测"其将"中的"其"当是"齐"字之误，二者音同而致误。如果"其将"果真是"齐将"之误，那么刘《注》所引的内容便不存在问题了。《通典》卷八十六有："鲁哀公十一年，吴子伐齐。将战，齐将公孙夏命其徒歌《虞殡》。"[①] 此处正作"齐将"，足证我们的猜测。

刘《注》凡引《左传》18 次，称名不一。刘《注》18 次引《左传》，其中有 16 次见于今本《左传》，2 次不见于今本《左传》。见于今本《左传》的 16 次引用中有 1 次与今本《左传》完全相同，其余 15 次均多少存在差异。不见于今本《左传》的 2 次引用，蓋是刘孝标根据《左传》的某些内容概括出来的。

刘《注》与今本《左传》对应处存在的差异一般认为是由于刘《注》的改动产生的，有的也是双方各自不同版本造成的。但其中的某些差异是可以进行分析的，可以找到这些差异存在的合理性。

二十二、杜预《春秋左氏传注》

《言语》条 68《注》引作"杜预《注》曰"，上承《注》所引《春秋传》而引。《言语》条 79《注》、《方正》条 59《注》引作"杜预曰"，上承《注》所引《春秋传》而引。《文学》条 14 引作"《注》曰"，上承《注》所引《春秋传》而引。《方正》条 24《注》引作"杜预《左传注》曰"。《任诞》条 45《注》引作"杜预曰"，上承《注》所引《春秋左氏传》而引。今天我们称杜预注本《左传》为《春秋经传集解》，见上文的考证。

考证：今存。杜预，《晋书》有传。《世说·方正》条 12《注》引王隐《晋书》曰："预字元凯，京兆杜陵人，汉御史大夫延年十一世孙。祖畿，魏太保。父恕，幽州、荆州刺史。预智谋渊博，明于治乱，常称立德者非所企及，立功、立言所庶几也。累迁河南尹，为镇南将军，都督荆州诸军事，镇襄阳。以平吴勋封当阳侯。预无伎艺之能，身不跨马，射不穿

---

① 杜佑. 通典［M］. 北京，中华书局，1984：467.

札，而每有大事，辄在将帅之限。赠征南将军，仪同三司。"关于杜预《春秋左氏传注》的著录情况，可以参看上《春秋左氏传》条。

（一）《言语》条 68《注》引杜预《注》曰："介，东夷国。葛卢，其君名也。"据余嘉锡、徐震堮、朱铸禹、杨勇等人之书，此处刘《注》版本无异。

《春秋经·僖公二十九年》："二十九年，春，介葛卢来。"杜预《注》曰："介，东夷国也，在城阳黔陬县。葛卢，介君名也。"① 阮元《校勘记》不言此处杜《注》版本有异。

刘《注》所引与今本杜预《注》的差异是：

刘《注》"国"后无"也"字而杜《注》有；刘《注》"葛卢"前无"在城阳黔陬县"六字而杜《注》有；刘《注》作"其君"，今本杜《注》作"介君"。此段刘《注》所引之内容来自《春秋经》杜预《注》。

《永乐大典》卷一五〇七五"介国"条有："僖公经二十有九年，春，介葛卢来。介，东夷国也。在城阳黔陬县。葛卢，介君名也。"② 其中作"东夷国也"、"介君名也"与今本杜预《注》同。

（二）《言语》条 79《注》引杜预曰："示必死。"据余嘉锡、徐震堮、朱铸禹、杨勇等人之书，此处刘《注》版本无异。

《左传·文公三年》"济河焚舟"，杜预《注》："示必死也。"③ 阮元《校勘记》不言此处《左传》杜《注》版本有异。

刘《注》"死"后无"也"字而今本《左传》杜《注》有。

（三）《文学》条 14 刘《注》引《注》曰："肓，鬲也。心下为膏。"据余嘉锡、徐震堮、朱铸禹、杨勇等人之书，此处刘《注》版本无异。

《左传·成公十年》："居肓之上，膏之下，若我何？"杜预《注》曰："肓，鬲也。心下为膏。"④ 阮元《校勘记》云："闽本、监本、毛本作：肓，鬲。至为膏。"

刘《注》所引与十三经注疏本《春秋左传正义》中所载杜预《注》

---

① 阮元校刻. 春秋左传正义 [M]. 十三经注疏. 北京：中华书局，1980：1830.

② 永乐大典 [M]. 北京：中华书局，1986：6798.

③ 阮元校刻. 春秋左传正义 [M]. 十三经注疏. 北京：中华书局，1980：1840.

④ 阮元校刻. 春秋左传正义 [M]. 十三经注疏. 北京：中华书局，1980：1906.

同，而与阮元《校勘记》所言闽本、监本、毛本《春秋左传注疏》中所载的杜预《注》异。

（四）《方正》条 24《注》引杜预《左传注》曰："培塿，小阜。松柏，大木也。薰，香草。蕕，臭草。"

杨勇言："塿，宋本作'楼'，非。今依各本及《晋书·陆玩传》改。培塿，《说文》作'附娄'，小土山也。亦作'部娄'，见《左传》襄公二十四年。"又言："蕕，宋本作'猶'，非。今依各本及《晋书·陆玩传》改。见《左传》僖公四年及《家语·致思》。"① 朱铸禹《世说新语汇校集注》此处刘《注》作"培（楼）【塿】，小阜，松柏，大木也。薰，香草。（猶）【蕕】，臭草。"② 实亦指出了杨勇所言的刘《注》版本之异。

《左传·襄公二十四年》"部娄无松柏"，杜预《注》曰："部娄，小阜。松柏，大木，喻小国异于大国。"③《左传·僖公四年》："一薰一蕕，十年尚犹有臭。"杜预《注》曰："薰，香草。蕕，臭草。"④ 阮元《校勘记》不言"薰，香草。蕕，臭草。"一段内容，《左传》杜《注》版本有异。

可见，刘《注》所引《左传》杜预《注》的内容分别来自襄公二十四年和僖公四年，刘《注》把两处的内容整合到了一起。

刘《注》与今本《左传》杜《注》的差异是：

宋本刘《注》作"培楼"、其他本刘《注》作"培塿"，今本《左传》及《注》作"部娄"。阮元《校勘记》曰："闽本、监本柏作栢。案《说文》附字注云：附娄，小土山也，引传作附娄无松柏，部与附盖古字通。北宋刻《释文》，娄本或作塿。应劭《风俗通义》、李注《文选·魏都赋》引并作培塿。周伯琦《六书正譌》云：俗用培塿，非也。"⑤《世说新语·方正》条 24 正文有："培塿无松柏，薰莸不同器。"刘孝标《注》引《左传》亦作"培塿"，与《世说》正文同，也与阮元《校勘记》所言《风俗通义》、《文选》李善《注》同，则刘《注》引作"培塿"（杨勇言宋本刘

① 杨勇. 世说新语校笺 [M]. 北京：中华书局，2006：284.
② 朱铸禹. 世说新语汇校集注 [M]. 上海：上海古籍出版社，2002：275.
③ 阮元校刻. 春秋左传正义 [M]. 十三经注疏. 北京：中华书局，1980：1980.
④ 阮元校刻. 春秋左传正义 [M]. 十三经注疏. 北京：中华书局，1980：1793.
⑤ 阮元校刻. 春秋左传正义 [M]. 十三经注疏. 北京：中华书局，1980：1982.

《注》作"培楼"非）是有先例的，并非其首创，应劭《风俗通义》、刘义庆《世说新语》均可以为刘《注》提供依据。另外，从"小阜"这个意义上来考虑，刘《注》作"培塿，小阜"也是有根据的。《玉篇·土部》："培塿，小阜也。"① 培塿、或作培楼、或作部娄，其实是一个叠韵连绵词，其意思的表达主要是借助于声音。

刘《注》"大木"后有"也"字而今本《左传》杜《注》无。

宋本刘《注》作"猶"、其他本刘《注》作"蕕"，今本《左传》杜《注》作"蕕"。《左传·定公六年》"姑蕕"，陆德明《释文》云："音由，又作猶。"② 可见，宋本刘《注》作"猶"可以在唐陆德明《释文》中找到依据。

（五）《方正》条59《注》引杜预曰："歌者吹律，以詠八风，《南风》音微，故曰不竞也。"

杨勇言："吹，宋本作'次'，非。今依袁本及《左传》襄十八年杜《注》改。"③ 朱铸禹言："次律，沈校本同，袁本'次'作'吹'。"④

《左传·襄公十八年》："吾骤歌北风，又歌南风，南风不竞。"杜预《注》曰："歌者吹律，以詠八风，《南风》音微，故曰不竞也。"⑤ 阮元《校勘记》不言此处《左传》杜《注》版本有异。

宋本、沈校本刘《注》作"次"，袁本、王先谦重雕纷欣阁本刘《注》作"吹"，今本《左传》杜预《注》作"吹"。吹、次形近，宋本刘《注》概因此而致误。

（六）《任诞》条45《注》引杜预曰："《虞殡》，送葬歌，示必死也。"据余嘉锡、徐震堮、朱铸禹、杨勇等人之书，此处刘《注》版本无异。

《左传·哀公十一年》"公孙夏命其徒歌《虞殡》"，杜预《注》曰："《虞殡》，送葬歌曲，示必死。"⑥ 阮元《校勘记》不言此处《左传》杜《注》版本有异。

---

① 宋本玉篇［M］. 北京：北京市中国书店，1983：30.

② 陆德明. 经典释文［M］. 四部丛刊初编经部. 上海商务印书馆缩印通志堂刊本. 289.

③ 杨勇. 世说新语校笺［M］. 北京：中华书局，2006：308.

④ 朱铸禹. 世说新语汇校集注［M］. 上海：上海古籍出版社，2002：297.

⑤ 阮元校刻. 春秋左传正义［M］. 十三经注疏. 北京：中华书局，1980：1966.

⑥ 阮元校刻. 春秋左传正义［M］. 十三经注疏. 北京：中华书局，1980：2166.

刘《注》与今本《左传》杜《注》的差异是：

刘《注》"歌"后无"曲"字而今本《左传》杜预《注》有；又刘《注》"死"后有"也"字而今本《左传》杜预《注》无。

《通典》卷八十六有："鲁哀公十一年，吴子伐齐。将战，齐将公孙夏命其徒歌虞殡。"杜元凯曰："虞殡，送葬歌曲也。公孙夏示必死，故命其徒而歌之。"① 其中"歌"后有"曲"字、"死"后无"也"字与今本《左传》同。

唐吴兢《乐府古题要解》卷上"薤露歌"条下吴兢语引有"《左氏春秋》：'齐将与吴战于艾陵，公孙夏使其徒歌《虞殡》。'杜预《注》云：'送葬歌也。'"②"歌"后无"曲"字，与刘《注》同。

《颜氏家训·文章篇》"挽歌辞者，或云古者《虞殡》之歌"，王利器《集解》引赵曦明曰："《左氏》哀十一年《传》：'公孙夏命其徒歌《虞殡》。'《注》：'《虞殡》，送葬歌曲。'"③ 据《颜氏家训集解》后所附《赵跋》，赵曦明是清乾隆年间人，其所见《左传》杜预《注》作"送葬歌曲"与今本《左传》杜预《注》同。

刘《注》凡引杜预《春秋左氏传注》6次，称名不一，内容均可以在今本《左传》杜预《注》中找到。6次引用均与今本《左传》杜预《注》存在差异，其中有的差异由刘《注》本身版本产生，有的差异由今本《左传》杜预《注》的不同版本产生，有的差异由刘《注》的改动造成。其中的一些差异可以找到存在的理据。

二十三、《春秋公羊传》

《规箴》条23《注》引作"《春秋公羊传》"。《伤逝》条18《注》引作"《公羊传》"。从《伤逝》条18《注》又引"何休曰"一段内容来看，刘《注》采用的当是何休注本的《春秋公羊传》。

考证：今存，但有佚文。关于《春秋公羊传》的作者、成书时间、思想、文学价值、后人的研究情况等可以参看曹道衡、刘跃进《先秦两汉文

---

① 杜佑. 通典 [M]. 北京，中华书局，1984：467.
② 丁福保. 历代诗话续编 [M]. 北京中华书局，1983：25.
③ 王利器. 颜氏家训集解 [M]. 北京；中华书局，1993. 285.

学史料学》的介绍。① 马端临《文献通考·经籍考》引晁氏观点介绍了《公羊传》的传承情况以及书中多谶的事实。② 关于《春秋公羊传》佚文的辑佚情况，可以参看《古佚书辑本目录》的介绍。③ 据杨家骆《历代经籍志》，《汉书·艺文志》著录《公羊传》十一卷（公羊子齐人师古曰名高）、《后汉书·艺文志》著录何休《春秋公羊解诂》十一卷、《隋书·经籍志》著录《春秋公羊解诂》十一卷（汉谏议大夫何休注）、《旧唐书·经籍志》著录《春秋公羊经传》十三卷（何休注）、《唐书·艺文志》著录何休《公羊解诂》十三卷、《宋史·艺文志》著录何休《公羊传》十二卷。马端临《文献通考·经籍考》著录《公羊传解诂》十二卷，《四库全书总目》著录《春秋公羊传注疏》二十八卷（汉公羊寿传、何休解诂，唐徐彦疏）。

（一）《规箴》条 23《注》引《春秋公羊传》曰："晋赵鞅取晋阳之甲，以逐荀寅、士吉射，寅、吉射者，君侧之恶人。"

余嘉锡言："注'士吉射寅'，唐本'射'下有'荀'字，'寅'下有'士'字。"④ 杨勇言："人下，唐卷有'者'字。今从宋本及各本。"⑤ 朱铸禹言："以逐荀寅、士吉射，寅、吉射者，唐写本作'以逐荀寅、士吉射者'。"⑥

今本《春秋公羊传·定公十三年》："晋赵鞅取晋阳之甲，以逐荀寅与士吉射。荀寅与士吉射者，曷为者也，君侧之恶人也。"⑦ 阮元《校勘记》不言此处《公羊传》版本有异。李富孙《春秋谷梁传异文释》亦不言此处有异文。

刘《注》与今本《春秋公羊传》的差异是：

刘《注》作"以逐荀寅、士吉射"而今本《春秋公羊传》作"以逐荀寅与士吉射"。其中刘《注》无"与"字而今本《公羊传》有。

---

① 曹道衡，刘跃进. 先秦两汉文学史料学［M］. 北京：中华书局，2005：137-143.

② 马端临. 文献通考·经籍考［M］. 上海：华东师范大学出版社，1985：225.

③ 孙启治，陈建华. 古佚书辑本目录［M］. 北京：中华书局，1997：60.

④ 余嘉锡. 世说新语笺疏［M］. 北京：中华书局，1983：571.

⑤ 杨勇. 世说新语校笺［M］. 北京：中华书局，2006：515.

⑥ 朱铸禹. 世说新语汇校集注［M］. 上海：上海古籍出版社，2002：490.

⑦ 阮元校刻. 春秋公羊传注疏［M］. 十三经注疏. 北京：中华书局，1980：2342.

唐本刘《注》作"荀寅、士吉射者",其他本刘《注》作"寅、吉射者",今本《春秋公羊传》作"荀寅与士吉射者"。其中唐本刘《注》较今本《公羊传》少一"者"字,其他本刘《注》较今本《公羊传》于"寅"前少一"荀"字、于"吉"前少"与士"二字、于"射"后少一"者"字。

刘《注》于"君"前无"曷为者也"四字而今本《公羊传》有。

唐本刘《注》作"君侧之恶人"者,其他本刘《注》作"君侧之恶人",今本《公羊传》作"君侧之恶人也"。

从上面的比较来看,唐本《世说》刘《注》所引之内容较其他本《世说》刘《注》所引之内容更与今本《春秋公羊传》接近。从《规箴》条23《注》所引《春秋公羊传》的内容来看,其他本刘《注》较唐本刘《注》删省了一些内容,看来刘《注》自产生后,在流传过程中被后人删省、增益甚至是窜改的情况一定是存在的,就是说我们今天所见之刘《注》有些地方可能根本就不是刘《注》的真实面貌,此其一。刘孝标作《注》时对引用的文献并不是原封不动的引用,这已经成为研究者的共识,此其二。因此,对刘《注》所引文献进行研究,只能是大略观之。但也并不是说刘《注》所引文献完全失真、完全不可信,刘《注》对所引文献的些许变动并不能抹杀刘《注》的文献价值,而且通过刘《注》所引文献与今天相应存世文献的比勘,我们可以肯定的是刘《注》所引内容大体上保存了原文献的面貌,有的与原文献完全一致,甚至刘《注》所引文献可能纠正今天存世文献的一些错误。

(二)《伤逝》条18《注》引《公羊传》曰:"颜渊死,子曰:'噫!天丧予!'子路亡,子曰:'噫!天祝予!'"据余嘉锡、徐震堮、朱铸禹、杨勇等人之书,此处刘《注》版本无异。

今本《春秋公羊传·哀公十四年》:"颜渊死,子曰:噫!天丧予!子路死,子曰:噫!天祝予!"[①]"颜渊死,子曰:噫!"阮元《校勘记》云:"唐石经作孔子曰。按下西狩获麟孔子曰注云:加姓者,重终也。然则於此不当有孔字矣。"[②]李富孙《春秋谷梁传异文释》不言此处有异文。

① 阮元校刻. 春秋公羊传注疏 [M]. 十三经注疏. 北京:中华书局,1980:2353.
② 阮元校刻. 春秋公羊传注疏 [M]. 十三经注疏. 北京:中华书局,1980:2355.

刘《注》与今本《公羊传》的差异是：

刘《注》作"子路亡"而今本《春秋公羊传》作"子路死"。又据阮元《校勘记》，唐石经《春秋公羊传》"颜渊死"后的"子曰"作"孔子曰"，阮元已经分析了作"孔子曰"非是，刘《注》引作"子曰"当亦可为阮元说提供一定的支持。

《论衡·偶会篇》："颜渊死，子曰：天丧予！子路死，子曰：天祝予！"[1] 其中作"子路死"与今本《春秋公羊传》同而与刘《注》异，又作"子曰"与唐石经《春秋公羊传》异。

《春秋繁露·随本消息》："颜渊死，子曰：天丧予！子路死，子曰：天祝予！"[2] 其中亦作"子路死"与今本《春秋公羊传》同而与刘《注》异，又作"子曰"与唐石经《春秋公羊传》异。

"死"、"亡"有义同之时。《孟子·告子下》"而死于安乐也"，赵歧《注》："死，亡也。"[3] 《大戴礼记·夏小正》"爽死"，王聘珍《解诂》："死，亡也。"[4] 《玉篇·亡部》："亡，死也。"[5] 《公羊传·桓公十五年》"祭仲亡矣"，何休《注》："亡，死亡也。"[6] 这些文献的记载可以为刘《注》改"死"为"亡"的合理性提供证据，然刘《注》又反过来证明了"死"与"亡"确有义同情况存在这一事实。

二十四、何休《春秋公羊传解诂》

《伤逝》条 18《注》引作"何休曰"，上承《注》所引《公羊传》而引。

考证：今存。《文献通考·经籍考》著录有《公羊传解诂》十二卷，并引陈氏曰："汉司空掾任城何休邵公撰。"[7] 《先秦两汉文学史料学》言："据《经典释文·序录》著录，有何休《公羊解诂》十二卷，其书至今留

---

① 刘盼遂. 论衡集解 ［M］. 北京：古籍出版社，1957：47.

② 董仲舒. 春秋繁露 ［M］. 上海：上海古籍出版社，1989：31.

③ 阮元校刻. 孟子注疏 ［M］. 十三经注疏. 北京：中华书局，1980：2762.

④ 王聘珍. 大戴礼记解诂 ［M］. 北京：中华书局，1983：41.

⑤ 宋本玉篇 ［M］. 北京：北京市中国书店，1983：520.

⑥ 阮元校刻. 春秋公羊传注疏 ［M］. 十三经注疏. 北京：中华书局，1980：2222.

⑦ 马端临. 文献通考·经籍考 ［M］. 上海：华东师范大学出版社，1985：228.

存，其后唐徐彦作疏，有《十三经注疏》本。"① 《后汉书·何休传》有："蕃败，休坐废锢，乃作《春秋公羊解诂》，覃思不窥门，十有七年。"② 关于何休《春秋公羊传解诂》的著录情况可以参看上《春秋公羊传》条。《隋书·经籍志》著录有《春秋公羊解诂》十一卷，注曰："汉谏议大夫何休注。"③ 孙猛《郡斋读书志校证》于"又四传至何休，为《经传集诂》"下引姚振宗《隋书经籍志考证》卷六云："又何休注《传》不注《经》此云《经传集诂》，亦非是。"④ "解诂"实为"注"也。据姚振宗的观点，此"注"只注"传"文而不注"经"文。这不同于杜预的《春秋经传集解》，刘《注》在引用时有的也称之为"杜预曰"，但是这个"杜预曰"不只注"传"而且也注"经"。

《伤逝》条18《注》引何休曰："祝者，断也。天将亡夫子耳。"据余嘉锡、徐震堮、朱铸禹、杨勇等人之书，此处刘《注》版本无异。

今本《春秋公羊传·哀公十四年》："颜渊死。子曰。噫。天丧予。子路死。子曰。噫。天祝予。"何休《解诂》曰："祝，断也。天生颜渊、子路为夫子辅佐，皆死者，天将亡夫子之证。"⑤ 其中"天将亡夫子之证"阮元《校勘记》曰："闽本剜改证作證，监、毛本承之，疏同。"

刘《注》与今本《春秋公羊传》何休《解诂》的差异是：

刘《注》"祝"后有一"者"字而今本《春秋公羊传》何休《解诂》无。《尚书·周书·泰誓下》："上帝弗顺，祝降时丧。"《传》曰："祝，断也。天恶纣逆道，断绝其命，故下是丧亡之诛。"《正义》曰："《传》祝断，哀公十四年《公羊传》云：子路死，子曰：天祝予。何休云：祝，断也。是相传训也。"⑥ "祝"后亦无"者"字，与今本《春秋公羊传》何休《解诂》同，而与刘《注》异。

今本《春秋公羊传》何休《解诂》"断也"后有"天生颜渊、子路为夫子辅佐，皆死者"十四字而刘《注》无。

① 曹道衡，刘跃进. 先秦两汉文学史料学 [M]. 北京：中华书局，2005：142.
② 范晔. 后汉书 [M]. 郑州：中州古籍出版社，1996：747.
③ 长孙无忌等撰. 隋书经籍志 [M]. 上海：上海商务印书馆，1955：24.
④ 孙猛. 郡斋读书志校证 [M]. 上海：上海古籍出版社，1990：102.
⑤ 阮元校刻. 春秋公羊传注疏 [M]. 十三经注疏. 北京：中华书局，1980：2353.
⑥ 孔颖达疏. 尚书正义 [M]. 上海：上海古籍出版社，2007：416.

刘《注》作"天将亡夫子耳"，今本《春秋公羊传》何休《解诂》作
"天将亡夫子之证"。（阮元《校勘记》云：闽、监、毛本《春秋公羊传注
疏》证作證）《史记·孔子世家》"颜渊死，孔子曰：'天丧予！'"，《集解》
引何休曰："予，我也。天生颜渊为夫子辅佐，死者是天将亡夫子之证者
也。"① "夫子"后有"之证"二字，与今本《春秋公羊传》同。

《册府元龟》卷九五三有："颜渊死，子曰：'噫！天丧予！'子路死，
子曰：'天祝予！'祝，断也。天生颜渊子路为夫子辅佐，皆死者，天将亡
夫子之证。"② 其中《注》文内容与今本《春秋公羊传》何休《解诂》所
记完全相同。从今本《春秋公羊传》所载何休《解诂》以及他书所引何休
言来看，刘《注》对何休此段《解诂》进行加工当是事实。

第七节　经部孝经类引书考

二十五、《孝经》

《德行》条 20《注》引作"《孝经》"。

考证：今存。关于《孝经》的撰者、著录、注本、流传等一般情况可
以参看马端临《文献通考·经籍考》卷十二的介绍。③ 《汉书·艺文志》
云凡孝经十一家五十九篇，其中著录有《孝经古孔氏》一篇（二十二章师
古曰：刘向云古文字也，庶人章分为二也，曾子敢问章为三，又多一章，
凡二十二章）、《孝经》一篇（十八章，长孙氏、江氏、后氏、翼氏四家）；
《后汉书·艺文志》录孝经类凡七家七部，其中包括郑众《孝经注》一卷、
许慎《孝经孔氏古文说》一篇、马融《古文孝经传》一卷、何休《孝经
注》、郑玄《孝经注》一卷、高诱《孝经解》、刘熙《孝经注》；《三国·艺
文志》录孝经类凡一十三家一十三部，其中有苏林、刘邵、何晏、虞翻等
人的《孝经注》，也有王朗、严畯等人的《孝经传》，还有王肃的《孝经
解》；《隋书·经籍志》著录有《孝经》十八部合六十三卷，其中大部分孝

---

① 司马迁. 史记［M］. 北京，中华书局，1959：1942.
② 王钦若等. 册府元龟［M］. 北京：中华书局，1960：11208.
③ 马端临. 文献通考·经籍考［M］. 上海：华东师范大学出版社，1985：301-304.

标都当得见。《孝经注疏序》云："自西汉及魏历晋宋齐梁，注解之者迨及百家……传行者唯孔安国、郑康成两家之注并有梁博士皇侃义疏播於国序。"① 由于刘孝标对所引《孝经》没有明确交待，因此我们无法知道其所引《孝经》具体是哪一部。《四库全书总目》著录有《古文孝经孔氏传》一卷、附宋本《古文孝经》一卷，又著录有《孝经正义》三卷（唐元宗明皇帝御註，宋邢昺疏）。《四库全书总目》又云："蔡邕《明堂论》引魏文侯《孝经传》，《吕览·审微篇》亦引《孝经诸侯章》，则其来古矣。然授受无绪，故陈骙、汪应辰皆疑其伪。今观其文，去二戴所录为近，要为七十子徒之遗书。使河閒献王採入一百三十一篇中，则亦《礼记》之一篇，与《儒行》、《缁衣》转从其类。惟其各出别行，称孔子所作，传录者又分章标目，自名一经，后儒遂以不类《系辞》、《论语》绳之，亦有由矣。中閒孔、郑两本，互相胜负。始以开元御註用今文，遵制者从郑。后以朱子刊误用古文，将学者又转而从孔。要其文句小异，义理不殊，当以黄震之言为定论。（语见《黄氏日钞》）故今之所录，惟取其词达理明，有裨来学，不复以今古文区分门户，徒酿水火之争。蓋註经者明道之事，非分朋角胜之事也。"② 阮元《孝经注疏校勘记序》云："《孝经》有古文、有今文，有郑《注》、有孔《注》。孔《注》今不传，近出於日本国者，诞妄不可据，要之孔《注》即存，不过如《尚书》之伪《传》，决非真也。郑《注》之伪，唐刘知几辨之甚详，而其书久不存。近日本国又撰一本，流入中国，此伪中之伪，尤不可据者。《孝经注》之列於学官者，系唐元宗御注，唐以前诸儒之说，因藉捃摭以仅存，而当时元行冲《义疏》经宋邢昺删改，亦尚未失其真。"③

《德行》条 20《注》引《孝经》曰："毁不灭性，圣人之教也。"据余嘉锡、徐震堮、朱铸禹、杨勇等人之书，此处刘《注》版本无异。

《四部丛刊初编》本《孝经·丧亲章》作："毁不灭性，此圣人之政也。"④"毁不灭性"，阮元《校勘记》云："石臺本、唐石经、宋熙宁石

---

①　阮元校刻. 孝经注疏 [M]. 十三经注疏. 北京：中华书局，1980：2538.

②　永瑢等. 四库全书总目 [M]. 北京：中华书局，1965：263.

③　阮元校刻. 孝经注疏 [M]. 十三经注疏. 北京：中华书局，1980：2541.

④　四部丛刊初编经部. 孝经 [M]. 上海商务印书馆缩印建德周氏藏宋本. 8.

刻、岳本、闽本、监本、毛本作减，此本误减，今改正，《注》同。"①

刘《注》与初编本《孝经》的差异是：

刘《注》所引较初编本《孝经》于"圣人"前少一"此"字。

刘《注》作"教"而初编本《孝经》作"政"。十三经注疏本《孝经注疏》亦作"教"（阮元校勘记不言此处《孝经注疏》版本有异）。《册府元龟》卷二七引《孝经》曰："毁不灭性，此圣人之教也。"② 其中作"教"，与刘《注》同。《梁书·昭明太子传》有："毁不灭性，圣人之制。"③ 其中作"制"与刘《注》和今本《孝经》皆异。

又刘《注》作"减"可证阮元《校勘记》之所论。

第八节　经部论语类引书考

二十六、《论语》

《德行》条41等12处刘《注》引作"《论语》"。《方正》条51《注》引作"孔子称"，此条据我们考证也出自《论语》。

考证：今存。关于《论语》的来源、分流、著录、注本等情况可以参看马端临《文献通考·经籍考》卷十一的考证。④

（一）《德行》条41《注》引《论语》曰："令尹子文，三仕为令尹，无喜色；三已之，无愠色。"据余嘉锡、徐震堮、朱铸禹、杨勇等人之书，此处刘《注》版本无异。

《论语·公冶长》有："令尹子文，三仕为令尹，无喜色；三已之，无愠色。"⑤ 阮元《校勘记》不言此处《论语》版本有异。"令尹子文，三仕为令尹"翟灏《四书考异》云："《太平御览·品藻门》述作三任为令尹，《庄子·田子方篇》肩吾问于孙叔敖曰：子三为令尹而不荣华，三去之而

---

① 阮元校刻. 孝经注疏 [M]. 十三经注疏. 北京：中华书局，1980：2562.

② 王钦若等. 册府元龟 [M]. 北京：中华书局，1960：298.

③ 姚思廉. 梁书 [M]. 北京：中华书局，1973：167.

④ 马端临. 文献通考·经籍考 [M]. 上海：华东师范大学出版社，1985：275-276.

⑤ 阮元校刻. 论语注疏 [M]. 十三经注疏. 北京：中华书局，1980：2474.

无忧色，子之用心独奈何？《吕氏·恃君览》孙叔敖三为令尹而不喜，三去令尹而不忧。高诱《注》曰：《论语》云令尹子文，不云叔敖。"①

此处刘《注》与今本《论语》所载全同。

（二）《言语》条9《注》引《论语》曰："齐景公有马千驷，民无德而称焉。"

朱铸禹言："焉，沈校本同，袁本误作'馬'。"②

《论语·季氏》有："齐景公有马千驷，死之日，民无德而称焉。"③ "齐景公有马千驷"翟灏《四书考异》云："《集註》曰章首当有孔子曰字，盖阙文耳。《史通·杂说篇》引此上加子曰字。《四书湖南讲》曰上无子曰字，分明与前合为一章。"④ 刘《注》引《论语》亦无"子曰"二字。"民无德而称焉"阮元《校勘记》云："皇本、高丽本德作得，又皇本无而字。案得与德字虽通，然此处自当作德。王《注》云此所谓以德为称。《正义》云此章贵德也，又云及其死也无德可称，又云其此所谓以德为称者与，皆以斯字即指德言，直截目然，若改为得，颇乖文义。"⑤ 翟灏《四书考异》云："《义疏》本作民无得称焉，《论语集语》本、《四书大全》本皆德作得，《文选》潘岳《河阳县诗》、任昉《求立太宰碑表》、李康《运命论》三《注》皆引《论语》死之日民无得而称焉。……宋儒改作得字而近代刻本则仍改德字，惟祁氏藏宋板《集註》本是得字。"⑥ 刘宝楠《论语正义》："今案：皇《疏》云：'生时无德而多马。'又云：'言多马而无德。'是皇本亦作'德'。今字作'得'，当出异域所改。"⑦ 《四部丛刊初编》本《论语》作"民无得而称焉。"⑧ 初编本《论语》是日本覆刻古卷子本，其作"得"似可证刘宝楠"当出异域所改"的论断。刘《注》作"德"与皇本、高丽本《论语》作"得"异。

①　翟灏. 四书考异 ［M］. 清经解（第三册）. 北京：中华书局，1998：350.

②　朱铸禹. 世说新语汇校集注 ［M］. 上海：上海古籍出版社，2002：58.

③　阮元校刻. 论语注疏 ［M］. 十三经注疏. 北京：中华书局，1980：2522.

④　翟灏. 四书考异 ［M］. 清经解（第三册）. 北京：中华书局，1998：378.

⑤　阮元校刻. 论语注疏 ［M］. 十三经注疏. 北京：中华书局，1980：2523.

⑥　翟灏. 四书考异 ［M］. 清经解（第三册）. 北京：中华书局，1998：378.

⑦　刘宝楠. 论语正义 ［M］. 北京：中华书局，1990：666.

⑧　四部丛刊初编经部. 论语集解 ［M］. 上海商务印书馆缩印长沙叶氏藏日本覆刻古卷子本. 77.

刘《注》所引较今本《论语》于"民无德（得）而称焉"少"死之日"三字。朱铸禹言袁本刘《注》作"馬"不作"焉"，馬、焉形近，袁本刘《注》当因此而致误。《艺文类聚》卷九十三引《论语》曰："齐景公有马千驷，死之日，民无德而称焉。"① 其中有"死之日"三字与今本《论语》同；又据翟灏《考异》所言，《文选》李善《注》引《论语》亦有"死之日"三字。则原本《论语》确实有此三字，刘《注》引用时省略了此三字。

（三）《言语》条 60《注》引《论语》曰："师冕见，及阶，子曰：'阶也。'及席，子曰：'席也。'皆坐，子告之曰：'某在斯，某在斯。'"

杨勇言："下某，宋本作'甚'，非。今依各本。"② 朱铸禹言："甚，袁本作'某'，是，从改。此字形近似致误。"③

《论语·卫灵公》有："师冕见，及阶，子曰：'阶也。'及席，子曰：'席也。'皆坐，子告之曰：'某在斯，某在斯。'"④ "及席"阮元《校勘记》云："高丽本席下有也字，案文义不当有也字，各本俱无。"⑤ 翟灏《四书考异》不言此处《论语》版本有异。

刘《注》与今本《论语》的差异是：

宋本刘《注》作"某在斯，甚在斯"，其他本刘《注》作"某在斯，某在斯"，今本《论语》作"某在斯，某在斯"。诚如朱铸禹所言，甚、某形近而致误。

刘《注》作"及席"，今本《论语》有作"及席"者，也有作"及席也"者（高丽本《论语》）。

（四）《言语》条 105《注》引《论语》曰："子贡问曰：'赐也何如？'子曰：'汝器也。'曰：'何器也？'曰：'瑚琏也。'"据余嘉锡、徐震堮、朱铸禹、杨勇等人之书，此处刘《注》版本无异。

《论语·公冶长》有："子贡问曰：'赐也何如？'子曰：'女器也。'

① 欧阳询. 艺文类聚 [M]. 上海：上海古籍出版社，1965：1612.
② 杨勇. 世说新语校笺 [M]. 北京：中华书局，2006：106.
③ 朱铸禹. 世说新语汇校集注 [M]. 上海：上海古籍出版社，2002：110.
④ 阮元校刻. 论语注疏 [M]. 十三经注疏. 北京：中华书局，1980：2519.
⑤ 阮元校刻. 论语注疏 [M]. 十三经注疏. 北京：中华书局，1980：2520.

曰：'何器也？'曰：'瑚琏也。'"。① "赐也何如"阮元《校勘记》云："高丽本作如何"。"瑚琏也"阮元《校勘记》云："案《说文》槤，胡槤也。大徐云：今俗作连，非。《九经古义》云：瑚连二字从玉旁，俗所作也，当为胡连，《春秋传》曰胡簋之事，《明堂位》曰夏后氏之四连，皆不从玉旁，据此则槤为本字，连为假借，从玉者，俗字耳。案韩勅《礼器碑》胡辇器用即胡连也。"② 据《九经古义》，刘《注》引《论语》作"瑚琏"是俗字。"赐也何如"翟灏《四书考异》云："《七经考文补遗》曰：古本作如何。《史记·弟子传》作：赐何人也。"③ 则刘《注》作"赐也何如"与高丽本、古本《论语》作"如何"异。阮元《校勘记》、翟灏《考异》均不言"女器也"《论语》版本有异，然刘《注》作"汝器也"与十三经《论语注疏》作"女器也"异，而《四部丛刊初编》本《论语》作"汝"与刘《注》同。④ 女、汝古今字。

（五）《文学》条35《注》引《论语》曰："默而識之，誨人不倦，何有於我哉？"据余嘉锡、徐震堮、朱铸禹、杨勇等人之书，此处刘《注》版本无异。然朱铸禹《集注》作"嘿而識之"与其他家皆不同。

《论语·述而》有："默而識之，学而不厭，誨人不倦，何有於我哉？"⑤ "默而識之"阮元《校勘记》云："《释文》出默而，云俗作嘿。《五经文字》云：默与嘿同，经典通为语默字。"⑥ "默而識之"翟灏《四书考异》云："《论语》《释文》曰：默俗作嘿。《五经文字》曰：默与嘿同，经典通为语默字。"⑦

刘《注》所引较今本《论语》少"学而不厌"四字。据阮元《校勘记》和翟灏《考异》，朱铸禹《集注》作"嘿"亦不误。

（六）《文学》条93《注》引《论语》曰："孔子式负版者。"据余嘉

① 阮元校刻. 论语注疏 [M]. 十三经注疏. 北京：中华书局，1980：2473.
② 阮元校刻. 论语注疏 [M]. 十三经注疏. 北京：中华书局，1980：2475.
③ 翟灏. 四书考异 [M]. 清经解（第三册）. 北京：中华书局，1998：349.
④ 四部丛刊初编经部. 论语集解 [M]. 上海商务印书馆缩印长沙叶氏藏日本覆刻古卷子本. 17.
⑤ 阮元校刻. 论语注疏 [M]. 十三经注疏. 北京：中华书局，1980：2481.
⑥ 阮元校刻. 论语注疏 [M]. 十三经注疏. 北京：中华书局，1980：2484.
⑦ 翟灏. 四书考异 [M]. 清经解（第三册）. 北京：中华书局，1998：353.

锡、徐震堮、朱铸禹、杨勇等人之书，此处刘《注》版本无异。

《论语·乡党篇》有"式负版者"。①阮元《校勘记》不言此处《论语》版本有异。翟灏《四书考异》云："《七经考文》曰古本版作板。"②

刘《注》所引较今本《论语》多"孔子"二字。又作"版"与《七经考文》所言古本《论语》作"板"异。

（七）《品藻》条 41《注》引《论语》曰："微子去之，箕子为之奴，比干谏而死。子曰：'殷有三仁焉。'""子路曰：'桓公杀公子纠，召忽死之，管仲不死，曰未仁乎？'子曰：'桓公九合诸侯，一匡天下，不以兵车，管仲之力。如其仁！如其仁！'"据余嘉锡、徐震堮、朱铸禹、杨勇等人之书，此处刘《注》版本无异。

其中刘《注》所引"殷有三仁焉"之前一段内容见于今本《论语·微子篇》，作："微子去之，箕子为之奴，比干谏而死。孔子曰：'殷有三仁焉。'"③阮元《校勘记》不言此处《论语》版本有异。翟灏《四书考异》亦不言此处《论语》版本有异，但列举了他书所载此事和他书征引《论语》此文。④

刘《注》与今本《论语》的差异是：刘《注》作"子曰"而今本《论语》作"孔子曰"。

刘《注》所引"子路曰"后面的一段内容见于《论语·宪问篇》，作："子路曰：'桓公杀公子纠，召忽死之，管仲不死，曰：未仁乎？'子曰：'桓公九合诸侯，不以兵车，管仲之力也。如其仁！如其仁！'"⑤阮元《校勘记》不言此处《论语》版本有异。翟灏《四书考异》亦不言此处《论语》版本有异。

刘《注》与今本《论语》的差异是：

刘《注》于"九合诸侯"后有"一匡天下"四字而今本《论语》对应处无。但《论语·宪问篇》有："子贡曰：'管仲非仁者与？桓公杀公子纠，不能死，又相之。'子曰：'管仲相桓公，霸诸侯，一匡天下，民到于

---

① 阮元校刻. 论语注疏［M］. 十三经注疏. 北京：中华书局，1980：2496.

② 翟灏. 四书考异［M］. 清经解（第三册）. 北京：中华书局，1998：363.

③ 阮元校刻. 论语注疏［M］. 十三经注疏. 北京：中华书局，1980：2528.

④ 翟灏. 四书考异［M］. 清经解（第三册）. 北京：中华书局，1998：381.

⑤ 阮元校刻. 论语注疏［M］. 十三经注疏. 北京：中华书局，1980：2511.

今受其赐。'"① 可见刘《注》所引"一匡天下"四字见于此段《论语》中。

刘《注》"管仲之力"后无"也"字而今本《论语》有。

很明显，刘《注》是把《论语》三处的内容放到了一起。刘孝标把"九合诸侯"和"一匡天下"放到了一起，但这并非刘《注》之首创，在刘《注》之前的古文献中有很多这样的使用，如《管子·小匡篇》、《晏子春秋·问下篇》、《荀子·王霸篇》、《史记·齐世家》、《战国策》、《韩非子·十过篇》、《吕氏春秋·审分览》、《韩诗外传》、《大戴礼·保傅篇》、《淮南子·氾论训》、《论衡·书虚篇》、魏武帝《短歌行》等等。② 正是有了这些文献的引导，再加上《论语》他处确实有"一匡天下"四字，刘《注》在引用时自觉或不自觉地就把"九合诸侯"和"一匡天下"整合到了一起。翟灏《四书考异》于"桓公九合诸侯"下列了众多引有"九合诸侯，一匡天下"的文献，并云："按自《公》、《谷》以来，俱谓九为实数，周秦两汉人以九合一匡作偶语者又如此之多……。"《考异》又指出："《世说新语注》引《论语》不以上有一匡天下四字。"③

（八）《规箴》条 3《注》引《论语》曰："宰我问：'三年之丧，朞已久矣。'子曰：'食夫稻，衣夫锦，於汝安乎？夫君子居丧，食旨不甘，闻乐不乐，居处不安，故不为也！今汝安，则为之。'"余嘉锡、徐震堮、朱铸禹、杨勇等人均不言此处刘《注》版本有异。

《论语·阳货篇》有："宰我问：'三年之丧，期已久矣。君子三年不为礼，礼必坏；三年不为乐，乐必崩。旧穀既没，新穀既升，钻燧改火，期可已矣。'子曰：'食夫稻，衣夫锦，於女安乎？'曰：'安。'女安则为之。夫君子之居丧，食旨不甘，闻乐不乐，居处不安，故不为也！今女安，则为之。'"④ "期已久矣"阮元《校勘记》云："《释文》出期已久矣，云一本作朞。""食夫稻衣夫锦"阮元《校勘记》云："皇本、高丽本稻下锦下有也字，案《世说·规箴篇》引此文亦并有也字。""安，女安则为

---

① 阮元校刻. 论语注疏［M］. 十三经注疏. 北京：中华书局，1980：2512.

② 详见程树德. 论语集释［M］. 北京：中华书局，1990：982-983.

③ 翟灏. 四书考异［M］. 清经解（第三册）. 北京：中华书局，1998：373.

④ 阮元校刻. 论语注疏［M］. 十三经注疏. 北京：中华书局，1980：2526.

之”阮元《校勘记》云：“皇本女上有曰字。”① “期已久矣”翟灏《四书考异》云：“《释文》曰期音基，一本作其。《史记·弟子传》作不已久乎。《世说新语》引文期字作朞。”“食夫稻三句”翟灏《四书考异》云：“《义疏》本稻下锦下并有也字，女作汝下同。《世说新语·规箴类》郭林宗谓陈元方引孔子曰：衣夫锦也，食夫稻也，於汝安乎。”“女安则为之”翟灏《四书考异》云：“《义疏本》汝上有曰字。”②

刘《注》与今本《论语》的差异是：

刘《注》作“朞”而今本《论语》作“期”。据阮元《校勘记》，刘《注》与陆德明《释文》所言作“朞”本《论语》同。

刘《注》无“君子三年不为礼，礼必坏；三年不为乐，乐必崩。旧穀既没，新穀既升，鑽燧改火，期可已矣。”和“曰：‘安’‘女安，则为之。’”等内容。今本《论语》有。

刘《注》作“汝”而今本《论语》有作“女”者，也有作“汝”者（据翟灏《考异》，《义疏》本《论语》作汝）。刘《注》与《义疏》本《论语》同。

刘《注》作“食夫稻，衣夫锦”，今本《论语》有作“食夫稻，衣夫锦”者，也有作“食夫稻也，衣夫锦也”者。（据阮元《校勘记》，皇本（翟灏所言的《义疏》本）、高丽本《论语》作“食夫稻也，衣夫锦也”）。《四部丛刊初编》本《论语》“稻”、“锦”二字后即均有“也”字。③

刘《注》作“君子居丧”，今本《论语》作“君子之居丧”。

（九）《简傲》条 11《注》计两次引用《论语》。

1. 其中一次引《论语》曰：“厩焚，孔子退朝曰：‘伤人乎？’不问马。”余嘉锡、徐震堮、朱铸禹、杨勇等人均不言此处刘《注》版本有异，但余嘉锡、徐震堮二书作“厩”而朱铸禹、杨勇二书作“廄”。

《论语·乡党篇》有：“廄焚，子退朝曰：‘伤人乎？’不问马。”④ “廄焚”阮元《校勘记》云：“唐石经廄作廐。《释文》出廄与此本同。闽本、

---

① 阮元校刻. 论语注疏［M］. 十三经注疏. 北京：中华书局，1980：2528.

② 翟灏. 四书考异［M］. 清经解（第三册）. 北京：中华书局，1998：381.

③ 四部丛刊初编经部. 论语集解［M］. 海商务印书馆缩印长沙叶氏藏日本覆刻古卷子本. 82-83.

④ 刘宝楠. 论语正义［M］. 北京：中华书局，1990：422.

北监本、毛本作庪，大误。"① 翟灏《四书考异》云："《家语·子贡问篇》孔子为大司寇，国庪焚，子退朝而之火所，乡人有自为火来者，则拜之曰，是亦相弔之道也。李涪《论语刊误》曰：五十年来，马廄字皆书庪字，廄字从殳，既字从旡，经史中且无此庪字，殳者戈戟之属，马亦武事，故曰廄库若从旡则失武事之意。"②

刘《注》与今本《论语》的差异是：

王先谦重雕纷欣阁本（据余嘉锡《笺疏》）、袁本（据徐震堮《校笺》）刘《注》作"庪"，宋本刘《注》（据朱铸禹《集注》和杨勇《校笺》）作"廄"，今本《论语》有作"廄"者（十三经注疏本《论语》），也有作"庪"者（据阮元《校勘记》，闽本、北监本、毛本《论语》作"庪"）。据阮元、李涪的观点，作"庪"误。

又刘《注》作"孔子"而今本《论语》作"子"。

2. 另一次引《论语》曰："子路问死。孔子曰：'未知生，焉知死？'"余嘉锡、徐震堮、朱铸禹、杨勇等人均不言此处刘《注》版本有异。

《论语·先进篇》有："季路问事鬼神。子曰：'未能事人，焉能事鬼？'曰：'敢问死？'曰：'未知生，焉知死？'"③ "曰敢问死"阮元《校勘记》云："朱子《集注》本无曰字。案皇《疏》云：曰敢问死者，此又问当来之事也。邢《疏》云：曰敢问死者，子路又曰敢问人之若死，其事何如。是皇、邢本并有曰字，又《匡谬正俗》引此文亦有曰字，今《集注》本无曰字，误脱。"④ "季路问事鬼神"翟灏《四书考异》云："《七经考文》曰一本作子路。""敢问死"翟灏《四书考异》云："《义疏》本、《注疏》本敢上并有曰字。皇氏曰：曰敢问死者，此又问当来之事也。邢氏曰：曰敢问死者，子路又曰敢问人之死，其事何如也。唐石经、宋石经敢问上并有曰字。南轩解本有曰字。《匡谬正俗》引亦有曰字。《七经考文》曰：曰敢问死，古本死上有事字。"⑤ 《四部丛刊初编》本《论语集解》即有"事"字。

---

①　阮元校刻. 论语注疏［M］. 十三经注疏. 北京：中华书局，1980：2497.

②　翟灏. 四书考异［M］. 清经解（第三册）. 北京：中华书局，1998：362.

③　阮元校刻. 论语注疏［M］. 十三经注疏. 北京：中华书局，1980：2499.

④　阮元校刻. 论语注疏［M］. 十三经注疏. 北京：中华书局，1980：2501.

⑤　翟灏. 四书考异［M］. 清经解（第三册）. 北京：中华书局，1998：364.

刘《注》与今本《论语》的差异是：

刘《注》只引子路"问死"的部分而未引"问事鬼神"的部分。

刘《注》作"子路问死"，今本《论语》有作"曰敢问死"者（《论语正义》云："皇、邢本、唐、宋石经'敢问'上有'曰'字。"①），也有作"敢问死"者（朱子《集注》本）。今本《论语》"曰敢问死"中的主语"季路"承前而省，刘《注》作"子路"与《七经考文》所言作"子路"本《论语》同。

刘《注》作"孔子曰"而今本《论语》作"曰"。今本《论语》"曰"的主语"子"亦承前而省。刘《注》作"孔子曰"当是间接引用的反映。

（十）《排调》条 39《注》引《论语》曰："后生可畏，焉知来者之不如今?"各家不言此处刘《注》版本有异。

《论语·子罕篇》："子曰：'后生可畏，焉知来者之不如今也?'"②"后生可畏"阮元《校勘记》云："皇本、高丽本畏下有也字。"③"后生可畏"翟灏《四书考异》云："《义疏》本畏下有也字。""焉知来者之不如今也"翟灏《四书考异》云："《新序·杂事篇》引作安知来者之不如今，无也字。《宋书·索虏传》拓跋焘书引此、《文选》魏文帝《与吴质书》《注》引此皆无也字。"④

刘《注》与今本《论语》的差异是：

刘《注》无"子曰"二字而今本《论语》有。

刘《注》"今"后无"也"字而今本《论语》有。据翟灏《考异》，刘《注》之前的《新序·杂事篇》引"今"后即无"也"字。

刘《注》"后生可畏"后无"也"字，今本《论语》有有"也"字者（皇本、高丽本），也有无"也"字者。《四部丛刊初编》本《论语》作："子曰：'后生可畏也，焉知来者之不如今也?'"⑤ 其中"畏"后有"也"字。

---

① 刘宝楠. 论语正义［M］. 北京：中华书局，1990：450.

② 阮元校刻. 论语注疏［M］. 十三经注疏. 北京：中华书局，1980：2491.

③ 阮元校刻. 论语注疏［M］. 十三经注疏. 北京：中华书局，1980：2493.

④ 翟灏. 四书考异［M］. 清经解（第三册）. 北京：中华书局，1998：360.

⑤ 四部丛刊初编经部. 论语集解［M］. 上海商务印书馆缩印长沙叶氏藏日本覆刻古卷子本. 39.

（十一）《忿狷》条 4《注》引《论语》曰："哀公问弟子孰为好学？孔子曰：'有颜回者，好学，不迁怒，不贰过，不幸短命死矣。'"余嘉锡、徐震堮、朱铸禹、杨勇等人均不言此处刘《注》版本有异。

《论语·雍也篇》有："哀公问：'弟子孰为好学？'孔子对曰：'有颜回者好学，不迁怒，不贰过，不幸短命死矣，今也则亡，未闻好学者也。'"①"哀公问弟子孰为好学"阮元《校勘记》云："皇本、高丽本问下有曰字。"② 翟灏《四书考异》云："哀公问弟子孰为好学三句，皇氏《义疏》本问下有曰字。《论衡·问孔篇》两述此文，一作哀公问孔子，一作孰谓好学。《文选·怀旧赋》《注》引《论语》曰：哀公问孔子弟子孰为好学。孔子曰：有颜回者，不幸短命死矣。上有孔子字，下无好学字。又《杨仲武诔》《注》引文颜回者下亦无好学二字。"③

《史记·仲尼弟子列传》有："鲁哀公问：'弟子孰为好学？'孔子对曰：'有颜回者好学，不迁怒，不贰过，不幸短命死矣，今也则亡。'"④

刘《注》当是截引了《论语》"哀公问"中的部分内容。对应处的差异是：

刘《注》作"哀公问"，今本《论语》有作"哀公问"者，也有作"哀公问曰"者（据阮元《校勘记》和翟灏《四书考异》，皇本、高丽本《论语》作"哀公问曰"。初编本《论语》即作"哀公问曰"⑤）。《史记》虽作"鲁哀公"，但"问"后无"曰"字。

刘《注》作"孔子曰"，今本《论语》作"孔子对曰"。其中刘《注》"曰"前无"对"字。《史记·仲尼弟子列传》亦作"孔子对曰"。

（十二）《方正》条 51《注》引："孔子称：'唯女子与小人为难养，近之则不逊，远之则怨。'"余嘉锡、徐震堮、朱铸禹、杨勇等人均不言此处刘《注》版本有异。

《论语·阳货篇》有："子曰：'唯女子与小人为难养也，近之则不逊，

① 阮元校刻. 论语注疏［M］. 十三经注疏. 北京：中华书局，1980：2477.
② 阮元校刻. 论语注疏［M］. 十三经注疏. 北京：中华书局，1980：2480.
③ 翟灏. 四书考异［M］. 清经解（第三册）. 北京：中华书局，1998：351.
④ 司马迁. 史记［M］. 北京，中华书局，1959：2188.
⑤ 四部丛刊初编经部. 论语集解［M］. 上海商务印书馆缩印长沙叶氏藏日本覆刻古卷子本. 21-22.

远之则怨。'"① 阮元《校勘记》云："皇本怨上有有字。"②"唯女子与小人句"翟灏《四书考异》云："《后汉书·爰延传》引文唯字作惟，养下无也字。又《杨震传》注、《世说新语注》引皆无也字。""近之则不逊，远之则怨"翟灏《四书考异》云："《义疏》本作远之则有怨。"③

刘《注》与今本《论语》的差异是：

刘《注》作"孔子称"而今本《论语》作"子曰"。

刘《注》"养"后无"也"字而今本《论语注疏》有。据翟灏《考异》，刘《注》之前的《后汉书·爰延传》引"养"后即无"也"字，可为刘《注》之借鉴。

刘《注》作"远之则怨"，今本《论语》有与刘《注》同者，也有作"远之则有怨"者（义疏本《论语》）。

刘《注》计 12 处引用《论语》，所引之内容均见于今本《论语》，其中只有 1 处与今本《论语》文字全同，其余 11 处均或多或少存在差异。这些差异的产生有不同的原因，有的是因为刘《注》本身的版本，有的是因为今本《论语》版本的不同，还有的是因为刘《注》的省略和改动。

具体来说，刘《注》在引用《论语》时，常把其中的"子"改换成了"孔子"，这种改换可以看出刘孝标对所引文献的内容是以自己的话来叙述的。刘《注》所引内容有的较今本《论语》多出一些内容，如"一匡天下"；有的少一些内容，如少句后的"也"字。在一些古今字的使用上，刘《注》使用了今字，如对于"女"、"汝"这对古今字，刘《注》就使用了"汝"字。刘《注》所引内容有的与今本《论语》的不同版本产生了差异，即刘《注》所引同一内容与今本《论语》的这个版本相同，但与今本《论语》的那个版本却不同。那么刘孝标作《注》最有可能使用哪个本子的《论语》呢？从刘《注》引有《论语》包咸《注》、孔安国《注》、马融《注》、郑玄《注》来分析，刘孝标很有可能选择的是何晏《集解》本《论语》。马端临《文献通考·经籍考》著录何晏《论语注》十卷，并引晁氏曰："魏何晏《集解》。其序自云：'据《鲁论》包咸、周氏、孔安国、马

---

① 阮元校刻. 论语注疏 [M]. 十三经注疏. 北京：中华书局，1980：2526.
② 阮元校刻. 论语注疏 [M]. 十三经注疏. 北京：中华书局，1980：2528.
③ 翟灏. 四书考异 [M]. 清经解（第三册）. 北京：中华书局，1998：381.

融、郑康成、陈群、王肃、周生烈八家之说，与孙邕、郑冲、曹羲、荀顗集诸家训解为之。'"① 何晏的《论语集解》确实集了包咸、孔安国、马融、郑玄等人的《注》。

二十七、包氏《论语》

《德行》条 35《注》引作"包氏《论语》曰"。见上文考证。

考证：今佚，但有辑佚。朱铸禹《集注》引《后汉书》曰："包咸字子良，会稽人。光武时，授皇太子《论语》，章句出焉。"②《后汉·艺文志》著录有包咸《论语章句》，以后的史志中不见著录（据杨家骆《历代经籍志》）。关于包氏《论语》的辑佚情况可以参看《古佚书辑本目录》，《目录》言："包咸（皇侃《论语义疏》作苞咸），字子良，会稽曲阿人，少习《鲁诗》、《论语》，建武中，入授皇太子《论语》，又为其章句。官至大鸿胪。（《后汉书》本传）何晏《论语集解序》、《释文序录》并称包咸为《论语章句》不言卷数。《隋》、《唐志》不载，蓋久佚。马国翰据《集解》、《文选》李善注、韩愈《论语笔解》等所引辑为二卷。王仁俊从慧琳《一切经音义》、《原本玉篇》各採得一节，以补马辑之缺。"③ 包氏《论语》（即《论语》包氏《注》）的一些内容当见于何晏的《论语集解》，《文献通考·经籍考》著录有何晏《论语注》十卷，④ 此《论语注》今天我们称之为《论语集解》，何晏《论语集解》今天比较多见。

《德行》条 35《注》引包氏《论语》曰："祷，请也。"余嘉锡、徐震堮、朱铸禹、杨勇等人均不言此处刘《注》版本有异。

《论语·述而篇》："子疾病，子路请祷。"《注》："包曰：'祷，祷请于鬼神。'"⑤ 阮元《校勘记》不言此处《论语》《注》文版本有异。《四部丛刊初编》本《论语集解》作："苞氏曰：'祷，祷请于鬼神也。'"⑥ 包、苞

① 马端临. 文献通考·经籍考 [M]. 上海：华东师范大学出版社，1985：276.
② 朱铸禹. 世说新语汇校集注 [M]. 上海：上海古籍出版社，2002：32.
③ 孙启治，陈建华. 古佚书辑本目录 [M]. 北京：中华书局，1997：67.
④ 马端临. 文献通考·经籍考 [M]. 上海：华东师范大学出版社，1985：276.
⑤ 阮元校刻. 论语注疏 [M]. 十三经注疏. 北京：中华书局，1980：2484.
⑥ 四部丛刊初编经部. 论语集解 [M]. 上海商务印书馆缩印长沙叶氏藏日本覆刻古卷子本. 31.

二字的关系是：段玉裁《说文解字注》："包，亦作苞，皆假借字。"① 《易·泰》"包荒"，阮元《校勘记》引陆德明《释文》云："包，本又作苞。"② 《潜夫论·德化》"德者，所以苞之也"，汪继培《笺》："苞，与包同。"③ 《庄子·天运》"苞裹不极"，陆德明《释文》："苞裹音包，本或作包。"④

刘《注》作"祷，请也"，今本《论语》所载包《注》作"祷，祷请于鬼神（也）"。

《玉篇·示部》："祷，请也。"⑤ 刘《注》所引之内容与《玉篇》所记同。所以，刘《注》所引内容虽然与今本《论语》所载包咸《注》有较大不同，但刘《注》所引内容绝非向壁虚造。

二十八、马融《论语注》

《言语》条 72《注》引作"马融注《论语》曰"。《简傲》条 11《注》引作"马融《注》曰"，上承《注》所引《论语》而引。

考证：今佚，但有辑佚，所辑亦是据何晏《论语集解》。关于马融《论语注》的辑佚情况可以参看《古佚书辑本目录》，《目录》言："《后汉书》本传称马融注解《论语》，何晏《论语集解序》谓融为《古文论语》训说，皇侃《论语义疏》则称融为《鲁论语》训说。然本传祇言注《论语》，未言是《古论》或《鲁论》。刘宝楠谓何《序》称《古论》者，以融注他经多为古文，故意度所注《论语》亦是《古论》也。（见《论语正义》卷二十四）《隋》、《唐志》不载其书，马国翰据《集解》等所引辑成二卷。"⑥ 《后汉·艺文志》著录有马融《古文论语注》。（据杨家骆《历代经籍志》）

（一）《言语》条 72《注》引马融注《论语》曰："唯义所在。"余嘉锡、徐震堮、朱铸禹、杨勇等人均不言此处刘《注》版本有异。

---

① 段玉裁. 说文解字注 [M]. 上海：上海古籍出版社，1998：434.

② 阮元校刻. 周易正义 [M]. 十三经注疏. 北京：中华书局，1980：33.

③ 汪继培笺，王符撰. 潜夫论 [M]. 上海：上海古籍出版社，1978：438.

④ 郭庆藩. 庄子集释 [M]. 北京：中华书局，2004：510.

⑤ 宋本玉篇 [M]. 北京：北京市中国书店，1983：12.

⑥ 孙启治，陈建华. 古佚书辑本目录 [M]. 北京：中华书局，1997：67.

《论语·微子篇》："我则异于是，无可无不可。"《注》："马曰：'亦不必进，亦不必退，惟义所在。'"① 阮元《校勘记》不言此处《论语》马融《注》版本有异。然《四部丛刊初编》本《论语集解》："我则异于是，无可无不可。"下《注》："马融曰：'亦不必进，亦不必退，唯义所在。'"② 与《论语注疏》所载稍有差异。

刘《注》所引内容截取了马融《注》中的一部分。刘《注》作"唯"与初编本《论语集解》同，而与十三经注疏本《论语》作"惟"异。唯、惟二者的关系是：《论语·为政》"父母唯其疾之忧"，刘宝楠《正义》："唯，与惟同。"③《墨子·尚贤中》"唯毋得贤人而使之"，《集解》："唯旧作惟，孙据王校改。"④《楚辞·离骚》"夫唯灵修之故也"，王逸《注》："唯，一作惟。"⑤ 冯登府《三家诗异文疏证》卷二"唯此文王"下有："唯、维、惟同。"⑥《楚辞·招魂》"惟魂是索些"，王逸《注》："惟，一作唯。"⑦《论语·里仁》"惟仁者能好人"，刘宝楠《正义》："惟，皇本、宋石经、宋刻《九经》俱作唯。"⑧ 可见，"惟"、"唯"二者有义同之时，在古文献中也有互作之处。

（二）《简傲》条 11《注》引马融《注》曰："死事难明，语之无益，故不答。"余嘉锡、徐震堮、朱铸禹、杨勇等人均不言此处刘《注》版本有异。

《论语·先进篇》："未知生，焉知死？"《注》："陈曰：'鬼神及死事难明，语之无益，故不答。'"⑨ 阮元《校勘记》不言此处《论语》注版本有异。刘宝楠《正义》曰："《世说·简傲篇注》引马融《注》曰：'死事难

---

① 阮元校刻. 论语注疏［M］. 十三经注疏. 北京：中华书局，1980：2530.

② 四部丛刊初编经部. 论语集解［M］. 上海商务印书馆缩印长沙叶氏藏日本覆刻古卷子本. 87.

③ 刘宝楠. 论语正义［M］. 北京：中华书局，1990：48.

④ 张纯一. 墨子集解（修正本）［M］. 上海：世界书局，中华民国二十五年九月初版. 53.

⑤ 洪兴祖. 楚辞补注［M］. 北京：中华书局，1983：9.

⑥ 冯登府. 三家诗异文疏证［M］. 清经解（第七册）. 上海：上海书店，1998：989.

⑦ 洪兴祖. 楚辞补注［M］. 北京：中华书局，1983：199.

⑧ 刘宝楠. 论语正义［M］. 北京：中华书局，1990：141.

⑨ 阮元校刻. 论语注疏［M］. 十三经注疏. 北京：中华书局，1980：2499.

明，语之无益，故不答。'与此陈《注》同，当是彼文误引。"① 初编本《论语集解》："未知生，焉知死？"《注》："陈群曰：'鬼神及死事难明，语之无益，故不答也。'"② 据今本《论语》，刘《注》所引"马融《注》曰"一段内容非马融之《注》，而是陈群《注》。刘宝楠《正义》只据今本《论语》而断定《世说》刘《注》误，未有他证。其实，缘何不能以刘《注》来断定今本《论语》误。存之，似乎更合理。

二十九、孔安国《论语注》

《言语》条 103《注》、《排调》条 3《注》引作"孔安国注《论语》曰"。《尤悔》条 17《注》引作"孔安国《注》曰"，正文提到《论语》。《排调》条 39《注》、《言语》条 9《注》引作"孔安国曰"，上承《注》所引《论语》而引。《德行》条 35《注》引作"孔安国曰"，上承《注》所引《包氏论语》而引。另外，《言语》条 60《注》引"注"，此上承刘《注》所引《论语》而引，据我们考证当是孔安国《论语注》（见下文考证）

考证：今佚，但有辑佚。关于孔《注》的辑佚情况可参看《古佚书辑本目录》，《目录》言："马国翰引王肃《孔子家语后序》，称孔安国考论古今文字，撰众师之义，为《古文论语训解》十一篇。魏何晏《论语集解》多引孔安国《注》，马氏据以采撷，辑成十一卷。按安国注《论语》，《史记》、《汉书》均无记载，《汉志》及《隋》、《唐志》亦无其书，故清儒多以《集解》所引不可据信。陈鳣《论语古训》、沈涛《论语孔注辨伪》、丁晏《论语孔注证伪》、刘宝楠《论语正义》（卷二十四）等皆有论说，或以为何晏伪讬，或以为出王肃之手，迄未能裁定。要之虽非安国所撰，视为魏以前人旧解，则仍不失为古注。王仁俊补马国翰之缺，从慧琳《一切经音义》采得二节。"③

（一）《德行》条 35《注》引孔安国曰："孔子素行合于神明，故曰：

---

① 刘宝楠. 论语正义 [M]. 北京：中华书局，1990：449-450.

② 四部丛刊初编经部. 论语集解 [M]. 上海商务印书馆缩印长沙叶氏藏日本覆刻古卷子本. 47.

③ 孙启治，陈建华. 古佚书辑本目录 [M]. 北京：中华书局，1997：67.

'丘之祷久矣。'"余嘉锡、徐震堮、朱铸禹、杨勇等人均不言此处刘《注》版本有异。

《论语·述而篇》"丘之祷久矣"下《注》："孔曰：孔子素行合于神明，故曰：丘之祷久矣。"① 正文"丘之祷久矣"阮元《校勘记》云："皇本、高丽本祷下有之字。"② 阮元《校勘记》不言此处《论语》孔《注》版本有异。然《四部丛刊初编》本《论语集解》"丘之祷久矣"下《注》作："孔安国曰：'孔子素行合于神明，故曰：丘之祷之久矣。'"③ 初编本《论语集解》孔《注》"祷"后有一"之"字。阮元《校勘记》言皇本、高丽本《论语》"祷"后有之字，皇本、高丽本孔《注》"祷"后亦当有"之"字。

可见，刘《注》无"之"字与皇本、高丽本《论语》孔《注》异，而与其他本《论语》孔《注》同。

（二）《言语》条9《注》引孔安国曰："千驷，四千匹。"余嘉锡、徐震堮、朱铸禹、杨勇等人均不言此处刘《注》版本有异，但朱铸禹《集注》作"四千疋"。匹、疋二字的关系是：《楚辞·九章·怀沙》"独无匹兮"，王逸注云："匹，俗作疋。"④《广韵·质韵》亦云："匹，俗作疋。"⑤

《论语·季氏篇》："齐景公有马千驷，死之日，民无德而称焉。"下《注》："孔曰：'千驷，四千匹。'"⑥ 阮元《校勘记》不言此处《论语》孔《注》版本有异。然《四部丛刊初编》本《论语集解》作"孔安国曰：'千驷，四千匹也。'"⑦ 初编本《论语集解》"匹"后有一"也"字与刘《注》和十三经《论语注疏》异。

（三）《言语》条60刘《注》引《注》："历告坐中人也。"余嘉锡、徐震堮、朱铸禹、杨勇等人均不言此处刘《注》版本有异。

①　阮元校刻. 论语注疏 [M]. 十三经注疏. 北京：中华书局，1980：2484.
②　阮元校刻. 论语注疏 [M]. 十三经注疏. 北京：中华书局，1980：2486.
③　四部丛刊初编经部. 论语集解 [M]. 上海商务印书馆缩印长沙叶氏藏日本覆刻古卷子本. 31.
④　洪兴祖. 楚辞补注 [M]. 北京：中华书局，1983：145.
⑤　宋本广韵 [M]. 北京：北京市中国书店，1982：449.
⑥　阮元校刻. 论语注疏 [M]. 十三经注疏. 北京：中华书局，1980：2522.
⑦　四部丛刊初编经部. 论语集解 [M]. 上海商务印书馆缩印长沙叶氏藏日本覆刻古卷子本. 77.

《论语·卫灵公篇》："皆坐，子告之曰：'某在斯，某在斯。'"下孔曰："历告以坐中人姓字所在处。"① 阮元《校勘记》云："皇本坐作座，字下有及字，处下有也字。"② 初编本《论语》"某在斯"下孔安国曰："历告以坐中人姓字及所在处也。"

刘《注》虽然较今本《论语》所载孔《注》于"坐"前少一"以"字、于"人"后少"姓字（及）所在处（也）"等字，但仍能看出刘《注》所引当是来于《论语》孔安国《注》，只是刘《注》在引用时进行了简省。

（四）《言语》条 103《注》引孔安国注《论语》曰："言以好色之心好贤人则善。"余嘉锡、徐震堮、朱铸禹、杨勇等人均不言此处刘《注》版本有异。

《论语·学而篇》"贤贤易色"，下孔曰："言以好色之心好贤则善。"③ 阮元《校勘记》不言此处《论语》孔《注》版本有异。然初编本《论语集解》"贤贤易色"下孔安国曰："言以好色之心好贤则善也。"④ 初编本《论语集解》较十三经《论语注疏》多一"也"字。

刘《注》与今本《论语》孔《注》的差异是：

刘《注》作"好贤人"，今本《论语》作"好贤"。

刘《注》"善"后无"也"字，今本《论语》有的有"也"字，有的无"也"字。

（五）《排调》条 3《注》引孔安国注《论语》曰："忠信为周，阿党为比。党，助也。君子虽众，不相私助。"余嘉锡、徐震堮、朱铸禹、杨勇等人均不言此处刘《注》版本有异。

《论语·为政篇》"君子周而不比"下孔曰："忠信为周，阿党为比。"⑤ 阮元《校勘记》不言此处《论语》孔《注》版本有异。然初编本

---

① 阮元校刻. 论语注疏 [M]. 十三经注疏. 北京：中华书局，1980：2519.

② 阮元校刻. 论语注疏 [M]. 十三经注疏. 北京：中华书局，1980：2520.

③ 阮元校刻. 论语注疏 [M]. 十三经注疏. 北京：中华书局，1980：2458.

④ 四部丛刊初编经部. 论语集解 [M]. 上海商务印书馆缩印长沙叶氏藏日本覆刻古卷子本. 3.

⑤ 阮元校刻. 论语注疏 [M]. 十三经注疏. 北京：中华书局，1980：2462.

《论语集解》作："孔安国曰：'忠信为周，阿党为比也。'"① 此较十三经《论语注疏》所载孔《注》于"比"后多一"也"字。《论语·卫灵公篇》"群而不党"下孔曰："党，助也。君子虽众，不相私助，义之与比。"② 阮元《校勘记》不言此处《论语》孔《注》版本有异。初编本《论语集解》作："孔安国曰：'党，助也。君子虽众，不相私助，义之与比之也。'"③ 此较十三经《论语注疏》所载孔《注》于"比"后多"之也"二字。

比较可知，刘《注》所引孔安国《注》并非来自一处，而是今本两处《论语》孔安国《注》的结合，之所以这么做，是因为《世说·排调》条3正文的"君子周而不比，群而不党"就是《论语》中《为政》和《卫灵公》两处正文的结合，刘孝标作《注》时并未指出此处《世说》正文的来源，但是其所引《注》文却是两处孔《注》的结合无疑。从这里可以再次证实刘《注》所引文献并非原封不动的引用，其中有孝标的加工。刘《注》所引之孔《注》与十三经《论语注疏》所载相比，只少"义之与比"四字。与初编本《论语集解》所载相比：刘《注》"阿党为比"后无"也"字，又少"义之与比之也"六字。

（六）《排调》条39《注》引孔安国曰："后生，少年。"余嘉锡、徐震堮、朱铸禹、杨勇等人均不言此处刘《注》版本有异。

《论语·子罕篇》："子曰：'后生可畏，焉知来者之不如今也？'"下《注》："后生谓年少。"④ "谓年少"阮元《校勘记》："皇本少下有也字。《释文》出少年，云：本今作年少。"⑤ 初编本《论语集解》作"后生谓年少也。"⑥ 初编本《论语集解》与皇本同。

刘《注》作"少年"而今本《论语》作"年少"，据阮元《校勘记》，

---

① 四部丛刊初编经部. 论语集解 [M]. 上海商务印书馆缩印长沙叶氏藏日本覆刻古卷子本. 7.

② 阮元校刻. 论语注疏 [M]. 十三经注疏. 北京：中华书局，1980：2518.

③ 四部丛刊初编经部. 论语集解 [M]. 上海商务印书馆缩印长沙叶氏藏日本覆刻古卷子本. 72.

④ 阮元校刻. 论语注疏 [M]. 十三经注疏. 北京：中华书局，1980：2491.

⑤ 阮元校刻. 论语注疏 [M]. 十三经注疏. 北京：中华书局，1980：2493.

⑥ 四部丛刊初编经部. 论语集解 [M]. 上海商务印书馆缩印长沙叶氏藏日本覆刻古卷子本. 39.

陆德明当得见与刘《注》同作"少年"本《论语》。刘《注》"后生"后无"谓"字而今本《论语》有。今本《论语》未交待此《注》之撰人，而刘《注》明言此《注》为孔安国作，刘《注》对解决今本《论语》存在的问题提供了帮助。

（七）《尤悔》条 17《注》引孔安国《注》曰："不以其道得富贵，则仁者不处。"余嘉锡、徐震堮、朱铸禹、杨勇等人均不言此处刘《注》版本有异。

《论语·里仁篇》："子曰：'富与贵，是人之所欲也，不以其道得之，不处也。'"下孔曰："不以其道得富贵，则仁者不处。"[①] 阮元《校勘记》不言此处《论语》孔《注》版本有异。初编本《论语集解》作"孔安国曰：'不以其道得富贵，不处也。'"[②]

刘《注》和十三经《论语注疏》所载孔《注》完全相同。其中二者均作"则仁者不处"而初编本《论语集解》作"不处也"。

刘《注》凡 7 次引用孔安国《论语注》，称名不一。共有四种称名，分别是：注、孔安国注曰、孔安国曰、孔安国注论语曰。

刘《注》引用的 7 次孔安国《论语注》均可以在今本何晏《论语集解》中找到，此一点可证我们上文刘《注》使用的是何晏《集解》本《论语》的猜测。

刘《注》的引用可以为今本《论语集解》中存在的某个问题的解决提供帮助，如今本《论语集解》中，《注》"后生谓年少（也）"的归属问题，据刘《注》可知其应当归属于孔安国。又如阮元《校勘记》载陆德明《释文》云"本今作年少"的问题，从陆德明的话语中我们可以分析到陆德明见过作"少年"本《论语》，刘《注》引作"少年"，正可以为陆德明说法提供支持。

三十、郑玄《论语注》

《言语》条 105《注》引作"郑玄《注》曰"、《文学》条 93《注》引

---

① 阮元校刻. 论语注疏 [M]. 十三经注疏. 北京：中华书局，1980：2471.

② 四部丛刊初编经部. 论语集解 [M]. 上海商务印书馆缩印长沙叶氏藏日本覆刻古卷子本. 14.

作"郑氏《注》曰",上承注引《论语》而引。《简傲》条 11《注》引作
"《注》",据我们考证此为郑玄《论语注》。（见下文）

考证：今佚，但有辑佚。关于郑玄《论语注》的辑佚情况可以参看
《古佚书辑本目录》的介绍，《目录》言："《后汉书》本传称玄注《论语》。
何晏《论语集解序》云：'汉末大司农郑玄，就《鲁论》篇章，考之
《齐》、《古》以为之注。'《释文序录》及《隋》、《唐志》并载郑玄《论语》
注十卷。按郑注《论语》实据张禹本校以《齐论》、《古论》（参《论语周
氏章句》），其注见於《集解》、《释文》、经疏、史注及唐宋类书引者甚
夥。"[①] 晁公武《郡斋读书志》、陈振孙《直斋书录解题》未著录郑玄《论
语》注。

（一）《言语》条 105《注》引郑玄《注》曰："黍稷器。夏曰瑚，殷
曰琏。"余嘉锡、徐震堮、朱铸禹、杨勇等人均不言此处刘《注》版本
有异。

《论语·公冶长篇》"瑚琏也"下包曰："瑚琏，黍稷之器。夏曰瑚，
殷曰琏，周曰簠簋。宗庙之器贵者。"[②] 阮元《校勘记》不言此处《论语》
包《注》有异。初编本《论语集解》作："苞氏曰：'瑚琏者，黍稷之器
也。夏曰瑚，殷曰琏，周曰簠簋。宗庙器之贵者也。'"[③] 初编本较十三经
《论语注疏》于"瑚琏"后多一"者"字、于"黍稷之器"多一"也"字，
又作"宗庙器之贵者也"与十三经《论语注疏》作"宗庙之器贵者"异。

在今本《论语集解》中，我们未找到此处刘《注》所引郑玄《注》，
只找到了与刘《注》所引相似的包咸《注》。清刘宝楠《论语正义》曰：
"郑《注》云：'黍稷器，夏曰瑚，殷曰琏。'与包咸同。"[④] 宋邢昺云：
"夏器名琏，殷器名瑚，而包咸郑玄等注此《论语》、贾服杜等注《左传》
皆云夏曰瑚，或引有所据，或相从而误也。"[⑤]

（二）《文学》条 93《注》引郑氏《注》曰："版，谓邦国籍也。负之

① 孙启治，陈建华. 古佚书辑本目录 [M]. 北京：中华书局，1997：67-68.

② 阮元校刻. 论语注疏 [M]. 十三经注疏. 北京：中华书局，1980：2473.

③ 四部丛刊初编经部. 论语集解 [M]. 上海商务印书馆缩印长沙叶氏藏日本覆刻古卷子
本. 17.

④ 刘宝楠. 论语正义 [M]. 北京：中华书局，1990：167-168.

⑤ 阮元校刻. 论语注疏 [M]. 十三经注疏. 北京：中华书局，1980：2473.

者，贱隶人也。"余嘉锡、徐震堮、朱铸禹、杨勇等人均不言此处刘《注》版本有异。

《论语·乡党篇》"式负版者"下孔曰："负版者，持邦国之图籍。"① 阮元《校勘记》不言此处《论语》孔《注》版本有异。初编本《论语集解》作："孔安国曰：'负版者，持邦国之图籍者也。'"较十三经《论语注疏》所载孔《注》于"图籍"后多"者也"二字。

在今本《论语集解》中，我们亦未找到此处刘《注》所引郑玄《注》，只找到了与刘《注》所引相似的孔安国《注》。刘宝楠《论语正义》曰："郑此《注》云：'版，谓邦国图籍也。负之者，贱隶人也。'"② 不知刘宝楠所言郑《注》据何而来。余嘉锡《笺疏》引罗振玉《鸣沙石室古佚书论语》郑氏《注》《跋》曰："《世说新语注》引'式负版者'，郑《注》此卷无是语。《集解》及《文选》华子冈《诗注》并引孔《注》：'负版，持邦国之图籍者也。'是误以孔《注》为郑也。"③ 据罗振玉的观点，则此处刘《注》所引郑玄《注》实非郑玄《注》，而是孔安国《注》。所以，关于此处刘《注》所引郑玄《注》就存在两种观点：一种认为是郑玄的《注》，另一种认为不是郑玄的《注》而是孔安国的《注》。从刘《注》所引郑《注》与今本《论语集解》所载孔《注》的差异来分析，二者似非出自同一人之手。

（三）《简傲》条 11 刘《注》引《注》："贵人贱畜，故不问也。"余嘉锡、徐震堮、朱铸禹、杨勇等人均不言此处刘《注》版本有异。

《论语·乡党篇》"不问马"下郑曰："重人贱畜。"④ 阮元《校勘记》不言此处《论语》郑《注》版本有异。初编本《论语集解》作："郑玄《注》曰：'重人贱畜也。'"⑤ 较十三经《论语注疏》所载郑《注》多一"也"字。

刘《注》作"贵人贱畜"，今本《论语》作"重人贱畜"。"贵"有

---

① 阮元校刻. 论语注疏 [M]. 十三经注疏. 北京：中华书局，1980：2496.

② 刘宝楠. 论语正义 [M]. 北京：中华书局，1990：431.

③ 余嘉锡. 世说新语笺疏 [M]. 北京：中华书局，1983：272.

④ 阮元校刻. 论语注疏 [M]. 十三经注疏. 北京：中华书局，1980：2495.

⑤ 四部丛刊初编经部. 论语集解 [M]. 上海商务印书馆缩印长沙叶氏藏日本覆刻古卷子本. 43.

"重"义：《老子》十三章"何谓贵"，陆德明《释文》："贵，重也。"①
《国语·晋语》"贵货而易土"，韦昭《注》云："贵，重也。"② 《论语集注》"不问马"，朱熹曰："非不爱马，然恐伤人之意多，故未暇问。盖贵人贱畜，理当如此。"③ 朱熹《注》作"贵人贱畜"与刘《注》同。相同的原因，我们猜测：一是朱熹此说来于刘《注》；二是刘《注》在流传中被后人参考朱熹的说法而改。虽然刘《注》所引之《注》与今本《论语》所载郑《注》存在差异，但是仍能看出刘《注》所引当是郑玄《论语注》。

刘《注》凡 3 次引用郑玄《论语注》（如果《文学》条 93《注》所引为郑玄《注》成立的话），其中只有《简傲》条 11《注》一次引用可以在今本《论语集解》中找到，而这次刘《注》又没有具体交待是郑玄《注》，刘《注》明确交待是郑玄《注》的在今本《论语集解》中均找不到。我们前文猜测刘《注》使用的是何晏集解本的《论语》，但是从刘《注》所引郑玄《注》（《言语》条 105《注》、《文学》条 93《注》）无法在今本《论语集解》中找到来看，当时刘《注》很可能也使用了郑玄《注》本的《论语》。《隋志》、《唐志》皆著录有郑玄《论语注》，刘孝标作《注》之时当得见该《注》。与刘《注》所引两次郑玄《注》对应的，何晏《论语集解》分别使用的是包咸《注》和孔安国《注》，因此我们猜测刘孝标在使用何晏《论语集解》引包咸、孔安国、马融等人《注》的同时，也使用了郑玄《注》本的《论语》来征引郑玄《注》而不是借助何晏《论语集解》来征引郑玄《注》。

三十一、《孔子家语》

《言语》条 9《注》、《政事》条 26《注》、《方正》条 36《注》、《汰奢》条 10《注》均引作"《家语》"。

考证：今存，有佚文。关于《家语》的佚文的辑佚情况可以参看《古佚书辑本目录》的介绍。④ 有人认为今存《孔子家语》是三国魏王肃的伪

---

①　陆德明. 经典释文 [M]. 上海：上海古籍出版社，1985：1396.

②　国语 [M]. 上海：上海古籍出版社，1978：441.

③　朱熹. 论语集注 [M]. 济南：齐鲁书社，1992：100.

④　详见孙启治，陈建华编. 古佚书辑本目录 [M]. 北京：中华书局，1997：206.

作，可以参看清姚际恒《古今伪书考》的考证。当然也有对伪作一说持有异议者，如清陈士珂和钱馥的《孔子家语疏证》序跋，黄震《黄氏日抄》等。直到"1973 年，河北定县八角廊汉墓出土了与《孔子家语》内容相似的竹简；1977 年，安徽阜阳双古堆汉墓又出土了与《孔子家语》有关的简牍。这说明今本《孔子家语》并非伪书，它的原型早在汉初就已存在。"①《汉书艺文志》论语类著录有《孔子家语》二十七卷（师古曰非今所有家语），《隋志》论语类著录有《孔子家语》二十一卷（王肃解。梁当家语二卷、魏博士张融撰，亡），《旧唐书经籍志》论语类著录有《孔子家语》十卷（王肃撰），《唐书艺文志》论语类著录有王肃撰《孔子家语》十卷，《宋史艺文志》论语类著录有《孔子家语》十卷（魏王肃注）。（上据杨家骆《历代经籍志》）马端临《文献通考·经籍考》卷十一著录有《孔子家语》十卷，并引王肃《註》后序、《朱子语类》、陈振孙《直斋书录解题》等的观点对《家语》的撰者、内容、流传等进行了考证。②《四库全书总目》子部儒家类著录有《孔子家语》十卷（魏王肃註）。

（一）《言语》条 9《注》引《家语》曰："原宪字子思，宋人，孔子弟子。居鲁，环堵之室，茨以生草，蓬户不完，桑枢而瓮牖，上漏下湿，坐而弦歌。子贡轩车不容巷，往见之，曰：'先生何病也？'宪曰：'宪闻无财谓之贫，学而不能行谓之病。今宪贫也，非病也。夫希世而行，比周而友，学以为人，教以为己。仁义之慝，舆马之饰，宪不忍为也。'"余嘉锡、徐震堮、朱铸禹、杨勇等人均不言此处刘《注》版本有异。

今本③《孔子家语·七十二弟子解》有："端木赐，字子贡，卫人。少孔子三十一岁，有口才著名。孔子每诎其辩。家富累千金，常结驷连骑以造原宪，宪居蒿庐蓬户之中，与之言先王之义。原宪衣弊衣冠，并日蔬食，衎然有自得之志。子贡曰：'甚矣，子如何之病也。'原宪曰：'吾闻无财者谓之贫，学道不能行者谓之病。吾贫也，非病也。'子贡惭，终身

---

① 廖名春，邹新明校点，王肃撰. 孔子家语（《出版说明》）[M]. 沈阳：辽宁教育出版社，1977.

② 马端临. 文献通考·经籍考 [M]. 上海：华东师范大学出版社，1985：289-291.

③ 这里据廖名春、邹新明二人的校点本，据该校点本的《出版说明》可知此校点本以同文书局石印影宋抄本为底本，以《四部丛刊》影印明刻本和刘氏玉海堂覆宋本参校，进行校勘标点，后附校勘记。

耻其言之过。子贡好贩，与时转货，历相鲁、卫，而终齐。""原宪，宋人，字子思，少孔子三十六岁。清净守节，贫而乐道。孔子为鲁司寇，原宪尝为孔子宰。孔子卒后，原宪退隐，居于卫。"①

今本《孔子家语·儒行解》有："儒有一亩之宫，环堵之室，筚门圭窬，蓬户瓮牖，易衣而出，并日而食。上答之，不敢以疑；上不答，不敢一诏。其仕有如此者。"② 此段内容所言之"儒"概是原宪。《艺文类聚》卷三十五引《家语》曰："端木赐结驷连骑，以从原宪，宪居蓬蒿中，并日而食。子贡曰：'甚矣，子之病也。'宪曰：'予贫也，非病也。'"③ 此可证唐代欧阳询所见之《家语》与今天我们所见之《家语》差别不大。

在今本《孔子家语》中我们没有找到与刘《注》所引《家语》完全相同的记载，刘《注》所引之内容只在今本《孔子家语》的《七十二弟子解》和《儒行解》中可以找到一些。为何刘《注》所引内容与今本《孔子家语》所记之内容存在如此大的差异呢？可能的原因有：一是刘《注》本身引用文献存在对所引文献进行加工的情况，故刘《注》所记不是《孔子家语》的原貌；二是可能今本《孔子家语》所记之内容并非《孔子家语》的本来面貌，而刘《注》所记是《孔子家语》的原貌。这个问题现在无法确切地去证实。但有一个事实是：刘《注》所记内容与今本《庄子·让王篇》、《韩诗外传》、刘向《新序》等书的记载更为接近。

《庄子·让王篇》有："原宪居鲁，环堵之室，茨以生草，蓬户不完，桑以为枢而瓮牖，二室，褐以为塞，上漏下湿，匡坐而弦。子贡乘大马，中绀而表素，轩车不容巷，往见原宪。原宪华冠縰履，杖藜而应门。子贡曰：'嘻！先生何病？'原宪应之曰：'宪闻之："无财谓之贫，学而不能行谓之病。"今宪，贫也，非病也。'子贡逡巡而有愧色。原宪笑曰：'夫希世而行，比周而友，学以为人，教以为己，仁义之慝，舆马之饰，宪不忍为也。'"④

《太平御览》卷四八五引《庄子》曰："原宪处鲁，居环堵之室，蓬户

---

① 廖名春，邹新明校点，王肃撰. 孔子家语 [M]. 沈阳：辽宁教育出版社，1977：98，100.
② 廖名春，邹新明校点，王肃撰. 孔子家语 [M]. 沈阳：辽宁教育出版社，1977：11.
③ 欧阳询. 艺文类聚 [M]. 上海：上海古籍出版社，1965：625.
④ 王先谦. 庄子集解 [M]. 北京：中华书局，1987：255.

不完，乘木为枢而瓮牖，上漏下湿，匡坐而弦歌。子贡乘大马，中绀而表素，轩车不容巷，往见原宪。原宪杖藜而应门。子贡曰：'先生何病也？'原宪应之曰：'宪闻，无财之谓贫，学道不能行之谓病。今宪贫也，非病也。'子贡逡巡而退，有愧色。"①

《艺文类聚》卷三十五引《庄子》曰："原宪处鲁，居环堵之室，茨以生草，蓬户不完，桑木为枢而瓮牖，上漏下湿，匡坐而弦歌，子贡乘大马，中绀而表素，轩车不容巷，往见原宪，宪杖藜应门，子贡曰：'先生病也？'宪应之曰：'宪闻无财之谓贫，学而不能行之谓病。今宪贫也，非病也。'子贡逡巡而退，有愧色。"②

《韩诗外传》卷第一第九章有："原宪居鲁，环堵之室，茨以蒿莱，蓬户瓮牖，揉桑而为枢，上漏下湿，匡坐而弦歌。子贡乘肥马，衣轻裘，中绀而表素，轩车不容巷而往见之。原宪楮冠黎杖而应门，正冠则缨绝，振襟则肘见，纳履则踵决。子贡曰：'嘻！先生何病也？'原宪仰而应之曰：'宪闻之，无财之谓贫，学而不能之谓病。宪贤（案：当为"贫"之误，二者形近）也，非病也。若夫希世而行，比周而友，学以为人，教以为己，仁义之匿，车马之饰，衣裘之丽，宪不忍为之也。'子贡逡巡，面有惭色，不辞而去。原宪乃徐步曳杖歌《商颂》而反，声满于天地，如出金石。天子不得而臣也，诸侯不得而友也。故养身者忘家，养志者忘身。身且不爱，孰能忝之？《诗》曰：'我心匪名（案：当为"石"误，二者形近），不可转也；我心匪席，不可卷也。'"③

刘向《新序·节士》有："原宪居鲁，环堵之室，茨以生蒿，蓬户瓮牖，揉桑以为枢，上漏下湿，匡坐而弦歌。子赣闻之，乘肥马，衣轻裘，中绀而表素，轩车不容巷，往见原宪。原宪冠桑叶冠，杖藜杖而应门，正冠则缨绝，衽襟则肘见，纳履则踵决。子赣曰：'嘻！先生何病也！'原宪仰而应之曰：'宪闻之，无财之谓贫，学而不能行之谓病。宪贫也，非病也。若夫希世而行，比周而交，学以为人，教以为己，仁义之慝，舆马之饰，宪不忍为也。'子赣逡巡面有愧色，不辞而去。原宪曳杖拖履，行歌

---

① 李昉等. 太平御览 [M]. 北京：中华书局，1960：2222.

② 欧阳询. 艺文类聚 [M]. 上海：上海古籍出版社，1965：626.

③ 转引自赵善诒. 新序疏证 [M]. 上海：华东师范大学出版社，1989：194.

《商颂》而反，声满天地，如出金石。天子不得而臣也，诸侯不得而友也。故养志者忘身，身且不爱，孰能累之。《诗》云：'我心匪石，不可转也；我心匪席，不可卷也。'此之谓也。"①

可见刘《注》所引内容不与今本《孔子家语》所记相近，而与以上各文献所记相近。胡平生《阜阳双古堆汉简与〈孔子家语〉》总结了关于《孔子家语》真伪和成书问题的三点结论："1. 从汉初起就流传着一批记录孔子和门下弟子言行和诸国故事的简书，这批简书应当就是后来编撰《孔子家语》、《说苑》、《新序》等书的基本素材。2. 从汉文帝时的汝阴侯墓简牍所见专记孔子言行的篇章，可以看到汉初孔子学说的发展和传授，《家语》的编撰，正是儒术发达以及孔子受到重视的产物，旧说孔安国编撰《家语》并作序，应当是可信的。孔序所述记录孔子言行的简书的流传情形，与迄今发现的地下出土材料没有矛盾。3. 长期以来，今本《家语》被认为是王肃伪作，细审各家所举'罪证'，按现在所知道的古籍编撰与整理的知识加以考察，证据并不充分。至于《家语》在流传过程中，有亡佚、改易、增益等种种情形，皆属传世古籍所遭遇的普遍问题，不足以据此论定其为伪书。"② 据胡平生的观点，《孔子家语》、《说苑》、《新序》等书的素材有着共同的来源，加上刘《注》此处所引内容与《新序》等书更为接近这一事实，我们可以大胆地推断：《言语》条9刘《注》所引《家语》之内容当比今本《家语》所记之内容更接近《家语》的原本面貌。但是今本《家语》此处所记之内容是从何时发生了较大的改变呢？据《艺文类聚》卷三十五引用的《家语》与今本《家语》更为接近的事实，我们相信在唐代欧阳询撰写《艺文类聚》之时，《家语》此处内容就已经非其原貌了。至于具体是在何时发生的改变，具体时间我们不得而知，但大体当在刘孝标作《世说注》之后和欧阳询撰《艺文类聚》之前。正如胡平生所言，《家语》在流传过程中发生亡佚、改易、增益等情形，是传世古籍都要遭遇到的一个普遍问题。刘《注》此处所引《家语》与今本《家语》的反差就很好的说明了传世古籍的这种境遇。

（二）《政事》条26《注》引《家语》曰："孔子自鲁司空为大司寇，

---

① 赵善诒. 新序疏证 [M]. 上海：华东师范大学出版社，1989：193.

② 转引自张岩. 孔子家语研究综述 [J]. 孔子研究，2004（4）：113.

三日而诛乱法大夫少正卯。"

今本《孔子家语·始诛》作："孔子为鲁司寇，摄行相事，有喜色。仲由问曰：'由闻君子祸至不惧，福至不喜。今夫子得位而喜，何也？'孔子曰：'然，有是言也，不曰乐以贵下人乎？'于是朝政七日而诛乱政大夫少正卯，戮之于两观之下，尸于朝三日。"① 可以看出，刘《注》所引之内容较今本《家语》要简略得多，而且有两个明显的不同：刘《注》作"三日"（《笺疏》言影宋本作"七日"，见下文），今本《家语》作"七日"；刘《注》作"乱法大夫"，今本《家语》作"乱政大夫"。

《荀子·宥坐篇》："孔子为鲁摄相，朝七日而诛少正卯。"② 《淮南子·氾论训》"孔子诛少正卯而鲁国之邪塞"，高诱《注》："少正，官。卯，其名也，鲁之谄人。孔子相鲁七日，诛之于东观之下，刑不滥也。"③ 《史记·孔子世家》："定公十四年，孔子年五十六，由大司寇行摄相事，有喜色。门人曰：'闻君子祸至不惧，福至不喜。'孔子曰：'有是言也。不曰"乐其以贵下人"乎？'於是诛鲁大夫乱政者少正卯。"④ 《说苑·指武》"孔子为鲁司寇，七日而诛少正卯于东观之下"。⑤ 《尹文子·大道下》："孔子摄鲁相，七日而诛少正卯。"⑥ 这些文献均作"七日"而不是"三日"。余嘉锡《世说新语笺疏》言： "注'三日'，景宋本作'七日'。"⑦ 徐震堮《校笺》、朱铸禹《集注》此处径作"七日"。杨勇《世说新语校笺》："七，宋本坏灭，今依各本增。王补：'案《荀子宥坐篇》："孔子为鲁摄政，朝七日而诛少正卯。"（杨注："为司寇而摄相也"。）注引《家语》云云，见《始诛篇》。"乱法"作"乱政"，《史记·孔子世家》亦作"乱政"。'"⑧ 据余氏之《笺疏》，影宋本⑨《世说新语》此处刘《注》

---

① 廖名春，邹新明校点，王肃撰. 孔子家语 [M]. 沈阳：辽宁教育出版社，1977：3.

② 王先谦. 荀子集解 [M]. 北京：中华书局，1998：520.

③ 刘文典. 淮南鸿烈集解 [M]. 北京：中华书局，1989：455.

④ 司马迁. 史记 [M]. 北京，中华书局，1959：1917.

⑤ 赵善诒. 说苑疏证 [M]. 上海：华东师范大学出版社，1985：420.

⑥ 转引自赵善诒. 说苑疏证 [M]. 上海：华东师范大学出版社，1985：422.

⑦ 余嘉锡. 世说新语笺疏 [M]. 北京：中华书局，1983：188.

⑧ 杨勇. 世说新语校笺 [M]. 北京：中华书局，2006：167.

⑨ 据余嘉锡《世说新语笺疏·凡例》，影宋本是指日本尊经阁丛刊中所影印的宋高宗绍兴八年董棻刻本。

作"七日"而非"三日"，则影宋本作"七日"正与今本《家语》以及《荀子》、《淮南子》高诱《注》、《说苑》、《尹文子》等书所记合。

又刘《注》作"乱法"不同于今本《家语》作"乱政"，正如杨勇《校笺》所言"《史记·孔子世家》亦作'乱政'"，在《荀子》、《淮南子》高诱《注》、《说苑》、《尹文子》等书所记载的孔子诛杀少正卯一事中，我们未发现有"乱法"或"乱政"的字样。

"乱法"一词当作何解呢？我们认为"乱法"有两种解释：一是：《荀子·儒效篇》有："王公好之则乱法，百姓好之则乱事。"① 《淮南子·时则训》"阿上乱法者诛"，高诱《注》曰："阿意曲从，取容于上，以乱法度也。诛，治也。"② 此"乱法"为动宾结构，是扰乱法度的意思。二是：《荀子·王霸篇》有："无国而不有治法，无国而不有乱法。"③ 此"乱法"与"治法"相对，为偏正结构，意指不利于国家治理的法度。

那么，刘《注》作"乱法大夫"当作何解呢？此中之"乱法"概只能取其"扰乱法度"这个意思。然今本《家语》中的"乱政大夫"又当作何解呢？据我们目前见到的资料，尚未发现有人讨论这个问题。我们认为此"乱政"并非扰乱政治之意，而是"治理国事"④ 的意思，"乱政大夫"就是治理国事的大夫。证据有：其一，在其他古文献中有"乱政"为"治理国事"义的记载，如《书·盘庚中》："兹予有乱政同位，具乃贝玉。"《传》："乱，治也。此我有治政之臣，同位于父祖，不念尽忠，但念贝玉而已，言其贪。"⑤ 其二，少正卯当时并不是一个真正的乱政者（此"乱政"指扰乱、败坏政治），这从诛少正卯之前孔子门人的"三盈三虚"，以及诛少正卯之后门人的不解可以得到说明。廖焕超认为："当时，鲁国最大的两个叛逆者就是阳虎和公山不狃，他们就是鲁国的乱政者，而他二人均不属于少正卯类型。"⑥ 其三，据《淮南子·氾论训》高诱《注》，少正为官名。《刘子校释》有："《周书·尝麦篇》有大正之官，则高《注》少

---

① 王先谦. 荀子集解 [M]. 北京：中华书局，1998：124.

② 刘文典. 淮南鸿烈集解 [M]. 北京：中华书局，1989：180.

③ 王先谦. 荀子集解 [M]. 北京：中华书局，1998：219.

④ 辞源 [M]. 北京：商务印书馆，1979年7月修订第1版. 119.

⑤ 辞源 [M]. 北京：商务印书馆，1979年7月修订第1版. 119.

⑥ 廖焕超. 孔子诛少正卯辨 [J]. 辽宁师专学报（社会科学版），1999（1）：131.

正官名之说有本。"① 少正为官名，则少正卯治理国事成为可能，这就是一个"乱政大夫"的工作。所以今本《家语》中的"乱政大夫"绝不同于刘《注》中的"乱法大夫"，从上面我们的分析来看，似乎作"乱政大夫"更为合理，刘《注》的改动失去了《家语》原文的本义。刘《注》概以为孔子所诛之少正卯绝非善类，因而冠之以乱法大夫，实际上孔子所诛者只是一个治理国事的官员（乱政大夫）。钱钟书言："一字多意，粗别为二。……二曰背出或歧出为训，如'乱'兼训'治'。"② "乱政大夫"中的"乱"字概当如是解。

（三）《方正》条36《注》引《家语》曰："孔子之宋，匡简子以甲士围之，子路怒，奋戟将战。孔子止之曰：'夫诗书之不讲，礼乐之不习，是丘之过也。若述先王之道而为咎者，非丘罪也。命也夫！歌，予和汝。'子路弹剑，孔子和之。曲三终，匡人解甲罢。"余嘉锡、徐震堮、朱铸禹、杨勇等人均不言此处刘《注》版本有异。

廖名春，邹新明校点本《孔子家语·困誓》作："孔子之宋，匡人简子以甲士围之。子路怒，奋戟将与战。孔子止之，曰：'恶有修仁义而不免俗者乎？夫诗书之不讲，礼乐之不习，是丘之过也。若以述先王好古法而为咎者，则非丘之罪也，命夫。歌，予和汝。'子路弹琴而歌，孔子和之。曲三终，匡人解甲而罢。"③《四部丛刊初编》本《孔子家语·困誓》作："孔子之宋，匡人简子以甲士围之，子路怒，奋戟将与战。孔子止之曰：'恶有修仁义而不免世俗之恶者乎？夫诗书之不讲，礼乐之不习，是丘之过也，若以述先王好古法而为咎者，则非丘之罪也。命之夫！歌，予和汝。'子路弹琴而歌，孔子和之。曲三终，匡人解甲而罢。"④

刘《注》所引内容与初编本和校点本《孔子家语》的差异是：刘《注》作"将战"，校点本《孔子家语》、初编本《孔子家语》并作"将与战"；刘《注》"夫诗书之不讲"前无校点本的"恶有修仁义而不免俗者乎"（初编本作"恶有修仁义而不免世俗之恶者乎"）；刘《注》作"若述

① 傅亚庶. 刘子校释 [M]. 北京：中华书局，1998：222.

② 钱钟书. 管锥编（第一册）[M]. 北京：中华书局，1986：2.

③ 廖名春，邹新明校点，王肃撰. 孔子家语 [M]. 沈阳：辽宁教育出版社，1977：62.

④ 四部丛刊初编. 孔子家语十卷 [M]. 上海商务印书馆缩印江南图书馆藏明覆宋刊本. 61.

先王之道而为咎者",初编本和校点本并作"若以述先王好古法而为咎者";刘《注》作"非丘罪也",校点本、初编本作"则非丘之罪也";刘《注》作"命也夫",校点本作"命夫"(初编本作"命之夫");刘《注》作"子路弹剑",校点本、初编本并作"子路弹琴而歌";刘《注》作"匡人解甲罢",校点本、初编本并作"匡人解甲而罢"。

《史记·孔子世家》:"孔子使从者为宁武子臣於卫,然后得去。"司马贞《索引》引《家语》:"子路弹剑而歌,孔子和之,曲三终,匡人解围而去。"① 其中作"弹剑"与刘《注》同。

(四)《汰奢》条10《注》引《家语》曰:"颜回字子渊,鲁人。少孔子二十九岁,而发白,三十二岁蚤死。"余嘉锡、徐震堮、朱铸禹、杨勇等人均不言此处刘《注》版本有异。

廖名春,邹新明校点《孔子家语·七十二弟子解》作:"颜回,鲁人,字子渊。少孔子三十岁,年二十九而发白,三十一早死。"② 初编本《孔子家语·七十二弟子解》作:"颜回,鲁人,字子渊。年二十九而发白,三十一早死。"③

刘《注》与今本《家语》的差异是:

刘《注》作"三十二"而今本《家语》作"三十一"。杨勇《校笺》引阎若璩《四书释地又续》云:"回少孔子三十岁,蓋生于鲁昭公二十八年丁亥,卒于哀公十二年戊午,方合三十二岁之数。"④ 钱穆《先秦诸子系年》二六《孔鲤颜回卒年考》考证了颜回的卒年和生年,其中钱氏说:"史不书颜子卒年,今《家语》作三十一。《索引》及《文选·辨命论注》引《家语》并作三十二。"⑤ 据此可知刘《注》引《家语》作"三十二"并非刘《注》之独说。既然他书引《家语》亦有作"三十二"者,那么今本《孔子家语》作"三十一"就不能证明刘《注》作"三十二"不正确。钱氏又说:"《三国·吴志·孙登传》登年三十三卒,临终上疏曰:'周晋

① 司马迁. 史记 [M]. 北京,中华书局,1959:1920.
② 廖名春,邹新明校点,王肃撰. 孔子家语 [M]. 沈阳:辽宁教育出版社,1977:98.
③ 四部丛刊初编. 孔子家语十卷 [M]. 上海商务印书馆缩印江南图书馆藏明覆宋刊本. 95.
④ 杨勇. 世说新语校笺 [M]. 北京:中华书局,2006:793.
⑤ 钱穆. 先秦诸子系年 [M]. 北京:商务印书馆,2001:60.

颜回，有上智之才，而尚夭折，况臣年过其寿。'《列子·力命篇》曰：'颜渊之才，不出众人之下，而寿四八。'两说皆与《索引》及《选注》引《家语》颜回三十二卒之说合。然《列子》出张湛，在王肃后，四八之说，正袭《家语》。"① 则此"两说"亦与刘《注》所引《家语》合。这里我们不想介入到颜回生卒年及年寿的讨论当中，我们想强调的是：刘孝标、司马贞、李善等人所见之《家语》均作"三十二"，今本《家语》最早的本子也就是宋本，我们认为《家语》的本来面貌是作"三十二"而不是作"三十一"。《法言义疏》认为："则三十二而卒之说亦本《史记》，与《公羊疏》所据同也。然则旧本《史记》、《家语》于颜子卒年固同作'三十二'。"② 亦认为旧本《家语》作"三十二"。刘《注》引《家语》作"三十二"正反映了原本《家语》的真实面貌。

刘《注》作"少孔子二十九岁，而发白"，校点本《孔子家语》作"少孔子三十岁，年二十九而发白"，初编本《孔子家语》作"年二十九而发白"。《史记·仲尼弟子列传》："颜回者，鲁人也，字子渊。少孔子三十岁。……回年二十九，发尽白，蚤死。"司马贞《索隐》按："《家语》亦云'年二十九而发白，三十二而死'。"③ 则刘《注》中的"二十九岁"当与其后的"而发白"连读成文，不应与上面的"少孔子"连读成文，而今所见余嘉锡《笺疏》、徐震堮《校笺》、杨勇《校笺》、朱铸禹《世说新语汇校集注》、刘强《世说新语会评》并作"少孔子二十九岁，而发白"，而不作"少孔子，二十九岁而发白"，误也。

另，刘《注》作"字颜渊，鲁人"，今本《家语》作"鲁人，字颜渊"。据上，知《史记》亦先言其为"鲁人"，后言其"字子渊"。

刘《注》凡引《孔子家语》4次，均称作"《家语》"。刘《注》所引4次《家语》与今本《孔子家语》均存在差异，有的甚至差异很大，但一些差异可以找到存在的合理性。刘《注》在某些地方很可能保存了《家语》的本来面貌。

---

① 钱穆. 先秦诸子系年［M］. 北京：商务印书馆，2001：61.
② 汪荣宝. 法言义疏［M］. 北京：中国书店，1991：275.
③ 司马迁. 史记［M］. 北京：中华书局，1959：2187-2188.

第九节 经部群经总议类引书考

三十二、《五经通议》

《言语》条 2《注》引作"《五经通议》"。

考证：今佚，有辑佚。沈家本言："《隋志》《五经通义》八卷。梁九卷。二《唐志》《五经通义》九卷，刘向撰。案议、义古通用。《文选注》引作通义（《风赋》注），或作通训（《雪赋》注），李氏亦不称撰人。"①关于《五经通议》的辑佚情况可以参看《古佚书辑本目录》的介绍和考证，《目录》言："《隋志》载《五经通义》八卷，注云：'梁九卷。'不题撰者。两《唐志》并载九卷，题刘向撰。按《汉书》本传不言向撰《五经通义》，诸书引《五经通义》多不称撰人，未知两《唐志》题刘向撰果何据也。朱彝尊谓诸书所引大都刘向说，此蓋本两《唐志》所题，未有明证。唯《太平御览》载《五经通义》一节，中引《孝经援神契》说，朱氏以为刘向时《援神契》未行，此节蓋曹褒《五经通义》十二篇中语。按据《后汉书曹褒传》，褒好礼学，说《礼》多杂以五经谶记，所撰有《通义》十二篇，朱说本此。然其书《隋》、《唐志》不载，且传但言撰《通义》，未详是通说五经抑或专说《礼》者。姚振宗《隋书经籍志考证》以为褒十二篇《通义》似为说《礼》而作，非《五经通义》。然则诸书所引究为何人之书，实难遽定也。"② 晁公武《郡斋读书志》、陈振孙《直斋书录解题》均未著录《五经通义》。

《言语》条 2《注》引《五经通议》曰："月中有兔、蟾蜍者何？月，阴也；蟾蜍，亦阴也，而与兔并明，阴系于阳也。"余嘉锡、徐震堮、朱铸禹、杨勇等人均不言此处刘《注》版本有异。

杨勇《世说新语校笺》刘《注》作"蟾蜍，阳也。"并言："阳，宋本作'阴'，非。王《补》：'《类聚》二引《五经通义》曰："月中有兔与蟾

---

① 沈家本. 古书目三种 [M]. （卷三《第二编世说注所引书目一·经部》）北京：中华书局，1963.

② 孙启治，陈建华编. 古佚书辑本目录 [M]. 北京：中华书局，1997：82-83.

蜍者何？月，阴也；蟾蜍，阳也。而与兔并明，阴係于阳也。"当作"蟾蜍，阳也。"是。'今据改。"① （其中王《补》是指王叔岷《世说新语补证》）朱铸禹《世说新语汇校集注》曰："蟾蜍亦阴也，案《太平御览》四《月门》引《五经通议》作'蟾蜍阳也'。又陈后山以兔为阴，曰：'月中真有兔乎？阴类相感乃其理耳。是阴系于阳也。'若据此则当作'蟾蜍阳也'。"② 据杨勇、朱铸禹的观点，则蟾蜍为阳，然赵国华《生殖崇拜文化论》从考古学、民族学和民俗学的角度论证了以蛙象征女性的子宫，实行生殖崇拜的史实，并且认为："后来，由以蛙（蟾蜍）象征女性生殖器，发展出以蛙（蟾蜍）象征女性的意义。与此对应，由雌性的神'蟾'，演化出同音的月亮女神'嫦'（娥）；又由'蜍'演化出同音的月中之'兔'。'蟾蜍'一名析为二物，那兔又变成了嫦娥怀抱的玉兔。"③ 赵又说："男性生殖器的象征物演化为图腾，印第安人加诺万尼亚族系的有关材料，为我们提供了更为丰富、翔实的证明。……31 个氏族使用的海狸、鼠、鼬、狐、兔、豪猪这类动物图腾，其穴居的特点，其善于钻洞的本领，都可象征男根的交媾功能。由此可知，加诺万尼亚族系这 200 个氏族所用之图腾，原来都是男性生殖器的象征。"④ 女性为阴，男性为阳，这是中国人自古及今的思维习惯，《通典·诸侯大夫士冠》引汉戴圣云："男子，阳也。阳成于阴。"则正合"兔"（阳）演化自"蟾蜍"。根据赵国华的论述，我们可以认为：蟾蜍为阴，兔为阳。梁燕《中国古代蟾蜍图像及其象征意义》其中谈了蟾蜍、兔的阴阳问题，认为蟾蜍为阴，兔为阳。⑤ 蟾蜍为阴有足够的证据来证实，但若说蟾蜍为阳，除了《艺文类聚》、《太平御览》所引《五经通义（议）》言"蟾蜍阳也"外，我们未找到其他的证据。杨勇唯据《艺文类聚》而断言刘《注》作"阴"非，杨氏失之。我们再回头来看刘《注》所引《五经通议》本身："蟾蜍亦阴也"其中有一"亦"字，若此处"阴"字果真为"阳"之误，则此"亦"字亦多余也；若暂且不考虑作"阴"是还是作"阳"是的问题，"而与兔并明"陈述的对象当是

---

① 杨勇. 世说新语校笺 [M]. 北京：中华书局，2006：48.

② 朱铸禹. 世说新语汇校集注 [M]. 上海：上海古籍出版社，2002：47.

③ 赵国华. 生殖崇拜文化论 [M]. 北京：中国社会科学出版社，1990：205.

④ 赵国华. 生殖崇拜文化论 [M]. 北京：中国社会科学出版社，1990：357.

⑤ 梁燕. 中国古代蟾蜍图像及其象征意义 [J]. 株洲工学院学报，2002（2）：72.

"蟾蜍"，即是：蟾蜍与兔并明，而后说"阴系于阳也"，从句子对应的角度来考虑，蟾蜍当为阴，兔当为阳。所以我们认为刘《注》所引《五经通议》作"蟾蜍亦阴也"无误，而且可以纠正《艺文类聚》和《太平御览》引作"蟾蜍阳也"之失。唐徐坚《初学记》卷一引《五经通议》曰："月中有兔与蟾蟒何？兔，阴也；蟾蟒，阳也。而与兔并，明阴系於阳也。"①对应处亦作"阳"，与《艺文类聚》和《太平御览》同，而与刘《注》异。概《五经通议》中的"蟾蜍亦阴也"被改为"蟾蜍阳也"在唐宋之际已经发生。

王仁俊《玉函山房辑佚书续编》经编纬书类据《事类赋·月》辑有："月中有兔，有蟾蜍何？月，阴也。蟾蜍，阳也。而与兔并，明阴系於阳也。"②

马国翰《玉函山房辑佚书》所辑刘向《五经通义》中，辑有："月中有兔，与蟾蟒何？月，阴也。蟾蟒，阳也。而与兔并，明阴系於阳也。同上，徐坚《初学记》卷一，《太平御览》卷四，陶宗仪《说郛》辑《五经通义》以此为第三节。"③（"同上"是指据欧阳询《艺文类聚》卷一）

王、马所辑均未言刘《注》所引内容。

三十三、《五经要义》

《德行》条12《注》引作"《五经要义》"。

考证：今佚，有辑佚。沈家本言："《隋志》《五经要义》五卷。梁十七卷，雷氏撰。二《唐志》《五经要义》五卷，刘向撰，而无雷氏之书。案此条引及《晋博士张亮议》，其非刘向书可见，不知二《唐志》之误抑刘向别有此书也，《宋志》不录，已亡。"④关于《五经要义》的辑佚情况可以参看《古佚书辑本目录》的介绍和考证，《目录》言："《隋志》载《五经要义》五卷，注云：'梁有七卷，雷氏撰。'两《唐志》并载五卷，题刘向撰。按据《隋志》此书似为雷氏撰，梁时为十七卷，至当时仅存五

① 徐坚. 初学记 [M]. 北京：中华书局，1962：10.
② 王仁俊辑. 玉函山房辑佚书续编三种 [M]. 上海：上海古籍出版社，1989：75.
③ 马国翰. 玉函山房辑佚书 [M]. 清光绪年刻本.
④ 沈家本. 古书目三种 [M]. （卷三《第二编世说注所引书目一·经部》）北京：中华书局，1963.

卷耳。据两《唐志》则又似五卷者为刘向撰，《隋志》缺题撰人也。姚振宗《隋书经籍志考证》谓据《唐志》知五卷者为刘向所撰，十七卷者为雷氏所撰。然两《唐志》未载雷氏之十七卷，其五卷题为刘向撰，亦未详何据。今诸书引《五经要义》俱不称撰人姓名，不知果为何家之书。雷氏亦不详何人，王谟据《莲社高贤传》定为刘宋雷次宗。"① 晁公武《郡斋读书志》、陈振孙《直斋书录解题》均未著录《五经要义》。

《德行》条12《注》引《五经要义》曰："三代名腊：夏曰嘉平，殷曰清祀，周曰大蜡，总谓之腊。"

杨勇《世说新语校笺》云："祀，宋本作'杷'，非。今依各本。《礼记·礼运》：'与于蜡宾。'《释文》云：'夏曰清祀，殷曰嘉平，周曰蜡，秦曰腊。'两说稍异。"② 朱铸禹《世说新语汇校集注》言："《风俗通》、蔡邕《独断》并从《礼运》，惟云汉曰腊。查《月令》：孟冬，'腊先祖五祀。'自古有之，非自汉始。又合《礼传》所云则两书'汉曰腊'，'汉'上宜有'秦'字。"③

蔡邕《独断》："夏曰嘉平，殷曰清祀，周曰大蜡。"④ 对应处与刘《注》全同。

刘《注》所引《五经要义》被王仁俊辑入其《玉函山房辑佚书续编》中。⑤

马端临《文献通考》卷八十五"八蜡"条关于此祭的考证和引文很详尽，可以参看。⑥

马国翰《玉函山房辑佚书》经编五经总类辑有雷氏撰《五经要义》，其中据刘峻《世说新语注》辑有："夏曰嘉平，殷曰清祀，周曰大蜡，总谓之腊。"⑦ 较我们所见刘《注》少"三代名腊"四字。

---

① 孙启治，陈建华编. 古佚书辑本目录 [M]. 北京：中华书局，1997：83-84.
② 杨勇. 世说新语校笺 [M]. 北京：中华书局，2006：13.
③ 朱铸禹. 世说新语汇校集注 [M]. 上海：上海古籍出版社，2002：13.
④ 转引自马端临. 文献通考 [M]. 北京：中华书局，1986：775.
⑤ 王仁俊辑. 玉函山房辑佚书续编三种 [M]. 上海：上海古籍出版社，1989：75.
⑥ 马端临. 文献通考 [M]. 北京：中华书局，1986：774-777.
⑦ 马国翰. 玉函山房辑佚书 [M]. 清光绪年刻本.

第十节 经部孟子类引书考

三十四、《孟子》

《言语》条 9《注》、《言语》条 22《注》、《政事》条 9《注》、《尤悔》条 14《注》均引作"《孟子》"。

考证：今存，有佚文。关于孟子其人，可参见《史记·孟子荀卿列传》。《汉书·艺文志》儒家类著录有《孟子》十一篇（名轲，邹人，子思弟子，有列传。师古曰：圣证论云轲字子车，而此志无字，未详具所得），《隋书·经籍志》子部儒家类著录《孟子》十四卷（齐卿孟轲撰，赵岐注）、《孟子》七卷（郑玄注）、《孟子》七卷（刘熙注。梁有孟子九卷，綦毋邃撰，亡），二《唐志》子部儒家类著录有《孟子》十四卷（孟轲撰，赵岐注）、《孟子》七卷（郑玄注）、《孟子》七卷（刘熙注）、《孟子》七卷（綦毋邃注），《宋史·艺文志》著录《孟子》十四卷。（上据杨家骆《历代经籍志》）晁公武《郡斋读书志》子部儒家类著录有赵岐《孟子》十四卷，马端临《文献通考·经籍考》经部著录赵岐註《孟子》十四卷。《四库全书总目》经部四书类著录有《孟子正义》十四卷（汉赵岐註，其疏则旧本题宋孙奭撰）。关于《孟子》佚文的辑佚情况可以看《古佚书辑本目录》。[①]

（一）《言语》条 9《注》引《孟子》曰："伯夷、叔齐目不视恶色，耳不听恶声，与乡人居，若在塗炭，蓋圣人之清也。"余嘉锡、徐震堮、朱铸禹、杨勇等人均不言此处刘《注》版本有异。

《孟子·万章下》有："孟子曰：'伯夷目不视恶色，耳不听恶声，非其君不事，非其民不使，治则进，乱则退。横政之所出，横民之所止，不忍居也。思与乡人处，如以朝衣朝冠坐于塗炭也。当纣之时，居北海之滨，以待天下之清也。故闻伯夷之风者，顽夫廉，懦夫有立志。……。'"又"孟子曰：'伯夷，圣之清者也；……。'"[②] 与刘《注》所引有关的内

---

① 孙启治，陈建华编. 古佚书辑本目录［M］. 北京：中华书局，1997：72.

② 阮元校刻. 孟子注疏［M］. 十三经注疏. 北京：中华书局，1980：2740.

容，阮元《校勘记》不言《孟子》版本有异。

《韩诗外传》卷三第三十四章有："伯夷叔齐目不视恶色，耳不听恶声。非其君不事，非其民不使。横政之所出，横民之所止，弗忍居也。思与乡人居，若朝衣朝冠，坐於塗炭也。"①

刘《注》所引之内容当来自今本《孟子·万章下》。刘《注》与今本《孟子》所载之内容比较起来要简略得多，而且对应内容也存在着差异：

刘《注》作"伯夷、叔齐"，今本《孟子》作"伯夷"。《艺文类聚》卷十七引《孟子》曰："伯夷目不视恶色。"又引《孟子》曰："伯夷耳不听恶声。"② 其中作"伯夷"不作"伯夷、叔齐"《太平御览》卷三六六引《孟子》曰："伯夷耳不听恶声。"又引《孟子》曰："伯夷目不视恶色。"③其中亦作"伯夷"不作"伯夷、叔齐"。《言语》条9正文有"夷、齐所以长叹"，《韩诗外传》作"伯夷叔齐"与刘《注》同，可见，刘《注》引《孟子》作"伯夷叔齐"也是有据可循。

刘《注》作"与乡人居"，今本《孟子》作"思与乡人处"。《韩诗外传》作"思与乡人居"，其中作"居"与刘《注》同。

刘《注》作"若在塗炭"，今本《孟子》作"如以朝衣朝冠坐于塗炭也"。《文选》张景阳《咏史》"抽簪解朝衣"，李善《注》引《孟子》曰："如以朝衣朝冠坐於塗炭也。"④ 李善《注》引《孟子》与今本《孟子》同。《韩诗外传》作"若朝衣朝冠，坐於塗炭也"，其中作"若"与刘《注》同。

刘《注》作"蓋圣人之清也"，今本《孟子》作"圣之清者也"。《太平御览》卷四二六引《孟子·万章》曰："伯夷、叔齐，圣人之清者也。"⑤ 其中作"圣人之清者也"较刘《注》多一"者"字，又较今本《孟子》多一"人"字。

（二）《言语》条22《注》有"按《孟子》曰：'舜生于诸冯，东夷人也；文王生于岐周，西戎人也。'"余嘉锡、徐震堮、朱铸禹、杨勇等人均

① 许维遹. 韩诗外传集释 [M]. 北京：中华书局，1980：122.
② 欧阳询. 艺文类聚 [M]. 上海：上海古籍出版社，1965：314，315.
③ 李昉等. 太平御览 [M]. 北京：中华书局，1960：1684，1686.
④ 萧统编，李善注. 文选 [M]. 上海：上海古籍出版社，1986：994.
⑤ 李昉等. 太平御览 [M]. 北京：中华书局，1960：1962.

不言此处刘《注》版本有异。

《孟子·离娄下》有："孟子曰：'舜生于诸冯，迁於负夏，卒於鸣条，东夷之人也。文王生於岐周，卒於毕郢，西夷之人也。'"① 阮元《校勘记》不言此处《孟子》版本有异。

刘《注》所引当是简化了今本《孟子》中所记的内容，二者的差异是：

刘《注》于"东夷人"前无"迁于负夏，卒于鸣条"而今本《孟子》有。

刘《注》"岐周"后无"卒于毕郢"而今本《孟子》有。

刘《注》作"东夷人也"而今本《孟子》作"东夷之人也"。

刘《注》作"西戎人也"而今本《孟子》作"西夷之人也"。刘《注》"人"前无"之"字且作"西戎"不作"西夷"。今本《孟子》言舜为"东夷"人，言文王为"西夷"人，此"夷"字当是泛称。栾丰实认为，古代文献中记载的"夷"作为古民族的名称，有泛称和专称之分，泛称的"夷"是指以黄河中游为核心的中原地区以外的区域和民族，随着"中国"这一概念的出现和发展，"夷"又指中国的外围区域和民族，《孟子·梁惠王上》有"莅中国而抚四夷"，这种泛称的"夷"的概念是对北狄、东夷、南蛮、西戎等四边地区的总称。专称的"夷"是指古代东方居民，故又称为"东夷"。② 刘《注》所引言舜为"东夷"人，此"夷"字当为专称，因为刘《注》言文王为"西戎"人，"东夷"和"西戎"对言。《后汉书·东夷传》："凡蛮、夷、戎、狄总名四夷者，犹公、侯、伯、子、男皆号诸侯云。"《礼记·王制》："中国、戎夷，五方之民，皆有性也，不可推移。东方曰夷，南方曰蛮，西方曰戎，北方曰狄。"③ 所以刘《注》引《孟子》所言之"西戎"即是今本《孟子》所言之"西夷"。

《太平御览》卷四〇一引《韩诗外传》曰："舜生于诸冯，迁于负夏，卒于鸣条，东夷之人也。文王生于歧周，卒于毕郢，西夷之人也。"④ 与

① 阮元校刻. 孟子注疏 [M]. 十三经注疏. 北京：中华书局，1980：2725.
② 栾丰实. 论"夷"和"东夷"[J]. 中原文物，2002（1）：16.
③ 《后汉书·东夷传》下之内容转引自栾丰实. 论"夷"和"东夷"[J]. 中原文物，2002（1）：19.
④ 李昉等. 太平御览 [M]. 北京：中华书局，1960：1852.

今本《孟子》所记完全相同。

《太平御览》卷八一引《孟子》曰："舜生於诸冯，迁於负夏，卒於鸣条，东夷之人也。"① 与今本《孟子》对应部分完全相同。

（三）《政事》条9《注》引《孟子》曰："齐宣王问：'文王之囿，方七十里，有诸？若是其大乎？'对曰：'民犹以为小也。'王曰：'寡人之囿，方四十里，民犹以为大，何邪？'孟子曰：'文王之囿，刍荛者往焉，与民同之，民以为小，不亦宜乎？今王之囿，杀麋鹿者如杀人罪，是以四十里为穽于国中也，民以为大，不亦宜乎？'"余嘉锡、徐震堮、朱铸禹、杨勇等人均不言此处刘《注》版本有异。

《孟子·梁惠王下》："齐宣王问曰：'文王之囿，方七十里，有诸？'孟子对曰：'於传有之。'曰：'若是其大乎？'曰：'民犹以为小也。'曰：'寡人之囿，方四十里，民犹以为大，何也？'曰：'文王之囿，方七十里，刍荛者往焉，雉兔者往焉，与民同之；民以为小，不亦宜乎？臣始至於境，问国之大禁，然后敢入。臣闻郊关之内，有囿方四十里，杀其麋鹿者，如杀人之罪；则是方四十里为阱於国中，民以为大，不亦宜乎？'"阮元《校勘记》不言此处《孟子》版本有异。②

刘《注》与今本《孟子》的差异是：

刘《注》所引较今本《孟子》有些地方少一些内容，分别是：于"齐宣王问"后少"曰"字；于"有诸"后少"孟子对曰：'于传有之'"；于"若是其大乎"前少"曰"字；于"文王之囿"和"刍荛者往焉"之间少"方七十里"；于"刍荛者往焉"后少"雉兔者往焉"；于第一个"不亦宜乎"后少"臣始至于境，问国之大禁，然后敢入"。

刘《注》所引较今本《孟子》有些地方多一些内容，分别是：于"民犹以为小也"前多"对曰"中的"对"字；于"寡人之囿"前多"王曰"中的"王"字；于第二个"文王之囿"前多"孟子曰"中的"孟子"二字。

刘《注》所引之内容有些与今本《孟子》所载有差异，分别是：

刘《注》作"何邪"，今本《孟子》作"何也"。邪、也二者的关系我

---

① 李昉等. 太平御览［M］. 北京：中华书局，1960：378.
② 阮元校刻. 孟子注疏［M］. 十三经注疏. 北京：中华书局，1980：2674.

们在前文已经讨论过，此处不赘述。

刘《注》作"今王之囿，杀麋鹿者如杀人罪，是以四十里为穽于国中也"，今本《孟子》作"臣闻郊关之内，有囿方四十里，杀其麋鹿者如杀人之罪；则是方四十里为阱于国中"。其中刘《注》作"今王之囿"而今本《孟子》作"臣闻郊关之内，有囿方四十里"；今本《孟子》"杀"后有"其"字、"罪"前有"之"字而刘《注》并无；刘《注》作"是以四十里"而今本《孟子》作"则是方四十里"；刘《注》作"穽"而今本《孟子》作"阱"，穽、阱二者的关系是：《希麟音义》卷五"陷穽"注："穽，或作阱，亦作窞、㘿，皆古字也。"① 《经籍纂诂·敬韵》："《书·费誓》敜乃穽，《周礼》雍氏《注》作敜乃阱。"② 刘《注》"国中"后有"也"字而今本《孟子》无。

今本《孟子》所载内容在《文选》李善《注》中亦有所载。《文选》左思《魏都赋》"缭垣开囿"，李善《注》引《孟子》："齐宣王问曰：文王之囿方七十里，有诸？孟子对曰：於传有之。曰：若是其大乎？答曰：民犹以为小也。曰：寡人之囿方四十里，民犹以为大，何也？答曰：文王之囿方七十里，蒭蕘者往焉，雉兔者往焉，与民同之。民以为小，不亦宜乎？臣始至於境，问国之大禁，然后敢入。臣闻郊关之内有囿方四十里，杀其麋鹿者如杀人之罪。则是四十里为阱於国中。民以为大，不亦宜乎？"③《文选考异》云："'方四十里'，袁本、茶陵本'里'下有'耳'字。案：此尤依今《孟子》改也，下同。'杀其麋鹿者'，袁本无'鹿'字，茶陵本有。"④ 此处《文选》李善《注》所引《孟子》与今本《孟子》几乎全同，只是今本《孟子》"则是"后有一"方"字而《文选》李善《注》所引无。通过考察李善《注》所引《孟子》，我们可以得出的结论是：今本《孟子》是可信的，同时刘《注》对所引《孟子》确实进行了改动。

（四）《尤悔》条14《注》引《孟子》曰："湍水，决之东则东，决之

---

① 慧琳撰，希麟续. 一切经音义［M］（续编）. 台北：大通书局，中华民国七十四年五月再版. 9.

② 阮元等. 经籍纂诂［M］. 北京：中华书局，1982；1786.

③ 萧统编，李善注. 文选［M］. 上海：上海古籍出版社，1986；275.

④ 萧统编，李善注. 文选［M］. 上海：上海古籍出版社，1986；308.

西则西。搏而跃之，可使过颡，激而行之，可使在山。岂水之性哉？人可使为不善，性亦犹是也。"余嘉锡、徐震堮、朱铸禹、杨勇等人均不言此处刘《注》版本有异。

《孟子·告子上》："告子曰：'性犹湍水也，决诸东方则东流，决诸西方则西流，人性之无分於善不善也，犹水之无分於东西也。'孟子曰：'水信无分於东西，无分於上下乎？人性之善也，犹水之就下也。人无有不善，水无有不下。今夫水，搏而跃之，可使过颡；激而行之，可使在山：是岂水之性哉？其势则然也。人之可使为不善，其性亦犹是也。'"① "搏而跃之"阮元《校勘记》云："音义丁作搏。"②

刘《注》所引内容当是今本《孟子》上段内容的截引（刘《注》省去今本《孟子》"决诸西方则西流"和"搏而跃之"之间的一段内容），对应处的差异是：

刘《注》作"湍水"，今本《孟子》作"性犹湍水也"；刘《注》作"决之东则东，决之西则西"，今本《孟子》作"决诸东方则东流，决诸西方则西流"；刘《注》作"岂水之性哉"，今本《孟子》作"是岂水之性哉"；刘《注》作"人可使为不善"，今本《孟子》作"人之可使为不善"；刘《注》作"性亦犹是也"，今本《孟子》作"其性亦犹是也"。

《太平御览》卷五八引《孟子》曰："性犹湍水也，决诸东方则东流，决诸西方则西流。人性之无分於善不善也，犹水之无分於东西也。人无有不善，水无有不下也。"③《艺文类聚》卷八引《孟子》曰："性犹湍水也，决诸东方则东流，决诸西方则西流。人性之无分於善恶也，犹水之无分於东西也。"④ 其二者均作"性犹湍水也，决诸东方则东流，决诸西方则西流"与今本《孟子》完全相同，当可说明今本《孟子》之可信且可证实刘《注》改动之属实。

然刘《注》的某些改动可以在刘《注》之前的文献中找到依据。《论衡·本性篇》有："譬之湍水，决之东则东，决之西则西。夫水无分于东

---

① 阮元校刻. 孟子注疏 [M]. 十三经注疏. 北京：中华书局，1980：2748.
② 阮元校刻. 孟子注疏 [M]. 十三经注疏. 北京：中华书局，1980：2750.
③ 李昉等. 太平御览 [M]. 北京：中华书局，1960：282.
④ 欧阳询. 艺文类聚 [M]. 上海：上海古籍出版社，1965：148.

西，犹人无分于善恶也。"① 其中作"决之东则东，决之西则西"与刘
《注》同。可见，刘《注》作"决之东则东，决之西则西"并非其首创。

刘《注》凡 4 次引用《孟子》，均称作"《孟子》"。刘《注》引用的 4
次《孟子》均可以在今本《孟子》中找到。刘《注》引用的《孟子》与今
本《孟子》比较起来在对应的内容上有一定的差异，我们相信大部分这些
差异出自刘《注》本身的改动，刘《注》的改动有的可以在文字学上找到
依据，有的可以在文献中找到来源，当然有的我们无法找到改动的依据或
者来源（很可能是出于《注》文本身的需要）。在考察中，我们未发现因
为刘《注》本身的版本问题而与今本《孟子》产生的差异，而今本《孟
子》（与刘《注》所引对应的内容）只有 1 处版本存在不同。

第十一节 经部尔雅类引书考

三十五、《尔雅》

《言语》条 34《注》、《纰漏》条 3《注》均引作"《尔雅》"。

考证：今存，有佚文。曹道衡、刘跃进《先秦两汉文学史料学》对
《尔雅》的作者、产生时代以及后人的注释等研究著作进行了介绍，其中
引王宁《尔雅说略》的观点，认为《尔雅》不是一人一时之作，成于众
手，逐步完善，大约在公元前 400 至公元前 300 年左右的战国时期初具规
模，当汉代古文经典的传注发达起来后又经过了增补润色，成为今天之
貌。②《汉书·艺文志》孝经类著录有《尔雅》三卷二十篇（张晏曰：尔，
近也；雅，正也），《后汉·艺文志》训诂之属著录有樊光《尔雅注》六
卷、李巡《尔雅注》三卷，《三国·艺文志》训诂之属著录有孙炎《尔雅
注》六卷、刘邵《尔雅注》，《补晋书艺文志》小学类著录有郭璞《尔雅
注》五卷，《隋志》论语类著录有《尔雅》三卷（汉中散大夫樊光注）、
《尔雅》七卷（孙炎注）、《尔雅》五卷（郭璞注），《旧唐书·经籍志》小
学类著录有《尔雅》三卷（李巡注）、《尔雅》六卷（樊光注）、《尔雅》六

---

① 刘盼遂. 论衡集解 [M]. 北京：古籍出版社，1957：64.
② 曹道衡，刘跃进. 先秦两汉文学史料学 [M]. 北京：中华书局，2005：547-550.

卷（孙炎注）、《尔雅》三卷（郭璞注），《唐书·艺文志》小学类著录有《尔雅李巡注》三卷、《尔雅樊光注》六卷、《尔雅孙炎注》六卷、《尔雅郭璞注》一卷，《宋史·艺文志》小学类著录有《尔雅》三卷（郭璞注）。（上据杨家骆《历代经籍志》）晁公武《郡斋读书志》小学类著录有《尔雅》三卷，并云："右世传《释诂》，周公书也。仲尼、子夏、叔孙通、梁文增补之，晋郭璞注。"① 马端临《文献通考·经籍考》著录有《尔雅》三卷，并引晁公武、朱熹二人的观点对《尔雅》一书的性质、作者等问题进行了考证。② 《四库全书总目》经部小学类著录有《尔雅注疏》十一卷（晋郭璞註，宋邢昺疏）。今天所见之《尔雅》即是郭璞注本的《尔雅》，而刘孝标作《注》之时采用的也是郭璞注本的《尔雅》。（在下文我们将说明这个问题）关于《尔雅》佚文的辑佚情况可以参看《古佚书辑本目录》的介绍和考证。③

（一）《言语》条34《注》引《尔雅》曰："东南之美者，有会稽之竹箭焉。"余嘉锡、徐震堮、朱铸禹、杨勇等人均不言此处刘《注》版本有异。

《尔雅·释地》："东南之美者，有会稽之竹箭焉。"④ 阮元《校勘记》不言此处《尔雅》版本有异。

此处刘《注》与今本《尔雅》全同。

（二）《纰漏》条3《注》引《尔雅》曰："蝤蛑小者劳，即彭蜞也，似蟹而小。"（此据《笺疏》）从余嘉锡、朱铸禹、徐震堮、杨勇各人之书的点读可以发现：余嘉锡、朱铸禹认为此条刘《注》引《尔雅》的内容是："蝤蛑小者劳，即彭蜞也，似蟹而小。"徐震堮、杨勇认为此条刘《注》引《尔雅》的内容是："蝤蛑小者劳"。而"即彭蜞也，似蟹而小"不是《尔雅》的内容。

朱铸禹言："蝤澤，袁本'澤'作'蛑'，下同。"⑤ （朱氏《集注》作"蝤澤"）杨勇言："蝤蛑小者蟧，即彭蜞也。宋本作'蝤澤小者蟧，即彭

---

① 孙猛. 郡斋读书志［M］. 上海：上海古籍出版社，1990：145.

② 马端临. 文献通考·经籍考［M］. 上海：华东师范大学出版社，1985：389.

③ 孙启治，陈建华. 古佚书辑本目录［M］. 北京：中华书局，1997：77.

④ 阮元校刻. 尔雅注疏［M］. 十三经注疏. 北京：中华书局，1980：2615.

⑤ 朱铸禹. 世说新语汇校集注［M］. 上海：上海古籍出版社，2002：758.

蜞也。'今按：泽，各本作'蟤'；蜞，《御览》引作'蝟'，是也。《尔雅
·释鱼》：'蝟蟤小者螃'，郭《注》引或曰：'即彭蜞。'孝标此注，殆本
郭注。"①

《尔雅·释鱼》："蝟蟤，小者螃。"《注》："螺属，见《埤苍》。或曰即
彭蜞也，似蟹而小，音滑。"②"即彭蜞也"阮元《校勘记》云："单疏本、
雪牕本同，《注疏》本彭改蛮。《释文》蛮音彭，本今作彭。按今本据《释
文》改，与旧校不符矣。""似蟹而小音滑"阮元《校勘记》云："雪牕本
同，《注疏》本删下二字。"③

《太平御览》卷九四三引《尔雅》曰："蝟蟤，小者螃。"（螺属，见
《埤苍》。或曰即彭蜞也，似蟹而小。滑泽二音。）④

可见刘《注》此处所引之内容："蝟蟤小者劳"来自《尔雅》正文，
"即彭蜞也，似蟹而小"来自郭璞的《注》。从这里似可断定刘孝标作《世
说新语注》时采用的《尔雅》就是郭璞《注》本的《尔雅》。

刘《注》所引内容与今本《尔雅》正文对应处的差异是：

宋本刘《注》作"蝟泽"，袁本、王先谦重雕纷欣阁本刘《注》作
"蝟蟤"。《御览》引作"蝟蟤"。

袁本、王先谦重雕纷欣阁本刘《注》作"劳"（据余嘉锡、徐震堮二
人之书），宋本刘《注》作"螃"（据杨勇、朱铸禹二人之书），今本《尔
雅》作"螃"。《御览》引作"螃"。徐震堮言："《尔雅·释鱼》作'螃'，
是。"⑤《尔雅·释虫》"虹蛭，负劳"阮元《校勘记》云："唐石经、单疏
本、雪牕本同。《释文》：螃，力刀反，本今作劳。"⑥可见，袁本、王先
谦重雕纷欣阁本刘《注》作"劳"亦非无据。

刘《注》所引内容与今本《尔雅》《注》文对应部分的差异是：

刘《注》作"彭蜞"，今本《尔雅》《注》作"彭蜞"。《御览》引作
"彭蜞"。徐震堮言："即彭蜞也——'蜞'，《尔雅·释鱼》郭璞注作

①　杨勇. 世说新语校笺 [M]. 北京：中华书局，2006：818-819.
②　阮元校刻. 尔雅注疏 [M]. 十三经注疏. 北京：中华书局，1980：2641.
③　阮元校刻. 尔雅注疏 [M]. 十三经注疏. 北京：中华书局，1980：2647.
④　李昉等. 太平御览 [M]. 北京：中华书局，1960：4178.
⑤　徐震堮. 世说新语校笺 [M]. 北京：中华书局，1984：486.
⑥　阮元校刻. 尔雅注疏 [M]. 十三经注疏. 北京：中华书局，1980：2645.

'蟚'，是。"① 余嘉锡《笺疏》引《北户录》一曰："儋州出蝲蟪。"《注》引《证俗音》曰："有毛者曰蝲蟪，无毛者为彭滑，堪食。俗呼彭越，讹耳。"② 朱铸禹《集注》言："小者劳即彭蟪也，《释》：《尔雅》作：'小者螃即彭蟚，似蟹而小。'《正字通》曰：'有毛者曰彭蟪，无毛者曰彭蟚。'王利器曰：'《御览》引"蟪"作"蟚"。案《尔雅·释鱼》："蟚蟚小者螃"。郭璞注引或曰："即彭蟚"。孝标此注，即本郭注，《御览》引不误，今本误"蟚"为"蟪"，致下文义不可通，当据《御览》改正。'"③ 今本《尔雅》以及《太平御览》均作"即彭蟚也"，王利器据《御览》而认为刘《注》作"蟪"误，其实从《纰漏》条3《注》孝标的按语中，我们也可以发现"蟪"当为"蟚"之误。孝标在引用了《尔雅》文后说："今彭蟪小于蟹，而大于彭蟚，即《尔雅》所谓蟚蟚也。然此三物，皆八足二螯，而状甚相类。蔡谟<u>不精其小大</u>，食而致弊，故谓读《尔雅》不熟也。"④ 分析刘《注》这几句话，我们可以得知：孝标知道彭蟪就是蟚蟚，其比蟹小；比彭蟪小的是彭蟚，也就是"蟚蟚小者螃"；孝标是以大小来区分蟹、彭蟪、彭蟚的，三者的关系是从大到小，不同于《正字通》和《证俗音》以有毛无毛来区分彭蟪和彭蟚。通过分析孝标的按语，我们可以发现刘《注》作"即彭蟪也"并非孝标之误，孝标的按语反映了其肯定知道应作"即彭蟚也"，此概后人之误，"蟪"、"蟚"形近而致误。

刘《注》凡2次引《尔雅》，均可在今本《尔雅》中找到，其中《言语》条34《注》的引用与今本《尔雅》完全相同，《纰漏》条3《注》的引用由于刘《注》本身的版本问题而与今本《尔雅》有一定的差异。《纰漏》条3《注》引用《尔雅》，不仅引了《尔雅》正文的内容，也引用了《尔雅》郭璞《注》的内容，这一引用使我们得知刘孝标作《世说》《注》时使用的《尔雅》是郭璞《注》本的《尔雅》。《纰漏》条3《注》的引用存在的文献错误不是刘孝标的错误，而是后人的错误，这已经被我们证实。

---

① 徐震堮. 世说新语校笺 [M]. 北京：中华书局，1984：486.

② 余嘉锡. 世说新语笺疏 [M]. 北京：中华书局，1983：911.

③ 朱铸禹. 世说新语汇校集注 [M]. 上海：上海古籍出版社，2002：758-759.

④ 余嘉锡. 世说新语笺疏 [M]. 北京：中华书局，1983：911.

第十二节　经部小学类引书考

三十六、《说文解字》

《简傲》条 4《注》引作"许慎《说文》"。

考证：今存，有佚文。许慎，字叔重，汝南召陵人，官至洨长，《后汉书·儒林传》有传。《后汉书·艺文志》小学类著录许慎《说文解字》十五卷，《隋志》小学类著录有《说文》十五卷（许慎撰。梁有演说文一卷，庾俨默注，亡），二《唐志》小学类并著录《说文解字》十五卷（许慎撰），《宋史·艺文志》小学类著录许慎《说文解字》十五卷。（上据杨家骆《历代经籍志》）晁公武《郡斋读书志》小学类著录《说文解字》三十卷（许慎撰）。陈振孙《直斋书录解题》小学类著录《说文解字》三十卷（汉太尉祭酒汝南许慎叔重撰）。马端临《文献通考·经籍考》著录有《说文解字》三十卷。《四库全书总目》经部小学类著录《说文解字》三十卷（汉许慎撰）。关于《说文解字》的作者、写作、篇数、刻本等情况可以参看中华书局本《说文解字》的前言的介绍。[①] 关于《说文》佚文的辑佚可以参看《古佚书辑本目录》的介绍。[②]

《简傲》条 4《注》引许慎《说文》曰："凤，神鸟也。从鸟，凡声。"余嘉锡、徐震堮、朱铸禹、杨勇等人均不言此处刘《注》版本有异。

今本《说文·鸟部》："凤，神鸟也。天老曰……见则天下大安宁。从鸟，凡声。"[③]

刘《注》引用时省去了"神鸟也"和"从鸟"之间的内容，所引者正是作《注》需要的部分。

三十七、卫恒《四体书势》

《巧艺》条 3《注》引作"卫恒《四体书势》"。

考证：今佚，有辑佚。卫恒，《晋书》有传。《隋书·经籍志》著录有

---

①　徐铉校定，许慎撰. 说文解字 [M]. 北京：中华书局，1963.

②　孙启治，陈建华. 古佚书辑本目录 [M]. 北京：中华书局，1997：89.

③　徐铉校定，许慎撰. 说文解字 [M]. 北京：中华书局，1963：79.

《四体书势》一卷（晋长水校尉卫恒撰），《旧唐书·经籍志》著录有《四体书势》一卷（卫恒撰），《新唐书·艺文志》著录有卫恒《四体书势》一卷。《宋史·艺文志》、晁公武《郡斋读书志》、陈振孙《直斋书录解题》均未著录有卫恒《四体书势》。姚振宗《隋书经籍志考证》引《晋书》卫瓘传介绍了卫恒的身世和作《四体书势》事，又交待《隋志》、《唐志》关于《四体书势》的著录情况，援引严可均、马国翰二人的考证之辞并指出二人的失误，最后作者通过考证认为此《四体书势》中的篆、隶二体取自蔡邕，草书一体则取自崔瑗，唯字势是其自作。① 关于卫恒《四体书势》的辑佚情况可以参看《古佚书辑本目录》的介绍，《目录》言："卫恒，字巨山，河东安邑人，官至太子庶子、黄门郎，善草、隶书，作《四体书势》（《晋书》本传）。《隋》、《唐志》经部小学类皆载卫恒《四体书势》一卷，严可均、马国翰皆从本传辑出此文。马氏又据《三国志》裴松之《注》及唐、宋类书所引校其文。"②

《巧艺》条3《注》引卫恒《四体书势》曰"诞善楷书，魏宫观多诞所题。明帝立陵霄观，误先钉榜，乃笼盛诞，辘轳长絙引上，使就题之。去地二十五丈，诞甚危惧。乃戒子孙，绝此楷法，箸之家令。"余嘉锡、徐震堮、朱铸禹、杨勇等人均不言此处刘《注》版本有异。但余嘉锡《笺疏》、朱铸禹《集注》均作"箸之家令"，徐震堮、杨勇二《校笺》作"著之家令"。《管子·立政》"乡师以著于士师"，戴望云："宋本著作箸。"③《颜氏家训·杂艺篇》"韦仲将遗戒"王利器《集解》引"赵曦明曰……"一段内容，其中引有刘《注》，与我们所据的《笺疏》本所录刘《注》同，亦作"箸"，不作"著"。④ 则余嘉锡、朱铸禹二人作"箸"亦可谓有据。

余嘉锡《笺疏》引程炎震云："《晋书》三十六《恒传》《四体书势》无此文。惟《篆书篇》云：'韦诞师淳而不及。太和中，诞为武都太守，以能书留补侍中。魏氏宝器铭题，皆诞书也。'《三国志·刘劭传》注引

① 姚振宗. 隋书经籍志考证 [M]. 186. 二十五史补编. 上海：开明书店，民国二十六年. 5224.

② 孙启治，陈建华. 古佚书辑本目录 [M]. 北京：中华书局，1997：242.

③ 颜昌嶢. 管子校释 [M]. 长沙：岳麓书社，1996：32.

④ 王利器. 颜氏家训集解 [M]. 北京：中华书局，1993：569.

同。详其文意，谓诞善篆书，非谓楷隶也。"① 徐震堮《校笺》言："'卫恒《四体书势》曰'十二句，案此事不见于《晋书·卫恒传》所引《四体书势》，惟《王献之传》谢安述以试献之之语，与此略同。《法书要录》引王僧虔《条疏古来能书人名启》及《论书》韦诞条，与此正同。疑僧虔语本出卫恒，《晋书》所引或非全文。"②

严可均《全晋文》卷三十辑有卫恒《四体书势》，其中有古文、篆书、隶书、草书四体，刘《注》所引卫恒《四体书势》内容未被严氏辑入。

马国翰《玉函山房辑佚书》经编小学类辑有卫恒《四体书势》，但其中未有刘《注》所引内容。

第十三节　经部谶纬类引书考

三十八、《易乾凿度》

《文学》条 29《注》引作"《易乾凿度》"。

考证：今存。沈家本《古书目三种》云："《隋志》《易纬》八卷，郑玄注，梁有九卷。《唐志》宋均注《易纬》九卷。皆不详其篇目。《宋志》《易乾凿度》三卷，《崇文总目》、晁公武并作二卷，今四库辑录《永乐大典》本，从郑樵《通志》分为上下二卷。《总目》云：说者称其书出于先秦自后汉南北朝，诸史及唐人撰《五经正义》、李鼎祚《周易集解》征引家皆云於易有所发明，较他纬独为醇正。案《后汉书·方术·樊英传》《七纬》注所称《易纬》凡六，曰《稽览图》、《乾凿度》、《坤灵图》、《通卦验》、《是类谋》、《辨终备》。"③ 马端临《文献通考·经籍考》著录有《易乾凿度》二卷。《四库全书总目》经部易类著录有《周易乾凿度》二卷（郑康成註）。

《文学》条 29《注》引《易乾凿度》曰："孔子曰：'易者，易也，变

---

① 余嘉锡. 世说新语笺疏 [M]. 北京：中华书局，1983：718.
② 徐震堮. 世说新语校笺 [M]. 北京：中华书局，1984：385.
③ 沈家本. 古书目三种 [M]. （卷三《第二编世说注所引书目一·经部》）北京：中华书局，1963.

易也，不易也。三成德，为道包籥者，易也。其德也光明四通，日月星辰布，八卦序，四时和也。变也者，天地不变，不能成朝；夫妇不变，不能成家。不易者，其位也。天在上，地在下；君南面，臣北面；父坐，子伏。此其不易也。故易者天地人道也。'"

朱铸禹《集注》所据宋董氏本对应处作"三德为道，苟为者"朱氏校曰："袁本作'三成德为道，包籥者'。是，从增。案：《太平御览》引《乾凿度》，'三'字上有'管'字，《注》曰：'管犹兼也，一言而兼此三者，以成其德。道苞籥。齐鲁之间名门户及藏器之管为"籥"。'"① 杨勇《校笺》言："宋本作'三德为道苟为者'，袁本作'三成德为道包籥者'，蒋、沈本作'三德为道'，皆非是。勇案：《御览》六○九引《易乾凿度》：'《易》者，易也，变易也，不易也；管三成德，为道苞籥。'郑《注》：'管犹兼也。一言而兼此三事，以成其德。道苞籥：齐、鲁之间，名门户及藏器之管为籥。'此当从《御览》作'管三成德，为道苞籥'是也。"又"也下，蒋校本有'者'字，是。"②

余嘉锡《笺疏》引李慈铭云："案今本《乾凿度》作'管三成德，为道苞籥。（殿本作"管三成为道德苞籥"，盖误。）易者以言其德也。'以下文句，较此甚絜。古人引书多从节省。惟此处三上脱管字，籥下衍者字，易也当作易者。皆传写之误。'变也者'本作'变易也者，其气也'。此处亦脱误。"③ 徐震堮《校笺》言："三成德，'三'上《御览》六○九引《易乾凿度》有'管'字。郑玄注：'管犹兼也。'谓《易》兼简易、不易、变易三义以成其德。应补'管'字。"④ 各家均认为应作"管三成德"。

《太平御览》卷六○九引《易乾凿度》曰："易者，易也，变易也，不易也。管三成德，为道包籥。"⑤

《初学记》卷二十一引《易乾凿度》曰："易者，易也，变易也，不易也。管三成德，为道苞籥。郑玄《注》曰：'管犹兼也，一言而兼此三事，

① 朱铸禹. 世说新语汇校集注［M］. 上海：上海古籍出版社，2002：191.
② 杨勇. 世说新语校笺［M］. 北京：中华书局，2006：196-197.
③ 余嘉锡. 世说新语笺疏［M］. 北京：中华书局，1983：218.
④ 徐震堮. 世说新语校笺［M］. 北京：中华书局，1984：119.
⑤ 李昉等. 太平御览［M］. 北京：中华书局，1960：2738.

以成其德道之苞籥。齐鲁之间，名门户及藏器之管为籥。'"① 其中亦作"管三成德"，可进一步证实上各家之说。又"籥"下无"者"字可证《笺疏》所引李慈明的观点。

《易纬乾凿度》卷上有"孔子曰：易者，易也，变易也，不易也。管三成为道德苞籥案为道德三字明钱叔宝本作德为道易者，以言其德也，通情无门，藏神无内也。光明四通，俶易立节案俶字钱本正文及注并作佼天地烂明，日月星辰，布设八卦，错序律历，调列五纬，顺轨四时，和粟孳结，四渎通情，优游信洁案渎字原本误作时，今从钱本根著浮流，气更相实，虚无感动，清净炤哲，移物致耀，至诚专密，不烦不挠，淡泊不失，此其易也。变易也者，其气也。按其气原本作其变，今从钱本天地不变不能通气，五行迭终，四时更废，君臣取象，变节相和，能消者息，必专者败；君臣不变，不能成朝，纣行酷虐天地反，文王下吕九尾见；夫妇不变，不能成家，妲己擅宠殷以之破，大任顺季享国七百，此其变易也。不易也者，其位也。天在上，地在下，君南面，臣北面，父坐子伏，此其不易也。故易者天地之道也。"②

刘《注》与今本对应处的差异是：

宋本刘《注》作"三德为道苟为者"，袁本刘《注》作"三成德为道包籥者"，蒋、沈本刘《注》作"三德为道"，今本《易纬乾凿度》作"管三成为道德苞籥"（校云：为道德三字明钱叔宝本作德为道）。《御览》作"管三成德，为道包籥"。《初学记》作"管三成德，为道苞籥"。可见各本刘《注》均作"德为道"与明钱叔宝本《易纬乾凿度》、《御览》、《初学记》同。

蒋校本刘《注》作"易也者"，其他本刘《注》作"易也"，今本《易纬乾凿度》作"易者"。

刘《注》作"其德也"，今本作"以言其德也"。

刘《注》作"日月星辰布，八卦序，四时和也"，今本作"日月星辰，布设八卦，错序律历，调列五纬，顺轨四时，和粟孳结"。刘《注》所缺

---

① 徐坚等. 初学记 [M]. 北京：中华书局，1962：499.
② 易纬乾凿度 [M]. 易纬是类谋及其他四种. 丛书集成初编. 上海：商务印书馆，中华民国二十六年十二月初版. 1-2.

内容影响到了原本文义的表达。只可惜余嘉锡、徐震堮等人均未指出。

刘《注》作"变也者"，今本作"变易也者"。

刘《注》作"天地不变，不能成朝"，今本有"天地不变，不能通气"和"君臣不变，不能成朝"。刘《注》"天地不变，不能成朝"割裂之迹昭然，而又失原本之文义。

刘《注》作"不易者"，今本作"不易也者"。

刘《注》作"故易者天地人道也"，今本作"故易者天地之道也"。其中刘《注》作"人"而今本作"之"。

若今本《易乾凿度》果真是原貌的话，刘《注》在截引之后，在某些地方并没有保持原来的文义，这与刘《注》一贯的做法相悖，然无法断定此为何人之失。

三十九、《春秋考异邮》

《言语》条 95《注》引作"《春秋考异邮》"。

考证：今佚，有辑本。沈家本《古书目三种》云："《隋志》梁有《春秋纬》三十卷宋均注，《春秋内事》四卷，《春秋包命》二卷，《春秋祕事》十一卷，《春秋河洛纬祕要》一卷，亡。二《唐志》宋均注《春秋纬》三十八卷。《后汉书·魏朗传注》孔子作《春秋纬》十二篇。案《樊英传注》《春秋纬》凡十三：曰《演孔图》、《元命包》、《文耀鉤》、《运斗枢》、《感精符》、《合诚图》、《考异邮》、《保乾图》、《汉含孳》、《佑助期》、《握诚图》、《潜潭巴》、《说题辞》。《文选》注中所引《春秋纬》最夥，《考异邮》其一篇之名，是唐时其书尚存也。"[①] 据《古佚书辑本目录》的介绍明人孙毅、清人朱彝尊、赵在翰、黄奭、马国翰、乔松年、王仁俊等人均辑有《春秋考异邮》。[②]

《言语》条 95《注》引《春秋考异邮》曰："距不周风四十五日，广莫风至。广莫者，精大备也。蓋北风也，一曰寒风。"余嘉锡、徐震堮、朱铸禹、杨勇等人均不言此处刘《注》版本有异。

---

① 沈家本. 古书目三种 [M].（卷三《第二编世说注所引书目一·经部》）北京：中华书局，1963.

② 孙启治，陈建华编. 古佚书辑本目录 [M]. 北京：中华书局，1997：131.

《淮南子·天文训》有"不周风至四十五日广莫风至"。①

《太平御览》卷九引《春秋考异邮》曰:"四十五日不周风至,不周者,不交也,阴阳未合化也。四十五日广莫风至,广莫者,精大满也。"②

明孙毂辑《春秋考异邮》中有:"四十五日不周风至,不周者,不交也,阴阳未合化也。四十五日广莫风至,广莫者,精大满也。"③ 与《御览》卷九所载全同,孙氏未言刘《注》所引之异。

乔松年辑《春秋考异邮》与上《御览》卷九所载内容全同,亦未言刘《注》所引之异。④

王仁俊《玉函山房辑佚书续编》辑有《春秋考异邮》一卷,但未辑有刘《注》所引内容。朱彝尊《经义考》只著录有《春秋考异邮》之名,未辑具体内容。

马国翰《玉函山房辑佚书》辑有《春秋考异邮》,其中据《太平御览》、《北堂书钞》辑有:"四十五日不周风至,不周者,不交也,阴阳未合化也。"又辑有:"四十五日广莫风至,广莫者,开阳气也,精大满也。"马氏交待:"《太平御览》无开阳句,《北堂书钞》无精大句,又《御览》卷二十六引云冬风曰广莫风。刘峻《世说新语·言语篇注》引云:距不周风四十五日,广莫风至。广莫者,精大备也。"⑤ 刘《注》所引内容已被马国翰注意到。

① 刘文典. 淮南鸿烈集解 [M]. 北京:中华书局,1989:92.
② 宋李昉等. 太平御览 [M]. 北京:中华书局,1960:44.
③ 孙毂. 春秋考异邮 [M]. 古书微·春秋纬. 丛书集成初编. 上海:商务印书馆,中华民国二十八年十二月初版. 198.
④ 乔松年. 春秋考异邮 [M]. 纬攟·春秋纬. 山右丛书初编(二). 太原:山西人民出版社,1986.
⑤ 马国翰. 玉函山房辑佚书 [M]. 清光绪年刻本.

第四章　刘《注》子部引书考

第一节　子部儒家类引书考

一、《孔丛子》

《文学》条 24《注》引作"《孔丛子》"。

考证：今存。沈家本《古书目三种》云："《隋志》《孔丛子》七卷，陈胜博士孔鲋撰，厕于《论语》之后，谓《孔丛》、《家语》并孔氏所传，附于此篇。二《唐志》并同，《宋志》在儒家，《四库总目》亦入儒家，故从之。今《汉魏丛书》本二卷，《四库》本三卷，海昌陈氏重刊宋嘉祐三年宋咸注本七卷，晁公武《志》谓集仲尼、子思、子上、子高、子顺之言及己之事，自《嘉言》至《答问》凡二十一篇为六卷，孔臧以所赋与书谓之连丛土下篇为一卷，附于末。可见，宋本皆为七卷，今本不知何人所并也。晁公武疑《孔丛》即《汉志》杂家之《孔甲盘盂书》，《连丛》即《汉志》儒家之《孔臧》十篇。然班氏原注谓孔甲黄帝之史或曰夏后似皆非孔鲋明甚；《连丛》有赋或即在《汉志》诗赋家之孔臧赋二十篇中，其非儒家之孔臧书亦明甚；晁说殊未确也。鲋字子鱼，孔子八世孙，仕陈涉为博士，《汉书·孔光传》云鲋为陈涉博士，死陈下，其语似是殉陈王之难者，而此书《答问篇》云博士凡仕六旬，老于陈，将没，戒其弟子云云，则非与陈涉俱死。惟陈振孙谓其书记鲋之没，安得以为鲋撰其说，诚是。《朱子语类》《孔丛子》文气颓弱，不似西汉人文字，蓋其后人集先世遗文而成者。《宋志》《孔丛子》下注云：朱熹曰伪书也，即採语类之说，案卷七记及永初延光之事，直至延光三年巳在安帝之末，似此书乃东汉时孔氏子孙所记，故不似西汉人语，未可遽谓之为伪也，即如《小尔雅》一篇，就近日诸家训纂求之，颇与汉代经师之说足相印证，宋翔凤曰条分缕析举此证彼，两汉诸儒门户不隔，乌可诬也。"① 沈家本于《孔丛子》的著录、版本、撰者以及真伪等情况都进行了交待。

《文学》条 24《注》引《孔丛子》曰："赵人公孙龙云：'白马非马。马者所以命形，白者所以命色。夫命色者非命形，故曰白马非马也。'"余嘉锡、徐震堮、朱铸禹、杨勇等人不言此处刘《注》版本有异。

杨勇引王叔岷《世说新语补证》："案《注》引《孔丛子》云云，今本《孔丛子·公孙龙篇》无此文，而与今本《公孙龙子·白马篇》同。今本《公孙龙子》晚出，汉儒所见《白马论》，本名《坚白论》，《御览》四六四引桓谭《新论》云：'公孙龙，六国时辩士，为《坚白》之论，假物取譬，谓白马为非马。非马者，言白所以名色，马所以名形也。色非形，形非色。'（《论衡·案书篇》亦云公孙龙著《坚白》之论）与今本《公孙龙子》分《白马论》、《坚白论》为二篇大异。"②

《艺文类聚》卷九十三引《孔丛子》曰："公孙龙以白马为非马，或曰此辩而毁大道，子高适赵，谓龙曰：愿受业久矣，所不取先生者，以白马为非马耳，诚能去之，则高请为弟子。龙曰：若使去之，无教矣。"③

《太平御览》卷八九六引《孔丛子》曰："公孙龙以白马为非马，或曰：此辩而毁大道。子高适赵，谓龙曰：'愿受业，久不敢，先者以白马为非马耳。诚能去之，则为弟子。'龙曰：'若使去之，无以教矣。'"④

虽然杨勇引王叔岷言刘《注》所引内容不见于今本《孔丛子》，然从上《类聚》、《御览》所引《孔丛子》内容来看，原本《孔丛子》似当有刘《注》所引内容。在今天，刘《注》所引《孔丛子》已成为了《孔丛子》的佚文，然《古佚书辑本目录》未言有辑《孔丛子》佚文者。

二、贾谊《新书》

《德行》条 31《注》引作"贾谊《新书》"。

考证：今存。关于贾谊其人可以参看《史记·屈原贾生列传》、《汉书

① 沈家本. 古书目三种［M］.（卷五《第二编世说注所引书目三·子部》）北京：中华书局，1963.
② 杨勇. 世说新语校笺［M］. 北京：中华书局，2006：193.
③ 欧阳询. 艺文类聚［M］. 上海：上海古籍出版社，1965：1614.
④ 李昉等. 太平御览［M］. 北京：中华书局，1960：3980.

·贾谊传》。关于《新书》的真伪、版本以及后人的整理等问题可以参看《新书校注》之《前言》。① 《郡斋读书志》著录有《新书》十卷，并言贾谊的著述未曾散佚，但班固可能进行了"润益刊削"，又《校证》曰："《新书》十卷，《经籍考》卷三十五题作贾谊《新书》。"② 则《经籍考》题作贾谊《新书》与刘《注》所引同。关于贾谊《新书》的著录情况可以参看《新书校注》之《附录三·著录》。③

《德行》条 31《注》引贾谊《新书》曰："孙叔敖为儿时，出道上，见两头蛇，杀而埋之。归见其母，泣。问其故？对曰：'夫见两头蛇者，必死。今出见之，故尔。'母曰：'蛇今安在？'对曰：'恐后人见，杀而埋之矣。'母曰：'夫有阴德，必有阳报，尔无忧也。'后遂兴于楚朝。及长，为楚令尹。"余嘉锡、徐震堮、朱铸禹、杨勇等人不言此处刘《注》版本有异。

《新书·春秋》："孙叔敖之为婴儿也，出游而还，忧而不食，其母问其故。泣而对曰：'今日吾见两头蛇，恐去死无日矣。'其母曰：'今蛇安在？'曰：'吾闻见两头蛇者死，吾恐他人又见，吾已埋之也。'其母曰：'无忧，汝不死。吾闻之，有阴德者，天报以福。'人闻之，皆谕其能仁也。及为令尹，未治而国人信之。"《校注》："孙叔敖，《吕氏春秋·情欲》注：'孙叔敖，楚令尹，蒍贾之子。'夏案：此事亦载《新序·杂事一》。'埋'上。《新序》有'杀而'二字，于文为备。"④《艺文类聚》卷九十六引《贾谊书》曰："孙叔敖之为儿，出游还，忧而不食。其母问其故，泣而对曰：'今旦见两头蛇，恐死。'母曰：'今蛇安在？'曰：'闻见两头蛇者死，恐他人复见之也，已杀而埋之。'母曰：'无忧，汝不死矣。吾闻之：有阴德者，天报以福。'"⑤

《新书》所载孙叔敖杀两头蛇事在其他古文献中亦有记载：

《新序·杂事》："孙叔敖为婴儿之时，出游见两头蛇，杀而埋之。归而泣。其母问其故。叔敖对曰：'闻见两头之蛇者死，嚮者吾见之，恐去

① 阎振益，钟夏. 新书校注 [M]. 北京：中华书局，2000.
② 孙猛. 郡斋读书志校证 [M]. 上海：上海古籍出版社，1990：424.
③ 阎振益，钟夏. 新书校注 [M]. 北京：中华书局，2000：485-515.
④ 阎振益，钟夏. 新书校注 [M]. 北京：中华书局，2000：250，260.
⑤ 欧阳询. 艺文类聚 [M]. 上海：上海古籍出版社，1965：1665.

母而死也。'其母曰：'蛇今安在？'曰：'恐他人又见，杀而埋之矣。'其母曰：'吾闻有阴德者，天报以福，汝不死也。'及长为楚令尹，未治而国人信其仁也。"①

《列女传》卷三："楚令尹孙叔敖之母也，叔敖为婴儿之时，出游，见两头蛇，杀而埋之。归见其母而泣焉。母问其故，对曰：'吾闻见两头蛇者死，今者出游见之。'其母曰：'蛇今安在？'对曰：'吾恐他人复见之，杀而埋之矣。'其母曰：'汝不死矣！一夫有阴德者，阳报之。德胜不祥，仁除百祸，天之处高而听卑。《书》不云乎，皇天无亲，惟德是辅，尔嘿矣，必兴于楚。'及叔敖长为令尹，君子谓叔敖之母，知道德之次。"②

《论衡·福虚篇》："楚相孙叔敖为儿之时，见两头蛇杀而埋之，归对其母泣。母问其故，对曰：'我闻见两头蛇死。向者出见两头蛇，恐去母死，是以泣也。'其母曰：'今蛇何在？'对曰：'我恐後人见之，即杀而埋之。'其母曰：'吾闻有阴德者，天必报之。汝必不死，天必报汝。'叔敖竟不死，遂为楚相。"《集解》："孙人和曰：案天必报之，本作天报之福，必字涉下句而误，又脱福字，下文云有阴德天报之福者俗议也，正承此文言之，否则无所属矣。《新书·春秋篇》、《新序·杂事篇》并作天报以福。"③

刘《注》与今本《新书》的差异是：

刘《注》所引与今本《新书》所记虽是同一件事，但二者却未有一句完全相同的句子。如刘《注》作"孙叔敖为儿时"，今本《新书》作"孙叔敖之为婴儿也"；刘《注》作"蛇今安在"，今本《新书》"今蛇安在"；刘《注》作"恐后人见"，今本《新书》作"恐他人又见"等等，我们这里就不一一比较了。

我们想要强调的是：刘《注》的一些说法虽然和今本《新书》不同，但可以在其他古文献中找到支撑。如刘《注》作"夫有阴德，必有阳报"而今本《新书》作"有阴德者，天报以福"。《文子·上德》有"夫有阴德

①　赵善诒. 新序疏证 [M]. 上海：华东师范大学出版社，1989：3.
②　转引自赵善诒. 新序疏证 [M]. 上海：华东师范大学出版社，1989：3.
③　刘盼遂. 论衡集解 [M]. 北京：古籍出版社，1957：122.

者，必有阳报"。①《说苑·贵德》有"夫有阴德者，必有阳报"。②《淮南子·人间训》亦有"夫有阴德者必有阳报"。③《魏志·何夔传》魏文帝诏报何夔有"夫有阴德者，必有阳报"。④ 均与刘《注》同。《列女传》作"有阴德者，阳报之"与刘《注》近。这些文献的记载皆有被刘《注》参考的可能。刘《注》作"蛇今安在"虽然与今本作"今蛇安在"异，但《新序》、《列女传》均作"蛇今安在"与刘《注》同。又如刘《注》作"恐后人见"虽然与今本作"恐他人又见"异，但《论衡》作"'我恐後人见之"与刘《注》近。所以刘《注》与今本相较存在的一些差异有的并不是刘《注》随意的改动，而往往可以在其他古文献中找到先例。

虽然刘《注》的一些说法可以在刘《注》之前的文献中找到先例，但并不能说明今本《新书》不可信。如今本《新书》作"有阴德者，天报以福"，《艺文类聚》卷二十一引《汉书》曰："有阴德者，天报以福。"⑤《说苑·敬慎》有："人为善者，天报以福；人为不善者，天报以祸也。"⑥《艺文类聚》引《贾谊书》、《新序·杂事》并作"有阴德者，天报以福"。这些都足证今本之可信。但刘《注》有时又确实可以校证今本之失：如上文引《新书校注》言"埋"上当有"杀而"二字，刘《注》所引《新书》"埋"上即有"杀而"二字，可为《新书校注》此说法的证据。当然，《类聚》引《贾谊书》"埋"上亦有"杀而"二字，《新序》、《列女传》、《论衡》"埋"上均有"杀而"二字，然这更能证实刘《注》在此处保存的是《新书》的原貌。因此，不能因为刘《注》所引《新书》与今本《新书》文字上存在大不同就忽视刘《注》的价值。

在刘孝标作《世说新语注》之前，关于孙叔敖杀两头蛇的事不单只见于贾谊之《新书》，也见于刘向《新序》、《列女传》和东汉王充的《论衡》，但是贾谊的《新书》要早于刘向的《新序》和《列女传》，更早于王充的《论衡》。《新书》可能是刘孝标所知孙叔敖杀两头蛇故事的最早记

① 辛妍著，杜道坚注. 文子 [M]. 上海：上海古籍出版社，1989：50.
② 赵善诒. 说苑疏证 [M]. 上海：华东师范大学出版社，1985：107.
③ 刘文典. 淮南鸿烈集解 [M]. 北京：中华书局，1989：596.
④ 卢弼. 三国志集解 [M]. 北京：中华书局，1982：360.
⑤ 欧阳询. 艺文类聚 [M]. 上海：上海古籍出版社，1965：376.
⑥ 赵善诒. 说苑疏证 [M]. 上海：华东师范大学出版社，1985：277.

载，所以刘孝标在作《注》引书之时，才选择贾谊的《新书》而不是刘向的《新序》、《列女传》或者王充的《论衡》。然刘《注》所引与今本《新书》存在如此大的不同，具体原因很难说清。可能是刘孝标所见《新书》即如此，也可能刘孝标或者刘孝标以后的人对所引内容进行了改动。因此，存异当是最好的办法，没有充分的证据绝不应该彼此校正。

三、《说苑》

《德行》条 26《注》引作"《说苑》"。

考证：今存，但有佚文。关于刘向本人的情况可以参看《汉书·楚元王传》所附之《刘向传》。赵善诒《说苑疏证·前言》对作者刘向、《说苑》的篇数、内容、文献价值、版本、后人的研究等情况进行了简单的交待，可以参看。另外，《说苑疏证·附录》对《说苑》的著录、佚文以及有关《说苑》的一些序跋进行了介绍和征引。[①] 关于《说苑》在史志的著录和《说苑》的风格可以参看沈家本《古书目三种》。[②] 关于其佚文的辑佚情况可以参看《古佚书辑本目录》的介绍和考证。[③]

《德行》条 26《注》引《说苑》曰："秦穆公使贾人载盐於虞，诸贾人买百里奚以五羊皮。穆公观盐，怪其牛肥，问其故，对曰：'饮食以时，使之不暴，是以肥也。'公令有司沐浴衣冠之。公孙支让其卿位，号曰五羖大夫。"余嘉锡、徐震堮、朱铸禹、杨勇等人不言此处刘《注》版本有异。

《说苑·臣术》："秦穆公使贾人载盐於卫，'於卫'二字旧脱，今据《书钞》一百四十六、《御览》二百二十八引补，《世说·德行篇》注引作'载盐於虞'，盖后人因百里奚为虞人而肊改，惟事於他书不合，《史记·秦本纪》：'既虏百里傒，以为秦缪公夫人媵於秦。百里傒亡秦走宛，楚鄙人执之，缪公以五羊皮赎之。'与卫无涉。《史记·商君传》：'赵良曰："五羖大夫，荆之鄙人也。自鬻於秦客，被褐食牛，期年，穆公知之，举之牛口之下，而加之百姓之上。"'《韩诗外传》八云：'百里奚，齐之乞者也，逐於齐西，无以自进，自卖五羊皮，为一轭车，见秦穆公。'此二

---

①　赵善诒. 说苑疏证 [M]. 上海：华东师范大学出版社，1985.

②　沈家本. 古书目三种 [M].（卷二《第一编三国志注所引书目二·子部》）北京：中华书局，1963.

③　孙启治，陈建华编. 古佚书辑本目录 [M]. 北京：中华书局，1997：220.

说，一以为齐之乞者，与《孟子》诸书又异。窃谓此文'载盐於虞'云云，盖贾人自卫适楚也。齐之乞者，即《本纪》所云'困於齐而乞食餔人'事。邹阳《书》亦云：'百里奚乞食於道路。'荆之鄙人，则因走宛而误传。徵诸贾人，贾人买百里奚以五羖羊之皮，'微'即'衞'之讹文，'贾人'二字当不使叠，当从《世说注》、《书钞》、《御览》去二字。五羖之事，言人人殊，《史记·秦本纪》云：'缪公闻百里傒贤，欲重赎之，恐楚人不与，乃使人谓楚曰："吾媵臣百里傒在焉，请以五羖羊皮赎之。"楚人遂许与之。'是穆公以五羊皮赎之也。《孟子·万章篇》、《外传》八、及本书《善说篇》、《咋言篇》，皆以为自鬻，则非穆公使人请之也。《吕氏·慎人篇》及《淮南·脩务篇》、《文子·自然篇》，皆以为转鬻，则又不止一鬻也。《乐府》载《虞殇之歌》，以五羖为聘物及客资，（毛氏《四书賸言》说，案事出《风俗通》。）《庄子·庚桑楚篇》《释文》引或曰'百里奚好五色皮裘'云云，则皆后起之妄说也。将车之秦。秦穆公观盐，见百里奚牛肥，曰：'任重道远以险，而牛何以肥也？'对曰：'臣饮食以时，《通鑑外纪》八'饮食'下有'之'字。使之不以暴，有险，先后之以身，是以肥也。《庄子·田子方篇》：'百里奚爵禄不入於心，故饭牛而牛肥。'案饭牛事，《孟子》辨之。穆公知其君子也，令有司具沐浴为衣冠与坐，公大悦。异日，与公孙支论政，公孙支大不宁，曰：'君耳目聪明，思虑审察，君其得圣人乎？'公曰：'然，吾悦夫奚之言，彼类圣人也。'公孙支遂归，取鴈以贺，曰：'君得社稷之圣臣，敢贺社稷之福。'公不辞，再拜而受。明日，公孙支乃致上卿以让百里奚，曰：'秦国处僻民陋，以愚无知，危亡之本也；臣自知不足以处其上，请以让之。'公不许。公孙支曰：'君不用賓相'賓'与'擯''儐'通。而得社稷之圣臣，君之禄也；臣见贤而让之，臣之禄也；今君既得其禄矣，而使臣失禄，可乎？请终致之。'公不许。公孙支曰：'臣不肖而处上位，是君失伦也，'伦'与'论'同，《吕氏·行论篇》云：'以尧为失论。'不肖失伦，臣之过。进贤而退不肖，君之明也。今臣处位，废君之德，而逆臣之行也，臣将逃。'公乃受之。故百里奚为上卿以制之，公孙支为次卿以佐之也。"①

比较来看，刘《注》所引内容单从文字数量上就比今本《说苑》所记要少很多，若抛开详略的问题而只从对应的语句上来看，二者也多有不同：

刘《注》作"秦穆公使贾人载盐於虞"，校证本《说苑》作"秦穆公

---

① 向宗鲁. 说苑校证［M］. 北京：中华书局，1987：44-45.

使贾人载盐於卫"，《校证》交待旧本《说苑》无"於卫"二字，《校证》据《书钞》、《御览》补，刘《注》虽然没有成为校证本补"於卫"二字的主要依据，但刘《注》中的"於虞"当能起到提示作用。

刘《注》作"诸贾人买百里奚以五羊皮"，今本《说苑》作"征诸贾人，贾人买百里奚以五羖羊之皮"，《校证》认为当据刘《注》等去一"贾人"，刘《注》成为校正今本《说苑》的一个依据。

刘《注》作"穆公观盐"，今本《说苑》作"秦穆公观盐"。

刘《注》作"怪其牛肥，问其故"，今本《说苑》作"见百里奚牛肥，曰：'任重道远以险，而牛何以肥也?'"

刘《注》作"饮食以时，使之不暴，是以肥也"，今本《说苑》作"臣饮食以时，使之不以暴，有险，先后之以身，是以肥也"。

刘《注》作"公令有司沐浴衣冠之"，今本《说苑》作"令有司具沐浴为衣冠"。

刘《注》作"公孙支让其卿位"，今本《说苑》无此语，但对"让卿位"一事有详细的介绍。

刘《注》"号曰五羖大夫"，今本《说苑》无此语。

刘《注》所引《说苑》在《太平御览》中亦有引用：

《太平御览》卷三九五引《说苑》曰："秦缪公见百里奚牛肥，公曰：'牛何以肥?'对曰：'臣饮食之以时，使之不暴，有嶮先后之以身，是以牛肥。'公知其君子，令有司具沐浴为衣冠。坐与语，公大悦。"① 其中"臣饮食之以时，使之不暴，有嶮先后之以身，是以牛肥"与今本《说苑》近，而且"令有司具沐浴为衣冠"与今本《说苑》同。又校证本《说苑》作"令有司具沐浴为衣冠与坐，公大悦"，而《御览》作"令有司具沐浴为衣冠。坐与语，公大悦。"赵善诒《说苑疏证》作"令有司具沐浴为衣冠，坐与语，公大悦。"赵《疏证》与《御览》同，向、赵二人均不言此处《说苑》版本有异，想必二者必有一误，刘《注》于此异提供不了帮助。

《太平御览》卷八九九引《说苑》曰："秦穆公使贾人载盐徵诸贾人百里奚以五羖羊之皮，将车之秦。秦穆公观盐，见百里奚牛肥也。对曰：

---

① 李昉等. 太平御览［M］. 北京：中华书局，1960：1826.

'臣饮食以时，使之不以暴，有险先后之以身，是以肥也。'穆公知其君子也，乃以为上卿。"① 其中"臣饮食以时，使之不以暴，有险先后之以身，是以肥也。"与今本《说苑》所记全同而与刘《注》异。

刘《注》所引《说苑》言秦穆公用百里奚事，在古文献中多有所见，如见于《史记·秦世家》、《史记·商鞅传》、《孟子·万章上》、《韩诗外传》、《战国策》、《庄子·庚桑楚》等，后人也对该故事到底是个什么情况进行了考证，具体可以参看《孟子·万章上》："百里奚自鬻于秦养牲者五羊之皮，食牛，以要秦缪公，信乎？"焦循《正义》所引之内容。② 但正如向宗鲁所言"五羖之事，言人人殊"。我们这里只录《史记·秦本纪》的记载，以示文献记载之不同。秦穆公五年"晋献公灭虞、虢，虏虞君与其大夫百里傒，以璧马赂於虞故也。既虏百里傒，以为秦缪公夫人媵于秦。百里傒亡秦走宛，楚鄙人执之。缪公闻百里傒贤，欲重赎之，恐楚人不与，乃使人谓楚曰：'吾媵臣百里傒在焉，请以五羖羊皮赎之。'楚人遂许与之。当是时，百里傒年已七十馀。缪公释其囚，与语国事。谢曰：'臣亡国之臣，何足问！'缪公曰：'虞君不用子，故亡，非子罪也。'固问，语三日，缪公大说，授之国政，号曰五羖大夫。百里傒让曰：'臣不及臣友蹇叔，蹇叔贤而世莫知。臣常游困於齐而乞食铚人，蹇叔收臣。臣因而欲事齐君无知，臣得脱齐难，遂之周。周王子颓好牛，臣以养牛干之。及颓欲用臣，蹇叔止臣，臣去，得不诛。事虞君，蹇叔止臣。臣知虞君不用臣，臣诚私利禄爵，且留。再用其言，得脱，一不用，及虞君难：是以知其贤。'於是缪公使人厚币迎蹇叔，以为上大夫。"③ 不知缘何刘孝标作《注》之时不引《史记》而引《说苑》，据我们调查，《文选》李善《注》在涉及百里奚事时就多引《史记》，莫非刘孝标更信《说苑》之记载？

四、扬雄《法言》

《栖逸》条6《注》引作"杨子"，此据《笺疏》本。徐震堮《世说新

---

① 李昉等. 太平御览 [M]. 北京：中华书局，1960：3991.
② 焦循. 孟子正义 [M]. 北京：中华书局，1987：662-664.
③ 司马迁. 史记 [M]. 北京，中华书局，1959：186.

语校笺》作"扬子"。刘《注》此条所引实为扬雄《法言》，见下文的考证。

考证：今存，但有佚文。关于作者扬雄的情况可以参看《汉书·扬雄传》。马端临《文献通考·经籍考》著录有《扬子法言》十卷，并引晁公武、程颐、陈振孙等人的观点对作者、书的内容、篇数、注本进行了简单的介绍和评价。[①] 关于《法言》一书在史志及各种目录书中的著录情况可以参看沈家本《古书目三种》。[②] 其佚文的辑佚情况，可参看《古佚书辑本目录》。[③]

《栖逸》条 6《注》引《杨子》曰："蜀、庄沈冥。"余嘉锡、徐震堮、朱铸禹、杨勇等人不言此处刘《注》版本有异。

《法言·问明》有"蜀庄沈冥"，[④] 刘《注》与之全同。朱铸禹言："蜀庄《笺》：蜀郡严君平也。避后汉明帝讳，'庄'皆作'严'。"[⑤] 杨勇言："庄遵字君平，避汉显宗讳改为严，以字行。"[⑥]《法言义疏》"蜀庄沈冥"，《注》："蜀人，姓庄，名遵，字君平。"《疏》："'蜀庄沈冥'，《汉书》引作'蜀严湛冥'。按：后汉明帝名庄，故改'庄'之字曰'严'。"[⑦]

五、李轨《法言注》

《栖逸》条 6 注引作"李轨《注》曰"，此上承《注》所引"杨子"而引。

考证：今存。关于李轨、李轨《法言注》的著录、卷数等情况可以参看沈家本《古书目三种》。[⑧]

《栖逸》条 6 刘《注》引李轨《注》曰："沈冥，犹玄寂，泯然无迹之

① 马端临. 文献通考·经籍考［M］. 上海：华东师范大学出版社，1985：829-830.
② 沈家本. 古书目三种［M］.（卷五《第二编世说注所引目三·子部》）北京：中华书局，1963.
③ 孙启治，陈建华编. 古佚书辑本目录［M］. 北京：中华书局，1997：220.
④ 汪荣宝. 法言义疏［M］. 北京：中华书局，1987：200.
⑤ 朱铸禹. 世说新语汇校集注［M］. 上海：上海古籍出版社，2002：558.
⑥ 杨勇. 世说新语校笺［M］. 北京：中华书局，2006：597.
⑦ 汪荣宝. 法言义疏［M］. 北京：中华书局，1987：200.
⑧ 沈家本. 古书目三种［M］.（卷五《第二编世说注所引目三·子部》）北京：中华书局，1963.

貌。"余嘉锡、徐震堮、朱铸禹、杨勇等人不言此处刘《注》版本有异。

《法言·问明》"蜀庄沈冥"下《注》："蜀人，姓庄，名遵，字君平。沈冥犹玄寂，泯然无迹之貌。是故成、哀不得而利之，王莽不得而害也。"① 刘《注》所引即截取自此处李轨《注》，对应部分，文辞尽同。

六、《牟子理惑论》

《文学》条 23《注》引作"《牟子》"，《笺疏》言此《牟子》即是《牟子理惑论》，② 作《牟子》当是简称。

考证：今存。沈家本《古书目三种》言："《隋志》牟子二卷，后汉太尉牟融撰。二《唐志》在道家。案《后汉书·牟融传》，字子优，少博学，以《大夏侯尚书》教授，门徒数百人，为丰令。司徒范迁荐融忠正公方，经行纯备，永平十一年为大司农，明年为司空。肃宗即位，为太尉。建初四年薨。是融卒于章帝之初，明帝时事尚相及。惟其文曰'汉明帝'则不似汉时人语，且本传言其以尚书教授，初非习道家言者。疑《唐志》道家之《牟子》与《隋志》儒家之《牟子》系二人二书，惟其为道家之《牟子》，故述及佛经事也。《文选·理学权舆》有鲍案云：此牟子是灵帝时人，其书二卷。今见佛藏《弘明集》，此说近之。"③ 沈言"惟其文曰'汉明帝'则不似汉时人语"，其实从刘孝标作《注》对所引文献常有改动这一点来看，文称"汉明帝"就不成为一个问题了，因此也就不能据此而判断不是汉时人语。据杨家骆《历代经籍志》，《后汉·艺文志》子部道家类著录有《牟子理惑论》三十七条。

《文学》条 23《注》引《牟子》曰："汉明帝夜梦神人，身有日光，明日，博问群臣。通人傅毅对曰：'臣闻天竺有道者号曰佛，轻举能飞，身有日光，殆将其神也。'于是遣羽林将军秦景、博士弟子王遵等十二人之大月氏国，写取佛经四十二部，在兰台石室。"

余嘉锡《笺疏》言："嘉锡案：《牟子》即《牟子理惑论》，原在释僧

---

① 汪荣宝. 法言义疏 [M]. 北京：中华书局，1987：200.

② 余嘉锡. 世说新语笺疏 [M]. 北京：中华书局，1983：215.

③ 沈家本. 古书目三种 [M]. （卷五《第二编世说注所引书目三·子部》）北京：中华书局，1963.

祐《弘明集》内，详见余所作《理惑论检讨》。"① 刘立夫《关于〈牟子理惑论〉的著作年代》一文，认为《牟子》的作者非止一人且写作时间跨越了从汉末到梁代约三百多年的岁月。② 《牟子丛残新编》一书辑录了以下一些内容，我们认为这些内容有助于对《牟子》相关问题的解决，辑录的内容分别是：《牟子丛残序》、《牟子理惑论》一卷、《世说新语》刘孝标《注》引《牟子》一则、《文选》李善《注》引《牟子》一则、《摩诃止观辅行传宏决》引《牟子》一则、《太平御览》引《牟子》五则、《牟子理惑论音义》（自《一切经音义》中录出）、周叔迦《牟子理惑论事义集证》、洪颐煊《牟子序》、孙诒让《牟子理惑论书后》、梁启超《牟子理惑论辩伪》、周叔迦《梁任公牟子辩伪之商榷》、胡适《与周叔迦论牟子三书》、伯希和《牟子考》、余嘉锡《牟子理惑论检讨》、松本文三郎《牟子理惑之述作年代考》、周一良《牟子理惑论时代考》等。可以看出，前人对《牟子》的相关问题已经进行了深入的研究。《牟子丛残新编》的《出版说明》言："梁朝天监年间（公元 502—519）梁僧祐将《理惑论》编入《弘明集》卷一，日本大正年间（公元 1912－1925）收入《大正藏》第五十二卷。在唐宋至清末，《理惑论》无单行本行世。"③ 刘孝标注《世说》所据《牟子》当是一单行本。

《牟子丛残新编》所辑录《牟子理惑论》有："问曰：'汉地始闻佛道，其所从出耶？'牟子曰：'昔孝明皇帝梦见神人，身有日光，飞在殿前，欣然悦之。明日博问群臣，此为何人？有通人傅毅曰："臣闻天竺有得道者，号之曰佛，飞行虚空，身有日光，殆将其神也。"于是上悟，遣使者张骞、羽林郎中秦景、博士弟子王遵等十二人，于大月支写佛经四十二章，藏在兰台石室第十四间。时于洛阳城西雍门外起佛寺，于其壁画千乘万骑，绕塔三匝，又于南宫清凉台及开阳城门上作佛像。明帝存时预修造寿陵，陵曰"显节"，亦于其上作佛图像。时国丰民宁，远夷慕义，学者由此

---

① 余嘉锡. 世说新语笺疏 [M]. 北京：中华书局，1983：215.

② 刘立夫. 关于《牟子理惑论》的著作年代 [J/OL]. 闽南佛学院学报，2003：（http：// www. nanputuo. com/nptxy/xbView. asp? Mid＝36&Nid＝6735）（2008 年 10 月 28 日）

③ 周叔迦辑撰，周绍良新编. 牟子丛残新编 [M]. 北京：中国书店，2001.

而滋。'"①

《文选》王巾《头陀寺碑文》"汉晋两明，并勒丹青之饰"，李善《注》引《牟子》曰："汉明帝梦见神人，身有日光，飞在殿前。以问群臣，傅毅对曰：'天竺有佛，将其神也？'后得其形像。"②

刘《注》与《牟子丛残新编》所辑录《牟子理惑论》的差异是：

刘《注》作"汉明帝夜梦神人"，《牟子丛残新编》所辑录《牟子理惑论》作"昔孝明皇帝梦见神人"，《文选》李善《注》引《牟子》作"汉明帝梦见神人"。据《后汉书·显宗孝明帝纪》，汉明帝即是孝明皇帝。刘《注》作"夜梦"，《牟子丛残新编》所辑录《牟子理惑论》和李善《注》均作"梦见"。

刘《注》作"明日，博问群臣"，《牟子丛残新编》所辑录《牟子理惑论》与刘《注》同，李善《注》作"以问群臣"。

刘《注》作"通人傅毅对曰"，《牟子丛残新编》所辑录《牟子理惑论》作"有通人傅毅曰"，李善《注》作"傅毅对曰"。

刘《注》作"臣闻天竺有道者号曰佛"，《牟子丛残新编》所辑录《牟子理惑论》作"臣闻天竺有得道者，号之曰佛"，李善《注》作"天竺有佛"。

刘《注》作"轻举能飞，身有日光"，《牟子丛残新编》所辑录《牟子理惑论》作"飞行虚空，身有日光"，李善《注》无。

刘《注》作"殆将其神也"，《牟子丛残新编》所辑录《牟子理惑论》作"殆将其神也"与刘《注》同，李善《注》作"将其神也"无"殆"字。

刘《注》作"于是遣羽林将军秦景、博士弟子王遵等十二人之大月氏国，写取佛经四十二部"，《牟子丛残新编》所辑录《牟子理惑论》作"于是上悟，遣使者张骞、羽林郎中秦景、博士弟子王遵等十二人，于大月支写佛经四十二章"，李善《注》无。与《牟子丛残新编》所辑录《牟子理惑论》相比：刘《注》无"上悟，遣使者张骞"六字，刘《注》作"将军"不作"郎中"，刘《注》作"之"不作"于"，刘《注》作"大月氏"

① 周叔迦辑撰，周绍良新编. 牟子丛残新编 [M]. 北京：中国书店，2001：15.
② 萧统编，李善注. 文选 [M]. 上海：上海古籍出版社，1986：2533.

不作"大月支"，刘《注》"写"后有一"取"字而《牟子丛残新编》所辑录《牟子理惑论》无，刘《注》作"部"不作"章"。

刘《注》作"在兰台石室"，《牟子丛残新编》所辑录《牟子理惑论》作"藏在兰台石室第十四间"，李善《注》无。

另外，《牟子丛残新编》所辑录《牟子理惑论》中所记的一些内容刘《注》所引《牟子》无。

《牟子》之所以被后人如此的重视，一部分原因是它所记载的一些内容（汉明帝感梦求法）涉及到佛经传入中国的问题。关于汉明帝感梦之事较早的记载是袁宏《后汉纪》和范晔《后汉书·西域传》，其后还有《水经注》、《老子化胡经》、《洛阳伽蓝记》等，但这个问题我们不想涉及，我们想要强调的是刘《注》所引《牟子》与佛经传入中国的故事有关，而且刘《注》引《牟子》所记载的内容与我们今天所见《牟子理惑论》中所记之内容存在着一些差异，通过上文的比较，我们发现刘《注》并未言汉明帝"遣使者张骞"，这应该是很重要的一个内容。这有几种可能：一是原本《牟子理惑论》有这五个字，但刘孝标在引用时发现有问题而删之；二是原本《牟子理惑论》无此五字，但随着该书的流传，浅人误增；三是刘孝标作《注》时也引有这五个字，但随着刘《注》的流传，后人删去了刘《注》引有的这五个字。当然也有可能有其他的原因。不过，不管怎么说，刘《注》可以为攻讦《牟子理惑论》所记舛误的人提供证据。

七、《典论》

《巧艺》条 1《注》引作"《典论》常《自叙》曰"。

考证：今佚，有辑佚。关于其辑佚情况可参看《古佚书辑本目录》的介绍，《目录》言："魏文帝曹丕，字子恒，沛国谯人，武帝长子。好文学，著《典论》及诗赋百余篇（《三国志》本纪及裴注引《魏书》）。太和四年，明帝诏以《典论》刻石。立庙门外。（《三国志·明帝纪》）《隋志》经部小学类载《一字石经典论》一卷，又子部儒家载《典论》五卷，两《唐志》亦五卷。今存《论文》、《自叙》二篇，见本纪注及《文选》。又《博物志》、《群书治要》、《意林》及唐、宋类书亦引之。"①《宋史·艺文

---

① 孙启治，陈建华. 古佚书辑本目录［M］. 北京：中华书局，1997：222.

志》、晁公武《郡斋读书志》、陈振孙《直斋书录解题》均不著录《典论》，概宋时《典论》已亡佚。卢弼《三国志集解》于《典论》的产生、篇目、流传、亡佚、辑佚等情况均有考证，其中云："唐时石本亡，至宋而写本亦亡，世所习见仅《裴注》之《帝自叙》及《文选》之《论文》而已。"①

《巧艺》条 1《注》引《典论》常《自叙》曰："戏弄之事，少所喜，唯弹棊略尽其妙。少时尝为之赋。昔京师少工有二焉：合乡侯东方世安、张公子，常恨不得与之对也。"

余嘉锡言："注'常自叙曰'，'常'，景宋本及沈本作'帝'。"② 徐震堮言："《典论》帝常自叙曰——'帝'原作'常'，据影宋本及沈校本改。案《魏志·文帝纪》注正作'帝'。"③ 朱铸禹言："帝自叙曰，沈校本同，袁本'帝'作'常'。"④

据《古佚书辑本目录》，《典论自叙》见于（魏文帝）本纪注。

《魏志·文帝纪》："评曰：文帝天资文藻，下笔成章，博闻彊识，才艺兼该。"裴《注》引"《典论·帝自叙》曰"一段内容中有"余於他戏弄之事少所喜，唯弹碁略尽其巧，少为之赋。昔京师先工有馬合郷侯、东方安世、张公子，常恨不得与彼数子者对。"⑤

刘《注》所引与裴《注》所引《自叙》的差异是：

袁本、王先谦重雕纷欣阁本刘《注》作"常自叙"，宋本、沈校本刘《注》作"帝自叙"，裴《注》作"帝自叙"。

刘《注》作"戏弄之事，少所喜"，裴《注》作"余於他戏弄之事少所喜"。裴《注》中的一个"他"字强调了魏文帝于戏弄之事唯爱弹棊。

刘《注》作"唯弹棊略尽其妙"，裴《注》作"唯弹碁略尽其巧"。其中刘《注》作"棊"而裴《注》作"碁"，又刘《注》作"妙"而裴《注》作"巧"。棊、碁二者的关系是：卢弼《三国志集解》指出"各本碁作

① 详见卢弼. 三国志集解 [M]. 北京：中华书局，1982：102.
② 余嘉锡. 世说新语笺疏 [M]. 北京：中华书局，1983：712.
③ 徐震堮. 世说新语校笺 [M]. 北京：中华书局，1984：384.
④ 朱铸禹. 世说新语汇校集注 [M]. 上海：上海古籍出版社，2002：599.
⑤ 卢弼. 三国志集解 [M]. 北京：中华书局，1982：103.

綦"。①《广韵·之韵》："綦綦襋同。"②《方言》卷五"簿或谓之綦"，钱绎《笺疏》："綦与綦同。"③《玉篇·石部》："綦，亦作綦。"④ 妙、巧二者的关系是：《庄子·天道》"覆载天地刻雕众形而不为巧"，郭象《注》："巧者，为之妙耳。"⑤ 刘《注》引作"綦"和"妙"亦均可谓有据。

刘《注》作"昔京师少工有"，裴《注》作"昔京师先工有"（其中刘《注》作"少工"，裴《注》作"先工"）。又刘《注》作"二焉：合乡侯东方世安、张公子"，裴《注》作"馬合乡侯、东方安世、张公子"。徐震堮言："'昔京师少工有二焉'二句——'少工'，《魏志·文帝纪》注作'先工'，《御览》七五五引《典论》同；《广记》二二八作'妙工'。'少'恐即'妙'之误。'二焉'，《魏志》注及《御览》均作'馬'，是。《后汉书·馬援传》载其孙朗封合乡侯，故此馬合乡侯非朗即朗之子孙。'二焉'二字实'馬'之误。'东方世安'，《魏志》作'东方安世'。"⑥ 余嘉锡、朱铸禹、杨勇等人与徐震堮观点同，此不赘述。然刘《注》中的"少工"（或如徐氏疑作"妙工"），我们未找到与裴《注》中的"先工"可以弥合的证据，此处姑且存之。

刘《注》作"常恨不得与之对也"，裴《注》作"常恨不得与彼数子者对"。其中刘《注》作"之"而裴《注》作"彼数子者"，又刘《注》"对"后有一"也"字而裴《注》无。裴《注》中的"数子"提示最少三人，进一步证实刘《注》中的"二"不当有。

八、谯周《法训》

《任诞》条 45《注》引作"谯子《法训》"。

考证：今佚，有辑佚。谯子即谯周，《蜀志》有传。严可均云，谯周"字允南，巴西西充国人，蜀丞相亮命为劝学从事，亮卒，徙典学从事，后为太子仆，转家令，徙中散大夫，迁光禄大夫。蜀亡入魏，封阳城亭

①　卢弼. 三国志集解［M］. 北京：中华书局，1982：103.
②　宋本广韵［M］. 北京：北京市中国书店，1982：40.
③　钱绎. 方言笺疏［M］. 上海：上海古籍出版社，1984：361.
④　宋本玉篇［M］. 北京：北京市中国书店，1983：414.
⑤　郭庆藩. 庄子集释［M］. 北京：中华书局，2004：463.
⑥　徐震堮. 世说新语校笺［M］. 北京：中华书局，1984：384-385.

侯，晋受禅，拜骑都尉，后以为散骑常侍，封义阳亭侯。有《论语注》十卷，《五经然否论》五卷，《古史考》二十五卷，《法训》八卷，《五教志》五卷。"① 关于谯子《法训》的辑佚情况可以参看《古佚书辑本目录》的介绍和考证，《目录》言："《三国志》本传称周撰《法训》，《隋》、《唐志》子部儒家并载为八卷。马国翰谓书名《法训》乃拟於古之格言，亦如扬雄称《法言》之类。"② 据杨家骆《历代经籍志》，《三国·艺文志》子部儒家类著录有《谯子法训》八卷、《宋史·艺文志》未著录有谯周《法训》。晁公武《郡斋读书志》、陈振孙《直斋书录解题》均未著录有谯周《法训》。概宋时，谯周《法训》已亡佚。

《任诞》条45《注》引谯子《法训》云："有丧而歌者。或曰：'彼为乐丧也，有不可乎？'谯子曰：'书云："四海遏密八音。"何乐丧之有？'曰：'今丧有挽歌者，何以哉？'谯子曰：'周闻之：盖高帝召齐田横至于户乡亭，自刎奉首，从者挽至於宫，不敢哭而不胜哀，故为歌以寄哀音。彼则一时之为也。邻有丧，春不相引，挽人衔枚，孰乐丧者邪？'"其中"户乡亭"，徐震堮、朱铸禹、杨勇等人之书均作"尸乡亭"。朱铸禹言："尸乡亭，王利器曰：'"尸"袁本、曹本同，馀本作"户"，是，从改。'"③

刘《注》所引谯子《法训》的内容未被严可均《全晋文》辑佚。马国翰《玉函山房辑佚书》子编儒家类辑此作："有丧而歌者。或曰：'彼为乐丧也，有不可乎？'谯子曰：'书云："四海遏密八音。"何乐丧之有？'曰：'今丧有挽歌者，何以哉？'谯子曰：'周闻之：盖高帝召齐田横至千户乡亭，自刎奉首，从者挽至客，不敢哭而不胜其哀，故作歌以寄哀音。彼则一时之为也。邻有丧，春不相引，挽人衔悲，孰乐丧耶？'"刘孝标《世说新语注》徐坚《初学记》卷十四、《昭明文选》卷二十八《缪熙伯挽歌》李善《注》并引云：挽歌者，高帝召田横至尸乡，自毙，从者不敢哭而不胜其哀，故作此歌以寄哀音焉。陶宗仪《说郛》採入谯周《法训》第六节，较《世说注》为略。④

《文选》李善《注》未见引刘《注》所引之《法训》。《初学记》卷十

---

① 严可均. 全上古三代秦汉三国六朝文（二）[M]. 北京：中华书局，1958：1861.

② 孙启治，陈建华. 古佚书辑本目录 [M]. 北京：中华书局，1997：222-223.

③ 朱铸禹. 世说新语汇校集注 [M]. 上海：上海古籍出版社，2002：634.

④ 马国翰. 玉函山房辑佚书 [M]. 上海：上海古籍出版社，1990：2529-2530.

四引谯周《法训》曰："今有挽歌者，高帝召田横，至於户乡亭，自毙，从者挽至宫，不敢哭，故为此歌以寄哀音也。"①

刘《注》与马辑的差异是：

宋本、沈校本、王先谦重雕纷欣阁本刘《注》作"至于户乡亭"，袁本、曹本刘《注》作"至于尸乡亭"，马辑作"至千户乡亭"。其中马辑作"户"与宋本、沈校本、王先谦重雕纷欣阁本刘《注》同，又马辑作"千"与各本刘《注》作"于"异。《初学记》作"至於户乡亭"。马辑作"千"当是"于"字之误，二字形近。

刘《注》作"从者挽至於宫"，马辑作"从者挽至客"。《初学记》作"从者挽至宫"。马辑作"客"当是"宫"之误，二字形近。

刘《注》作"不胜哀"，马辑作"不胜其哀"。

刘《注》作"为歌"，马辑作"作歌"。《初学记》作"为此歌"。

刘《注》作"衔枚"，马辑作"衔悲"。不知马氏据何而辑作"衔悲"，马氏所言《文选》李善《注》、《初学记》均未见。

刘《注》作"者邪"，马辑作"耶"。

九、李秉《家诫》

《德行》条 15《注》引作"李康《家诫》"。据《笺疏》引李慈明的观点，李康当作李秉。②

考证：今佚，有辑佚。严可均云："秉字玄胄，江夏平春人，汉汝南太守通孙，仕魏为秦州刺史，晋受禅，封都亭侯，卒谥曰定。"③ 李秉《家诫》未见官私目录有著录者。

《德行》条 15《注》引李康《家诫》曰："昔尝侍坐於先帝，时有三长史俱见，临辞出，上曰：'为官长当清、当慎、当勤，修此三者，何患不治乎？'并受诏。上顾谓吾等曰：'必不得已而去，於斯三者何先？'或对曰'清固为本'。复问吾，吾对曰：'清慎之道，相须而成，必不得已，慎乃为大。'上曰：'辨言得之矣，可举近世能慎者谁乎？'吾乃举故太尉

---

① 徐坚. 初学记 [M]. 北京：中华书局，1962：363.
② 余嘉锡. 世说新语笺疏 [M]. 北京：中华书局，1983：18.
③ 严可均. 全上古三代秦汉三国六朝文（二）[M]. 北京：中华书局，1958：1763.

荀景倩、尚书董仲达、仆射王公仲。上曰：'此诸人者，温恭朝夕，执事有恪，亦各其慎也。然天下之至慎者，其唯阮嗣宗乎！每与之言，言及玄远，而未尝评论时事，臧否人物，可谓至慎乎！'"余嘉锡、徐震堮、朱铸禹、杨勇等人均未言此处刘《注》版本有异，然《笺疏》作"辨言"，而徐震堮、朱铸禹、杨勇等三人之书皆作"卿言"。从下引裴《注》和严可均所辑《家诫》来看，作"卿"是，《笺疏》作"辨"误，辨、卿形近而致误。

《魏志·李通传》裴《注》引王隐《晋书》，其中引有李秉《家诫》，作："昔侍坐於先帝，时有三长吏俱免（卢弼云：宋本免作见），临辞出，上曰：'为官长当清、当慎、当勤，修此三者，何患不治乎？'并受诏。既处，上顾谓吾等曰：'相诫勑正当尔不？'侍坐众贤，莫不赞善。上又问（卢弼云：宋本问下有曰字）：'必不得已，於斯三者何先？'或对曰'清固为本'。次复问吾，对曰：'清慎之道，相须而成，必不得已，慎乃为大。夫清者不必慎，慎者必自清，亦有仁者必有勇，勇者不必有仁，是以《易》称"括囊无咎，藉用白茅"皆慎之至也。'上曰：'卿言得之耳，可举近世能慎者谁乎？'诸人各未知所对，吾乃举故太尉荀景倩、尚书董仲连、仆射王公仲，并可谓为慎。上曰：'此诸人者，温恭朝夕，执事有恪，亦各其慎也。然天下之至慎者，其惟阮嗣宗乎！每与之言，言及玄远，而未曾评论时事，臧否人物，真可谓至慎矣！'吾每思此言，亦足以为明诫。凡人行事，年少立身，不可不慎，勿輕论人，勿輕说事，如此，则悔吝何由而生，患祸无从而至矣。"[①]

严可均《全晋文》卷五十三辑有李秉《家诫》，作："昔侍坐于先帝，时有三长吏俱见，临辞出，上曰：'为官长当清、当慎、当勤，修此三者，何患不治乎？'并受诏。既处，上顾谓吾等曰：'相诫敕正当尔不？'侍坐众贤，莫不赞善。上又问：'必不得已而去，于斯三者何先？'或对曰'清固为本'。次复问吾，吾对曰：'清慎之道，相须而成，必不得已，慎乃为大。夫清者不必慎，慎者必自清，亦有仁者必有勇，勇者不必有仁，是以《易》称"括囊无咎，藉用白茅"皆慎之至也。'上曰：'卿言得之矣，可举近世能慎者谁乎？'诸人各未知所对，吾乃举故太尉荀景倩、尚书董仲

---

① 卢弼. 三国志集解 [M]. 北京：中华书局，1982：464.

连、仆射王公仲，并可谓为慎。上曰：'此诸人者，温恭朝夕，执事有恪，亦各言其慎也。然天下之至慎者，其惟阮嗣宗乎！每与之言，言及玄远，而未曾评论时事，臧否人物，真可谓至慎矣！'吾每思此言，亦足以为明诫。凡人行事，年少立身，不可不慎，勿輕论人，勿輕说事，如此，则悔吝何由而生，祸患无从而至矣。"在此辑佚文下严可均言："《魏志·李通传》注引王隐《晋书》，秉尝苔司马文王问，因以为《家诫》。又《世说·德行篇》注及《御览》四百三十引王隐《晋书》并作李康，引秉字俗写作秉，与康形近而误也。李康字萧远，中山人，《文选·运命论》注引刘义庆《集林》康早卒，未必入晋也。又案《世说·言语篇》注引《晋中兴书》，李充江夏郦人，祖康，父矩，皆有美名。彼康字，亦秉之误。"[1]

很明显，严氏是据《三国志》裴《注》而辑李秉《家诫》。但严辑与我们据卢弼《三国志集解》裴《注》所录之内容有些微差异，具体是：

严辑作"俱见"，卢弼《集解》裴《注》作"俱免"，但卢弼交待宋本作"见"。

严辑"必不得已"后有"而去"二字，卢弼《集解》裴《注》无。

严辑作"吾对曰"，卢弼《集解》裴《注》作"对曰"。

严辑作"卿言得之矣"，卢弼《集解》裴《注》作"卿言得之耳"。

严辑作"亦各言其慎也"，卢弼《集解》裴《注》作"亦各其慎也"。

严辑作"祸患"，卢弼《集解》裴《注》作"患祸"。

从卢弼《集解》裴《注》和严可均的辑佚来看，刘《注》所引《家诫》首先就缺少一些内容。分别是："并受诏"后缺"既出"二字；"上顾谓吾等曰"和"必不得已"之间缺"'相诫敕正当尔不侍坐众贤莫不赞善上又问"等十八字；"复问吾"前缺一"次"字；"慎乃为大"和"上曰，卿（辦）言"之间缺"夫清者不必慎慎者必自清亦有仁者必有勇勇者不必有仁是以易称括囊无咎藉用白茅皆慎之至也"等四十一字；"能慎者谁乎"和"吾乃举"之间缺"诸人各未知所对"七字；"王公仲"和"上曰，此诸人"之间缺"并可谓为慎"五字；"至慎矣（乎）"后缺"吾每思此言亦足以为明诫凡人行事年少立身不可不慎勿輕论人勿輕说事如此则悔吝何由而生患祸（严辑作"祸患"）无从而至矣"等四十七字。杨勇《校笺》亦

①　严可均. 全上古三代秦汉三国六朝文（二）[M]. 北京：中华书局，1958：1763.

言刘《注》所引之缺失。

《太平御览》卷四三〇引王隐《晋书》曰："李康尝答司马文王问，因以为《家诫》曰：昔侍於先帝时，有三长史俱见，临辞出，上曰：为官长当慎、当勤、当清，修此三者，何患不治乎？上问臣曰：必不得已，於斯三者何先？吾对曰：慎乃为先。夫清者不必慎，慎必自清。上曰：卿言得之矣。"①

刘《注》所引《家诫》与裴《注》所引和严氏所辑在对应处也存在着一些差异：

刘《注》作"昔尝侍坐於先帝"，而裴《注》、严辑作"昔侍坐於先帝"，裴《注》、严辑无"昔"后"尝"字。裴《注》引王隐《晋书》曰："绪子秉，字玄胄，有俊才，为时人所贵，官至秦州刺史。秉尝答司马文王问，因以为《家诫》。"② 其中有"秉尝答司马文王问"，刘《注》所引有"尝"字亦可谓有据。

刘《注》作"三长史"，而卢弼《集解》裴《注》、严辑作"三长吏"。《御览》引王隐《晋书》作"三长史"与刘《注》同。吏、史的关系是：《仪礼·士冠礼》"有司如主人服"，郑玄《注》："有司，群吏有事者。"贾公彦《疏》："吏、史亦一也。"③《诗·邶风·静女》"贻我彤管"，毛《传》"必有女史彤管之法"，孔颖达《正义》："定本《集注》云女吏皆作女史。"④《吕氏春秋·具备》"请近吏二人於鲁君"，毕沅《新校正》："《家语·屈节解》吏字作史。"⑤《文选》曹植《与吴季重书》"可令熹事小史"下《注》、《文选》吴质《答东阿王书》"何但小史之有乎"下《注》并云："善本史作吏字。"⑥ 吏、史"一也"且在古文献中可互作，因此刘《注》作"三长史"与裴《注》、严辑作"三长吏"同。

刘《注》作"必不得已而去"，卢弼《集解》裴《注》作"必不得已"，严辑作"必不得已而去"与刘《注》同。《御览》引王隐《晋书》作

① 李昉等. 太平御览 [M]. 北京：中华书局，1960：1983.
② 卢弼. 三国志集解 [M]. 北京：中华书局，1982：463-464.
③ 阮元校刻. 仪礼注疏 [M]. 十三经注疏. 北京：中华书局，1980：946.
④ 阮元校刻. 毛诗正义 [M]. 十三经注疏. 北京：中华书局，1980：311.
⑤ 高诱注. 吕氏春秋 [M]. 上海：上海书店，1986：234.
⑥ 四部丛刊初编集部. 六臣註文选 [M]. 上海商务印书馆缩印宋刊本. 793，795.

"必不得已"。

刘《注》作"吾对曰"，卢弼《集解》裴《注》作"对曰"，严辑作"吾对曰"与刘《注》同。《御览》引王隐《晋书》作"吾对曰"与刘《注》同。

刘《注》作"董仲达"，而卢弼《集解》裴《注》、严辑作"董仲连"。余嘉锡、徐震堮、朱铸禹、杨勇等人之书均未指出此异，且徐震堮、朱铸禹甚至言不详董仲达为何人也。各家可谓未细查之，刘《注》中的"董仲达"当为"董仲连"之误。达、连形近而致误。《艺文类聚》卷三十五引有魏应璩《与董仲连书》。① 《魏志·王粲传》："瑒弟璩，璩子贞，咸以文章显。璩官至侍中。贞咸熙中参相国军事。"下裴《注》引《文章叙录》言应璩"嘉平四年卒"。②（是指魏齐王曹芳嘉平四年，即公元 252 年）应璩是三国魏时人，应璩与之书之董仲连亦当是魏晋时人。李秉《家诫》言董仲连为近世能慎者，李秉历仕魏、晋，故应璩与之书之董仲连符合李秉所言"近世"这一条件，所以李秉《家诫》所提到的应是董仲连而不是董仲达，而且这个董仲连很可能就是应璩与之书的董仲连。

刘《注》作"亦各其慎也"，卢弼《集解》裴《注》与刘《注》同，严辑作"亦各言其慎也"，严辑多一"言"字。

刘《注》作"其唯阮嗣宗乎"，卢弼《集解》裴《注》、严辑作"其惟阮嗣宗乎"。其中刘《注》作"唯"而卢弼《集解》裴《注》、严辑作"惟"。冯登府《三家诗异文疏证》卷二："唯、纬、惟同。"③

刘《注》作"可谓至慎乎"，卢弼《集解》裴《注》、严辑作"真可谓至慎矣"。其中刘《注》无"真"字，又刘《注》作"乎"而裴《注》、严辑作"矣"。乎、矣二者的关系见后文。

刘《注》、卢弼《集解》裴《注》、严辑并作"言及玄远"，朱铸禹言："案，《渊鉴类函》引《家诫》，'及'作'极'，是，从改。"④《世说·德行》条 15《注》作"言皆玄远"。《太平御览》卷三九〇引《世说》曰：

① 详见欧阳询. 艺文类聚 [M]. 上海：上海古籍出版社，1965：630.
② 卢弼. 三国志集解 [M]. 北京：中华书局，1982：516.
③ 冯登府. 三家诗异文疏证 [M]. 清经解（第七册）. 上海：上海书店，1998：989.
④ 朱铸禹. 世说新语汇校集注 [M]. 上海：上海古籍出版社，2002：17.

"晋文王称阮嗣宗天下之至慎，每与之言，言及玄远，未尝臧否人物。"①其中作"言及玄远"与刘《注》、裴《注》、严辑同。朱铸禹以为"及"作"極"是，实未必然。

第二节　子部道家类引书考

十、《老子》

《夙惠》条 6《注》、《栖逸》条 6《注》均引作"《老子》"。

考证：今存，但有佚文。关于老子其人可以参看《史记·老庄申韩列传》。钱穆《先秦诸子系年》七十二《老子杂辨》对有关老子其人其书的很多问题进行了考辨。② 朱谦之《老子校释》在书的正文前交待了该书所据版本书目，通过它我们可以得知《老子》的各种本子（包括石本、写本、辑佚本、道藏本、诸刻本等）；书前也交待了该书所用考订的书目（有一百四十六部），通过此考订书目，我们可以得知《老子》被后人的研究情况。③ 关于《老子》的著录情况可以参看沈家本《古书目三种》。④ 马端临《文献通考·经籍考》引晁公武《郡斋读书志》和《朱子语类》的观点对老子之学进行了分析，又引陈振孙的观点对老子之谥"聃"提出了怀疑。⑤《四库全书总目》子部道家类著录有《老子註》二卷（旧本题汉河上公撰），又著录有《老子註》二卷（王弼撰），《总目》对这两种《老子註》在历代史志和书目中的著录和考证情况进行了介绍和分析。⑥ 曹道衡、刘跃进《先秦两汉文学史料学》专辟一节《老子》，对老子其人其书的很多问题（作者、注者、文体、思想、后人研究情况以及今天可以见到的较好且易得的研究《老子》的著作）进行了分析和介绍，尤其是结合出

① 李昉等. 太平御览［M］. 北京：中华书局，1960：1805.
② 钱穆. 先秦诸子系年［M］. 北京：商务印书馆，2001：233-261.
③ 朱谦之. 老子校释［M］. 北京：中华书局，1984.
④ 沈家本. 古书目三种［M］.（卷五《第二编世说注所引书目三·子部》）北京：中华书局，1963.
⑤ 马端临. 文献通考·经籍考［M］. 上海：华东师范大学出版社，1985：884-886.
⑥ 永瑢等. 四库全书总目［M］. 北京：中华书局，1965：1242，1243.

土材料分析了有关问题（如 1972 年长沙马王堆汉墓帛书《老子》、1993 年 10 月湖北荆门郭店楚简本《老子》）。① 陈鼓应《老子註译及评介》一书的《修订版序》分析了老子其人其书的以下问题：关于姓名、关于问礼、著作时代（关于使用名词、关于引述、关于文体）等。② 关于《老子》佚文的整理情况，可见《古佚书辑本目录》的介绍和考证。③

（一）《夙惠》条 6《注》引《老子》曰："躁胜寒，静胜热。"

余嘉锡《笺疏》言："注'热'，唐本及景宋本俱作'暑'。"④ 杨勇《校笺》所录刘《注》作"暑"，⑤ 朱铸禹《汇校》所录刘《注》作"暑"且校言："暑，袁本作'热'。"⑥ 徐震堮《校笺》所录刘《注》作"热"。⑦

《老子·四十五章》有："躁胜塞，静胜热。"朱谦之《校释》："魏嫁孙曰：'躁胜塞'，《御注》'塞'作'寒'，严失校。谦之案：'塞'，诸本作'寒'，此误字。'静'，傅本作'靖'，下同。又'躁'字，马叙伦曰："躁"，《说文》作"趮"，疾也，今通作"躁"。此当作"燥"。'案：马说是也。《释名》：'躁，燥也，物燥乃动而飞扬也。'《释言语》：'燥，焦也。'《说文》：'燥，干也。'严遵《道德指归论·大成若缺篇》曰：'故阴之至也，地裂而冰凝，清风飂冽，霜雪严凝，鱼鳖蛰伏，万物宛拳。当此之时，一处温室，临炉火，重狐貉，袭毳绵，犹不能御也；及至定神安精，动体劳形，则是理泄汗流，捐衣而出，暖有馀身矣。'此以'动体劳形'释'躁'字，虽有见地，然欲以此说明'处温室，临炉火，重狐貉，袭毳绵'，不足以胜寒，则与常识所见不同。此盖误于以'躁'为'趮'之说。实则'躁'者燥也，'燥'乃《老子书》中用楚方言，正指炉火而言。《诗·汝墳释文》曰：'楚人名火曰燥，齐人曰煋，吴人曰焜。'老子楚人，故用'躁'字。'躁胜寒'与'静胜热'为对文。'静'与'瀞'字同，《楚辞》'收潦而水清'，注作'瀞'。《说文》：'瀞，从水，静声。'意

①　曹道衡，刘跃进. 先秦两汉文学史料学［M］. 北京：中华书局，2005：216-227.

②　陈鼓应. 老子註译及评介［M］. 北京：中华书局，1984.

③　孙启治，陈建华编. 古佚书辑本目录［M］. 北京：中华书局，1997：209-210.

④　余嘉锡. 世说新语笺疏［M］. 北京：中华书局，1983：593.

⑤　杨勇. 世说新语校笺［M］. 北京：中华书局，2006：537.

⑥　朱铸禹. 世说新语汇校集注［M］. 上海：上海古籍出版社，2002：508.

⑦　徐震堮. 世说新语校笺［M］. 北京：中华书局，1984：324.

谓清水可以胜热，而炉火可以御寒也。"① 马王堆汉墓帛书《老子》甲本作："趮胜寒，靓胜炅。"② 郭店楚简《老子》作："喿勅蒼，青勅噝"。③ 崔仁义《校》："喿，通躁。蒼，通滄，见⑤。青，通靜。"④ 崔仁义《校》⑤见下：

⑤倉，借爲滄。《說文·水部》："滄，寒也。"燬，借爲熱。簡文中"倉燬"對文。

朱谦之《老子校释》写成于 1954 年，其时帛书《老子》尚未出土，郭店楚简就更未见诸于世，故朱作未言帛书与楚简本《老子》。

刘《注》与今本《老子》的差异是：

刘《注》作"躁"，今所见各本《老子》有作"喿"者、有作"趮"者，亦有作"躁"者。刘《注》作"胜"，今所见各本《老子》有作"胜"者，也有作"勅"者。刘《注》作"寒"，今所见各本《老子》有作"塞"者、有作"寒"者、也有作"蒼"者。刘《注》作"静"，今所见各本《老子》有作"静"者、有作"靖"者，有作"靓"者，亦有作"青"者。刘《注》作"热"（袁本）或"暑"（影宋本和唐写本），今所见各本《老子》有作"热"者、有作"炅"者、亦有作"噝"者，可以发现，影宋本和唐写本刘《注》作"暑"与今所见各本《老子》皆不合。从以上刘《注》所引《老子》使用的文字来看，刘孝标作《注》之时似乎未见到或者未使用帛书本《老子》和楚简本《老子》，而且从《世说·言语》条 19《注》引有王弼《老子注》来看，刘孝标作《注》使用的当是王弼注本的《老子》，而不是我们今天可以见到的另一题为河上公撰的《老子》。另外，《言语》条 19 正文有"侯王得一以为天下贞"。此见于王弼注本《老子·三十九章》，余嘉锡《笺疏》曰："嘉锡案：河上公本作'侯王得一以天下

---

① 朱谦之. 老子校释［M］. 北京：中华书局，1984：183-184.

② 马王堆汉墓帛书整理小组编. 马王堆汉墓帛书老子［M］. 北京：文物出版社，1976. 3.

③ 崔仁义. 荆门郭店楚简《老子》研究［M］. 北京：科学出版社，1998：40.

④ 崔仁义. 荆门郭店楚简《老子》研究［M］. 北京：科学出版社，1998：55. "校⑤"见崔著第 46 页。

为正'."① 今存河上公注本的《老子》作"侯王得一以为天下正"。王念孙曰:"河上本'贞'作'正',《注》云:'为天下平正。'念孙案:《尔雅》曰:'正,长也。'《吕氏春秋·君守篇》'可以为天下正',高《注》曰:'正,主也。''为天下正',犹《洪範》言'为天下主'耳。下文'天无以清','地无以宁',即承上文'天得一以清,地得一以宁'言之。又云'侯王无以贵高','贵高'二字正承'为天下正'言之,是'正'为君长之义,非平正之义也。王弼本'正'作'贞',借字耳。"② 所以,从《言语》条19《世说》正文和《注》文都可以看出刘孝标作《注》使用的是王弼注本的《老子》。从文献上比较刘《注》引用的《老子》与今存各本《老子》的异同,亦可以得出此结论。

(二)《栖逸》条6《注》引《老子》曰:"宠辱若惊,得之若惊,失之若惊。"余嘉锡、徐震堮、朱铸禹、杨勇等人之书均未言此处刘《注》版本有异。

《老子·十三章》有:"宠辱若惊,贵大患若身。何谓宠辱?辱为下。得之若惊,失之若惊,是谓宠辱若惊。"③ 朱谦之《校释》引严可均曰:"'何谓宠辱?辱为下',王弼、傅奕作'何谓宠辱若惊?宠为下'。"又引武内义雄曰:"按《旧钞》河上本作'何谓宠辱?宠为上,辱为下。'诸王弼本作'何谓宠辱若惊?宠为下。'虽然,陆氏惟注'河上本无"若惊"二字'耳。今本王本'宠'字下'为'字之上,当脱去'为上辱'三字,河上本似脱去'若惊'二字。蓋王弼、河上两本相同,后河上本脱去'若惊'二字,王本脱去'为上辱'三字,在后以两脱误本互校,遂生种种之异。"④ 帛书《老子》作"龙辱若惊,贵大梡若身。苟胃龙辱若惊?龙之为下,得之若惊,失若惊,是胃龙辱若惊。"⑤ 郭店楚简《老子》作如下:⑥

---

① 余嘉锡. 世说新语笺疏 [M]. 北京:中华书局,1983:82.

② 朱谦之. 老子校释 [M]. 北京:中华书局,1984:155.

③ 朱谦之. 老子校释 [M]. 北京:中华书局,1984:48,49.

④ 朱谦之. 老子校释 [M]. 北京:中华书局,1984:48,49.

⑤ 马王堆汉墓帛书整理小组编. 马王堆汉墓帛书老子 [M]. 北京:文物出版社,1976. 21-22.

⑥ 崔仁义. 荆门郭店楚简《老子》研究 [M]. 北京:科学出版社,1998:40.

（惡）相去可（何）若₃₆？人之所畏，亦不可以不畏。人慈（寵）辱若縈（驚），貴大患若身。可（何）胃（謂）慈（寵）辱？慈（寵）属下也，尋（得）之若縈（驚），遊之若縈（驚），是胃（謂）慈（寵）辱縈（驚）。（何）（謂）

刘《注》所引的内容在今天所见各本《老子》中均可找到，只是用字上存在着一些差异。我们上文已经说过，刘孝标作《注》使用的《老子》是王弼注本，王弼注本作"宠为下"、帛书本《老子》作"龙之为下"、郭店楚简本《老子》作"慈（寵）属下也"，可见三者大致相同。从刘《注》所引用的《老子》来看，其并不能对今王弼注本《老子》所存在问题的解决提供一些帮助，刘《注》所引内容与今本《老子》比较来看，只是截取了其中的一部分，以供作《注》解释之需。

《文选》潘岳《在怀县作二首》"宠辱易不惊"，李善《注》引《老子》曰："宠辱若惊。何谓宠辱？宠为下，得之若惊，失之若惊，是谓宠辱若惊。"①其中亦作"宠为下"与王弼注本《老子》同。

十一、王弼《老子注》

《言语》条19《注》引作"王弼《老子注》"。

考证：今存。《魏志·锺会传》："初，会弱冠与山阳王弼并知名。弼好论儒道，辞才逸辩，注易及老子，为尚书郎，年二十馀卒。"下裴松之《注》引有何邵所作的《王弼传》，于王弼之生平事迹交待甚详。②又《世说·文学》条6《注》引有《王弼别传》。③据杨家骆《历代经籍志》，《三国·艺文志》子部道家类著录有王弼《老子道德经注》二卷，《隋志》子部道家类著录《老子道德经》二卷（王弼注），《旧唐书·经籍志》子部道家类著录有《玄言新记道德》二卷（王弼注），《唐书·艺文志》子部道家类著录有王弼注《新记玄言道德》二卷，《宋史·艺文志》子部道家类著

---

① 萧统编，李善注. 文选 [M]. 上海：上海古籍出版社，1986：1226.
② 卢弼. 三国志集解 [M]. 北京：中华书局，1982：655.
③ 余嘉锡. 世说新语笺疏 [M]. 北京：中华书局，1983：196.

录王弼《老子注》二卷。陈振孙《直斋书录解题》子部道家类著录《老子注》二卷（王弼撰）。《崇文总目》著录有《道德经》一卷（原释王弼注）。晁公武《郡斋读书志》、马端临《文献通考·经籍考》未著录。《四库全书总目》子部道家类著录有《老子註》二卷（王弼撰）。

《言语》条19《注》引王弼《老子注》云："一者，数之始，物之极也。各是一物，所以为主也。各以其一，致此清、宁、贞。"各家不言此处刘《注》版本有异。

《老子·三十九章》"昔之得一者"，王弼《注》云："昔，始也。一，数之始而物之极也，各是一物之生，所以为主也。物皆各得此一以成，既成而舍以居成，居成则失其母，故皆裂发歇竭灭蹶也。"又"天得一以清，地得一以宁，神得一以灵，谷得一以盈，万物得一以生，侯王得一以为天下贞，其致之。"王弼《注》云："各以其一致此清、宁、灵、盈、生、贞。"①

可见，刘《注》引用的内容来自今本王弼《老子·三十九章》两处《注》文，差异是：

刘《注》作"一者"，今本王弼《注》作"一"，较刘《注》少一"者"字。

刘《注》作"数之始，物之极也"，今本王弼《注》作"数之始而物之极也"，今本王弼《注》较刘《注》多一"而"字。

刘《注》作"各是一物，所以为主也"，今本王弼《注》作"各是一物之生，所以为主也"，较刘《注》多"之生"二字，徐震堮《校笺》言："各是一物所以为主也——《老子》王弼注'一物'下有'之生'二字，当据补。"② 杨勇《校笺》言："之下，王弼《老子注》有'生'字，今从之。"③（杨勇《校笺》本刘《注》此处作"各是一物之生，所以为主也"）朱铸禹《汇校》言："各是一物之所以为主也，沈校本同，袁本无'之'字。王利器曰：'按《老子王弼注》"之"下有"生"字，这里脱了此字，

① 王弼注. 老子道德经 [M]. 上海：上海书店，1986：24-25.
② 徐震堮. 世说新语校笺 [M]. 北京：中华书局，1984：44.
③ 杨勇. 世说新语校笺 [M]. 北京：中华书局，2006：69.

当据补。'"①

今本王弼《注》有"物皆各得此一以成，既成而舍以居成，居成则失其母，故皆裂发歇竭灭蹶也"一段内容而刘《注》无。

刘《注》作"各以其一，致此清、宁、贞"，今本王弼《注》作"各以其一致此清、宁、灵、盈、生、贞"，较刘《注》多"灵、盈、生"三字，此概是因为《言语》条 19 正文有侍中裴楷进曰："臣闻天得一以清，地得一以宁，侯王得一以为天下贞。"《世说》正文中只有"清、宁、贞"，所以刘孝标在作《注》引用王弼《老子注》之时，才只选择了与《世说》正文相应的部分，而舍去了"灵、盈、生"三字。从这里可以看出刘《注》作为《注》文的功利性，《注》文的功利性决定了刘《注》此处所引的王弼《老子注》不可能与王弼《老子注》的原貌一般无二。

十二、《列子》

《轻诋》条 24《注》引作"《列子》"。

考证：今存。沈家本《古书目三种》交待了《列子》在《汉志》、《唐志》的著录，也对《列子》的篇目进行了考证。② 据杨家骆《历代经籍志》，《宋史·艺文志》子部道家类著录有张湛《列子注》八卷。晁公武《郡斋读书志》子部道家类著录有张湛注《列子》八卷。陈振孙《直斋书录解题》子部道家类著录有《列子》八卷（郑人列御寇撰，穆公时人），又著录有《列子注》八卷（晋光禄勋张湛处度撰）。《崇文总目》著录有《列子冲虚至德真经》八卷（列御寇撰，张湛注）。马端临《文献通考·经籍考》著录有张湛注《列子》八卷，并引晁公武、柳宗元、叶梦得、洪迈、朱熹、高似孙等人的观点对列子其人和《列子》一书的价值以及有些内容存在的问题进行了介绍和考证。③《四库全书总目》著录有《列子》八卷（旧本题列御寇撰），认为该书并非列御寇撰，又指出了该书存在的价值。④

---

① 朱铸禹. 世说新语汇校集注［M］. 上海：上海古籍出版社，2002：70.

② 沈家本. 古书目三种［M］.（卷五《第二编世说注所引书目三·子部》）北京：中华书局，1963.

③ 马端临. 文献通考·经籍考［M］. 上海：华东师范大学出版社，1985：895-898.

④ 永瑢等. 四库全书总目［M］. 北京：中华书局，1965：1245.

《轻诋》条 24《注》引《列子》曰："伯乐谓秦穆公曰：'臣所与共儋纆薪菜者，有九方皋，此其于马，非臣之下也。'公使行求马，反，曰：'得矣！牡而黄。'使人取之，牝而骊。公曰：'毛物牡牝之不知，何马之能知也？'伯乐曰：'若皋之观马者，天机也。得其精，亡其粗。在其内，亡其外。见其所见，不见其所不见。视其所视，遗其所不视。若彼之所相，有贵于马也。'既而，马果千里足。"

余嘉锡言："注'牡而黄'，'牡'，景宋本作'牝'。注'毛物牡牝'，'牡牝'，景宋本及沈本俱作'牝牡'。注'得其精'，'得'，景宋本作'问'。"① 杨勇言："得，宋本作'问'，非，今依各本。"② 徐震堮言："牝而黄——'牝'原作'牡'，据影宋本改。案《列子》正作'牝'。牡而骊——'牡'原作'牝'，据影宋本改。案《列子》正作'牡'。"③ 朱铸禹言："牝而黄，袁本'牝'作'牡'是，从改。问其精，王利器曰：'各本"问"作"得"，是。'"④

《列子·说符篇》："秦穆公谓伯乐曰：'子之年长矣，子姓有可使求马者乎？'伯乐对曰：'良马可形容筋骨相也。天下之马者，若灭若没，若亡若失。若此者绝尘弭辙臣之子皆下才也，可告以良马，不可告以天下之马也。臣有所与共擔纆薪菜者，有九方皋，此其于马非臣之下也。请见之。'穆公见之，使行求马。三月而反报曰：'已得之矣，在沙丘。'穆公曰：'何马也？'对曰：'牝而黄。'使人往取之，牡而骊。穆公不说，召伯乐而谓之曰：'败矣，子所使求马者！色物、牝牡尚弗能知，又何马之能知也？'伯乐喟然太息曰：'一至于此乎！是乃其所以千万臣而无数者也。若皋之所观天机也，得其精而忘其粗，在其内而忘其外；见其所见，不见其所不见；视其所视，而遗其所不视。若皋之相者，乃有贵乎马者也。'马至，果天下之马也。"⑤ "弭"，杨伯俊《集释》引《释文》云："弭，跡也，一本作徹。"

刘《注》所引《列子》在《艺文类聚》中亦有引用：

---

①　余嘉锡. 世说新语笺疏 [M]. 北京：中华书局，1983：844.

②　杨勇. 世说新语校笺 [M]. 北京：中华书局，2006：755.

③　徐震堮. 世说新语校笺 [M]. 北京：中华书局，1984：452.

④　朱铸禹. 世说新语汇校集注 [M]. 上海：上海古籍出版社，2002：699.

⑤　杨伯峻. 列子集释 [M]. 北京：中华书局，1979：255-258.

《艺文类聚》卷九十三引《列子》曰："秦穆公谓伯乐曰：'子之年长矣，子姓有可使求马乎？'伯乐对曰：'良马可以形容筋骨相也。天下之马者，若灭若没，若亡若失。臣之子皆下才也，臣有所与九方皋，其于马，非臣之比也。'穆公见之，使行求马。三月而反报曰：'已得之，在沙丘。'穆公曰：'何马？'对曰：'牝而黄。'使人往取之，牡而骊。公不悦，召伯乐曰：'败矣，子之所使求马者！色物牝牡弗能知，又何马之能知也！'伯乐曰：'若皋之所观，天机也，得其精而忘其麤，在其内而忘其外焉。'至，果天下之良马也。"①

《列子·说符篇》所载秦穆公谓伯乐一段内容在《淮南子》中亦有记载：

《淮南子·道应训》秦穆公谓伯乐曰："子之年长矣。子姓有可使求马者乎？"对曰："良马者，可以形容筋骨相也。相天下之马者，若灭若失，若亡其一。若此马者，绝尘弭辙。臣之子，皆下材也，可告以良马，而不可告以天下之马。臣有所与供儋纆采薪者九方堙，此其于马，非臣之下也。请见之。"穆公见之，使之求马。三月而反报曰："已得马矣。在于沙丘。"穆公曰："何马也？"对曰："牡而黄。"使人往取之，牝而骊。穆公不说。召伯乐而问之曰："败矣！子之所使求者。毛物、牝牡弗能知，又何马之能知？"伯乐喟然大息曰："一至此乎！是乃其所以千万臣而无数者也。若堙之所观者，天机也。得其精而忘其粗，在内而忘其外，见其所见而不见其所不见，视其所视而遗其所不视。若彼之所相者，乃有贵乎马者。"马至，而果千里之马。故老子曰："大直若屈，大巧若拙。"②

刘《注》与今本《列子》的差异是：

刘《注》作"伯乐谓秦穆公曰"（前文无秦穆公对伯乐所说的话，刘《注》以此交待出对话双方），今本《列子》作"伯乐对曰"（前文有秦穆公对伯乐所说的话）。《艺文类聚》引《列子》与今本《列子》同，《淮南子·道应训》作"对曰"。

刘《注》作"臣所与共儋纆薪菜者"，今本《列子》作"臣有所与共儋纆薪菜者"。其中刘《注》"所"字前无"有"字而今本《列子》有，又

① 欧阳询. 艺文类聚［M］. 上海：上海古籍出版社，1965：1612-1613.
② 刘文典. 淮南鸿烈集解［M］. 北京：中华书局，1989：394-396.

刘《注》作“儋”而今本《列子》作“擔”，其余全同。《艺文类聚》引《列子》无“共儋纆薪菜者”五字，《淮南子·道应训》作“儋”与刘《注》同而与今本《列子》异。《列子集释》言：“‘纆’各本皆作‘纏’。王念孙曰：‘纏’字之义诸书或训为绕（《说文》），或训为束（《广雅》），无训为索者，‘纏’当为‘纆’字之误也。……蓋世人多见纏，少见纆，故传写多误耳。唯《道藏》本《列子释文》作纆，音墨，足证今本之误。”[①] 若作“纆”果真正确，则刘《注》引《列子》正作“纆”，似可为王念孙的观点提供一个证据，又刘孝标作《注》时所据之《列子》此处不误也。关于儋、擔二字，段玉裁《说文解字注》：“儋，俗作擔。”[②]《广雅·释诂》：“攍，擔也。”王念孙《疏证》：“儋，与擔同。”[③]《方言》卷七：“攍，擔也。”钱绎《笺疏》：“古擔荷字多作儋，与擔同。”[④] 可见，刘《注》作“儋”亦为有据。

刘《注》作“有九方皋，此其于马，非臣之下也”，今本《列子》与刘《注》同。《列子集释》言：“‘此’各本作‘比’，道藏白文本、林希逸本、元本、世德堂本作‘此’，《淮南子》亦作‘此’。……伯峻案：……此处当作‘此’，不当作‘比’，今依道藏白文本订正。”[⑤] 刘《注》引《列子》正作“此”，可以为杨伯峻之观点提供佐证。另，《类聚》引《列子》无“此”字，径作“其于马”。

刘《注》作“公使行求马”，今本《列子》作“穆公见之，使行求马”。《类聚》引《列子》与今本《列子》同。《淮南子·道应训》作“穆公见之，使之求马”，其中作“之”与今本《列子》作“行”异。

刘《注》作“返，曰”，今本《列子》作“三月而反报曰”。《类聚》引《列子》、《淮南子·道应训》并与今本《列子》同。

刘《注》作“得矣！牡而黄”（袁本作“牡而黄”，影宋本作“牝而黄”），今本《列子》作“‘已得之矣，在沙丘。’穆公曰：‘何马也？’对曰：‘牝而黄。’”单就今本《列子》作“牝而黄”这一点来说，影宋本刘

---

① 杨伯峻. 列子集释［M］. 北京：中华书局，1979：256.

② 段玉裁. 说文解字注［M］. 上海：上海古籍出版社，1998：371.

③ 王念孙. 广雅疏证［M］. 北京：中华书局，2004：78.

④ 钱绎. 方言笺疏［M］. 上海：上海古籍出版社，1984：451.

⑤ 杨伯峻. 列子集释［M］. 北京：中华书局，1979：256-257.

《注》与今本《列子》同。《类聚》引《列子》作"牝而黄"与今本《列子》及影宋本刘《注》同。《淮南子·道应训》作"牡而黄"与袁本刘《注》同而与今本《列子》及影宋本刘《注》异。

刘《注》作"使人取之",今本《列子》作"使人往取之",比刘《注》多一"往"字。《类聚》引《列子》、《淮南子·道应训》并与今本《列子》同。

刘《注》作"牝而骊"(影宋本作"牡而骊",袁本作"牝而骊"),今本《列子》作"牡而骊"与影宋本刘《注》同。《类聚》引《列子》作"牡而骊"与今本《列子》及影宋本刘《注》同。《淮南子·道应训》作"牝而骊"与今本《列子》异而与袁本刘《注》同。

刘《注》作"毛物牡牝之不知,何马之能知也"(其中袁本作"牡牝",影宋本、沈本作"牝牡"),今本《列子》作"色物、牝牡尚弗能知,又何马之能知也"。其中今本《列子》作"牝牡"与影宋本、沈本刘《注》同,刘《注》作"毛物"而今本《列子》作"色物",刘《注》作"之不知"而今本《列子》作"尚弗能知",今本《列子》"何"前有一"又"字而刘《注》无。《列子集释》云:"卢文弨云:'色物'《御览》八百九十六引作'物色'。伯峻案:'色',《淮南子·道应训》作'毛',当从之。"①刘《注》引《列子》正作"毛",可为杨氏观点之佐证。《类聚》引《列子》作"色"与今本《列子》同。又,《类聚》引《列子》、《淮南子·道应训》并作"牝牡"与今本《列子》及影宋本、沈本刘《注》同,但与袁本刘《注》异。

刘《注》作"伯乐曰",今本《列子》作"伯乐喟然太息曰"。《类聚》引《列子》与刘《注》同。《淮南子·道应训》作"伯乐喟然大息曰",实与今本《列子》同,大、太古今字。

刘《注》作"若皋之观马者,天机也",今本《列子》作"若皋之所观天机也",其中刘《注》作"观马"而今本《列子》作"所观"。《类聚》引《列子》与今本《列子》同。《淮南子·道应训》作"若埋之所观者,天机也"。《列子集释》云:"《淮南子》及《吕览·观表篇》作'九方

---

① 杨伯峻. 列子集释 [M]. 北京:中华书局,1979;257.

埋'。"①

刘《注》作"得其精，亡其粗"，今本《列子》作"得其精而忘其粗"，刘《注》作"亡"而今本《列子》作"忘"，又刘《注》无"而"字而今本《列子》有。《列子集释》云："北宋本、汪本、四解本无'而'字，《御览》八百九十六、《类聚》九十三引同，今从道藏白文本、林希逸本、吉府本、世德堂本增。《艺文类聚》九三、《埤雅》十五、《事文类聚后集》三八、《韵府群玉》三、《天中记》五五、《经济类篇》九八引并有'而'字。"② 据《列子集释》，则刘《注》引《列子》无"而"与北宋本、汪本、四解本等《列子》同，而与道藏白文本、林希逸本、吉府本、世德堂本等《列子》异。《淮南子·道应训》与道藏白文本、林希逸本、吉府本、世德堂本等《列子》同，而与北宋本、汪本、四解本等《列子》异。另外，刘《注》作"亡"，而杨伯峻《列子集释》不言今各本《列子》有作"亡"者，概今各本《列子》皆作"忘"。亡、忘二字在古文献中可以互通、互作，例子有很多，具体可以参看《故训汇纂》。③

刘《注》作"在其内，亡其外"，今本《列子》作"在其内而忘其外"，刘《注》作"亡"而今本《列子》作"忘"，又刘《注》无"而"字而今本《列子》有。《类聚》引《列子》与今本《列子》同。《淮南子·道应训》作"在内而忘其外"较今本《列子》少一"其"字。刘文典《淮南鸿烈集解》言："王念孙云：在下本有其字，后人以意删之也。……《郤正传》注引此，正作'在其内而忘其外'。《列子》同。《白帖》引，作'见其内而忘其外'，虽改在为见，而其字尚存。"④ 则《淮南子》"在"后亦当有"其"字。

刘《注》作"见其所见，不见其所不见"，今本《列子》与刘《注》同。《类聚》引《列子》无此语。《淮南子·道应训》作"见其所见而不见其所不见"，较刘《注》和今本《列子》多一"而"字。

刘《注》作"视其所视，遗其所不视"，今本《列子》较刘《注》

① 杨伯峻. 列子集释［M］. 北京：中华书局，1979：256.
② 杨伯峻. 列子集释［M］. 北京：中华书局，1979：257.
③ 详见宗福邦，陈世铙，萧海波主编. 故训汇纂［M］. 商务印书馆，2003：68，772.
④ 刘文典. 淮南鸿烈集解［M］. 北京：中华书局，1989：396.

"遗"前多一"而"字。《类聚》引《列子》无此语。《淮南子·道应训》与今本《列子》同。

刘《注》作"若彼之所相，有贵于马也"，今本《列子》作"若皋之相者，乃有贵乎马者也"。《淮南子·道应训》作"若彼之所相者，乃有贵乎马者"。三者均多少存在差异：前半部分，刘《注》与《淮南子·道应训》更接近；后半部分，今本《列子》与《淮南子·道应训》更接近。

刘《注》作"既而，马果千里足"，今本《列子》作"马至，果天下之马也"。《类聚》引《列子》作"至，果天下之良马也"。《淮南子·道应训》作"马至，而果千里之马"。四者均存在差异，然就刘《注》有"千里"一词来看，刘《注》似与《淮南子·道应训》更接近。

总之，刘《注》所引《列子》与今本《列子》存在着不少差异，这些差异有的是由于刘《注》本身的不同版本引起的，有的是因今本《列子》的不同版本引起的，当然我们也不排除刘孝标引用之时对所引文献的主动改动造成的。但是，刘《注》所引《列子》可以为今人校释今本《列子》文献上的某些问题提供一些证据，这一点似乎没有被研究者注意到，着实令人遗憾。

十三、《庄子》

《言语》条9等13处刘《注》均引作"《庄子》"。

考证：今存，但有佚文。关于庄子本人的情况可见《史记·老庄申韩列传》。《先秦两汉文学史料学》对庄子其人及其在历史上的活动时间（钱穆《先秦诸子系年》有《庄周生卒考》一文）征引他家之观点进行了介绍，对《庄子》一书的篇目和注本的著录情况以及具体篇目是否为庄周所作进行了交待，又对《庄子》的思想、文学价值、对后人的影响以及后人的研究等都进行了介绍，可以参看。① 据杨家骆《历代经籍志》，《汉书·艺文志》子部道家类著录有《庄子》五十二篇（名周宋人），《补晋书艺文志》子部道家类著录有向秀《庄子注》二十卷、崔譔《庄子注》十卷、司马彪《庄子注》二十一卷、郭象《庄子注》三十卷目一卷、葛洪修撰《庄子》十七卷、张湛《庄子注》、虞谌《庄子注》、李颐《庄子注》三十卷音

---

① 详见曹道衡，刘跃进. 先秦两汉文学史料学 [M]. 北京：中华书局，2005：227-238.

一卷、孟氏《庄子注》十八卷录一卷,《隋志》子部道家类著录有《庄子》二十卷(梁漆园吏庄周撰,晋散骑常侍向秀注,本二十卷,今阙。梁有《庄子》十卷,东晋议郎崔譔注,亡)、《庄子》十六卷(司马彪注,本二十一卷,今阙)、《庄子》三十卷目一卷(晋太傅主簿郭象注,梁《七录》三十三卷)、《集注庄子》六卷(梁有《庄子》三十卷晋丞相参军李颐注,《庄子》十八卷孟氏注、录一卷,亡),《旧唐书·经籍志》、《唐书·艺文志》子部道家类并著录有《庄子》(崔譔注)、《庄子》十卷(郭象注)、《庄子》二十卷(向秀注)、《庄子》二十一卷(司马彪注)、《庄子集解》二十卷(李颐集解),《宋史·艺文志》子部道家类著录有郭象注《庄子》十卷。晁公武《郡斋读书志》子部道家类著录有郭象注《庄子》十卷。陈振孙《直斋书录解题》子部道家类著录《庄子》十卷(蒙漆园吏宋人庄周撰),又著录有《庄子注》十卷(晋太傅主簿河南郭象子玄撰)。马端临《文献通考·经籍考》著录有郭象注《庄子》十卷,并引晁公武、苏东坡、朱熹、陈振孙等人的观点对上所言《庄子》中的一些问题进行了考证。①《四库全书总目》卷一四六《子部·道家类》著录有《庄子註》十卷,交待了撰人为郭象,对郭象这个人进行了简单的介绍并言其事迹见《晋书》;《四库全书总目》又引《世说》之观点,接着详细比较了向秀和郭象的注,指出郭象窃向秀注并非没有证据,最后指出不仅向秀注佚失,就是今本《庄子》的正文也有佚失。②关于《庄子》的注本的具体介绍可以参看唐代陆德明撰的《经典释文序录》。③关于《庄子》佚文的整理情况可参见《古佚书辑本目录》。④

(一)《言语》条9《注》引《庄子》曰:"尧治天下,伯成子高立为诸侯,禹为天子,伯成辞诸侯而耕于野。禹往见之,趋就下风而问焉。子高曰:'昔尧治天下,不赏而民劝,不罚而民畏。今子赏罚而民且不仁,德自此衰,刑自此立。夫子盍行邪?毋落吾事!'"

杨勇言:"毋,宋本作'母',非。今依各本。"⑤

① 马端临. 文献通考·经籍考 [M]. 上海:华东师范大学出版社, 1985:898-900.
② 永瑢等. 四库全书总目 [M]. 北京:中华书局, 1965:1245-1246.
③ 见郭庆藩. 庄子集释(上册)[M]. 北京:中华书局, 2004.
④ 孙启治,陈建华编. 古佚书辑本目录 [M]. 北京:中华书局, 1997:210-211.
⑤ 杨勇. 世说新语校笺 [M]. 北京:中华书局, 2006:59.

　　《庄子·天地篇》："尧治天下，伯成子高立为诸侯。尧授舜，舜授禹，伯成子高辞为诸侯而耕。禹往见之，则耕在野。禹趋就下风，立而问焉，曰：'昔尧治天下，吾子立为诸侯。尧授舜，舜授予，而吾子辞为诸侯而耕。敢问，其故何也？'子高曰：'昔尧治天下，不赏而民劝，不罚而民畏。今子赏罚而民且不仁，德自此衰，刑自此立，后世之乱自此始矣。夫子阖行邪？无落吾事！'"《释文》："阖，本亦作盍。"①《言语》条9《注》所引《庄子》当出于此。

　　上《庄子·天地篇》所载内容又见于其他古文献的记载：

　　《吕氏春秋·长利篇》："尧治天下，伯成子高立为诸侯。尧授舜，舜授禹，伯成子高辞诸侯而耕。禹往见之，则耕在野。禹趋就下风而问曰：'尧理天下，吾子立为诸侯。今至於我而辞之，故何也？'伯成子高曰：'当尧之时，未赏而民劝，未罚而民畏。民不知怨，不知说，愉愉其如赤子。今赏罚甚数，而民争利且不服，德自此衰，利自此作，后世之乱自此始。夫子盍行乎？无虑吾农事！'"②

　　刘向《新序·节士》："尧治天下，伯成子高为诸侯焉。尧授舜，舜授禹，伯成子高辞为诸侯而耕。禹往见之则耕在野。禹趋就下位而问焉，曰：'昔者尧治天下，吾子立为诸侯焉，尧授舜，吾子犹存焉，及吾在位，子辞诸侯而耕，何故？'伯成子高曰：'昔尧之治天下，举天下而传之他人，至无欲也，择贤而与之其位，至公也。以至无欲至公之行示天下，故不赏而民劝，不罚而民畏，舜亦犹然。今君赏罚而民欲且多私，是君之所怀者私也，百姓知之，贪争之端，自此始矣，德至此衰，刑自此繁矣，吾不忍见，以是野处也。今君又何求而见我？君行矣，无留吾事。'"③

　　《庄子·天地篇》被刘《注》引用的内容，也被《文选》李善《注》、《太平御览》等引用：

　　《文选》嵇康《与山巨源绝交书》"禹不偪伯成子高，全其节也"，李善《注》引《庄子》曰："尧治天下，伯成子高立为诸侯。尧授舜，舜授禹，伯成子高辞为诸侯而耕。禹往见之，则耕在野。禹趋就下风而问焉。

　　① 郭庆藩. 庄子集释 [M]. 北京：中华书局，2004：423.
　　② 许维遹. 吕氏春秋集释（下册）[M]. 北京：中国书店，1985：453-454.
　　③ 赵善诒. 新序疏证 [M]. 上海：华东师范大学出版社，1989：175.

子高曰：昔尧治天下，不赏而民劝，不罚而民畏。今则赏罚而民且不仁，德自此衰，刑自此立，後世之乱，自此始矣。耕而不顾。"①

《文选》颜延年《陶徵士诔》"若乃巢高之抗行"，李善《注》引《庄子》曰："尧治天下，伯成子高立为诸侯。尧授舜，舜授禹，伯成子高弃为诸侯而耕。"②

《太平御览》卷八〇引《庄子》曰："尧治天下，伯成子高立为诸侯。及尧授舜，舜授禹，子高辞为诸侯而耕。禹往见之，曰：'尧治天下，吾子立为诸侯。尧授舜，舜授余，吾子辞之，敢问何也？'子高曰：'昔尧治天下，不赏而人劝，不罚而人畏。子今赏罚而人且不仁，德自此衰，刑自此立，後世之乱自此始矣！无落吾事！'俋俋乎耕而不顾。"③

刘《注》与今本《庄子》的异同是：

刘《注》作"尧治天下，伯成子高立为诸侯"，今本《庄子》、《文选》李善《注》引《庄子》、《吕氏春秋·长利篇》、《太平御览》卷八〇引《庄子》并与刘《注》同。《新序·节士》作"尧治天下，伯成子高为诸侯焉"，较刘《注》少一"立"字而多一"焉"字。

刘《注》作"禹为天子"，今本《庄子》作"尧授舜，舜授禹"。《吕氏春秋·长利篇》、《新序·节士》、《文选》李善《注》引《庄子》并与今本《庄子》同而与刘《注》异。《太平御览》卷八〇引《庄子》作"及尧授舜，舜授禹"，较今本《庄子》多一"及"字。

刘《注》作"伯成辞诸侯而耕于野"，今本《庄子》作"伯成子高辞为诸侯而耕"。《文选》嵇康《与山巨源绝交书》李善《注》引《庄子》、《新序·节士》并与今本《庄子》同。《文选》颜延年《陶徵士诔》李善《注》引《庄子》作"伯成子高弃为诸侯而耕"，其中不作"辞"作"弃"。《太平御览》卷八〇引《庄子》作"子高辞为诸侯而耕"，较今本《庄子》少"伯成"二字。《吕氏春秋·长利篇》作"伯成子高辞诸侯而耕"，较今本《庄子》于"辞"后少一"为"字。可见，各家所记更与今本《庄子》而非刘《注》相同或相近。

---

①　萧统编，李善注．文选［M］．上海：上海古籍出版社，1986：1927．
②　萧统编，李善注．文选［M］．上海：上海古籍出版社，1986：2470．
③　李昉等．太平御览［M］．北京：中华书局，1960：374．

刘《注》作"禹往见之"，今本《庄子》作"禹往见之，则耕在野"。《吕氏春秋·长利篇》、《新序·节士》、《文选》李善《注》引《庄子》并与今本《庄子》同。《太平御览》卷八〇引《庄子》与刘《注》同。刘《注》所引"禹往见之"后无"则耕在野"四字，概此四字被刘《注》融入到了"伯成辞诸侯而耕于野"中。

刘《注》作"趋就下风而问焉"，今本《庄子》"禹趋就下风，立而问焉"，刘《注》无"禹"、"立"二字。《吕氏春秋·长利篇》作"禹趋就下风而问"，《新序·节士》作"禹趋就下位而问焉"，《文选》李善《注》引《庄子》作"禹趋就下风而问焉"，均无"立"字与今本《庄子》异而与刘《注》同。

今本《庄子》禹所问"昔尧治天下，吾子立为诸侯。尧授舜，舜授予，而吾子辞为诸侯而耕。敢问，其故何也？"一段内容，刘《注》无。《文选》李善《注》引《庄子》亦无此段问话之内容。《太平御览》卷八〇引《庄子》有此段内容，作："尧治天下，吾子立为诸侯。尧授舜，舜授余，吾子辞之，敢问何也？"与今本《庄子》稍不同。《吕氏春秋·长利篇》作"尧理天下，吾子立为诸侯。今至於我而辞之，故何也？"《新序·节士》作"昔者尧治天下，吾子立为诸侯焉，尧授舜，吾子犹存焉，及吾在位，子辞诸侯而耕，何故？"虽然关于此段问话之内容，各家所记在有大同的情况下均存在微别，但此段内容原本《庄子》确实有，刘《注》省略之当是事实。

刘《注》作"昔尧治天下，不赏而民劝，不罚而民畏。今子赏罚而民且不仁，德自此衰，刑自此立。夫子盍行邪？毋落吾事！"（杨勇言"毋"宋本刘《注》作"母"非）今本《庄子》作"昔尧治天下，不赏而民劝，不罚而民畏。今子赏罚而民且不仁，德自此衰，刑自此立，后世之乱自此始矣。夫子阖行邪？无落吾事！"其中，今本《庄子》"刑自此立"后"后世之乱自此始矣"八字，刘《注》无；刘《注》作"盍"，今本《庄子》作"阖"；刘《注》作"毋"，今本《庄子》作"无"。《吕氏春秋·长利篇》作"当尧之时，未赏而民劝，未罚而民畏。民不知怨，不知说，愉愉其如赤子。今赏罚甚数，而民争利且不服，德自此衰，利自此作，后世之乱自此始。夫子盍行乎？无虑吾农事！"其中有"后世之乱自此始"七字与今本《庄子》只差一"矣"字，作"无"与今本《庄子》同，然作

"盍"不作"阖"与刘《注》同，又作"虑"与刘《注》、今本《庄子》作"落"不同。《新序·节士》作"昔尧之治天下，举天下而传之他人，至无欲也，择贤而与之其位，至公也。以至无欲至公之行示天下，故不赏而民劝，不罚而民畏，舜亦犹然。今君赏罚而民欲且多私，是君之所怀者私也，百姓知之，贪争之端，自此始矣，德至此衰，刑自此繁矣，吾不忍见，以是野处也。今君又何求而见我？君行矣，无留吾事。"其中：无"后世之乱"四字，又无"阖"或"盍"字而径作"君行矣"；作"留"与刘《注》、今本《庄子》作"落"不同，与《吕氏春秋·长利篇》作"虑"亦不同。《文选》李善《注》引《庄子》作"昔尧治天下，不赏而民劝，不罚而民畏。今则赏罚而民且不仁，德自此衰，刑自此立，後世之乱，自此始矣。"其中有"後世之乱，自此始矣"八字，而未引今本《庄子》中的"夫子阖行邪？无落吾事！"一段内容。关于"盍"、"阖"二字的关系：《尔雅·释诂》"盍，合也"，郝懿行《义疏》："盍，通作阖。"① 《经传释词》卷四："盍，又作阖。"② 《管子·小称》"阖不起为寡人寿乎"，《集校》引孙星衍云："《群书治要》、《太平御览》五百三十九引俱作盍。"《集校》又引刘师培云："《艺文类聚》七十三引阖作盍。"③ 刘《注》引《庄子》作"盍"不作今本《庄子》的"阖"，正说明了二字"古字通"这样一个关系。关于"毋"、"无"二字的关系：《易·无妄》"无妄"，李富孙《异文释》："《史记·春申君传》作毋望。"④《广雅·释草》："山榆，毋估也。"王念孙《疏证》："毋，又作无。"⑤ 刘《注》引《庄子》作"毋"而今本《庄子》作"无"，正说明此二字的关系。"盍"、"阖"二字的关系和"毋"、"无"二字的关系反过来也成为刘《注》可以引作"盍"和"毋"的依据。

（二）《言语》条45《注》引《庄子》曰："海上之人好鸥者，每旦之海上，从鸥游，鸥之至者数百而不止。其父曰：'吾闻鸥鸟从汝游，取来玩之。'明日之海上，鸥舞而不下。"

---

① 郝懿行. 尔雅义疏［M］. 上海：上海古籍出版社，1983：58.
② 王引之. 经传释词［M］. 长沙：岳麓书社，1984：81.
③ 郭沫若，闻一多，许维遹. 管子集校［M］. 北京：科学出版社，1956：523.
④ 李富孙. 易经异文释［M］. 清经解续编（第二册）. 上海：上海书店，1998：1316.
⑤ 王念孙. 广雅疏证［M］. 北京：中华书局，2004：357.

余嘉锡言："程炎震云：'今《庄子》无鸥鸟事，乃在《列子·黄帝篇》耳。然《宋书》六十七谢灵运《山居赋》云："抚鸥𪂁而悦豫。"其自注亦云："庄周云：'海人有机心，鸥鸟舞而不下。'疑今本《庄子》有佚文也。"'嘉锡案：《汉书·艺文志》《庄子》五十二篇，今郭象注本止三十三篇，逸者多矣。刘注所引，逸篇之文也。《列子》伪书，袭自《庄子》耳。《困学纪闻》十、《读书脞录续编》三所辑《庄子》逸文甚多，独失载此条，盖偶未检。"① 朱铸禹言："《庄子》曰，案：今本《庄子》无鸥鸟事。事见《列子·黄帝篇》，'鸥'作'沤'。又见《吕氏春秋》不作'鸥'作'蜻蜓'。然《宋书》卷六十六谢灵运《山居赋》云'抚鸥（角攸）而悦豫。'其自注：'庄周云：海人有机心，鸥鸟舞而不下。'疑今本《庄子》有佚文。"② 徐震堮言："《庄子》曰——《庄子》当作《列子》，事见《黄帝篇》。"③ 杨勇言："《庄子》曰云云，今本《庄子》不见，《列子·黄帝篇》有。唯'汝取来吾翫之'，宋本作'取来玩之'。今据《列子》改。刘《笺》：'此当原出《庄子》，《伪列》后出，孝标时尚未显，盖今本《庄子》此文已遗佚，而《列子》抄袭《庄子》，后人反知为《列子》也。'谢灵运《山居赋》：'抚鸥𪂁而悦豫。'注：'庄周云：海人有机心，鸥鸟舞而不下。'亦证刘说之实。今本《庄子·天地篇》云：'有机械者，必有机事；有机事者，必有机心。机心存于脑中，则纯白不备；纯白不备，则神生不定；神生不定者，道之所不载也。'"④

众人之观点，唯徐震堮之观点与其他三人不同。徐之观点似有武断之闲。我们不能因为今本《庄子》中无此段内容而今本《列子》中有，就认定《言语》条45《注》中的《庄子》当作《列子》。《文选》张绰《杂述》"物我俱忘怀，可以狎鸥鸟"，李善《注》："《庄子》曰：吾丧。郭象曰：吾丧我，我自忘矣。我自忘，天下何物足识哉！又曰：海上有人好鸥鸟者，旦而之海上，从鸥鸟游，鸥鸟至者日数。其父曰：吾闻鸥鸟从汝遊，试取来，吾从玩之。曰：诺。明旦之海上，鸥鸟舞而不下。"⑤ 可证原本

① 余嘉锡. 世说新语笺疏［M］. 北京：中华书局，1983：107.
② 朱铸禹. 世说新语汇校集注［M］. 上海：上海古籍出版社，2002：98.
③ 徐震堮. 世说新语校笺［M］. 北京：中华书局，1984：59.
④ 杨勇. 世说新语校笺［M］. 北京：中华书局，2006：93，94.
⑤ 萧统编，李善注. 文选［M］. 上海：上海古籍出版社，1986：1469.

《庄子》当有刘《注》所引内容，亦可证徐氏观点之非。我们知道今本《庄子》有佚文是个事实，这是很多古籍流传中的常见现象。因此，刘孝标所见之《庄子》可能与我们今天所见的《庄子》不同，也许其所见《庄子》就有海人鸥鸟事，徐之观点于此可谓是以今律古。相同之事在不同的书中可能均有记载，如上文所言的禹问伯成子高事，在《庄子》、《吕览》等书中均有记载，刘《注》此处所引海人鸥鸟事不光《庄子》可以记载，《列子》同样也可以记载，即便《列子》是伪书。所以，我们宁愿把刘《注》此处所引之内容看作是《庄子》的佚文。

（三）《言语》条 61《注》引《庄子》曰："庄子与惠子游濠梁水上，庄子曰：'儵鱼出游从容，是鱼乐也。'惠子曰：'子非鱼，安知鱼之乐邪？'庄子曰：'子非我，安知我之不知鱼之乐也？'""庄周钓在濮水，楚王使二大夫造焉，曰：'愿以境内累庄子。'庄子持杆不顾，曰：'吾闻楚有神龟者，死已三千年矣，巾笥而藏于廟。此宁曳尾於塗中，宁留骨而贵乎？'二大夫曰：'宁曳尾於塗中。'庄子曰：'往矣！吾亦宁曳尾於塗中。'"

余嘉锡言："注'钓在濮水'，'在'，沈本作'於'。注'吾亦宁曳尾於塗中'，景宋本及沈本皆无'於'字。"[1]徐震堮言："'庄子与惠子遊濠梁水上'，'濠梁水上'，《庄子·秋水篇》作'遊于濠梁之上'。""'庄周钓在濮水'，'在'，沈校本作'於'，与《庄子·秋水篇》合。"又言："'愿以境内累庄子'，'累庄子'，《庄子·秋水篇》作'累矣'。"[2]杨勇言："於，宋本作'在'，今依沈校改。""願上，袁本有'曰'字。今据增。"又言："尾下，宋本无'於'字，今依袁本增。"[3]朱铸禹言："钓在，袁本同，沈校本作'钓於'，是。""愿以境内累庄子，袁本'愿'上有'曰'字。"又言"塗中，袁本'塗'上有'於'字。"[4]

刘《注》所引两段《庄子》之文并见今本《庄子·秋水篇》，前段原文为："庄子与惠子游於濠梁之上，庄子曰：'儵鱼出游从容，是鱼之乐

① 余嘉锡. 世说新语笺疏 [M]. 北京：中华书局，1983：121.
② 徐震堮. 世说新语校笺 [M]. 北京：中华书局，1984：67.
③ 杨勇. 世说新语笺 [M]. 北京：中华书局，2006：107.
④ 朱铸禹. 世说新语汇校集注 [M]. 上海：上海古籍出版社，2002：111.

也。'惠子曰:'子非鱼,安知鱼之乐?'庄子曰:'子非我,安知我不知鱼之乐?'"① 后段原文为:"庄子钓於濮水,楚王使大夫二人往先焉,曰:'愿以境内累矣!'庄子持杆不顾,曰:'吾闻楚有神龟,死已三千岁矣,王巾笥而藏之廟堂之上。此龟者,宁其死为留骨而贵乎?宁其生而曳尾於塗中乎?'二大夫曰:'宁生而曳尾塗中。'庄子曰:'往矣!吾将曳尾於塗中。'"②

其他古文献中也引有此段《庄子》:

《艺文类聚》卷二十八引《庄子》曰:"庄子与惠子游濠梁之上,庄子曰:儵鱼出游从容,是鱼乐也。惠子曰:子非鱼,焉知鱼之乐也。庄子曰:子非我,焉知吾不知鱼之乐也。"③

《文选》张茂先《答何劭二首》"流目玩儵鱼",李善《注》引《庄子》曰:"儵鱼出游从容,是鱼乐也。"④《文选》稽叔夜《赠秀才入军》"得鱼忘筌",李善《注》引《庄子》曰:"庄子钓於濮水之上。"⑤《文选》潘岳《秋兴赋》"思反身於绿水",李善《注》引《庄子》曰:"庄子钓於濮水,楚王使二大夫往聘庄子,曰:愿以境内累矣。庄子持竿不顾,曰:吾闻楚有神龟,死已三千岁矣。王巾笥而藏之庙堂之上,此龟者宁其死为留骨而贵乎?宁其生而曳尾塗中乎?二大夫曰:宁生而曳尾塗中。庄子曰:往矣,吾将曳尾於涂中矣。"又潘岳《秋兴赋》"玩游儵之潋潋",李善《注》引《庄子》曰:"庄子与惠子游於濠梁上,庄子曰:儵鱼出游从容,是鱼乐也。惠子曰:子非鱼,安知鱼乐?庄子曰:子非我,安知我不知鱼之乐?"⑥

《太平御览》卷四六八引《庄子》"庄子与惠子游濠梁水上。庄子曰:儵鱼出游从容,是鱼乐也。惠子曰:子非鱼,安知鱼之乐也。庄子曰:子非我,安知我不知鱼之乐?"⑦

① 郭庆藩. 庄子集释 [M]. 北京:中华书局,2004;606,607.
② 郭庆藩. 庄子集释 [M]. 北京:中华书局,2004;603,604.
③ 欧阳询. 艺文类聚 [M]. 上海:上海古籍出版社,1965;499.
④ 萧统编,李善注. 文选 [M]. 上海:上海古籍出版社,1986;1133.
⑤ 萧统编,李善注. 文选 [M]. 上海:上海古籍出版社,1986;1129.
⑥ 萧统编,李善注. 文选 [M]. 上海:上海古籍出版社,1986;589,590.
⑦ 李昉等. 太平御览 [M]. 北京:中华书局,1960;2152.

刘《注》所引内容与今本《庄子》的异同是：

刘《注》作"庄子与惠子游濠梁水上"，今本《庄子》作"庄子与惠子游於濠梁之上"。其中，刘《注》"游"后无"於"字，刘《注》作"水"而今本《庄子》作"之"。《艺文类聚》引《庄子》作"庄子与惠子游濠梁之上"，其中无"於"字与刘《注》同，又作"之"与今本《庄子》同。《文选》李善《注》引《庄子》作"庄子与惠子游於濠梁上"，其中有"於"字与今本《庄子》同，然"濠梁"后无"水"或"之"字与刘《注》、今本《庄子》皆不同。《太平御览》引《庄子》作"庄子与惠子游濠梁水上"与刘《注》同。

刘《注》作"儵鱼出游从容，是鱼乐也"，今本《庄子》作"儵鱼出游从容，是鱼之乐也"。其中，刘《注》作"儵"而今本《庄子》作"儵"，又刘《注》"鱼"后无"之"字而今本《庄子》有。《艺文类聚》引《庄子》作"儵鱼出游从容，是鱼乐也"，其中作"儵"与今本《庄子》同，而"鱼"后无"之"字与刘《注》同。《文选》卷二十四李善《注》引《庄子》作"儵鱼出游从容，是鱼乐也"（此处李善《注》是注正文中的"流目玩儵鱼"），其中作"儵"与今本《庄子》同，而"鱼"后无"之"字与刘《注》同。《文选》卷十三李善《注》引《庄子》作"儵鱼出游从容，是鱼乐也"（此处李善《注》是注正文中的"玩游儵之潎潎"），与刘《注》所引全同。《太平御览》卷四六八引《庄子》此处亦与刘《注》全同。《庄子集释》引卢文弨曰："儵，当作儵，《注》同。此书内多混用。"[①] 若卢文弨的观点正确，则刘《注》引作"儵"正可以为其提供佐证。那么，儵、儵二字是什么关系呢？《说文·鱼部》："儵，鱼名。从鱼，攸声。"桂馥《义证》："儵，又借儵字。"[②]《说文·黑部》："儵，青黑缯缝白色也。从黑，攸声。"[③]《山海经·北山经》"其中多儵鱼"，郝懿行《笺疏》："儵与儵同。《玉篇》作儵。"[④] 据《说文》，在表达"鱼"这个意义上，"儵"当是本字，概由于"儵"、"儵"二字声同形近，才出现了借

---

① 郭庆藩. 庄子集释 [M]. 北京：中华书局，2004：606.

② 桂馥. 说文解字义证 [M]. 济南：齐鲁书社，1987：1010.

③ 许慎撰，徐铉校定. 说文解字 [M]. 北京：中华书局，1963：211.

④ 郝懿行. 山海经笺疏 [M]. 北京：中国书店，1991.

用"儵"为"鯈"的情况，而刘《注》此处引用《庄子》使用的正是本字。

刘《注》作"子非鱼，安知鱼之乐邪"，今本《庄子》作"子非鱼，安知鱼之乐"。其中，今本《庄子》无"邪"字而刘《注》有。《艺文类聚》引《庄子》作"子非鱼，焉知鱼之乐也"，其中作"焉"与刘《注》、今本《庄子》作"安"不同，又作"也"不同于刘《注》作"邪"。《文选》李善《注》引《庄子》作"子非鱼，安知鱼乐"，较今本《庄子》少一"之"字。《太平御览》卷四六八引《庄子》作"子非鱼，安知鱼之乐也"，较今本《庄子》多一"也"字。可见，差异均是由于安、焉、之、也、邪这几个词的使用产生的。安、焉二字的关系是：《诗·卫风·伯兮》"焉得谖草"，李富孙《异文释》："《说文·艸部》引作安得蕙艸……《初学记》二十七引作安得萱艸，案《西京赋》薛综注安犹焉也，安、焉声相近义同。"[1]《经籍纂诂·先韵补遗》："《论语·子罕》焉知来者之不如今也，《新序·杂事五》作安知来者之不如今。又《孟子·万章下》尔焉能浼我哉，《韩诗外传》作彼安能浼我哉。"[2]《助字辨略》卷二："焉，又与安、然通。"[3] 朱骏声《说文通训定声》："焉，假借为曷，与安同。"[4]《汉书·吴王濞传》"主上虽急，固有死耳，安得不事"，颜师古《注》："安，焉也。"[5]《助字辨略》卷一："安得为焉者，声相近也。"[6]《荀子·劝学》"安特将学杂识志顺诗书而已耳"，杨倞《注》："安，《礼记·三年问》作焉。"[7]《论语·先进》"安见方六七十如五六十而非邦也者"，刘宝楠《正义》云："安见，《释文》作焉见……卢文弨考证曰：古焉、安二字通用。《礼记·三年问》焉字，《荀子·礼论篇》作安。"[8]《群经平议·孟子一》"寡人愿安承教"，俞樾按："安乃语词，犹焉字也。"[9] 也、邪二字的关系

① 李富孙. 诗经异文释 [M]. 清经解续编（第二册）. 上海：上海书店，1998：1347.

② 阮元等. 经籍纂诂 [M]. 北京：中华书局，1982：514.

③ 刘淇. 助字辨略 [M]. 北京：中华书局，1954：73.

④ 朱骏声. 说文通训定声 [M]. 武汉：武汉市古籍书店，1983：716.

⑤ 班固. 汉书 [M]. 北京：中华书局，1962：1908.

⑥ 刘淇. 助字辨略 [M]. 北京：中华书局，1954：65.

⑦ 王先谦. 荀子集解 [M]. 北京：中华书局，1998：15.

⑧ 刘宝楠. 论语正义 [M]. 北京：中华书局，1990：482.

⑨ 俞樾. 群经平议 [M]. 清经解续编（第五册）. 上海：上海书店，1998：1211.

是：《韩非子·定法》"是谓过也"，王先慎《集解》引卢文弨云："也，邪同。"①《经传释词》卷四："也与邪同义，故二字可以互用。昭二十六年《左传》不知天之弃鲁邪？抑鲁君有罪于鬼神，故及此也？《史记·淮南衡山传》公以为吴兴兵是邪？非也？《汉书·龚遂传》今欲使臣胜之邪？将安之也？皆以邪、也互用。"②《吕氏春秋·自知》"非犹此也"，毕沅《新校正》："也，与邪通用。"③《墨子·尚贤中》"倾者民之死也"，《集解》引孙云："也古与邪当通。"④ 正是因为焉与安、也与邪之间的特殊关系，今本《庄子》与各古书所征引的《庄子》之间存在差异才成为可能，这表面上虽然反应了古人引书存在改动的情况，但本质上反应的却是一些汉语词汇由于各种原因（如声近、义同、形近）可以互相替换使用的事实。

刘《注》作"子非我，安知我之不知鱼之乐也"，今本《庄子》作"子非我，安知我不知鱼之乐"。其中刘《注》较今本《庄子》于"我"后多一"之"字、"乐"后多一"也"字。《艺文类聚》引《庄子》作"子非我，焉知吾不知鱼之乐也"，其中作"焉"不作"安"、作"吾"不作"我"与刘《注》、今本《庄子》皆不同，又"乐"字后有"之"字与刘《注》同而与今本《庄子》异。《文选》卷十三李善《注》引《庄子》作"子非我，安知我不知鱼之乐也"，其中"我"后无"之"字与今本《庄子》同，又"乐"后有"也"字与刘《注》同。《太平御览》卷四六八引《庄子》作"子非我，安知我不知鱼之乐"与今本《庄子》全同。

刘《注》作"庄周钓在（於）濮水"，今本《庄子》作"庄子钓於濮水"。《文选》卷十三李善《注》引《庄子》作"庄子钓於濮水"与今本《庄子》同。《文选》卷二十四李善《注》引《庄子》作"庄子钓於濮水之上"，较今本《庄子》多"之上"二字。刘《注》所引与今本《庄子》的主要区别在：刘《注》作"在"而今本《庄子》作"於"，余嘉锡《笺疏》言："注'钓在濮水'，'在'，沈本作'於'"，⑤ 则沈本《世说》刘《注》

① 王先慎. 韩非子集解 [M]. 北京：中华书局，1998：399.
② 王引之. 经传释词 [M]. 长沙：岳麓书社，1984：91.
③ 高诱注. 吕氏春秋 [M]. 上海：上海书店，1986：311.
④ 张纯一. 墨子集解（修正本）[M]. 上海：世界书局，中华民国二十五年九月初版. 63.
⑤ 余嘉锡. 世说新语笺疏 [M]. 北京：中华书局，1983：121.

与今本《庄子》同。李善《注》引《庄子》作"於"。在、於二字的关系是：《助字辨略》卷四："在，犹於也。《吴志·胡综传》：莫不心歌腹詠，乐在归附者也。"[①]《诗·大雅·大明》"明明在下"，陈奂《传疏》："在与於同义。"[②]《诗·大雅·大明》"在渭之涘"，李富孙《异文释》："《初学记》六引作於渭，案在作於，义不甚殊。"[③]《左传·昭公十一年》"美恶周必复"，杜预《注》"岁星周复於大梁"，陆德明《释文》："一本又作复在。"[④] 正由于在、於有义同之时，刘《注》所引才会不同于今本《庄子》，反过来刘《注》作"在"而今本《庄子》作"於"又印证了这两个字的关系。不同版本的刘《注》有作"在"者，也有作"於"者，当然作"於"者与今本《庄子》同，但是我们不能说作"於"（沈本）就是刘《注》的本来面目，因为此处沈本刘《注》很可能就是据今本《庄子》而校改的。

刘《注》作"楚王使二大夫造焉"，今本《庄子》作"楚王使大夫二人往先焉"，其中刘《注》作"二大夫"不同于今本《庄子》的"大夫二人"，又刘《注》作"造"不同于今本《庄子》的"往先"。《文选》李善《注》引《庄子》作"楚王使二大夫往聘庄子"，其中作"二大夫"与刘《注》同，作"往聘"不同于刘《注》作"造"也不同于今本《庄子》作"往先"，又"往聘"后作"庄子"不同于刘《注》、今本《庄子》的"焉"。

刘《注》作"願以境内累庄子"，今本《庄子》作"願以境内累矣"。《文选》李善《注》引《庄子》作"願以境内累子"。三者分别是作"庄子"、"矣"、"子"。"累"后"庄子"的使用使刘《注》最不符合当面对话的表敬意味。

刘《注》作"庄子持杆不顾"，今本《庄子》与刘《注》同。《文选》李善《注》引《庄子》亦与刘《注》同。

刘《注》作"吾闻楚有神龟者"，今本《庄子》作"吾闻楚有神龟"。

① 刘淇. 助字辨略 [M]. 北京：中华书局，1954：213.
② 陈奂. 诗毛氏传疏 [M]. 上海：商务印书馆，中华民国二十四年一月三版.
③ 李富孙. 诗经异文释 [M]. 清经解续编（第二册）. 上海：上海书店，1998：1385.
④ 阮元校刻. 春秋左传正义 [M]. 十三经注疏. 北京：中华书局，1980：2060.

其中刘《注》有"者"而今本《庄子》无。《文选》李善《注》引《庄子》与今本《庄子》同。

刘《注》作"死已三千年矣",今本《庄子》作"死已三千岁矣"。其中刘《注》作"年",今本《庄子》作"岁"。《文选》李善《注》引《庄子》与今本《庄子》同。《白虎通·四时·三代异名》"二帝言载,三王言年",陈立《疏证》:"其实年、载、岁,对文异,散则通。"[①]《诗·大雅·云汉》"旱既太甚",毛《传》"岁凶年穀不登",孔颖达《疏》:"然则岁之与年异名而实同。"[②]《尸子》卷下"蒲衣生八年,舜让以天下",汪继培《辑注》:"《后纪》十二注年亦作岁。"[③]《公羊传·隐公元年》"岁之始也",徐彦《疏》:"岁者,即唐虞曰载,夏曰岁,殷曰祀,周曰年。若散文言之,不问何代皆得谓之岁矣。"[④]刘《注》作"年"而今本《庄子》作"岁"正说明二者"散则通"的关系,而刘《注》之所以作"年"不同于今本《庄子》的"岁",正是因为"年"与"岁"存在这样的关系,这是差异产生的先决条件。

刘《注》作"巾笥而藏於廟",今本《庄子》作"王巾笥而藏之廟堂之上"。《文选》李善《注》引《庄子》与今本《庄子》同。

刘《注》作"此宁曳尾於塗中,宁留骨而贵乎",今本《庄子》作"此龟者,宁其死为留骨而贵乎?宁其生而曳尾於塗中乎"。刘《注》所引较今本《庄子》所记要简捷而且前后句顺序颠倒。《文选》李善《注》引《庄子》作"此龟者宁其死为留骨而贵乎?宁其生而曳尾塗中乎",较今本《庄子》只于"尾"字后少一"於"字。杨勇《校笺》言:"尾下,宋本无'於'字,今依袁本增。"[⑤]则宋本刘《注》无"於"字正与《文选》李善《注》引《庄子》同。

刘《注》作"宁曳尾於塗中",今本《庄子》作"宁生而曳尾塗中"。《文选》李善《注》引《庄子》作"宁生而曳尾塗中"与今本《庄子》同。

刘《注》作"往矣!吾亦宁曳尾於塗中",今本《庄子》作"往矣!

① 陈立. 白虎通疏证 [M]. 北京:中华书局,1994:431.
② 阮元校刻. 毛诗正义 [M]. 十三经注疏. 北京:中华书局,1980:563.
③ 汪继培辑. 尸子 [M]. 上海:上海古籍出版社,1989:25.
④ 阮元校刻. 春秋公羊传注疏 [M]. 十三经注疏. 北京:中华书局,1980:2196.
⑤ 杨勇. 世说新语校笺 [M]. 北京:中华书局,2006:107.

吾将曳尾於塗中"，其中刘《注》作"亦宁"，今本《庄子》作"将"。《文选》李善《注》引《庄子》作"往矣，吾将曳尾於涂中矣"，较今本《庄子》只于"中"后多一"矣"字，其余全同。

可以看出，此处刘《注》所引《庄子》与今本《庄子》虽然有相同之处，但也存在着一定的差异。存在的差异客观上是由于某些词的彼此通用造成的，但刘孝标主观上对引用文献不是原文录入当也是事实。比较来看，《文选》李善《注》引《庄子》要较刘《注》所引《庄子》更与今本《庄子》接近，此情况当能在一定程度上证实今本《庄子》的可信。

（四）《言语》条 75《注》引《庄子》曰："肩吾问於连叔曰：'吾闻言於接舆，大而无当，往而不反。怪怖其言，犹河汉而無极也。'"

余嘉锡言："注'怪怖'，'怪'，沈本作'驚'。"① 徐震堮言："怪怖其言，'怪'，沈校本作'驚'，与《庄子·逍遥游》篇合。"② 杨勇言："'驚怖'，宋本作'坚梯'，非。今依蒋、沈校本改。《庄子·逍遥游》同，是。"③ 朱铸禹言："坚梯，沈校本作'驚怖'。袁本作'怪怖'，案此由字形相近似，致误。王利器曰：'今本《庄子·逍遥游篇》作'驚怖'，宋本误。'"又"犹河汉而無极也"朱《集注》言："也，沈校本无'也'字。"④

今本《庄子·逍遥游》："肩吾问於连叔曰：'吾闻言於接舆，大而无当，往而不返。吾驚怖其言，犹河汉而无极也。'"⑤

刘《注》所引《庄子》与今本《庄子》的差异是：

宋本刘《注》作"坚梯"，袁本刘《注》作"怪怖"，沈校本、蒋校本刘《注》作"驚怖"，今本《庄子》作"驚怖"。袁本刘《注》概据"坚"与"怪"形近而改，沈校本、蒋校本刘《注》当是据今本《庄子》而改。

刘《注》"怪怖"（或作"驚怖"、"坚梯"）前无"吾"字而今本《庄子》有。

《文选》刘孝标《辩命论》"河汉而不测"，李善《注》引《庄子》曰：

---

① 余嘉锡. 世说新语笺疏［M］. 北京：中华书局，1983：136.
② 徐震堮. 世说新语校笺［M］. 北京：中华书局，1984：75.
③ 杨勇. 世说新语校笺［M］. 北京：中华书局，2006：118.
④ 朱铸禹. 世说新语汇校集注［M］. 上海：上海古籍出版社，2002：123.
⑤ 郭庆藩. 庄子集释［M］. 北京：中华书局，2004：26，27.

"肩吾问于连叔曰：'吾闻言於接舆，大而无当，往而不反。吾惊怖其言，犹河汉而无极。'"① 其中亦作"驚怖"与沈校本、蒋校本刘《注》以及今本《庄子》同，又"驚怖"前有"吾"字与今本《庄子》同而与刘《注》异。

（五）《言语》条108《注》引《庄子》云："渔父谓孔子曰：'人有畏影恶跡而去之走者，举足逾数而跡逾多，走逾疾而影不离，自以尚迟，疾走不休，绝力而死。不知处阴以休影，处静以息跡，愚亦甚矣！子脩心守真，还以物与人，则无異矣。不脩身而求之人，不亦外事者乎？'"

徐震堮言："走愈疾而影不离——'离'下《庄子·渔父篇》有'身'字。'则无異矣'——《庄子·渔父篇》作'则无所累矣'。'不亦外事者乎'——《庄子·渔父篇》作'不亦外乎'。"② 杨勇言："累，宋本作'異'，非。今依《庄子·渔父》改。《汉书·枚乘传》：'人性有畏影而恶其迹者，却背而走，迹愈多，影愈疾，不知就阴而止，景灭迹绝。'"③ 朱铸禹言："'子脩心守真'，袁本同，沈校本'子'字上有'君'字。'则无異矣'，王利器案：'今本《庄子·渔父篇》"異"作"累"，是。'庄子云云：案《庄子·渔父篇》：'跡'作'迹'，'逾'作'愈'，'心'作'身'，'则无異矣'作'则无所累矣'，'外'字下无'事者'二字。"④

今本《庄子·渔父篇》有："客悽然变容曰：'甚矣子之难悟也！人有畏影恶迹而去之走者，举足愈数而迹愈多，走愈疾而影不离身，自以为尚迟，疾走不休，绝力而死。不知处阴以休影，处静以息迹，愚亦甚矣！子审仁义之间，察同異之际，观动静之变，适受与之度，理好恶之情，和喜怒之节，而几于不免矣。谨脩而身，慎守其真，还以物与人，则无所累矣。今不脩之身而求之人，不亦外乎！'"郭庆藩《集释》云："高山寺本'离'下无'身'字。""今不脩之身而求之人"，《集释》云："高山寺本作'今不脩身而求之於人。'"⑤

刘《注》所引此段《庄子》又见于他书所引：

① 萧统编，李善注. 文选［M］. 上海：上海古籍出版社，1986：2359.
② 徐震堮. 世说新语校笺［M］. 北京：中华书局，1984：89.
③ 杨勇. 世说新语校笺［M］. 北京：中华书局，2006：143.
④ 朱铸禹. 世说新语汇校集注［M］. 上海：上海古籍出版社，2002：145.
⑤ 郭庆藩. 庄子集释［M］. 北京：中华书局，2004：1031.

《文选》枚乘《上书谏吴王》："人性有畏其影而恶其迹，却背而走，迹逾多，影逾疾，不如就阴而止，影灭迹绝。"李善《注》引《庄子·渔父》曰："人有畏影恶迹而去之走者，举足逾数而迹疾，而影不离，自以为尚迟，疾走不休，绝力而死。不知处阴以休影，静处以息迹，愚亦甚矣。"①

《太平御览》卷三八八引《庄子》曰："有畏影恶跡而去之走者，足举逾数而跡逾多，走逾疾而影不离。自以为尚迟，疾走不休，绝力而死。不知处阴以休影，处静以息跡，愚亦甚矣。"②

刘《注》所引与今本《庄子》的差异是：

刘《注》作"渔父谓孔子曰"，今本《庄子》作"客悽然变容曰"。《庄子·渔父》开篇言孔子游于缁帷之林，有渔父者招子贡、子路，《渔父篇》在讲孔子和渔父的对话中均称渔父为"客"。刘《注》所引为《渔父篇》中的一部分，为了让读者清楚，需要交待对话的双方，所以刘《注》中的"渔父谓孔子曰"当为刘孝标的概括之词。

刘《注》作"人有畏影恶跡而去之走者"，今本《庄子》作"人有畏影恶迹而去之走者"。其中刘《注》作"跡"而今本《庄子》作"迹"。《文选》卷三十九李善《注》引《庄子》与今本《庄子》同。《太平御览》卷三八八引《庄子》作"有畏影恶跡而去之走者"，较今本《庄子》少一"人"字，又作"跡"与刘《注》同。跡、迹二字的关系是：《广韵·昔韵》："跡，同迹。"③《老子·二十七章》"善行无辙迹"，《校释》引严可均言："辙迹，河上作彻迹，王弼作彻跡。"④《文选》潘岳《悼亡诗》"翰墨有馀跡"，下《注》："跡，五臣作迹字。"⑤《尔雅·释兽》"其跡，躔"，陆德明《释文》："跡，字或作迹，又作蹟。"⑥《玉篇·辵部》："迹，跡也。"⑦《左传·襄公四年》"芒芒禹迹"，李富孙《异文释》："《诗·信南

① 萧统编，李善注. 文选 [M]. 上海：上海古籍出版社，1986：1780.
② 李昉等. 太平御览 [M]. 北京：中华书局，1960：1795.
③ 宋本广韵 [M]. 北京：北京市中国书店，1982：496.
④ 朱谦之. 老子校释 [M]. 上海：龙门联合书局，1958：69.
⑤ 四部丛刊初编集部. 六臣註文选 [M]. 上海商务印书馆缩印宋刊本. 430.
⑥ 陆德明. 经典释文 [M]. 上海：上海古籍出版社，1984：1705.
⑦ 宋本玉篇 [M]. 北京：北京市中国书店，1983：194.

山疏》迹作跡。"① 《诗·召南·羔羊》"委蛇委蛇"，毛《传》："委蛇，行可从迹也。"陆德明《释文》："迹，又作跡。"② 《论语·先进》"不践迹"，阮元《校勘记》云："《释文》出践迹，云本亦作跡。案跡乃迹之俗字，《五经文字》云迹经典或作跡。"③ 跡、迹同且可互作成为刘《注》引作"跡"的一个依据。

　　刘《注》作"举足逾数而跡逾多"，今本《庄子》作"举足愈数而迹愈多"。其中刘《注》作"逾"而今本《庄子》作"愈"，又刘《注》作"跡"而今本《庄子》作"迹"。《文选》卷三十九李善《注》引《庄子》作"举足逾数而迹疾"，其中作"迹"与今本《庄子》同，但作"疾"与刘《注》和今本《庄子》皆不同。《太平御览》卷三八八引《庄子》作"足举逾数而跡逾多"，其中作"跡"、作"逾"与刘《注》同，又作"足举"与刘《注》和今本《庄子》异。关于跡、迹的关系上文我们已经讲过，那么逾、愈二者是何关系呢？《楚辞·九谏·沈江》"叔齐久而逾明"，王逸《注》："逾，一作愈。"④ 《春秋繁露·楚庄王》"则世逾近而言逾谨矣"，凌曙《注》引颜师古《注》云："逾，一作愈。"又《春秋繁露·天地阴阳》"夫物逾淖而逾易变动摇荡也"，凌曙《注》："王本逾字皆作愈。"⑤ 《文选》曹植《赠徐幹》"积久德逾宣"，下《注》："五臣作愈。"⑥ 《楚辞·九歎·离世》"长愈固而弥纯"，王逸《注》："愈，一作逾。"⑦ 《文选》谢瞻《於安城答灵运》"过半路愈峻"，下《注》："五臣作逾峻。"陆机《豪士赋序》"身愈"，下《注》："善本作逾字。"⑧ 逾、愈可互作亦为刘《注》引作"逾"提供了依据。

　　刘《注》作"走逾疾而影不离"，今本《庄子》作"走愈疾而影不离身"。其中刘《注》作"逾"而今本《庄子》作"愈"，又今本《庄子》

①　李富孙. 左传异文释［M］. 清经解续编》（第二册），上海：上海书店，1998：1437.
②　阮元校刻. 毛诗正义［M］. 十三经注疏. 北京：中华书局，1980：289.
③　阮元校刻. 论语注疏［M］. 十三经注疏. 北京：中华书局，1980：2502.
④　洪兴祖. 楚辞补注［M］. 北京：中华书局，1983：240.
⑤　董仲舒撰，凌曙注. 春秋繁露［M］. 北京：中华书局，1975：14，598.
⑥　四部丛刊初编集部. 六臣註文选［M］. 上海商务印书馆缩印宋刊本. 442.
⑦　洪兴祖. 楚辞补注［M］. 北京：中华书局，1983：286.
⑧　四部丛刊初编集部. 六臣註文选［M］. 上海商务印书馆缩印宋刊本. 477，864.

"离"后有"身"字而刘《注》无。《文选》卷三十九李善《注》引《庄子》作"而影不离",其中"离"后无"身"字与刘《注》同而与今本《庄子》异。《太平御览》卷三八八引《庄子》作"走逾疾而影不离"与刘《注》全同而与今本《庄子》异。关于逾、愈的关系上文已言之。关于"离"后"身"字问题,《庄子集释》言高山寺本"离"后无"身"字,则刘《注》、《文选》李善《注》、《太平御览》三者引《庄子》并与高山寺本《庄子》同。徐震堮只指出"'离'下《庄子·渔父篇》有'身'字",然而其不审今存不同版本之《庄子》此处不同也,正如《集释》所言,今存高山寺本《庄子》"离"后即无"身"字也。所以比勘刘《注》引文与原文二者在文献上的异同,需要注意刘《注》本身的版本,也需要注意原文的版本。如比勘刘《注》所引《庄子》与今本《庄子》在文献上的异同,我们不仅要注意《世说》刘《注》的版本,也需要注意今存《庄子》的不同版本。

刘《注》作"自以尚迟,疾走不休,绝力而死",今本《庄子》作"自以为尚迟,疾走不休,绝力而死"。其中刘《注》作"以",今本《庄子》作"以为"。《文选》卷三十九李善《注》、《太平御览》卷三八八引《庄子》并与今本《庄子》同。"以"、"以为"二词义同,均是"认为"的意思。

刘《注》作"不知处阴以休影,处静以息跡,愚亦甚矣",今本《庄子》作"不知处阴以休影,处静以息迹,愚亦甚矣"。其中刘《注》作"跡"而今本《庄子》作"迹",此二者的关系上文已交待。《文选》卷三十九李善《注》引《庄子》与今本《庄子》同,《太平御览》卷三八八引《庄子》与刘《注》同。

刘《注》作"子脩心守真,还以物与人,则无异矣"(沈校本刘《注》作"君子",他本刘《注》作"子"),今本《庄子》作"子……谨脩而身,慎守其真,还以物与人,则无所累矣"。其中刘《注》所引较今本《庄子》少了"子"与"谨脩而身"之间的内容(缺少的内容可见上文)。刘《注》作"脩心守真"而今本《庄子》作"谨脩而身,慎守其真",其中刘《注》作"心"而今本《庄子》作"身",从刘《注》下文引"不脩身而求之人"中作"身"来看,刘《注》此处作"脩身守真"似更合理。然《楚辞·离骚》"岂余身之惮殃兮"，朱熹《集注》："身，一作心。"① 则刘《注》作"心"似亦非无据。又刘《注》作"无"而今本《庄子》作"无所"、刘《注》作"異"而今本《庄子》作"累"。（前文朱铸禹、杨勇等人已指出作"異"非）異、累二者形近，刘《注》概因此而致误。

刘《注》作"不脩身而求之人"，今本《庄子》作"今不脩之身而求之人"（据《庄子集释》高山寺本《庄子》作"今不脩身而求之於人"）。刘《注》无"今"字而各本《庄子》有；刘《注》"身"前无"之"字与高山寺本《庄子》同而与他本《庄子》异；刘《注》"人"前无"於"字与高山寺本《庄子》异而与他本《庄子》同。

刘《注》作"不亦外事者乎"，今本《庄子》作"不亦外乎"。其中刘《注》较今本《庄子》少"事者"二字，此异徐震堮、朱铸禹均已言之。

（六）《文学》条 46 刘《注》引《庄子》曰："天籁者，吹萬不同，而使其自己也。"

《笺疏》作"自己"，徐震堮、杨勇二《校笺》及朱铸禹《集注》并作"自已"。然四家均未言《世说》刘《注》的不同版本存在"己"、"已"的不同，所以我们怀疑《笺疏》作"己"当是点校之误，非其所据王先谦重雕纷欣阁本即作"己"也。《庄子·齐物论》子綦曰："夫吹萬不同，而使其自已也，咸其自取，怒者其谁邪！"此处作"自已"。王先谦《集解》案曰："此文以吹引言。风所吹萬有不同，而使之鸣者，仍使其自止也。"②

《庄子·齐物论》子綦曰："夫吹萬不同，而使其自己也，咸其自取，怒者其谁邪！"③ 然郭庆藩《集释》案曰："《文选》……司马云：吹萬，言天气吹煦，生养万物，形气不同。已，止也，使各得其性而止。"我们认为此处作"自己"亦是点校之误，非《庄子》本身的版本问题，各家校释《庄子》并没有指出不同版本的《庄子》存在"己"、"已"之别，所以今存各本《庄子》亦作"已"。"己"、"已"二者形近，因而点校者不慎失之。

刘《注》所引比今本《庄子》多"天籁者"三字，少"夫"一字。

① 朱熹. 楚辞集注［M］. 上海：上海古籍出版社，1979：5.
② 王先谦. 庄子集解［M］. 北京：中华书局，1987：10.
③ 郭庆藩. 庄子集释［M］. 北京：中华书局，2004：50.

"夫"是个发语词，引起议论。由今本《庄子》可知子綦的话是承弟子子游的"敢问天籁"而来。与今本相比，刘《注》是判断式的阐述，而今本《庄子》则是以对话方式阐发的议论。

闻一多先生对《庄子·齐物论》"夫吹萬不同，而使其自已也，咸其自取，怒者其谁邪！"一段内容的解释与他人不同，首先就体现在断句上，闻一多先生断作："夫吹萬不同。而使其自已也咸，其自取也怒者，其谁邪？"并言："案'取'下当脱'也'字，今补。此当读'而使其自已也咸，其自取也怒者，其谁邪？'《文选》谢灵运《九日从宋公戏马台送孔令诗》注引司马《注》曰：'已，止也。'咸读为缄。《说文》曰：'噤，坚持意，一曰（二字从《集韵》补）口闭也。'缄噤同。已与缄义相因。取读为趣。趣与已对举。怒读为咷。《小雅宾之初筵》'宾既醉止，载号载咷'，《传》曰：'号咷，呼号欢咷也。'趣与咷义相因。咷缄亦对举。'自已也缄，自趣也咷。'谓风之息作。风之一息一作，咸其自动，然而其所以时动时否者，冥冥之中似仍有主使之者。主使者谁？天籁是已。此即下文'其有真君存焉'之意。审如郭义，众窍自鸣，莫或主之，则是无所谓天籁者，与上文'未闻天籁'之语相左矣。"[1]闻一多先生的解释可谓精道，但是我们不揣浅陋，想尝试对《庄子》中的这句话进行另一中解释。我们承认这句话的意思是"风之一息一作，咸其自动"，我们对这句话仍采用通常的点读方法，即："夫吹萬不同，而使其自已也，咸其自取，怒者其谁邪！"这句话中的"已"作"止"解应该是没有问题的，其关键当在"自"。我们认为此"自"似可释为"始"。《说文·王部》："皇，大也。从自，自，始也。"[2]则"自已"讲的正是风的一作一息，"自"与"作"义同，"已"与"息"义同，而后文的"咸其自取"中的"自"正如成玄英的疏所言："自取，犹自得也。""咸"指（自）作、（已）息皆其自得，兼指此二者故曰"咸"。"怒"字当作"怨"，此二字义同，且在古文献中有互作之时。《说文·心部》："怒，恚也。从心，奴声。"《说文·心部》："怨，恚也。从心，夗声。"[3]《庄子·人间世》"夫传两喜两怒之言"，陆

① 闻一多. 闻一多全集［M］.（9《庄子编》）武汉：湖北人民出版社，1993：31.
② 许慎撰，徐铉校定. 说文解字［M］. 北京：中华书局，1963：10.
③ 许慎撰，徐铉校定. 说文解字［M］. 北京：中华书局，1963：221.

德明《释文》："怒，本又作怨。"①《韩非子·亡徵》"藏怒而弗发"，王先慎《集解》："乾道本怒作怨。""咸其自取"与"怒（怨）者其谁邪"义同，只不过后者是反诘语气，很有点儿咎由自取、怨不得别人的意味。

（七）《文学》条55《注》引《庄子》曰："孔子遊乎缁帷之林，休坐乎杏壇之上。孔子弦歌鼓琴，奏曲未半，有渔者下船而来，鬚眉交白，被髮揄袂，行原以上，距陆而止，左手据膝，右手持颐以听。曲终而招子贡、子路语曰：'彼何为者也?'曰：'孔氏。'曰：'孔氏何治?'子贡曰：'服忠信，行仁义，饰礼乐，选人伦。孔氏之所治也。'曰：'有土之君与?'曰：'非也。'渔父曰：'仁则仁矣，恐不免其身。'孔子闻而求问之，遂言八疵、四病，以诫孔子。"

杨勇言："'以'下，各本及《庄子·渔父》有'上'字，是。今据增。'曲'下，袁本及《庄子·渔父》有'终'字，是。今据增。'疵'，宋本作'疕'，非。今依各本。'病'，《庄子》作'患'。'诫'，宋本作'诚'，非。今依各本。"②朱铸禹言："王利器曰：'各本"以"下有"上"字，是，《庄子·渔父篇》正作"行原以上，距陆而止。"'"又言："'曲'，沈校本同，袁本'曲'下有'终'字。案：今《庄子》正作'曲终'。"又言："案'四病'，《庄子》作'四患'。"③

《文学》条55《注》所引《庄子》，出自《庄子·渔父篇》。

《庄子·渔父篇》有："孔子遊乎缁帷之林，休坐乎杏壇之上。弟子读书，孔子絃歌鼓琴，奏曲未半。有渔父者，下船而来，须眉交白，被髮揄袂，行原以上，距陆而止，左手据膝，右手持颐以听。曲终而招子贡子路，二人俱对。客指孔子曰：'彼何为者也?'子路对曰：'鲁之君子也。'客问其族。子路对曰：'族孔氏。'客曰：'孔氏者何治也?'子路未应，子贡对曰：'孔氏者，性服忠信，身行仁义，饰礼乐，选人伦，上以忠于世主，下以化于齐民，将以利天下。此孔氏之所治也。'又问曰：'有土之君与?'子贡曰：'非也。''侯王之佐与?'子贡曰：'非也。'客乃笑而还，行言曰：'仁则仁矣，恐不免其身；苦心劳形以危其真。呜呼，远哉其分

① 郭庆藩. 庄子集释［M］. 北京：中华书局，2004：158.
② 杨勇. 世说新语校笺［M］. 北京：中华书局，2006：219.
③ 朱铸禹. 世说新语汇校集注［M］. 上海：上海古籍出版社，2002：213.

於道也!'子贡还，报孔子。孔子推琴而起曰：'其圣人与!'乃下求之……客曰：'……且人有八疵，事有四患，不可不察也。……'"①

刘《注》与今本《庄子》的异同是：

刘《注》作"孔子遊乎缁帷之林，休坐乎杏壇之上"，今本《庄子》与刘《注》同。

今本《庄子》于"孔子絃歌鼓琴"前有"弟子读书"四字而刘《注》无。

刘《注》作"孔子弦歌鼓琴"，今本《庄子》作"孔子絃歌鼓琴"。其中今本《庄子》作"絃"与刘《注》异。弦、絃二字的关系是：《文选》陆机《为顾彦先赠妇》"譬彼弦与筈"，下《注》："五臣作絃。"②《论语·阳货》"闻弦歌之声"，刘宝楠《正义》："皇本此文作絃。"③《集韵·先韵》："絃，通作弦。"④ 弦、絃二字的关系为刘《注》引作"弦"提供了依据。

刘《注》作"奏曲未半"，今本《庄子》与刘《注》同。

刘《注》作"有渔者下船而来"，《庄子集释》引陆德明《释文》："'有渔父者'音甫，取鱼父也。一云是范蠡。元嘉本作有渔者父，则如字。"⑤ 则元嘉本《庄子》作"有渔者父下船而来"而他本《庄子》作"有渔父者下船而来"。与元嘉本《庄子》比，刘《注》"者"后少一"父"字。与他本（元嘉本除外）《庄子》比，刘《注》"者"前少一"父"字。

刘《注》作"鬚眉交白"，今本《庄子》作"须眉交白"。《庄子集释》引成玄英《疏》中有"鬚眉交白，寿者之容"，又引陆德明《释文》："'须眉'本亦作'鬚眉'。'交白'如字。李云：俱也。一本作皎。"郭庆藩《校》言："赵谏议本须作鬚。《阙误》引张君房本交作皎。"⑥ 则刘《注》引《庄子》作"鬚眉"与陆德明所言本亦作"鬚眉"同，与赵谏议等他本作"鬚眉"或"须眉"者不同。张君房本《庄子》与《释文》所言"一本

① 郭庆藩. 庄子集释 [M]. 北京：中华书局，2004：1023-1029.

② 四部丛刊初编集部. 六臣註文选 [M]. 上海商务印书馆缩印宋刊本. 456.

③ 刘宝楠. 论语正义 [M]. 北京：中华书局，1990：679.

④ 丁度等. 集韵 [M]. 上海：上海古籍出版社，1985：162.

⑤ 郭庆藩. 庄子集释 [M]. 北京：中华书局，2004：1024.

⑥ 郭庆藩. 庄子集释 [M]. 北京：中华书局，2004：1024.

作皎"的《庄子》同，均作"皎白"与刘《注》及我们今天所见《庄子》异。另，赵谏议本作"鬓"，而成玄英《疏》中有"鬓眉交白"，概二者所用是同一本的《庄子》。刘《注》所引《庄子》与各本《庄子》的区别主要集中在鬓、须、鬓三者的差异以及交、皎二者的差异上。鬓、须、鬓三者的关系是：《广韵·虞韵》："鬓，俗须。"① 《玉篇·彡部》："鬓，本作须。"② 《广韵·虞韵》、《集韵·虞韵》并云："须，俗作鬓。"③《左传·昭公二十六年》"鬓鬓眉"，陆德明《释文》："鬓，本又作须。"④《左传·宣公二年》"于思于思"，杜预《注》："于思，多鬓之貌。"陆德明《释文》："鬓，字又作鬓。"⑤ 交、皎二者的关系是：《群经平议·周易一》"厥孚交如"，俞樾按："交，当读为皎，皎之言明也。"⑥ 二字声同，概才有如此之使用。

刘《注》作"被髪揄袂"，今本《庄子》与刘《注》同。

（据上文杨勇、朱铸禹所言）宋本刘《注》作"行原以"，他本刘《注》作"行原以上"，今本《庄子》作"行原以上"与宋本以外的他本刘《注》同。

（据上文杨勇、朱铸禹所言）宋本、沈校本刘《注》作"距陆而止，左手据膝，右手持颐以听，曲而招子贡子路"，今本《庄子》与之异。袁本刘《注》作"距陆而止，左手据膝，右手持颐以听，曲终而招子贡子路"，今本《庄子》与之同。

刘《注》作"语曰"，今本《庄子》作"客指孔子曰"。又今本《庄子》于"客指孔子曰"前有"二人俱对"四字而刘《注》无。

刘《注》作"彼何为者也"，今本《庄子》与刘《注》同。

刘《注》作"曰：'孔氏。'"今本《庄子》作"子路对曰：'鲁之君子也。'客问其族。子路对曰：'族孔氏。'"

---

①　宋本广韵 [M]. 北京：北京市中国书店，1982：55.
②　宋本玉篇 [M]. 北京：北京市中国书店，1983：113.
③　分见宋本广韵 [M]. 北京：北京市中国书店，1982：55. 丁度等. 集韵 [M]. 上海：上海古籍出版社，1985：79.
④　阮元校刻. 春秋左传正义 [M]. 十三经注疏. 北京：中华书局，1980：2113.
⑤　阮元校刻. 春秋左传正义 [M]. 十三经注疏. 北京：中华书局，1980：1866.
⑥　俞樾. 群经平议 [M]. 清经解续编（第五册）. 上海：上海书店，1998：1027.

刘《注》作"孔氏何治"，今本《庄子》作"孔氏者何治也"。

刘《注》作"子贡曰"，今本《庄子》作"子路未应，子贡对曰"。

刘《注》作"服忠信，行仁义，饰礼乐，选人伦。孔氏之所治也"，今本《庄子》作"孔氏者，性服忠信，身行仁义，饰礼乐，选人伦，上以忠于世主，下以化于齐民，将以利天下。此孔氏之所治也"。其中：刘《注》无"孔氏者"三字而今本《庄子》有；刘《注》"服"前无"性"字而今本《庄子》有；刘《注》"行"前无"性"字而今本《庄子》有；刘《注》"孔氏"前无"此"字而今本《庄子》有；又刘《注》无今本《庄子》中的"上以忠于世主，下以化于齐民，将以利天下"一段内容。《庄子集释》引陆德明《释文》云："'饰礼'如字。本又作饬，音敕。"① 则刘《注》所引《庄子》与陆德明所言作"饬"本《庄子》异。

刘《注》作"有土之君与"，今本《庄子》与刘《注》同。

刘《注》作"非也"，今本《庄子》与刘《注》同。

刘《注》作"渔父曰"，今本《庄子》作"客乃笑而还，行言曰"。

刘《注》作"仁则仁矣，恐不免其身"，今本《庄子》与刘《注》同。但刘《注》无"'侯王之佐与?'子贡曰:'非也。'"一段内容而今本《庄子》有。刘《注》又无"苦心劳形以危其真。呜呼，远哉其分於道也!"而今本《庄子》有。

刘《注》作"孔子闻而求问之"，今本《庄子》作"子贡还，报孔子。孔子推琴而起曰:'其圣人与!'乃下求之"。

刘《注》"遂言八疵（据杨勇，宋本刘《注》作"疪"）、四病，以诚（据杨勇，宋本刘《注》作"诚"）孔子"当是从今本《庄子》中"客曰:'……且人有八疵，事有四患，不可不察也。……'"一段中总结概括而来。其中不同之处是：刘《注》作"四病"而今本《庄子》作"四患"。宋本刘《注》作"疪"与今本《庄子》异，而其他本刘《注》则与今本《庄子》同。病、患二字的关系是：《论语·卫灵公》"君子病无能焉"，邢昺《疏》云："病，犹患也。"②《广韵·谏韵》："患，病也。"③《吕氏春秋

① 郭庆藩. 庄子集释 [M]. 北京：中华书局，2004：1025.
② 阮元校刻. 论语注疏 [M]. 十三经注疏. 北京：中华书局，1980：2518.
③ 宋本广韵 [M]. 北京：北京市中国书店，1982：385.

·士容》"此愚者之患也",高诱《注》:"患者,犹病也。"① 正因为病、患二者有了这样的关系,刘《注》引《庄子》才有可能在不改变文意的情况下作"病"与今本《庄子》作"患"异。

刘《注》所引《庄子》与今本《庄子》比较起来,有很多省略、改动、概括之处。如省略问话和答语的主语,省略一些词语和句子;句式也有改变,如子贡回答渔父问"孔氏者何治也?"的一段话;概括之处体现在渔父以"八疵""四患"告诫孔子这件事上,此事在今传本《庄子》中言之甚详,刘《注》一语带过。

(八)《文学》条 58《注》引《庄子》曰:"惠施多方,其书五车,其道舛駁,其言不中。谓卵有毛,雞三足,马有卵,犬可为羊,火不热,目不见,龟长於蛇,丁子有尾,白狗黑,连环可解。能胜人之口,不能服人之心。盖辩者之囿也。"

杨勇言:"'白',宋本作'曰',非。今依各本及《庄子·天下篇》改。"② 朱铸禹不言宋本刘《注》作"曰"。

今本《庄子·天下篇》有:"惠施多方,其书五车,其道舛駁,其言也不中。麻物之意,曰:'至大无外,谓之大一;至小无内,谓之小一。无厚,不可积也,其大千里。天与地卑,山与泽平。日方中方睨,物方生方死。大同而与小同异,此之谓小同异;万物毕同毕异,此之谓大同异。南方无穷而有穷,今日適越而昔来。连环可解也。我知天下之中央,燕之北越之南是也。氾爱万物,天地一体也。'惠施以此为大,观於天下而晓辩者,天下之辩者相与乐之。卵有毛,雞三足,郢有天下,犬可以为羊,马有卵,丁子有尾,火不热,山出口,轮不碾地,目不见,指不至,至不绝,龟长於蛇,矩不方,规不可以为圆,凿不围枘,飞鸟之景未尝动也,镞矢之疾而有不行不止之时,狗非犬,黄马骊牛三,白狗黑,孤驹未尝有母,一尺之捶,日取其半,万世不竭。辩者以此与惠施相应,终身无穷。桓团、公孙龙辩者之徒,饰人之心,易人之意,能胜人之口,不能服人之心,辩者之囿也。"③

---

① 高诱注. 吕氏春秋 [M]. 上海:上海书店,1986:329.

② 杨勇. 世说新语校笺 [M]. 北京:中华书局,2006:223.

③ 郭庆藩. 庄子集释 [M]. 北京:中华书局,2004:1102-1111.

《文学》条58《注》所引《庄子》之内容当是来自《庄子·天下篇》，只是刘《注》引的较为概括。比较来看，二者存在着如下异同：

刘《注》作"惠施多方，其书五车"，今本《庄子》与刘《注》同。

刘《注》作"其道舛駁"，今本《庄子》作"其道舛駁"。其中刘《注》作"駁"，今本《庄子》作"駁"。《文选》左思《魏都赋》"谋蹐駁於王义"，李善《注》引《庄子》曰："惠施多方，其书五车，其道蹐駁。"又引司马彪《庄子注》曰："蹐，读曰舛。舛，乖也。駁，色杂不同也。"①《文选》鲍照《拟古三首》"五车摧笔锋"李善《注》引《庄子》曰："惠施，其书五车，道蹐駁也。"②刘《注》作"舛駁"，今本《庄子》作"舛駁"，而《文选》李善《注》引《庄子》作"蹐駁"。郭庆藩云："司马作蹐駁。《文选》左太冲《魏都赋》注引司马云：蹐，读曰舛。舛，乖也。駁，色杂不同也。《释文》阙。"又云："舛駁，当作蹐駁。"段玉裁《说文解字注》言："春，声也。李善注《魏都赋》引司马彪《庄子注》曰：'蹐，读曰舛。舛，乖也。'按司马意舛、蹐各字而合之。杨许则云蹐为舛之或也。盖《训纂篇》如此作。诸家多用蹐駁，谓譌舛也。"③李善《注》所引《庄子》当时司马彪注本的《庄子》，司马彪注本的《庄子》作"蹐"与刘《注》所引《庄子》及今本《庄子》作"舛"皆不同。据此我们推测，刘《注》此处引用《庄子》使用的不是司马彪注本的《庄子》，而是郭象注本的《庄子》。当然刘《注》中也有使用司马彪注本《庄子》的时候，如《任诞》条45刘《注》使用的就是司马彪注本的《庄子》，因为其引了《庄子》正文后又引了司马彪的《注》，且所引《庄子》正文不见于今本《庄子》。刘《注》作"駁"与司马彪本《庄子》同而与今本《庄子》作"駁"异，那么駁、駁是何关系呢？《说文·马部》朱骏声通训定声："駁假借为駁。"④《诗·豳风·东山》"皇駁其马"，马瑞辰《传笺通释》："駁、駁古通用。"⑤《尔雅·释木》"駁，赤李"，陆德明《释文》：

① 萧统编，李善注. 文选［M］. 上海：上海古籍出版社，1986：263，264.
② 萧统编，李善注. 文选［M］. 上海：上海古籍出版社，1986：1448.
③ 段玉裁. 说文解字注［M］. 上海：上海古籍出版社，1998：234.
④ 朱骏声. 说文通训定声［M］. 武汉：武汉市古籍书店，1983：311.
⑤ 马瑞辰. 毛诗传笺通释［M］. 清经解续编（第二册）. 上海：上海书店，1998：700.

"駮，字亦作駁。"① 《玉篇·马部》："駁，今作駮。"② 一来是駮、駁二字存在这样的关系，二来各家均不言不同版本的《庄子》在这两个字上存在差异，因此尽管刘《注》作"駮"与李善《注》所引司马彪注本的《庄子》同，我们依然不以此作为此处刘《注》(《文学》条58)使用的是司马彪注本《庄子》的依据。那么，舛、踳二字是什么关系呢？《说文·舛部》："舛，对卧也。……。踳，杨雄说，舛，从足、春。"③ 《慧琳音义》卷六十四"乖舛"，《注》："或作踳也。"④ 《读书杂志·淮南内篇第二十·泰族》"趋行踳驰"，王念孙按："踳与舛同。"⑤ 《慧琳音义》卷九十六"踳沦"，《注》："亦作舛。"⑥ 《广韵·准韵》："踳，踳駮，相乖舛也。"⑦ 《集韵·准韵》："踳，杂也，或作舛、僢、蝽。"⑧ 《玉篇·足部》："踳，踳駮，色杂不同。"⑨ 正因为踳、舛二字存在这样的关系，刘《注》所引《庄子》、司马彪注本《庄子》以及今本《庄子》尽管在这两个字的使用上不同，但是并不影响《庄子》中相关语句意思的表达。

刘《注》作"其言不中"，今本《庄子》作"其言也不中"。其中刘《注》无"也"字而今本《庄子》有。《庄子集释》郭庆藩《校》曰："高山寺本无也字。"⑩ 则刘《注》所引正与高山寺本《庄子》同而与他本《庄子》异。

刘《注》作"卵有毛，雞三足，马有卵，犬可为羊，火不热，目不见，龟长于蛇，丁子有尾，白狗黑，连环可解"，今本《庄子》与刘《注》同，只是"卵有毛"后，刘《注》省去了今本《庄子》中很多同类的说

---

① 陆德明. 经典释文［M］. 上海：上海古籍出版社，1984：1682.

② 宋本玉篇［M］. 北京：北京市中国书店，1983：423.

③ 徐铉校定，许慎撰. 说文解字［M］. 北京：中华书局，1963：113.

④ 慧琳撰，希麟续. 一切经音义［M］. 台北：大通书局，中华民国七十四年五月再版. 1419.

⑤ 王念孙. 读书杂志［M］. 北京：北京市中国书店，1985.

⑥ 慧琳撰，希麟续. 一切经音义［M］. 台北：大通书局，中华民国七十四年五月再版. 2023.

⑦ 宋本广韵［M］. 北京：北京市中国书店，1982：258.

⑧ 丁度等. 集韵［M］. 上海：上海古籍出版社，1985：353.

⑨ 宋本玉篇［M］. 北京：北京市中国书店，1983：133.

⑩ 郭庆藩. 庄子集释［M］. 北京：中华书局，2004：1105.

法，如省"郢有天下"、"山出口"、"轮不碾地"、"指不至"、"至不绝"等等。且阐述这些说法时，刘《注》的行文顺序与今本《庄子》也存在不同之处，如刘《注》"火不热"、"目不见"、"龟长于蛇"、"丁子有尾"在今本《庄子》中的顺序是"丁子有尾"、"火不热"、"目不见"、"龟长于蛇"。"连环可解也"在今本《庄子》中在"卵有毛"之前，是《庄子》直接引用惠施的话中的一部分，刘《注》作"连环可解"少了个"也"字，且处在"白狗黑"之后。由刘《注》所引与今本《庄子》存在的这么大的不同可以知道，刘《注》是概括了《庄子》中的这一段内容，以惠施有代表性的言论让人约略得知惠施之学的梗概。宋洪迈《容斋随笔》卷第九"尺棰取半"条亦用惠施有代表性的几个说法来概括其学，其方法概同刘《注》。

刘《注》作"能胜人之口，不能服人之心"，今本《庄子》与之同。

刘《注》作"盖辩者之囿也"，今本《庄子》无"盖"字。

（九）《品藻》条 87《注》引《庄子》曰："樝、梨、橘、柚，其味相反，皆可於口也。"余嘉锡、徐震堮、朱铸禹、杨勇等人均不言此处刘《注》版本有异。

《庄子·天运篇》有："故譬三皇、五帝之礼义法度，其犹柤梨橘柚邪！其味相反而皆可於口。"[1] 刘《注》所引当来于此。二者差异是：

刘《注》作"樝"，今本《庄子》作"柤"。樝、柤二字的关系是：《广韵·麻韵》："樝，或作柤。"[2]《集韵·麻韵》："樝，通作柤。"[3]《广雅·释木》"樝，梨也"，王念孙《疏证》："樝，亦作楂，亦作柤。"[4]《广韵·麻韵》："柤同樝。"[5] 朱骏声《说文通训定声》："柤，假借又为樝。"[6] 正因为樝、柤二字存在这样的关系，刘《注》引《庄子》虽然与今本《庄子》不同，但却于义无损。

刘《注》作"其味相反，皆可於口也"，今本《庄子》作"其味相反而皆可於口"。其中刘《注》无"而"字而今本《庄子》有，又刘《注》

① 郭庆藩. 庄子集释 [M]. 北京：中华书局，2004：514.
② 宋本广韵 [M]. 北京：北京市中国书店，1982：148.
③ 丁度等. 集韵 [M]. 上海：上海古籍出版社，1985：205.
④ 王念孙. 广雅疏证 [M]. 北京：中华书局，2004：354.
⑤ 宋本广韵 [M]. 北京：北京市中国书店，1982：148.
⑥ 朱骏声. 说文通训定声 [M]. 武汉：武汉市古籍书店，1983：433.

"口"后有"也"字而今本《庄子》无。

（十）《伤逝》条11《注》引《庄子》曰："郢人垩漫其鼻端若蝇翼，使匠石运斤斲之。垩尽而鼻不伤，郢人立不失容。"余嘉锡、徐震堮、朱铸禹、杨勇等人均不言此处刘《注》版本有异。

杨勇言："王《补》：'《庄子》云云，见《徐无鬼篇》。'"①

《庄子·徐无鬼篇》："庄子送葬，过惠子之墓，顾谓从者曰：'郢人垩慢其鼻端若蝇翼，使匠石斲之。匠石运斤成风，听而斲之，尽垩而鼻不伤，郢人立不失容。'"②

刘《注》所引《庄子》在其他古文献中亦多有引用：

《文选》嵇康《赠秀才入军诗》"郢人逝矣，谁与尽言"李善《注》引《庄子》曰："庄子送葬，过惠子之墓，顾谓从者曰：'郢人垩漫其鼻端，若蝇翼，使匠石斲之，匠石运斤成风，听而斫之，尽垩而鼻不伤，郢人立不失容。'"③

《文选》许询《自序》"至哉操斤客，重明固已朗"李善《注》引《庄子》曰："庄子送葬，过惠子之墓，顾谓从者曰：'郢人垩漫其鼻端若蝇翼，使匠石运斤成风，听而斲之，尽垩而鼻不伤。郢人立不失容。'"④

《文选》刘孝标《广绝交论》"若乃匠人辍成风之妙巧"李善《注》引《庄子》曰："庄子送葬，过惠子之墓，谓从者曰：'郢人垩墁其鼻端若蝇翼，使匠石斲之。匠石运斤成风，斲之，尽垩而鼻不伤，郢人立不失容。'"⑤

《后汉书·儒林列传》"自以为钟期、伯牙、庄周、惠施之相得也"，李贤《注》引《庄子》曰："庄子送葬过惠子之墓，顾谓从者曰：'郢人垩墁其鼻端若蝇翼，使匠石斲之，匠石运斤成风，听而斲之，尽垩而鼻不伤，郢人立不失容。'元君闻之，召匠石曰：'尝为寡人为之。'匠石曰：'臣则尝斲之。虽然，臣之质死久矣。自惠子之死，吾无以为质矣，吾无

① 杨勇. 世说新语校笺 [M]. 北京：中华书局，2006：587.
② 郭庆藩. 庄子集释 [M]. 北京：中华书局，2004：843.
③ 萧统编，李善注. 文选 [M]. 上海：上海古籍出版社，1986：1129.
④ 萧统编，李善注. 文选 [M]. 上海：上海古籍出版社，1986：1470.
⑤ 萧统编，李善注. 文选 [M]. 上海：上海古籍出版社，1986：2366.

与言之。'"①

　　徐坚《初学记》卷十八引《庄子》曰："庄子送葬，遇惠子之墓，顾谓从者曰：'郢人垩墁著其鼻端若蝉翼。使匠石斲之。匠石运斤成风，听而斲之。尽垩而鼻不伤，郢人立不失容。'元君闻之，召匠石曰：'当为之？'匠石曰：'臣则尝斲之，虽然，臣质死久矣。自夫子之死，吾无以为质矣。'"②

　　刘《注》所引此段内容与今本《庄子》的差异是：

　　刘《注》作"漫"而《集释》所据本《庄子》作"慢"。《庄子集释》引陆德明《释文》云："慢，本亦作漫。"又郭庆藩《校》曰："赵谏议本作漫。"③ 则刘《注》作"漫"与赵谏议本《庄子》同（也与陆德明所言作"漫"本《庄子》同）而与他本《庄子》异。刘《注》所以能够与赵谏议本《庄子》同而与他本《庄子》异就是因为漫、慢存在如下的关系：《诗·大雅·荡》"天降滔德"，毛《传》"滔，漫也"，陆德明《释文》："漫，本亦作慢。"④ 　《方言》卷十"谩，欺漫之语也"，钱绎《笺疏》："慢、僈、漫，并字异义同。"⑤《左传·昭公二十六年》"官不滔"，杜预《注》"滔，慢也"，陆德明《释文》："慢，本又作漫。"⑥《楚辞·离骚》"椒專佞以慢慆兮"，朱熹《集注》："慢，一作漫。"⑦ 　《集韵·谏韵》："慢，或作漫。"⑧《文选》卷三十一、《文选》卷二十四李善《注》引《庄子》并作"漫"与刘《注》及赵谏议本《庄子》同，《文选》卷五十五李善《注》、《后汉书》李贤《注》、徐坚《初学记》引《庄子》并作"墁"与刘《注》及今本《庄子》皆不同。"墁"，《玉篇·土部》："墁，杇也，所以塗饰墙也。"⑨《孟子·滕文公下》"毁瓦畫墁"，阮元《校勘记》："墁

①　王先谦. 后汉书集解 [M]. 北京：中华书局，1984：894.
②　徐坚等. 初学记 [M]. 北京：中华书局，1962：436.
③　郭庆藩. 庄子集释 [M]. 北京：中华书局，2004：843.
④　阮元校刻. 毛诗正义 [M]. 十三经注疏. 北京：中华书局，1980：553.
⑤　钱绎. 方言笺疏 [M]. 上海：上海古籍出版社，1984：593.
⑥　阮元校刻. 春秋左传正义 [M]. 十三经注疏. 北京：中华书局，1980：2115.
⑦　朱熹. 楚辞集注 [M]. 上海：上海古籍出版社，1979：23.
⑧　丁度等. 集韵 [M]. 上海：上海古籍出版社，1985：651.
⑨　宋本玉篇 [M]. 北京：北京市中国书店，1983：31.

乃樠之俗。"①《说文·木部》："樠，杬也。从木，曼声。"桂馥《说文解字义证》："樠，通作樠，或作墁，又作漫。"② 可见，三者引作"墁"也不是没有道理。

刘《注》作"使匠石运斤斲之"，今本《庄子》作"使匠石斲之。匠石运斤成风，聽而斲之"。《文选》卷二十四李善《注》引《庄子》作"使匠石斲之，匠石运斤成风，聲而斫之"，其中作"聲"与今本《庄子》作"聽"不同。《文选》卷三十一李善《注》引《庄子》作"使匠石运斤成风，聽而斲之"，其中作"聽"与今本《庄子》同。《文选》卷五十五李善《注》引《庄子》作"使匠石斲之。匠石运斤成风，斲之"，较今本《庄子》少"聽而"二字。尽管李善《注》此处所引《庄子》与今本《庄子》存在差异，但是比较来看，李善《注》所引《庄子》较刘《注》所引《庄子》更与今本《庄子》接近。《后汉书》李贤《注》、徐坚《初学记》引《庄子》并与今本《庄子》同。

刘《注》作"堲盡"，今本《庄子》作"盡堲"。《文选》李善《注》、《后汉书》李贤《注》、徐坚《初学记》引《庄子》并与今本《庄子》同而与刘《注》异。

（十一）《任诞》条39《注》引《庄子》曰："夫藏舟於壑，藏山於泽，谓之固矣。然有大力者负之而走，昧者不知也。"余嘉锡、徐震堮、朱铸禹、杨勇等人均不言此处刘《注》版本有异。

杨勇言："王《补》：'案《注》引《庄子》云云，见《大宗师篇》，"力"上本无"大"字，此据正文增之。《淮南子·俶真篇》亦云："夫藏舟于壑，藏山于泽，人谓之固矣。虽然，夜半有力者负而趋，寐者不知。"'"③

《庄子·大宗师篇》："夫藏舟於壑，藏山於泽，谓之固矣。然而夜半有力者负之而走，昧者不知也。"④

此段《庄子》又被刘《注》外的其他古文献引用，如：

---

① 阮元校刻. 孟子注疏 [M]. 十三经注疏. 北京：中华书局，1980：2713.
② 桂馥. 说文解字义证 [M]. 济南：齐鲁书社，1987：493.
③ 杨勇. 世说新语校笺 [M]. 北京：中华书局，2006：677.
④ 郭庆藩. 庄子集释 [M]. 北京：中华书局，2004：243.

《文选》江淹《杂体诗三十首》之《谢仆射》"舟壑不可攀，忘怀寄匠郢"李善《注》引《庄子》曰："夫藏舟於壑，藏山於泽，谓之固矣。然而夜半有力者负之而走，昧者不知。"①

《文选》刘孝标《辩命论》"岂知有力者运之而趋乎"李善《注》引《庄子》曰："夫藏舟於壑，藏山於泽，谓之固矣。然而夜半有力者负之而走，昧者不知。"②

《文选》王巾《头陁寺碑文》"藏舟易远"李善《注》引《庄子》曰："夫藏舟於壑，藏山於泽，谓之固矣。然而夜半有力者负之而趋，昧者不知。"③

《太平御览》卷六七引《庄子》曰："藏舟於壑，藏山於泽，谓之固矣。然则夜半有力者负之而趋，昧者不知。"④

《太平御览》卷三九四引《庄子》曰："藏舟於壑，藏山於泽，谓之固矣。然则夜半有力者负之走，而昧者不知。"⑤

《艺文类聚》卷九引《庄子》曰："藏舟於壑，藏山於泽，谓之固矣，然而夜半有力者负之而走，昧者不知也。"⑥

《后汉书·孝献帝纪》"至令负而趋者，此亦穷运之归乎"，李贤《注》引《庄子》曰："藏舟於壑，藏山於泽，谓之固矣。然而有力者负之而趋，而昧者不知。"⑦

刘《注》所引《庄子》与今本《庄子》的差异是：

刘《注》作"然有大力者负之而走"，今本《庄子》作"然而夜半有力者负之而走"。其中刘《注》作"然"而今本《庄子》作"然而"，《文选》李善《注》、《艺文类聚》卷九、《后汉书》李贤《注》引《庄子》并与今本《庄子》同而与刘《注》异，《太平御览》卷六七、卷三九四引《庄子》作"然则"。又刘《注》"有"前无"夜半"二字而今本《庄子》

---

① 萧统编，李善注. 文选 [M]. 上海：上海古籍出版社，1986：1471-1472.
② 萧统编，李善注. 文选 [M]. 上海：上海古籍出版社，1986：2351.
③ 萧统编，李善注. 文选 [M]. 上海：上海古籍出版社，1986：2536.
④ 李昉等. 太平御览 [M]. 北京：中华书局，1960：321.
⑤ 李昉等. 太平御览 [M]. 北京：中华书局，1960：1822.
⑥ 欧阳询. 艺文类聚 [M]. 上海：上海古籍出版社，1965：163.
⑦ 王先谦. 后汉书集解 [M]. 北京：中华书局，1984：148.

有,《文选》李善《注》、《太平御览》卷六七、《太平御览》卷三九四、《艺文类聚》卷九引《庄子》并与今本《庄子》同,《后汉书》李贤《注》引《庄子》无"夜半"二字与刘《注》同。又刘《注》"力"前有"大"字而今本《庄子》无,《文选》李善《注》、《太平御览》卷六七、卷三九四、《艺文类聚》卷九、《后汉书》李贤《注》引《庄子》并无"大"字与今本《庄子》同。刘《注》所引《庄子》中的"大"字,杨勇《校笺》所引王叔岷《世说新语补正》认为此"大"乃是据正文补入的。《任诞》条39正文有"向有大力者负之而趋",刘《注》增一"大"字体现了其作为《注》文服务于正文的性质。

(十二)《任诞》条45《注》引《庄子》曰:"綍謳所生,必於斥苦。"余嘉锡、徐震堮、朱铸禹、杨勇等人均不言此处刘《注》版本有异。

刘《注》所引此段内容不见于今本《庄子》,余嘉锡、徐震堮、朱铸禹、杨勇等人均不言之。此条刘《注》引《庄子》后,紧接着又引了"司马彪注曰"一段内容。我们认为刘《注》此处所引的《庄子》为司马彪注本的《庄子》。今本《庄子》是郭象注本,刘《注》所引此段《庄子》文来自司马彪注本的《庄子》,故其不见于今本《庄子》。刘《注》引用《庄子》当是使用了郭象注本和司马彪注本两种注本的《庄子》。

《太平御览》卷五五二引《庄子》曰:"綍謳所生,必於斥苦。"并引司马彪《注》云:"綍,引枢索也。斥,疎缓若用力也。引綍所有謳者,为人用力慢缓不齐,促急之也。"①

《初学记》卷十四引《庄子》曰:"绋謳所生,必于斥苦。"司马彪《注》曰:"绋,引疎索也,斥慢缓若用力也。引绋所有謳者,为人用力慢缓不齐促急也。"②

刘《注》所引《庄子》与《御览》卷五五二、《初学记》十四所引《庄子》同。《御览》卷五五二、《初学记》十四引《庄子》后均又引有司马彪《庄子注》,当可证二者所引《庄子》是司马彪注本的《庄子》。因此,我们相信《任诞》条45《注》所引《庄子》是司马彪注本的《庄子》。

---

① 李昉等. 太平御览 [M]. 北京:中华书局,1960:2500.

② 徐坚等. 初学记 [M]. 北京:中华书局,1962:363.

宋王应麟《困学纪闻》卷十亦引有此段《庄子》及司马彪《注》，作："绯謳所生，必於斥苦。"【原注】司马彪曰：斥，疏缓也。苦，用力也。引绯所以有讴歌者，为人用力不齐，故促急之也。……【元圻案】《世说注》引司马彪《注》，斥疏缓也之上有绯引枢索也五字。【酉阳杂俎·砭误】引司马彪《注》曰：绯，引枢索也。讴，挽歌。斥，疏缓。苦，急促。言引绯讴者，为人用力也。与《世说注》所引不同。①

显然宋代的王应麟已经注意到了《庄子》的此条佚文。

（十三）《排调》条 53《注》引《庄子》曰："昭文之鼓琴，师旷之支策，惠子之据梧，三子之智幾矣，皆其盛也，故载之。末年，庖丁为文惠君解牛，三年之后，未尝见全牛也。用刀十九年矣，所解数千牛，而刀刃若新发於硎。文惠君问之，庖丁曰：'彼节者有閒，而刀刃无厚，以无厚入有閒，恢恢乎其于遊刃必有馀地。'"

此段刘《注》所引《庄子》之文，"末年"之前部分（含"末年"）见《庄子·齐物论》，"末年"之后部分见《庄子·养生主》。

余嘉锡言："'数千牛'，景宋本及沈本无'数'字。"② 朱铸禹言："所解千牛，沈校本同，袁本'千'上有'数'字。"③ 徐震堮《校笺》作"故载之末年"，"末年"属上，杨勇《校笺》、朱铸禹《集注》与之同。经查看今本《庄子》可知，余嘉锡《笺疏》此处点校误。

《庄子·齐物论》："昭文之鼓琴也，师旷之枝策也，惠子之据梧也，三子之知幾乎，皆其盛者也，故载之末年。"④

《庄子·养生主》："庖丁为文惠君解牛，……。文惠君曰：'譆，善哉！技蓋至此乎？'庖丁释刀对曰：'臣之所好者道也，……。三年之后，未尝见全牛也。……。今臣之刀十九年矣，所解数千牛矣，而刀刃若新发於硎。彼节者有閒，而刀刃者无厚；以无厚入有閒，恢恢乎其于遊刃必有馀地矣，是以十九年而刀刃若新发于硎。'"⑤

---

① 翁元圻注，王应麟撰. 困学纪闻 [M]. 上海：商务印书馆，中华民国二十四年十一月初版. 884.

② 余嘉锡. 世说新语笺疏 [M]. 北京：中华书局，1983：815.

③ 朱铸禹. 世说新语汇校集注 [M]. 上海：上海古籍出版社，2002：676.

④ 郭庆藩. 庄子集释 [M]. 北京：中华书局，2004：74.

⑤ 郭庆藩. 庄子集释 [M]. 北京：中华书局，2004：117-119.

《庄子》"庖丁解牛"一段内容也被其他古文献所引用，如：

《文选》王巾《头陁寺碑文》"智刃所遊，日新月故"，李善《注》引《庄子》曰："庖丁为文惠君解牛，曰：今臣之刀十九年矣，所解千牛，而刀刃若新发於硎。彼节者有间，而刀刃者无厚；以无厚入有间，恢恢乎其於遊刃必有馀地矣"。①

《艺文类聚》卷九十四引《庄子》曰："庖丁为文惠君解牛。曰：臣之刀十九年，所解千牛，而刀刃若新。彼节者有间，而刀刃无厚。以无厚入有间，恢恢乎其於遊刃必有馀地。是以十九年，刀刃如新。"②

刘《注》与今本《庄子》的差异是：

刘《注》作"昭文之鼓琴，师旷之支策，惠子之据梧"，今本《庄子》作"昭文之鼓琴也，师旷之枝策也，惠子之据梧也"。其中，今本《庄子》于"琴"、"策"、"梧"三字后均有"也"字而刘《注》无，又刘《注》作"支"而今本《庄子》作"枝"。《庄子·齐物论》郭象《注》曰："幾，盡也。夫三子者，皆欲辩非己所明以明之，故知盡虑穷，形劳神倦，或枝策假寐，或据梧而瞑。"成玄英《疏》曰："支，柱也。策，打鼓枝（杖）也。"陆德明《释文》曰："《枝策》司马云：'枝，柱也。策，杖也。'"③则郭象、司马彪、陆德明所见《庄子》并作"枝策"，只有成玄英所见《庄子》作"支策"与刘《注》所引《庄子》同。陆德明和成玄英均是唐时人，但所见《庄子》并不相同，唐时《庄子》流传着不同的版本。那么，"支"、"枝"二者的关系是什么呢？《诗·卫风·芄兰》"芄蘭之支"，朱熹《集传》："支、枝同。"④《周礼·夏官·量人》"邦国之地与天下之涂数，皆书而藏之"，郑玄《注》"书涂谓支凑之远近"，孙诒让《正义》："支与枝同。"⑤《诗·卫风·芄兰》"芄蘭之支"，李富孙《异文释》："《说文·艸部》引作枝，《说苑·修文》引同，《读诗记》引董氏曰石经作枝……徐锴曰本作支，故曰别生。《左传》公孙枝，《史记·李斯传》作支。《汉书·扬雄传》支叶扶疏，《丧服传疏》云支者取支条之义，支与枝

---

① 萧统编，李善注. 文选 [M]. 上海：上海古籍出版社，1986：2537.
② 欧阳询. 艺文类聚 [M]. 上海：上海古籍出版社，1965：1625-1626.
③ 郭庆藩. 庄子集释 [M]. 北京：中华书局，2004：76.
④ 朱熹. 诗集传 [M]. 长沙：岳麓书社，1989：46.
⑤ 孙诒让. 周礼正义 [M]. 北京：中华书局，1987：2381.

古通用。"① 《楚辞·九歎·惜贤》"采撬支於中洲"，王逸《注》："支，一作枝。"② 《经籍纂诂·支韵》："《春秋繁露·王道》引《公羊传》支解作枝解。"③ 《左传·僖公九年》"公谓公孙枝曰"，李富孙《异文释》："《晋世家》枝作支，《李斯传》、《说苑》同。《诗》本支百世，《左庄六年》作本枝。古枝支字通。"④ 《群经平议·大戴礼记一》"食自杖，食自杖"，俞樾按："此文两杖字疑亦枝字之譌，枝与支通。"⑤ 刘《注》引《庄子》作"支"不同于今本《庄子》作"枝"，正反应了这两个字的关系，同时也利用了这两个字的关系而引作"支"。

刘《注》作"三子之智幾矣"，今本《庄子》作"三子之知幾乎"。其中，刘《注》作"智"而今本《庄子》作"知"，又刘《注》作"矣"而今本《庄子》作"乎"。《庄子》陆德明《释文》："'之知'音智。"⑥ 智、知二字的关系是：《墨子·耕柱》"岂能智数百岁之后哉"，毕云："智，一本作知。"⑦ 《说文·口部》"哲，知也"，段玉裁《注》："古，智、知通用。"⑧ 《韩非子·孤愤》"智不类越而不智"，王先慎《集解》："《拾补》：不智作不知。"又《韩非子·饰邪》"以智过法立智"，王先慎《集解》："古文知、智同用。"⑨ 李富孙《易经异文释》："知小而谋大，案《汉书·叙传》师古《注》引作智小，《后汉·王符传》、《周举传》《注》并同。"⑩ 《庄子·逍遥游》"小知不及大知"，陆德明《释文》："知，本亦作智。"⑪ 《文选》袁宏《三国名臣序赞》"知能拯物"，下《注》："五臣本知作智。"⑫ 矣、乎二字的关系是：《经传释词》卷四："矣犹乎也。《易·师象

① 李富孙. 诗经异文释 [M]. 清经解续编（第二册）. 上海：上海书店，1998：1347.
② 洪兴祖. 楚辞补注 [M]. 北京：中华书局，1983：298.
③ 阮元等. 经籍纂诂 [M]. 北京：中华书局，1982：68.
④ 李富孙. 左传异文释 [M]. 清经解续编（第二册）. 上海：上海书店，1998：1421.
⑤ 俞樾. 群经平议 [M]. 清经解续编（第五册）. 上海：上海书店，1998：1127.
⑥ 郭庆藩. 庄子集释 [M]. 北京：中华书局，2004：77.
⑦ 张纯一. 墨子集解（修正本）[M]. 上海：世界书局，中华民国二十五年九月初版. 414.
⑧ 段玉裁. 说文解字注 [M]. 上海：上海古籍出版社，1998：57.
⑨ 王先慎. 韩非子集解 [M]. 北京：中华书局，1998：82，128.
⑩ 李富孙. 易经异文释 [M]. 清经解续编（第二册）. 上海：上海书店，1998：1329.
⑪ 郭庆藩. 庄子集释 [M]. 北京：中华书局，2004：11.
⑫ 四部丛刊初编集部. 六臣註文选 [M]. 上海商务印书馆缩印宋刊本. 903.

传》：吉又何咎矣？《论语・季氏篇》曰：则将焉用彼相矣？"①《诸子平议・列子》"故吾知其不相若矣"，俞樾按："矣犹乎也。语有轻重耳，古书多以矣字代乎字。"②《文选》刘琨《答卢谌》"逝将去矣"，下《注》："善作乎。"③《论语・里仁》"盖有之矣"，刘宝楠《正义》："皇本矣作乎。"又《论语・宪问》"可以为仁矣"，刘宝楠《正义》："矣与乎同义。"④《群经平议・春秋左传三》"带其褊矣"，俞樾按："古书或以矣字代乎字。"⑤刘《注》作"矣"正说明了"古书多以矣字代乎字"这种现象的存在，而且正因为矣、乎二字存在这样的关系，刘《注》引《庄子》才可以作"矣"与今本《庄子》作"乎"不同。

刘《注》作"皆其盛也"，今本《庄子》作"皆其盛者也"。今本《庄子》于"盛"后有一"者"字而刘《注》无。

刘《注》作"故载之末年"，今本《庄子》与之同。

刘《注》作"庖丁为文惠君解牛，三年之后，未尝见全牛也"，今本《庄子》与之同。只是今本《庄子》在"庖丁为文惠君解牛"和"三年之后"之间有很多内容是刘《注》所没有的。

刘《注》作"用刀十九年矣"，今本《庄子》作"今臣之刀十九年矣"。《文选》卷第五十九李善《注》引《庄子》与今本《庄子》同。《艺文类聚》卷九十四引《庄子》作"臣之刀十九年"。

（据余嘉锡、朱铸禹二人的校勘）影宋本及沈本刘《注》作"所解千牛"，袁本刘《注》作"所解数千牛"，而今本《庄子》作"所解数千牛矣"。可见袁本《世说》刘《注》有"数"字与今本《庄子》同，而影宋本及沈本刘《注》与今本《庄子》异。另外，各本刘《注》"牛"后均无"矣"字而今本《庄子》有。《文选》卷五十九李善《注》引《庄子》、《艺文类聚》卷九十四引《庄子》并作"所解千牛"与影宋本及沈本刘《注》同。

刘《注》作"而刀刃若新发於硎"，今本《庄子》与刘《注》同。陆

① 王引之. 经传释词 [M]. 长沙：岳麓书社，1984：92.
② 俞樾. 诸子平议 [M]. 上海：商务印书馆，中华民国二十五年十月三版. 306.
③ 四部丛刊初编集部. 六臣註文选 [M]. 上海商务印书馆缩印宋刊本. 468.
④ 分见刘宝楠. 论语正义 [M]. 北京：中华书局，1990：145，553.
⑤ 俞樾. 群经平议 [M]. 清经解续编（第五册）. 上海：上海书店，1998：1179.

德明《释文》云："'硎'音刑，磨石也。崔本作形，云：新所受形也。"① 则刘《注》所引《庄子》作"硎"与崔譔注本《庄子》作"形"不同。刘孝标注《世说》应该是未使用崔譔注本的《庄子》，这从刘《注》所引《庄子》的注释性文献中未有崔譔的《庄子注》可以得知，又从此处刘《注》引《庄子》作"硎"不作崔本之"形"亦可以得知。《文选》卷五十九李善《注》引《庄子》与刘《注》、今本《庄子》同。《艺文类聚》卷九十四引《庄子》作"而刀刃若新"与刘《注》、今本《庄子》异。

刘《注》作"文惠君问之，庖丁曰"，今本《庄子》作"文惠君曰：'譆，善哉！技蓋至此乎？'庖丁释刀对曰"。可见二者存在很大的差距，而且二者在各自叙述中的位置也不同，刘《注》"文惠君问之，庖丁曰"一段在"而刀刃若新发於硎"之后，而今本《庄子》的"文惠君曰：'譆，善哉！技蓋至此乎？'庖丁释刀对曰"在"臣之所好者道也，……。三年之后，未尝见全牛也。……。今臣之刀十九年矣，所解数千牛矣，而刀刃若新发於硎。"之前。刘《注》引《庄子》讲的是文惠君问庖丁缘何"刀刃若新发於硎"，而今本《庄子》文惠君问庖丁的是"技蓋至此乎"（即前文所言中音合舞之类），可见二者位置不同也是必然的。《文选》卷五十九李善《注》、《艺文类聚》卷九十四引《庄子》并无与刘《注》相同的问话也无与今本《庄子》相同的问话。

刘《注》作"彼节者有閒，而刀刃无厚，以无厚入有閒，恢恢乎其于遊刃必有餘地"，今本《庄子》作"彼节者有閒，而刀刃者无厚；以无厚入有閒，恢恢乎其于遊刃必有餘地矣"。其中，今本《庄子》于"刀刃"后有"者"字而刘《注》无，又今本《庄子》于"餘地"后有一"矣"字而刘《注》无。《艺文类聚》卷九十四引《庄子》作"彼节者有间，而刀刃无厚。以无厚入有间，恢恢乎其於遊刃必有餘地"，除了作"间"不与刘《注》作"閒"同外，其余与刘《注》全同。《文选》卷五十九李善《注》引《庄子》作"彼节者有间，而刀刃者无厚；以无厚入有间，恢恢乎其於遊刃必有餘地矣"，其中除了作"间"不与今本《庄子》同外，其余与今本《庄子》全同。刘《注》作"閒"与今本《庄子》同，而《文选》卷五十九李善《注》、《艺文类聚》卷九十四引《庄子》并作"间"与

---

① 郭庆藩. 庄子集释 [M]. 北京：中华书局，2004：122.

今本《庄子》及刘《注》异。据张双棣的观点，上古没有"间"字，后代写作"间"的，上古都写作"閒"。^①就是说最初"閒"一身而兼二义，后来其二义被"间"和"閑"两个字分别表达。然而《书·立政》"时则勿有间之"，孙星衍《今古文注疏》云："间者，《说文》云隙也。"^②《左传·昭公十三年》"诸侯有间矣"，杜预《注》："间，隙也。"^③另外，《楚辞·招魂》"侍君之间些"，蒋骥《注》云："间，暇也。"^④《楚辞·九章·抽思》"愿承间而自察兮"，朱熹《集注》："间，间暇也。"^⑤从这些文献可以看出，张双棣所言的上古当是春秋战国以前，而且甚至到了朱熹所在的宋代，"间"还表达了其本不应该表达的"閒"（閑）的意义。可见，汉语词汇的丰富（"閒"的一部分意义由"间"来承担）确实要经历一个长期而复杂的过程，在这个丰富的过程中就常常伴随着新旧词在使用上的交织。

《世说新语》刘《注》所引《庄子》是两种注本的《庄子》：郭象注本和司马彪注本。刘《注》引《庄子》凡十三处，其中有十一处见于今本《庄子》，另外两处（《言语》条45《注》、《任诞》条45《注》）不见于今本《庄子》。这两处不见于今本《庄子》的引文要区别对待：《任诞》条45《注》所引《庄子》当是司马彪注本的《庄子》（上文已言之），我们今天所见《庄子》是郭象注本的《庄子》，司马彪注本的《庄子》已亡佚了；《言语》条45《注》所引《庄子》我们无法断定其是郭象注本的还是司马彪注本的。但是，刘《注》所引这两处《庄子》说明了我们今天所见的《庄子》有佚文存在却是个不争的事实，刘《注》在保存《庄子》佚文或提示人们《庄子》有佚文方面做出了贡献。通过和今本《庄子》比较来看，刘《注》所引其余十一处《庄子》可能是郭象注本的《庄子》（《文学》条46《注》引《庄子》，其后更引有郭象《注》）。

刘《注》所引《庄子》之文，除保存了一些《庄子》的佚文外，也保存了一些可能是《庄子》原本面貌的真实情况，或者是提供了真实情况的

①　张双棣，陈涛主编. 古代汉语字典［M］. 北京：北京大学出版社，1998：360.
②　孙星衍. 尚书今古文注疏［M］. 北京：中华书局，2004：476.
③　阮元校刻. 春秋左传正义［M］. 十三经注疏. 北京：中华书局，1980：2071.
④　蒋骥. 山带阁註楚辞［M］. 北京：中华书局，1958：164.
⑤　朱熹. 楚辞集注［M］. 上海：上海古籍出版社，1979：85.

暗示。这些在前文的比较中我们已经尽可能地进行了分析。

刘《注》引用的《庄子》之文，与今传本《庄子》比较起来，存在着不同和改变之处。我们猜测，刘《注》毕竟是注文、是引用，刘孝标可能根据自己的需要，在引用之时进行了不破坏原意的改变和简省，刘《注》改动的前提有些是古汉语语言学上存在的一些现象和事实的存在，也就是说刘《注》充分利用了这些现象和事实，如某些字、词的通用、互作等。通过比较刘《注》所引《庄子》和今本《庄子》文献上的异同，可以为很多语言学上的问题提供证据和支持。

当然了，我们也要考虑到，不只是《庄子》在流传中有改变，刘《注》在流传过程中也发生着改变，其今天的面貌也许和最初的面貌相差甚远。因此，对于刘《注》引用的《庄子》和今本《庄子》的相异之处，我们尽可能本着述而不作的原则予以反映，在反映的同时就需要考虑刘《注》本身的版本问题以及《庄子》的版本问题，因为有些差异是由刘《注》不同版本或《庄子》的不同版本造成的，这个问题据我们考察恰恰被研究者所忽视了，忽视这个问题所得出的结论，其结果可想而知。

十四、郭象《庄子注》

《文学》条 46《注》引作"郭子玄《注》曰"，此上承注所引《庄子》而引。

考证：今存。参看《庄子》条。

《文学》条 46《注》引郭子玄《注》曰："无既无矣，则不能生有。有之未生，又不能为生。然则生生者谁哉？块然而自生耳，非我生也。我不生物，物不生我，则自然而已，谓之天然。天然非为也，故以天言之，所以明其自然故也。"余嘉锡、徐震堮、朱铸禹、杨勇等人均不言此处刘《注》版本有异。

《庄子·齐物论》"夫吹万不同，而使其自已也"，《注》："……无既无矣，则不能生有；有之未生，又不能为生。然则生生者谁哉？块然而自生耳。自生耳，非我生也。我既不能生物，物亦不能生我，则我自然矣。自已而然，则谓之天然。天然耳，非为也，故以天言之。〔以天言之〕所以明其自然也，岂苍苍之谓哉！……"① 正文及《注》中的"自已"，中华书局本《庄子集释》原作"自己"，此概是点校之误，当作"自已"，上文已言之。另外中国书店 1988 年影印的扫叶山房本《庄子集释》作"自已"，可证中华书局本《庄子集释》此处之误。所以我们在引时径直把对应处改为"自已"。我们所录郭象《注》中后一个"以天言之"，《庄子集释》郭庆藩校曰："四字依世德堂本补。"此四字看来只有世德堂本《庄子》有，而刘《注》所引《庄子》无此四字，可见其与世德堂本《庄子》不同。

刘《注》与今本郭象《庄子注》的异同是：

刘《注》作"无既无矣，则不能生有。有之未生，又不能为生。然则生生者谁哉？块然而自生耳，非我生也。"今本郭象《注》于"非我生也"前多"自生耳"三字，其余全同。

刘《注》作"我不生物"，今本郭象《注》作"我既不能生物"。其中今本郭象《注》于"不"前有"既"字、于"不"后有"能"字而刘《注》并无。

刘《注》作"物不生我"，今本郭象《注》作"物亦不能生我"。其中今本郭象《注》于"不"前有"亦"字、于"不"后有"能"字而刘《注》并无。

刘《注》作"则自然而已然，谓之天然"，今本郭象《注》作"则我自然矣。自已而然，则谓之天然"。

刘《注》作"天然非为也"，今本郭象《注》作"天然耳，非为也"。刘《注》少一"耳"字。

刘《注》作"故以天言之"，今本郭象《注》与之同。

刘《注》作"所以明其自然故也"，世德堂本《庄子》郭象《注》作"以天言之所以明其自然也"，他本郭象《注》作"所以明其自然也"。各本《庄子》皆无刘《注》中的"故"字。

十五、司马彪《庄子注》

《任诞》条 45《注》引作"司马彪《注》曰"，此上承《注》所引

---

① 郭庆藩. 庄子集释 [M]. 北京：中华书局，2004：50.

《庄子》而引。

考证：今佚，但有辑佚。司马彪的生平、著述等情况可见《晋书》卷八十二。关于司马彪《庄子注》的著录情况可以参看前文《庄子》条。《古佚书辑本目录》介绍了司马彪《庄子注》的辑佚情况，并云："司马彪，字绍统，河内人，官至散骑侍郎，注《庄子》(《晋书》本传)。《释文序录》载司马彪《庄子注》五十二篇。两《唐志》并载为二十一卷，《隋志》十六卷，注云：'本二十一卷，今阙。'按今本三十三卷，彪注为五十二篇者，即《汉志》所载之本，今佚十九篇，参前条。《隋志》所载已为十六卷，非二十一卷之原书，而两《唐志》复载为二十一卷，疑承沿旧志，非佚而复出者。"①

《任诞》条45《注》引司马彪《注》曰："绋，引柩索也。斥，疏缓也。苦，用力也。引绋所以有讴歌者，为人有用力不齐，故促急之也。"余嘉锡、徐震堮、朱铸禹、杨勇等人均不言此处刘《注》版本有异。

此段司马彪《注》又见于他书所引：

《太平御览》卷五五二引《庄子》曰："绋讴所生，必於斥苦。"并引司马彪《注》云："绋，引柩索也。斥，疎缓若用力也。引绋所有讴者，为人用力慢缓不齐，促急之也。"

《初学记》卷十四引《庄子》曰："绋讴所生，必于斥苦。"司马彪《注》曰："绋，引疎索也，斥慢缓若用力也。引绋所有讴者，为人用力慢缓不齐促急也。"

刘《注》与《御览》、《初学记》所引司马彪《庄子注》的异同是：

刘《注》作"绋，引柩索也"，《御览》引司马彪《注》与刘《注》同，《初学记》引司马彪《注》作"绋，引疎索也"。其中刘《注》、《御览》作"柩"而《初学记》作"疎"。据《初学记》卷十四校勘表，《初学记》排印本原文作"疎"而严陆校本《初学记》作"柩"。②据刘《注》、《御览》所引可知，《初学记》排印本原文作"疎"误，严陆校本《初学记》作"柩"是。《白虎通·崩薨·天子舟车殡》："绋者，所以牵持棺者

---

① 孙启治，陈建华．古佚书辑本目录［M］．北京：中华书局，1997：211．

② 徐坚．初学记［M］．（卷十四后所附《卷十四校勘表》）北京：中华书局，1962．

也。"①《吕氏春秋·节丧》"引绋者左右万人以行之",高诱《注》:"绋,引棺索也,礼送葬皆执绋。"②《释名·释丧制》"从前引之曰绋",王先谦《疏证补》:"析言之,则在庙举柩之索谓之绋,在道引柩车之索谓之引,通言之则不别。"③

刘《注》作"斥,疏缓也",《御览》作"斥,踈缓",《初学记》作"斥慢缓"。《广韵·鱼韵》"疏,俗作踈。"又《御韵》:"疏,亦作踈。"④《礼记·乐记》"嘽嗜、慢易",孔颖达《正义》云:"慢,疏也。"⑤

刘《注》作"苦,用力也",《御览》、《初学记》并作"若用力也"。《庄子》正文中有"苦"字,苦、若形近,我们猜测《御览》、《初学记》所引司马彪《注》中的"若"字当是"苦"字之误,刘《注》引司马彪《注》作"苦"可为之证。《广雅·释诂》"苦,快也。"⑥《战国策·赵策二》"常苦出辞",鲍彪曰:"苦,言其力。"⑦欲快,则当用力。《庄子》中的"斥苦"正是一对表快慢的反义词。《困学纪闻》引正作"苦,用力也。"

刘《注》作"引紼所以有謳歌者",《御览》、《初学记》并作"引紼所有謳者"。

刘《注》作"为人有用力不齐",《御览》、《初学记》并作作"为人用力慢缓不齐"。

刘《注》作"故促急之也",《御览》作"促急之也",《初学记》作"促急也"。

王应麟《困学纪闻》卷十已辑此,见前文。

十六、向子期、郭子玄《逍遥义》

《文学》条32《注》引作"向子期、郭子玄《逍遥义》"。

---

① 陈立. 白虎通疏证 [M]. 北京:中华书局,1994:551.
② 高诱注. 吕氏春秋 [M]. 上海:上海书店,1986:98.
③ 王先谦. 释名疏证补 [M]. 上海:上海古籍出版社,1984:424.
④ 分见宋本广韵 [M]. 北京:北京市中国书店,1982:49,342.
⑤ 阮元校刻. 礼记正义 [M]. 十三经注疏. 北京:中华书局,1980:1535.
⑥ 王念孙. 广雅疏证 [M]. 北京:中华书局,2004:68.
⑦ 诸祖耕. 战国策集注汇考 [M]. 南京:江苏古籍出版社,1985:943.

考证：今佚。向秀，《晋书》有传，《世说·言语》条 18《注》引有《向秀别传》。关于郭象、向秀注《庄子》的问题以及二人的笔墨官司、二人《庄子》注的著录等情况可以参看沈家本《古书目三种》"庄子郭象注"条。① 沈家本的《古书目三种》中，于向、郭《逍遥义》未单独列目。叶德辉《世说注所引书目》"向子期郭子玄逍遥义"条下言"此庄子中之一篇，隋志本有向秀郭象二家注，疑此篇二家同也。"② 《先秦两汉文学史料学》言："刘孝标注引今本郭象注，谓是'向子期（秀）、郭子玄（象）《逍遥》义'，许抗生先生将刘注引文与今本文字作了比较，文字虽略有异同，而内容其实是一致的。所以许先生认为：'刘孝标《世说》注引的"向、郭《逍遥》义"实为向秀的《逍遥》义。'（《魏晋玄学史》，陕西师范大学出版社 1989 年版第 250 页）"③ 在刘孝标作《世说》注之时，刘孝标已经不能断定《逍遥义》的作者是郭象还是向秀，或者当时通行的说法即认为是二人共同所作。关于《逍遥义》的归属问题我们且存之。

《文学》条 32《注》引向子期、郭子玄《逍遥义》曰："夫大鹏之上九万，尺鷃之起榆枋，小大虽差，各任其性。苟当其分，逍遥一也。然物之芸芸，同资有待，得其所待，然后逍遥耳。唯圣人与物冥而循大变，为能无待而常通，岂獨自通而已。又从有待者不失其所待；不失，则同於大通矣。"

余嘉锡言："注'尺鷃'，沈本作'斥鷃'。"案曰："今郭象《逍遥游注》，惟无首二句，其余与此全同。但原系两段，分属篇题及'彼且恶乎待哉'之下耳。《四库提要》一百四十六以为孝标所引，今本无之者，非也。"④ 杨勇言："尺，沈校本作'斥'。勇按：尺、斥古通用。《庄子》《逍遥游》《释文》：'斥如字，本亦作尺。'枋，宋本作'枋'，非。今依袁本及《庄子》。通，宋本作'道'，误。今依各本正。"⑤

① 沈家本. 古书目三种［M］.（卷五《第二编世说注所引书目三·子部》）北京：中华书局，1963.

② 刘义庆. 世说新语（下册）［M］.（所录叶德辉《世说注所引书目》）上海：上海古籍出版社，1982.

③ 曹道衡，刘跃进. 先秦两汉文学史料学［M］. 北京：中华书局，2005：237.

④ 余嘉锡. 世说新语笺疏［M］. 北京：中华书局，1983：221.

⑤ 杨勇. 世说新语校笺［M］. 北京：中华书局，2006：199.

《庄子·逍遥游》"逍遥游第一"下《注》曰："夫小大虽殊，而放於自得之场，则物任其性，事称其能，各当其分，逍遥一也，岂容胜负於其间哉！"① 郭庆藩《集释》言"各"，宋赵谏议本作"名"。②

《庄子·逍遥游》："若夫乘天地之正，而御六气之辩，以遊无穷者，彼且恶乎待哉！"下注曰："天地者，万物之总名也。天地以万物为体，而万物必以自然为正，自然者，不为而自然者也。故大鹏之能高，斥鷃之能下，椿木之能长，朝菌之能短，凡此皆自然之所能，非为之所能也。不为而自能，所以为正也。故乘天地之正者，即是顺万物之性也；御六气之辩者，即是遊变化之塗也；如斯以往，则何往而有穷哉！所遇斯乘，又将恶乎待哉！此乃至德之人玄同彼我者之逍遥也。苟有待焉，则虽列子之轻妙，犹不能以无风而行，故必得其所待，然后逍遥耳，而况大鹏乎！夫唯与物冥而循大变者，为能无待而常通，岂〔獨〕自通而已哉！又顺有待者，使不失其所待，所待不失，则同於大通矣。故有待无待，吾所不能齐也；至于各安其性，天机自张，受而不知，则吾所不能殊也。夫无待犹不足以殊有待，况有待者之巨细乎！"③《集释》云"獨"字依王叔岷说补。④

刘《注》所引向子期、郭子玄《逍遥义》与今《庄子·逍遥游》之《注》之异同，据《先秦两汉文学史料学》，许抗生先生在其著作《魏晋玄学史》中已经进行了比较，当参看之。可惜我们目前没有见到许著，因此这里我们仍比较之。刘《注》所引只是今本《庄子》中的一部分，对应处的差异是：

刘《注》作"夫大鹏之上九万"，今本《庄子注》作"故大鹏之能高"。

刘《注》作"尺鷃（余嘉锡云沈本刘《注》作"斥鷃"）之起榆枋（杨勇云宋本刘《注》作"祊"非）"，今本《庄子注》作"斥鷃之能下"。尺、斥的关系见上文所引杨勇之论。又尺、斥的关系以及鷃、鴳的关系，郭庆藩《庄子集释》有详细考证。⑤

① 郭庆藩. 庄子集释［M］. 北京：中华书局，2004：1.
② 郭庆藩. 庄子集释［M］. 北京：中华书局，2004：2.
③ 郭庆藩. 庄子集释［M］. 北京：中华书局，2004：20.
④ 郭庆藩. 庄子集释［M］. 北京：中华书局，2004：22.
⑤ 详见郭庆藩. 庄子集释［M］. 北京：中华书局，2004：16.

刘《注》作"小大虽差",今本《庄子注》作"小大虽殊"。其中刘《注》作"差",今本《庄子注》作"殊"。《集韵·祃韵》:"差,异也。"①《吕氏春秋·论人》"人同类而智殊",高诱《注》:"殊,异。"② 差、殊同义。

刘《注》作"各任其性。苟当其分,逍遥一也",今本《庄子注》作"物任其性,事称其能,各当其分,逍遥一也"。

刘《注》作"然物之芸芸,同资有待",今本《庄子注》作"所遇斯乘,又将恶乎待哉!此乃至德之人玄同彼我者之逍遥也。苟有待焉,则虽列子之轻妙,犹不能以无风而行"。刘《注》概是据今本《庄子注》概括出来。

刘《注》作"得其所待,然后逍遥耳",今本《庄子注》作"故必得其所待,然后逍遥耳"。

刘《注》作"唯圣人与物冥而循大变,为能无待而常通,岂獨自通而已"(杨勇云宋本刘《注》"通"作"道",非),今本《庄子注》作"夫唯与物冥而循大变者,为能无待而常通,岂〔獨〕自通而已哉"。今本《庄子》中的"獨"字是郭庆藩依王叔岷说补的,刘《注》引《逍遥义》有"獨"可以为王叔岷说提供支持。

刘《注》作"又从有待者不失其所待",今本《庄子注》作"又顺有待者,使不失其所待"。其中,刘《注》作"从"而今本《庄子》作"顺"。《诗·鲁颂·泮水》"顺彼长道",郑玄《笺》:"顺,从。"③ 刘《注》引作"从"可谓有据。

刘《注》作"不失,则同於大通(通,杨勇云宋本作"道"非)矣",今本《庄子注》作"所待不失,则同於大通矣"。

正如《先秦两汉文学史料学》所言:"也许今本郭象注中,就有向秀注原文在内。"④ 比较刘《注》所引向子期、郭子玄《逍遥义》与今本《庄子·逍遥游》《注》之后,可以为这个怀疑加上一个砝码。这也正是刘

---

① 丁度等. 集韵 [M]. 上海:上海古籍出版社,1985:596.
② 高诱注. 吕氏春秋 [M]. 上海:上海书店,1986:30.
③ 阮元校刻. 毛诗正义 [M]. 十三经注疏. 北京:中华书局,1980:611.
④ 曹道衡,刘跃进. 先秦两汉文学史料学 [M]. 北京:中华书局,2005:237.

《注》之功，不仅有文献上的价值，更有学术史上的意义。

第三节　子部名家类引书考

十七、姚信《士纬》

《品藻》条1《注》引作"姚信《士纬》"。

考证：今佚。《古佚书辑本目录》著录有《士纬》一卷，（吴）姚信撰，（清）马国翰辑，并注曰："姚信，参《姚信周易注》。《隋志》子部名家云：'梁有《士纬新书》十卷，姚信撰，亡。'两《唐志》子部名家复载姚信《士纬》十卷。马国翰从《意林》及唐、宋类书採得佚文十六节。"[1]《古佚书辑本目录》言："姚信，史无正传，事迹略见《三国志》陆绩、陆逊诸人传中，其详无考。"[2] 据杨家骆《历代经籍志》，《三国·艺文志》子部名家类著录有姚信《士纬新书》十卷，《宋史·艺文志》未著录有姚信《士纬新书》。

《品藻》条1《注》引姚信《士纬》曰："陈仲举体气高烈，有王臣之节。李元礼忠壮正直，有社稷之能。海内论之未决，蔡伯喈抑一言以变之，疑论乃定也。"

余嘉锡言："《御览》四百四十七引《士纬》，与《世说》及《注》略同。"[3]

徐震堮言："《隋书·经籍志》称梁有《士纬新书》十卷，又《姚氏新书》二卷，与《士纬》相似。《旧唐志》与《新唐志》径称《士纬》，卷数与《隋志》同，三志并入子部名家类。《宋志》不著录，《容斋随笔》一六'计然《意林》'条谓此书已不传于世。清马国翰《玉函山房辑佚书》卷七二自类书辑得《士纬》一卷。案《经典释文》云：姚信，三国吴吴兴人，字德祐，《七录》云，字元真。《吴志·陆逊传》云，信为逊之外生，以亲附太子和，枉见流徙。孙皓时官太常，见《孙和传》。《晋书·天文志》亦

---

①　孙启治，陈建华. 古佚书辑本目录［M］. 北京：中华书局，1997：248.
②　孙启治，陈建华. 古佚书辑本目录［M］. 北京：中华书局，1997：11.
③　余嘉锡. 世说新语笺疏［M］. 北京：中华书局，1983：500.

云'吴太常姚信'。"①

杨勇言："体，宋本作'胜'，今依袁本。"②

朱铸禹言："姚信《士纬》，案：《旧唐书·艺文志》有'姚信《士纬》十卷。'据此注，其人当是魏晋间人。"又"胜，袁本作'体'。"③

《太平御览》卷四四七引姚信《士纬》曰："汝南陈仲举，体气高烈，有王臣之节；颍川李元礼，忠平正直，有社稷之能。海内论二士，有议而未决。陈留蔡伯喈云：'仲举强於犯上，元礼长於接下。犯上为难，接下为易。仲举为先，元礼后矣。'天下於是为定。愚思窃以伯喈未必可从也。夫皋繇戒舜，犯上之征也；舜治百揆，接下之效也。故陈平谓王陵言：'面折廷争，我不如公；至安刘氏，公不如我。'而犯上则为优，是王陵当高於良、平，朱云殊乎吴、邓矣。陆恭仲答曰：'陈、李二君，德齐於行，才等於身，无长短之差，时人或其先后。'"④

唐赵蕤《长短经·是非》有："陈仲举体气高烈，有王臣之节；李元礼忠平正直，有社稷之能，陈留蔡伯喈以仲举强於犯上，元礼长於接下，犯上为难，接下为易，宜先仲举而后元礼。"⑤

刘《注》与《御览》、《长短经》的差异是：

刘《注》作"陈仲举体气高烈，有王臣之节"，《御览》作"汝南陈仲举，体气高烈，有王臣之节"，《御览》较刘《注》作"汝南"二字，《长短经》与刘《注》同。

刘《注》作"李元礼忠壮正直，有社稷之能"，《御览》作"颍川李元礼，忠平正直，有社稷之能"。《御览》较刘《注》多"颍川"二字，又作"忠平"不作"忠壮"。《长短经》作"李元礼忠平正直，有社稷之能"，其中作"忠平"与《御览》同，无"颍川"二字与刘《注》同。

刘《注》作"海内论之未决"，《御览》作"海内论二士，有议而未决"，《长短经》无此语。

刘《注》作"蔡伯喈抑一言以变之，疑论乃定也"，《御览》作"陈留

① 徐震堮. 世说新语校笺 [M]. 北京：中华书局，1984：272-273.

② 杨勇. 世说新语校笺 [M]. 北京：中华书局，2006：446.

③ 朱铸禹. 世说新语汇校集注 [M]. 上海：上海古籍出版社，2002：429.

④ 李昉等. 太平御览 [M]. 北京：中华书局，1960：2056.

⑤ 赵蕤. 长短经 [M]. 钦定四库全书. 子部 849-62.

蔡伯喈云：'仲举强於犯上，元礼长於接下。犯上为难，接下为易。仲举为先，元礼后矣。'天下於是为定。"《长短经》作"陈留蔡伯喈以仲举强於犯上，元礼长於接下，犯上为难，接下为易，宜先仲举而后元礼。"

　　马国翰《玉函山房辑佚书》子编名家类据《御览》卷四七七辑有姚信《士纬》，内容与上所引《御览》唯有一处不同：马辑作"皋陶"，《御览》作"皋繇"。①

第四节　子部墨家类引书考

十八、《墨子》

　　《文学》条26《注》引作"《墨子》"。

　　考证：今存，但有佚文。孙诒让《墨子间诂》一书的《附录》部分包括《墨子篇目考》（对《墨子》被各种史志或目录书著录的篇数或卷数以及具体的篇进行了分析和考证）、《墨子佚文》、《墨子旧叙》等内容，该书的《后语》部分则包括《墨子传略、《墨子年表》、《墨学传授考》、《墨子绪闻》、《墨学通论》以及《墨子诸家钩沈》等内容。②《墨子间诂》的《附录》和《后语》所考证和论述的内容是我们研究《墨子》所要掌握的基本内容。关于《墨子》佚文的辑佚情况可以参看《古佚书辑本目录》。③另外，沈家本《古书目三种》对《墨子》在史志中的著录以及篇目等情况进行了考证。④

　　《文学》条26《注》引《墨子》曰："公输般为高云梯，欲以攻宋。墨子闻之，自鲁往。裂裳裹足，日夜不休，十日十夜而至于郢。见楚王曰：'闻大王将攻宋，有之乎？'王曰：'然！'墨子曰：'请令公输般设攻宋之具，臣请试守之。'于是公输般设攻宋之计，墨子綦带守之。输九攻

---

①　详见马国翰. 玉函山房辑佚书 [M]. 上海：上海古籍出版社，1990：2691.

②　孙诒让. 墨子间诂 [M]. 北京：中华书局，1956：399-494.

③　孙启治，陈建华. 古佚书辑本目录 [M]. 北京：中华书局，1997：215.

④　沈家本. 古书目三种 [M].（卷五《第二编世说注所引书目三·子部》）北京：中华书局，1963.

之，而墨子九却之。不能入，遂辍兵。"

余嘉锡言："'为高云梯'，沈本无'云'字。"① 杨勇言："高下，沈本无'云'字，今按：高云复词，宋本是。"② 朱铸禹亦指出沈本无"云"字。③

今本《墨子·公输般》有："公输般为楚造云梯之械成，将以攻宋。子墨子闻之，起于齐行十日十夜，而至于郢，见公输般。公输般曰：'夫子何命焉为?'子墨子曰：'北方有侮臣者，愿藉子杀之。'公输般不说。子墨子曰：'请献十金。'公输般曰：'吾义固不杀人。'子墨子起，再拜曰：'请说之。吾从北方闻子为梯，将以攻宋。宋何罪之有？荆国有余于地，而不足于民，杀所不足而争所有余，不可谓智。宋无罪而攻之，不可谓仁。知而不争，不可谓忠。争而不得，不可谓强。义不杀少而杀众，不可谓知类。'公输般服。子墨子曰：'然乎不已乎？'公输般曰：'不可，吾既已言之王矣。'子墨子曰：'胡不见我于王？'公输般曰：'诺。'子墨子见王，曰：'今有人于此，舍其文轩，邻有敝舆而欲窃之，舍其锦绣，邻有短褐而欲窃之，舍其粱肉，邻有糠糟而欲窃之。此为何若人？'王曰：'必为窃疾矣。'子墨子曰：'荆之地，方五千里，宋方五百里，此犹文轩之与敝舆也。荆有云梦，犀兕麋鹿满之，江汉之鱼鳖鼋鼍为天下富，宋所为无雉兔狐狸者也，此犹粱肉之与糠糟也。荆有长松文梓楩枏豫章，宋无长木，此犹锦绣之与短褐也。臣以王吏之攻宋也，为与此同类。'王云：'善哉。虽然，公输般为我为云梯，必取宋。'于是见公输般，子墨子解带为城，以牒为械，公输般九设攻城之机变，子墨子九拒之，公输般之攻械尽，子墨子之守圉有余。公输盘诎，而曰：'吾知所以距子矣，吾不言。'子墨子亦曰：'吾知子之所以距我，吾不言。'楚王问其故，子墨子曰：'公输子之意，不过欲杀臣，杀臣，宋莫能守，可攻也。然臣之弟子禽滑釐等三百人，已持臣守圉之器，在宋城上而待楚寇矣。虽杀臣，不能绝也。'楚王曰：'善哉。吾请无攻宋矣。'"④

---

① 余嘉锡. 世说新语笺疏 [M]. 北京：中华书局，1983：217.

② 杨勇. 世说新语校笺 [M]. 北京：中华书局，2006：195.

③ 朱铸禹. 世说新语汇校集注 [M]. 上海：上海古籍出版社，2002：189.

④ 吴毓江. 墨子校注 [M]. 北京：中华书局，1993：764-765.

刘《注》引《墨子》所载墨子阻楚攻宋事在其他古文献中亦有记载：

《吕氏春秋·爱类篇》："公输般为高云梯，欲以攻宋。墨子闻之，自鲁往，裂裳裹足，日夜不休，十日十夜而至於郢。见荆王曰：'臣北方之鄙人也，闻大王将攻宋，信有之乎？'王曰：'然。'墨子曰：'必得宋乃攻之乎？亡其不得宋且不义，犹攻之乎？'王曰：'必不得宋，（旧校云必一作既）且有不义，则曷为攻之？'墨子曰：'甚善。臣以宋必不可得。'王曰：'公输般天下之巧工也。已为攻宋之械矣。'墨子曰：'请令公输般试攻之，臣请试守之。'於是公输般设攻宋之械，墨子设守宋之备。公输般九攻之，（旧本此句无公输般三字，今据《御览》三百二十所引补）墨子九却之不能入。故荆辍不攻宋。"①（此本为毕沅新校正本）

《战国策·宋策》"公输般为楚设机章"载："公输般为楚设机械，将以攻宋。墨子闻之，百舍重茧，往见公输般，谓之曰：'吾自宋闻子。吾欲藉子杀（王）〔人〕。'公输般曰：'吾义固不杀（王）〔人〕。'墨子曰：'闻公为云梯，将以攻宋。宋何罪之有？义不杀（王）〔人〕而攻国，是不杀少而杀众。敢问攻宋何义也？'公输般服焉，请见之王。墨子见楚王曰：'今有人于此，舍其文轩。邻有弊舆而窃欲之；舍其锦绣，邻有短（裋）〔裋〕褐而欲窃之；舍其梁肉，邻有糟糠而欲窃之，此为何若人也？'王曰：'必为有窃疾矣。'墨子曰：'荆之地方五千里，宋方五百里，此犹文轩之与弊舆也；荆有云梦，犀兕麋鹿盈之，江、汉鱼鳖鼋鼍为天下饶，宋所谓无雉兔鲋鱼者也，此犹梁肉之与糟糠也；荆有长松、文梓、楩柟、豫章，宋无长木，此犹锦绣之与（短）〔裋〕褐也。（恶）〔臣〕以王吏之攻宋为与此同类也。'王曰：'善哉！请无攻宋。'""（王）〔人〕"《新校注》云："吴正曰：一本云三'杀王'并作'杀歪'，云人、歪并而邻反。《集韵》云：唐武后字作'歪'，'歪'即人也。黄丕烈《札记》曰：下文'吾义固不杀王'，《墨子·公输篇》正作'人'，此句云'北方有侮臣，请藉子杀之'，可证'歪'是也。""（短）〔裋〕"《新校注》云："'短'，姚宏云：一作'裋'。朱起凤曰：裋褐，敝衣襦也。'短'乃'裋'字之讹（《辞通》）。""（恶）〔臣〕"《新校注》云："'恶'，鲍本作'臣'是，当据

① 高诱注. 吕氏春秋 [M]. 上海：上海书店，1986：282.

改。《墨子》正作'臣'。"①

《文选》任昉《百辟劝进今上笺》"虽累茧救宋，重胝存楚"，李善《注》引《战国策》曰："公输般为楚设机械，将以攻宋。墨子闻之，百舍重茧，往见公输般。输般服焉，请见之王。王曰：善哉，请无攻宋。"②

《太平御览》卷三二七引《尸子》曰："公输般为蒙天之阶。阶成，将以攻宋。墨子闻之，赴於宋，至於郢，见般曰：'闻子为阶将以攻宋，宋何罪之有？无罪而攻之，不可谓仁。胡不已也？'公输般曰：'不可。吾既以言之王矣。'墨子曰：'胡不见我於王？'公输般曰：'诺。'墨子见楚王曰：'今有人於此，舍其文轩，邻有弊舆而欲窃；舍其锦绣，邻有短褐而欲窃之；舍其粱肉，邻有糠糟而欲窃之；此为何若人？'王曰：'此为窃疾耳。'墨子曰：'荆之地方五千里，宋之地方五百里，此犹文轩之与弊舆也，荆有云梦，犀兕麋鹿盈之，以江汉鱼鳖鼋鼍为天下饶，宋无雉兔鲋鱼者也，犹粱肉之与糠糟也；荆有长松、文梓、梗楠、豫章，宋无长木，此犹锦绣之与短褐也。臣以王之攻宋也，为与此同类。'王曰：'善！请无攻宋。'"③

《淮南子·修务训》："昔者，楚欲攻宋，墨子闻而悼之，自鲁趋而十日十夜，足重趼而不休息，裂衣裳裹足，至於郢，见楚王。曰：'臣闻大王举兵将攻宋，计必得宋而后攻之乎？亡其苦众劳民，顿兵挫锐，负天下以不义之名，而不得咫尺之地，犹且攻之乎？'王曰：'必不得宋，又且为不义，曷为攻之！'墨子曰：'臣见大王之必伤义而不得宋。'王曰：'公输，天下之巧士，作云梯之械设以攻宋，曷为弗取！'墨子曰：'令公输设攻，臣请守之。'於是公输般设攻宋之械，墨子设守宋之备，九攻而墨子九却之，弗能入。于是乃偃兵，辍不攻宋。"④

《太平御览》卷六九六引《淮南子》曰："楚欲攻宋。墨子闻之，自鲁趋而往，十日十夜，足重茧而不休息，裂裳而裹之，至于郢，见楚王。"⑤

《太平御览》卷七五二引《淮南子》曰："昔者楚欲攻宋，墨子闻而悼

---

① 缪文远. 战国策新校注 [M]. 成都：巴蜀书社，1987：1126-1128.

② 萧统编，李善注. 文选 [M]. 上海：上海古籍出版社，1986：1842.

③ 李昉等. 太平御览 [M]. 北京：中华书局，1960：1504-1505.

④ 刘文典. 淮南鸿烈集解 [M]. 北京：中华书局，1989：635-636.

⑤ 李昉等. 太平御览 [M]. 北京：中华书局，1960：3106.

之，自鲁趋而往，十日十夜而不休息，裂衣裳裹足，至於郢，见楚王，曰：'臣闻大王举兵将攻宋，计必得宋，而后罢之乎？忘其苦众劳民，顿兵剉锐，天下以不义之名，而不得咫尺之地，犹且攻之乎？'王曰：'必不得宋，又且为不义，曷为攻之？'墨子曰：'臣见大王之必伤义而不得宋！'王曰：'公输子，天下之巧士，作为云梯，设以攻宋，曷为弗取？'墨子曰：'今公输设攻宋之械，墨子设守之备，公输九攻，而墨子九拒之，终弗能入。'於是乃偃兵，辍不攻宋。"①

刘《注》所引《墨子》在其他古文献中亦有引用：

《后汉书·光武帝纪》"遂围之数十重，列营白数，云车十余丈"，李贤《注》有："犹《墨子》云：公输般为云梯之械。"②

《文选》何晏《景福殿赋》："公输荒其规矩，匠石不知其所斫。"李善《注》引《墨子》曰："公输般为云梯。"③

《文选》王褒《洞箫赋》："於是般匠施巧，夔妃准法。"李善《注》引《墨子》曰："公输为云梯。"④

《文选》马融《长笛赋》："於是乃使鲁般宋翟，构云梯，抗浮柱。"李善《注》引《墨子》曰："公输般为云梯，垂成，大山四起，所谓善攻具也，必取宋。於是墨子见公输般而止之。"⑤

《文选》郭璞《游仙诗》："灵谿可潜盘，安事登云梯。"李善《注》引《墨子》曰："公输般为云梯，必取宋。"⑥

《文选》司马彪《赠山涛》："班匠不我顾，牙旷不我录。"李善《注》引《墨子》曰："公输般为云梯。"⑦

《文选》张协《七命》"於是构云梯，陟峥嵘"，李善《注》引《墨子》曰："公输般为云梯，必取宋。"⑧

---

① 李昉等. 太平御览 [M]. 北京：中华书局，1960：3339.
② 王先谦. 后汉书集解 [M]. 北京：中华书局，1984：39.
③ 萧统编，李善注. 文选 [M]. 上海：上海古籍出版社，1986：536.
④ 萧统编，李善注. 文选 [M]. 上海：上海古籍出版社，1986：784.
⑤ 萧统编，李善注. 文选 [M]. 上海：上海古籍出版社，1986：811.
⑥ 萧统编，李善注. 文选 [M]. 上海：上海古籍出版社，1986：1019.
⑦ 萧统编，李善注. 文选 [M]. 上海：上海古籍出版社，1986：1131.
⑧ 萧统编，李善注. 文选 [M]. 上海：上海古籍出版社，1986：1598.

《文选》陈琳《为曹洪与魏文帝书》："且夫墨子之守，萦带为垣，高不可登；折箸为械，坚不可入。"李善《注》引《墨子》曰："公输为云梯，必取宋。於是见公输，九设攻城之机变，墨子九距之。公输般之攻城械尽，子墨子之守圉有馀。公输般出而曰：吾知所以距子矣，吾不言。子墨子亦曰：吾知子之所以距我者，吾不言之。王问其故，子墨子曰：公输子之意，不过欲杀臣。杀臣，宋莫能守，乃可攻也。然臣之弟子禽滑釐三百人，已持守圉之器在宋城上，而待楚寇矣。虽杀臣，不能绝也。楚王曰：善，吾请无攻也。"①

《文选》陆机《辩亡论》"非有工输云梯之械，智伯灌激之害"，李善《注》引《墨子》曰："公输班为云梯，必取宋。"②

《文选》刘孝标《广绝交论》"是以耿介之士，疾其若斯，裂裳裹足"，李善《注》引《墨子》曰："公输欲以楚攻宋，墨子闻之，自鲁往，裂裳裹足，十日至郢。"③

《太平御览》卷三三六引《墨子》曰："墨子自齐至郢见楚王。楚王曰：'公输般为我云梯取宋矣。'墨子乃见公输般，解带为城，以牒为械。公输九设攻城之具机变，墨子九拒之。械尽，墨子御有馀。公输屈曰：'吾知拒子矣。'"④

《文学》条 26《注》所引《墨子》与今本（校注本）对应处的差异是：

刘《注》作"公输般为高云（沈校本刘《注》无"云"字，杨勇认为"云"字当有）梯"，校注本《墨子》作"公输般为楚造云梯之械成"，《校注》言："'般'，诸本作'盘'。宝历本作'般'，今从之，下并同。盘从般声，字亦得通用。毕云：'《史记·孟子荀卿传集解》，《后汉书·光武帝纪》、《张衡传》注，《文选·景福殿赋》、《长笛赋》、《七命》、郭景纯《游仙诗》、司马绍统《赠山涛诗》注，皆引作"般"。《广韵·东部》引作"班"。'孙云：'《世说·文学》篇刘注引作"般"。《战国策·宋策》、《吕

---

① 萧统编，李善注. 文选［M］. 上海：上海古籍出版社，1986：1882.
② 萧统编，李善注. 文选［M］. 上海：上海古籍出版社，1986：2318.
③ 萧统编，李善注. 文选［M］. 上海：上海古籍出版社，1986：2380.
④ 李昉等. 太平御览［M］. 北京：中华书局，1960：1544.

氏春秋·爱类》篇、葛洪《神仙传》同。《吕览》高注云："公输，鲁般之号。在楚为楚王设攻宋之具也。'"案：宋本、蜀本《御览》三百三十六引作'般'。明钞本《北堂书钞》凡三引，一百十九及一百二十六引作'般'，一百十八引作'公输送设九攻之法，欲攻'，'送'当为误字。"①孙诒让《墨子间诂》即作"公输盘"。《文选》李善《注》引《墨子》六作"公输般为云梯"、二作"公输为云梯"。《后汉书》李贤《注》引《墨子》作"公输般为云梯之械"。《文选》李善《注》引《战国策》作"公输般为楚设机械"。《御览》卷三二七引《尸子》作"公输般为蒙天之阶，阶成"。《吕氏春秋》作"公输般为高云梯"。可见，刘《注》引《墨子》作"公输般为高云梯"与今本《吕氏春秋》完全相同。即便今本《墨子》作"公输般（般，他本亦有作盤者）为楚造云梯之械成"为原本《墨子》的面貌，刘《注》改作"公输般为高云梯"也是有据可依。

刘《注》作"欲以攻宋"，校注本《墨子》作"将以攻宋"。《文选》李善《注》引《墨子》五作"必取宋"，《战国策》、《文选》李善《注》引《战国策》并作"将以攻宋"，《御览》卷三二七引《尸子》作"将以攻宋"，《吕氏春秋》作"欲以攻宋"。可见，只有《吕氏春秋》作"欲以攻宋"与刘《注》引《墨子》同。《玉篇·寸部》云："将，欲也。"②故刘《注》引作"欲"，从语言学上亦可找到支撑。

刘《注》作"墨子闻之"，校注本《墨子》作"子墨子闻之"。《淮南子》、《太平御览》卷七五二引《淮南子》并作"墨子闻而悼之"。《吕氏春秋》、《太平御览》卷六九六引《淮南子》、《文选》刘孝标《广绝交论》李善《注》引《墨子》、《战国策》、《文选》任彦昇《百辟劝进今上笺》李善《注》引《战国策》、《太平御览》卷三二七引《尸子》并作"墨子闻之"。校注本《墨子》，"墨子"前之"子"当是敬称。

刘《注》作"自鲁往，裂裳裹足，日夜不休，十日十夜而至于郢。"校注本《墨子》作"起于齐行十日十夜，而至于郢"。《校注》云："毕云：《吕氏春秋·爱类》篇云'自鲁往'，是。案：'起于'下当脱'鲁'字。《文选·广绝交论》注、《世说新语·文学》篇注及《吕氏春秋·爱类》

① 吴毓江. 墨子校注［M］. 北京：中华书局，1993：765.
② 宋本玉篇［M］. 北京：北京市中国书店，1983：525.

篇、《淮南子·修务训》文可证。'鲁'字绝句，'齐'字属下读。《尔雅·释诂》曰：'齐，疾也。'《史记·五帝纪集解》云：'齐，速也。'齐行即疾行，校书者不达'齐'字之义，误以为齐国之'齐'，见'起于鲁齐'词复，遂妄删去'鲁'字耳。毕以后注《墨》诸家，颇能旁参博引，校订本书，惜皆误读'齐'字绝句，而疑'齐'为'鲁'字之误，不知此'齐'字实非误字也。宋本、蜀本《御览》三百三十六引作'自齐至郢'，则知'鲁'字之脱尚在宋以前。"① 今查：《文选·广绝交论》李善《注》作"自鲁往"与刘《注》同，《淮南子·修务训》作"自鲁趋而往"与刘《注》近。我们同意《校注》的观点，则刘《注》所引《墨子》作"自鲁往"，为今本《墨子》文献上某些问题的解决提供了依据。《校注》又引诸家观点："毕云：《文选·广绝交论》注引云：'公输般欲以楚攻宋，墨子闻之，自鲁往，裂裳裹足，十日至郢'。王云：《世说新语·文学篇注》引此作：'墨子闻之，自鲁往，裂裳裹足，日夜不休，十日十夜而至于郢'，《文选》注所引从略，然亦有'自鲁往，裂裳裹足'七字。《吕氏春秋·爱类》篇曰：'墨子闻之，自鲁往，裂裳裹足，日夜不休，十日十夜而至于郢'，正与《世说新语》注所引同，则其为《墨子》原文无疑。《淮南·修务》篇曰：'墨子闻而悼之，自鲁趋而往，十日十夜，足重茧而不休息，裂裳裹足至于郢'，文亦小异而大同。今本'自鲁往'作'起于齐'，又无'裂裳裹足日夜不休'八字，盖后人删改之也。孙云：《神仙传》云：'墨子闻之，往诣楚，脚坏，裂裳裹足，七日七夜到，见公输般而说之'，与诸书所云又小异。"《校注》对这些人的观点并未赞同，认为只是"同叙一事而措辞各异"。② 我们不想参与到今本《墨子》是否被后人删改的问题中来，我们想要强调的是刘《注》所引《墨子》在此处的内容上与今本《墨子》不同，而与他书所引《墨子》或他书所记该事相同或相近，尤其是与《吕氏春秋》所记完全相同。在墨子救宋这件事的记载上，在上面涉及到的文献中，只有今本《墨子》无"裂裳裹足"四字而其他文献均有，尤其是《世说》刘《注》引《墨子》和《文选》李善《注》引《墨子》亦有此四字，这不能不让我们对今本《墨子》此处是否为原文问题产生怀

---

① 吴毓江. 墨子校注［M］. 北京：中华书局，1993：766-767.

② 吴毓江. 墨子校注［M］. 北京：中华书局，1993：767.

疑，刘《注》也为这种怀疑不是凭空产生提供了支撑。

刘《注》"见楚王曰：'闻大王将攻宋，有之乎？'王曰：'然！'"一段内容不见于校注本《墨子》，亦不见于《战国策》、《淮南子》、《御览》所引《尸子》。但在《吕氏春秋·爱类篇》中有"见荆王曰：'臣北方之鄙人也，闻大王将攻宋，信有之乎？'王曰：'然。'"刘《注》所引《墨子》与《吕氏春秋》所载内容接近。

刘《注》"请令公输般设攻宋之具，臣请试守之。"一段内容校注本《墨子》无。《吕氏春秋》有"请令公输般试攻之，臣请试守之。"《淮南子·修务训》有"令公输设攻，臣请试守。"刘《注》与《吕氏春秋》近。

刘《注》作"于是公输般设攻宋之计"，校注本《墨子》作"公输般九设攻城之机变"。《校注》："毕云：《太平御览》'城'一作'宋'。'之'下《御览》引有'具'字。案：《御览》引《淮南子》文'城'作'宋'，毕注误引。"①《吕氏春秋》作"於是公输般设攻宋之械"，《淮南子》与《吕氏春秋》同。只是刘《注》作"计"而《吕氏春秋》、《淮南子》作"械"。

刘《注》作"墨子萦带守之"，校注本《墨子》作"子墨子解带为城，以牒（《御览》引《墨子》作裸）为械"。《校注》引"毕云"一段内容，其中引有陈孔璋《为曹洪与文帝书》云："墨子之守，萦带为垣，折箸为械。"②《吕氏春秋》、《淮南子》皆作"墨子设守宋之备"。

刘《注》"输九攻之"不见于校注本《墨子》，然校注本《墨子》有"公输般九设攻城之机变"。刘《注》"于是公输般设攻宋之计"和"输九攻之"概均脱胎于"公输般九设攻城之机变"一语。《吕氏春秋·爱类篇》作"公输般九攻之"。《淮南子·修务训》作"九攻"。

刘《注》作"而墨子九却之"，校注本《墨子》作"子墨子九拒之"。《吕氏春秋·爱类篇》作"墨子九却之"，《淮南子·修务训》作"而墨子九却之"。

刘《注》作"不能入，遂辍兵"，校注本《墨子》作"楚王曰：'善哉。吾请无攻宋矣。'"《吕氏春秋·爱类篇》作"不能入。故荆辍不攻

---

① 吴毓江. 墨子校注 [M]. 北京：中华书局，1993：773.

② 吴毓江. 墨子校注 [M]. 北京：中华书局，1993：772.

宋。"《淮南子·修务训》作"弗能入。于是乃偃兵,辍不攻宋。"

从上面的比较来看,刘《注》所引《墨子》此段文字,与今本《墨子》有很多差异,却与今本《吕氏春秋》所记多有相同或相近之处,刘《注》所引《墨子》也成为了研究者据以判断今本《墨子》当有删改的一个依据。关于墨子为阻楚攻宋事,《尸子》、《吕氏春秋》、《战国策》、《淮南子》等古籍中均有记载,然刘孝标作《注》唯称引自《墨子》,概因此处讲墨子事,当以墨家经典《墨子》为宗,故称引自《墨子》。

第五节　子部杂家类引书考

十九、《吕氏春秋》

《言语》条 15 等 3 处刘《注》均引作"《吕氏春秋》"。

考证:今存,但有佚文。关于《吕氏春秋》佚文的辑佚情况可以参看《古佚书辑本目录》的介绍和考证。[①] 马端临《文献通考·经籍考》引晁公武、高似孙二人观点考证了《吕氏春秋》的成书,又引陈振孙的观点交待了其中的十二记就是今《礼记》中的《月令》。[②] 关于《吕氏春秋》的著录和篇目情况可以参看沈家本《古书目三种》。[③]《先秦两汉文学史料学》对吕不韦其人、成书时间、写作意图、书的内容、价值和意义、注本以及现在的通行本等进行了介绍。[④]《四库全书总目》卷一一七《子部·杂家类》著录有《吕氏春秋》二十六卷,并对撰者、篇目、内容以及高诱《注》进行了考证。[⑤]

(一)《言语》条 15《注》引《吕氏春秋》曰:"黄帝使伶伦自大夏之西、崑崙之阴,取竹之嶰谷生,其窍厚薄均者,断两节,閒而吹之,以为黄钟之管。制十二笛,以听凤凰之鸣。雄鸣六,雌鸣六,以为律吕。"

① 孙启治,陈建华. 古佚书辑本目录 [M]. 北京:中华书局,1997:217.

② 马端临. 文献通考·经籍考 [M]. 上海:华东师范大学出版社,1985:937-938.

③ 沈家本. 古书目三种 [M]. (卷二《第一编三国志注所引书目二·子部》)北京:中华书局,1963.

④ 曹道衡,刘跃进. 先秦两汉文学史料学 [M]. 北京:中华书局,2005:277-283.

⑤ 永瑢等. 四库全书总目 [M]. 北京:中华书局,1965:1008-1009.

余嘉锡言："注'雌鸣六'，'鸣'，景宋本及沈本俱作'亦'。"① 徐震堮言："雌鸣六，影宋本及沈校本并作'雌亦六'。案《吕氏春秋·古乐》：'雄鸣为六，雌鸣亦为六。'"② 杨勇言："黄《批》：'《吕览·古乐篇》作"取竹於嶰溪之谷，以生空窍厚均者"，薄字衍，下管，应作宫。'"③ 朱铸禹言："雌亦六，沈校本同，袁本'六'作'鸣'。"④

今案：《笺疏》本刘《注》"制十二笛"中之"笛"字，徐震堮、杨勇、朱铸禹所据本刘《注》均作"箫"。

今本《吕氏春秋·古乐篇》有："昔黄帝令伶伦作为律。伶伦自大夏之西，乃之阮隃之阴，取竹於嶰谿之谷，以生空窍厚钧者、断两节间、其长三寸九分而吹之，以为黄鐘之宫，吹曰'舍少'。次制十二筒，以之阮隃之下，听凤皇之鸣，以别十二律。其雄鸣为六，雌鸣亦六，以比黄鐘之宫，适合。黄鐘之宫，皆可以生之，故曰黄鐘之宫，律吕之本。"⑤

《吕氏春秋》所记黄帝令伶伦为律事也见于其他文献：

《汉书·律历志》有："黄帝使泠纶自大夏之西，昆仑之阴，取竹之解谷生，其窍厚均者，断两节间而吹之，以为黄钟之宫。制十二箫以听凤之鸣，其雄鸣为六，雌鸣亦六，比黄钟之宫，而皆可以生之，是为律本。"⑥

《风俗通·声音序》："昔皇帝使伶伦自大夏之西，崑崙之阴，取竹於嶰谷，生其窍厚均者，断两节而吹之，以为黄鐘之管。制十二箫，以听凤之鸣，其雄鸣为六，雌鸣亦为六。"⑦《校释》言："'皇'，吴本、康熙本作'黄'。'皇帝'，即黄帝。《吕氏春秋·古乐》、《说苑·修文》、《汉书·律历志》均作'黄帝'。"又"'管'，《吕氏春秋·古乐》、《说苑·修文》、《汉书·律历志》皆作'宫'。"又"'箫'，与'筒'字同。"⑧（《风俗通义校释》以元大德本为底本）

① 余嘉锡［M］. 世说新语笺疏［M］. 北京：中华书局，1983：75.
② 徐震堮. 世说新语校笺［M］. 北京：中华书局，1984：42.
③ 杨勇. 世说新语校笺［M］. 北京：中华书局，2006：66.
④ 朱铸禹. 世说新语汇校集注［M］. 上海：上海古籍出版社，2002：66.
⑤ 陈奇猷. 吕氏春秋校释［M］. 上海：学林出版社，1984：284-285.
⑥ 班固. 汉书［M］. 北京：中华书局，1962：959.
⑦ 吴树平. 风俗通义校释［M］. 天津：天津人民出版社，1980：218.
⑧ 吴树平. 风俗通义校释［M］. 天津：天津人民出版社，1980：221-222.

《说苑·修文篇》："黄帝诏泠伦作为音律。'泠',旧作'伶',卢校作'泠',下同。案:宋本、经厂本俱作'泠',今从卢校。泠伦自大夏之西,乃之崑崙之阴,卢曰:'案此文与《吕氏春秋·古乐篇》同,此"崑崙",《吕氏》作"阮隃",疑后人又用《汉书》之文改之。下多类此。'取竹於解谷,'解',旧作'嶰',卢校作'解'。案:宋本、经厂本据俱作'解',今从卢校。以生竅厚薄均者,断两节间,其长九寸,卢曰:'《吕》作"三寸九分。"'而吹之,以为黄鍾之宫,曰含少。'曰'旧作'日',卢校作'曰'。今从卢校。以崑崙之下,卢曰:'"以崑崙",《吕》作"以之阮隃"。'听凤之鸣,卢曰:'"凤"下,《吕》有"皇"字。'以别十二律。其雄鸣为六,雌鸣亦六,以比黄鍾之宫。适合黄鍾之宫,皆可生之。卢曰:'"可"下,《吕》有"以"字。'而律之本也。"[1]

《文选》马融《长笛赋》"十二毕具,黄鍾为主",李善《注》引《吕氏春秋》曰:"黄帝命伶伦为律。伶伦制十二箫,听凤鸟之鸣,以别十二律,以比黄鍾之宫。故黄鍾宫,律之本也。"(《文选考异》言:"注'伶伦制十二箫',陈云'箫'当作'箭',下同,是也。各本皆误。案:所引《仲夏纪古乐》文也,今作'筒',即'箭'字。")又引《汉书·律历志》曰:"十二,阳六为律,阴六为吕。律者,黄帝之所作也。黄帝使伶伦自大夏之西,昆仑之阳,取竹解谷生其薄厚均者,断两节间吹之,以为黄鍾之律本,气至则应。六律六吕者,述十二月之音气也。黄鍾,律吕之长,故曰为主。"[2]

《文选》王元长《三月三日曲水诗序》"追伶伦於嶰谷",李善《注》引《汉书》"黄帝使伶伦自大夏之西,崑崙之阴,取竹嶰谷,断两节间而吹之,以为黄鍾之宫。"[3]

沈约《宋书·律历上》有:"黄帝使伶伦自大夏之西,阮隃之阴,取竹之嶰谷生,其窍厚均者,断两节间而吹之,以为黄钟之宫。制十二管,以听凤鸣,以定律吕。"[4]

《晋书》有:"《传》云:'十二律,黄帝之所作也。使伶伦自大夏之

---

①　向宗鲁. 说苑校正 [M]. 北京:中华书局, 1987:499-500.

②　萧统编, 李善注. 文选 [M]. 上海:上海古籍出版社, 1986:812.

③　萧统编, 李善注. 文选 [M]. 上海:上海古籍出版社, 1986:2066.

④　沈约. 宋书 [M]. 北京:中华书局, 1974:206.

西，乃之崑崙之阴，取竹之嶰谷生，其窍厚均者，断两节间长三寸九分而吹之，以为黄钟之宫，曰含少。次制十二竹箫，写凤之鸣，雄鸣为六，雌鸣亦六，以比黄钟之宫，皆可以生之以定律吕。则律之始造，以竹为管，取其自然圆虚也。'"①

《吕氏春秋》此一内容又被他书征引：

《艺文类聚》卷五引《吕氏春秋》曰："昔黄帝命伶伦作为律，伶伦自大夏之西，乃之阮隃之阴，取竹之谿谷以生空窍厚均者，断两节间长三寸九分而吹之，以为十二筒，听凤鸣以别十二律，其雄鸣为六，雌鸣亦六，故曰黄锺之宫，律之本也。"②

《艺文类聚》卷八十九引《吕氏春秋》曰："昔黄帝命伶伦为律，伶伦自大夏之西，阮隃之阴，取竹之嶰谷，断两节间，长六寸九分而吹之，为黄锺之宫，律之本也。"③

《太平御览》卷一六引《吕氏春秋》曰："黄帝命伶伦作为律。伶伦自大夏之西，乃之阮隃之阴山，取竹於嶰谷，以生空窍厚均者，断两节间，其长三寸九分而吹之。以为十二筒，听凤鸣，以别十二律，其雄鸣为六，雌鸣亦六。故曰，黄锺之宫，律之本也。"④

《太平御览》卷五六五引《吕氏春秋》曰："黄帝诏伶伦作为音律，伶伦自大夏之西，乃之崑崙之阴，取竹於嶰谷，以生窍厚簿均者，断两节间，其长九寸而吹之，以为黄锺之宫，曰含少，次制十二管。以崑崙之下，听凤之鸣，以别十二律。其雄鸣为六，雌鸣亦六，比黄锺之宫，适合，皆可生之，而律之本也。"⑤

《太平御览》卷九六二引《吕氏春秋》曰："昔黄帝命伶伦作为律。伶伦自大夏之西，乃之沇渝之阴，取竹谿之谷，以生空窍厚钧者，断两节间，其长三寸九分而吹之。"⑥又卷九六三引《吕氏春秋》曰："昔黄帝命伶伦为律。伶伦自大夏之西、沇渝之阴，取竹之嶰谷，断两节间，长三寸

① 房玄龄等. 晋书 [M]. 北京：中华书局，1974：474.
② 欧阳询. 艺文类聚 [M]. 上海：上海古籍出版社，1965：95.
③ 欧阳询. 艺文类聚 [M]. 上海：上海古籍出版社，1965：1551.
④ 李昉等. 太平御览 [M]. 北京：中华书局，1960：79.
⑤ 李昉等. 太平御览 [M]. 北京：中华书局，1960：2554.
⑥ 李昉等. 太平御览 [M]. 北京：中华书局，1960：4270.

九分而吹之，以为黄锺之宫，律之本也。"①

刘《注》所引与今本《吕氏春秋》的异同是：

1. 刘《注》作"黄帝使伶伦自大夏之西、崑崙之阴"，今本《吕氏春秋》作"昔黄帝令伶伦作为律。伶伦自大夏之西，乃之阮隃之阴"。《汉书·律历志》作"黄帝使泠纶自大夏之西，昆仑之阴"。《风俗通·声音序》作"昔皇帝使伶伦自大夏之西，崑崙之阴"。《说苑·修文篇》作"黄帝诏泠（向宗鲁《校证》言旧作伶，据卢校改为泠，宋本、经厂本作泠，下同）伦作为音律。伶伦自大夏之西，乃之崑崙之阴"。沈约《宋书》作"黄帝使伶伦自大夏之西，阮隃之阴"。《文选》卷四十六李善《注》引《汉书》作"黄帝使伶伦自大夏之西，崑崙之阴"。《文选》卷十八李善《注》引《汉书》作"黄帝使伶伦自大夏之西，昆仑之阳"（"阳"当为"阴"之误）。《类聚》卷五引《吕氏春秋》作"昔黄帝命伶倫作为律，伶倫自大夏之西，乃之阮隃之阴"，《类聚》卷八十九引《吕氏春秋》作"昔黄帝命伶倫为律，伶倫自大夏之西，阮隃之阴"。《太平御览》卷一六引《吕氏春秋》作"黄帝命伶伦作为律。伶伦自大夏之西，乃之阮隃之阴山"。《太平御览》卷五六五引《吕氏春秋》作"黄帝诏伶伦作为音律，伶伦自大夏之西，乃之崑崙之阴"。《太平御览》卷九六二引《吕氏春秋》作"昔黄帝命伶伦作为律。伶伦自大夏之西，乃之沅渝之阴"。《太平御览》卷九六三引《吕氏春秋》作"昔黄帝命伶伦为律，伶伦自大夏之西，乃之沅渝之阴"。具体来看是：

从整体句式、措辞用语来看此段内容，刘《注》所引《吕氏春秋》更与《汉书》、《风俗通》、沈约《宋书》相近，而与今本《吕氏春秋》相距较远。在整体句式上《说苑》与今本《吕览》近。

刘《注》作"黄帝"，今本《吕氏春秋》、《汉书》、沈约《宋书》、《风俗通》（吴本、康熙本）、《说苑·修文》均作"黄帝"与刘《注》同，唯元大德本《风俗通》作"皇帝"与各家异，《风俗通义校释》言"皇帝"即"黄帝"。皇、黄的关系是：《经义述闻·尔雅下·骊白驳黄白騜》："皇与黄同义，故《释鸟》曰：皇，黄鸟。《左氏春秋昭二十二年》刘子单子以王猛居於皇，杜《注》：河南巩县西南有黄亭。汉成阳灵台碑阴：守皇

屋畜夫，即黄屋。"① 《尔雅·释诂》"皇皇，美也"，郝懿行《义疏》："皇，又通作黄。"② 《左传异文释》："昭廿二年《传》次于皇，《水经·洛水注》皇引作黄。案《经》居于皇，杜《注》河南巩县西南有黄亭，是皇或作黄。《易》黄帝，《风俗通·声音》作皇帝……臧氏曰黄与皇亦古通。"③ 《庄子·至乐》"吾恐回与齐侯言尧舜黄帝之道"，陆德明《释文》："皇帝，司马本作黄帝。"④ 《吕氏春秋·贵公》"醜不若黄帝"，毕沅《新校正》："黄帝，刘本作皇帝，皇、黄古通用。"⑤ 《韩非子·十过》"昔者黄帝合鬼神於西泰山之上"，王先慎《集解》引卢文弨曰："黄，藏本、张本作皇，《文选·赭白马赋注》引亦作皇，古通用。"⑥ 《春秋繁露·三代改制质文》"直首天黄号"，凌曙《注》："官本桉黄，他本作皇。"⑦

刘《注》作"使"，今本《吕氏春秋》作"令"。《汉书》、沈约《宋书》、《风俗通》、《文选》李善《注》引《汉书》并作"使"与刘《注》同。《类聚》引《吕氏春秋》、《文选》李善《注》引《吕氏春秋》并作"命"。《太平御览》引《吕氏春秋》三处作"命"、一处作"诏"。《说苑·修文篇》作"诏"。使、令、命、诏四者的关系是：《广韵·止韵》云："使，令也。"⑧ 《逸周书·度邑》"予有使汝"，朱右曾《集训校释》："使，犹命也。"⑨ 《玉篇·人部》："使，令也。"⑩ 《汉书·东方朔传》："令者，命也。"⑪ 《左传·僖公九年》"令不及鲁"，陆德明《释文》："令，本又作命。"⑫ 《周礼·夏官·职方氏》"帅其属而巡戒令"，孙诒让《正义》：

① 王引之. 经义述闻（五）［M］. 上海：商务印书馆，中华民国二十六年二月再版. 1130.
② 郝懿行. 尔雅义疏［M］. 上海：上海古籍出版社，1983：116.
③ 李富孙. 左传异文释［M］. 清经解续编（第二册）. 上海：上海书店，1998：1453.
④ 郭庆藩. 庄子集释［M］. 北京：中华书局，2004：621.
⑤ 高诱注. 吕氏春秋［M］. 上海：上海书店，1986：9.
⑥ 王先慎. 韩非子集解［M］. 北京：中华书局，1998：65.
⑦ 董仲舒撰，凌曙注. 春秋繁露［M］. 北京：中华书局，1975：249.
⑧ 宋本玉篇［M］. 北京：北京市中国书店，1983：232.
⑨ 朱右曾. 逸周书集训校释［M］. 上海：商务印书馆，中华民国二十九年七月初版. 71.
⑩ 宋本玉篇［M］. 北京：北京市中国书店，1983：51.
⑪ 班固. 汉书［M］. 北京：中华书局，1962：2844.
⑫ 阮元校刻. 春秋左传正义［M］. 十三经注疏. 北京：中华书局，1980：1801.

"《周书》令作命，义同。"① 《吕氏春秋·季冬》"令宰历卿大夫至于庶民土田之数"，毕沅《新校正》："令，《月令》作命。"② 《楚辞·远游》"令海若舞冯夷"，王逸《注》："令，一作命。"③ 《吕氏春秋·孟夏》"命太尉"，高诱《注》："命，使。"④ 《吕氏春秋·孟春》"命田舍东郊"，高诱《注》："命，令也。"⑤ 《管子·形势》"衔命者君之尊也"，俞樾云："衔命，《形势解》作衔令。"⑥ 《文选》曹冏《六代论》"下推恩之命"，下《注》："五臣本命作令。"⑦ 《中说·周公》"曰诏"，阮逸《注》："诏，令也。秦改令为诏，汉因之。"⑧ 使、令、命、诏四者有义同之时，虽然各家用词不同，但表达的意思是一致的。

刘《注》作"伶伦"，今本《吕氏春秋》亦作"伶伦"。《风俗通》、沈约《宋书》、《文选》李善《注》引《吕氏春秋》、《文选》李善《注》引《汉书》、《类聚》引《吕氏春秋》、《太平御览》引《吕氏春秋》并作"伶伦"。今本《汉书》作"泠纶"。《吕氏春秋校释》"毕沅曰：《说苑·修文篇》作泠倫，《古今人表》作泠沦。"⑨ 毕沅所据《说苑》作"泠"与向宗鲁所言宋本、经厂本《说苑》同。伶伦（泠沦、泠纶、伶沦）实际上是一个连绵词，其含义的表达当主要借助于声音，和字形并无太大的关系。《释名·释水》"沦，伦也"，王先谦《疏证补》引王启原曰："《吕氏春秋·古乐篇》伶伦氏，《汉书·人表》作泠沦。"⑩ 《经籍纂诂·真韵》："《吕览·古乐》伶伦氏，《汉书·律历志》作伶纶氏。"⑪ 所以，分析伶伦、泠沦、泠纶、伶沦的不同，不应该局限在字形上。如果认识到"伶伦"是一个连绵词，那么对其在不同文献中的不同使用形式也就释然了。

---

① 孙诒让. 周礼正义 [M]. 北京：中华书局，1987：2692.
② 高诱注. 吕氏春秋 [M]. 上海：上海书店，1986：115.
③ 洪兴祖. 楚辞补注 [M]. 北京：中华书局，1983：173.
④ 高诱注. 吕氏春秋 [M]. 上海：上海书店，1986：35.
⑤ 高诱注. 吕氏春秋 [M]. 上海：上海书店，1986：2.
⑥ 郭沫若，闻一多，许维遹. 管子集校 [M]. 北京：科学出版社，1956：18.
⑦ 四部丛刊初编集部. 六臣註文选 [M]. 上海商务印书馆缩印宋刊本. 973.
⑧ 王通. 文中子中说 [M]. 上海：上海古籍出版社，1989：20.
⑨ 陈奇猷. 吕氏春秋校释 [M]. 上海：学林出版社，1984：291.
⑩ 王先谦. 释名疏证补 [M]. 上海：上海古籍出版社，1984：66.
⑪ 阮元等. 经籍纂诂 [M]. 北京：中华书局，1982：351.

刘《注》作"崑崙"，今本《吕氏春秋》作"阮隃"。《汉书》、《风俗通》、《说苑》均作"崑崙"与刘《注》同。沈约《宋书》作"阮隃"与今本《吕览》同。《文选》李善《注》引《汉书》作"昆仑"。《类聚》引《吕氏春秋》作"阮隃"。《太平御览》卷九六二、九六三引《吕氏春秋》作"沇渝"，卷十六引《吕氏春秋》作"阮隃"，《太平御览》卷五六五引《吕氏春秋》作"崑崙"。陈奇猷《吕氏春秋校释》言："毕沅曰：'阮隃'，《汉书·律志》作'昆侖'，《说苑·修文篇》、《风俗通·音声篇》、《左氏·成九年正义》皆作'崐崙'，《世说·言语篇》引《吕》亦同。王念孙曰：'崐崙'或作'陒隃'，因譌为'阮隃'。俞樾曰：'阮隃'本作'阮陒'。阮读若昆，《说文系传》阜部'阮，代郡五阮关也，从阜，元声，读若昆'，是其证也。'阮'字读与昆同，故即可借为'昆'。'陒'者，'侖'之借字。'阮陒'即昆侖也。因'陒'误作'隃'，而读者又不知阮与昆古音相近，故莫得其旨。许维通曰：案毕、王说是。《御览》五百六十五引亦作'崑崙'，《晋书·律历志》同。至《宋书·律志》、《路史·黄帝纪》始误为'阮隃'。又案：毕校引《世说》原作《德行篇》，误，今改正。奇猷案：俞氏此说甚精。凡是地名，尤其是中原以外之地名，古皆用谐声字。元、昆既是同音，故'元侖'与'昆侖'同。偏旁'山'与'阜'同义，故'阮陒'与'崐崙'亦同。后人多见'崐崙'，少见'阮陒'，因改作'崐崙'，此则'陒'形误为'隃'，《宋书》、《路史》乃从未改之本耳。《御览》五百六十五作'崑崙'，但九百六十二及九百六十三两引又作'沇渝'，可知五百六十五之作'崑崙'，乃臆改也。许氏不明古韵，反以俞说为非，失之。"① 若如陈奇猷说，则刘孝标《世说注》引《吕氏春秋》作"崑崙"亦当是以臆改之，然《汉书》、《风俗通》、《说苑》均作"崑崙"，看来此"臆改"非刘孝标之首创，其来久矣。若如毕、王说，则刘《注》引作"崑崙"正可证今本《吕览》作"阮隃"之误。

刘《注》作"之阴"，今本《吕氏春秋》亦作"之阴"。《汉书》、《说苑》、《风俗通》、沈约《宋书》、《文选》卷四十六李善《注》引《汉书》、《太平御览》卷五六五引《吕氏春秋》、《太平御览》卷九六二引《吕氏春秋》、《太平御览》卷九六三引《吕氏春秋》、《类聚》引《吕氏春秋》均作

---

①　陈奇猷. 吕氏春秋校释［M］. 上海：学林出版社，1984：291-292.

"之阴"。然《文选》卷十八李善《注》引《汉书》作"之阳",《太平御览》卷一六引《吕氏春秋》作"之阴山"。

2. 刘《注》作"取竹之嶰谷生,其窍厚薄均者",今本《吕氏春秋》作"取竹於嶰谿之谷,以生空窾厚均者"。《汉书》作"取竹之解谷,生其窍厚均者"。《说苑》作"取竹於解(向宗鲁《校证》言旧作嶰,据卢校改为解,宋本、经厂本作解)谷,以生窾厚薄均者"。《风俗通》作"取竹於嶰谷,生其窾厚均者"。沈约《宋书》作"取竹之嶰谷生,其窍厚均者"。《文选》卷十八李善《注》引《汉书》作"取竹解谷生其薄厚均者"。《文选》卷四十六李善《注》引《汉书》作"取竹嶰谷"。《太平御览》卷一六引《吕氏春秋》作"取竹於嶰谷,以生空窍厚均者"。《太平御览》卷五六五引《吕氏春秋》作"取竹於嶰谷,以生窍厚薄均者"。《太平御览》卷九六二引《吕氏春秋》作"取竹谿之谷,以生空窍厚钧者"。《太平御览》卷九六三引《吕氏春秋》作"取竹之嶰谷"。《类聚》卷五引《吕氏春秋》作"取竹之谿谷以生空窾厚均者",《类聚》卷八十九引《吕氏春秋》作"取竹之嶰谷"。《吕氏春秋校释》言:"高《注》:竹生谿谷者,取其厚钧,断两节间,以为律管。毕沅曰:《汉志》作'取竹之解谷,生其窾厚均者',《说苑》、《风俗通》亦同。《世说注》'厚'上增'薄'字,赘。王念孙曰:毕说非。《太平御览·乐部》三引此作'以生窾厚薄均者',《说苑·修文篇》正作'厚薄'。孙蜀丞先生曰:'取竹於嶰谿之谷',本作'取竹之谿谷'。之犹於也。取竹之谿谷者,即取竹於谿谷也。注'以为律管'下本有旧校语'谿或作嶰'四字,而今本脱之。盖因一本作'谿',一本作'嶰',校者不审,误合为一,又不解'之'字之义,故改为'取竹於嶰谿之谷'。正文既误,不得不删'谿或作嶰'四字以就"之,甚矣其妄也。'嶰谷'本有二说。《汉书·律历志》作'解谷',注:'孟康曰:"解,脱也。谷,竹溝也。取竹之脱无溝节者也";一说昆侖之北谷名也,晋灼曰"谷名"是也'。《尔雅·释山》'小山别,大山鲜',《文选·吴都赋》及《长笛赋》注引'鲜'并作'嶰',郭注'不相连',《玉篇》山部'嶰'字注'山不相连也',左太冲《吴都赋》'嶰谷弗能连',刘渊林注:'嶰谷,崑嶜北谷也',是'嶰谷'之说,惟孟康为异耳。此作'谿谷'者,谿、嶰声近。若作'嶰谿之谷',则不可解矣。《说苑·修文篇》、《风俗通·音声篇》并作'取竹於嶰谷',是古书说此事者,未有以'嶰''谿'连用者。且高《注》'竹生嶰谷者'云云，但言'嶰'而不言'巂'，是正文无'巂'字明矣。浅人虽去'嶰或作巂'四字，终难掩其迹也。《世说新语·言语篇注》、《艺文类聚》五又八十九、《太平御览》九百六十三并引作'取竹之巂谷'，《北堂书钞》一百十二引作'取竹於磐谷'（磐即嶰字之误），《御览》十六引作'取竹於嶰谷'，又九百六十二引作'取竹嶰之谷'，又引注末有'嶰或作巂'四字，《事类赋》二十四引作'取竹嶰谷'，引注亦有'溪（当作嶰）或作巂'四字，各自不同。'嶰'作'巂'者，据别本也。'之'作'於'者，引书者所改。无'之'字并无'於'字者，蓋节引也。《御览》九百六十二所引最塙，惟'之嶰谷'倒作'嶰之谷'耳。所引虽间有参差，然未有'巂''嶰'连用，而'之''於'二字亦不并见於句中，则《吕氏》原文不作'取竹於巂嶰之谷'，益显明矣。蒋维乔等曰：孙疑此文本作'取竹之嶰谷'，下有校语'嶰或作巂'，其说近是。惟孙氏所推定者乃今本之旧，尚非本真。此篇宋时传本已两歧。疑一本作'取竹之巂谷'，即《御览》九百六十三及十六、五百六十五之所本，此为本真，故《类聚》及《世说注》所引皆同。一本则'巂'涉《注》而譌'嶰'，又'之'字错於'嶰'下，作'取竹嶰之谷'，后校者复据真本注'嶰或作巂'於下，即《御览》九百六十二及《事类赋》所本，而今本亦由此出。古书谓伶伦取竹处皆作'解谷'，'解''巂'声通，《说苑·修文篇》亦作'巂谷'，无作'嶰谷'者，孙氏谓正文本无'巂'字，非是。高诱以'嶰谷'释'巂谷'耳。'巂'本亦作'嶲'。嶲，《说文》云'水衡官谷也，一曰小嶰'；《广雅》亦云'巂，嶰谷也'；皆其例。奇猷案：此文似不误。巂嶰乃此山谷之名。因与上文'大夏之西''阮隃之阴'相对为文，故云'巂嶰之谷'。若改为'取竹之嶰谷'或'取竹之巂谷'，反觉文句不伦。《汉书》全文云：'其《传》曰：黄帝使泠綸自大夏之西，昆仑之阴，取竹之解谷，生其窍厚均者，断两节间而吹之，以为黄鐘之宫'云云，所谓《传》即《吕氏》，引文显见是删改《吕氏》此文。既是删改，当不可尽据。尤以'取竹之解谷'一句，既改《吕氏》，而又存其'之'字，之虽可训於，究属赘字。《说苑》、《风俗通》则删去'嶰之'二字耳。诸类书所引，或援引《说苑》、《汉书》改易，或落去'巂'字，尤不可据。又案：空、孔同。孔窍无所谓厚薄，厚当训为大，《国语·鲁语》'不厚其栋，不能任重'，韦《注》：'厚，大也'，即其义。钧、均同。'以生空窍厚钧者'犹言以其生而孔窍大而且均匀者。《说苑》等书误以厚为'厚薄'之义，因增'薄'字，王氏从之，非是。《汉书》颜《注》曰：'孟康曰："竹孔与肉薄厚等也"，晋灼曰："竹生而肉孔外内厚薄自然均者"'，亦因误训厚为厚薄，而又知孔无所谓厚薄，遂添设'肉'以为说，失之。"① 关于此处刘《注》所引《吕览》与今本《吕览》的异同问题，上文《吕氏春秋校释》所引诸家观点已经进行了很多的讨论，我们不准备重复之。但是我们需要明白的一点是：刘《注》此处所引内容与今本《吕览》的差异并非刘孝标自造，这些差异都是有来源的，用陈奇猷的话来说就是"援引《说苑》、《汉书》改易"，这一点可能常常被研究刘《注》的人所忽略，如果真的以为是刘孝标自己凭空改易引文，则失之矣。

　　3. 刘《注》作"断两节，閒而吹之，以为黄鍾之管"，今本《吕氏春秋》作"断两节间、其长三寸九分而吹之，以为黄鐘之宫"。《汉书·律历志》作"断两节间而吹之，以为黄钟之宫"。《说苑·修文篇》作"断两节间，其长九寸而吹之以为黄鍾之宫"。《风俗通》作"断两节而吹之，以为黄鐘之管"。沈约《宋书》作"断两节间而吹之，以为黄钟之宫"。《文选》卷十八李善《注》引《汉书》作"断两节間吹之，以为黄鍾之律本"。《文选》卷四十六李善《注》引《汉书》作"断两节間而吹之，以为黄鍾之宫"。《艺文类聚》卷五引《吕氏春秋》作"断两节間长三寸九分而吹之，以为十二筒"。《艺文类聚》卷八十九引《吕氏春秋》作"断两节間，长六寸九分而吹之，为黄鍾之宫"。《太平御览》卷十六引《吕氏春秋》作"断两节间，其长三寸九分而吹之。以为十二筒"。《太平御览》卷五百六十五引《吕氏春秋》作"断两节间，其长九寸，而吹之，以为黄鍾之宫"。《太平御览》卷九百六十二引《吕氏春秋》作"断两节间，其长三寸九分，而吹之。"又卷九百六十三引《吕氏春秋》作"断两节间，长三寸九分，而吹之，以为黄鍾之宫"。刘《注》"而吹之"前无"其长三寸九分"六字而今本《吕氏春秋》有，毕沅曰："'其长三寸九分'，《汉志》无，《说苑》及《御览》五百六十五作'其长九寸'。"② 《风俗通》亦无"其长三寸九分"六字。刘《注》引《吕氏春秋》无此六字，概从《汉书》、《风俗通》。

---

① 陈奇猷. 吕氏春秋校释 [M]. 上海：学林出版社，1984：292-293.

② 陈奇猷. 吕氏春秋校释 [M]. 上海：学林出版社，1984：294.

又《艺文类聚》卷八十九引作"长六寸九分"与今本《吕览》及《御览》五百六十五皆不同，我们无意于具体是多长的问题，关于到底是长九寸还是长三寸九分的问题，我们可以参看陈奇猷《吕氏春秋校释》。① 刘《注》作"管"而今本《吕氏春秋》作"宫"，《汉书》、《说苑》、《文选》李善《注》引《汉书》、《艺文类聚》引《吕览》、《太平御览》引《吕览》并作"宫"与今本《吕览》同，惟《风俗通》作"管"与刘《注》同，刘《注》作"管"概从《风俗通》。《仪礼·聘礼》"管人布幕于寝门外"，郑玄《注》："古文管作官。"② 若从郑玄的观点出发，刘《注》引《吕览》作"管"即是作"官"。这样对刘《注》和今本《吕览》差异就存在着两种不同的分析：一是，刘《注》作"管（官）"实际表达的是"宫"的意义，这是因为在古文献中，存在"宫"作"官"的情况。《周礼·天官·小宰》"掌建邦之宫刑"，郑玄《注》："杜子春云宫皆当为官。"《释文》云："宫刑，郑如字，干同，杜作官。"③《谷梁传·桓公十四年》"而内之三宫"，陆德明《释文》："麇氏宫作官。"④《读书杂志·汉书第十三·何武王嘉师丹传》"行部必先即学宫见诸生"，王念孙按："正文注文之学宫，景祐本毛本皆作学官。"⑤《经籍纂诂·东韵》："《汉书·古今人表》幽王宫涅，《吕览·当染注》作官皇。"⑥ 二是，刘《注》作"管（官）"恰恰是《吕氏春秋》原本之面貌，而今本《吕氏春秋》作"宫"当为"官"之误，这也可以得到说明：《读书杂志·汉书·天文志》"中宫天极星"，王念孙按："宫，当为官。"⑦《札迻·风俗通义·怪神第九》"大夫修宫"，孙诒让按："宫，当为官。"⑧《周礼·天官·小宰》"掌建邦之宫刑"，郑玄《注》引杜子春云："宫，当为官。""黄钟之宫"之中的"宫"字亦当为"官"，若"宫"字不误，则"黄钟之宫"于义为复，因为黄钟即是"宫"的意思。

① 详见陈奇猷. 吕氏春秋校释 [M]. 上海：学林出版社，1984：293-295.
② 阮元校刻. 仪礼注疏 [M]. 十三经注疏. 北京：中华书局，1980：1046.
③ 阮元校刻. 周礼注疏 [M]. 十三经注疏. 北京：中华书局，1980：653.
④ 陆德明. 经典释文 [M]. 上海：上海古籍出版社，1984：1283.
⑤ 王念孙. 读书杂志 [M]. 北京：北京市中国书店，1985.
⑥ 阮元等. 经籍纂诂 [M]. 北京：中华书局，1982：8.
⑦ 王念孙. 读书杂志 [M]. 北京：北京市中国书店，1985.
⑧ 孙诒让. 札迻 [M]. 北京：中华书局，1989：332.

《淮南子·天文训》："黄鍾为宫，宫者，音之君也。"①《礼记·乐记》"律小大之称"，郑玄《注》："宗庙黄鍾为宫。"② 若作"黄鍾之管（官）"则不存在语义重复的问题，而且此"管（官）"正与前文取竹、断两节间、长三寸九分等语相应。当然可能以上两种分析都不对，《风俗通》作"管"只是作者以臆改之，因为文中所言确实是以竹做管，而刘《注》引《吕览》从之而改。

4. 刘《注》作"制十二笛（箇），以听凤凰之鸣"（关于"笛"字，《笺疏》本刘《注》作"笛"，而徐震堮、杨勇、朱铸禹各书均作"箇"，各家不言此处刘《注》版本有异，我们怀疑《笺疏》"笛"为"箇"之误。）今本《吕览》作"次制十二筒，以之阮隃之下，听凤皇之鸣"。《汉书》作"制十二筒以听凤之鸣"。《说苑·修文篇》作"次制十二管。（向宗鲁《说苑校证》无上五字，但赵善诒《说苑疏证》有，且二人均不言此处《说苑》版本有异）以崑崙之下听凤之鸣"。《风俗通·声音序》作"制十二箇，以听凤之鸣"。沈约《宋书》作"制十二管，以听凤鸣"。《文选》卷十八李善《注》引《吕氏春秋》作"制十二箫，听凤鸟之鸣"。《太平御览》卷五六五引《吕氏春秋》作"次制十二管。以昆仑之下，听凤之鸣"。陈奇猷《吕氏春秋校释》："毕沅曰：'筒'，《说苑》、《风俗通》、《御览》俱作'管'，李善注《文选》邱希范《侍宴诗》作'箇'，与'筒'实一字，善又别引作'箫'，误也。蒋维乔等曰：又案刘孝标注《世说新语》、李善注《文选·笙赋》及《侍宴诗》'筒'皆作'箇'，但注《长笛赋》作'箫'。疑当从《世说》注及《选注》作'箇'为是。《汉书·律历志》亦作'箇'。箇，《说文》云'断竹也'，与上云'断两节间'蓋相应。筒，《说文》云'通箫也'，是指无底之竹。'箇'字本有音义，《一切经音义》二引《三苍》郭注云：'箇，竹管也'，故高训箇为管。《长笛赋》注作'箫'，当亦'箇'字之譌。《路史黄帝纪》语本《吕氏》亦作'箇'，是其证。奇猷案：毕谓'箇'、'筒'实一字，是也。《说文》所谓'通箫'即'洞箫'，洞箫者乃断竹为箫，正是此文'筒'字之义。《一切经音义》引

---

① 刘文典. 淮南鸿烈集解 [M]. 北京：中华书局，1989：113.
② 阮元校刻. 礼记正义 [M]. 十三经注疏. 北京：中华书局，1980：1535.

《三苍》郭注谓'筒，竹管也'，蒋误。"① 若如毕沅说，则刘《注》作"箭"与今本《吕览》作"筒"无异也。又刘《注》无"之阮隃之下"五字而今本《吕览》有，《汉书》、《风俗通》、沈约《宋书》与刘《注》同，《说苑》有"崑崙之下"四字，与各家皆不同。又刘《注》作"凤凰"而今本《吕览》作"凤皇"，《汉书》、《风俗通》、沈约《宋书》、《说苑》、《太平御览》卷五六五引《吕氏春秋》均作"凤"，《文选》卷十八李善《注》引《吕氏春秋》作"凤鸟"。皇、凰二字的关系是：《经籍纂诂·阳韵补遗》："《诗·卷阿》凤凰于飞，唐石经作凤皇于飞。"② 《广韵·唐韵》"凰，本作皇。"③ 《左传·庄公二十二年》"是谓凤皇于飞"，阮元《校勘记》："监本、毛本皇作凰，俗字。"④ 《楚辞·离骚》"鸾皇为余先戒兮"，洪兴祖《补注》："皇，或作凰。"⑤ 皇、凰可互作，故刘《注》可以引作"凰"。

5. 袁本刘《注》作"雄鸣六，雌鸣六"，沈校本、影宋本刘《注》作"雄鸣六，雌亦六"，今本《吕览》作"其雄鸣为六，雌鸣亦六"，可见各本刘《注》所引《吕览》与今本《吕览》均不同。《汉书》、《说苑·修文篇》、《艺文类聚》卷五、《御览》卷一六引《吕览》、《御览》卷五六五引《吕览》引《吕览》均与今本《吕览》同。《风俗通·声音序》作"其雄鸣为六，雌鸣亦为六"较今本《吕览》多一"为"字。

6. 刘《注》作"以为律吕"，今本《吕览》作"以比黄鐘之宫，適合。黄鐘之宫，皆可以生之，故曰黄鐘之宫，律吕之本"。《汉书》作"比黄钟之宫，而皆可以生之，是为律本"。《说苑》作"以比黄鍾之宫，適合黄鍾之宫，皆可生之，而律之本也"。《艺文类聚》卷五引《吕览》作"故曰黄鍾之宫，律之本也"。《太平御览》卷一六引《吕览》作"故曰，黄锺之宫，律之本也"。《太平御览》卷五六五引《吕览》作"比黄锺之宫，适合，皆可生之，而律之本也"。陈奇猷《吕氏春秋校释》："孙蜀丞先生曰：按'律吕之本'，原文当作'律之本也'。古人言律者，分言则律谓六律，

① 陈奇猷. 吕氏春秋校释 [M]. 上海：学林出版社，1984：296.
② 阮元等. 经籍纂诂 [M]. 北京：中华书局，1982：689.
③ 宋本广韵 [M]. 北京：北京市中国书店，1982：161.
④ 阮元校刻. 春秋左传正义 [M]. 十三经注疏. 北京：中华书局，1980：1778.
⑤ 洪兴祖. 楚辞补注 [M]. 北京：中华书局，1983：28.

吕谓六吕；混言则简称为律也。阳六为律，阴六为吕。阳以包阴，故上文但言十二律也。此乃统言之，故又云律之本也（《適音篇》云'黄鐘之宫，音之本也'）。后人不达，以为黄鐘下生林鐘，上生太簇等等，故加'吕'字，斯为谬矣。《汉书·律历志》作'是谓律本'。《说苑·修文篇》作'律之本也'。《晋书·律历志》云：'吕不韦《春秋》言黄鐘之宫，律之本也'。《类聚》五又八十九、《御览》十六又九百六十三引并作'律之本也'，当据正。奇猷案：'黄鐘之宫，皆可以生之'，殊不辞。《慎子·外篇》作'黄鐘之宫，六律六吕皆可以生之'，明此脱'六律六吕'四字。'六律六吕'承上雄鸣六、雌鸣六，而下文承此则曰'律吕之本'。脱此四字则上无承下无冒矣。《汉书》、《说苑》、《类聚》、《御览》皆系删改成文（诸书删改甚多，今不具引），不可为据。且《北堂书钞》一百十二两引皆作'律吕之本'，与此同，则原文不作'律之本也'尤为明证。"① 刘《注》所引《吕览》此处虽与今本《吕览》差异很大，但作"律吕"却可以为陈奇猷先生之观点提供一佐证也。若陈观点果真正确，则刘《注》此处虽多有删改，但保有的内容恰恰反映了《吕览》的原本面貌。

（二）《言语》条 47《注》引《吕氏春秋》曰："管仲病，桓公问曰：'子如不讳，谁代子相者？竖刁何如？'管仲曰'自宫以事君，非人情，必不可用！'后果乱齐。"

徐震堮《校笺》言："案《吕氏春秋·知接》载此事，而文大异。"②

我们认为此处刘《注》所引《吕览》是今本《吕氏春秋·知接篇》和《吕氏春秋·贵公篇》中两处内容的概括和节引。

《吕氏春秋·知接篇》有："管仲有疾。桓公往问之曰：'仲父之疾病矣，将何以教寡人？'管仲曰：'齐鄙人有谚曰："居者无载，行者无埋。"今臣将有远行，胡可以问？'桓公曰：'愿仲父之无让也。'管仲对曰：'愿君之远易牙、竖刀、常之巫、卫公子启方。'公曰：'易牙烹其子以慊寡人，犹尚可疑邪？'管仲对曰：'人之情，非不爱其子也，其子之忍，又将何有於君？'公又曰：'竖刀自宫以近寡人，犹尚可疑耶？'管仲对曰：'人之情，非不爱其身也，其身之忍，又将何有於君？'公又曰：'常之巫审於

---

① 陈奇猷. 吕氏春秋校释 [M]. 上海：学林出版社，1984：296-297.
② 徐震堮. 世说新语校笺 [M]. 北京：中华书局，1984：60.

死生，能去苛病，犹尚可疑邪？'管仲对曰：'死生命也，苛病失也。君不任其命、守其本，而恃常之巫，彼将以此无不为也。'公又曰：'卫公子启方事寡人十五年矣，其父死而不敢归哭，犹尚可疑邪？'管仲对曰：'人之情，非不爱其父也，其父之忍，又将何有於君？'公曰：'诺。'管仲死，尽逐之，食不甘，宫不治，苛病起，朝不肃。居三年，公曰：'仲父不亦过乎？孰谓仲父尽之乎？'於是皆复召而反。明年，公有病，常之巫从中出曰：'公将以某日薨。'易牙、竖刀、常之巫相与作乱，塞宫门，筑高墙，不通人，矫以公令。有一妇人踰垣入，至公所。公曰：'我欲食。'妇人曰：'吾无所得。'公又曰：'我欲饮。'妇人曰：'吾无所得。'公曰：'何故？'对曰：'常之巫从中出曰："公将以某日薨。"易牙、竖刀、常之巫相与作乱，塞宫门，筑高墙，不通人，故无所得。卫公子启方以书社四十下卫。'公慨焉歎涕出曰：'嗟乎！圣人之所见，岂不远哉？若死者有知，我将何面目以见仲父乎？'蒙衣袂而绝乎寿宫。虫流出於户，上盖以杨门之扇，三月不葬。此不卒听管仲之言也。桓公非轻难而恶管子也，无由接见也。无由接，固却其忠言，而爱其所尊贵也。"① 这是言管仲病危告诫齐桓公远竖刁等四人，并分析此四人之性情，而最终齐桓公因此四人之乱而死的事。

《吕氏春秋·贵公篇》有："管仲有病，桓公往问之，曰：'仲父之病矣，渍甚，国人弗讳，寡人将谁属国？'管仲对曰：'昔者臣尽力竭智，犹未足以知之也。今病在於朝夕之中，臣奚能言？'桓公曰：'此大事也，愿仲父之教寡人也。'管仲敬诺，曰：'公谁欲相？'公曰：'鲍叔牙可乎？'管仲对曰：'不可。夷吾善鲍叔牙，鲍叔牙之为人也：清廉洁直，视不己若者，不比於人；一闻人之过，终身不忘。''勿已，则隰朋其可乎？''隰朋之为人也，上志而下求，丑不若黄帝，而哀不己若者。其於国也，有不闻也；其於物也，有不知也；其於人也，有不见也。勿已乎，则隰朋可也。'夫相，大官也。处大官者，不欲小察，不欲小智，故曰：大匠不斫，大庖不豆，大勇不斗，大兵不寇。桓公行公去私恶，用管子而为五伯长；行私阿所爱，用竖刀而虫出於户。"② 这是管仲病危，齐桓公问管仲谁可

---

① 陈奇猷. 吕氏春秋校释 [M]. 上海：学林出版社，1984：968-970.
② 陈奇猷. 吕氏春秋校释 [M]. 上海：学林出版社，1984：44-45.

代其为相的事。

同样的记载也见于《管子》及《太平御览》所引《吴王春秋》：

《管子·戒篇》有："管仲寝疾，桓公往而问之曰：'仲父之疾甚矣，若不可讳也。不幸而不起此疾，彼政我将安移之？'管仲未对。桓公曰：'鲍叔之为人何如？'管仲对曰：'鲍叔，君子也。千乘之国，不以其道予之，不受也。虽然，不可以为政。其为人也，好善而恶恶已甚。见一恶，终身不忘。'桓公曰：'然则孰可？'管仲对曰：'隰朋可。朋之为人，好上识而下问。臣闻之，以德予人者谓之仁，以财予人者谓之良。以善胜人者，未有能服人者也。以善养人者，未有不服人者也。於国有所不知政，於家有所不知事，则必朋乎！且朋之为人也，居其家不忘公门，居公门不忘其家，事君不二其心，亦不忘其身，举齐国之币，握路家五十室，其人不知也。大仁也哉！其朋乎！'公又问曰：'不幸而失仲父也，二三大夫者，其犹能以国宁乎？'管仲对曰：'君请譬已乎？鲍叔牙之为人也好直，宾胥无之为人也好善，宁戚之为人也能事，孙在之为人也善言。'公曰：'此四子者其孰能一？人之上也，寡人并而臣之，则其不以国宁，何也？'对曰：'鲍叔之为人好直，而不能以国诎；宾胥无之为人也好善，而不能以国诎；宁戚之为人，能事而不能以足息；孙在之为人，善言而不能以信默。臣闻之，消息盈虚，与百姓诎信，然后能以国宁勿已者，朋其可乎！朋之为人也，动必量力，举必量技。'言终，喟然而叹曰：'天之生朋，以为夷吾舌也。其身死，舌焉得生哉！'管仲曰：'夫江、黄之国近于楚，为臣死乎，君必归之楚而寄之。君不归，楚必私之。私之而不救也，则不可；救之，则乱自此始矣。'桓公曰：'诺。'管仲又言：'东郭有狗啀啀，旦暮欲嚣，我猳而不使也。今夫易牙，子之不爱爱，又安能爱君？君必去之。'公曰：'诺。'管子又言曰：'北郭有狗啀啀，旦暮欲嚣，我猳而不使也。今夫竖刁，其身之不爱，焉能爱君？君必去之。'公曰：'诺。'管子又言曰：'西有狗啀啀，旦暮欲嚣，我猳而不使也。今夫卫公子开方，去其千乘之太子而臣事君，是所愿也；得于君者是将欲过其千乘也。君必去之。'桓公曰：'诺。'管子遂卒。卒十月，隰朋亦卒。桓公去易牙、竖刁、卫公子开方。五味不至，于是乎复反易牙；宫中乱，复反竖刁；利言卑辞不在侧，复反卫公子开方。桓公内不量力，外不量交，而力伐四邻。公薨，六子皆求立，易牙与卫公子内与竖刁，因共杀群吏，而立公子无亏。故公死七日不敛，九月不葬，孝公奔宋，宋襄公率诸侯以伐齐，战于甗，大败齐师，杀公子无亏，立孝公而还。襄公立十三年，桓公立四十二年。"① 此处《管子》所记内容包括管仲病危桓公问何人可以代管仲为相的事以及管仲告诫桓公远竖刁（刀）等三人的事。但此段《管子》无桓公问管仲竖刁（刀）是否可以为相的事。

《管子·小称篇》有："管仲有病，桓公往问之曰：'仲父之病病矣，若不可讳而不起此病也，仲父亦将何以诏寡人？'管仲对曰：'微君之命臣也，故臣且谒之。虽然，君犹不能行也。'公曰：'仲父命寡人东，寡人东；令寡人西，寡人西。仲父之命于寡人，寡人敢不从乎？'管仲摄衣冠起对曰：'臣愿君之远易牙、竖刁、堂巫、公子开方。夫易牙以调和事公，公曰，惟烝婴儿之未尝，于是烝其首子而献之公。人情非不爱其子也，于子之不爱，将何有于公？公喜宫而妒，竖刁自刑而为公治内。人情非不爱其身也，于身之不爱，将何有于公？公子开方事公，十五年不归视其亲，齐卫之间，不容数日之行。臣闻之，务为不久，盖虚不长。其生不长者，其死必不终。'桓公曰：'善。'管仲死，已葬，公憎四子者废之官。逐堂巫而苛病起，兵逐易牙而味不至，逐竖刁而宫中乱，逐公子开方而朝不治。桓公曰：'嗟！圣人固有悖乎？'乃复四子者。处期年，四子作难，围公一室，不得出。有一妇人，遂从窦入，得至公所。公曰：'吾饥而欲食，渴而欲饮，不可得，其故何也？'妇人对曰：'易牙、竖刁、堂巫、公子开方四人分齐国，涂十日不通矣。公子开方以书社七百下卫矣。食将不得矣。'公曰：'嗟兹乎！圣人之言长乎哉！死者无知则已，若有知，吾何面目以见仲父于地下！'乃援素幭以裹首而绝。死十一日，虫出于户，乃知桓公之死也。葬以杨门之扇，桓公之所以身死十一日虫出户而不收者，以不终用贤也。"② 此段内容只记管仲临终告诫桓公远竖刁等四人，而桓公终不听，致此四人为乱而桓公终死之的事。此处亦不言桓公问竖刁是否可以为相事。

《太平御览》卷四九一引《吴王春秋》曰："管仲病，桓公问：'恶乎属国？'管仲曰：'使隰朋，可尽逐易牙、竖刁等。'管仲死，尽逐之，而

---

① 颜昌峣. 管子校释［M］. 长沙：岳麓书社，1996：238-241.
② 颜昌峣. 管子校释［M］. 长沙：岳麓书社，1996：274-275.

食不甘，官不治，朝不肃。三年，公皆召而返之。公病，常之巫从中出曰：'公将以某日薨。'易牙、竖刁相与作乱，塞宫门，筑高墙，不通人，有妇人踰垣入而至公所，公曰：'我欲食。'妇人曰：'吾无所得。'曰：'何？'对曰：'帝之巫相与作乱，塞宫门，筑高墙，不通人，故无所得。'公慨然出涕曰：'嗟乎，圣人所见，岂不远哉！死者有知，我将何面目见仲父乎？'蒙衣袂而绝乎寿宫。"①

刘《注》所引之《吕览》亦被《太平御览》引：

《太平御览》卷四四六引《吕氏春秋》曰："管仲有病，桓公往问之曰：'仲父之病病矣，将何以教寡人？'管仲对曰：'愿君之远易牙、竖刀、常之巫、卫公子启方也。'公曰：'易牙烹其子以慊寡人，犹尚可疑邪？'管仲对曰：'人之情，非不爱其子。子之忍，将何有於君？'公又曰：'竖刀自害以近寡人，犹尚可疑耶？'管仲对曰：'人之情，非不爱其身。其身之忍，又将何有於君？'公又曰：'常之巫审於死生，能去疴病，犹尚可疑耶？'管仲对曰：'死生命也，疴病本也。君不用其命、守其本而待常之巫，彼将以此无不为也。'公又曰：'卫公子启方事寡人十五年，其父死不敢归哭，犹尚可疑耶？'管仲对曰：'人之情无不爱其父，父之忍，将何有於君？'公曰：'诺。'管仲死，尽逐之。食不甘，官不治，病不起，朝不肃。居三年，公曰：'仲父不亦过乎？'复召而反之。明年，公有病，常之巫从中曰：'公将以某日薨。'易牙、竖刀相与作乱，公令卫公子启方以书社四十人卫，公慨焉叹涕曰：'管子圣人之所见，岂不远哉？若死者有知，我何面目以见仲父乎？'蒙衣袂而死，绝于寿宫。"②

《太平御览》卷六三二引《吕氏春秋》曰："管仲病，桓公往问之。曰：'仲父之病矣，如溃甚，国人弗讳，寡人将谁属国？'管仲对曰：'昔者臣尽力竭智，犹未足以知之也。今病在於朝夕之中，臣奚能言？'桓公曰：'此大事，愿仲父教之寡人也。'管仲敬诺，曰：'谁欲相？'公曰：'鲍叔牙可乎？'管仲对曰：'不可。夷吾善鲍叔牙。牙之为人也，清廉洁直，视不己若者，不比於人；一闻人之过，终身不志。''勿已，则隰朋其可乎？''隰朋之为人也，上志而下求，丑不若黄帝，而哀下己若者。其於

---

① 李昉等. 太平御览 [M]. 北京：中华书局，1960：2248.
② 李昉等. 太平御览 [M]. 北京：中华书局，1960：2053.

国也，有不闻；其於物也，有不知也；其於人也，有不见也。''勿已，则隰朋可矣。''夫相，大官也。处大官者不欲小察，不欲小智。故曰大匠不斫，大庖不豆，大虏不闻。'"①

很明显刘《注》所引《吕览》是把今本《吕览》两处所记之事放在了一起来说，刘《注》且从中提取出了与竖刁有关的内容。今本《吕览》中不见齐桓公问管仲竖刁是否可以为相的事，今本《管子》及《太平御览》所引《吴王春秋》中亦不见该事。但关于该事的记载见于其他文献：

《史记·齐太公世家》有："管仲病，桓公问曰：'群臣谁可相者？'管仲曰：'知臣莫如君。'公曰：'易牙如何？'对曰：'杀子以適君，非人情，不可。'公曰：'开方如何？'对曰：'倍亲以適君，非人情，难近。'公曰：'竖刁如何？'对曰：'自宫以適君，非人情，难亲。'管仲死，而桓公不用管仲言，卒近用三子，三子专权。"张守节《正义》引颜师古云："竖刁、易牙皆齐桓公臣。管仲有病，桓公往问之，曰：'将何以教寡人？'管仲曰：'愿君远易牙、竖刁。'公曰：'易牙烹其子以快寡人，尚可疑邪？'对曰：'人之情非不爱其子也，其子之忍，又将何爱於君！'公曰：'竖刁自宫以近寡人，犹尚疑邪？'对曰：'人之情非不爱其身也，其身之忍，又将何有於君！'公曰：'诺。'管仲遂尽逐之，而公食不甘心不怡者三年。公曰：'仲父不已过乎？'於是皆即召反。明年，公有病，易牙、竖刁相与作乱，塞宫门，筑高墙，不通人。有一妇人踰垣入至公所。公曰：'我欲食。'妇人曰：'吾无所得。'公曰：'我欲饮。'妇人曰：'吾无所得。'公曰：'何故？'曰：'易牙、竖刁相与作乱，塞宫门，筑高墙，不通人，故无所得。'公慨然叹，涕出，曰：'嗟乎，圣人所见岂不远哉！若死者有知，我将何面目见仲父乎？'蒙衣袂而死乎寿宫。蟲流於户，盖以杨门之扇，二月不葬也。"②

苏辙《栾城后集》卷七引《传》曰："管仲病且死，桓公问谁可使相者，管仲曰：'知臣莫若君。'公曰：'易牙何如？'对曰：'杀子以适君，非人情，不可。'公曰：'开方何如？'曰：'倍亲以适君，非人情，难近。'公曰："竖刁何如？'曰：'自宫以适君，非人情，难亲。'管仲死，桓公不

---

① 李昉等. 太平御览 [M]. 北京：中华书局，1960：2832-2833.
② 司马迁. 史记 [M]. 北京：中华书局，1959：1492-1493.

用其言，卒近三子，二年而祸作。"①

《太平御览》卷四五九引《荀子》曰："桓公往问管仲曰：'仲父有病，即有不幸，政将迁谁？竖刁何如？'曰：'不可。人情莫不爱其身。竖刁自宫而为君治内，身之不爱，何能爱君？'公曰：'卫公子开封何如？'管仲曰：'齐卫之间不过十日之行，开封事君，十年不归，不见父母，非人心也，父母之不亲，安能亲君？'公曰：'易牙何如？'曰：'夫易牙为君主味，君之所未尝食唯人肉，而易牙蒸首子而进之，其子不爱，焉能爱君？'公曰：'孰可？'管仲曰：'隰朋可。其为人坚中而廉外，少欲而多信。坚中足以为表，廉外可与大任，少欲则能临其众，多信则能亲邻国。此霸王之佐也，君其用之。'管仲死，桓公不用隰朋，而用竖刁。三年，桓公南遊堂邑，竖刁、易牙、卫公子开封及大臣为乱，桓公馁而死。"②

可见上述三文献均记有齐桓公直接问管仲竖刁是否可以代管仲为相事，只是存在着遣词造句的差异。可见刘《注》引《吕览》所记管仲病危、桓公问管仲竖刁是否可以代管仲为相的事并非是刘孝标的首创，尽管该事不见于今本《吕览》，但见于《史记》、《太平御览》所引《荀子》以及苏辙《栾城后集》卷七"管仲"条所引之《传》。下面我们来具体分析刘《注》所引之《吕览》：

刘《注》作"管仲病，桓公问曰"。今本《吕览·知接篇》作"管仲有疾。桓公往问之曰"，《吕览·贵公篇》作"管仲有病，桓公往问之，曰"。今本《管子·戒篇》作"管仲寝疾，桓公往而问之曰"，《管子·小称篇》作"管仲有病，桓公往问之曰"。可见今本《吕览·知接篇》与今本《管子·戒篇》相近而今本《吕览·贵公篇》与今本《管子·小称篇》相同。但均不与刘《注》所引《吕览》同。《史记·齐太公世家》作"管仲病，桓公问曰"，刘《注》与之完全相同。《太平御览》卷四四六引《吕氏春秋》作"管仲有病，桓公往问之曰"。《太平御览》卷六三二引《吕氏春秋》作"管仲病，桓公往问之。曰"。《太平御览》卷四九一引《吴王春秋》作"管仲病，桓公问"。

刘《注》作"子如不讳"。今本《吕览》中不见此四字，但《吕览·

---

① 苏辙. 栾城集 [M]. 上海：上海古籍出版社，1987：1218.

② 李昉等. 太平御览 [M]. 北京：中华书局，1960：2109.

贵公篇》有"國人弗讳"四字。《吕氏春秋校释》言："高《注》'國人弗讳'，言死生不可讳也。松皋圆曰：'國人弗讳'，当是'或有不讳'之譌。'國'，'或'字譌。'有'本作'又'，遂误为'人'。蒋维乔等曰：《御览》六三二作'如渍有弗讳'，刘义庆注《世说新语·言语类》作'子如不讳'，《庄子·徐无鬼篇》、《列子·力命篇》皆作'不可讳，云至于大病'，《管子·戒篇》及《小称篇》作'若不可讳也'。'若''如'古通。'云'亦'如'也，见《经传释词》。松皋圆谓'"國人弗讳"当是"或有不讳"之譌'，甚是。然二书皆引有'如'字，疑此本作'如渍甚有弗讳'。有，或也，与上'如'字义相应。'國'字本作'或'，盖后人旁注以释'有'者，因而错入。《史记·商君列传》云：'公叔病，有如不可讳'，文例亦畧同。奇猷案：松、蒋说未可从。"① 我们认为蒋维乔的说法是正确的，这样的用法也见于《汉书·霍光传》"后元二年春，上游五柞宫，病笃，光涕泣问曰：'如有不讳，谁当嗣者？'"② 《后汉书·桓荣传》"如有不讳，无忧家室也。"李贤《注》："不讳谓死也。死者人之常，故言不讳也。"③刘《注》作"子如不讳"可以为蒋说提供一定的支持，而且刘《注》的用法也可以在其以前的文献中找到来源，并非刘孝标凭空而造。

刘《注》作"谁代子相者"，今本《吕览·贵公篇》作"寡人将谁属国"。《管子·戒篇》作"彼政我将安移之"与刘《注》和今本《吕览》皆不同。《太平御览》卷四九一引《吴王春秋》作"恶乎属国"。《太平御览》卷六三二引《吕氏春秋》与今本《吕氏春秋》同。《史记·齐太公世家》作"群臣谁可相者"。《太平御览》卷四五九引《荀子》作"政将迁谁"。苏辙《栾城后集》卷七引《传》作"谁可使相者"。可见刘《注》所引与《史记》所记近。

刘《注》作"竖刁何如"（杨勇《校笺》作"竖刀"但不言版本异），今本《吕览》无此四字且作"竖刀"。《管子》作"竖刁"与刘《注》同。《太平御览》卷四九一引《吴王春秋》作"竖刁"与刘《注》同。《太平御览》卷四四六引《吕氏春秋》作"竖刀"与今本《吕氏春秋》同。《史记

---

① 陈奇猷. 吕氏春秋校释［M］. 上海：学林出版社，1984：49-50.

② 班固. 汉书［M］. 北京：中华书局，1962：2932.

③ 王先谦. 后汉书集解［M］. 北京：中华书局，1984：442.

·齐太公世家》作"竖刀如何"与刘《注》近。苏辙《栾城后集》卷七引《传》作"竖刁何如"与刘《注》同。《太平御览》卷四五九引《荀子》作"竖刁何如"与刘《注》同。刀、刁的关系是：《玉篇·刀部》："刀，俗作刁。"①《庄子·齐物论》"而独不见之调调，之刀刀"，郭庆藩《集释》引卢文弨曰："旧俱作刁，俗。"②《管子·戒篇》"今夫竖刁"，戴望《校正》："宋本刁作刀，刁俗字，作刀是也。"③《广韵·萧韵》："刁，俗作刀。"④《方言》卷十三"无升谓之刁斗"，钱绎《笺疏》："刁，古字作刀。"⑤可见，"竖刁"与"竖刀"同。"何如"、"如何"均是用作谓语，表示征询对方的意见或者是询问情况，因此可以说刘《注》作"竖刁何如"与《史记》作"竖刀如何"同。

刘《注》作"管仲曰'自宫以事君，非人情，必不可用！'"今本《吕览》作"公又曰：'竖刀自宫以近寡人，犹尚可疑耶？'管仲对曰：'人之情，非不爱其身也，其身之忍，又将何有於君？'"刘《注》所引管仲的话概是今本《吕览》中桓公和管仲一问一答两段话的结合和概括。《管子·戒篇》作"今夫竖刁，其身之不爱，焉能爱君？君必去之。"《管子·小称》作"竖刁自刑而为公治内。人情非不爱其身也，于身之不爱，将何有于公？"《太平御览》卷四四六引《吕氏春秋》作"公又曰：'竖刁自害以近寡人，犹尚可疑耶？'管仲对曰：'人之情，非不爱其身。其身之忍，又将何有於君？'"其中作"害"与今本《吕览》作"宫"不同，其余全同。《史记·齐太公世家》作"自宫以适君，非人情，难亲。"其中作"适"不同于刘《注》之"事"，又作"难亲"不同于刘《注》的"必不可用"，其余与刘《注》全同。苏辙《栾城后集》卷七引《传》作"自宫以适君，非人情，难亲。"与《史记》全同。《太平御览》卷四五九引《荀子》作"人情莫不爱其身。竖刁自宫而为君治内，身之不爱，何能爱君？"比较来看，刘《注》所引更与《史记》所记相近，二者使用事、适的不同，说明了此二字有时候存在义同的情况。

---

①　宋本玉篇［M］. 北京：北京市中国书店，1983：318.

②　郭庆藩. 庄子集释［M］. 北京：中华书局，2004：49.

③　郭沫若，闻一多，许维遹. 管子集校［M］. 北京：科学出版社，1956：445.

④　宋本广韵［M］. 北京：北京市中国书店，1982：124.

⑤　钱绎. 方言笺疏［M］. 上海：上海古籍出版社，1984：801.

刘《注》作"后果乱齐"。今本《吕览》中无此四字，但是对竖刀等四人的乱齐交待得很详细。看来刘《注》是概括了今本《吕览》的内容。

正如徐震堮先生所言，刘《注》所引与今本《吕览》存在着大不同。但是存在的大不同并非都是刘孝标自己的整理和改动，我们的意思是说刘孝标所引《吕览》中的一些说法是有据可循的，他是有参照的，所以他才会这么做。还有，今天我们所见《吕览》中的一些内容未必就是其原貌，刘《注》很可能是保存了原本《吕览》的一些真实情况，或者可以为某些对今本有些地方的真实性提出怀疑的人提供一定的支持。另外一个让人费解的情况是：此段《吕览》中所记故事也见于刘《注》以前的《管子》、《荀子》、《史记》等文献中，而且比较来看，刘《注》所引内容若交待为出自《史记》更让我们容易接受，但刘孝标偏偏交待是出自《吕览》，此其一；同是先秦文献，刘孝标引《吕览》却不引《管子》和《荀子》，此其二；涉及管仲的经典性文献当是《管子》，刘孝标却不引之，此其三。综合这三点，我们推测《吕氏春秋》很可能是最早记载桓公问相管仲一事的文献，这一推测可能对《吕览》、《管子》、《荀子》中某些篇章的产生时间提供帮助。按照这一推测发展下去，我们可以认为《管子·戒篇》《管子·小称篇》的产生就要晚于《吕氏春秋·知接篇》、《吕氏春秋·贵公篇》。而《太平御览》所引的这段《荀子》不见于今本《荀子》，我们可以将其定为《荀子》佚文，但是此段佚文也可能产生在《吕氏春秋·知接篇》、《吕氏春秋·贵公篇》二篇后。《先秦两汉文学史料学》引有《管子·小称篇》中的此段内容，并言"这段文字显然乃后人所记"。[①] 罗根泽《诸子考索》认为"《戒》第二十六，战国末调和儒道者作。《小称》第三十二，战国儒家作。"[②] 我们的推测可以为二家之说提供一个参照。

（三）《政事》条10《注》引《吕氏春秋》曰："甯越者，中牟鄙人也。苦耕稼之劳，谓其友曰：'何为可以免此苦也？'其友曰：'莫如学也。学三十岁，则可以达矣。'甯越曰：'请以十五岁。人将休，吾不敢休；人将卧，吾不敢卧。'学十五岁而为周威公之师也。"

徐震堮言："'人将休'四句——'吾不敢休'、'吾不敢卧'，《吕氏春

---

① 曹道衡，刘跃进. 先秦两汉文学史料学 [M]. 北京：中华书局，2005：269-270.

② 罗根泽. 诸子考索 [M]. 北京：人民出版社，1958：426.

秋·博志》作'吾将不敢休，吾将不敢卧'，毕沅校：'二"将"字疑衍。'此注可为确证。"① 杨勇言："三，宋本作'二'，非。周威公，宋本作'周成公'，非。今依《吕氏春秋》、《说苑·建本篇》改。《汉书·艺文志》儒家有甯越一篇。班固《注》：'中牟人，为周威王师。'《刘子新论·激通章》：'甯越激而修文，卒为周威王之师。'唐《批》：'二"将"字，《吕氏春秋·博志篇》无。'徐《笺》同。"② 朱铸禹言："二十岁，袁本'二'作'三'。王利器曰：'今本《吕氏春秋·搏志篇》正作"三"。'周成公，袁本作'周威公'。《笺》：高诱云：'威公，西周君。'王利器注：'各本"成"作"威"，是，《吕氏春秋》、《说苑·建本篇》都作"威"；《汉书·艺文志》，儒家有《宁越》一篇，班固注云："中牟人，为周威王师。"刘子《新论·激通章》："甯越激而脩文，卒为周威王之师。"都作"周威王"，不误。'"③

《吕氏春秋·博志篇》有："甯越，中牟之鄙人也。苦耕稼之劳，谓其友曰：'何为而可以免此苦也？'其友曰：'莫如学。学三十岁则可以达矣。'甯越曰：'请以十五岁。人将休，吾将不敢休；人将卧，吾将不敢卧。'十五岁而周威公师之。"④

该事也见于《说苑》：

《说苑·建本》："甯越，中牟鄙人也，苦耕之劳，谓其友曰：'何为而可以免此苦也？'友曰：'莫如学，学三十年则可以达矣。'甯越曰：'请十五岁，人将休，吾不敢休，（"不敢"原作"将不"，从拾补改。）人将卧，吾不敢卧。'十五岁学而周威公师之。"⑤

此段《吕氏春秋》之文也被《文选》、《太平御览》等引用：

《文选》韦昭《博弈论》"若甯越之勤"李善《注》引《吕氏春秋》曰："甯越，中牟之鄙人也。苦耕稼之劳，谓其友曰：何为而可以免此苦耕也？其友曰：莫如学。学三十岁则可达矣。甯越曰：请以十五岁。人将

① 徐震堮. 世说新语校笺［M］. 北京：中华书局，1984：96.
② 杨勇. 世说新语校笺［M］. 北京：中华书局，2006：154.
③ 朱铸禹. 世说新语汇校集注［M］. 上海：上海古籍出版社，2002：152-153.
④ 陈奇猷. 吕氏春秋校释［M］. 上海：学林出版社，1984：1619.
⑤ 赵善诒. 说苑疏证［M］. 上海：华东师范大学出版社，1985：74.

休，吾将不休；人将卧，吾将不敢卧。十五岁而周威王师之。"①

《太平御览》卷六一一引《吕氏春秋》曰："宁越，中牟之鄙人也。苦耕稼之劳，谓其友曰：'何为而可以逸此苦也？'其友曰：'莫如学。学三十年，则可以达矣。'宁越曰：'请以十五岁。人将休，吾不休；人将卧，吾不卧。'学十五岁，而周威公师之。"②

刘《注》与今本《吕氏春秋》的异同是：

刘《注》作"甯越者，中牟鄙人也"，今本《吕氏春秋》作"甯越，中牟之鄙人也"，其中刘《注》有"者"而今本《吕氏春秋》无，又今本《吕氏春秋》有"之"而刘《注》无。《说苑·建本》作"甯越，中牟鄙人也"，其中无"者"字与今本《吕氏春秋》同，又无"之"字与刘《注》同。《文选》卷五十二李善《注》引《吕氏春秋》与今本《吕氏春秋》全同。《太平御览》卷六一一引《吕氏春秋》亦与今本《吕氏春秋》全同。

刘《注》作"苦耕稼之劳"，今本《吕氏春秋》与刘《注》同。《文选》卷五十二李善《注》引《吕氏春秋》、《太平御览》卷六一一引《吕氏春秋》亦均与刘《注》同。惟《说苑·建本》作"苦耕之劳"较刘《注》少一"稼"字。

刘《注》作"谓其友曰"，今本《吕氏春秋》、《文选》卷五十二李善《注》引《吕氏春秋》、《太平御览》卷六一一引《吕氏春秋》、《说苑·建本》均与刘《注》同。

刘《注》作"何为可以免此苦也"，今本《吕氏春秋》作"何为而可以免此苦也"，刘《注》较今本《吕氏春秋》少一"而"字。《说苑·建本》作"何为而可以免此苦也"与今本《吕氏春秋》全同。《文选》卷五十二李善《注》引《吕氏春秋》作"何为而可以免此苦耕也"，较今本《吕览》于"苦"字后多一"耕"字。《太平御览》卷六一一引《吕氏春秋》作"何为而可以逸此苦也"，其中作"逸"不同于今本《吕氏春秋》的"免"。《吕氏春秋校释》言："蒋维乔等曰：李善注《文选·博弈论》'此苦'下有'耕'字。奇猷案：'此'为'耕稼'之代词，'此苦'下不

---

①　萧统编，李善注. 文选［M］. 上海：上海古籍出版社，1986：2283.
②　李昉等. 太平御览［M］. 北京：中华书局，1960：2751.

必有'耕'字，《选注》未可从。"① 刘《注》引《吕氏春秋》"此苦"后即无"耕"字，可证陈氏之说。《说苑·建本》、《太平御览》卷六一一引《吕氏春秋》亦均无"耕"字。又《太平御览》卷六一一引《吕氏春秋》作"逸"不同今本《吕氏春秋》及刘《注》等的"免"。

据杨勇、朱铸禹所言，袁本刘《注》作"莫如学也。学三十岁，则可以达矣"，宋本刘《注》作"莫如学也。学二十岁，则可以达矣"。今本《吕氏春秋》作"莫如学。学三十岁则可以达矣"。其中各本刘《注》有"也"字而今本《吕氏春秋》无，又可知袁本刘《注》作"三"与今本《吕览》同，而宋本刘《注》作"二十"与今本《吕览》异。《说苑·建本》作"莫如学，学三十年则可以达矣"，其中作"年"与刘《注》及今本《吕氏春秋》不同，又无"也"字与今本《吕氏春秋》同。《文选》卷五十二李善《注》引《吕氏春秋》作"莫如学。学三十岁则可达矣"，较今本《吕氏春秋》于"可"字后少一"以"字。《太平御览》卷六一一引《吕氏春秋》作"莫如学。学三十年，则可以达矣"，与今本《吕氏春秋》不同的是作"年"不作"岁"。岁、年的关系前文已经作了交待。

刘《注》作"请以十五岁"，今本《吕氏春秋》、《文选》卷五十二李善《注》引《吕氏春秋》、《太平御览》卷六一一引《吕氏春秋》并与刘《注》同。惟《说苑·建本》作"请十五岁"，较刘《注》等少一"以"字。《吕氏春秋校释》言："毕沅曰：'五'字旧本脱，据李善注《文选》韦宏嗣《博弈论》补，《御览》六百十一同。蒋维乔等曰：毕补是也。律以下文，当有'五'字。《焦氏类林》三、《世说新语·政事篇注》正有'五'字。《说苑·建本篇》亦有'五'字。《玉海·志考》无'五'，亦系脱误也。奇猷案：毕补是，今从之。"② 据此可知，今本《吕览》中的"五"乃是毕沅据李善《注》补的，刘《注》引《吕览》有"五"字可证李善《注》的正确。

刘《注》作"人将休，吾不敢休；人将卧，吾不敢卧"，今本《吕氏春秋》作"人将休，吾将不敢休；人将卧，吾将不敢卧"。刘《注》较今本《吕氏春秋》于两"吾"字后各少一"将"字。徐震堮认为刘《注》引

① 陈奇猷. 吕氏春秋校释 [M]. 上海：学林出版社，1984：1624.
② 陈奇猷. 吕氏春秋校释 [M]. 上海：学林出版社，1984：1624.

《吕览》无二"将"字，可以为毕沅说疑今本《吕氏春秋》二"将"字衍的确证。《吕氏春秋校释》"孙蜀丞先生曰：毕校近是。《御览》六百十一引无'吾'下两'将'字。许维遹曰：《世说新语·政事篇注》及《御览》六百十一引'吾'下并无'将'字。蒋维乔等曰：毕校甚是。《焦氏类林》三引正无'将'字可证。《说苑·建本篇》作'人将休，吾将不休；人将卧，吾不敢卧'。奇猷案：《选注》引'吾'下仍皆有'将'字，《说苑》上'吾'下亦有'将'字。'吾'下两'将'字不定是衍文。以文法言，'将'为时间状词。他人之休与卧是将然之举动，而吾之不敢休与卧亦是将然之举动，明'吾'下二'将'字不得视为赘文，无删去之必要。"①刘《注》的确可以为毕沅说提供支持，但陈奇猷所言也确实有道理，因此不必据刘《注》等改今本《吕览》，毕竟刘《注》引书多存在改动是事实，对这种差异存之较当，不必判定孰是孰非，很可能任何的判定都是错误的，故我们赞同许维遹只列异而不定是非的做法。

据杨勇、朱铸禹所言，宋本刘《注》作"学十五岁而为周成公之师也"，袁本以及他本刘《注》作"学十五岁而为周威公之师也"。今本《吕氏春秋》作"十五岁而周威公师之"。宋本刘《注》作"周成公"与今本《吕览》异，其非杨勇、朱铸禹均已言之。袁本以及他本刘《注》作"周威公"与今本《吕氏春秋》同。各本刘《注》于"十五岁"之前均有"学"字而今本《吕氏春秋》无。又刘《注》作"而为周威（成）公之师也"，今本《吕览》作"而周威公师之"。《吕氏春秋校释》言："蒋维乔等曰：《御览》六百十一'十五'上有'学'字。《焦氏类林》作'学以十五岁而为周威公之师'。《世说新语》注引作'学十五岁而为周威公之师也'。案：'十五'上有'学'字义胜。《说苑》'学'倒在'十五'下。'而周威公师之'，《说苑》同。《焦氏类林》、《世说新语》注引作'而为周威公之师'，非是。奇猷案：'十五'上当有'学'字。上文言'学三十岁'，此云'学十五岁'，文正相应。"②刘《注》引《吕氏春秋》有"学"字成为各家认为今本《吕氏春秋》当有"学"字的一个根据。然各家不言《文选》卷五十二李善《注》引《吕氏春秋》作"十五岁而周威王师之"，其

① 陈奇猷. 吕氏春秋校释［M］. 上海：学林出版社，1984：1624.
② 陈奇猷. 吕氏春秋校释［M］. 上海：学林出版社，1984：1624-1625.

中无"学"字与今本《吕氏春秋》正同。又蒋维乔等不言刘《注》作"而为周威公之师"何以非是，陈奇猷于此亦不置一词。我们认为不必言刘《注》作"而为周威公之师"非，存之似更合理。

刘《注》凡引《吕氏春秋》3 次，均称作"《吕氏春秋》"。刘《注》所引内容均见于今本《吕氏春秋》，3 次引用也均与今本《吕氏春秋》存在差异。刘《注》可能保存了《吕氏春秋》的某些原本面貌，刘《注》某些记载能够为指摘今本《吕览》中的某些错误提供帮助。刘《注》的某些相对今本《吕览》而言的改动可以找到改动的依据。通过分析刘《注》所引《吕览》可能对《管子》、《吕览》中某些篇章的产生时间提供一定的帮助。

二十、《淮南子》

《贤媛》条 5《注》引作"《淮南子》"。

考证：今存，但有佚文。王宁主编的《评析本白话〈吕氏春秋·淮南子〉》，其中《淮南子》的《评析》部分对淮南王刘安及其门客、《淮南子》的著录情况、后人的研究及评论情况、《淮南子》的思想、《淮南子》中的自然科学等都进行了较为详尽的介绍，对于我们了解《淮南子》的基本情况很有参考价值。[①]《四库全书总目》卷一一七《子部·杂家类》著录有《淮南子》二十一卷，交待了撰者、注者、书名、篇目并考证了篇目的亡佚以及高诱、许慎二注。[②] 关于《淮南子》佚文的辑佚情况可以参看《古佚书辑本目录》的考证。[③]

《贤媛》条 5《注》引《淮南子》曰："人有嫁其女而教之者，曰：'尔为善，善人疾之。'对曰：'然则当为不善乎？'曰：'善尚不可为，而况不善乎？'"各家不言此处刘《注》版本有异。

《淮南子·说山训》："人有嫁其子而教之曰：'尔行矣，慎无为善！'曰：'不为善，将为不善邪？'应之曰：'善且由弗为，况不善乎！'此全其

---

① 详见王宁主编. 评析本白话《吕氏春秋·淮南子》［M］. 北京：北京广播学院出版社，1992：305-317.

② 永瑢等. 四库全书总目［M］. 北京：中华书局，1965：1009.

③ 孙启治，陈建华. 古佚书辑本目录［M］. 北京：中华书局，1997：244.

天器者。"① 此处刘文典《集解》下按语指出了其所据《淮南子》与刘《注》所引《淮南子》在对应内容上的不同。"人有嫁其子而教之"刘文典按："《世说新语·贤媛篇》刘孝标《注》及《意林》引，子并作女。""尔行矣，慎无为善!"刘文典按："《世说新语注》引，作'尔为善，善人疾之。'""不为善，将为不善邪?"刘文典谨按："《世说新语注》引，作'对曰："然则当为不善乎?"'《意林》引，作'女问其故'。""应之曰:'善且由弗为，况不善乎!'"刘文典按："《世说新语注》引，作'曰:"善尚不可为，而况不善乎!"'又《文选·马汧督诔注》引，由作犹。"

《文选》潘岳《马汧督诔》:"或戒其子，慎无为善。"李善《注》引《淮南子》曰:"人有嫁其子而教之曰:'尔行矣! 慎无为善。'曰:'不为善，将为不善邪?'应之曰:'善且犹弗为，况不善乎?'此全其天器者也。"② 李善《注》所引此段《淮南子》与今本《淮南子》只有两处不同，刘文典均已指出。

最初的"子"是不分男女的，如《礼记·曲礼下》"子于父母则自名也"，郑玄《注》:"言子者，通男女。"随着汉语词汇的丰富和发展，"子"就专指儿子，而"子"原本也指女儿的那部分意思就被"女"字接管了。刘《注》引《淮南子》作"女"正反应了汉语词汇由于分化而丰富的一个事实，这不能不说是刘《注》对语言学的贡献。

二十一、许慎《淮南子注》

《德行》条1《注》引作"许叔重曰"。

考证:今佚。《古佚书辑本目录》言:"《隋志》子部杂家类载《淮南子》二十一卷，注者有许慎、高诱二家。两《唐志》、《宋志》并载之。按据宋苏颂《校上淮南子序》(见《苏魏公集》)，宋时许、高两家注已淆乱。元以后许注散亡，今祇存高注而亦非完书。今《道藏》本所载注文较明刻为详，中间容或有许注羼入者，而径题为许慎注，则非也(参钱塘《溉亭述古录》)。"③ 据《目录》，清孙冯翼、清黄奭、清叶德辉、易顺鼎、清陶

---

① 刘文典. 淮南鸿烈集解 [M]. 北京:中华书局，1989:527.
② 萧统编，李善注. 文选 [M]. 上海:上海古籍出版社，1986:2457.
③ 孙启治，陈建华. 古佚书辑本目录 [M]. 北京:中华书局，1997:244.

方琦均辑有许慎《注》。

刘《注》所引内容见于今本《淮南子》高诱《注》，内容全同，详见前文。此一事实似可为今本《淮南子》高诱《注》中有许《注》的存在提供证据。

二十二、《论衡》

《方正》条 22《注》引作"《论衡》"。

考证：今存，但有佚文。王充，《后汉书》有传。据杨家骆《历代经籍志》，《后汉艺文志》子部杂家著录有王充《论衡》八十五篇，《隋志》子部杂家著录有《论衡》二十九卷（后汉徵士王充撰），《旧唐书·经籍志》子部杂家著录有《论衡》三十卷（王充撰），《唐书·艺文志》子部杂家著录有王充《论衡》三十卷，《宋史·艺文志》子部杂家著录有王充《论衡》三十卷。晁公武《郡斋读书志》子部杂家类著录《论衡》三十卷（汉王充仲任撰）。陈振孙《直斋书录解题》杂家类著录《论衡》三十卷（汉上虞王充仲任撰，肃宗时人）。马端临《文献通考·经籍考》子部杂家著录有《论衡》三十卷。《四库全书总目》子部杂家类著录有《论衡》三十卷，并云："汉王充撰，充字仲任，上虞人。自纪谓在县为掾功曹，在都尉府位亦掾功曹，在太守为列掾五官功曹行事。又称永和三年徙家辞诣扬州部丹阳、九江、庐江，后入为治中。章和二年罢州家居。其书八十五篇，而第四十四招致篇有录无书，实八十四篇。"①

《方正》条 22《注》引《论衡》曰："世谓人死为鬼，非也。人死不为鬼，无知，不能害人。如审鬼者死人精神，人见之宜从裸袒之形，无为见衣带被服也。何则？衣无精神也。由此言之，见衣服象人，则形体亦象人。象人，知非死人之精神也。凡天地之间有鬼，非人死之精神也。"

"宜徒见裸袒之形"杨勇言："袒，宋本作'祖'，非，今依各本。宜徒见，宋本作'宜从'，今依《论衡论死篇》改。""衣服无精神也"杨勇言："衣下，宋本无'服'字，今依《论衡》增。""非死人之精神也"杨勇言："死人，宋本作'人死'，今依《论衡》倒。"② 朱铸禹亦认为宋本

① 永瑢等. 四库全书总目 [M]. 北京：中华书局，1965：1032.
② 杨勇. 世说新语校笺 [M]. 北京：中华书局，2006：282.

"祖"当改为"祖"。①

《论衡·论死篇》有："世谓 人〔死〕为鬼，有知，能害人。试以物类验之，人〔死〕不为鬼，无知，不能害人。"黄晖《校释》云："孙曰：'世谓死人为鬼'，当作'世谓人死为鬼'。'死人不为鬼'，当作'人死不为鬼'。文误倒也。下文云：'物死不为鬼，人死何故独能为鬼。'又云：'人死血脉竭，竭而精气灭，灭而形体朽，朽而成灰土，何用为鬼。'又云：'人死精神升天，骸骨归土，故谓之鬼。鬼者，归也。'是此文当作'人死'，明矣。《世说新语·方正篇》注引并作'人死'，尤其切证。"②（"孙曰"来自孙蜀丞《论衡举证》）

《论衡·论死篇》又有"夫为鬼者，人谓死人之精神。如审鬼者死人之精神，则人见之，宜徒见裸袒之形，无为见衣带被服也。何则？衣服无精神，人死，与形体俱朽，何以得贯穿之乎？精神本以血气为主，血气常附形体。形体虽朽，精神尚在，能为鬼可也。今衣服，丝絮布帛也，生时血气不附着，而亦自无血气，败朽遂已，与形体等，安能自若为衣服之形？由此言之，见鬼衣服象之（人），则形体亦象之（人）矣。象之（人），则知非死人之精神也。"黄晖《校释》云："孙曰：此文'象之'并当作'象人'，字之误也。上文云：'六畜能变化象人之形者，其形尚生，精气尚在也。'又云'其形不类生人之形，精气去人，何故象人之体？人见鬼也，皆象死人之形，则可疑死人为鬼，或反象生人之形。病者见鬼，云甲来，甲时不死，气象甲形，如死人为鬼，病者何故见生人之体乎？'《世说新语》注引此文云：'见衣服象人，则形体亦象人矣。象人知非死人之精神也。'并其切证。"③

《论衡·订鬼篇》有"凡天地之间有鬼，非人死精神为之也，皆人思念存想之所致也。"④

看今本《论衡》可知，刘《注》所引内容来自今本《论衡》的《论死篇》和《订鬼篇》，而且刘《注》引自《论死篇》的部分在今本《论衡》

---

① 朱铸禹. 世说新语汇校集注 [M]. 上海：上海古籍出版社，2002：273.
② 黄晖. 论衡校释 [M]. 北京：中华书局，1990：871.
③ 黄晖. 论衡校释 [M]. 北京：中华书局，1990：875.
④ 黄晖. 论衡校释 [M]. 北京：中华书局，1990：931.

中并不是连续的内容。刘《注》与今本《论衡》对应内容的差异是：

刘《注》作"世谓人死为鬼"，今本《论衡》作"世谓死人为鬼"。《论衡校释》引孙蜀丞的观点，认为今本《论衡》中的"死人"当作"人死"，并引《世说》刘《注》为证。

刘《注》中的"非也"不见于今本《论衡》。

刘《注》作"人死不为鬼，无知，不能害人"，今本《论衡》作"死人不为鬼，无知，不能害人"。孙蜀丞认为今本《论衡》中的"死人"亦当如刘《注》作"人死"。

刘《注》作"如审鬼者死人精神"，今本《论衡》作"如审鬼者死人之精神"。其中今本《论衡》较刘《注》多一"之"字。

刘《注》作"人见之宜从裸袒（宋本刘《注》袒作祖）之形，无为见衣带被服也。"今本《论衡》作"则人见之，宜徒见裸袒之形，无为见衣带被服也。"其中今本《论衡》"人见之"前有一"则"字而刘《注》无，又刘《注》作"宜从"而今本《论衡》作"宜徒见"，又宋本刘《注》作"祖"、其他本刘《注》作"袒"而今本《论衡》作"袒"。

刘《注》作"何则？衣无精神也。"今本《论衡》作"何则？衣服无精神"。其中，刘《注》较今本《论衡》于"精神"后多一"也"字，又刘《注》作"衣"而今本《论衡》作"衣服"。

刘《注》作"由此言之，见衣服象人，则形体亦象人。象人，知非死人之精神也。"今本《论衡》作"由此言之，见鬼衣服象之，则形体亦象之矣。象之，则知非死人之精神也。"其中，刘《注》"衣服"前无"鬼"字而今本《论衡》有；刘《注》作"象人"而今本《论衡》作"象之"，《论衡校释》引孙蜀丞的观点认为"象之"当作"象人"，孙蜀丞并引刘《注》为证；刘《注》第一个"象人"后无"矣"字而今本《论衡》有；刘《注》"知"前无"则"字而今本《论衡》有。

刘《注》作"凡天地之间有鬼，非人死之精神也"，今本《论衡》作"凡天地之间有鬼，非人死精神为之也"。其中刘《注》"精神"前有一"之"字而今本《论衡》无，又今本《论衡》于"精神"后有"为之"二字而刘《注》无。

杨勇《校笺》据今本《论衡》改动刘《注》凡三处。通过上面的比较可知，若尽据今本《论衡》来改动刘《注》，则何仅只三处。孙蜀丞更是据刘《注》来校正今本《论衡》之误，保留刘《注》的本来面貌未必不可取。

二十三、《风俗通义》

《方正》条 21《注》引作"《风俗通》"。

考证：今存，但有佚文。应劭，字仲远（一作仲援或仲瑗），汝南南顿人，《后汉书》有传。吴树平《风俗通义校释序》对应劭其人、应劭写作《风俗通义》的背景、该书的价值、著录、篇目、刻本、后世的研究等情况进行了介绍。① 关于《风俗通义》佚文的整理情况可以参看《古佚书辑本目录》的考证。②

《方正》条 21《注》引《风俗通》曰："'《孝经》称：社者，土也。广博不可备敬，故封土以为社而祀之报功也。'然则社自祀句龙，非土之祭也。"

徐震堮言："《孝经》称社者土也——《风俗通》作'《孝经》说，社者土地之主也。'当据改。下文云：'社自祀句龙，非土之祭也。'足证'社者土地之主也'句'土'下三字原不缺。语出《孝经纬·援神契》，见《后汉书·祭祀志》引。"③

杨勇《校笺》刘《注》作"社者，土地之主也"，杨勇言："宋本及各本均作'社者土也'。徐《笺》：'《风俗通》作"社者，土地之主也。"'当据增。语出《孝经纬·援神契》，见《后汉书·祭祀志》引。'今从之。"④

今本《风俗通义·祀典·社神》有："《孝经》说：'社者，土地之主。土地广博，不可遍敬，故封土以为社而祀之，报功也。'"吴树平《校释》言："'《孝经》说'，《世说新语·方正》刘孝标《注》引作'《孝经》称'，此所引《孝经》，指《孝经援神契》"。⑤

刘《注》与今本《风俗通》的差异是：

正如《风俗通义校释》所言，刘《注》作"称"而今本《风俗通》作

① 吴树平. 风俗通义校释［M］. 天津：天津人民出版社，1980.
② 孙启治，陈建华. 古佚书辑本目录［M］. 北京：中华书局，1997：251-252.
③ 徐震堮. 世说新语校笺［M］. 北京：中华书局，1984：172.
④ 杨勇. 世说新语校笺［M］. 北京：中华书局，2006：281.
⑤ 吴树平. 风俗通义校释［M］. 天津：天津人民出版社，1980：295，296.

"说"。称、说二字的关系是：《吕氏春秋·当染篇》"必称此二士也"，高诱《注》："称，说也。"① 故刘《注》引作"称"亦是有据可循。

刘《注》作"社者，土也"，今本《风俗通》作"社者，土地之主"。《孝经纬》之《孝经援神契》有："社者，土地之主也。稷者，五谷之长也。土地广博，不可偏敬，故封土为社，以报功也。五谷众多，不可偏祭，故立稷而祭之。"（此为黄奭从《玉海·郊祀门》中辑得）黄奭曰："《礼·郊特牲》正义引：'社者，土地之主。土地广博，不可偏敬，封五土以为社。稷者，五谷之长。谷众多，不可偏敬，故立稷而祭之。'《风俗通·祀典》、《类聚·礼部》、《初学记·礼部》引：'社，土地之主也。土地阔，不可尽敬，故封土为社以报功也。稷，五谷之长也。谷众，不可偏祀，故立稷神以祭之。'《御览·礼仪部十》引：'社，土地之主也。地广不可尽敬，故封土为社以报功。稷，五谷之长也。谷众，不可偏祀，故立稷神祭之'《御览·时叙部十》、《事类·岁时部》引：'社，土地之主。土地阔，不可尽敬，故封土为社以报功。'《古微书》无二'也'字。"② 从黄奭所言来看，各书所引均有"地之主"三字。刘《注》引《风俗通》无此三字，可能是刘孝标引时故意省略了，刘《注》对引文进行了省略和改动是常见的现象，似不必如杨勇《校笺》于刘《注》中增此三字。

刘《注》作"广博不可备敬"。今本《风俗通义·祀典·社神》作"土地广博，不可偏敬"。其中今本《风俗通》较刘《注》于"广博"前多"土地"二字，又作"偏"与刘《注》作"备"不同。黄奭辑《孝经援神契》与今本《风俗通》同。据上黄奭所言：《风俗通·祀典》、《类聚·礼部》、《初学记·礼部》、《御览·时叙部十》、《事类·岁时部》作"土地阔，不可尽敬"，其中有"土地"二字与今本《风俗通》同，又作"阔"与刘《注》及今本《风俗通》作"广博"异，又作"尽"与刘《注》作"备"及今本《风俗通》作"偏"皆不同。《御览·礼仪部十》作"地广不可尽敬"，其中作"地"与今本《风俗通》作"土地"异，又作"广"不作"广博"与刘《注》及今本《风俗通》异、作"尽"与刘《注》作"备"及今本《风俗通》作"偏"并异。刘《注》无"土地"二字可能是

① 陈奇猷. 吕氏春秋校释［M］. 上海：学林出版社，1984：109.
② 黄奭. 孝经纬［M］. 上海：上海古籍出版社，1993：8.

承前而省。又备、徧二者的关系是:《尔雅·释言》"宣,徧也",郝懿行《义疏》:"又转为备……《释文》徧本又作备,备徧声相转也。"① 《礼记·玉藻》"命之品尝之",郑玄《注》"必先徧尝之",陆德明《释文》:"徧音遍,本又作备。"② 正因为备、徧二者有这样的关系,刘《注》引《风俗通》在不损害语义的前提下改动词语才成为可能。如果刘孝标所见《风俗通》此处确实作"徧",那么其改为"备"就说明刘孝标确实是有意无意地使用了此二字的关系。

刘《注》作"故封土以为社而祀之报功也",今本《风俗通》与刘《注》同。黄奭辑《孝经援神契》作"故封土为社,以报功也"。据黄奭所言,《礼·郊特牲正义》引作"封五土以为社",《风俗通·祀典》、《类聚·礼部》、《初学记·礼部》引并作"故封土为社以报功也",《御览·礼仪部十》、《御览·时叙部十》、《事类·岁时部》引并作"故封土为社以报功"。黄奭所言"社"后均无"而祀之"三字,而刘《注》及今本《风俗通》有。

又,刘《注》中的"然则社自祀句龙,非土之祭也",余嘉锡《笺疏》、朱铸禹《世说新语汇校集注》均认为是刘《注》所引《风俗通》中的一部分(从其点读可以看出),而徐震堮、杨勇二《校笺》则认为不是刘《注》所引《风俗通》中的一部分。从今本《风俗通义·祀典·社神》所记来看,刘《注》这段内容不是刘《注》所引《风俗通》中的一部分,此段内容概是刘孝标的判断之词。

二十四、蒋济《万机论》

《品藻》条 2《注》引作"蒋济《万机论》"。

考证:今佚,有辑佚。蒋济,字子通,楚平阿人,仕魏官至太尉,《魏志》有传。沈家本《古书目三种》卷二言:"案《隋志》《蒋子万机论》八卷,蒋济撰。《旧唐志》同。新志十卷,《宋志》同。《玉海》(六十二)引《中兴书目》:《蒋子万机论》十卷,凡五十五篇,杂论立政、用人、兵家之说及考论前吴故事、杂问。《文选注》引称《蒋子万机论》,与《隋

---

① 郝懿行. 尔雅义疏 [M]. 上海:上海古籍出版社,1983:357.
② 阮元校刻. 礼记正义 [M]. 十三经注疏. 北京:中华书局,1980:1476.

志》同，裴氏但称蒋济不称蒋子。"① 马端临《文献通考·经籍考》著录有《蒋子万机论》二卷，并云："陈氏曰：魏太尉平阿蒋济子通撰。按《馆阁书目》十卷，五十五篇，今惟十五篇，疑非全书也。"② 据此，《古佚书辑本目录》言"是南宋时已无完书"，另外，该《目录》对《蒋子万机论》的辑佚情况进行了介绍和考证。③ 史向辉说："至南宋时，8 卷本的《万机论》只剩 2 卷，明代，2 卷本又亡。"④

《品藻》条 2《注》引蒋济《万机论》曰："许子将褒贬不平，以拔樊子昭而抑许文休。刘晔难曰：'子昭拔自贾竖，年至七十，退能守静，进不苟竞。'济答曰：'子昭诚自幼至长，容貌完洁。然观其插齿牙，树颊颏，吐唇吻，自非文休之敌。'"各家不言此处刘《注》版本有异。

刘《注》所引内容也被《三国志》裴《注》引：

《蜀志·庞统传》"卿好施慕名，有似汝南樊子昭"，裴《注》引蒋济《万机论》云："许子将褒贬不平，以拔樊子昭而抑许文休。刘晔曰（《世说注》曰上有难字）：'子昭拔自贾竖，年至耳顺，退能守静（官本考证曰监本讹作退难），进能不苟（《世说注》引此作进不苟敬）。'济答曰：'子昭诚自长幼貌洁（《世说注》作子昭诚自幼至长容貌完洁），然观其舌齿牙，树颊胲，吐唇吻，自非文休敌也。'（《世说注》作颏。潘眉曰：《说文》胲，足大指毛也，此云颊胲非许君义。《东方朔传》舌齿牙树颊胲吐唇吻，师古曰：颊肉曰胲，音改。以音解之耳。《一切经音义》：胲，胡卖反，脑缝解也无上，依经云顶骨无颏，此颏字近之。沈家本曰：案胲《说文》足大指毛肉也，与颊不相联属，当从《世说注》作颏。）"⑤

《三国志集解》已经比较了刘《注》所引与裴《注》所引的差异，并且考证了主要差异（颏与胲）的是与非。

《太平御览》卷三六七引蒋齐《万机语》曰："许子将褒贬不平，以拔樊子昭而抑许文休。刘晔曰：'子昭發自贾竖，年至耳顺，退能守静，进

① 沈家本. 古书目三种［M］.（卷二《第一编三国志注所引书目二·子部》）北京：中华书局，1963.
② 马端临. 文献通考·经籍考［M］. 上海：华东师范大学出版社，1985：948.
③ 孙启治，陈建华. 古佚书辑本目录［M］. 北京：中华书局，1997：246.
④ 史向辉. 蒋济与《万机论》［J］. 吉林师范学院学报，1999，20（4）：43.
⑤ 卢弼. 三国志集解［M］. 北京：中华书局，1982：788.

能不苟．'济答曰：'子昭诚自长幼完潔。然观其摇牙树颊，自非文休敌也。'"①

严可均《全三国文》卷三十三据《三国志·庞统传注》、《世说·品藻篇注》、《御览》三百六十七辑作"许子将褒贬不平，以拔樊子昭而抑许文休。刘晔难曰：'子昭拔（《御览》作发）自贾竖，年至耳顺，退能守静，进不苟竞。'济答曰：'子昭诚自幼至长，容貌完潔。然观其齮齿牙，树颊胲，吐脣吻，自非文休之敌也。'"②

马国翰《玉函山房辑佚书》子编杂家类辑有《蒋子万机论》，其中辑有："许子将褒贬不平，以拔樊子昭而抑许文休。刘晔曰：'子昭发自贾竖，年至耳顺，退能守静，进能不苟。'济答曰：'子昭诚自长幼完潔。然观其齮齿牙，树颊胲，吐脣吻，自非文休敌也。'"马氏交待："《蜀志·庞统传》裴松之《注》《太平御览》卷三百六十七引脱齿胲吐脣吻五字，齮作摇。"③

刘《注》、裴《注》、《御览》、严辑、马辑相互之间的差异是：

《御览》引作"蒋齐《万机语》"，刘《注》、裴《注》、严辑均作"蒋济《万机论》"。齐、济的关系是：《荀子·王霸》"齐其信"，王先谦《集解》案："《群书治要》'齐'作'济'。"④《庄子·逍遥游》"水浅而舟大也"，郭象《注》"其济一也"，陆德明《释文》："济，本又作齐。"⑤齐、济可互作，故《御览》方可与刘《注》等有此差异。

刘《注》、严辑作"刘晔难曰"，裴《注》、《御览》、马辑作"刘晔曰"。

刘《注》作"七十"，裴《注》、《御览》、严辑、马辑均作"耳顺"。耳顺之年即是七十。

刘《注》、裴《注》、严辑均作"子昭拔自"，《御览》作"子昭發自"。马辑与《御览》同。《诗·秦风·驷驖》"舍拔则获"，马瑞辰《传笺通

---

①　李昉等．太平御览［M］．北京：中华书局，1960：1689．

②　严可均．全上古三代秦汉三国六朝文（第二册）［M］．北京：中华书局，1958：1240．

③　马国翰．玉函山房辑佚书［M］．上海：上海古籍出版社，1990：2744．

④　王先谦．荀子集解．北京：中华书局，1998：205．

⑤　郭庆藩．庄子集释．北京：中华书局，2004：7．

释》："發与拔古同声通用。"① 《礼记·檀弓下》"公叔文子卒"，郑玄《注》："文子，卫献公之孙，名拔，或作發。"②

刘《注》、严辑作"进不苟竞"，裴《注》、《御览》、马辑作"进能不苟"。

刘《注》、严辑作"子昭诚自幼至长，容貌完潔"，裴《注》作"子昭诚自长幼貌潔"，《御览》作"子昭诚自长幼完潔"。马辑与《御览》同。

裴《注》、严辑、马辑作"然观其舌齿牙，树颊胲，吐脣吻"，刘《注》作"然观其插齿牙，树颊颏，吐脣吻"，《御览》作"然观其摇牙树颊"。其中刘《注》作"插"而裴《注》、严辑、马辑均作"舌"，刘《注》作"颏"而裴《注》、严辑、马辑作"胲"。颏、胲之是非，《三国志集解》已经进行了分析。至于舌、插二字，《广雅·释诂二》"揩，插也"，王念孙《疏证》："插、舌、扱、捷古通用。"③

刘《注》作"自非文休之敌"，裴《注》、严辑作"自非文休之敌也"，《御览》作"自非文休敌也"，马辑与《御览》同。其中刘《注》"文休之敌"后无"也"字，裴《注》和严辑有。又《御览》无"之"字。

马辑似并没有注意到刘《注》所引《万机论》。

二十五、《傅子》

《德行》条11等3处刘《注》均引作"《傅子》"。

考证：今存残篇，有辑本。马端临《文献通考·经籍考》著录有《傅子》五卷，并引《崇文总目》："晋傅休奕撰。集经史治国之说，评判得失，各为区例。本传载内、外、中篇，凡四篇亡录，合一百四十篇，今亡一百一十七。"④ 沈家本《古书目三种》言："案《隋志》：《傅子》百二十卷，晋司隶校尉傅玄撰。二《唐志》卷同。《宋志》五本蓋是残本。《玉海》（五十三）引《中兴书目》：五卷，今存二十三篇，馀皆缺。《崇文总目》：五卷本一百四十篇，今亡一百一十七篇，元明以来其书更残缺。《四

---

① 马瑞辰. 毛诗传笺通释 [M]. 清经解续编（第二册）. 上海：上海书店，1998：680.

② 阮元校刻. 礼记正义 [M]. 十三经注疏. 北京：中华书局，1980：1309.

③ 王念孙. 广雅疏证 [M]. 北京：中华书局，2004：53.

④ 马端临. 文献通考·经籍考 [M]. 上海：华东师范大学出版社，1985：946-947.

库》录永乐大典本一卷，凡十六篇……"①《古佚书辑本目录》言："傅玄，字休奕，北地泥阳人，官至司隶校尉，撰论经国九流及北史故事，评判得失，各为区别，名为《傅子》，为内、外、中篇，凡有四部、六录，合百四十首，数十万言（《晋书》本传）。《隋》、《唐志》子部杂家类并载《傅子》百二十卷，《宋志》仅五卷。按《玉海》引《中兴书目》云：'《傅子》五卷，今存二十三篇，馀均缺。'是宋时已无完书。"纪昀等云："《隋书·经籍志》、《唐书·艺文志》皆载有《傅子》一百二十卷，是唐世其书尚完，至宋而《崇文总目》所录止存二十三篇，较之原目已亡一百一十七篇，故《宋艺文志》仅载有五卷，其后惟尤袤《遂初堂书目》尚见其名，至元明以后藏书家遂绝无著录者，盖传本久佚世，所见者独《艺文类聚》、《太平御览》诸书所引寥寥数条而已，今检《永乐大典》中散见颇多且所标篇目咸在……"②《古佚书辑本目录》对《傅子》的辑佚情况进行了详细的介绍和考证。③

（一）《德行》条11《注》引《傅子》曰："宁字幼安，北海朱虚人，齐相管仲之後也。"余嘉锡、徐震堮、朱铸禹、杨勇均不言此处刘《注》版本有异。

《德行》条11《注》所引内容未见于百子全书本《傅子》。严可均《全晋文》卷五十辑有《傅子》，其中在《傅子·补遗下》里，严氏据《三国·魏管宁传注》并参考《世说新语注》、《北堂书钞》、《太平御览》等辑有管宁事，其中有："管宁字幼安，北海朱虚人，齐相管仲之後也。"且在"北海朱虚人"下严氏交待道："以上八字依《世说·德行篇注》引加。"④

《魏志·管宁传》有："管宁字幼安，北海硃虚人也。"裴松之《注》引《傅子》曰："齐相管仲之後也。昔田氏有齐而管氏去之，或適鲁，或適楚。汉兴有管少卿为燕令，始家硃虚，世有名节，九世而生宁。"⑤

①　沈家本．古书目三种［M］．（卷二《第一编三国志注所引书目二·子部》）北京：中华书局，1963．

②　详见傅子［M］．百子全书（二）．（《傅子》前所录纪昀等所上校书疏）杭州：浙江人民出版社，1984．

③　孙启治，陈建华．古佚书辑本目录［M］．北京：中华书局，1997：223-224．

④　严可均．全上古三代秦汉三国六朝文（第二册）［M］．北京：中华书局，1958：1744．

⑤　卢弼．三国志集解［M］．北京：中华书局，1982：339．

刘《注》所引《傅子》分见于《三国志》及裴《注》所引《傅子》。其中刘《注》作"朱虚"而《三国志》及裴《注》所引《傅子》作"硃虚"。

（二）《文学》条9《注》引《傅子》曰："嘏既达治好正，而有清理识要，如论才性，原本精微，鲜能及之。司隶钟会年甚少，嘏以明知交会。"

徐震堮言："如论才性——'如'，《魏志》本传作'好'。"又言："嘏以明知交会——'明知'，影宋本作'朋知'，疑是。朋，朋辈；知，相知也。"①

"如论才性"杨勇《校笺》刘《注》作"好论才性"，并言："好，宋本作'如'，非。今依《魏志·傅嘏传》改。""司隶"杨勇《校笺》刘《注》作"司隶校尉"，并言："司隶下，《魏志·傅嘏传》注有'校尉'二字，今据补。"又"明知"杨勇《校笺》刘《注》作"朋知"，并言："朋知，《魏志·傅嘏传》作'明智'。"②

朱铸禹言："如论，《魏志》本传作'好论'。"又言："朋，袁本作'明'，疑字形近似致误。"③

《文学》条9《注》所引内容未见于百子全书本《傅子》。严可均《全晋文》卷五十所辑《傅子·补遗下》中，严氏据《三国·魏傅嘏传注》并参考《世说新语注》、《北堂书钞》、《太平御览》、《艺文类聚》、《白孔六帖》等辑有傅嘏事，其中有刘《注》所引《傅子》，严辑作："嘏既达治好正，而有清理识要，好论才性，原本精微，尠能及之。司隶校尉锺会，年甚少，嘏以明智交会。"④ 可见，此处内容严氏完全据裴《注》，据《三国志集解》，严氏使用的当是宋本《三国志》。（《集解》言宋本作尠）

《魏志·傅嘏传》"嘏常论才性同异，锺会集而论之"，裴《注》引《傅子》曰："嘏既达治好正，而有清理识要，好论才性，原本精微，尠能及之（尠宋本作尠）。司隶校尉锺会年甚少，嘏以明智交会。"⑤

① 徐震堮. 世说新语校笺 [M]. 北京：中华书局，1984：108.
② 杨勇. 世说新语校笺 [M]. 北京：中华书局，2006：178.
③ 朱铸禹. 世说新语汇校集注 [M]. 上海：上海古籍出版社，2002：176.
④ 严可均. 全上古三代秦汉三国六朝文（第二册）[M]. 北京：中华书局，1958：1749.
⑤ 卢弼. 三国志集解 [M]. 北京：中华书局，1982：537.

关于刘《注》所引《傅子》与裴《注》所引《傅子》之异，徐、杨、朱三人已言之。袁本刘《注》作"明知"与裴《注》作"明智"同，知、智的关系上文已言之。尟、尠、鲜三字的关系是：《说文·是部》"尠，是少也"，段玉裁《注》："尟者，尠之俗。"①《广韵·獮韵》："鲜，少也。尟，俗。"②《文选》潘尼《赠陆机出为吴王郎中令》"生於今尟"，下《注》："五臣作鲜。"③《易·系辞下》"尠不及矣"，惠栋《述》："尠，亦作尟，俗作鲜。"④《易·系辞下》"鲜不及矣"，阮元《校勘记》："《释文》，尠本亦作鲜。"⑤《尔雅·释诂下》"鲜，罕也"，郝懿行《义疏》："鲜者，尠之叚音也。"⑥《楚辞·离骚》"固乱流其鲜终兮"，王逸《注》："鲜，一作尟。"⑦可见，刘《注》作"鲜"与裴《注》作"尟（尠）"并无实质性的区别。

（三）《识鉴》条3《注》引《傅子》曰："是时何晏以才辩显于贵戚之閒，邓飏好交通，合徒党，鬻声名于间阎，夏侯玄以贵臣子，少有重名，皆求交于嘏，嘏不纳也。嘏友人荀粲有清识远志，然犹劝嘏结交云。"

杨勇言："求下，《魏志·傅嘏传》注引《傅子》有'交'字，是。"⑧朱铸禹言："求，袁本下有'交'字。"⑨则可知宋本刘《注》"求"下无"交"字也。

《识鉴》条3《注》所引内容未见于百子全书本《傅子》。严可均《全晋文》卷五十《傅子·补遗下》下辑有傅嘏事，其中有刘《注》此处所引内容，严辑作："是时何晏以材辩显于贵戚之间，邓飏好变通（《世说识鉴篇注》作交通），合徒党，鬻声名于间阎，而夏侯玄以贵臣子，少有重名，为之宗主，皆求交於嘏（皆字依《世说识鉴篇注》加），而不纳也。嘏友人荀粲，有清识远志，然犹怪之。谓嘏曰：'夏侯泰初一时之杰（《御览》

① 段玉裁. 说文解字注［M］. 上海：上海古籍出版社，2004：69.
② 宋本广韵［M］. 北京：北京市中国书店，1982：270.
③ 四部丛刊初编集部. 六臣註文选［M］. 上海商务印书馆缩印宋刊本. 459.
④ 惠栋. 周易述［M］. 上海：上海古籍出版社，1990：206.
⑤ 阮元校刻. 周易正义［M］. 十三经注疏. 北京：中华书局，1980：92.
⑥ 郝懿行. 尔雅义疏［M］. 上海：上海古籍出版社，1983：231.
⑦ 洪兴祖. 楚辞补注［M］. 北京：中华书局，1983：22.
⑧ 杨勇. 世说新语校笺［M］. 北京：中华书局，2006：349.
⑨ 朱铸禹. 世说新语汇校集注［M］. 上海：上海古籍出版社，2002：335.

四百四十七作俊），虚心交子，合则好成，不合则怨，至二贤不睦，非国之利，此蔺相如所以下廉颇也。'颇答之曰：'泰初志大，其量能合虚声而无实才。何平叔言远而情近，好辩而无诚，所谓利口覆邦国之人也。邓玄茂有为而无终，外要（《御览》作徇）名利，内无关钥，贵同恶异，多言而妒前；多言多衅，妒前无亲。以吾观此三人者，皆败德也。远之犹恐祸及，况昵之乎？'"①

《魏志·傅嘏传》"嘏弱冠知名"，裴《注》引《傅子》曰："是时何晏以材辩显於贵戚之间，邓飏好变通（《世说》注变作交），合徒党，鬻声名於閭阎，而夏侯玄以贵臣子少有重名，为之宗主，求交於嘏而不纳也（一作皆求交於嘏嘏不纳也）。嘏友人荀粲，有清识远心，然犹怪之。谓嘏曰：'夏侯泰初一时之杰，虚心交子，合则好成，不合则怨至。二贤不睦，非国之利，此蔺相如所以下廉颇也。'嘏答之曰：'泰初志大其量，能合虚声而无实才。何平叔言远而情近，好辩而无诚，所谓利口覆邦国之人也。邓玄茂有为而无终，外要名利，内无关钥，贵同恶异，多言而妒前；多言多衅，妒前无亲。以吾观此三人者，皆败德也。远之犹恐祸及，况昵之乎？'"②

刘《注》所引《傅子》与裴《注》所引《傅子》对应处的差异是：

刘《注》作"才辩"，裴《注》作"材辩"。严辑从裴《注》。才、材的关系是：《潜夫论·讚学》"材子也"，汪继培《笺》："文十八年《左传》云：有才子八人。才，与材通。"③《易·系辞下》"兼三才而两之"，李富孙《异文释》："《学记注》引作三材。"④《管子·小匡》"其秀才之能为士者"，戴望《校正》："刘本才作材。"段玉裁《说文解字注》："凡才、材、财、裁、纔字以同音通用。"⑤朱骏声《说文通训定声》："才，假借为材。"⑥《庄子·徐无鬼》"天下马有成材"，陆德明《释文》："成材，字亦作才。"⑦《玉函山房辑佚书》辑《春秋外传国语孔氏注》有："咨材为诹。

① 严可均. 全上古三代秦汉三国六朝文（第二册）[M]. 北京：中华书局，1958；1749.
② 卢弼. 三国志集解 [M]. 北京：中华书局，1982；534.
③ 汪继培笺，王符撰. 潜夫论 [M]. 上海：上海古籍出版社，1978；8.
④ 李富孙. 易经异文释 [M]. 清经解续编（第二册），上海：上海书店，1998；1330.
⑤ 段玉裁. 说文解字注 [M]. 上海：上海古籍出版社，1998；272.
⑥ 朱骏声. 说文通训定声 [M]. 武汉：武汉市古籍书店，1983；188.
⑦ 郭庆藩. 庄子集释 [M]. 北京：中华书局，2004；821.

今本作才。《春秋正义》引作材。"①

刘《注》作"閒",裴《注》作"间",严辑从裴《注》。閒、间的关系见前文。

刘《注》作"好交通",裴《注》作"好变通"。交、变的关系是：《文选》夏侯湛《东方朔画赞》"神交造化",下《注》："五臣本交作变。"② 严辑从裴《注》,但指出刘《注》作"交通"。

刘《注》"夏侯玄"前无"而"字,裴《注》有,严辑从裴《注》。

刘《注》"少有重名"后无"为之宗主"四字,裴《注》有,严辑从裴《注》。

刘《注》作"皆求交(宋本刘《注》无"交"字)于嘏,嘏不纳也。"裴《注》作"求交於嘏而不纳也"。《三国志集解》言"一作皆求交於嘏嘏不纳也",则《集解》所言之"一作"正与刘《注》同。严辑作"皆求交於嘏而不纳也。"并交待"皆"字依《世说·识鉴篇注》加。

刘《注》作"嘏友人荀粲有清识远志",裴《注》作"嘏友人荀粲,有清识远心"。严辑从刘《注》。志、心二者的关系是：《经籍纂诂·真韵》："《孟子·尽心上》有伊尹之志则可,无伊尹之志则篡也。《后汉书·周章传》志作心。"③

刘《注》中"然犹劝嘏结交云"不见于裴《注》,当是概括了裴《注》中"然犹怪之。谓嘏曰……"一段内容。严辑从裴《注》。

刘《注》所引 3 次《傅子》,《三国志》裴《注》均已引用,而且裴《注》征引更加详细。严可均据《三国志》裴《注》进行了辑佚,但是无法把这些内容归入到具体的《傅子》篇目中,而只能列入到《傅子补遗》中。刘《注》所引《傅子》虽较裴《注》所引要简略,而且对应之处存在着差异,但是刘《注》可以为辑佚者提供参考甚至是校正的依据,又一些刘《注》与裴《注》存在的差异其实可以找到其合理性,而不应当以此非彼。

① 马国翰. 玉函山房辑佚书 [M]. 清光绪年刻本.

② 四部丛刊初编集部. 六臣註文选 [M]. 上海商务印书馆缩印宋刊本. 897.

③ 阮元等. 经籍纂诂 [M]. 北京：中华书局, 1982：1385.

二十六、《博物志》

《巧艺》条1《注》、《巧艺》条10《注》均引作"《博物志》"。

考证：今存，但有佚文。张华，字茂先，范阳方城人，《晋书》有传。沈家本说："《总目》谓原书散佚，好事者掇拾成书是说为近之。"又沈氏在其《古书目三种》中对《博物志》的著录、篇目等情况进行了考证。[1]《古佚书辑本目录》著录有马国翰辑唐蒙撰《博物记》一卷，又著录有王谟辑张华撰《博物记》一卷，并言："唐蒙，好番阳令，见《汉书·西南夷传》及《司马相如传》。《续汉书》诸《志》刘昭《注》多引《博物记》，皆述地理者，马国翰辑得五十馀节，并题为唐蒙撰。按《续汉书·郡国志》五犍为郡下刘昭《注》云：'（上略）有道广四五尺，深或百丈，斩凿之迹今存，昔唐蒙所造。《博物志》："县西百里有牙门山。"'杨慎《丹铅录》误读'昔唐蒙所造《博物志》'为句，遂以《博物志》为蒙所撰，孙志祖《读书脞录》卷四已辨杨氏之误，马盖从杨误说也。胡应麟《二酉缀遗》卷中谓《博物记》即晋张华之《博物志》，今人范宁《博物志校证·后记》论证甚详，殆无疑义。王谟所辑不及马氏为备，然题张华撰则是也。"该《目录》又介绍评价了钱熙祚、周心如、王仁俊等人对《博物志》的辑佚情况。[2]范宁《博物志校证》一书：《前言》部分交待了张华生平、《博物志》的写作时间、《博物志》的内容以及今天可以见到的该书的版本；在正文《校证》后，辑录了《博物志》的佚文，交待了《博物志》在历代书目中的著录情况，又讨论了刻本、前人的删削、《博物志》与《博物记》的称名、通行本与士礼居刊宋本等问题。[3]

（一）《巧艺》条1《注》引《博物志》曰："帝善弹棋，能用手巾角。时有一书生，又能低头以所冠葛巾角撇棋也。"

杨勇曰："志，宋本作'记'，今依袁本。"[4] 朱铸禹《世说新语汇校

---

① 沈家本. 古书目三种 [M]. （卷二《第一编三国志注所引书目二·子部》）北京：中华书局，1963.

② 孙启治，陈建华. 古佚书辑本目录 [M]. 北京：中华书局，1997：253.

③ 范宁. 博物志校证 [M]. 北京：中华书局，1980.

④ 杨勇. 世说新语校笺 [M]. 北京：中华书局，2006：640.

集注》刘《注》作"博物记"。① 关于"博物志"与"博物记"的问题，范宁言："是则'记'字显然可以写作'志'字……《博物志》、《博物记》实为一书，毫无疑义。"② 宋本刘《注》作"博物记"而袁本刘《注》作"博物志"正可为范宁观点之一证据。

《魏志·文帝纪》"文帝天资文藻，下笔成章，博闻强识，才艺兼该"，裴《注》引《博物志》曰："帝善弹棋，能用手巾角。时有一书生，又能低头以所冠著葛巾角撇棋。"③

刘《注》此处所引《博物志》不见于范宁《博物志校证》之正文，在其《博物志校证·佚文·〈三国志〉裴松之註引》部分收录了刘《注》所引内容，范宁所辑为："魏文（依《太平御览》卷九十增）帝善弹棋，能用手巾角挥之。黄门跪授。（以上六字依《御览》引增）时有一书生，又能低头以所冠著葛巾角撇棋。（《魏志》卷二《文帝纪》。亦见《世说新语·巧艺篇》注、《太平御览》卷九十三。）"④

刘《注》所引与裴《注》所引极为接近，裴《注》于"所冠"后较刘《注》多一"著"字，刘《注》于"撇棋"后较裴《注》多一"也"字。《太平御览》所引较刘《注》、裴《注》多"魏文"和"挥之黄门跪授"八字。

（二）《巧艺》条10《注》引《博物志》曰："尧作围棋，以教丹朱。"此条刘《注》所引内容不见于范宁《博物志校证》之正文。

在范宁《博物志校证·佚文·〈艺文类聚〉引》部分收录有"尧造围棋而丹朱善围棋。孔子曰：'不有博弈者乎，为之犹贤乎？'案弹棋始自魏宫，文帝好之，每用手巾拂之，无不中者。（卷七十四。亦见《一切经音义》卷三十一《大萨遮尼乾子经》卷第一基博。《太平御览》卷七百五十三引'尧'作'舜'。《通鑑》八十一《晋纪》三胡三省注引作'尧造围棋以教子丹朱，或曰舜以子商均愚，故作围棋以教之，其法非智莫能也'。宋吕颐浩《忠穆集》卷八云：'北京（汴梁）隆兴寺佛殿西楹簷下有魏宫弹棋局，魏文帝时，欵识在焉。'又《广韵》卷一上平声'棋'字下引作'舜造围棋，丹朱善之'。李壁《王荆文公诗笺註》卷三'用

① 朱铸禹. 世说新语汇校集注 [M]. 上海：上海古籍出版社，2002：598.
② 范宁. 博物志校证 [M]. 北京：中华书局，1980：164.
③ 卢弼. 三国志集解 [M]. 北京：中华书局，1982：103.
④ 范宁. 博物志校证 [M]. 北京：中华书局，1980：115.

前韵戏赠叶致远直讲'注引'尧造围棊，丹朱善之。')"①

可见，在范宁的《校证》中并未提到刘《注》所引《博物志》。然据范宁校语，可知刘《注》所引《博物志》与《通鑑》八十一《晋纪三》胡三省《注》所引近似，惟刘《注》作"作"而胡《注》作"造"，又胡《注》于"教"后有一"子"字而刘《注》无。造、作义同：《易·系辞下》"神农氏作"，惠栋《述》："作，造也。"②《诗·大雅·大明》"造舟为梁"，朱熹《集传》："造，作。"③

今天来看，刘《注》所引两段内容均成为了《博物志》的佚文。至于其何时成为佚文，我们无法具体判定，但是据范宁的《校证》：《巧艺》条1《注》所引《博物志》也被宋李昉《太平御览》引用，而《巧艺》条10《注》所引《博物志》也被宋元之际胡三省《注》所引用。如果《太平御览》和胡三省《注》引《博物志》不是从他书转引的话，那么似乎可以说明在宋时刘《注》所引的两段《博物志》仍保留在《博物志》原书中而尚未成为佚文。

马国翰《玉函山房辑佚书》子编杂家类辑有汉唐蒙撰《博物记》，其中未有刘《注》所引《博物志》所载之内容。

二十七、《广志》

《汰侈》条8《注》引作"《广志》"。

考证：今佚。沈家本《古书目三种》言："《隋志》《广志》二卷，郭义恭撰。新唐同。"④《古佚书辑本目录》对《广志》的辑佚情况进行了介绍，并言："《隋志》子部杂家载《广志》二卷，郭义恭撰。两《唐志》并载二卷，《新唐志》又载一部为十卷。案义恭不详何人。《说郛》所载无多，不注出处，验之马国翰所辑，皆不出类书所引。马氏从唐、宋类书等采得二百六十馀节，釐为上下二卷，依《隋》、《唐志》也。"⑤

① 范宁. 博物志校证［M］. 北京：中华书局，1980；124.

② 惠栋. 周易述［M］. 上海：上海古籍出版社，1990；195.

③ 朱熹. 诗集传［M］. 长沙：岳麓书社，1989；205.

④ 沈家本. 古书目三种［M］.（卷五《第二编世说注所引书目三·子部》）北京：中华书局，1963.

⑤ 孙启治，陈建华. 古佚书辑本目录［M］. 北京：中华书局，1997；250.

《汰侈》条 8《注》引《广志》曰："珊瑚大者，可为车轴。"各家不言此处刘《注》版本有异。

《说郛》辑有不言撰者的《广志》和晋郭义恭所撰《广志》，但两种《广志》中均未有刘《注》所引内容。

马国翰《玉函山房辑佚书》子编杂家类辑有郭义恭《广志》，但未见辑有刘《注》所引内容，其中唯有据《太平御览》卷八百七所辑"珊瑚其长者为御车柱，出西海底"一段内容与刘《注》所引《广志》近似。①

二十八、蔡邕《独断》

《排调》条 16《注》引作"蔡邕曰"。

考证：今存，有佚文。蔡邕其人其事可以参看《后汉书·蔡邕列传》。关于刘《注》所引"蔡邕曰"一段内容，沈家本言："《注》引蔡邕曰：瓜葛疏亲也，不言所引书名。考《续汉书·礼仪志》四姓亲家妇女注，蔡邕《独断》曰：凡与先后有瓜葛者。知孝标所引亦《独断》文也。今本无此文，已佚。"② 据《古佚书辑本目录》，清胡玉缙辑有《独断》佚文。③

《排调》条 16《注》引蔡邕曰："瓜葛，疏亲也。"余嘉锡、徐震堮、朱铸禹、杨勇等人均不言此处刘《注》版本有异。

沈家本言此处内容不见于今本《独断》，而且判断此为《独断》之佚文。《古佚书辑本目录》言清胡玉缙《经籍佚文》辑有蔡邕《独断》佚文，王仁俊《玉函山房辑佚书续编三种》中转录有胡玉缙所辑蔡邕《独断》佚文，但未见有刘《注》所引内容。④ 看来刘《注》所引《独断》尚未被辑佚。

---

① 马国翰. 玉函山房辑佚书 [M]. 上海：上海古籍出版社，1990：2772.
② 沈家本. 古书目三种 [M].（卷五《第二编世说注所引书目三·子部》）北京：中华书局，1963.
③ 孙启治，陈建华. 古佚书辑本目录 [M]. 北京：中华书局，1997：180.
④ 据王仁俊. 玉函山房辑佚书续编三种 [M]. 上海：上海古籍出版社，1989：448-449.

第六节　子部农家类引书考

二十九、《神农书》

《文学》条 34《注》引作"《神农书》"。

考证：今佚。沈家本言此书《隋》、《唐志》皆不著录。① 《古佚书辑本目录》言："《汉志》农家载《神农》二十篇，注云：'六国时，诸子疾时怠于农业，道耕弄事，讬之神农。'颜师古引《别录》云：'疑李悝及商君所说。'按《别录》亦推测之词，故班《志》不从其说。李悝、商鞅皆用事者，如有撰述以促农耕，则具名而颁其书无不可，何事隐名而托之神农邪？此书盖六国时习农家者所为，不尔则集古农家之言，而托之神农耳。其书久佚，《开元占经》引有《八谷生长篇》、《神农占》佚文，《艺文类聚》一百引有《神农求雨书》，又《管子》、《淮南子》、《汉书》、《路史》等引有神农之教、神农之法、神农之数，大体皆古农家言，马氏以不能区分孰为《汉志》所载之书，故统辑为一集。"②

《文学》条 34《注》引《神农书》曰："夫有石城七仞，汤池百步，带甲百万而无粟者，不能自固也。"

余嘉锡、徐震堮未指出此处刘《注》版本有异。徐震堮言："夫有石城七仞——'七仞'，《汉书·食货志》晁错疏引神农之教作'十仞'。"③

杨勇《校笺》、朱铸禹《世说新语汇校集注》本刘《注》均作"十仞"。朱铸禹言："十，袁本作'七'。"④

《汉书·食货志》："神农之教曰：有石城十仞，汤池百步，带甲百万，而亡粟，弗能守也。"⑤

《资治通鉴》卷十五有："神农之教曰：有石城十仞，汤池百步，带甲

---

① 沈家本. 古书目三种［M］.（卷五《第二编世说注所引书目三·子部》）北京：中华书局，1963.

② 孙启治，陈建华. 古佚书辑本目录［M］. 北京：中华书局，1997：217.

③ 徐震堮. 世说新语校笺［M］. 北京：中华书局，1984：121.

④ 朱铸禹. 世说新语汇校集注［M］. 上海：上海古籍出版社，2002：196.

⑤ 班固. 汉书［M］. 北京：中华书局，1962：1133.

百万，而无粟，弗能守也。"①

《太平御览》卷八四〇引《汉书》曰："神农之教曰：有石城十仞，汤池百步，带甲百万，而亡粟，弗能守。"②

《艺文类聚》卷六十三引《汉书》曰："神农之教曰：有石城十仞，汤池百步，带甲百万，而无粟，不能守也。"③

《意林》载有《风俗通义》的一条佚文是："《孙子》云：'金城汤池而无粟者，太公、墨翟弗能守之。'"④

《魏志·辛毗传》辛毗言："《兵法》称'有石城汤池，带甲百万而无粟者，不能守也'"。⑤

《文选》王融《永明九年策秀才文五首》"金汤非粟而不守"，李善《注》引《氾胜之书》曰："神农之教，虽有石城汤池，带甲百万，而无粟者，弗能守也。"⑥

《文选》范蔚宗《後汉书光武纪赞》"金汤失险"，李善《注》引《氾胜之书》曰："神农之教，虽石城汤池，无粟者不能守也。"⑦

刘《注》与以上各家主要有两个差异：

宋本刘《注》作"十仞"，袁本刘《注》作"七仞"，上各家有作"千仞"者，有作"十仞"者，但未有作"七"仞者。《周礼·考工记序》"凡攻木之工七"，郑玄《注》："故书七为十。"⑧ 故，十、七相混亦非无因。

又刘《注》作"固"，而以上各家均作"守"。《大戴礼记·千乘》有"依固可守"。⑨《周礼·夏官·序官》"掌固"，郑玄《注》："固，国所依阻者也。国曰固，野曰险。"⑩ 可见，"固"是"守"的依凭，"守"是"固"的目的，二者密不可分。

---

①　司马光. 资治通鉴 [M]. 上海：国学整理社，中华民国二十四年五月初版. 101.

②　宋李昉. 太平御览 [M]. 北京：中华书局，1960：3754.

③　唐欧阳询. 艺文类聚 [M]. 上海：上海古籍出版社，1965：1137.

④　吴树平. 风俗通义校释 [M]. 天津：天津人民出版社，1980：403.

⑤　卢弼. 三国志集解 [M]. 北京：中华书局，1982：584.

⑥　萧统编，李善注. 文选 [M]. 上海：上海古籍出版社，1986：1646.

⑦　萧统编，李善注. 文选 [M]. 上海：上海古籍出版社，1986：2230.

⑧　阮元校刻. 周礼正义 [M]. 十三经注疏. 北京：中华书局，1980：906.

⑨　王聘珍. 大戴礼记解诂 [M]. 北京：中华书局，1983：163.

⑩　阮元校刻. 周礼注疏 [M]. 十三经注疏. 北京：中华书局，1980：831.

马国翰《玉函山房辑佚书》子编农家类辑有《神农书》，其中有："肖石城十仞，汤池百步，带甲百万而无粟者不能守也。"并交待："《汉书·食货志》引神农之教，欧阳询《艺文类聚》卷八十五、《昭明文选》卷三十六王元长《永明九年策秀才文》李善《注》引《氾胜之书》曰：神农之教，虽有石城汤池，带甲百万，而无粟者，不能守也。《后汉书·光武帝纪赞》章怀太子《注》引无带甲句，脱有字而字。"① 马氏未言刘《注》引有《神农书》。且马氏所辑作"肖"，此"肖"当是"有"字之误，二字形近。

第七节　子部小说家类引书考

三十、裴启《语林》

《任诞》条43《注》引作"裴启《语林》"。《德行》条31等35处刘《注》引作"《语林》"。《方正》条31《注》、《容止》条32《注》、《轻诋》条21注等3处刘《注》引作"裴子"。

考证：今佚，但有辑佚。沈家本言："案刘《注》所引此卷及他卷但称《语林》，《方正》上称裴子，《任诞》称裴启《语林》，是刘氏亦以为裴启作也。《隋志》梁有《语林》十卷，东晋处士裴启撰，亡。二《唐志》不著录。岂真以谢公一言，世遂不重其书，渐至销亡邪？刘氏所引甚多，是梁代尚有其书，并见录于《七录》，其亡也，不知在何时矣。"② 《古佚书辑本目录》对《语林》的辑佚情况进行了介绍，并言："《隋志》子部小说类云：'梁有《语林》十卷，东晋处士裴启撰，亡。'裴启，于史无传。《世说新语轻诋》注引《续晋阳秋》曰：'晋隆和中，河东裴启撰汉魏以来迄于今时言语应对之可称者，谓之《语林》。'又《文学》注引《裴氏家传》云：'裴荣字荣期，河东人。父稺，丰城令。荣期少有风姿才气，好论古今人物，撰《语林》数卷，号曰《裴子》。'则又以撰《语林》者为裴

---

① 马国翰. 玉函山房辑佚书［M］. 上海：上海古籍出版社，1990：2580.
② 沈家本. 古书目三种［M］.（卷五《第二编世说注所引书目三·子部》）北京：中华书局，1963.

荣。注又云：'檀道鸾谓裴松之以为裴启作《语林》，荣觊别名启乎？'诸家辑本除王仁俊所辑不题作者外，皆依《隋志》题裴启撰。"①

据《古佚书辑本目录》，辑《语林》者，鲁迅所辑最为完备，诸家皆未出鲁迅所辑之外。鲁迅所辑见《鲁迅全集·古小说钩沉》。

（一）《德行》条31《注》引《语林》曰："殷浩劝公卖马。"余嘉锡、徐震堮、朱铸禹、杨勇等人均不言此处刘《注》版本有异。

鲁迅《古小说钩沉》辑作："庾公乘马有的卢，此句依《世说》补。殷浩劝公卖马，《世说》作或语令卖去，注引《语林》。庾云：'卖之，必有买者，即复害其主，宁可不安己而移于他人哉？昔孙叔敖杀两头蛇以为后人，古之美谈，效之，不亦达乎！'庾云至此已上并见《世说·德行篇》。"②

（二）《言语》条36《注》引《语林》曰："初温奉使劝进，晋王大集宾客见之。温公始入，姿形甚陋，合坐尽惊。既坐，陈说九服分崩，皇室弛绝，晋王君臣莫不歔欷。及言天下不可以无主，闻者莫不踊跃，植发穿冠。王丞相深相付讬。温公既见丞相，便游乐不往，曰'既见管仲，天下事无复忧。'"余嘉锡、徐震堮、朱铸禹、杨勇等人均不言此处刘《注》版本有异。

鲁迅《古小说钩沉》据《世说·言语篇注》辑有此段内容，唯作"温峤"与上刘《注》作"温"异，其余全同。③

（三）《言语》条66《注》引《语林》曰："仲祖语真长曰：'卿近大进。'刘曰'卿仰看邪？'王问何意？刘曰：'不尔，何由测天之高也。'"余嘉锡、徐震堮、朱铸禹、杨勇等人均不言此处刘《注》版本有异。

鲁迅《古小说钩沉》据《世说·言语篇注》辑有此段内容，与上全同。④

（四）《政事》条12《注》引《语林》曰："任名颙，时官在都，预王公坐。"余嘉锡、徐震堮、朱铸禹、杨勇等人均不言此处刘《注》版本有异。

---

① 孙启治，陈建华. 古佚书辑本目录［M］. 北京：中华书局，1997：254.
② 鲁迅校录. 古小说钩沉［M］. 济南：齐鲁书社，1997：15.
③ 鲁迅校录. 古小说钩沉［M］. 济南：齐鲁书社，1997：13-14.
④ 鲁迅校录. 古小说钩沉［M］. 济南：齐鲁书社，1997：17.

鲁迅《古小说钩沉》辑作："王丞相拜扬州，宾客数百人，并加沾接，人人有悦色。唯有临海一客，姓任己上依《世说·政事篇》补名颙，时官在都，预王公坐，《世说》注引《语林》。及数胡人为未洽。公因便还到，过任边云：'君出，临海便无复人。'任大喜悦，因过胡人前弹指云：'兰阇！兰阇！'群胡同笑，四坐并欢。及数胡人至此己上并依《世说》补。"①

（五）《文学》条 43《注》引《语林》曰："浩于佛经有所不了，故遣人迎林公，林乃虚怀欲往。王右军驻之曰：'渊源思致渊富，既未易为敌，且己所不解，上人未必能通。纵复服从，亦名不益高。若佻脱不合，便丧十年所保。可不须往！'林公亦以为然，遂止。"

余嘉锡、徐震堮、杨勇均不言此处刘《注》版本有异。朱铸禹据杨慎《世说旧注》，言"迎林公"《旧注》作"迎支道林"、"渊源"《旧注》作"仲源"、"未易为敌"《旧注》作"未易可当"、"遂止"《旧注》作"林公乃不往"。②

鲁迅《古小说钩沉》据《世说·文学篇注》辑此，唯作"殷浩"与上刘《注》异，其余全同。③

（六）《方正》条 13《注》引《语林》曰："中朝方镇还，不与元凯共坐。预征吴还，独榻，不与宾客共也。"余嘉锡、徐震堮、朱铸禹、杨勇等人均不言此处刘《注》版本有异。

鲁迅《古小说钩沉》据《世说·方正篇注》辑此，文与上全同。④

（七）《方正》条 31《注》引《裴子》曰："平子从荆州下，大将军因欲杀之。而平子左右有二十人，甚健，皆持铁楛马鞭，平子恒持玉枕。大将军乃犒荆州文武，二十人积饮食，皆不能动，乃借平子玉枕，便持下床。平子手引大将军带绝，与力士斗甚苦，乃得上屋上，久许而死。"

余嘉锡言："注'因欲杀之'，'因'，景宋本及沈本作'伺'。"⑤ 徐震堮言："大将军因欲杀之——'因'，影宋本及沈校本并作'伺'。"⑥ 杨勇

---

① 鲁迅校录. 古小说钩沉［M］. 济南：齐鲁书社，1997：20.

② 朱铸禹. 世说新语汇校集注［M］. 上海：上海古籍出版社，2002：204.

③ 鲁迅校录. 古小说钩沉［M］. 济南：齐鲁书社，1997：15.

④ 鲁迅校录. 古小说钩沉［M］. 济南：齐鲁书社，1997：11.

⑤ 余嘉锡. 世说新语笺疏［M］. 北京：中华书局，1983：705.

⑥ 徐震堮. 世说新语校笺［M］. 北京：中华书局，1984：178.

言："伺，各本作'因'。"又言："犒，宋本作'搞'，非。今依各本。"①
朱铸禹言："伺，沈校本同，袁本作'因'。"②

鲁迅《古小说钩沉》辑作："王平子从荆州下，大将军《书钞》引作王敦因欲杀之，而平子左右有二十人，甚健，皆持楯马鞭。平子恒持玉枕，以此未得发。五字依《书钞》引补大将军乃犒荆州文武，二十人积饮食，皆不能动。乃借平子玉枕，便持下床。平子手引大将军带绝，与力士斗甚苦，乃得上屋上，久许而死。《世说·方正篇》注。《书钞》一百三十五。《御览》八百五。"③

刘《注》与鲁迅所辑的差异是：

刘《注》作"平子"，鲁迅辑作"王平子"。

刘《注》作"铁楯马鞭"，鲁迅辑作"楯马鞭"。

刘《注》无"以此未得发"五字而鲁迅辑有。

鲁迅辑作"因"与袁本刘《注》同而与宋本、沈校本刘《注》异。又作"犒"与杨勇所言宋本刘《注》作"搞"异。

（八）《雅量》条3《注》引《语林》曰："太初从魏帝拜陵，陪列於松柏下。时暴雨霹雳，正中所立之树。冠冕焦坏，左右睹之皆伏，太初颜色不改。"

杨勇言："柏下，沈校有'之'字。"④ 余嘉锡《笺疏》、徐震堮《校笺》作"焦坏"，杨勇《校笺》、朱铸禹《集注》作"燋坏"。朱铸禹言："燋然，袁本作'焦然'。案'然'与'燃'通。"⑤ 据朱铸禹《集注》和余、徐二人之书，朱氏所言当作"燋坏，袁本作'焦坏'。案'焦'与'燋'通。"杨勇、朱铸禹二人之书采用的是宋本《世说》。

鲁迅《古小说钩沉》辑作："夏侯太初从魏帝拜陵，陪列松柏下。时暴雨霹雳，正中所立之树。冠冕焦坏，左右睹之皆伏，太初颜色不改。《世说·雅量篇》注。景王欲诛夏侯玄，意未决，间问安王孚云：'己才足以制之不？'孚云：'昔赵俨葬儿，汝来，半坐迎之；泰初后至，一坐悉起。

---

① 杨勇. 世说新语校笺［M］. 北京：中华书局，2006：289.

② 朱铸禹. 世说新语汇校集注［M］. 上海：上海古籍出版社，2002：280.

③ 鲁迅校录. 古小说钩沉［M］. 济南：齐鲁书社，1997：14.

④ 杨勇. 世说新语校笺［M］. 北京：中华书局，2006：316.

⑤ 朱铸禹. 世说新语汇校集注［M］. 上海：上海古籍出版社，2002：304.

以此方之，恐汝不如。'乃杀之。《续谈助》四。"①

鲁迅辑《语林》于"太初"前有"夏侯"二字而刘《注》无，又于"松柏"前无"於"字而刘《注》有，又作"焦坏"与袁本、王先谦重雕纷欣阁本刘《注》同而与宋本刘《注》异。

（九）《雅量》条 22《注》引《语林》曰："周侯饮酒已醉，箸白袷，凭两人来诣丞相。"余嘉锡、徐震堮、朱铸禹、杨勇等人均不言此处刘《注》版本有异。

鲁迅《古小说钩沉》辑作："顾和为扬州从事，月旦来朝。未人，停车州门外。周侯饮酒已醉，著白袷，凭两人来诣丞相，已上十六字，《世说·雅量篇》注亦引有，已醉二字据补。历和车边。和先在车中觅虱，夷然不动。周始遥见，过去，行数步，复又还，指顾心问曰：'此中何所有？'顾择虱不辍，徐徐应曰：'此中最是难测地。'《御览》九百五十一。"②

对应处刘《注》与鲁迅所辑同。

（十）《识鉴》条 11《注》引《语林》曰："丞相拜司空，诸葛道明在公坐，指冠冕曰：'君当复著此。'"余嘉锡、徐震堮、朱铸禹、杨勇等人均不言此处刘《注》版本有异。

鲁迅《古小说钩沉》辑作："丞相拜司空，诸葛道明在公坐，指冠冕曰：'君当复著此乎。'《世说·识鉴篇》注。《御览》六百八十四有乎字。"

刘《注》较鲁迅所辑于"此"后少一"乎"字。又杨勇据《晋书》疑"指"前当有一"导"字，朱铸禹据《晋书》疑"指"前当有一"公"字。鲁迅所辑"指"前无"导"或"公"字。

（十一）《识鉴》条 20《注》引《语林》曰："刘尹见桓公每嬉戏必取胜，谓曰：'卿乃尔好利，何不焦头？'及伐蜀，故有此言。"余嘉锡、徐震堮、朱铸禹、杨勇等人均不言此处刘《注》版本有异。

鲁迅《古小说钩沉》据《世说·识鉴篇》注辑作："刘尹见桓公每嬉戏，必取胜，谓曰：'卿乃尔好利，何不焦头？'"③

刘《注》与鲁迅所辑的差异是：

---

① 鲁迅校录. 古小说钩沉［M］. 济南：齐鲁书社，1997：6.
② 鲁迅校录. 古小说钩沉［M］. 济南：齐鲁书社，1997：14.
③ 鲁迅校录. 古小说钩沉［M］. 济南：齐鲁书社，1997：17.

刘《注》有"及伐蜀，故有此言"七字而鲁迅未辑入。鲁迅概认为此七字不是《语林》中语，余嘉锡、徐震堮、朱铸禹、杨勇等人之书均认为此七字是《语林》中语。

（十二）《赏誉》条54《注》引《语林》曰："孔坦为侍中，密启成帝，不宜往拜曹夫人。丞相闻之曰：'王茂弘驽痾耳！若卜望之之岩岩，刁玄亮之察察，戴若思之峰距，当敢尔不？'"

余嘉锡言："注'不宜往拜'，景宋本及沈本俱无'往'字。"① 杨勇言："拜上，袁本有'往'字。"② 朱铸禹亦指出，宋本、沈校本"宜"下有"往"字而袁本无。③

鲁迅《古小说钩沉》据《世说·赏誉篇注》辑此，内容与上全同。④

鲁迅所辑"宜"下无"往"字与袁本刘《注》同而与宋本、沈校本刘《注》异。

（十三）《赏誉》条71《注》引《语林》曰："有人目杜弘治，标鲜甚清令，初若熙怡，容无韵，盛德之风，可乐咏也。"

徐震堮言："初若熙怡容无韵——影宋本'韵'下有'非'字，亦不可解，疑有讹夺。"⑤ 朱铸禹言："鲜，沈校本同，袁本作'解'。初若熙怡容无韵，李慈铭案：'此当以"怡"字为句，"容"字上下当脱一字。'非，沈校本同，袁本无此字。案此非字不可通，疑衍，或有脱文。也咏，袁本作'咏也'是，此误倒。"⑥ 杨勇亦言此处刘《注》版本之异，但未言袁本刘《注》"鲜"作"解"。⑦ 各家一致认同的版本差异是袁本刘《注》"韵"下无"非"字而宋本、沈校本刘《注》有。

鲁迅《古小说钩沉》据《世说·赏誉篇注》辑作："有人目杜宏治标鲜甚清令，初若熙，怡容无韵，盛德之风，可乐咏也。"⑧

---

① 余嘉锡. 世说新语笺疏［M］. 北京：中华书局，1983：453.

② 杨勇. 世说新语校笺［M］. 北京：中华书局，2006：401.

③ 朱铸禹. 世说新语汇校集注［M］. 上海：上海古籍出版社，2002：390.

④ 鲁迅校录. 古小说钩沉［M］. 济南：齐鲁书社，1997：18.

⑤ 徐震堮. 世说新语校笺［M］. 北京：中华书局，1984：253.

⑥ 朱铸禹. 世说新语汇校集注［M］. 上海：上海古籍出版社，2002：397.

⑦ 详见杨勇. 世说新语校笺［M］. 北京：中华书局，2006：409.

⑧ 鲁迅校录. 古小说钩沉［M］. 济南：齐鲁书社，1997：24.

鲁迅所辑"韵"下无"非"与袁本刘《注》同而与宋本、沈校本刘《注》异。

（十四）《赏誉》条 134《注》引《语林》曰："敬仁有异才，时贤皆重之。王右军在郡迎敬仁，叔仁辄同车，常恶其迟。后以马迎敬仁，虽复风雨，亦不以车也。"余嘉锡、徐震堮、朱铸禹、杨勇等人均不言此处刘《注》版本有异。

鲁迅《古小说钩沉》据《世说·赏誉篇注》辑此文，唯作"王敬仁"与刘《注》作"敬仁"不同，其余全同。①

（十五）《赏誉》条 146《注》引《语林》曰："羊骓因酒醉，抚谢左军谓太傅曰：'此家讵复后镇西？'太傅曰：'汝阿见子敬，便沐浴为论兄辈。'"余嘉锡、徐震堮、朱铸禹、杨勇等人均不言此处刘《注》版本有异。

鲁迅《古小说钩沉》据《世说·赏誉篇注》辑此，内容与上全同。②

（十六）《品藻》条 27《注》引《语林》曰："阮光禄闻何次道为宰相，叹曰：'我当何处生活？'"余嘉锡、徐震堮、朱铸禹、杨勇等人均不言此处刘《注》版本有异。

鲁迅《古小说钩沉》据《世说·品藻篇注》辑此，内容与上全同。③

（十七）《品藻》条 43《注》引《语林》曰："刘真长与丞相不相得，每曰：'阿奴比丞相，条达清长。'"余嘉锡、徐震堮、朱铸禹、杨勇等人均不言此处刘《注》版本有异。

鲁迅《古小说钩沉》据《世说·品藻篇注》辑此，内容与上全同。④

（十八）《规箴》条 8《注》引《语林》曰："阳性游侠，盛暑，一日诣数百家别，宾客与别，常填门，遂死于几下，故惧之。"

余嘉锡言："注'故惧之'，唐本无。"⑤徐震堮言："阳性游侠——此句下唐写本有'为幽州'一句，《御览》四七三引《语林》有'为幽州刺

---

① 鲁迅校录. 古小说钩沉 [M]. 济南：齐鲁书社，1997：24.
② 鲁迅校录. 古小说钩沉 [M]. 济南：齐鲁书社，1997：19.
③ 鲁迅校录. 古小说钩沉 [M]. 济南：齐鲁书社，1997：21.
④ 鲁迅校录. 古小说钩沉 [M]. 济南：齐鲁书社，1997：17.
⑤ 余嘉锡. 世说新语笺疏 [M]. 北京：中华书局，1983：556.

史，当之职'二句，语意尤明。"① 朱铸禹言："阳性游侠，唐写本下有'为幽州'三字。"又言："'遂死'以下八字，唐写本无，此注或后人加而又有脱误。"② 杨勇亦言唐本有"为幽州"三字和无"故惧之"三字。③

鲁迅《古小说钩沉》辑作："李阳性游侠，《御览》引作李阳大侠。士庶无不倾心。为幽州刺史，当之职，二句《御览》引有。盛暑，一日诣数百家别，宾客与别常填门，《御览》四百七十三引作列宾客填门。死于几下。《世说·规箴篇》注。"④

刘《注》与鲁迅所辑对应处的差异是：

刘《注》作"阳"，鲁迅辑作"李阳"。

"故惧之"三字鲁迅未辑，又辑有"为幽州刺史"五字，可见鲁迅此辑更与唐写本刘《注》近。

（十九）《容止》条 7《注》引《语林》曰："安仁至美，每行，老妪以果掷之，满车。张孟阳至丑，每行，小儿以瓦石投之，亦满车。"余嘉锡、徐震堮、朱铸禹、杨勇等人均不言此处刘《注》版本有异。

鲁迅《古小说钩沉》辑作："潘安仁至美，每行，老妪以果掷之满车；《初学记》十九引作于道，群妪以果掷之，尝盈车。张孟阳至丑，每行，小儿以瓦石投之，亦满车。《世说·容止篇》注。《御览》七百七十三又七百七十七引云：张载，字孟阳，甚丑，每出，为小儿掷瓦盈车。"⑤

刘《注》作"安仁"而鲁迅辑作"潘安仁"。

（二十）《容止》条 25《注》引《语林》曰："谢公云：'小时在殿廷会见丞相，便觉清风来拂人。'"余嘉锡、徐震堮、朱铸禹、杨勇等人均不言此处刘《注》版本有异。

鲁迅《古小说钩沉》据《世说·容止篇注》辑此，内容与上全同。⑥

（二十一）《容止》条 29《注》引《语林》曰："王仲祖有好仪形，每览镜自照，曰：'王文开那生如馨儿！'时人谓之达也。"

① 徐震堮. 世说新语校笺［M］. 北京：中华书局，1984：307.
② 朱铸禹. 世说新语汇校集注［M］. 上海：上海古籍出版社，2002：477.
③ 杨勇. 世说新语校笺［M］. 北京：中华书局，2006：502.
④ 鲁迅校录. 古小说钩沉［M］. 济南：齐鲁书社，1997：9.
⑤ 鲁迅校录. 古小说钩沉［M］. 济南：齐鲁书社，1997：12.
⑥ 鲁迅校录. 古小说钩沉［M］. 济南：齐鲁书社，1997：19.

杨勇言："语，宋本作'书'，误。今依各本。"又"王仲祖"中的"王"字杨氏言："王，宋本作'吾'，非。今依各本。"① 朱铸禹言："书，袁本作'语'，是，从改。"又言："吾，王利器曰：'曹本"吾"同；余本作"王"是。'"②

鲁迅《古小说钩沉》辑作："王仲祖有好仪形，《御览》引作少有三达每览镜自照曰：'王文开那生如馨儿？'《御览》引作王开山那生此儿。时人谓之达也。《世说·容止篇》注。又酷贫，帽败；自以形美，乃入帽肆就帽妪戏，乃得新帽。《御览》八百二十八。"③

鲁迅辑作"语"与袁本刘《注》同而与宋本刘《注》异，又鲁迅辑作"王"不作"吾"与宋本、曹本刘《注》异而与袁本刘《注》同。

（二十二）《容止》条 31《注》引《语林》曰："诸人尝要阮光禄共诣林公。阮曰：'欲闻其言，恶见其面。'"余嘉锡、徐震堮、朱铸禹、杨勇等人均不言此处刘《注》版本有异。

鲁迅《古小说钩沉》据《世说·容止篇注》辑此，内容与上全同。④

（二十三）《容止》条 32《注》引《裴子》云："丞相尝曰：'坚石挈脚枕琵琶，有天际想。'"余嘉锡、徐震堮、朱铸禹、杨勇等人均不言此处刘《注》版本有异。

鲁迅《古小说钩沉》据《世说·容止篇注》辑作："丞相尝曰：'坚石挈脚枕琵琶，故自有天际想。'"⑤

鲁迅所辑较刘《注》于"有天际想"前多"故自"二字，此二字当是据《容止》条 32 正文而增，该条《世说》正文有"故自有天际真人想"一语。

（二十四）《伤逝》条 3《注》引《语林》曰："王武子葬，孙子荆哭之甚悲，宾客莫不垂涕。既作驴鸣，宾客皆笑。孙曰：'诸君不死，而令武子死乎？'宾客皆怒。"

余嘉锡曰："注'孙曰'，景宋本及沈本'孙'下俱有'闻之'二字。"

---

① 杨勇. 世说新语校笺 [M]. 北京：中华书局，2006：565.

② 朱铸禹. 世说新语汇校集注 [M]. 上海：上海古籍出版社，2002：532.

③ 鲁迅校录. 古小说钩沉 [M]. 济南：齐鲁书社，1997：21.

④ 鲁迅校录. 古小说钩沉 [M]. 济南：齐鲁书社，1997：19.

⑤ 鲁迅校录. 古小说钩沉 [M]. 济南：齐鲁书社，1997：22.

又"注'而令武子死乎',景宋本及沈本'令'下有'王'字。"① 朱铸禹言："孙闻之，沈校本同，袁本无'闻之'二字。"又"王武子，沈校本同，袁本无'王'字。"②

鲁迅《古小说钩沉》辑作："王武子葬，孙子荆哭之甚悲，宾客莫不垂涕。哭毕，向灵座曰：'卿常好驴鸣，今为君作驴鸣。'既作，声似真，哭毕至此已上《世说》注引作既作驴鸣，今依《御览》引补。宾客皆笑，《御览》三百九十一引云吊王武子，客正哭，见孙子荆驴鸣，变声成笑。孙曰：'诸君不死，而令武子死乎？'宾客皆怒。《世说·伤逝篇》注。《御览》三百八十八又三百八十九。须臾之间，或悲，或笑，或怒。《御览》四百八十二又五百五十六。"③

鲁迅所辑对应处分别作"孙曰"、"武子"与袁本刘《注》同而与宋本、沈校本刘《注》异。

（二十五）《术解》条4《注》引《语林》曰："武子性爱马，亦甚别之。故杜预道'王武子有马癖，和长舆有钱癖。'武帝问杜预：'卿有何癖？'对曰：'臣有《左传》癖。'"

余嘉锡言："注'武帝问杜预'，景宋本及沈本无'杜'字。"④ 徐震堮言："武帝问杜预——'杜预'，影宋本及沈校本并作'预'，是。"⑤ 朱铸禹言："则，袁本作'别'，是，从改。"又言："武帝问预，沈校本同，袁本'预'上有'杜'字。"⑥ 杨勇言："别，宋本作'则'，非。今依各本。"⑦

鲁迅《古小说钩沉》辑作："王武子性爱马，亦甚别之，《蒙求》注引无此二句。故杜预道武子有马癖，和长舆有钱癖。杜预道已下二句亦见《御览》八百三十六引。武帝问杜预：'卿有何癖？'对曰：'臣有《左传》癖。'《世说·术解篇》注、李瀚《蒙求》注，《事类赋注》十引云：杜预尝谓武子有马癖，

① 余嘉锡. 世说新语笺疏 [M]. 北京：中华书局，1983：638.
② 朱铸禹. 世说新语汇校集注 [M]. 上海：上海古籍出版社，2002：545.
③ 鲁迅校录. 古小说钩沉 [M]. 济南：齐鲁书社，1997：11.
④ 余嘉锡. 世说新语笺疏 [M]. 北京：中华书局，1983：705.
⑤ 徐震堮. 世说新语校笺 [M]. 北京：中华书局，1984：381.
⑥ 朱铸禹. 世说新语汇校集注 [M]. 上海：上海古籍出版社，2002：593.
⑦ 杨勇. 世说新语校笺 [M]. 北京：中华书局，2006：634.

和长舆有钱癖，己有《左传》癖。"①

鲁迅所辑作"王武子"与刘《注》作"武子"异。又鲁迅辑作"别"、"武帝问杜预"与袁本刘《注》同而与宋本、沈校本刘《注》异。

（二十六）《巧艺》条10《注》引《语林》曰："王以围棋为手谈，故其在哀制中，祥后客来，方幅会戏。"余嘉锡、徐震堮、朱铸禹、杨勇等人均不言此处刘《注》版本有异。

鲁迅《古小说钩沉》辑作："王中郎以围棋为手谈，故其在哀制中，祥后客来，方幅会戏。《世说·巧艺篇》注。《水经注》二十二引云：王中郎以围棋为坐隐，或亦谓之为手谈，又谓之为棋圣。《类聚》七十四引云：王中郎以围棋为坐隐，支公以棋为手谈。《御览》七百五十三引云：王中郎以围棋为坐隐，亦以为手谈。《海录碎事》十四引略同。《水经注》或亦谓之作支公以围棋为。"②

刘《注》作"王"，鲁迅辑作"王中郎"。

（二十七）《宠礼》条4《注》引《语林》曰："玄度出都，真长九日十一诣之，曰：'卿尚不去，使我成薄德二千石。'"余嘉锡、徐震堮、朱铸禹、杨勇等人均不言此处刘《注》版本有异。

鲁迅《古小说钩沉》辑作："许玄度出都，诣刘真长，先不识，至便造之。一面留连，摽刘贵略无造谒，遂九日十一诣许。语曰：'卿为不去，家将成轻薄京尹。'《类聚》五十又五十五引云：刘真长谓许玄度曰：'卿为不去，我将成轻薄京尹。'《世说·宠礼篇》注引作玄度出都，真长九日十一诣之，谓曰：'卿尚不去，使我成薄德二千石。'"③

刘《注》与鲁迅所辑之差异是：

刘《注》作"玄度"，鲁迅所辑作"许玄度"。

刘《注》无"诣刘真长，先不识，至便造之。一面留连，摽刘贵略无造谒"等二十二字，而鲁迅所辑有。

刘《注》作"真长九日十一诣之"，鲁迅所辑作"遂九日十一诣许"。

刘《注》作"曰"，鲁迅所辑作"语曰"。

刘《注》作"卿尚不去，使我成薄德二千石"，鲁迅所辑作"卿为不去，家将成轻薄京尹"。

---

① 鲁迅校录. 古小说钩沉［M］. 济南：齐鲁书社，1997：10-11.
② 鲁迅校录. 古小说钩沉［M］. 济南：齐鲁书社，1997：23.
③ 鲁迅校录. 古小说钩沉［M］. 济南：齐鲁书社，1997：16-17.

（二十八）《任诞》条28《注》引《语林》曰："伯仁正有姊丧，三日醉，姑丧，二日醉，大损资望。每醉，诸公常共屯守。"余嘉锡、徐震堮、朱铸禹、杨勇等人均不言此处刘《注》版本有异。

鲁迅《古小说钩沉》辑作："周伯仁过江，恒醉，止有姊丧，三日醒，姑丧，三日醒。《御览》四百九十七。《世说》注引作伯仁正有姊丧三日醉，姑丧二日醉，当误。大损资望。每醉，诸公常共屯守。《世说·任诞篇》注。"①

刘《注》与鲁迅所辑的差异是：

刘《注》作"伯仁"而鲁迅辑作"周伯仁"。

刘《注》无"过江，恒醉"四字而鲁迅辑有。

刘《注》作"正有姊丧"，鲁迅辑作"止有姊丧"。

刘《注》作"三日醉，姑丧，二日醉"，鲁迅辑作"三日醒，姑丧，三日醒"。其中刘《注》作"醉"而鲁迅辑作"醒"，又刘《注》作"二"而鲁迅辑作"三"。徐震堮言："'伯仁'二句——《御览》四九七引作'周伯仁过江恒醉，止一有姊丧三日醒，姑丧二日醒也'。二'醉'字并当作'醒'。正有，止有也。"②朱铸禹言："伯仁正有姊丧，三日醉，姑丧二日醉。案：《太平御览》四九七《酣醉门》引《语林》：'伯仁'下有'过江恒醉'四字，'正'作'止'，'二'作'三'，两'醉'字皆作'醒'，无末二句，似较此为是，盖谓只姑丧醒三日，尚是仆射，余皆在醉乡耳。"③杨勇《校笺》亦认为当从《御览》，"正"改作"止"，"醉"改作"醒"，"二"改作"三"。④

（二十九）《任诞》条32《注》引《语林》曰："谢镇西酒后，于槃案閒，为洛市肆工鸲鹆舞，甚佳。"

朱铸禹言："上，袁本作'工'。"⑤朱铸禹、杨勇二人之书此处刘《注》作"上"。⑥

鲁迅《古小说钩沉》辑有"谢尚字仁祖，酒后为鸜鸲舞，一坐倾笑。

---

①　鲁迅校录. 古小说钩沉［M］. 济南：齐鲁书社，1997：14.

②　徐震堮. 世说新语校笺［M］. 北京：中华书局，1984：399.

③　朱铸禹. 世说新语汇校集注［M］. 上海：上海古籍出版社，2002：623-624.

④　详见杨勇. 世说新语校笺［M］. 北京：中华书局，2006：670.

⑤　朱铸禹. 世说新语汇校集注［M］. 上海：上海古籍出版社，2002：625.

⑥　鲁迅校录. 古小说钩沉［M］. 济南：齐鲁书社，1997：19.

《六帖》九十五。"

杨勇言："鸲鹆舞，亦名鸜鹆舞，俗名八哥舞。"① 刘《注》与鲁迅所辑当是《语林》中同一事，只是具体言辞不同，然此处鲁迅未据刘《注》。

（三十）《任诞》条 43《注》引裴启《语林》曰："张湛好于斋前种松，养鸲鹆。袁山松出游，好令左右作挽歌。时人云云。"余嘉锡、徐震堮、朱铸禹、杨勇等人均不言此处刘《注》版本有异。

鲁迅《古小说钩沉》辑作："张湛好于斋前种松柏，《世说》注引无柏字。养鸲鹆；袁山松出游，好令左右作挽歌。二字《书钞》引作《行路难辞》。时人谓：'张屋下陈尸，袁道上行殡。'《世说·任诞篇》注。《书钞》九十二。《御览》三百八十九又五百五十二。"②

刘《注》与鲁迅所辑对应处的差异是：

刘《注》作"松"，鲁迅辑作"松柏"。

又刘《注》有"时人云云"四字，鲁迅未辑，概鲁迅认为此四字非《语林》之文。

（三十一）《任诞》条 50《注》引《语林》曰："玄不立忌日，止立忌时，其达而不拘，皆此类。"余嘉锡、徐震堮、朱铸禹、杨勇等人均不言此处刘《注》版本有异。

鲁迅《古小说钩沉》辑作："桓玄不立忌日，止立《御览》引作政有忌时；《世说·任诞篇》注每至日，弦歌不废。《书钞》九十四。《御览》五百六十二。"③

刘《注》与鲁迅所辑的差异是：

刘《注》作"玄"，鲁迅辑作"桓玄"。

刘《注》"其达而不拘，皆此类"八字鲁迅未辑，而是辑有"每至日，弦歌不废"七字。

（三十二）《排调》条 13《注》引《语林》曰："真长云：'丞相何奇？止能作吴语及细唾也。'"余嘉锡、徐震堮、朱铸禹、杨勇等人均不言此处刘《注》版本有异。

---

① 杨勇. 世说新语校笺［M］. 北京：中华书局，2006：673.
② 鲁迅校录. 古小说钩沉［M］. 济南：齐鲁书社，1997：24.
③ 鲁迅校录. 古小说钩沉［M］. 济南：齐鲁书社，1997：25.

鲁迅《古小说钩沉》辑作："刘真长始《御览》引有始字见王丞相，王公不与语，时大热，以腹熨石局，《类聚》五。曰：'何乃渹？'吴人以冷为渹。刘既出，人问：'见王公何如？'《御览》三十四。真长云：'丞相何奇，止能作吴语及细唾也。'《世说·排调篇》注。《御览》引作刘曰：'未见他异，唯闻作吴语耳。'"①

对应处刘《注》与鲁迅所辑全同。

（三十三）《排调》条24《注》引《语林》曰："宣武征还，刘尹数十里迎之，桓都不语，直云：'垂长衣，谈清言，竟是谁功？'刘答曰：'晋德灵长，功岂在尔？'"余嘉锡、徐震堮、朱铸禹、杨勇等人均不言此处刘《注》版本有异。

鲁迅《古小说钩沉》据《世说·排调篇注》辑此，与上全同。②

（三十四）《轻诋》条21《注》引《裴子》曰："林公云：'文度箸腻颜，挟《左传》，逐郑康成，自为高足弟子。笃而论之，不离尘垢囊也。'"余嘉锡、徐震堮、朱铸禹、杨勇等人均不言此处刘《注》版本有异。

鲁迅《古小说钩沉》据《世说·轻诋篇注》辑此，内容与上全同。③徐震堮、杨勇均据《轻诋》条21正文认为"颜"后当补一"帕"字，鲁迅辑无"帕"字。

（三十五）《俭啬》条1《注》引《语林》曰："峤诸弟往园中食李，而皆计核责钱。故峤妇弟王济伐之也。"

朱铸禹言："王济，袁本'济'误作'齐'。"④

鲁迅《古小说钩沉》据《世说·俭啬篇注》辑此内容，只是作"和峤"与上刘《注》不同。⑤鲁迅辑作"济"与朱铸禹所言袁本刘《注》作"齐"异。

（三十六）《汰侈》条2《注》引《语林》曰："刘寔诣石崇，如厕，见有绛纱帐大床，茵蓐甚丽，两婢持锦香囊。寔遽反走，即谓崇曰：'向误入卿室内。'崇曰：'是厕耳。'"余嘉锡、徐震堮、朱铸禹、杨勇等人均

① 鲁迅校录. 古小说钩沉［M］. 济南：齐鲁书社，1997：17.
② 鲁迅校录. 古小说钩沉［M］. 济南：齐鲁书社，1997：17.
③ 鲁迅校录. 古小说钩沉［M］. 济南：齐鲁书社，1997：19.
④ 朱铸禹：世说新语汇校集注［M］. 上海：上海古籍出版社，2002：724.
⑤ 鲁迅校录. 古小说钩沉［M］. 济南：齐鲁书社，1997：9.

不言此处刘《注》版本有异。

　　鲁迅《古小说钩沉》辑作："刘实诣石崇，如厕，见有绛纱帐大床，茵蓐甚丽，两婢持锦香囊。实遽反走，即谓崇曰：'向误入卿室内。'崇曰：'是厕耳。'《世说·汰侈篇》注。实更往，向乃守厕婢，所进锦囊，实筹。《御览》七百四引云：石崇厕内两婢持锦囊，实筹也。良久不得，便行出，谓崇曰：'贫士不得如此厕。'乃如他厕。《御览》一百八十六。"①

　　（三十七）《尤悔》条 3《注》引《语林》曰："机为河北都督，闻警角之声，谓孙丞曰：'闻此不如华亭鹤唳。'故临刑而有此叹。"

　　杨勇言："督，宋本作'瞀'，非。今依各本。"②

　　鲁迅《古小说钩沉》辑作："陆士衡为河北都督，已被间构，内怀忧懑；闻众军警角鼓吹，二字《类聚》引有。谓其司马孙拯《世说·尤悔篇》注引作陆士衡为河北都督，闻警角之声，谓孙丞曰：'我今闻此，不如华亭鹤唳。'《书钞》一百二十一。《类聚》六十八。《御览》三百三十八又四百六十九。"③

　　刘《注》与鲁迅所辑的差异是：

　　刘《注》作"机"，鲁迅所辑作"陆士衡"。

　　刘《注》无"已被间构，内怀忧懑"八字而鲁迅辑有。

　　刘《注》作"闻警角之声"，鲁迅所辑作"闻众军警角鼓吹"。

　　刘《注》作"谓孙丞曰"，鲁迅所辑作"谓其司马孙拯曰"。

　　刘《注》作"闻此不如华亭鹤唳"，鲁迅所辑作"我今闻此，不如华亭鹤唳"。

　　刘《注》有"故临刑而有此叹"而鲁迅所辑无此七字。鲁迅概认为此七个字不是《语林》当中的内容，徐震堮《校笺》观点与鲁迅同，然余嘉锡、朱铸禹、杨勇等人之书均认为此七个字是《语林》中的内容。

　　又鲁迅所辑作"督"与杨勇所言宋本刘《注》作"瞀"异。

　　（三十八）《惑溺》条 7《注》引《语林》曰："雷有宠，生恬、洽。"

　　余嘉锡言："注'生恬、洽'，景宋本及沈本俱作'生洽、恬'。"④ 朱

①　鲁迅校录. 古小说钩沉［M］. 济南：齐鲁书社，1997：11-12.
②　杨勇. 世说新语校笺［M］. 北京：中华书局，2006：807.
③　鲁迅校录. 古小说钩沉［M］. 济南：齐鲁书社，1997：13.
④　余嘉锡. 世说新语笺疏［M］. 北京：中华书局，1983：923.

铸禹言："生洽、恬，沈校本同，袁本作'生恬、洽'。"① 杨勇言："宋本作'洽、恬'。袁本作'恬、洽'，汪藻《琅邪王氏谱》与袁本同，是。今据改。"②

鲁迅《古小说钩沉》辑与上全同，并云："《世说·惑溺篇》云：王丞相有幸妾姓雷，颇预政事，纳货蔡公，谓之'雷尚书'，注云《语林》云云。"③

鲁迅即辑作"生恬、洽"与袁本刘《注》同而与宋本、沈校本刘《注》异。

（三十九）《仇隙》条 1《注》引《语林》曰："潘、石同刑东市，石谓潘曰：'天下杀英雄，卿复何为？'潘曰：'俊士填沟壑，余波来及人。'"余嘉锡、徐震堮、朱铸禹、杨勇等人均不言此处刘《注》版本有异。

鲁迅《古小说钩沉》据《世说·仇隙篇注》辑此，内容与上全同。④

刘《注》计引《语林》39 次，在鲁迅所辑《语林》中均可以找到，其中只有《任诞》条 32《注》所引内容鲁迅未言及，该条鲁迅是据《六帖》辑佚的。其余的 38 条，鲁迅或是完全据刘《注》，或据刘《注》的同时也参考了其他文献。

三十一、《郭子》

《任诞》条 34《注》引作"《郭子》"，《惑溺》条 5《注》似孝标以己语概括了《郭子》的内容。

考证：今佚，但有辑佚。《古佚书辑本目录》言："郭澄之，太原曲阳人，官至相国从事中郎。（《晋书·文苑传》）《隋志》子部小说类载《郭子》三卷，东晋中郎郭澄之撰。两《唐志》亦三卷，题贾泉注。按泉不详何人，考《南齐书》有贾渊，字希镜，唐人避讳，或改为贾泉钦？马国翰从《世说新语》注及唐宋类书辑为一卷。鲁迅所辑略多于马辑，其中'将军王敦起事'、'海西时朝堂犹暗'、'佛经以为祛治神明'、'许玄度在西州

① 朱铸禹. 世说新语汇校集注［M］. 上海：上海古籍出版社，2002：768.
② 杨勇. 世说新语校笺［M］. 北京：中华书局，2006：828.
③ 鲁迅校录. 古小说钩沉［M］. 济南：齐鲁书社，1997：20.
④ 鲁迅校录. 古小说钩沉［M］. 济南：齐鲁书社，1997：12.

讲'、'庾公为护军'等十节为马所缺。马辑唯'陈骞以韩寿为掾'、'博学之士'、'王孝伯问王大'三节为鲁迅所无。"①

（一）《任诞》条 34《注》引《郭子》曰："桓公樗蒲，失数百斛米，求救于袁耽。耽在艰中，便云：'大快。我必作采，卿但大唤。'即脱其衰，共出门去。觉头上有布帽，掷去，箸小帽。既戏，袁形势呼祖，掷必卢雉，二人齐叫，敌家顷刻失数百万也。"余嘉锡、徐震堮、朱铸禹、杨勇等人均不言此处刘《注》版本有异。

余嘉锡案："《御览》七百五十四引《郭子》曰：'桓公年少至贫，尝樗蒲，失数百斛米。齿既恶，意亦沮，自审不复振，乃请救于袁彦道。桓具以情告，袁欣然无忤，便即俱去门，云"我不但拔卿、要为卿破之，我必作快齿，卿但快唤"云云。'较此注所引，互有详略。"②

《太平御览》卷七五四引《郭子》曰："桓公年少至贫，尝樗蒲，失数百斛米。齿既恶，意亦沮。自审不复振，乃请救於袁彦道。桓具以情告，袁欣然无忤，便即俱去，出门云：'我不但拔卿，要为卿破之！我必作快齿，卿但快唤！'既戏，袁形势呼咀慨牡，掷必卢雉，二人齐叫，敌家震惧丧气。俄顷获数百万。"③

鲁迅《古小说钩沉》辑作："桓公宣武也年少至贫，尝樗蒲失数百斛米，齿既恶，意亦沮；自审不复振，乃请救于袁彦道。桓具以情告，已上《世说》注引作桓公樗蒲失数百斛米，求救于袁耽。袁在艰中，欣然无忤；便云：'大快，《御览》引有欣然句，次作便即俱去出门云。我不但拔卿，要为卿破之。我必作快齿，卿但快唤。'已上四句《世说》注引作我必作采，卿但大唤。即脱其衰，共出门去。觉头上有巾帽，掷去，著小帽。已上五句《世说》注引有之。既戏，袁形势呼咀音恒咀相呼慨牡，二字《御览》引有。掷必卢雉；二人齐叫，敌家震惧丧气。俄顷获数百万。已上二句《世说》注引作敌家顷刻失数百万也。《世说·任诞篇》注。《御览》七百五十四。"④

鲁迅所辑参考了《御览》和刘《注》所引《郭子》，并且指出了二者

①　孙启治，陈建华. 古佚书辑本目录［M］. 北京：中华书局，1997：254-255.

②　余嘉锡. 世说新语笺疏［M］. 北京：中华书局，1983：749.

③　李昉等. 太平御览［M］. 北京：中华书局，1960：3347.

④　鲁迅校录. 古小说钩沉［M］. 济南：齐鲁书社，1997：37.

的异同。

（二）《惑溺》条 5《注》有"郭子谓：与韩寿通者，乃是陈骞女，即以妻寿，未婚而女亡。寿因娶贾氏，故世因传是充女。"此概是刘孝标的概括之词。

鲁迅《古小说钩沉》所辑《郭子》中有"贾公闾女悦韩寿"一条，辑作："贾公闾女悦韩寿，问婢识否，一婢云：'是其故主。'女内怀存想，婢后往寿家说如此。寿乃令婢通己意，女大喜，遂与通。《御览》五百。与韩寿通者乃是陈骞女。《世说·惑溺篇》注。骞以韩寿为掾，每会，闻寿有异香气，是外国所贡，一著衣，历日不歇。骞计武帝唯赐己及贾充，他家理无此香；嫌寿与己女通，考问左右，婢具以实对。骞以女妻寿。《御览》九百八十一。未婚而女亡，寿因娶贾氏，故世因传是充女。《世说·惑溺篇》注。案：二说不同，盖前一说是世俗所传，后一说则郭氏论断也。"①

可见，鲁迅把刘《注》中的"与韩寿通者，乃是陈骞女，即以妻寿，未婚而女亡。寿因娶贾氏，故世因传是充女。"均辑入到《郭子》中，对应内容唯作"骞以女妻寿"（据《御览》九百八十一）与刘《注》"即以妻寿"异，其余全同。

刘《注》凡引《郭子》2 次，均被鲁迅辑入到《古小说钩沉》中，当然鲁迅在辑佚之时未尽据《世说》刘《注》，而是同时参考了《太平御览》。

第八节 子部兵家类引书考

三十二、《孙子兵法》

《雅量》条 21《注》引作"《孙子兵法》"。

考证：今存，但有佚文。《古佚书辑本目录》对《孙子兵法》佚文的辑佚情况进行了介绍和考证，并言："《汉志》载《孙子兵法》八十五篇。今本仅十三篇，与《史记》孙武本传所言同。张守节《正义》引《七录》载《孙子兵法》三卷，谓十三篇为上卷，又有中、下两卷。今诸书引十三

篇以外之文，多为孙武答吴王阖闾间之问，毕以珣《孙子叙录》谓武作十三篇以干阖间，既见，相与问答，武又定著为若干篇，皆在《汉志》八十五篇之中。按《汉志》所载未必为武自编定，溢出十三篇以外诸篇或是后人所补入。"① 沈家本《古书目三种》对《孙子兵法》的著录、篇数等情况进行了介绍，并引颜师古的观点区分了孙武、孙膑二《兵法》。②

《雅量》条21《注》引《孙子兵法》曰："火攻有五：一曰火人，二曰火积，三曰火车，四曰火军，五曰火队。凡军必知五火之变，故以火攻者，明也。"余嘉锡、徐震堮、朱铸禹、杨勇等人均不言此处刘《注》版本有异。

《孙子兵法·火攻篇》："孙子曰：凡火攻有五：一曰火人，二曰火积，三曰火辎，四曰火库，五曰火队，行火必有因，烟火必素具，发火有时，起火有日。时者，天之燥也。日者，月在箕壁翼轸也，凡此四宿者，风起之日也。凡火攻必因五火之变而应之，火发於内则早应之於外，火发兵静者待而勿攻，极其火力可从而从之不可从而止，火可发於外无待於内以发之，火发上风无攻下风，昼风久夜风止，凡军必知有五火之变以数守之，故以火佐攻者明。"③

徐震堮《校笺》言："'三曰火车'二句——《孙子·火攻篇》作'三曰火辎，四曰火库'。"④

朱铸禹《世说新语汇校集注》言："五火，《笺》：火人，以火烧营以伤人也。火积，火烧积粮，案：《孙子》作火辎，焚其辎重也。火车，焚其战车也。火库，案原作'军'，疑当作'库'，烧其兵库也。火队，以火攻其队伍使乱也。"⑤

杨勇《校笺》言："库，宋本及各本均作'军'，非。《孙子兵法·火攻篇》作'三曰火辎，四曰火库。'辎、车，意同。火军无义，疑作'火

① 孙启治，陈建华. 古佚书辑本目录》，北京：中华书局，1997：228.

② 沈家本. 古书目三种［M］.（卷二《第一编三国志注所引书目二·子部》）北京：中华书局，1963.

③ 四部丛刊初编子部. 孙子集注［M］. 上海商务印书馆缩印江南图书馆藏明嘉靖刊本. 163-167.

④ 徐震堮. 世说新语校笺［M］. 北京：中华书局，1984：203.

⑤ 朱铸禹. 世说新语汇校集注［M］. 上海：上海古籍出版社，2002：317.

库'是。火库者，以火攻其仓库也。"①

刘《注》所引此段《孙子兵法》又被《太平御览》所引：

《太平御览》卷三二一引《孙子》曰："火攻有五。一曰火人，二曰火积，三曰火辎，四曰火库，五曰火墬。行火必有因，烟火素具。发火有时，起火有日。时者，天之燥也。日者，宿在戊箕、东壁、翼、轸也。凡此四宿者，风起之日。凡火攻，必因五火之变而应之。火发於内，即军应之於外。火发而兵静者，待而勿攻。极其火力，可从而从之，不可从则止。火可发於外，无待於内，以时发之。火发於上风，无攻於下风。昼风久，风夜止。凡军必知五火之变，以数守之。故以火佐攻者明。"②

《太平御览》卷八六九引《孙子兵法》曰："凡火攻有五：一曰火人，二曰火积，三曰火辎，四曰火库，五曰火燧。"③

刘《注》所引《孙子兵法》与今本《孙子兵法》的不同，上各家均已言之。我们首先要强调的是刘《注》所引此段《孙子兵法》见于今本《孙子兵法·火攻篇》，所以刘《注》所引《孙子兵法》不是佚文。刘《注》所引此段《孙子兵法》较今本《孙子兵法》所记要简略得多，而且存在着一定的差异。

刘《注》作"火车"，今本《孙子》作"火辎"。杨勇认为辎、车意同。我们认为此观点是正确的，《资治通鉴·汉纪五十七》"操车重在后"，胡三省《注》："车重，即辎重。"④《文选》张衡《东京赋》"终日不离於辎重"，薛综《注》："辎重，车也。"又《文选》班固《封燕然山铭》"雷辎蔽路"，张铣《注》云："辎，车也。"⑤《后汉书·窦宪传》"云辎蔽路"，李贤《注》："辎，车也。"⑥

刘《注》作"火军"，今本《孙子》作"火库"。《太平御览》卷三二一、卷八六九两处引《孙子》（一处作《孙子兵法》）均作"火库"与今本《孙子》同。

①　杨勇. 世说新语校笺［M］. 北京：中华书局，2006：330.

②　李昉等. 太平御览［M］. 北京：中华书局，1960：1475.

③　李昉等. 太平御览［M］. 北京：中华书局，1960：3853.

④　司马光. 资治通鉴（第五册）［M］. 北京：中华书局，1956：2072.

⑤　四部丛刊初编集部. 六臣註文选［M］. 上海商务印书馆缩印宋刊本，79，1033.

⑥　王先谦. 后汉书集解［M］. 北京：中华书局，1984：298.

刘《注》作"火隊"与今本《孙子兵法》同。而《太平御览》一作"火墜",一作"火燧"。

三十三、范汪《棋品》

《政事》条 17《注》、《方正》条 42《注》均引作"范汪《棋品》"。

考证:今佚,目前只见严可均据《世说注》辑有一条。沈家本言:"《隋志》:《棊九品序录》一卷,范汪等撰。二《唐志》范汪等注《棊品》五卷。"① 《古佚书辑本目录》言:"范汪,字玄平,南阳顺阳人,善谈名理,事跡见《晋书》本传。"② 范汪《棋品》未见《古佚书辑本目录》著录,但著录有《范汪〈文存〉》,并言:"严可均据《通典》、《晋书》、《世说》注等采得表、疏、议、书、答问等文凡八首。"③

(一)《政事》条 17《注》引范汪《棋品》曰:"謇字道真,仕至郡功曹。"

余嘉锡言:"注'道真',沈本作'道直'。"④ 徐震堮言:"謇字道真——影宋本及沈校本并作'道直',是。"⑤ 朱铸禹言:"謇字道直,沈校本同,袁本、诸本作'道真'。"⑥

从謇的字义来说,我们也认为影宋本、沈校本刘《注》作"道直"是正确的。"謇"有"直"的意思:《文选》屈平《离骚经》"余固知謇謇之为患兮",刘良《注》:"謇謇,直言貌。"又《文选》袁宏《三国名臣序赞》"伯言謇謇",吕向《注》:"謇謇,直也。"⑦

严可均《全晋文》卷一百二十四据《世说·政事篇注》辑有《棊品》此段内容,辑作:"謇字道真,仕至郡功曹。"⑧ 其中作"道真"与袁本刘《注》同而与宋本、沈校本刘《注》异。

---

① 沈家本. 古书目三种 [M]. 卷五《第二编世说注所引书目三·子部》,北京:中华书局,1963.

② 孙启治,陈建华. 古佚书辑本目录 [M]. 北京:中华书局,1997;179.

③ 孙启治,陈建华. 古佚书辑本目录 [M]. 北京:中华书局,1997;312.

④ 余嘉锡. 世说新语笺疏 [M]. 北京:中华书局,1983;180.

⑤ 徐震堮. 世说新语校笺 [M]. 北京:中华书局,1984;100.

⑥ 朱铸禹. 世说新语汇校集注 [M]. 上海:上海古籍出版社,2002;161.

⑦ 四部丛刊初编集部. 六臣註文选 [M]. 上海商务印书馆缩印宋刊本. 606,907.

⑧ 严可均. 全上古三代秦汉三国六朝文(第三册)[M]. 北京:中华书局,1958;2175.

（二）《方正》条 42《注》引范汪《棋品》曰："彪与王恬等，棋第一品，导第五品。"余嘉锡、徐震堮、朱铸禹、杨勇等人均不言此处刘《注》版本有异。

严可均《全晋文》卷一百二十四未辑有刘《注》此处所引内容。

第九节　子部天文类引书考

三十四、《周髀算经》

《言语》条 15《注》引作"《周髀》"，马念祖认为此即《周髀算经》之省称。[①]

考证：今存。沈家本言："《隋志》天文类：《周髀》一卷，赵婴注；《周髀》一卷，甄鸾注；《周髀图》一卷。二《唐志》前二书同，无《周髀图》。《四库总目》：《周髀算经》二卷，音义一卷（永乐大典本）。"又沈氏经过推理认为"隋唐志之赵婴殆即赵爽之讹欤"。[②] 曲安京《〈周髀算经〉新议》对什么是周髀、《周髀算经》的成书年代、版本流传、章节划分、注释和研究等问题进行了介绍和讨论。[③]

《言语》条 15《注》引《周髀》曰："夏至，北方二万六千里，冬至，南方十三万五千里，日中树表则无影矣。周髀长八尺，夏至日，晷尺六寸。髀，股也；晷，句也。正南千里，句尺五寸；正北千里，句尺七寸。《周髀》之书也。"

徐震堮《校笺》、杨勇《校笺》、朱铸禹《世说新语汇校集注》均认为"《周髀》之书也"五字不是刘《注》所引《周髀》中的内容，但余嘉锡的《笺疏》似乎认为是，这从各书的点校即可看出。

杨勇言："北方下，各本有'二万'二字，是。"[④] 朱铸禹言："夏至，

---

① 马念祖.《水经注》等八种古籍引用书目汇编 [M]. 北京：中华书局，1959：50.

② 沈家本. 古书目三种 [M].（卷五《第二编世说注所引书目三·子部》）北京：中华书局，1963.

③ 曲安京.《周髀算经》新议 [M]. 西安：陕西人民出版社，2002：1-29.

④ 杨勇. 世说新语校笺 [M]. 北京：中华书局，2006：66.

北方六千里。袁本作'二万六千里'。案《周髀》曰:'日,夏至,南万六千里;日,冬至,南十三万五千里:日中无影。'据此,则此处'北方'当作'南方',又'六千里'上脱'万'字。袁本亦误作'北方',又'二万六千里'上衍'二'字。"①

《周髀算经》卷上有:"夏至,南万六千里,冬至,南十三万五千里。日中立竿测影,此一者天道之数。周髀长八尺,夏至之日,晷一尺六寸。髀者,股也。正晷者,勾也。正南千里,勾一尺五寸;正北千里,勾一尺七寸。"② 据曲安京《〈周髀算经〉新议》,各本《周髀算经》此段文字只有一处不同:其中"测"字,钱本改为"无"。

《周髀算经》卷上又有:"荣方曰:周髀者何?陈子曰:古时天子治周,此数望之从周,故曰周髀。髀者,表也。日夏至南万六千里,日冬至南十三万五千里。日中无影,以此观之,从南至夏至之日中十一万九千里。"③

比较来看,刘《注》所引《周髀》与前一段《周髀算经》所记更接近,唯刘《注》中"日中树表则无影矣"似与"日中立竿测影"差异较大,而与"日中无影"更接近。曲安京《〈周髀算经〉新议》言:"日中立竿测影,各本均如此。根据接下来的原文'此一者天道之数',可知此段经文的大意如下:'日中立竿测影'是《周髀》各项数据的基本来源,而前面给出的夏至、冬至日南戴日下距离,就是通过'日中立竿测影'而得到的《周髀》数理模型的基本数据。因此,原文可通。钱本将'测'字改为'无',似无必要。"④ 这段文字中提到的"钱本"就是钱宝琮校点本《周髀算经》。钱本把"测"改为"无",则变成了"日中立竿无影",此与刘《注》"日中树表则无影矣"义同,因为"立竿"即是"树表"。所以,刘《注》可证钱本此处之改动,钱本《周髀算经》改"测"为"无"亦为有据。这是刘《注》对今存文献版本校勘的贡献。

---

① 朱铸禹. 世说新语汇校集注 [M]. 上海:上海古籍出版社,2002:65.

② 四部丛刊初编子部. 周髀算经二卷 [M]. 上海商务印书馆缩印南陵徐氏积学斋藏明刊本. 15.

③ 四部丛刊初编子部. 周髀算经二卷 [M]. 上海商务印书馆缩印南陵徐氏积学斋藏明刊本. 22.

④ 曲安京.《周髀算经》新议 [M]. 西安:陕西人民出版社,2002:168.

刘《注》所引与今本《周髀算经》之间的差异是：

据杨勇、朱铸禹所言，影宋本刘《注》作"夏至，北方六千里"，袁本、沈校本等其他各本刘《注》作"夏至，北方二万六千里"。今本《周髀算经》作"夏至，南万六千里"。此处之异，朱铸禹先生已言之甚详。

刘《注》作"冬至，南方十三万五千里"，今本《周髀算经》作"冬至，南十三万五千里"。刘《注》较今本多一"方"字。

刘《注》作"日中树表则无影矣"，今本《周髀算经》作"日中立竿测影"。此异我们上文已交待。

刘《注》作"周髀长八尺，夏至日，晷尺六寸"，今本《周髀算经》作"周髀长八尺，夏至之日，晷一尺六寸"。刘《注》较今本于"日"前少一"之"字，又于"晷"后少一"一"字。朱铸禹引《笺》言："此十二字当在下文'晷，勾也'句下。"① 然今本《周髀算经》不如其言，若其言正确，则今本《周髀算经》文亦倒。曲安京《〈周髀算经〉新议》未言之。

刘《注》作"髀，股也；晷，句也"，今本《周髀算经》作"髀者，股也。正晷者，勾也"。刘《注》"髀"后无"者"字而今本有，刘《注》"晷"前无"正"字、"晷"后无"者"而今本并有，又刘《注》作"句"而今本作"勾"。（刘《注》作"句"是指《笺疏》本，徐、杨、朱等人之书则作"勾"）朱骏声《说文通训定声》言："句，俗作勾。"② 《广韵·候韵》亦云："句，俗作勾。"③

刘《注》作"正南千里，句尺五寸；正北千里，句尺七寸"，今本《周髀算经》作"正南千里，勾一尺五寸；正北千里，勾一尺七寸"。今本较刘《注》于二"尺"字前各多一"一"字。

刘《注》"《周髀》之书也"不见于今本《周髀算经》，此概刘孝标之案语，故徐、杨、朱各自之书均不认为此五字为刘《注》所引《周髀》中的一部分。朱铸禹又引《释》言："应作'《周髀》，书名也。'"④ 然不言

① 朱铸禹. 世说新语汇校集注［M］. 上海：上海古籍出版社，2002：65.

② 朱骏声. 说文通训定声［M］. 武汉：武汉市古籍书店，1983：349.

③ 宋本广韵［M］. 北京：北京市中国书店，1982：419.

④ 朱铸禹. 世说新语汇校集注［M］. 上海：上海古籍出版社，2002：66.

证据，此蓋臆测之词。

第十节　子部五行家类引书考

三十五、《青鸟（乌）子相冢书》

《术解》条 6《注》引作"《青鸟子相冢书》"。

考证：今佚。沈家本书目著录有《青乌子相冢书》，并言："《隋志》无，二《唐志》有《青乌子》三卷。"① 叶德辉言："《隋志》不著录，《唐志》五行家作《青乌子》三卷，无撰人。《书钞·酒食部》六引作《青乌子葬书》。《艺文类聚·山部上》引作《青乌子相冢书》。"②

《术解》条 6《注》引《青乌子相冢书》曰："葬龙之角，暴富贵，后当灭门。"

余嘉锡言："注'青鸟子相冢书'：'鸟'，宋本作'乌'。"③ 徐震堮言："青乌子《相冢书》曰——'青乌子'，影宋本及沈校本并作'青乌子'。案青乌先生，相传为彭祖弟子，有《葬经》。故世称相风水为青乌术。《新唐书·艺文志》子部五行类有《青乌子》三卷。《旧唐书·经籍志》作《青乌子》。"④ 杨勇言："乌，宋本作'乌'，非。今依各本改。徐《笺》：'案青乌先生，相传为彭祖弟子，有《葬经》，故世称相风水为青乌术。《新唐书·艺文志》子部五行类有《青乌子》三卷，《旧唐书·经籍志》作《青乌子》。'"⑤ 不知杨氏所见徐氏《校笺》缘何与我们所见者不同。朱铸禹言："青乌子，沈校本同，袁本作'乌'。《释》：《列仙全传》曰：'青乌公者，彭祖之弟子也，入华山中学道，后服金液而昇天。'《笺》：《钞撮》云：'地理五经中有《葬经》，汉青乌箸。又说郭有《青乌

① 沈家本. 古书目三种［M］.（卷五《第二编世说注所引书目三·子部》）北京：中华书局，1963.
② 转引自刘义庆. 世说新语［M］. 上海：上海古籍出版社，1982：533.
③ 余嘉锡. 世说新语笺疏［M］. 北京：中华书局，1983：706.
④ 徐震堮. 世说新语校笺［M］. 北京：中华书局，1984：328.
⑤ 杨勇. 世说新语校笺［M］. 北京：中华书局，2006：635.

子相地骨经》。又青乌公仙人也。'"①

　　据各家观点可知，宋本、沈校本刘《注》作"青乌子"，袁本及他本刘《注》作"青鸟子"。余、徐、朱均不言作"鸟"是抑或作"乌"是，唯杨氏言宋本作"乌"非，当改为"鸟"。据徐震堮之观点：《新唐书·艺文志》作"青乌子"而《旧唐书·经籍志》作"青鸟子"，而沈家本则认为二《唐志》均作"青乌子"，不言有异。据杨家骆《历代经籍志》，二《唐志》并著录《青乌子》三卷，徐氏误。叶德辉在其书目中亦著录为《青乌子相冢书》，沈、叶二人所据当是宋本《世说新语》，故均作"青乌子"。

　　《太平御览》卷五五六引邓粲《晋记》曰："晋明帝亦解冢宅，闻郭璞为人葬，后微服往看，因问：'君何以葬龙角？此法当灭族。'主人答云：'郭景纯云："此是葬龙耳。不出三年，当致天子。"'明帝复问云：'为是出天子耶？'答：'非能出，招致天子耳。《相冢书》曰：凡葬龙耳，富贵出五侯。葬龙头，暴得富贵，人不能见。葬龙口，贼子孙。葬龙齿，三年暴死。葬龙咽，死灭门。葬龙腮，必卒死。天子葬高山，诸侯葬连岗，庶人葬平地。'"②

　　《太平御览》卷五六〇引《相冢书》曰："凡葬於龙耳，贵出侯。青乌子称：山三重相连名伞山，葬之出二千石。"③

　　《艺文类聚》卷七引《相冢书》曰："青乌子称：山望之如却月形，或如覆舟，葬之出富贵；山望之如雞栖，葬之灭门；山有重叠，望之如鼓吹楼，葬之连州两千石。"④

　　《御览》、《类聚》均未引有与刘《注》所引完全相同的内容，但均作"青乌子"与宋本、沈校本刘《注》同。想必青乌子与青鸟子是由于乌、鸟形近而致混，二者当有一是者。刘《注》不同版本有作乌、作鸟的不同，正说明了研究者在这个问题上的莫衷一是。

　　《风俗通·佚文》："汉有青乌子，善数术。（《广韵》卷二青第一

①　朱铸禹. 世说新语汇校集注［M］. 上海：上海古籍出版社，2002：594.
②　李昉等. 太平御览［M］. 北京：中华书局，1960：2517.
③　李昉等. 太平御览［M］. 北京：中华书局，1960：2532.
④　欧阳询. 艺文类聚［M］. 上海：上海古籍出版社，1965：123.

五）"① 《艺文类聚》卷十一引葛洪《抱朴子》曰："黄帝生而能言……相地理则书青乌之説。"② 据此，青乌有二。

三十六、《相书》

《排调》条 21《注》引作"《相书》"。

考证：今佚，但有辑佚。《古佚书辑本目录》著录有《相经》，并言："《汉志》形法家载《相人》二十四卷，《隋志》子部五行家载《相书》四十六卷，均不著撰人。《隋志》又有萧吉《相经要録》二卷，注云：'（梁有）《相经》三十卷，鍾武隶撰；《相书》十一卷，樊、许、唐氏《武王相书》一卷，《杂相书》九卷，《相书图》七卷，亡。'疑萧氏《要録》乃要约诸书而成者。今皆亡佚。《世说新语》注、《后汉书》注及唐、宋类书等引有《相经》，未详何家之书，郝懿行据以採得十七节。"③ 据此可知，刘《注》所引《相书》内容已经被郝懿行所辑。只是《古佚书辑本目录》称刘《注》引的是《相经》，而据我们查引的是《相书》。《汉志》的《相人》、《隋志》的《相书》均不著撰人，刘孝标作《世说注》引《相书》时亦不言撰人，概刘孝标亦不知其撰人。

《艺文类聚》卷十七 2 次引《相书》，不言撰人。④ 《太平御览》卷三六七 3 次引《相书》，亦不言撰人。

《排调》条 21《注》引《相书》曰："鼻之所在为天中，鼻有山象，故曰山。"余嘉锡、徐震堮、朱铸禹、杨勇等人均不言此处刘《注》版本有异。

《魏志·方技传》"又鼻者艮，此天中之山"，下裴松之案："《相书》谓鼻之所在为天中，鼻有山象，故曰：'天中之山'也。"又"《相书》"下《三国志集解》曰："《汉书·艺文志》：《相人》二十四卷。《隋书·经籍志》：《相书》四十六卷。"⑤ 《集解》概认为裴松之所言之《相书》当是《汉志》之《相人》（二十四卷）和《隋志》之《相书》（四十六卷），从刘

---

① 吴树平. 风俗通义校释 [M]. 天津：天津人民出版社，1980：470.

② 欧阳询. 艺文类聚 [M]. 上海：上海古籍出版社，1965：211.

③ 孙启治，陈建华. 古佚书辑本目录 [M]. 北京：中华书局，1997：238.

④ 欧阳询. 艺文类聚 [M]. 上海：上海古籍出版社，1965：315，317.

⑤ 卢弼. 三国志集解 [M]. 北京：中华书局，1982：671.

《注》所引《相书》内容和裴松之所提到《相书》内容的相近来看，刘《注》所引《相书》与裴松之所言者当是一个，惟因年代不同在内容上可能存在增删、改动的情况。

刘《注》与裴《注》的差异是：

刘《注》作"故曰山"，裴《注》作"故曰天中之山"。

据《古佚书辑本目录》，郝懿行《郝氏遗书·曬书堂随笔卷下》辑有刘《注》此处所引内容。王仁俊《玉函山房辑佚书续编三种》著录有郝氏所辑，其中辑有"鼻之所在为天中"九字。[①]

三十七、《伯乐相马经》

《德行》条 31《注》引作"《伯乐相马经》"。

考证：今佚，但有辑佚。《古佚书辑本目录》著录有《相马经》和《伯乐相马经》，并言："《汉志》形法家载《相六畜》三十八卷。杨树达谓《三国志·夏侯泰初传》注云'汉世有《鹰经》、《牛经》、《马经》'，正相六畜一类书（《汉书管窥》）。按杨说是，《汉志》所载盖总称。《隋志》子部五行家载《相马经》一卷，又谓梁有《伯乐相马经》二卷，亡。《旧唐志》载《相马经》六十卷，诸葛颖等撰。《新唐志》载《伯乐相马经》一卷，徐成等《相马经》二卷，《相马经》三卷，又六十卷。按六十卷者，盖汇诸家经为一书也。至题名伯乐，显为依托。"[②] 其中提到的《伯乐相马经》当是刘孝标作《世说注》所引者。相马当是一门学问，从伯乐到诸葛颖，期间通此学问者盖不乏其人，每人均可能把自己相马的经验得失总结下来，同时也把前人的经验得失继承下来，因此《相马经》可能是被不断丰富的，正如大多数子书一样，伯乐在相马界就如同儒家的孔子、墨家的墨翟、法家的韩非子一样，其书被后人不断丰富和完善，一些内容就依托其名，而实非其自作。我们同意作《伯乐相马经》是依托，但我们觉得其中可能会有伯乐个人相马的一些见解在里边。另外，关于伯乐亦非一，

---

① 详见王仁俊. 玉函山房辑佚书续编三种［M］. 上海：上海古籍出版社，1989：256.

② 孙启治，陈建华. 古佚书辑本目录［M］. 北京：中华书局，1997：231.

姚振宗言："案此《伯乐相马经》不知为秦之伯乐、赵之伯乐。"① 伯乐可能泛指善于相马之人，以致后来伯乐也变成了指代善识人才的人，由善相马者变成了善相人者。

《德行》条31《注》引《伯乐相马经》曰："马白额入口至齿者，名曰榆雁，一名的卢。奴乘客死，主乘弃市，凶马也。"余嘉锡、徐震堮、朱铸禹、杨勇等人均不言此处刘《注》版本有异。

杨勇言："唐《批》：'《齐民要术》十引作"白从额上入口，名曰俞膺，一名的颡。"云大凶马也。'"②

《太平御览》卷八九六引《伯乐相马经》曰："江淮津督徐成，字子长，兄弟蒙宠於府君，治马方以报，千金不传，号淮津方。寻阳丞阳朱君方最良，豫州从事沛国萧跣方最良也。"③ 从该条所提到的几个人来看，《伯乐相马经》依托伯乐当是事实。

《太平御览》卷八九六引《伯乐相马经》曰："素下去，飞虻四寸，行千里。骤而不起，骨劳；起而不振，皮劳；振而不喷，气劳。耳欲小而促也。食有三刍，饮有三时也。白额入口，名曰榆写，一名的卢，奴乘客死，主乘弃市。廻毛在目下，名曰承泪，不利人也。"④

王仁俊《玉函山房辑佚书续编》子部艺术类辑有《伯乐相马经》，据王氏交待其所辑实转录自郝懿行《郝氏遗书·曝书堂随笔卷下》，其所转录的内容中有"白额入口，名曰榆寫，一名的卢。奴乘客死，主乘弃市。廻毛在目下，名曰承泪，不利人也。"并下案语曰："案《世说·德行篇》刘峻《注》引《相马经》，白额作白额，入口下有至齿者三字，榆寫作榆雁。"⑤ 可见，王氏所转录的郝懿行的此处辑佚当是据《太平御览》而辑，但郝氏亦注意到了刘《注》所引内容。

① 姚振宗. 隋书经籍志考证 [M]. 591. 二十五史补编（第四册）. 开明书店辑印，1936：5629.

② 杨勇. 世说新语校笺 [M]. 北京：中华书局，2006：31.

③ 李昉等. 太平御览 [M]. 北京：中华书局，1960：3978.

④ 李昉等. 太平御览 [M]. 北京：中华书局，1960：3978.

⑤ 王仁俊. 玉函山房辑佚书续编三种 [M]. 上海：上海古籍出版社，1989：258.

三十八、《宁戚相牛经》

《汰奢》条 6《注》引作"《宁戚经》曰",据上《注》所引《相牛经》,可知此"《宁戚经》"为《宁戚相牛经》。

考证：今佚,但有辑佚。关于宁戚其人：《太平御览》卷四八四引《史记》曰："宁戚,卫人也。欲仕齐,家贫无以自资,乃赁为人推车。至齐国,桓公出,戚望见车驾,乃於车下饭牛,扣牛角而歌。桓公闻之,抚手曰：'异哉,此人乃非常人也！'命管仲迎之,以为上卿。"[①] 关于宁戚其书：《古佚书辑本目录》著录有《相牛经》和《宁戚相牛经》,并言："汉有《相牛经》,参前条。《隋志》五行家云：'梁有齐大夫宁戚《相牛经》、王良《相牛经》、高堂隆《相牛经》各二卷,亡。'两《唐志》并载宁戚《相牛经》一卷。《世说新语·汰侈》注引《相牛经》云：'《牛经》出宁戚,传百里奚。汉世河西薛公得其书,以相牛,百不失一。至魏世,高堂生又传以与晋宣帝,其后王恺得其书焉。'姚振宗《隋书经籍志考证》以为此蓋《牛经》序文。按此皆出后人依托,当非真有其事。"接着《目录》又交待了各家对《相牛经》和《宁戚相牛经》的辑佚情况。[②] 我们认为《宁戚相牛经》的情况当与《伯乐相马经》同,前文我们已经进行了分析。

《汰奢》条 6《注》引《宁戚经》曰："棰头欲得高,百体欲得紧,大膁疏肋难齝齝,龙头突目好跳。又角欲得细,身欲促,形欲得如卷。"

余嘉锡言："《齐民要术》引此句作'大膁疏肋难飼'。"又言："注'齝齝',景宋本及沈本无'齝'字；'齝',沈本作'齠'。"[③] 徐震堮言："大膁疏肋难齝——'齝'上原衍'齝'字,据影宋本及沈校本删。案《齐民要术》所引亦无此字。齝,《尔雅·释兽》：'牛曰齝。'注：'食之已久,复出嚼之。'即反刍之义。此字《齐民要术》作'飼'。"[④] 杨勇言："难齝,袁本作'难齝齝',《齐民要术》六作'难飼',《御览》八九九引

①　李昉等. 太平御览［M］. 北京：中华书局,1960：2215.
②　孙启治,陈建华. 古佚书辑本目录［M］. 北京：中华书局,1997：231.
③　余嘉锡. 世说新语笺疏［M］. 北京：中华书局,1983：882.
④　徐震堮. 世说新语校笺［M］. 北京：中华书局,1984：471.

《相牛经》作'难饴'。均非是。齝，《尔雅·释兽》：'牛曰齝。'注：'食已久，复出嚼之。'即反刍也。"又言："目下，宋本有'欲'字。各本及《齐民要术》、《御览》并无'欲'字，今据删。"① 朱铸禹言："棰头，《笺》：棰，一作垂。《抄撮》曰：'棰通槌，谓头如槌也。'《齐民要术》作'插头'。《潜确类书》作'种头'。《初学记》作'大膊。'膊，喉也。"又言："大膁疏肋难齝，《释》：大膁，腰左右虚肉处。肋，胁骨也。[校]难齝，沈校本作'难韶'。袁本作'难龄齝'。《齐民要术》作'难饲'。案：'齝'字似是，《玉篇》曰：'齝'，胡市切，食也。韶、龄、齝似皆为形近而误。又王利器曰：'案当从《要术》作"难饲"'。"又言："欲好跳，袁本无'欲'字，是，从删。"又言："身欲从，《齐民要术》'欲'下有'得'字，是，从增。"②

《太平御览》卷八百九十九、《初学记》卷二十九、《齐民要术》卷六均引有与刘《注》所引相近的内容，三者与刘《注》之异，余嘉锡、徐震堮、朱铸禹、杨勇等人均已言之。

王仁俊《玉函山房辑佚书续编三种》转录有郝懿行所辑《相牛经》，其所辑内容以《御览》为主，并参照《世说》刘《注》和《初学记》，此不赘录。③

三十九、《相牛经》

《汰侈》条6《注》引两次：前一次引作"《相牛经》曰"，后一次引作"臣按其《相经》云：阴虹属颈，千里。"余嘉锡《笺疏》引程炎震观点云："《齐民要术》六引《相牛经》，千里上有行字。"④ 则此《相经》实际就是《相牛经》。后一次中的"臣"当是刘孝标自称，这也成为刘《注》乃奉敕而作说的一个根据。其中的"其"字当是指王恺，因为前引《相牛经》文最后有"其后王恺得其书焉"，王恺所得者即是《相牛经》。

考证：今佚，但有辑佚。具体著录情况可以参看前"《宁戚相牛经》"

---

① 杨勇. 世说新语校笺 [M]. 北京：中华书局，2006：790.

② 朱铸禹. 世说新语汇校集注 [M]. 上海：上海古籍出版社，2002：734.

③ 详见王仁俊. 玉函山房辑佚书续编三种 [M]. 上海：上海古籍出版社，1989：256.

④ 余嘉锡. 世说新语笺疏 [M]. 北京：中华书局，1983：882.

条。晁公武《郡斋读书志》杂艺术类著录有《相牛经》一卷，其后所题与《汰侈》条6《注》引《相牛经》内容大致相同。

（一）《汰侈》条6《注》引《相牛经》曰："《牛经》出宁戚，传百里奚。汉世河西薛公得其书，以相牛，千百不失。本以负重致远，未服辎軯，故文不传。至魏世，高堂生又传以与晋宣帝，其后王恺得其书焉。"

杨勇言："经下，沈校无'曰牛经'三字。"又"牛，宋本作'本'，疑误。今改。"[①]（杨氏所言"牛"是指"牛以负重致远"之中的"牛"）朱铸禹言："《相牛经》曰《牛经》，袁本同，沈校本无'曰牛经'三字。"[②] 据此可知，沈校本刘《注》作"相牛经"，袁本、宋本等刘《注》作"相牛经曰牛经"。至于杨氏所言宋本作"本"误，余、徐、朱不言此处刘《注》版本存在差异，各本似皆作"本"不作"牛"，杨氏概以文意改之。《蜀志·庞统传》有："陆子可谓驽马有逸足力，顾子可谓驽牛能负重致远也。"[③]《晋书·舆服志》有："牛之为义，盖取其负重致远而安稳也。"似可说明杨氏改为"牛"的合理性。

《太平御览》卷八九九引《相牛经》曰："《牛经》自宁戚传百里奚，汉世河西薛挂其书以相牛，千百不失。至魏世，高堂生传晋高祖宣皇帝，其后王恺秘其书。"[④]

其中有"曰《牛经》"三字与袁本、宋本刘《注》同而与沈校本刘《注》异。

刘《注》与《御览》所引的差异是：

刘《注》作"出宁戚"，《御览》作"自宁戚"。

刘《注》有"本以负重致远，未服辎軯，故文不传"十四字而《御览》无。

刘《注》作"高堂生又传以与晋宣帝"，《御览》作"高堂生传晋高祖宣皇帝"。

刘《注》作"得其书焉"，《御览》作"秘其书"。

---

① 杨勇. 世说新语校笺 [M]. 北京：中华书局，2006：790.

② 朱铸禹. 世说新语汇校集注 [M]. 上海：上海古籍出版社，2002：733.

③ 卢弼. 三国志集解 [M]. 北京：中华书局，1982：788.

④ 李昉等. 太平御览 [M]. 北京：中华书局，1960：3990.

王仁俊《玉函山房辑佚书辑佚书三种》转录有郝懿行据《御览》所录此段内容。① 郝氏未指出刘《注》此处所引内容。

（二）《汰侈》条6《注》又有"臣按其《相经》云：'阴虹属颈，千里。'"

朱铸禹言："其柏经，案：'相'误为'柏'，从袁本改。"② 杨勇言："相，宋本作'柏'，非。今依各本。"③ 则宋本刘《注》作"柏经"，其他各本刘《注》作"相经"。

北魏贾思勰《齐民要术》卷六有"'阴虹'属颈，行千里。阴虹者，有双筋自尾骨属颈，宁公所饭也。"④ 较刘《注》所引多一"行"字。

唐段成式《酉阳杂俎·毛篇》："宁公所饭牛，阴虹属颈。阴虹，双筋自尾属颈也。"⑤ 刘《注》有"千里"二字，《酉阳杂俎》无。

《初学记》卷二十九所引《宁戚相牛经》中有"阴虹属颈千"。其中"千"后无"里"字与刘《注》异。⑥

王仁俊《玉函山房辑佚书续编三种》中转录有郝懿行所辑《相牛经》，其中辑有刘《注》此处所引内容。⑦

四十、《相牛经注》

《汰侈》条6《注》引作"《注》曰"，此上承《注》所引《相经》（即《相牛经》）而引。

考证：今佚。撰人不详。

《汰侈》条6《注》引《注》曰："阴虹者，双筋白尾骨属颈，宁戚所饭者也。"

余嘉锡言："注'白尾'——'白'，沈本作'自'。"⑧ 徐震堮《校

① 详见王仁俊. 玉函山房辑佚书续编三种［M］. 上海：上海古籍出版社，1989：257.
② 朱铸禹. 世说新语汇校集注［M］. 上海：上海古籍出版社，2002：733.
③ 杨勇. 世说新语校笺［M］. 北京：中华书局，2006：790.
④ 缪启愉. 齐民要术校释［M］. 北京：农业出版社，1982：290.
⑤ 段成式. 酉阳杂俎［M］. 北京：中华书局，1981：159.
⑥ 徐坚等. 初学记［M］. 北京：中华书局，1962：706.
⑦ 详见王仁俊. 玉函山房辑佚书续编三种［M］. 上海：上海古籍出版社，1989：256.
⑧ 余嘉锡. 世说新语笺疏［M］. 北京：中华书局，1983：881.

笺》本刘《注》此处径作"自"。杨勇言："宋本作'双筋白尾骨属轻',《齐民要术》六引《相牛经》作'有筋白毛骨属劲',《初学记》二九引宁戚《相牛经》作'双筋自尾骨属颈'。袁本同。今从《初学记》。"① 朱铸禹言："双筋白尾骨属轻,袁本、沈校本'白'并作'自','轻'为'颈'之误,从袁本改。"②

《齐民要术》卷六引作"阴虹者,有双筋自尾骨属颈"。其中作"自"和"颈"。

《初学记》卷二十九引《宁戚相牛经》有"阴虹属颈千"下《注》有"阴虹者,有双筋自尾骨属颈,宁公所饭也。"其中作"自"和"颈"。③

又唐段成式《酉阳杂俎·毛篇》："宁公所饭牛,阴虹属颈。阴虹,双筋自尾属颈也。"其中《酉阳杂俎·毛篇》作"自"和"颈"。

王仁俊《玉函山房辑佚书续编三种》转录郝懿行所辑《相牛经》中有"阴虹属颈,千里"并《注》有"阴虹者,有双筋自尾骨属颈,宁公所饭。"其中"《注》"的部分与《初学记》所载全同。④ 郝氏未言刘《注》引有《相牛经注》。

第十一节　子部医家类引书考

四十一、《本草》

《排调》条32《注》、《俭啬》条6《注》均引作"《本草》"。

考证:今佚,但有辑佚。沈家本言:"《隋志》《神农本草》八卷,又四卷雷公《集注》,《甄氏本草》三卷,所录此三种,其梁有而亡者二十种。《旧唐志》录十六种,《新志》录十一种。此《注》不著撰人,未知所引者何书,今单行本极少,问经堂有校本三卷。"⑤ 沈氏所言"问经堂校

① 杨勇. 世说新语校笺 [M]. 北京:中华书局,2006:790.
② 朱铸禹. 世说新语汇校集注 [M]. 上海:上海古籍出版社,2002:734.
③ 徐坚等. 初学记 [M]. 北京:中华书局,1962:706.
④ 王仁俊. 玉函山房辑佚书续编三种 [M]. 上海:上海古籍出版社,1989:256.
⑤ 沈家本. 古书目三种 [M]. (卷五《第二编世说注所引书目三·子部》) 北京:中华书局,1963.

本"就是清孙星衍、孙冯翼辑的三卷《神农本草经》。关于《本草》的辑佚情况，《古佚书辑本目录》已经做了介绍和考证，并言："《隋志》子部医家类载《神农本草》八卷，注云：'梁五卷。'两《唐志》并三卷。孙星衍谓《汉志》经方家载《神农黄帝食禁》七卷，《周礼·医师》贾公彦疏引'食禁'作'食药'，即《隋志》之《神农本草》。按《食禁》别为一书，《周礼疏》引作《食药》误，参姚振宗《隋书经籍志考证》。然《汉书·平帝纪》、《楼护传》已载《本草》，是汉时已有此书。《太平御览》七二一引《帝王世纪》，谓神农氏尝味百草，宣药疗疾，著《本草》四卷。按此书出依托无疑，书中述药物产地，所载郡名多出汉时，是书出汉人之手也。孙星衍等以为郡名为后人衍入，非是。"① 刘《注》所引《本草》可能是《隋志》子部医家类所载八卷本《神农本草》。余嘉锡《笺疏》引《广雅》云："《大观本草》六引《神农本经》曰：'远志味苦温。主欬逆伤中，补不足，除邪气，逆九窍，益智慧，耳目聪明不忘，强志倍力，久服轻身不老。叶名小草，一名棘菀，一名葽绕，一名细草。'"② 而《世说新语·排调》条 32《注》引《本草》曰："远志一名棘菀，其叶名小草。"刘《注》所引内容见于《大观本草》六所引《神农本经》。另，我们认为《隋志》所载八卷本《神农本草》未必尽出汉人之手，然汉人增补是有可能的，孙星衍等人的观点当是，这符合大多数子书的成书情况。此与前所言《伯乐相马经》、《宁戚相牛经》情况正同。刘《注》所引之所以作《本草》而没有交待具体的撰人，可能也正是意识到了该书在作者问题上的无法具体落实，因为作者可能是不同时代的一些人。所以姚振宗言："案《神农本草》止三卷，此八卷者，似后人合诸家《本草》为帙也。"③

（一）《排调》条 32《注》引《本草》曰："远志一名棘菀，其叶名小草。"余嘉锡、徐震堮、朱铸禹、杨勇等人均不言此处刘《注》版本有异。

《太平御览》卷九八九引《本草经》曰："远志，一名棘菀，一名要绕。久服，轻身不忘。叶名小草，生太山及宛句。"④

---

① 孙启治，陈建华. 古佚书辑本目录 [M]. 北京：中华书局，1997：232.

② 余嘉锡. 世说新语笺疏 [M]. 北京：中华书局，1983：804.

③ 姚振宗. 隋书经籍志考证 [M]. 598. 二十五史补编（第四册）. 开明书店辑印，1936：5636.

④ 李昉等. 太平御览 [M]. 北京：中华书局，1960：4378.

刘《注》与《御览》所引的差异是：

刘《注》作"其叶名小草"，《御览》作"叶名小草"。

另有一些内容《御览》有而刘《注》无。

孙星衍、孙冯翼所辑《神农本草经》卷一"远志"条有"远志……叶名小草，一名棘菀，一名葽绕，一名细草。"① 二人未指出刘《注》引有《本草》。

《广雅·释草》有："葽苑，远志也，其上谓之小草。"②

（二）《俭啬》条6《注》引《本草》曰："王不留行，生太山，治金疮，除风，久服之，轻身。"余嘉锡、徐震堮、朱铸禹、杨勇等人均不言此处刘《注》版本有异。

《太平御览》卷九九一引《本草经》曰："王不留行，味苦平。生山谷。久服，轻身能老。生太山。"③

刘《注》与《御览》所引的差异是：

刘《注》有"治金疮，除风"而《御览》无。

刘《注》作"久服之"而《御览》作"久服"。

《御览》有"味苦平。生山谷"而刘《注》无。

《御览》"轻身"后有"能老"二字而刘《注》无。

又刘《注》"生太山"在"王不留行"后，而《御览》在"轻身能老"后。

孙星衍、孙冯翼所辑《神农本草经》卷一"王不留行"条作"王不留行，味苦平，主金创，止血逐痛，出刺，除风痹内寒，久服轻身，耐老增寿，生山谷。"④ 二人未指出刘《注》所引《本草》。

据《古佚书辑本目录》，刘《注》所引《本草》似未被人所注意到。

四十二、秦承祖《寒食散论》

《言语》条14《注》引作"秦丞相《寒食散论》"。

---

①　四部备要子部. 神农本草经［M］. 上海中华书局据问经堂本校刊. 16.

②　王念孙. 广雅疏证［M］. 北京：中华书局，2004：313.

③　李昉等. 太平御览［M］. 北京：中华书局，1960：4387.

④　四部备要子部. 神农本草经［M］. 上海中华书局据问经堂本校刊. 24.

考证：今佚。沈家本言："《隋志》《寒食散论》二卷，无撰人。《新唐志》同，不知此所云秦丞相者何人也。"[1] 姚振宗《隋书经籍志考证》于"《寒食散论》二卷，梁有《寒食散汤方》二十卷、《寒食散方》一十卷，亡。"下引有刘《注》所引内容，姚氏并下案语曰："案《注》称秦丞相者，当是秦承祖之误，此论二卷或即其书。"姚又用《御览》所引《何颙别传》考证了秦承祖缘何以为五石散或汤出自汉代。[2]

《言语》条 14《注》引秦丞相《寒食散论》曰："寒食散之方虽出汉代，而用之者寡，靡有传焉。魏尚书何晏首获神效，由是大行于世，服者相寻也。"余嘉锡、徐震堮、朱铸禹、杨勇等人均不言此处刘《注》版本有异。

余嘉锡《笺疏》引文廷式《纯常子枝语》卷四云："此乃秦承祖之误。承祖医书，《隋志》著录甚多，严铁桥以愍帝曾嗣封秦王，为丞相，因以入之，非也。"[3]

徐震堮《校笺》言："'丞相'当作'承祖'。《唐六典》'医博士'注：'宋元嘉二十年，大医令秦承祖奏置医学博士，以广教授，三十年省。'《御览》七二二引《宋书》：'秦承祖，性耿介，专好艺术，於方药不问贵贱，皆疗治之，多所全护，当时称之为工手。撰方二十卷，大行於世。'《隋书经籍志》有秦承祖《偃侧杂针灸经》三卷，亡；又有《脉经》六卷，秦承祖撰，亡；秦承祖《本草》六卷，亡；秦承祖《药方》四十卷，目三卷。《寒食散论》或即在其所撰《药方》之中。"[4]

杨勇言："秦承祖，宋本作'秦丞相'，非。《医心方》一九引秦丞祖《寒食散论》。"[5]

朱铸禹言："案：《隋书经籍志》有秦承祖《药方》四十卷，疑'丞

---

① 沈家本. 古书目三种 [M].（卷五《第二编世说注所引书目三·子部》）北京：中华书局，1963.
② 姚振宗. 隋书经籍志考证 [M]. 603. 二十五史补编（第四册）. 开明书店辑印，1936：5641.
③ 余嘉锡. 世说新语笺疏 [M]. 北京：中华书局，1983：74.
④ 徐震堮. 世说新语校笺 [M]. 北京：中华书局，1984：40.
⑤ 杨勇. 世说新语校笺 [M]. 北京：中华书局，2006：64.

相'为'承祖'之误。"①

上各家均认为"丞相"当作"承祖",则各本刘《注》作"秦丞相"均非。然各家未提供文献中有秦承祖《寒食散论》直接记载的证据,而多是以理推断,虽杨勇提到《医心方》引有一条,却是作秦丞祖《寒食散论》。正如沈家本所言,不知刘孝标所言秦丞相为何人。各家所言确实有一定的道理,且"承"与"丞"音同、"祖"与"相"形近,这很可能成为"承祖"、"丞相"二者致混之由,因此我们接受各家作"秦承祖"的推断,但是杨勇在其《校笺》中径改刘《注》为"承祖"我们认为却大可不必。

据《古佚书辑本目录》,未见有辑佚《寒食散论》者。

结　　语

刘孝标《世说新语注》完全可以看做单独的一部著作，称其为《续世说》亦毫不夸张。刘《注》的价值，前人已经进行了充分的论述。研究者围绕刘《注》进行了很多方面的研究，本书通过调查发现，在刘《注》的引书研究上似乎尚有可供发掘的空间，因此不揣浅陋对刘《注》引书进行了所谓的研究。本书的研究重点实际是在文献上，我们试图通过文献的梳理来更清楚地认清刘《注》，也试图发现刘《注》中尚未被人发现的一些问题。

刘《注》引书研究实际上包含着两部分内容：一是刘《注》引书书目的确定，二是对具体引文的考察。本书的写作就是围绕这两部分内容展开的，实际上这两部分内容在刘《注》中是浑然一体的，我们强行分开只是为了行文的方便。

刘《注》的引书前人多有研究，研究刘《注》的引书首先要面对的一个问题就是要弄清何谓"引书"以及如何列引书书名。本书以余嘉锡《世说新语笺疏》所载刘《注》为底本，对刘《注》引书进行了调查，之后考察了叶德辉、沈家本等人的刘《注》引书书目，发现各家的引书书目均存在着一定的问题。各家书目相互之间存在差异，而且每家书目内部也存在标准不一的问题，因此每家书目均显得较为无系统。究其原因，当是各家对引书的概念未有明确认识以及对确定引书书名的原则和标准交待不详细、或者干脆没有交待。因此本书在自己的调查和分析各家书目的基础上，提出了刘《注》引书的概念，明确了确定刘《注》引书书名的标准和原则，

刘《注》引书凡 453 种。其中经部书 39 种，史部书 305 种，子部书 42 种，集部书 47 种，释家类书 10 种，不可考者 10 种。本书对上述引书中的经部、子部等二部引书的引文进行了考察。

刘《注》中的文献除了可以据四部分类法分为经、史、子、集等四部外，也可按照其存佚情况分为今存文献和今亡文献两类。

对刘《注》中的今存文献，本书指出了其出处，并把其与今本进行了比勘。文献比勘是一项很艰难的工作，而且很可能是一项毫无收获的工作。刘《注》的引文常有改动是为研究者所公认的，因此，文献比勘是否有意义就是很值得商榷的。但本书经过实际的比勘工作后发现，泛泛谈论刘《注》的改动对刘《注》的深入研究其实没有任何的意义，一旦把刘《注》的研究具体到文献的比勘上去，刘《注》就展示出了别一样的面貌。因此，本书可能发现了刘《注》本来就存在而今天被研究者轻视甚至忽视的问题。

通常的观点是，凡是刘《注》与今本文献存在的差异，均当是刘《注》的改动造成的。本书通过文献比勘后发现：刘《注》的某些引文可能保存了今本文献的一些本来面貌，或对认识今本文献的本来面貌提供帮助。这一点从未被学界所强调，这不能不让我们感到遗憾。

本书亦承认刘《注》的引文存在改动，具体的改动是何人所为，现在已无法弄清，而且似乎对刘《注》的研究意义不大。因此本书将重点放在了改动本身的考察上。经过考察，本书发现：刘《注》的改动不是随意的，相反却常常是有据可循。其改动或者可以在其前的文献中找到依据，或者可以在语言学上找到理由。这一点亦被研究者所忽视。

刘《注》的有些改动是由于刘《注》本身的版本和今存文献的版本产生的，考察刘《注》中的引用文献应该注意到双方的版本问题，研究者常常是注意到了刘《注》本身的版本，但在涉及与今本文献的比勘时却不注意因刘《注》的版本产生的问题，而今本文献的版本就更是没有被研究者强调到刘《注》的引文比勘中去。

通过考察刘《注》的引文，本书发现刘《注》可以为学界一些至今存在争议的问题的解决提供帮助，或者提供新的认识，如关于《毛传》的作者问题。

刘《注》所引的今亡文献，虽然其中一些已经被研究者注意，但有的亦被研究者遗漏了。因此，刘《注》在辑佚学上仍能发挥其价值，更何况本书未收录的史部文献中大多都是亡佚文献，刘《注》辑佚之功绝不应该仅仅用"佚籍渊薮"四字来概括，而是应该具体深入到亡佚引文的整理上去，我们相信，这里可供开发的空间仍然很大。

对刘《注》的引书以本书的方法进行系统的梳理，真可以说是一项浩大的工程。本书只收录了刘《注》所引经、子二部文献，单就这二部文献来说，肯定也存在遗漏。刘《注》所引最多的就是史部文献，将来我们会把史部与集部放在一起，另行刊出。研究刘《注》的引书是非常必要的，刘《注》的引书研究也应该继续进行下去。

附　录

《世说》刘《注》版本产生的某些文献问题可以在刘《注》本身寻找内证例说

　　《世说新语》刘《注》伴随着《世说新语》的流传也产生了版本问题，不同版本之间在文献上产生了一些具体的问题，学者们对这些问题大多进行了考证，然学者们的考证似乎忽略了这样一个事实：即《世说新语》刘《注》版本产生的某些文献问题可以在刘《注》本身寻找到内证。下举数例来证实，所引用的刘《注》文献均来自余嘉锡《世说新语笺疏》（下简称余氏《笺疏》）。

　　《世说新语·雅量》条19刘《注》引《王氏谱》曰："逸少，羲之小字。羲之妻太傅郗鉴女，名璇，字子房。"① 徐震堮《世说新语校笺》（下简称徐氏《校笺》）云："逸少乃羲之字，'小'字衍。羲之小字阿菟，见《琅邪王氏谱》。"余氏《笺疏》对此不作议论。杨勇《世说新语校笺》（下简称杨氏《校笺》）认为宋本"之"下有"小"字，非是，应删，据汪藻《人名谱》指出"羲之"小字"阿菟"。朱铸禹《世说新语汇校集注》（下简称朱氏《集注》）认为"逸少"为"羲之"字，"小"字疑衍。② 《世说新语·言语》条62刘《注》引《文字志》曰："王羲之字逸少，琅邪临沂人。"③ 可为"小"字衍的一个证据。

　　《世说新语·言语》条62刘《注》引《文字志》曰："王羲之字逸少，琅邪临沂人。父矿，淮南太守。"④ 余氏《笺疏》认为影宋本作"旷"，

---

①　余嘉锡. 世说新语笺疏 [M]. 北京：中华书局，1983：362.

②　上引徐、杨、朱之观点分见徐震堮. 世说新语校笺 [M]. 北京：中华书局，1984：202. 杨勇. 世说新语校笺 [M]. 北京：中华书局，2006：328. 朱铸禹. 世说新语汇校集注 [M]. 上海：上海古籍出版社，2002：315.

③　余嘉锡. 世说新语笺疏 [M]. 北京：中华书局，1983：121.

④　余嘉锡. 世说新语笺疏 [M]. 北京：中华书局，1983：121.

是。又引李慈铭的观点云："案矿当作旷。《晋书》作旷，各本皆误。"徐氏《校笺》、杨氏《校笺》此处均作"旷"，不作分析。朱氏《集注》于此下案语云：李慈铭所见本作"矿"，故云"当作'旷'"，又云"各本皆误"，则李未见此本，亦足征古本可贵。^① 其实除了《晋书》的证据，在刘《注》中也可以找到证据。《世说新语·德行》条 39 刘《注》引《献之别传》曰："祖父旷，淮南太守。父羲之，右将军。"^② 此处正作"旷"。

《世说新语·雅量》条 26 刘《注》引《中兴书》曰："希字始彦……及温诛希，弟柔、倩闻希难，逃于海陵。后还京口聚众，事败，为温所诛。"^③ 余氏《笺疏》引程炎震观点云："庾希事，据《晋书·简文纪》在咸安二年。《庾亮传》谓'温先杀柔、倩，希逃，经年乃于京口聚众'。与《中兴书》异。"余嘉锡案："《注》中引《中兴书》'闻希难'若作'希闻难'，便与《晋书》无不合矣。传写误倒一字耳。"余氏并引《庾亮传》关于此事之介绍，认为当作"希闻难"。徐氏《校笺》、杨氏《校笺》均引《晋书·庾冰传》认为当作"希闻难"。朱氏《集注》据《晋书·庾希传》亦认为当作"希闻难"。^④ 这几位学者都是从《晋书》中寻找证据，然在刘《注》中也可以找到证据：《世说新语·贤媛》条 22 刘《注》引《中兴书》曰："桓温杀庾希弟倩，希闻难而逃，希弟友当伏诛。子妇桓氏女，请温，得宥。"^⑤ 此"希闻难而逃"可证彼当作"希闻难"。

《世说新语·德行》条 37 刘《注》引《续晋阳秋》曰："帝讳昱，字道万，中宗少子也。仁闻有智度。穆帝幼冲，以抚军辅政。大司马桓温废海西公而立帝，在位三年而崩。"^⑥ 余氏《笺疏》、徐氏《校笺》不言"三年"误。杨氏《校笺》指出宋本作"三年"，非。据《晋书·简文纪》当

① 余、朱之观点分见余嘉锡. 世说新语笺疏［M］. 北京：中华书局，1983：121. 朱铸禹. 世说新语汇校集注［M］. 上海：上海古籍出版社，2002：111.

② 余嘉锡. 世说新语笺疏［M］. 北京：中华书局，1983：40.

③ 余嘉锡. 世说新语笺疏［M］. 北京：中华书局，1983：367.

④ 余、徐、杨、朱之观点分见余嘉锡. 世说新语笺疏［M］. 北京：中华书局，1983：368. 徐震堮. 世说新语校笺［M］. 北京：中华书局，1984：205. 杨勇. 世说新语校笺［M］. 北京：中华书局，2006：333-334. 朱铸禹. 世说新语汇校集注［M］. 上海：上海古籍出版社，2002：20.

⑤ 余嘉锡. 世说新语笺疏［M］. 北京：中华书局，1983：695.

⑥ 余嘉锡. 世说新语笺疏［M］. 北京：中华书局，1983：38.

作"二年"。朱氏《集注》据《晋书·孝武帝纪》亦认为当作"二年"。①
《世说新语·言语》条 59 刘《注》引《续晋阳秋》曰："帝外压强臣，忧
愤不得志，在位二年而崩。"② 可为当作"二年"之内证。

　　《世说新语·文学》条 17 刘《注》引《文士传》曰："象字子玄，河
南人。少有才理，慕道好学，托志老、庄。时人咸以为王弼之亚，辟司空
掾，太傅主簿。"③ 余氏《笺疏》指出"太傅主簿"影宋本、沈本俱作
"太学博士"。余氏于此不辩，意似不需辩。徐氏《校笺》亦不辩。杨氏
《校笺》指出："'太傅主簿'，宋本作'太学博士'，非。今依袁本及《晋
书·郭象传》改。"朱氏《集注》指出："'太学博士'，沈校本同，袁本作
'太傅主簿'，《晋书》本传亦作'太傅主簿'。"④朱氏不言当作何是。《世
说新语·赏誉》条 26 刘《注》引《名士传》曰："郭象字子玄，自黄门郎
为太傅主簿，任事用势，倾动一府。……"⑤ 此处作"太傅主簿"，可为
一证。

　　《世说新语·方正》条 48 刘《注》引徐广《晋纪》曰："羲，字叔和，
太保亮第三子。拔尚率到。位建武将军、吴国内史。"⑥ 余氏《笺疏》认
为："'太保亮'，'太保'当依影宋本及沈本作'太尉'。袁本作'太和'，
亦误。"徐氏《校笺》据影宋本及沈校本改为"太尉"，朱氏《集注》认为
袁本作"和"误，杨氏《校笺》此处径作"太尉"。⑦《世说新语·言语》
条 79 刘《注》引徐广《晋纪》曰："龢字道季，太尉亮子也。"《世说新语
·文学》条 77 刘《注》引《中兴书》曰："阐字仲初，颍川人，太尉亮之

①　杨、朱之观点分见杨勇. 世说新语校笺 [M]. 北京：中华书局，2006：35. 朱铸禹.
　　世说新语汇校集注 [M]. 上海古籍出版社，2002：33.
②　余嘉锡. 世说新语笺疏 [M]. 北京：中华书局，1983：119.
③　余嘉锡. 世说新语笺疏 [M]. 北京：中华书局，1983：206.
④　余、杨、朱之观点分见余嘉锡. 世说新语笺疏 [M]. 北京：中华书局，1983：207. 杨
　　勇. 世说新语校笺 [M]. 北京：中华书局，2006：185. 朱铸禹. 世说新语汇校集注
　　[M]. 上海：上海古籍出版社，2002：182.
⑤　余嘉锡. 世说新语笺疏 [M]. 北京：中华书局，1983：435.
⑥　余嘉锡. 世说新语笺疏 [M]. 北京：中华书局，1983：325.
⑦　余、徐、朱、杨之观点分见余嘉锡. 世说新语笺疏 [M]. 北京：中华书局，1983：
　　325. 徐震堮. 世说新语校笺 [M]. 北京：中华书局，1984：185. 朱铸禹. 世说新语
　　汇校集注 [M]. 上海：上海古籍出版社，2002：291. 杨勇. 世说新语校笺 [M]. 北
　　京：中华书局，2006：301.

族也。"《世说新语·雅量》条 17 刘《注》引《庾氏谱》曰:"会字会宗,太尉亮长子也。"① 据查,在整个《世说》和刘《注》中不言庾亮为"太保",均言为"太尉"。

《世说新语·惑溺》条 7 刘《注》引《语林》曰:"雷有宠,生恬、洽。"② 余氏笺疏指出:注"生恬、洽",影宋本及沈本俱作"生洽、恬"。杨氏《校笺》云:"宋本作'洽、恬'。袁本作'恬、洽',汪藻《琅邪王氏谱》与袁本同,是。今据改。"朱氏《集注》指出各本之异,不言孰是。③ 徐氏《校笺》于此未指异。《世说新语·德行》条 29 刘《注》引《文字志》曰:"王恬字敬豫,导次子也。"又引《中兴书》曰:"王悦字长豫,丞相导长子也。"《世说新语·赏誉》条 114 刘《注》引《中兴书》曰:"王洽字敬和,丞相导第三子也。"④ 根据刘《注》的这些介绍,可以知道王恬、王洽分别是王导的第二、第三子,所以袁本作"生恬、洽"似乎更合理。

在《世说新语》刘《注》中应该还有这样的情况存在,此不一一赘举。刘《注》在流传中产生了这样或那样的问题,这些问题的解决固然需要外部的证据,但是有些问题,刘《注》本身就提供了一定的证据或者是信息,这就需要研究者在研究刘《注》的过程中对刘《注》要进行整体的把握、通盘的考虑,让刘《注》提供的材料相互碰撞与摩擦。《世说新语》是一个有机的整体,刘《注》亦是一个有机的整体,相信这是刘孝标注《世说》之时的应有之义。

---

① 分见余嘉锡. 世说新语笺疏 [M]. 北京:中华书局,1983:137,257,358.

② 余嘉锡. 世说新语笺疏 [M]. 北京:中华书局,1983:923.

③ 余、杨、朱之观点分见余嘉锡. 世说新语笺疏 [M]. 北京:中华书局,1983:923. 杨勇. 世说新语校笺. 北京:中华书局,2006:828. 朱铸禹. 世说新语汇校集注 [M]. 上海:上海古籍出版社,2002:768.

④ 分见余嘉锡. 世说新语笺疏 [M]. 北京:中华书局,1983:30,481.

后　记

　　2002 年，本科毕业后，我师从傅亚庶先生攻读汉语言文字学硕士学位，硕士毕业论文做的是《世说新语》中的副词，2005 年顺利获得硕士学位后，又继续跟随先生攻读博士学位，把中国古代文学与文献研究定为了自己的研究方向。读博伊始，一心想早点儿确定论文题目，但事与愿违，越是心急却越找不到合适的题目。后来，索性列出了十好几个题目，把选择的难题留给了先生，最终先生帮我确定了以刘孝标《世说新语注》为研究对象。看来，《世说新语》与我确有不解之缘。

　　在确定以刘孝标《世说新语注》为研究对象后，我在先生的指导下逐渐把关注重点转移到了刘孝标《注》中的引书上。刘《注》引书宏富，从哪里入手研究，研究些什么，想要达到一个什么样的目的？当时这些问题不知道困扰得我有多麽痛苦！最后总是先生在我迷茫困惑时，为我指点迷津，让我有了继续从事这项研究的信心！从先生问学七年、七年的耳濡目染，陶冶我的不仅仅是先生的学识，更有先生的学者风范、师者高德。先生于我，可以说是亦师亦父。先生不仅教我如何做学问，关心我学业的成长；先生更是如父亲一般关心我的生活，每每嘘寒问暖。博士毕业论文能够成型，凝聚了先生太多的心血，从当初的选题到确定论文框架，从论文的撰写到最后的修改定稿，任何一部分都是和先生的悉心指导分不开的。先生治学一丝不苟，我的博士毕业论文大概有将近五十万字，先生从头批阅，一字不落，大到篇章结构的谋划，小到个别词句的斟酌，更让我感动的是先生竟然指出了我论文中的很多错字。2009 年博士毕业，论文题目是《刘孝标〈世说新语注〉引书研究——经、子、集三部》。博士毕业后，我留在了先生身边工作，可以近承音旨，不必远闻韶音，这对我来说是多么幸福和幸运的事啊！

　　2010 年我以博士论文为基础申报了教育部课题，有幸获得立项资助。当初博士论文计划涵盖刘《注》中的经、史、子、集四部以及释家类引书，但后来由于种种原因，博士论文只收录了经、子、集三部，而现今刊出的这部书只是刘《注》引书中的经部和子部，至于史部和集部以及释家类引书，我计划放在另一部书中另外刊出。

这部书虽然字数不少，但更多是材料，这和当初的研究初衷有关，目的就是想展现刘《注》这样一个面貌。但这样的一个展现，肯定是不够深入的，里边有很多的不足和粗浅的认识，这也是我心里一直惴惴不安的原因。但我希望这本书能对《世说新语》的研究有些许的帮助，也希望有更多的方家来批评指正！

张　明

2012 年 2 月 8 日于东北师范大学文学院